Herbert Dutzler

Letzter Fasching

Ein Altaussee-Krimi

Herbert Dutzler

Letzter Fasching

1

Auf diese Zusammenkunft hätte Gasperlmaier gern verzichten können. Obwohl die Frau Doktor dabei war, die er nun schon seit mehr als einem Jahr nicht mehr gesehen hatte. Die orangeroten Strähnen waren aus ihrem Haar verschwunden, und es war kürzer geschnitten, mit so einem sanften Schwung nach innen am unteren Ende. Die Frisur stand ihr gut, soweit er das beurteilen konnte. Obwohl sie auch heute wieder das nicht ganz weiße Kostüm trug, in dem er sie – wie lange war das jetzt her? – zum ersten Mal gesehen hatte, fand er, dass sie ein wenig fülliger geworden war. Man konnte es daran erkennen, dass die Bluse über der Brust etwas spannte, zwischen den Knöpfen wurde der Stoff ein wenig auseinandergezogen. Es war ja auch kein Wunder, wenn man nach der Geburt eines Kindes oben herum ein bisschen zulegte. Pro Kind eine Körbchengröße mehr, hatte seine Christine gemeint.

Im Polizeiposten in Altaussee hatte man sich am Faschingssonntag nach dem Frühschoppen zusammengesetzt, um zu beratschlagen, wie man mit der Drohung verfahren solle, die der Weissensteiner Wilfried, das Obertrommelweib der Ausseer Bürgertrommelweiber, gestern zugestellt bekommen hatte. Einer weniger, so stand es darin zu lesen, würde zurückkehren, wenn die Ausseer Trommelweiber am Faschingsmontag ausrückten.

„EINER WENIGER WERDET IHR SEIN, WENN IHR AM MONTAG ZURÜKKOMMT. EINER MUSS STERBEN. DAS GOTTLOSE SPECKTAKEL MUSS EIN ENDE HABEN. HALTET EINKEHR."

So stand es, orthografisch freilich nicht ganz einwandfrei, in aus der Schillingzeitung ausgeschnittenen

Lettern auf dem Zettel, den der Kahlß Friedrich gleich in eine Plastikfolie hineingesteckt hatte, nachdem ihm der Wilfried den Zettel gebracht hatte. Der war – ohne Kuvert oder Absender – am Samstag plötzlich in seinem Postkasten aufgetaucht. Mitten in der Samstagszeitung war er gesteckt.

Der Kahlß Friedrich war Gasperlmaiers ehemaliger Postenkommandant, seit mehr als einem Jahr schon in Pension. Dennoch mischte er sich immer noch gerne in Ermittlungen ein, die eigentlich Gasperlmaier führte, der dieses ehrenvolle Amt vom Friedrich übernommen hatte. Der Wilfried war mit dem Zettel nicht etwa auf den Polizeiposten in Bad Aussee, sondern direkt zum Kahlß Friedrich gegangen, der praktisch sein Nachbar war. Der eine gehörte noch zu Bad Aussee, der Friedrich, der zwei Häuser weiter traunaufwärts wohnte, bereits zur Gemeinde Altaussee.

Gasperlmaier blickte aus dem Fenster. Draußen stoben die Schneeflocken waagrecht vorbei. Für den Fasching, der vor allem in Bad Aussee mit großer Begeisterung und Hingabe gefeiert wurde, musste man diesmal mit Wetter rechnen, das zwar der Jahreszeit angemessen, dem Faschingstreiben aber nicht gerade dienlich war. Er selber hatte für das ganze Verkleidungstheater, das man hier im Ausseerland als „Maschkera“ bezeichnete, wenig übrig, er fand mit den Uniformen der Polizei und der freiwilligen Feuerwehr sowie seiner Tracht mit Lederhose und Janker das Auslangen. Am allerwenigsten konnte er es leiden, wenn man sich zu allem Überfluss noch Farbe ins Gesicht schmieren musste.

„Wir lassen uns doch von den Terroristen den Fasching nicht kaputt machen!“, rief der Wilfried und klatschte mit der flachen Hand auf den Schreibtisch von

Gasperlmaier, sodass der aus seinen Gedanken hochfuhr. „Wir brauchen Polizeischutz! Und die Ausseer haben keine Zeit für uns, die haben mit den Straßensperren schon genug zu tun. Außerdem ist der Grill Peter, der Ausseer Postenkommandant, im Krankenstand. Der hat sich den Fuß verstaucht, gestern, beim Faschingsrodelrennen." Gasperlmaier seufzte. Die Trommelweiber waren eine uralte Faschingstradition in Bad Aussee. Jeden Faschingsmontag zogen Männer als Frauen verkleidet mit Blasmusik und Trommelgedröhn durch den Ort, machten vor jedem Geschäft Halt, um den angebotenen Schnaps zu trinken, und vor jedem Wirtshaus, um dem gespendeten Bier zuzusprechen. Die Männer trugen dabei Masken vor dem Gesicht und weiße Frauenkleidung, eine Jacke, einen Unterrock und ein Spitzenhäubchen.

Und mit der Besetzung der Polizeiposten war es im Ausseerland überhaupt ein Riesenproblem im Fasching. Schon Jahre im Voraus versuchten die Kolleginnen und Kollegen, sich für die berühmten heiligen drei Faschingstage Sonntag, Montag und Dienstag freizunehmen. Da hatte er noch Glück, dass er selber kein Maschkera sein wollte und die Manuela, seine Kollegin auf dem Posten in Altaussee, nicht aus der Gegend stammte und mit dem Fasching sowieso nicht viel anfangen konnte. Nur mehr bis morgen hatten sie Zeit, sich zu überlegen, wie man die Sicherheit des Umzugs der Trommelweiber gewährleisten konnte. Wieder einmal ein Sonntag, an dem er statt die Skier anzuschnallen in die Uniform hatte schlüpfen müssen.

Die Frau Doktor setzte sich ihm gegenüber hin und schlug die Beine übereinander. Ihre Schuhe waren weder für das Wetter noch die Beschaffenheit der Wege in Altaussee geeignet. Halbschuhe mit hohen Absätzen, in hellbraun diesmal. Aber, so sagte sich Gasperlmaier, einen Tatort gab es diesmal ja nicht zu besichtigen. Man hatte die Chefinspektorin, die im fernen Liezen ihren Dienst tat, für diese Krisensitzung extra herbeibeordert. „Dass es sich um Terroristen handelt, glaube ich nicht“, meinte sie und nahm den Zettel noch einmal zur Hand, um ihn genauer zu studieren. „Ehrlich gesagt, glaube ich an einen dummen Scherz, von jemandem, der etwas gegen den Fasching oder die Trommelfrauen hat.“ „Trommelweiber! Weiber, bitte!“, korrigierte der Wilfried, wobei er belehrend den Zeigefinger hob. Die Frau Doktor zog die Augenbrauen hoch. „Ist ja schon gut. Trommelweiber, natürlich.“

Der Wilfried war erst seit zwei Jahren das Obertrommelweib der Bürgertrommelweiber in Bad Aussee. Das ganze übrige Jahr leitete er ein Hotel, das er vor einem halben Jahr endlich von seinem über achtzigjährigen Vater geerbt hatte. Obwohl der Wilfried schon seit mehr als zwei Jahrzehnten die Geschäfte geführt hatte, hatte der Alte sich standhaft geweigert, ihm das Haus auch zu überschreiben, solange er noch lebte. Und so war das Erbe erst an den Wilfried übergegangen, als der Alte bei der Apfelernte von der Leiter gefallen war, sich den Oberschenkel gebrochen und sich davon nicht mehr erholt hatte. Gasperlmaier konnte sich noch gut an das Begräbnis und den Leichenschmaus erinnern, er hatte lange gedauert und es war lustig zugegangen. „Ich hab's ihm eh tausendmal gesagt!“, hatte der Wilfried, besonders nach dem vierten oder fünften Bier, immer wieder wiederholt, „dass er nicht mehr auf die Leiter soll. Aber er hat halt nicht hören wollen! Stur war er halt!“ Davon konnte Gasperlmaier ein Lied singen. Seine Mutter war zwar noch nicht ganz achtzig, aber bockig und eigensinnig war sie für zwei. Vor kurzem hatte

Gasperlmaier sie dabei ertappt, wie sie, mit einem Bein auf dem Fensterbrett im ersten Stock stehend, die Fenster geputzt hatte. Auf denen sich ohnehin höchstens ein, zwei kleine Flecken Fliegendreck niedergelassen haben konnten, seit sie das letzte Mal zum Großputz ausgerückt war. Es war halt nicht einfach mit den alten Leuten. Ob er auch einmal so stur werden würde? Zu befürchten war es.

Der Friedrich nahm die Folie mit dem Drohbrief zur Hand und klopfte mit dem Finger auf ein Wort. „Vor allem steht da ‚Einkehr'. Das ist ein katholisches Wort. So ein Islam würde das niemals schreiben." Die Manuela mischte sich ein. „Moslem heißt das. Der Islam ist die Religion, sein Anhänger heißt Moslem. Aber das Wort kann ja auch Täuschung und Tarnung sein. Andererseits gibt es auch genug katholische Wahnsinnige!"

Die Manuela Reitmair war nach Altaussee versetzt worden, als der Friedrich zunächst in den Krankenstand und bald darauf in die Pension gegangen war. So war Gasperlmaier privat wie beruflich beinahe nur noch von Frauen umgeben. Ein Glück, dass wenigstens der Friedrich ihm die Treue gehalten hatte und ihn mit Rat und Tat unterstützte. Wenn der nicht auf seine alten Tage noch draufgekommen wäre, dass er fast sein ganzes bisheriges Leben ohne Frau an seiner Seite verbracht hatte und dieser Umstand dringend zu ändern war. Fast hatte man den Eindruck, er wolle aufholen, was er in sechzig Jahren versäumt hatte, so oft musste er Gasperlmaier absagen, weil er wieder einmal einen Termin mit einer Verehrerin hatte. Der Friedrich hatte sogar fast zwanzig Kilo abgenommen. „Überlebensstrategie!", pflegte er, darauf angesprochen, zu sagen. „Schöner werd ich nimmer, aber man muss ja nicht unbedingt vor dem Achtzigsten an einem Schlaganfall sterben oder von der Zuckerkrankheit blind werden. Wo es doch noch so viel Schönes zu sehen gibt!" Momentan war der Friedrich mit der durchaus ansehnlichen Inhaberin eines Trachtengeschäfts liiert, die nur wenige Jahre jünger war als er. Gasperlmaier fand die neue Liebe des Friedrich meist viel zu stark geschminkt, und für ihr Alter trug sie zu tiefe Ausschnitte. Das aber war des Friedrichs Sache, nicht seine.

Die Frau Doktor stand auf, ging zum Fenster und sah in den Schneesturm hinaus. Dann betrachtete sie mit kummervollem Blick ihre Schuhe. „Wenn ich das gewusst hätte ..." „Der Wetterbericht hat aber schon ...", setzte Gasperlmaier an, konnte seinen Satz aber nicht vollenden, weil ihn ein vernichtender Blick der Frau Doktor traf. „In meiner Sonntagsplanung stand auch nichts von einer Fahrt zu einer Krisensitzung nach Altaussee!", fauchte sie. „Noch ein Glück, dass meine Schwester Zeit für die Sophie gehabt hat!" Sie seufzte. Die Frau Doktor hatte nämlich eine kleine Tochter, etwa drei Jahre alt musste die jetzt sein, rechnete Gasperlmaier. Vielleicht erst zweieinhalb. Wer der Vater war, das hielt die Frau Doktor streng geheim, und man durfte sie auch nicht darauf anreden. Gasperlmaier hatte schon den einen oder anderen Kollegen aus Liezen misstrauisch beäugt, wenn er dort unten zu tun hatte. Es beschäftigte ihn schon sehr, wer der Vater dieses Kindes sein konnte, und vor allem, warum sich die Frau Doktor so bedeckt hielt. Am Ende war es gar kein Kollege, sondern irgendein durchreisender Tourist gewesen? Vielleicht sogar ein Übeltäter, den sie hinter Schloss und Riegel gebracht hatte? Es wäre nicht das erste Mal gewesen, dass man von solchen Vorfällen hörte.

„Habt ihr in letzter Zeit irgendwen verärgert, gibt es jemanden, der eine Mordswut auf die Trommelweiber hat, vielleicht, weil er nicht aufgenommen worden ist oder weil ihr ihm irgendeinen Streich gespielt habt?", fragte die Frau Doktor. Der Wilfried schüttelte den Kopf. „Streiche spielen wir schon gar niemandem. Aber es gibt natürlich immer ein paar, die gerne Trommelweiber wären, und die schon jahrelang auf die Aufnahme warten. Wir nehmen halt nicht jeden." „Ja, und wer käme da in Frage? Wer wartet schon jahrelang auf die Aufnahme?" Die Frau Doktor setzte sich wieder hin, direkt dem Wilfried gegenüber, und schlug neuerlich die Beine übereinander. Der Rock rutschte dabei gehörig die Oberschenkel hinauf. Gasperlmaier fragte sich, ob das Kostüm wirklich das gleiche sein konnte wie damals bei dem Mord am Kirtag. Das war doch schon so lange her. Und eine modebewusste Frau wie die Frau Doktor, ob die so ein Kostüm jahrelang behielt?

„Ausgeschlossen habt ihr einen!", grinste der Friedrich. Die Frau Doktor wandte sich ihm zu und hob die Augenbrauen. „Na bitte! Den sollten wir gleich überprüfen. Vielleicht sparen wir uns dadurch viel Mühe." Der Friedrich lachte, Gasperlmaier und der Wilfried stimmten in sein Lachen mit ein, was die Frau Doktor dazu bewog, die Augenbrauen noch höher zu ziehen. „Da müssten wir nach Graz hinunterfahren!", gab der Wilfried zu bedenken. „Nach Graz?" Die Frau Doktor blickte verblüfft von einem zum anderen. „Reden Sie doch schon! Oder sag du was, Franz!" So nannte Gasperlmaier normalerweise nur seine Frau, und selbst die nur dann, wenn etwas ganz Ernstes vorgefallen war. Doch Gott sei Dank ergriff der Friedrich das Wort, der konnte die ganze Geschichte ohnehin viel besser erzählen.

„Der ehemalige Landeshauptmann, der war Ehrenmitglied bei den Bürgertrommelweibern", begann er,

„und Bad Aussee war eine Statutarstadt, das heißt, es hat hier eine Expositur der Bezirkshauptmannschaft Liezen gegeben. Und mit dieser ganzen Zusammenlegerei von Bezirken und Gemeinden haben sie uns diese Expositur gestrichen. Dass wir von den Ennstalern da unten regiert werden, das lassen wir Ausseer uns nicht gefallen." „Und das wäre ja noch gar nicht das Schlimmste gewesen!", mischte sich der Wilfried ein. „Sie haben uns sogar das Autokennzeichen genommen! Das ‚BA'! Deswegen wäre ich ja dafür, dass wir überhaupt aus der Steiermark austreten und zu Oberösterreich gehen! Wenn wir nicht überhaupt zusammen mit dem Rest des Salzkammerguts ein eigenes Bundesland gründen!" „Und deswegen", schloss der Friedrich, „haben sie den damaligen Landeshauptmann von den Trommelweibern ausgeschlossen."

„Ja, jetzt sollten wir nicht aus den Augen verlieren, worum es überhaupt geht", meinte die Frau Doktor. Gasperlmaier fand auch, dass das Theater mit den Autokennzeichen ein wenig zu weit ging. Schließlich gab es die erst seit ein bisschen mehr als fünfundzwanzig Jahren, und da musste man nicht gleich eine Tradition daraus machen, die man mit Zähnen und Klauen verteidigte. „Der Landeshauptmann", sagte er deswegen, „der scheidet aus." Die Frau Doktor nickte, ebenso wie der Friedrich. „Ich trau ihm alles zu!", meinte hingegen der Wilfried, von dem man aber auch wusste, dass er ein politischer Gegner des Ex-Landeshauptmanns war, weil er für eine andere Partei im Gemeinderat saß.

„Das Problem ist", fuhr die Frau Doktor fort, „dass wir nicht allzu viel Zeit haben. Der Umzug der Trommelweiber ist morgen, ich kann euch nicht wegen so einem Zettel eine Hundertschaft schicken, aber wir müssen morgen präsent sein. Unauffällig. Damit wir sofort eingreifen können, wenn etwas passiert." „Der Postenkommandant könnte doch als Trommelweib verkleidet mitmarschieren!", mischte sich die Manuela ein. „Der Fasching ist ja geradezu ideal für eine solche verdeckte Ermittlung. Niemand wird ihn erkennen!"

Gasperlmaier liefen kalte Schauer über den Rücken, er winkte heftig ab. Er, als Trommelweib verkleidet? War denn so etwas überhaupt erlaubt? „Nein, nein!", beeilte er sich, sofort klar Stellung zu nehmen. „Ich komm dafür nicht in Frage! Ich nicht!" „Warum denn nicht? Du bist ein Ausseer, du bist ein Mann, du hast alle Voraussetzungen. Ich würde wahrscheinlich ein bisschen auffallen!" Die Manuela legte die Hände unter ihre Brüste und lachte. Sie hatte natürlich Recht. Gasperlmaier war auch bisher nicht entgangen, dass man die Manuela nur schwer mit einem Mann hätte verwechseln können, selbst mit Kostüm und Maske. Schließlich arbeitete er täglich mit ihr zusammen. Und außerdem hatte sie, als er sie kennengelernt hatte, nur ein dünnes, eng anliegendes Radtrikot getragen. Aus einer recht misslichen Situation hatte sie ihn damals herausgeholt, so erinnerte er sich. Aber in der Öffentlichkeit auf körperliche Merkmale anzuspielen, das fand er peinlich. Er wandte sich ab.

Der Wilfried wiegte den Kopf hin und her. „Ich weiß auch nicht, ob das eine so gute Idee ist. Erstens einmal ist der Gasperlmaier ein Altausseer, und kein Bad Ausseer. Und zweitens hat er ja nicht einmal die Aufnahmsprüfung bei den Trommelweibern gemacht!" Gasperlmaier wurde schwarz vor den Augen. Energisch winkte er ab. Diese Prüfung beinhaltete nämlich das Austrinken eines Viertelliterglases Schnaps in einem Zug, nebst der Einnahme verschiedener anderer ekelerregender Substanzen.

„Ich sag Ihnen was, Herr Weissensteiner!“ Die Frau Doktor wurde jetzt energisch. „Ich halte das für eine ausgezeichnete Idee. Der Gasperlmaier kann sich so unauffällig im Zug mitbewegen, niemand wird auf ihn achten, und er kann beobachten, ob etwas Verdächtiges passiert. Woher er kommt, oder ob er eine Aufnahmsprüfung gemacht hat, das kann doch dabei keine Rolle spielen! Er bleibt ja Polizist und will gar nicht Mitglied werden. Stimmt's, Franz?“ Gasperlmaier beeilte sich zu nicken, schüttelte aber gleich darauf den Kopf, damit ihm das Nicken nicht als Zustimmung zu diesem abenteuerlichen Plan ausgelegt werden konnte.

„Ich, ich kann das gar nicht machen!“, protestierte er schwach. „Ich kann ja gar nicht musizieren!“ „Das brauchst du auch nicht!“ Der Friedrich war ihm heute keine große Hilfe. Alle, so schien es ihm, hatten sich gegen ihn verschworen. „Du brauchst nur die Trommel zu schlagen, im Takt des Faschingsmarschs, und das wirst du ja wohl hinbekommen!“ Der Friedrich grinste. Fast schien es Gasperlmaier, als wolle er ihn absichtlich in die Situation hineinreiten, obwohl der Vorschlag ja von der Manuela gekommen war. „Also – abgemacht. Herr Weissensteiner, Sie müssen den Franz jetzt nur noch mit dem Kostüm und den entsprechenden Utensilien ausstatten.“ Die Frau Doktor erhob sich. Er wurde anscheinend nicht mehr gefragt. Man hatte über seinen Kopf hinweg beschlossen, dass er morgen als Trommelweib verkleidet durch Bad Aussee ziehen und dabei die Augen nach einem Drohbriefschreiber offenhalten musste, der angekündigt hatte, ein Trommelweib umzubringen. Was, wenn es ihm selber an den Kragen ging? Wer konnte ein Trommelweib vom anderen hinter der Maske unterscheiden? Gasperlmaier spürte deutlich, wie sich sein Magen zusammenzog.

Wenig später konnte er sich beim Punsch vor der Bäckerei Maislinger ein wenig entspannen. Die Frau Doktor war nach Hause gefahren, die Manuela versah weiterhin ihren Bereitschaftsdienst, und der Weissensteiner Wilfried war nach Aussee hinunter, um die Vorbereitungen für den morgigen Umzug der Trommelweiber zu Ende zu führen. Außerdem hatte er versprochen, später noch bei Gasperlmaier mit einem Trommelweiberkostüm vorbeizuschauen. Gasperlmaier fürchtete sich schon vor der unvermeidlichen Anprobe. „Prost!" Der Friedrich hob seinen Pappbecher, zum Anstoßen waren die Gefäße nicht geeignet.

Der Schneefall hatte zwar etwas nachgelassen, dennoch pfiff immer noch ein eisiger Wind die verschneite Dorfstraße herauf. Man erwartete den bescheidenen, dennoch aber herbeigesehnten Altausseer Faschingszug, der meist aus wenig mehr als den verkleideten Musikern der Salinenkapelle bestand. Was der Begeisterung aber keinen Abbruch tat. Die Verkäuferinnen der Bäckerei Maislinger standen, trotz ihrer spärlichen Verkleidung als Gardemädchen, gut gelaunt vor den Lautsprechern der Musikanlage, die laute Schlagermusik gegen den Wind ankämpfen ließ, und hüpften im Takt. Wenn sie nicht gerade Punsch auszuschenken hatten. Gasperlmaier nahm einen großen Schluck von der dampfenden Flüssigkeit. „Schau, Gasperlmaier", meinte der Friedrich. „So schlimm wird's schon nicht werden. Gehst halt mit, beim Umzug morgen, und nach ein paar Stunden ist es eh wieder vorbei. Und ein Essen kriegst auch, und mehr als genug zu trinken!" Er stieß Gasperlmaier mit dem Ellenbogen in die Seite, dem aber nicht zum Feiern zumute war. Vor allem am Trinken hatte er in den letzten Monaten ein wenig die Freude verloren, nachdem ihm sein Arzt eine beginnende

Fettleber diagnostiziert hatte. Der Friedrich hatte zwar gemeint, die habe er schon seit zwanzig Jahren, und sein Onkel, der ihm einen uralten Mercedes vererbt hatte, sei samt Fettleber zweiundneunzig geworden, aber darauf, so fand Gasperlmaier, konnte man sich nicht verlassen. Missmutig starrte er in seinen bereits fast geleerten Becher. Wie viel Alkohol da wohl drinnen gewesen war?

„Ich weiß nicht recht", sagte er. „Was soll ich denn da eigentlich tun? Und wie soll ich verhindern, dass etwas passiert?" Der Friedrich winkte ab. „Aber geh! Du marschierst einfach mit und hältst die Augen offen. Es wird schon nichts passieren. Und dann hast acht Stunden Dienst geschoben und gehst heim, kriegst den ganzen Tag sogar als Arbeitstag bezahlt, so musst es sehen!" Er wandte sich an eine der Verkäuferinnen. „Gibst mir noch einen Punsch? Und für den Gasperlmaier auch noch einen, der braucht ein bisserl Aufheiterung." Gasperlmaier stürzte den letzten Schluck hinunter und nahm den neuen Becher in Empfang. „Was ist denn mit dir, Gasperlmaier?" Die Verkäuferin, die ihm seinen Becher reichte, das war die Barbara, die Hübscheste von allen. Groß war sie, und dunkelhaarig. Und als Gardemädchen machte sie mit ihren langen Beinen schon was her. „Ah, es ist nur wegen dem Sonntagsdienst ...", murmelte Gasperlmaier eine wenig überzeugende Ausrede vor sich hin. „Komm, Gasperlmaier, jetzt tanzt du mit mir eine Runde!" Die Barbara nahm ihm den Becher aus der Hand, fasste ihn entschlossen um die Mitte und drückte ihn an sich. Seine Augen waren etwa auf der Höhe ihres Kinns. Zu den Klängen des „Fliegerliedes" zog sie ihn über den rutschigen Untergrund. Um nicht als Spielverderber dazustehen, gab er sein Bestes, während der Friedrich im Takt zur Musik klatschte und die Umstehenden mit einfielen. Im Vorbeiwirbeln sah Gasperlmaier gleich mehrere Handys auf sich gerichtet. Das fehlte noch, dass von seinem Tänzchen womöglich Minuten später Aufnahmen im Internet kursierten. Er wollte sich schon befreien, als die Barbara ihn von sich aus losließ.

„Sie kommen!" Von weitem hörte man die Klänge des Faschingsmarschs langsam herannahen, immer wieder verweht vom böigen Wind. Gasperlmaier musste seine Dienstmütze tiefer in die Stirn ziehen, damit sie ihm nicht davonflog. Die Musik aus den Boxen erstarb, als sich die Blaskapelle näherte. Im Schlepptau der Musiker, so konnte Gasperlmaier erkennen, befanden sich einige Gestalten, die Schubkarren vor sich herschoben, in denen maskierte Narren saßen, jeweils mit Bierflaschen in den Händen. Gasperlmaier konnte Fetzen einzelner Trinklieder erkennen, bevor die Musiker ihre Instrumente absetzten und sich zum Punschstand begaben. „Ja, servus, Gasperlmaier, servus, Kahlß. Gehst heut als Polizist, Gasperlmaier, was? Sauber! Originell!" Der Ostermeyer Edi, der bei der Salinenkapelle die Klarinette blies, war bereits sehr gut aufgelegt und dementsprechend gesprächig. „Servus, Edi", antwortete der Friedrich. „Schön habt's gespielt!" Der Edi zog seine Handschuhe an und schloss die Finger um einen Becher Punsch, der ihm gereicht wurde. „Scheiß Wetter!", fluchte er. „Und uns erzählen's immer was von der Erderwärmung!" Gasperlmaier wollte nach Hause, er war bis auf die Knochen durchgefroren, trotz Punsch. „Ich muss dann einmal ...", meinte er, doch anscheinend hatte ihn der Edi falsch verstanden. „Kannst ja gleich dort hinten in den Schnee brunzen! In zehn Minuten sieht's eh keiner mehr!" Gasperlmaier war nicht zum Lachen zumute. Außerdem hatte er Hunger. „Ich geh jetzt heim, Friedrich, weißt eh ...“ Er ließ seinen Satz unvollendet, steckte die Hände in die Jackentaschen und wandte sich zum Gehen.

Mit nassen Socken und eiskalten Zehen betrat Gasperlmaier das Vorhaus. In ihrer Straße schien schon länger kein Schneepflug mehr vorbeigekommen zu sein. Fast stolperte er über ein Paar Skischuhe, das gegen den Heizkörper gelehnt stand und einen unangenehmen Geruch verströmte. Gleich daneben versperrte ein Paar Snowboardboots den Weg in die Küche. Aus dem Wohnzimmer vernahm er unverkennbare Wortfetzen einer amerikanischen Fernsehserie. Ach ja. Seine beiden Kinder waren ja über die Semesterferien zu Hause und verdienten sich ein Zubrot als Ski- und Snowboardlehrer auf dem Loser. Wobei seine Tochter Katharina für die Snowboardanfänger, sein Sohn Christoph hingegen für die Skifahrer zuständig war.

„Schon daheim?“, wunderte er sich. Christoph sah kaum zu ihm auf. „Wir haben schon Schluss gemacht für heute. Die Eltern haben ihre Kinder früher geholt, wegen dem Wetter.“ Er langte in eine Packung Chips, die er in der linken Hand hielt, und stopfte sich eine Ladung in den Mund. Die Katharina stand wenigstens auf. „Hallo, Papa! Wie war's bei der Besprechung?“ Sie umarmte ihn und drückte ihm sogar ein Küsschen auf die Wange. Gasperlmaiers Laune besserte sich etwas. Wenigstens eine im Haus, die sich freute, dass er wieder da war. Der Christoph und die Katharina waren nur mehr selten zu Hause. Während er schon das vierte Jahr in Wien Medizin studierte, stand die Katharina im zweiten Jahr ihres Tourismusstudiums an der Fachhochschule in Salzburg.

„Wo ist denn die Mama?“ „In der Küche, sie macht uns ein Abendessen. Heute gibt's was Italienisches. Sozusagen zum Faschingfeiern." Gasperlmaier lief das Wasser im Mund zusammen. Wenn seine Christine ankündigte, dass es zur Feier irgendeines Tages etwas Besonderes zu essen gab, durfte man sich wirklich freuen, denn sie war eine ausgezeichnete und fantasiebegabte Köchin. Während sich seine Kochkenntnisse auf das Grillen von Fleisch und auf das Anrichten von Salat beschränkten. Gasperlmaier schnupperte. Was ihm in die Nase stieg, war aber nicht der Duft italienischen Essens, sondern der muffige Geruch schweißnasser Skisocken. Er warf Christoph einen missbilligenden Blick zu. Tatsächlich saß der noch in Skiunterwäsche und feuchten Socken vor dem Fernseher, noch dazu mit den Füßen auf ihrem neuen Sofa. „Du gehst aber schon noch duschen, gell?" Während Christoph zur Antwort nur grunzte, mischte sich die Katharina ein. „Ich hab's ihm eh schon gesagt, dass seine Socken stinken!" Gasperlmaier begab sich in die Küche.

„Du kannst mir gleich einen Parmesan reiben, ich hab nicht mehr genug", empfing ihn seine Christine. Als er versuchte, sie auf den Nacken zu küssen, rief sie jedoch: „Verschwind! Stör mich nicht!" „Also was jetzt?" „Parmesan!" Sie zeigte auf Reibe, Käse und Teller, die neben ihr auf der Küchenanrichte standen. In der Pfanne brutzelten schon Schnitzel mit Parmesanpanier, daneben stand ein Topf mit dampfender Tomatensoße. „Die Nudeln müssten auch zugestellt werden." „Die Kinder ...", gab Gasperlmaier zu bedenken. „Die sind den ganzen Tag am Berg gewesen, in diesem Sauwetter, lass sie halt in Ruh!", wandte die Christine ein. Etwas verstimmt machte er sich ans Käsereiben. Was sollte das heißen, den ganzen Tag im Sauwetter? Skifahren war schließlich Vergnügen, und er war es, der sich den Nachmittag im Büro um die Ohren hatte schlagen müssen. Mit dem Ergebnis, dass er das Opfer war, das morgen undercover den Umzug der Trommelweiber zu überwachen hatte. „Tisch decken!“, schrie die Christine so laut, dass er zusammenzuckte. Damit waren wenigstens, so schien es ihm, die Kinder gemeint.

Der Christoph prustete los, sodass er ein wenig Tomatensoße über den Tisch verspritzte. „Der Papa undercover bei den Trommelweibern? Das gibt's ja nicht!“ Gasperlmaier nahm einen Schluck von seinem sauren Radler. Das Zeug schmeckte ja nach gar nichts. Aber seit seine Blutwerte nicht mehr ganz zufriedenstellend waren, schüttete ihm die Christine immer wieder Mineralwasser ins Bier. „Schmeckt genauso!“, versicherte sie ihm. Davon allerdings, dachte er bei sich, verstand sie nun einmal wirklich nichts. „Reiß dich zusammen!“, konterte Gasperlmaier. „Da gibt's nichts zu lachen. Das ist eine ernst zu nehmende Drohung!“ Er verfluchte sich dafür, dass er den Mund wieder einmal nicht halten hatte können. Aber mit irgendwem musste er ja schließlich seine Sorgen teilen. Mit wem denn, wenn nicht mit der Familie? „Ich bin schon gespannt auf die Verkleidung“, nuschelte der Christoph, was ihm einen warnenden Blick seitens der Christine eintrug. „Sprich bitte nicht mit vollem Mund.“ „Woher kriegst du's denn, das Kostüm?“, wollte die Katharina wissen. „Der Weissensteiner Wilfried, der bringt mir eins vorbei. Und die Trommel auch.“ Die Katharina und die Christine, so fiel ihm auf, hatten jetzt schon mehrmals vielsagende Blicke getauscht. Und die Katharina hatte das Wort „Kostüm“ so seltsam betont. Gab es da irgendwas, das man vor ihm geheim halten wollte? Er sah zwischen den beiden hin und her, die aber im Moment ungerührt ihre Parmesanschnitzel entzweisägten. Piccata Milanese hieß das Gericht, hatte die Christine gemeint.

Ausgezeichnet schmeckte es, obwohl er früher gedacht hatte, Nudeln passten auf keinen Fall zu einem Schnitzel. „Und dass mir ja keiner etwas verlauten lässt über diese Geschichte, auf Facebook oder so!“ Gasperlmaier hob warnend seine rechte Hand mit dem Messer. Der Christoph schüttelte nur den Kopf und kicherte in sich hinein. Plötzlich zog er sein Handy aus der Hosentasche. „Apropos Facebook!“, murmelte er, während er mit einer Hand Nudeln aufrollte und mit der anderen mithilfe seines Daumens auf dem Bildschirm herumwischte. „Nicht beim Essen!“, mahnte die Christine, doch Christoph hatte schon gefunden, wonach er gesucht hatte. „Der Papa hat heute anscheinend schon ausgiebig gefeiert!“ Er hielt ihm das Handy vor die Nase, um es gleich darauf in der Runde herumzuzeigen. Gasperlmaier suchte nach seiner Brille, doch die Klänge des „Fliegerliedes“ ließen ihn bereits Böses ahnen. Die Christine schob ihre Brille, die sie meist in ihrem Haar stecken hatte, vor die Augen und griff nach dem Handy. „Der Papa mit der feschen Barbara!“, kicherte sie. „Na ja, ein bisschen Spaß muss am Faschingssonntag auch sein“, grinste sie und drückte ihm das Handy in die Hand. Manchmal ärgerte es Gasperlmaier, dass die Christine niemals auch nur einen Hauch von Eifersucht zeigte, selbst wenn sie ihn beim Tanz mit einer hübschen Bäckereiverkäuferin sah. Traute sie ihm nicht zu, dass er auch andere Frauen verführen konnte? Er besah sich selbst das verhängnisvolle Video. Es war wackelig und verschwommen, und manchmal sah es so aus, als würde er direkt in den Ausschnitt der Barbara starren. Was natürlich nicht stimmte, denn weder hatte es einen Ausschnitt gegeben, noch hatte er auch nur in die Nähe desselben geschaut. Das war wirklich unbedingt nötig gewesen, dass er vor dem morgigen

Einsatz auch noch die Aufmerksamkeit der Internetöffentlichkeit auf sich zog. Bis morgen würden ein paar Hundert Altausseer das Video gesehen, und ein paar Dutzend natürlich auch süffisante Kommentare dazu abgegeben haben. Ein weiterer Beweis dafür, dass niemand das Internet brauchte, namentlich Facebook. Wenigstens war es jetzt schon zu spät dafür, als dass der Vorfall auch noch Aufnahme in den Faschingsbrief finden konnte.

Draußen läutete es. Die Katharina stand hastig auf, „ich bin eh schon fertig!", und eilte zur Tür. „Papa! Für dich!" Gasperlmaier wischte sich den Mund ab und trank seinen Radler aus. Das musste der Wilfried sein, mit seinem Kostüm für morgen. „Servus!", begrüßte er ihn. „Magst ein Bier?" Der Wilfried schüttelte den Kopf. „Nein, ich hab grad. Und außerdem muss ich heut eh noch ins Wirtshaus, am Faschingssonntag bleibt doch niemand daheim!" Er lachte und schwenkte eine große Plastiktasche, die er in der Linken hielt. Mit der Rechten umarmte er eine große Trommel, die Gasperlmaier skeptisch beäugte. „Probieren musst es aber schon noch!", meinte der Wilfried. „Wo gehen wir denn hin?"

Niemals in seinem Leben hatte Gasperlmaier ein Frauenkostüm getragen, das war ihm im tiefsten Inneren zuwider. Warum, das wusste er selbst nicht so recht. Und jetzt sollte er in den Genuss kommen, noch dazu bei einem geheimen Polizeieinsatz, bei dem er einen fangen sollte, der eine gefährliche Drohung gegen die Trommelweiber abgegeben hatte. „Komm halt herein!" Gasperlmaier winkte den Wilfried ins Wohnzimmer. Er hatte kurz überlegt, das Kostüm außerhalb der Sichtweite seiner Kinder anzuprobieren, um sich nicht ihrem Spott aussetzen zu müssen. Doch in diesem Fall kam nur das eheliche Schlafgemach in Frage, und das war ihm dann doch zu intim, da wollte er keinen Fremden drinnen haben. Er schloss die Tür zwischen Küche und Wohnzimmer, während der Wilfried bereits den Inhalt des Plastiksacks auf das Sofa beförderte. „So", sagte er. „Schau her! Wird dir gefallen!" Gasperlmaier fand das Grinsen des Wilfried etwas schmutzig. „Weißt eh, das ist eine Ehre, dass man das tragen darf! Noch nie hat einer das Gewand der Trommelweiber anziehen dürfen, der nicht vorher die Aufnahmsprüfung bestanden hat." Gasperlmaier besah sich die Ausrüstung. Eine weiße Bluse mit Spitzen an der Knopfleiste, an den Schultern waren noch rosa Epauletten aufgenäht. Daneben ein langer, weißer Rock mit hellblauen Spitzenvolants. „Jetzt zieh's halt schon einmal an! Ich hab ja nicht ewig Zeit!" Seufzend nahm Gasperlmaier die Bluse zur Hand und zog sie über sein Hemd. Weit genug war sie, zudem viel zu lang. Er griff nach dem Rock, der einen elastischen Gummibund hatte. „Die Bluse gehört drüber!", erläuterte der Wilfried, als Gasperlmaier Anstalten machte, die Bluse in den Rockbund zu schieben. „Das Schürzerl!" Der Wilfried hielt eine rosarote Schürze mit aufgenähter Tasche in die Höhe. „Arme hoch!" Gasperlmaier gehorchte, und der Wilfried band ihm die Schürze gleich um. „Jetzt noch das Hauberl!" Hoffentlich kam jetzt niemand aus der Küche. Er setzte die Haube auf und kam sich unglaublich dämlich vor. „Die Larve!" Der Wilfried reichte ihm eine Gummilarve mit leuchtend roten Lippen, die er sich über das Gesicht zog. Hinter dem Kopf wurde sie mit einem Gummiband befestigt. „Nein, so ist es falsch", korrigierte der Wilfried. „Der Gummi von der Larve kommt unter die Haube." Gasperlmaier begann zu schwitzen. Im Wohnzimmer war es viel zu heiß für diese Maskerade. „Wenn's dir morgen zu kalt ist, kannst auch noch weiße

Handschuhe dazu anziehen. Fesch schaust aus!" Der Wilfried klopfte Gasperlmaier anerkennend auf die Schulter und trat einen Schritt zurück, um sein Opfer fachmännisch zu begutachten.

Die Küchentür öffnete sich, Gasperlmaier fuhr herum und blickte durch die schmalen Schlitze der Maske der Christine in die Augen. Die zuckte kurz, schlug die Hand vor den Mund und begann zu glucksen. „Dass ich das noch einmal erleben darf! Mein Mann in Frauenkleidern!" Natürlich waren seine Kinder darauf aufmerksam geworden, dass es etwas zu sehen gab, und lugten ebenfalls von der Küche aus ins Wohnzimmer. „Wahnsinn! Der Papa!", kicherte der Christoph und zog sein Handy aus der Hosentasche. „Nix da! Kein Foto!" Jetzt wurde Gasperlmaier aber zornig. Verstand denn der Bub nicht, dass es geheim bleiben musste, dass er bei den Trommelweibern mitmarschierte? Ganz abgesehen davon, dass der Anstand es verlangt hätte, dass er seinen Vater nicht der Lächerlichkeit preisgab. Aber da hoffte er beim Christoph wohl vergeblich. „Weg mit dem Ding! Du weißt doch, was wir besprochen haben!" Wenigstens die Christine unterstützte ihn.

„So, und jetzt probieren wir noch das mit dem Trommeln!" Der Wilfried drückte ihm die große Trommel in die Hand und warf ihm den breiten Lederriemen über den Kopf, an dem sie befestigt war. „So musst du sie halten", instruierte er Gasperlmaier, indem er das Instrument zurechtrückte. „Und jetzt hau drauf!" Gasperlmaier kam sich unsagbar blöd vor. Konnte man nicht wenigstens die unnötigen Gaffer wegschicken? Doch die dachten gar nicht daran, auf das Schauspiel zu verzichten. Zaghaft führte er den Schlegel gegen das Trommelfell, allzu zaghaft. „Fester!" Na, dann eben fester. Gasperlmaier zog entschlossen durch, laut hallte der Trommelschlag im engen Wohnzimmer wider. „Schon besser! Aber ich hab dir auch den Faschingsmarsch mitgebracht, damit du den Rhythmus üben kannst." Der Wilfried fischte eine CD aus der Innentasche seines Rocks. „Habt's ihr einen CD-Player?" Der Christoph drängte sich vor, nahm dem Wilfried die CD ab und hockte sich vor die Stereoanlage. „Das braucht's jetzt aber wirklich nicht, das geht dann schon!", versuchte Gasperlmaier sich zu verteidigen, doch der Wilfried winkte ab, und Sekunden später bereits schallte der Klang des Ausseer Faschingsmarschs durchs Wohnzimmer. Der Wilfried machte ihm pantomimisch vor, wie er den Rhythmus zu schlagen hatte. Gasperlmaier folgte seinen Anweisungen, aber nur ein paar Sekunden lang. Der Schweiß lief ihm bereits in Strömen über das Gesicht und den Rücken. Wie kam er eigentlich dazu, sich hier vor seiner Familie zum Deppen machen zu lassen? Rundum das Gekicher der Frauen, dazu noch das schäbige Grinsen vom Christoph! Er legte den Schlegel weg, zog den Lederriemen über den Kopf und stellte die Trommel auf den Boden. Häubchen und Larve flogen in hohem Bogen aufs Sofa. „Schluss jetzt mit der Vorstellung! Es genügt, wenn ich morgen den ganzen Tag in dem Zeug herumlaufe!" So schnell er konnte, entledigte er sich des Rocks und der Bluse. Ein Knopf sprang ab und schlug mit einem lauten Klirren gegen den Schirm der Stehlampe. „Aber geh", beschwerte sich die Christine. „Jetzt kann ich dir den Knopf auch noch annähen!"

„Magst einen Schnaps?" Endlich hatte er sich aus dem Kostüm befreit. „Da sag ich nicht nein, aber nur einen ganz kleinen!" Der Wilfried deutete mit zwei Fingern die Größe des Schnapses an, den er zu trinken bereit war. Gasperlmaier bedeutete ihm, in die Küche zu folgen, nahm den Obstler und zwei Stamperl aus der Kredenz und schenkte großzügig ein. Der Wilfried beschwerte sich nicht darüber. „Prost!“ Sie stürzten die Schnäpse hinunter. Gasperlmaier dachte einen Augenblick an seine Fettleber, bevor sich Wärme und Entspannung, vom Magen ausgehend, in ihm breitmachten. „Krieg ich auch einen?“ Der Christoph hatte sich neben ihm auf die Küchenbank geschoben. „Für was?“, fragte Gasperlmaier etwas verärgert. „Fürs Lästig-Sein?“ Der Christoph schüttelte nur den Kopf, stand von der Bank auf und zog sich zurück. Im Hinaufgehen über die Stiege trällerte er die letzten Takte des Faschingsmarschs vor sich hin, mit dem dazugehörigen Text: „Und an Doppelliter Bier, und an Doppelliter Bier ...“ Der einfache Vers wurde in der Regel zahllose Male wiederholt. Wenn er nicht auffallen wollte, würde der morgige Tag ein schwerer werden, vor allem für seine Leber, fürchtete Gasperlmaier.

2

Das Wetter hatte sich zwar gebessert, aber nur ein wenig. Das Thermometer hatte acht Grad minus gezeigt, als Gasperlmaier sich für den Abmarsch bereitgemacht hatte. Unter der dünnen Bluse musste eine Winterjacke Platz finden, und sicherheitshalber zog er auch eine warme Skiunterhose an. Man konnte ja nicht wissen. So stand er nun im frisch gefallenen Schnee vor dem ersten Geschäft, das die Trommelweiber an diesem Morgen besuchten. Der Geschäftsführer war bereits mit einem Karton vor seinen Laden getreten und hatte Bierflaschen an die Trommelweiber verteilt. Erst jetzt kam Gasperlmaier drauf, dass er ein Problem hatte. Er durfte seine Maske nicht lüften, solange Zuschauer anwesend waren, die ihn erkennen hätten können. Denn sonst wäre sein Inkognito schnell aufgeflogen. Die Trommelweiber waren zwar informiert worden, dass sie heute unter Polizeibegleitung ausrücken mussten, aber vor allen anderen galt es, seine Identität geheim zu halten. Er wusste nicht recht, was er nun mit der Bierflasche anfangen sollte, die ihm in die Hand gedrückt worden war. Wenn er die Larve ein klein wenig hochschob, sodass nur der Mund zu sehen war? Es funktionierte, allerdings konnte er so nichts sehen, wann immer er einen Schluck nahm. Das war jetzt eben so. Aber was würde beim Mittagessen passieren? Spätestens dann musste er zumindest gegenüber dem Wirt und seinem Personal seine Identität preisgeben. In der Besprechung gestern war gar nicht diskutiert worden, wie er sich in diesem Fall verhalten sollte. Die anderen hatten es sich leicht gemacht: „Gasperlmaier, du gehst als Trommelweib!“, hatte es geheißen. Eine Detailplanung des Einsatzes war verabsäumt worden.

Und die Frau Doktor war weit weg und machte sich wahrscheinlich einen schönen Tag.

Die Musiker wandten sich zum Gehen, was bedeutete, dass auch Gasperlmaier seine schwere Trommel wieder aufnehmen musste. Vorsichtige Blicke nach rechts und links klärten ihn darüber auf, dass bei weitem nicht alle Trommeln so voluminös und unhandlich waren wie seine eigene. Eine kleinere hätte es für ihn durchaus auch getan. Hatte ihm der Wilfried mit voller Absicht so ein Monstrum umgehängt? Etwas entnervt schloss er sich dem Zug an. Die Musiker hatten bereits begonnen, den Faschingsmarsch zu intonieren, dessen Melodie in Gasperlmaiers Ohren heute irgendwie bedrohlich widerhallte. Das Schreiten im Takt und das gleichzeitige Losdreschen auf die Trommel fiel ihm schon leichter als ganz zu Beginn. Er schlug nun etwas fester zu und blickte sich ein wenig um. Viele Zuschauer waren noch nicht auf den Beinen, und immer noch schneite es leicht. Gott sei Dank hatte der Wind etwas nachgelassen, und das Marschieren und Trommeln wärmte auch einigermaßen auf.

Man kam nur wenige Schritte weit, bis wieder Halt gemacht wurde, diesmal vor einem Sportgeschäft. Eine junge Verkäuferin drängte sich mit einem Tablett voller Schnapsstamperln durch die Menge der Trommelweiber, die, einer nach dem anderen, ihre Larven hochschoben, um den Schnaps durch ihre Gurgeln zu jagen. Gasperlmaier wiederholte, versteckt zwischen zwei recht umfangreichen Trommelweibern, das Manöver von vorhin. Wohlige Wärme breitete sich in seinem Magen aus. Die Frage war nur, wie er den Tag überstehen sollte, wenn das so weiterging.

Sie waren noch nicht einmal am Kurhausplatz vor dem Hotel Kaiser Franz angekommen, und Gasperlmaier schwitzte bereits, trotz des ausgesprochen winterlichen Wetters. Außerdem begannen die Schnäpse und die ein, zwei Seidel Bier bereits ihre Wirkung zu tun. Gasperlmaier spürte eine gewisse Leichtigkeit, und die Trommel war ihm gar keine Last mehr. Beschwingt schlug er, mehr oder weniger im Rhythmus mit der Blasmusik, auf das Trommelfell ein. Dabei musste er sich immer mehr konzentrieren, seine Blicke unauffällig umherschweifen zu lassen. Schließlich hatte es eine Morddrohung gegeben, das durfte man nicht vergessen. Ein Trommelweib war ihm bereits aufgefallen, das niemals seine Maske hochschob und auch keinen der angebotenen Schnäpse angerührt hatte. Den musste er im Auge behalten. Was schwierig war, weil er sich immer wieder in der letzten Reihe des Zugs einordnete.

Es ging nun rechts hinüber, in die Bahnhofstraße, und über die Postbrücke. Gleich danach lag links die Sparkasse, und da würde die erste größere Pause gemacht werden. Würstel und Brote sollte es geben. Und ausgerechnet vor der Bank hatte sich bereits eine größere Menge Schaulustiger angesammelt. Den Gusto auf ein Paar Würstel würde er sich wohl verkneifen müssen. Die letzten Takte des Faschingsmarschs verklangen, die Kapelle setzte ihre Blasinstrumente im Eingangsbereich der Bank ab, wo sie einigermaßen sicher vor dem immer noch fallenden Schnee waren. Gasperlmaier blickte nach oben. Durch die Schlitze in der Maske glaubte er wahrzunehmen, dass sich der Himmel allmählich aufhellte. Vielleicht würde der Schneefall im Laufe des Tages doch noch aufhören. Schon tauchten erste Mitarbeiter der Bank mit Bierflaschen und Tabletts mit Schnapsstamperln auf. Gasperlmaier schaute sich um, konnte aber das verdächtige Trommelweib nirgends ausmachen. Er musste sich unauffällig ein wenig durch die Menge schleichen. „Nimmst dir ein Flaschl?" Eine hübsche, dunkelhaarige Bankmitarbeiterin in kurzer Lederhose und kariertem Hemd stieß ihn an und hielt ihm ihr Tablett vor die Nase. Die musste ja erbärmlich frieren, dachte Gasperlmaier bei sich. Eilig nahm er sich eine Flasche vom dargereichten Tablett und schraubte den Verschluss ab. Seltsam, dass er schon wieder Durst hatte.

Er blickte vorsichtig um sich, um festzustellen, ob er es riskieren konnte, die Maske hochzuschieben. Eigentlich standen zu viele Zuschauer herum, und er konnte nicht mit Sicherheit sagen, ob jemand darunter war, der ihn erkennen hätte können. Waren das da drüben nicht zwei Schulfreundinnen von seiner Katharina? Also, vorläufig kein Bier. Missmutig starrte er in den Flaschenhals.

Überhaupt wurde es jetzt schwierig: Einzelne Trommelweiber hatten ihre Larven hochgeschoben und begaben sich auf den Weg zur öffentlichen Toilette hinüber, die auf der anderen Seite der Brücke lag. Natürlich. Wenn oben viel hineingegossen wurde, musste unten auch wieder was hinaus. Gasperlmaier drückte auf seinen Bauch, um festzustellen, ob er auch schon musste. Eine Zeit lang würde er es wohl noch aushalten.

In diesem Moment packte ihn jemand am Arm. „Komm mit in die Bank!", flüsterte ihm ein Trommelweib ins Ohr. Die Stimme schien durch die Maske verzerrt, jedenfalls konnte er sie nicht zuordnen. Gasperlmaier wurde unsicher. Warum sollte er jemandem folgen? Damit er die Situation vor der Bank nicht mehr im Blick behalten konnte? Es galt jetzt, aufmerksam zu bleiben. „Ich bin's, der Wilfried!", flüsterte der, der ihn am Arm hielt, als er merkte, dass Gasperlmaier Widerstand leistete. „Komm mit hinein!“ Nun folgte er ihm durch das Foyer mit den ganzen Automaten, die die Banken heutzutage aufstellten, um ihre Arbeit den Kunden aufzuhalsen. Gasperlmaier hatte weder eine Freude mit den Automaten, die ihm unheimlich schienen und oft nicht das taten, was er von ihnen wollte, noch mit den Bankbeamten, denen gegenüber er leise Vorurteile hegte. Er hing dem Glauben an, dass sie nichts anderes im Sinn hatten, als einen über den Tisch zu ziehen.

Der Wilfried schob seine Maske hoch, ein verschwitztes Gesicht kam darunter zum Vorschein. Im Schalterraum der Bank waren sie unter sich. Der Wilfried schob ihm einen Pappteller mit einem Paar Würstel hin. „Damit du auch nicht verhungern musst. Draußen musst du ja inkognito bleiben!“ Er grinste. Gasperlmaier schob seine eigene Maske hoch und merkte erst jetzt, dass sein Gesicht ebenfalls schweißnass war. Er zog umständlich ein Taschentuch aus der Hose, die natürlich unter dem weißen Rock versteckt war, und wischte sich übers Gesicht. „Dank dir, Wilfried!“ Er biss in die Wurst, nicht ohne sie vorher ausgiebig in Senf und Kren eingetunkt zu haben. Mit einem Schluck Bier spülte er nach. Das tat gut. Und außerdem war es nicht schlecht, für eine Weile hier im Trockenen zu stehen. „Ich muss wieder hinaus!“, erklärte der Wilfried und verschwand durch die automatische Tür. Gasperlmaier stand mit Wurst und Bier in der Hand im stillen, menschenleeren Schalterraum und kam sich wie aus dem Verkehr gezogen vor. Hatte er nicht den Auftrag erhalten, den Zug der Trommelweiber undercover zu überwachen? Und nun stand er allein hier herinnen, ohne dass er auch nur ein einziges Trommelweib in seinem Blickfeld hatte.

„Grüß Gott, Herr Gasperlmaier!“ Die Bankangestellte, die ihm vorhin sein Bier gegeben hatte, stand nun mit einem Tablett mit Schnapsstamperln vor ihm. Hübsch war sie, das musste man ihr lassen. Kohlrabenschwarzes Haar rahmte ein recht farbenfroh geschminktes Gesicht ein. An den Beinen allerdings, so stellte er fest, hatte die Kälte draußen für Gänsehaut gesorgt. „Psst!“ Er legte die Hand vor den Mund. „Ich bin inkognito da! Ich bin ja gar kein Trommelweib!“ Das Mädchen zog die Stirn in Falten. „Nicht? Aber ...“ „Ich kann jetzt nicht darüber reden!“, zischte Gasperlmaier. „Und du vergisst am besten, dass du mich hier gesehen hast.“ Woher kannte ihn das Mädchen überhaupt? Er konnte sich nicht erinnern, sie jemals gesehen zu haben. Oder doch? Unruhig blickte er zur automatischen Tür und auf den Wurstrest in seiner Hand. Sobald er das letzte Stück im Mund hatte, würde er schauen, dass er wieder hinauskam, damit ihm niemand vorwerfen konnte, er sei seinem Auftrag nicht nachgekommen. „Kennen Sie mich denn nicht mehr? Wissen S' noch, damals, am Strand, da wollten Sie mich unbedingt fotografieren!“ Als sie lächelte, so ein wenig verschmitzt, als mache sie sich über ihn lustig, fiel es Gasperlmaier wie Schuppen von den Augen. Tatsächlich hatte er das Mädchen schon einmal gesehen, als sie am Strand des Altausseer Sees nach einem Verdächtigen gesucht hatten, die Frau Doktor, der Kahlß Friedrich und er selbst. Halbnackt war sie damals dort am Ufer gelegen. In einem roten Bikinihöschen. Und auf den Hintern, da hatte sie einen Schmetterling tätowiert gehabt. Oder war es doch ein Adler gewesen? Aber, dass er sie hatte fotografieren wollen, davon konnte doch keine Rede sein! Sie hatte ihm ihre Kamera praktisch in die Hand gedrückt!

„Wollt ich gar nicht!", verteidigte er sich, schob die schönen Erinnerungen ärgerlich zur Seite und stopfte sich den Wurstzipfel in den Mund. „Was ist jetzt mit dem Schnaps? Die anderen warten schon darauf!" Eigentlich, so dachte Gasperlmaier bei sich, war es keine gute Idee, jetzt schon wieder Hochprozentiges zu trinken, aber sein Bier, so stellte er fest, war bereits leer, und mit irgendwas musste man ja nachspülen. „Gibst halt einen her", brummte er. „Dankschön!" „Bitte, Herr Inspektor. Gerne wieder!" Sie schenkte ihm noch ein verschmitztes Lächeln, ähnlich wie vorhin, und folgte Gasperlmaier, der sich beeilte, wieder hinauszukommen.

Draußen hatte zwar der Schneefall aufgehört, der Großteil der Trommelweiber war aber noch immer mit Schnaps, Bier und Würsteln beschäftigt. Gasperlmaier zog erschrocken seine Larve vor das Gesicht, er hatte vergessen, sich zu verhüllen, bevor er das Bankgebäude verließ. Durch die engen Sehschlitze musterte er die Gruppe der Trommelweiber, die laut und fröhlich die Bierflaschen gegeneinanderkrachen ließen. Er merkte, dass er jetzt doch aufs Klo musste. Aber immerhin, einige der anderen Trommelweiber waren auch schon in diese Richtung verschwunden, und es konnte nicht schaden, auch dort einmal Nachschau zu halten. Er trat auf die Brücke hinaus, wo ihn ein Windstoß erfasste, der ihm fast die Haube vom Kopf riss und seinen weißen Spitzenrock flattern ließ. Unmöglich war das, in so einem Gewand herummarschieren zu müssen. Und von einer Wetterbesserung konnte eigentlich gar keine Rede sein. Mit einer Hand hielt er Haube und Larve fest und näherte sich der öffentlichen Toilette.

Tatsächlich standen zwei Trommelweiber am Pissoir und unterhielten sich lautstark und angeregt, während sie ihr Geschäft verrichteten. Der eine hatte sogar eine Zigarette zwischen die Zähne geklemmt, während der andere schon bedenklich schwankte. Gasperlmaier sorgte sich, ob der Mann überhaupt noch in der Lage war, mit seinem Strahl zielsicher die Pissoirschüssel zu treffen. Es war ein großer, grobschlächtiger Kerl mit einem dicken Bauch und langen, etwas ungepflegt wirkenden grauen Haaren, die ihm bis weit in den Nacken hinunterhingen.

Gasperlmaier zog sich in die Kabine zurück. Erstens war er beim Wasserlassen sowieso lieber für sich, und zweitens wollte er vermeiden, in die Unterhaltung der beiden mit hineingezogen zu werden. Sie unterhielten sich nämlich, so schien ihm, über genau die schwarzhaarige Bankangestellte, mit der Gasperlmaier selbst soeben zusammengetroffen war. Eine „geile Katz" nannte der eine sie, und der andere machte irgendeine, wie Gasperlmaier fand, zwar zutreffende, aber in der Wortwahl und im Ton unangebrachte Bemerkung über die Größe ihrer Brüste. Er konzentrierte sich auf seine Tätigkeit und versuchte, die Unterhaltung draußen, die ohnehin bald abbrach, auszublenden.

Als er die Kabine verließ, standen bereits zwei andere Trommelweiber an den Pissoirschüsseln, daneben auch ein Bursch, völlig unpassend bekleidet mit einer kurzen Lederhose. Der musste ja elendiglich frieren. Oder vielleicht war er schon so betrunken, dass er nichts mehr spürte.

Überhaupt war es Gasperlmaier schleierhaft, wie es möglich war, dass ihnen im Ausseerland im Fasching nicht rudelweise die Leute erfroren. Nicht wenige machten sich nächtens nach durchzechten Tagen und Abenden auf den Heimweg, zumindest meist nicht mehr, wie es früher noch üblich gewesen war, mit dem Auto oder dem Moped, sondern zu Fuß. Und manch einen, der auf dem Heimweg umgekippt und mitten auf dem Gehsteig einfach eingeschlafen war, hatte Gasperlmaier bei einem Streifengang schon aufgefunden. Gott sei Dank immer rechtzeitig, bevor er noch erfroren war. Aber es konnte ja nicht jeder das Glück haben, von der stets wachsamen Exekutive gefunden und entsprechend versorgt zu werden.

Als Gasperlmaier sich wieder der Gruppe der Trommelweiber näherte, blickte ihm das auffällige Trommelweib, das die Maske noch nie vom Gesicht gezogen hatte, entgegen und schien ihn zu mustern. Wer konnte das sein? Plötzlich stellte er fest, dass das Bier und der Schnaps zu viel für ihn geworden waren. Durch die engen Sehschlitze der Maske zusätzlich behindert, konnte er seinen Blick nicht mehr schärfen, die Trommelweiber samt ihren Instrumenten verschwammen vor seinen Augen. Unsicher tastete er nach dem Brückengeländer, er fühlte sich schwindelig. Einen Moment nur wollte er sich festhalten, dann würde es schon wieder gehen. Er verfluchte die Maske, die ihn, wie er fand, am Atmen hinderte und innen eigentlich ganz grauenhaft stank. Wenn er sie nur hätte abnehmen können!

Plötzlich gab es inmitten der Trommelweiber Aufregung, Stimmen wurden laut, Flüche wurden ausgestoßen. „Sakra, das gibt's ja nicht!", hörte Gasperlmaier. War am Ende etwas passiert, das er verhindern hätte sollen? Er drängte sich um die abgestellten Trommeln herum durch die Gruppe, um zu sehen, was geschehen war. Da traf ihn fast der Schlag. Mit allem hatte er gerechnet, nur damit nicht. Inmitten der Trommelweiber stand seine Tochter Katharina, als Trommelweib verkleidet, nur hatte sie Maske und Haube abgenommen und ihr üppiges dunkles Haar fiel ihr über die Schultern, als sie es ausschüttelte. „Eine Sauerei ist das!“, ereiferte sich das Trommelweib zu Gasperlmaiers Linker. „Durchg'haut g'hört's, des Gfrast!“ Rundum erhoben sich ebenfalls Stimmen, sogar eine Bierflasche krachte vor Katharinas Füßen auf den Boden und zerbarst, ihr Inhalt wurde rasch vom frisch gefallenen Schnee aufgesaugt. „Es muss aufhören, dass immer nur die Männer alles dürfen und alle Traditionen für sich beanspruchen!“, rief die Katharina. „Damit muss endlich Schluss sein! Prost!“ Sie hob eine Bierflasche, die sie in der rechten Hand gehalten hatte, und nahm einen kräftigen Schluck. „Hast eh Narzissenkönigin werden dürfen! Und jetzt schleich dich!“, meinte einer aus der Menge. Die Katharina war nämlich vor ein paar Jahren die Narzissenkönigin des Ausseerlandes gewesen, mit ein Grund, warum jeder in der Gruppe der Trommelweiber sie kannte. Die Narzissenkönigin wurde alljährlich im Mai anlässlich eines großen Blumenfestes gewählt und durfte das Ausseerland bei allerlei Terminen ein ganzes Jahr repräsentieren. Leider, so erinnerte sich Gasperlmaier, hatte es auch dabei einige Zwischenfälle gegeben, denn die Katharina war eben widerborstig und hatte nicht immer genau die Botschaften in die Welt hinausgetragen, die sich der Tourismusverband von ihr gewünscht hätte.

„Deine Tochter ist das?“ Vor ihm baute sich ein Trommelweib auf, das sicher einen Kopf größer war als er selbst. Gasperlmaier konnte deutlich den Bier- und Schnapsgeruch in dessen Atem riechen. Jetzt galt es, sich eine sichere Antwort zu überlegen, und zwar schnell. Das jedoch war seine Sache gar nicht. Vor allem unter Stress gelangen ihm selten passende und sinnvolle Antworten, vor allem auf Fragen, die so vorgebracht wurden wie die gerade. „Lass mich in Ruh!“, brachte er noch heraus, da hatte ihn sein Gegner schon kräftig am Arm gepackt und begann, ihn durchzuschütteln. „Lass meinen Papa aus, sonst zieh ich dir die Bierflasche über den Schädel!“ Die Katharina baute sich drohend, mit der Flasche in der erhobenen Hand, vor ihnen auf, während er selbst unter dem schmerzhaften Griff um seinen Oberarm stöhnte. Schon hatte sich ein Kreis interessierter Beobachter um sie geschlossen, die gespannt darauf warteten, wie sich die Situation weiter entwickeln würde. Niemand machte Anstalten, die Katharina oder den Angreifer, der Gasperlmaier immer noch fest umklammert hielt, aufzuhalten. „Schlag doch zu! Traust dich eh nicht!“, war eine Stimme zu vernehmen. Die Augen der Katharina blitzten, Gasperlmaier sah es genau, und in dem Moment, als sie ausholte, um tatsächlich zuzuschlagen, griff jemand von hinten nach der Bierflasche und riss sie der Katharina aus der Hand. „Und du, du lässt jetzt den Gasperlmaier los! Auf der Stelle!“ Jetzt erst erkannte Gasperlmaier, dass es der Bürgermeister war, der Manzenreiter Leo, der sich zu ihren Gunsten in die Auseinandersetzung eingemischt hatte. Er schnappte sich sowohl Gasperlmaier als auch die Katharina. „Kommt's mit!“ Er schob beide vor sich her in den Schalterraum der Bank, in dem Gasperlmaier zuvor schon seine Würstel verzehrt hatte.

„Und jetzt“, sagte der Leo, ließ sie beide los und verschränkte die Arme vor der Brust, „erklärt's ihr mir einmal, was das Ganze da soll. Was da los ist, und warum ihr zwei mir hier den ganzen Fasching durcheinanderbringt's!“ Natürlich hatte sich die Katharina schneller gefasst als Gasperlmaier, der noch am Räuspern und Überlegen war, während sie schon die Sätze herausschoss wie Giftpfeile. „Ihr Männer glaubt immer, die ganze Welt ist nur für euch da! Und ihr könnt entscheiden, wo die Frauen mitmachen und wo nicht! Und wenn wir wo mittun dürfen, da müssen wir schön brav fragen, wie bei der Feuerwehr, und dann entscheidet erst wieder ein Haufen alter Männer, was wir dürfen und was nicht! Damit ist jetzt Schluss!" Der Manzenreiter Leo, schien Gasperlmaier, wich ein wenig vor dem Zorn der Katharina zurück. Einerseits, so fand er, hatte sie ja Recht. Aber andererseits war er immer eher dafür, alles so zu lassen, wie es war, damit es keine Unruhe und keinen Aufstand gab. Denn wie man sah, bedeutete das alles im Endeffekt mehr Arbeit für die Polizei, und das konnte schließlich nicht in seinem Sinne sein. Auch nicht im Sinn des Staates, für den er arbeitete, denn für den verursachte jeder unnötige Aufruhr nur überflüssige Kosten. Aber mit solchen Überlegungen brauchte man der Katharina nicht zu kommen, das wusste er aus leidvoller Erfahrung.

Der Leo dagegen strich sich mit den Fingern der Rechten über den Bart. „So unrecht hast ja nicht, Katharina. Aber du suchst dir halt für deine Ideen oft den falschen Ort und die falsche Zeit aus. Weißt eh, recht glücklich waren wir mit dir als Narzissenkönigin ja nicht, weil du da auch gleich Revolution machen wolltest. Und jetzt bringst uns noch den Fasching durcheinander."

Die Katharina schnappte sich drei Flaschen Bier aus einer Kiste, die neben dem Bankomaten stand, und reichte dem Bürgermeister und Gasperlmaier je eine. „Da, nehmt's! Das beruhigt!" Wortlos öffneten alle drei ihre Bierflaschen, stießen sie zusammen und nahmen tiefe Schlucke. Gasperlmaier erinnerte sich daran, dass ihm vorhin auf der Postbrücke schon beinahe schlecht geworden war, er musste aufpassen mit dem Bier. Und vor allem mit dem Schnaps. „Du musst dir", fuhr der

Leo fort, „andere Gelegenheiten suchen, wenn du in der Politik mitmischen willst. Da kandidierst du eben für den Gemeinderat oder so." Die Katharina zischte verächtlich. „Das ist auch Politik, Leo, gerade das, wenn ihr selbstherrlich beschließt, dass nur Männer Trommelweiber sein dürfen. Und dann noch behauptet, dass das rein aus Tradition nicht anders in Frage kommt. Alles ist Politik!"

„Aber in Altaussee", warf Gasperlmaier bescheiden ein, „da hättest doch eh gehen dürfen! Da gehen nur Frauen als Trommelweiber!" Die Katharina nahm noch einen tiefen Schluck. Gasperlmaier sah es gar nicht gern, dass seine Tochter das Bier nur so in sich hineinschüttete. Hoffentlich vertrug sie es wenigstens. „In Altaussee!", fauchte sie. „Da seid ihr Männer doch zu faul, eine Trommelweibergruppe auf die Beine zu stellen! Nur deshalb gehen da die Frauen! Und die hätten garantiert kein Problem damit, wenn ihr mitgehen würdet."

„Sag einmal, Gasperlmaier", meldete sich der Leo zu Wort, „da fällt mir gerade auf, dass nicht nur deine Tochter nichts bei den Trommelweibern verloren hat. Du selber bist ja auch kein Mitglied, und nicht einmal ein Ausseer? Was soll denn das Ganze eigentlich? Ist das eine Art Verschwörung, ein Komplott der Altausseer gegen uns? Oder was?" Gasperlmaier räusperte sich. Die Katharina sah ihn interessiert an, sie wusste ja, warum er heute inkognito mitmarschiert war.

„Also", meinte er, und plötzlich traf ihn die Erkenntnis wie ein Keulenschlag. Die Katharina selbst hatte den Drohbrief verfasst und beim Weissensteiner Wilfried in den Postkasten gesteckt! Und mit dem religiösen Unterton, so mit „gottlos" und „Einkehr", da hatte sie von sich ablenken wollen. „Einer weniger wird zurückkommen" oder so, war da gestanden. Da hatte sie sich selbst gemeint, weil sie es von vornherein so geplant hatte: sich zu enttarnen, sobald sich genügend Zuschauer angesammelt hatten, damit es auch ein ordentliches Spektakel gab. „Das hätt ich aber nicht von dir gedacht!", fuhr er die Katharina an, „dass du uns so zum Narren hältst! Da hätt ich ja gar nicht mitgehen brauchen, wenn ich das gewusst hätte! Da hätten wir uns den ganzen Zirkus erspart! Da kannst du jetzt vors Gericht kommen, wegen der Drohung, und dann ist es aus mit dem Studieren!"

Er atmete schwer, hatte sich richtig in Rage geredet und so wild mit seiner Bierflasche herumgestikuliert, dass er etliches Bier im Schalterraum der Bank verspritzt hatte. Der Janker des Leo hatte auch etwas abbekommen, der wischte an seinen Rockaufschlägen herum. Die Katharina starrte ihren Vater verständnislos an, während der Leo murmelte: „Ich kenn mich überhaupt nicht mehr aus. Wenn's mich bitte aufklären würdet's?" Gasperlmaiers Wut war bereits im Begriff zu verrauchen, dennoch fuchtelte er weiterhin mit den Armen herum, ohne dass er dem Leo eine Antwort zukommen ließ. Die Katharina schien fast ein wenig kleinlaut. „Sollen wir's ihm sagen, Papa? Was meinst du?" „Was sagen? Jetzt redet schon!" Gasperlmaier wand sich. Sollte er nicht zuvor mit der Frau Doktor reden? Immerhin waren es Polizeiinterna, um die es ging. Aber immerhin war der Bürgermeister ja eine Amtsperson. „Wenn du's nicht weitererzählst? Musst mir versprechen!", mahnte Gasperlmaier mit erhobenem Zeigefinger. „Er ist undercover mitgegangen, wegen einer Ermittlung. Da hat es eine Drohung gegen die Trommelweiber gegeben. Aber natürlich nicht von mir! Ich bin ja nicht blöd!" Sie funkelte ihn an. Natürlich war die Katharina ihm wieder einmal zuvorgekommen, weil er nicht schnell genug die richtigen Worte gefunden hatte.

Kurze Zeit später war der Manzenreiter Leo voll ins Bild gesetzt. „Ja, aber wenn du ... wenn die Drohung nicht von dir stammt, dann solltest du, Gasperlmaier, dich schleunigst wieder unter die Trommelweiber mischen. Man weiß ja nie!" Unwillig zog Gasperlmaier sich die Maske vors Gesicht. „Und was machen wir mit ihr?" Er deutete auf die Katharina. „Die bleibt vorerst einmal bei mir. Und wenn ihr weitergezogen seid, dann lass ich sie hinaus. Wir müssen ja nicht riskieren, dass die Situation draußen noch eskaliert." Gasperlmaier nickte. Das hielt er für eine gute Lösung. Aber zu Hause würde über dieses Theater noch einmal zu reden sein. Wo die Katharina doch sogar gewusst hatte, dass es eine Morddrohung gab. Er durchschritt die automatische Tür. Draußen hatten bereits alle Trommelweiber ihre Instrumente wieder aufgenommen, nur seine eigene Trommel stand, halb eingeschneit, neben dem Eingang der Bank. Seufzend legte er sich den Lederriemen über den Kopf, während der Weissensteiner Wilfried mit seinem langen Stock, an dem eine ganze Menge Beugel baumelten, das Zeichen zum Aufbruch gab.

Doch noch bevor der Faschingsmarsch eingesetzt hatte, ertönte von drüben, von der anderen Seite der Postbrücke, vielstimmiges Geschrei. Vor allem Frauen kreischten. Da musste was passiert sein. Eilig warf er seine Trommel wieder ab und ließ sie mitten auf der Straße stehen. Das Geschrei schien von der öffentlichen Toilette zu kommen. „Den haben's erstochen!", schrie jemand. „Ist der tot? Ist der tot? Nein, der ist doch nicht tot!", ließ sich eine weitere hysterische Stimme vernehmen. Da hatte er den Salat. Hastig riss er sich Larve und Haube vom Kopf und warf beides achtlos zu Boden, hastete über die Brücke, drängte sich mit groben Stößen durch die Menge der Schaulustigen, die sich bereits angesammelt hatten. „Geht's zur Seite, Polizei!", rief er immer wieder. Endlich konnte er sehen, was passiert war. Ein Mann im Trommelweiberkostüm lag zusammengesunken vor dem Eingang zur Behindertentoilette. Große Teile seines Kostüms, vor allem am Oberkörper, waren bereits von Blut durchtränkt. Der Mann schien bewusstlos, bei ihm kniete ein anderer, den Gasperlmaier kannte. Es war der Haidinger Martin, ein Sanitäter des Roten Kreuzes, dem er schon öfter bei Einsätzen begegnet war. Der war gerade dabei, den Mann auf den Rücken zu legen, und riss sich nun seine Hemdärmel ab. „Ich probier's mit einem Druckverband", schnaufte er. „Aber mit den paar Fetzen ..." Gasperlmaier sah, dass das wohl nichts werden würde. Er kniete sich neben den Martin. „Was ist mit ihm?" Der Martin drückte mit beiden Fäusten die Fetzen in eine offenbar stark blutende Wunde in der Brust. „Stichwunde", flüsterte der Martin. „Ganz schwacher Puls, schaut nicht gut aus. Hoher Blutverlust." Er deutete auf die Blutlache, die sich unter dem Verletzten bereits ausgebreitet hatte. „Notarzt hab ich schon verständigt." Gasperlmaier nickte und zog dem Verletzten die Larve vom Gesicht, damit er wenigstens, falls er noch atmen sollte, Luft bekam. Sein Gesicht war totenblass, die Lippen zitterten leicht. Hinter ihnen wurden allerhand unpassende Kommentare abgegeben, sodass sich Gasperlmaier genötigt fühlte, die Leute anzuschreien. „Verschwindet's! Oder helft's! Aber da herumstehen und blöd daherreden, das ..." Ihm versagte die Stimme.

Die Drohung war also kein dummer Scherz gewesen, es würde tatsächlich einer weniger vom Zug der

Trommelweiber durch Aussee nach Hause kommen. Und wenn er Glück hatte, würde er im Krankenhaus landen. Gasperlmaier bebte vor Aufregung und war nicht in der Lage, einen klaren Entschluss zu fassen. Zumindest war die Katharina sicher in der Obhut des Bürgermeisters. „Hat wer den Täter gesehen?“, rief er in die Menge. Kopfschütteln. Sollte er sich gleich nach ihm auf die Suche machen? Vielleicht hatte der ja noch die Tatwaffe bei sich, vielleicht gab es Blutspuren? Sollte er die Trommelweiber einzeln einer Leibesvisitation unterziehen? Oder doch lieber die Frau Doktor zuerst verständigen? „Kann ich was tun?“, fragte er den Martin. Dem war es offensichtlich gelungen, die Blutung zu stoppen, die Blutlache hatte sich nicht weiter vergrößert. Dennoch spürte Gasperlmaier Übelkeit in sich aufsteigen. Verletzungen, Blut und Tod, das war nichts für ihn, in solchen Situationen konnte er meist weder klar denken noch sinnvoll handeln. „Ruf lieber deine Kollegen“, sagte der Martin und schüttelte den Kopf. Er hatte jetzt die Fäuste von der Wunde genommen und machte Herzmassage. Was das bedeutete, wusste auch Gasperlmaier. Die Umstehenden hatten sich zwar nicht zurückgezogen, waren aber ruhig geworden. Gasperlmaier richtete sich auf und nestelte umständlich sein Handy aus der Hosentasche. Sein Kostüm und seine Hände waren jetzt ebenfalls mit Blutflecken bedeckt. Er trat aus der Menge und wählte die Nummer der Frau Doktor. Wie er ihr erklären sollte, warum es trotz seines Einsatzes zu einem Mordanschlag gekommen war, das wusste er noch nicht.

3

Gasperlmaier war noch gar nicht richtig zum Denken gekommen, so schnell war danach alles gegangen. Der Notarzt war als Erster da, doch es war nichts mehr zu machen gewesen, er hatte nur noch den Tod feststellen können. Dann war der Weissensteiner Wilfried aufgetaucht, hatte den Toten in Augenschein genommen und ganz verdattert geflüstert: „Das ist ja der Kurtl! Der Sagleitner Kurtl! Um Gottes willen!“ Und es hatte danach wiederum nicht lang gedauert, bis die Frau Doktor samt der Tatortgruppe eingetroffen und die gesamte Umgebung des Tatorts abgesperrt gewesen war. Die Trommelweiber hatten die Anordnung erhalten, sich ins Wirtshaus zu einem verfrühten Mittagessen zurückzuziehen und sich im Übrigen zur Verfügung zu halten. Gasperlmaiers Handy hatte geklingelt, und die Christine hatte ihn darüber informiert, dass sie die Katharina abgeholt und nach Hause gebracht habe. Nein, über ihr Vorhaben, als Trommelweib in Aussee mitzumarschieren, habe sie nichts gewusst. Gasperlmaier traute ihr in diesem Punkt nicht recht, war aber zufrieden, dass die Katharina sicher zu Hause weilte. Und der Schneefall hatte mittlerweile auch aufgehört, nur die düsteren Wolken hatten sich noch nicht ganz verzogen.

„Hast du den gekannt, das Opfer?“ Die Frau Doktor schien erbärmlich zu frieren, obwohl sie diesmal mit Hose und Winterjacke ausgestattet erschienen war. Ihre gerötete Nase ragte aus dem von einer dicken Kapuze mit Pelzrand fast gänzlich versteckten Gesicht heraus. Gasperlmaier schüttelte den Kopf. „Ich bin ja kein Ausseer, ich kenne nicht einen jeden.“ „Recht viel Sinn hat dein Einsatz nicht gehabt, wie es scheint“, meinte die Frau Doktor. Er zuckte mit den Schultern. „Ich kann ja nicht überall gleichzeitig sein. Ich hab mir gerade die Trommel umgelegt, da kann ich ja nicht wissen, dass noch einer am Häusel ist." Da, so fand er, konnte man ihm jetzt wirklich keine Schuld anhängen. Da hätte die Frau Doktor schon eine ganze Hundertschaft mitgehen lassen müssen, wenn sie jedes einzelne Trommelweib bewachen lassen wollte. „Ein Koch war er", wusste Gasperlmaier. Das hatte er inzwischen vom Wilfried erfahren. „Der Wilfried kennt ihn auch als Kollege, er ist ja selber gelernter Koch. Und der Kurt, der Herr Sagleitner, der hat in einem Hotel gekocht, auf halbem Weg nach Grundlsee. So ein Bio-Hotel, anscheinend." Die Frau Doktor zog die Augenbrauen hoch. „Also ein guter Koch? Ein bekannter?" Wiederum zuckte Gasperlmaier mit den Schultern. Erstens, weil er keine Ahnung hatte, ob der Kurt ein bekannter Koch gewesen war, und zweitens, weil er überhaupt keine bekannten Köche kannte. Die Christine hatte ihn zwar schon ein paarmal zum Besuch sogenannter Feinschmeckerlokale verführt, aber er hatte diese Gelegenheiten selten genießen können. Schon beim Anblick der Preise auf der Speisekarte war ihm übel geworden. Wortlos verfolgten die beiden die Arbeit der Spurensicherer. „Der ist übrigens nicht so dagelegen", erklärte Gasperlmaier, auf den am Rücken liegenden Toten deutend. „Der Haidinger Martin, der Sanitäter, der hat ihn ja umdrehen müssen. So halb auf der Seite, mehr am Bauch ist er gelegen."

„Weißt du sonst irgendwas über den Toten?", fragte die Frau Doktor. Gasperlmaier schüttelte den Kopf. „Weißt du, wovor mir graust?", fragte sie. Er sah sie fragend an. „Davor, dass ich jetzt ins Wirtshaus muss und die ganze besoffene Truppe befragen soll. Da werden Zeugenaussagen zusammenkommen, das sag ich dir. Und du gehst mit!“ Es klang fast wie eine Drohung. „Und was ist das für eine Geschichte mit deiner Tochter? Hat die auch was mit der Sache zu tun? Ich hab da was aufgeschnappt …“ Gasperlmaier seufzte. Darauf hatte er jetzt nicht die geringste Lust, der Frau Doktor zu erklären, was die Katharina angestellt hatte, und vor allem, warum.

„Guten Morgen!“ Ohne dass Gasperlmaier gemerkt hatte, woher sie gekommen war, stand plötzlich die Frau Doktor Wurm vor ihnen, die Gerichtsmedizinerin. „Müsst ihr mir jetzt schon die Toten in den Schnee legen? Mitten im Winter? Denkt niemand an meine Bandscheiben?“ Die Frau Doktor Wurm zog ein verdrießliches Gesicht, doch Gasperlmaier war das Gejammer wegen ihrer Bandscheiben schon vertraut. Sie meinte es eigentlich nicht so und war sonst ganz umgänglich. „Guten Morgen. Der Tote ist bewegt worden, man hat noch versucht, ihn zu reanimieren. Aber …“ Die Frau Doktor schüttelte den Kopf. „Verstehe. Nichts mehr zu machen. Der Blutverlust … das sehe ich schon von hier aus!“ „Na ja, dann schauen wir ihn uns doch einmal an.“ Die Frau Doktor forderte Gasperlmaier mit einem Kopfnicken auf, ihnen zur Leiche zu folgen, doch der hatte keine besondere Lust, sich den Toten noch einmal anzusehen. Da war ihm einfach zu viel Blut. Und das noch auf dem weißen Kostüm, und mit dem ganzen Schnee rundherum. Da sah das noch einmal so grauenhaft aus. Dennoch folgte er den beiden Frauen mit ein paar Schritten Abstand.

Stöhnend kauerte sich die Frau Doktor Wurm neben dem Toten in den Schnee. Vorsichtig hob sie zunächst die Rüschenbluse des toten Trommelweibs an. Im blutdurchtränkten Stoff, Gasperlmaier konnte es auch aus einiger Entfernung deutlich sehen, klaffte im Brustbereich ein Riss, vielleicht zwei, drei Zentimeter lang. „Sieht nach Stichwunde aus, wenn ihr mich fragt!“ Die Frau Doktor Wurm schob ächzend die Bluse hoch und besah sich das graue Sweatshirt, das der Tote darunter trug. Es war, wie nicht anders zu erwarten, ebenfalls von Blut durchtränkt. Auch das schob sie nach oben, und Gasperlmaier wandte seinen Blick ab. Die Frau Doktor Wurm stöhnte erneut und richtete sich wieder auf. „Na ja, erstochen. Mit einem Messer mit schmaler Klinge, vermutlich einseitig. Bei dem Blutverlust hat der Stich wahrscheinlich das Herz getroffen. Viel mehr kann ich jetzt nicht machen, ich werd ihn ja nicht hier auf dem Boden ausziehen, um den Stichkanal zu untersuchen. Das mach ich lieber auf dem Tisch, da ist's bequemer!“ Sie drückte sich ihre linke Hand ins Kreuz. Der Handschuh an ihrer rechten war blutig. „Aber dass es ein Stich war, das ist sicher?“, fragte die Frau Doktor. Die Medizinerin nickte. „Soweit wir eben anhand der äußerlichen Untersuchung etwas sagen können.“ Sie hockte sich noch einmal hin, um die Hände des Toten unter die Lupe zu nehmen, fuhr prüfend über die Fingernägel. „Abwehrspuren seh ich auf den ersten Blick keine. Direkt von vorn, der hat keine Ahnung gehabt, wer oder was da auf ihn zukommt. Der Stich kam ganz überraschend. Ich nehme an, dass das Opfer gestanden ist, als es erstochen wurde. Habt ihr den genauen Tatort schon?“

Die Frau Doktor nickte, während die Ärztin sich wieder ächzend aufrichtete. Etwas zu spät unterstützte Gasperlmaier sie mit einem Griff unter ihren Oberarm. „Danke, geht schon“, keuchte sie. „Bin ja schließlich noch nicht pensionsreif. Noch nicht!“ „Kommt einmal mit hinein ins Klo, ich muss euch was zeigen!“ Die Frau Doktor streifte ebenfalls Handschuhe über und stieß die Tür zum Pissoir auf. „Mein erster Besuch in einem Herrenklo! Was ist denn das?“ Die Frau Doktor Wurm zeigte auf ein Urinal und sah Gasperlmaier grinsend an. „Das ist, also ... wenn man ...“ „Lass dich nicht auf den Arm nehmen, Franz! Natürlich weiß sie, was das ist!“ Die beiden Frauen lachten, und Gasperlmaier drängte sich leise das Gefühl auf, es werde über seine Leichtgläubigkeit gelacht.

„Hier!“, sagte die Frau Doktor und deutete auf eine Blutspur am Rand des Waschbeckens. „Und hier!“ Deutlich konnte man an der Wand den Abdruck eines blutigen Handballens erkennen, etwa dreißig Zentimeter über dem Lichtschalter. „Es muss also hier herinnen passiert sein, er hat sich dann noch vor die Tür geschleppt und ist zusammengebrochen. Natürlich müssen wir verifizieren, dass die Blutspuren tatsächlich vom Opfer sind, aber da habe ich keine Zweifel. „Und dass der Mörder ein Mann war, das dürfte wohl auch klar sein, nicht? Es wäre doch aufgefallen, wenn eine Frau ins Männerklo kommt“, meinte die Frau Doktor Wurm.

„Nicht unbedingt“, warf die Frau Doktor ein. „Im Ausseer Fasching ist es anscheinend nicht so ganz klar, wer eine Frau und wer ein Mann ist. Neben dem da draußen haben sich heute noch siebzig andere Kerle in Frauenkleidern herumgetrieben. Sogar unser Inspektor hier!“ Die Frau Doktor Wurm lächelte. „So? Eine verborgene Ader also, Gasperlmaier. Ein bisschen Cross-Dressing, was?“ Die Damen machten sich offenbar schon wieder über ihn lustig. Und wozu stand er hier überhaupt mit den beiden am Herrenklo? Das war alles eine ziemlich peinliche Situation, die man abkürzen konnte. Außerdem war ihm von den Schnäpsen und vom vielen Bier ohnehin ein wenig unwohl, er wollte hier raus. „Aber da spielt auch noch Tochter Gasperlmaier mit, die Narzissenkönigin!“, gab die Frau Doktor zu bedenken. „Eine Frau, die heute in Frauenkleidern beim Fasching mitmarschiert ist. Und den Traditionalisten hier in Aussee hat das anscheinend gar nicht geschmeckt, sie ist sogar bedroht worden, wie man hört!“ „Ja, aber ...“ Gasperlmaier musste der Frau Doktor Wurm unbedingt genau erklären, wie das alles zusammenhing, dazu aber musste er weiter ausholen. Aber nicht hier auf dem Klo. „Ich erklär's Ihnen. Aber draußen!“ Resolut packte er die Türschnalle und stieß die Tür auf. Die kalte, frische Luft tat ihm gut, er atmete tief ein. Doch noch bevor er zu Wort kam, fragte die Frau Doktor: „Todeszeit?“ Die Ärztin zuckte mit den Schultern. „Das kann nicht lange her sein, ich habe rein gefühlsmäßig noch keinen signifikanten Abfall der Körpertemperatur bemerken können, trotz der Außentemperatur. Das werdet ihr wohl mit Zeugenaussagen genauer hinbekommen, als ich es kann.“

Die Frau Doktor zischte durch die Zähne. „Was glaubst du, welche Zeugenaussagen ich bekomme? Die sind schon seit dem frühen Morgen am Saufen, nicht, Gasperlmaier?“ „Ich nicht!“, gelang ihm diesmal eine schlagfertige, wenn auch nicht ganz wahrheitsgetreue Antwort. „Außerdem – er hat, glaube ich, noch gelebt, als ich angekommen bin. Der Sanitäter hat noch Puls gespürt. Da brauchen wir nur den Haidinger von der Rettung fragen, wegen dem Zeitpunkt“, meinte er. „Auf Wiedersehen!“ „Hoffentlich nicht!“, rief die Frau Doktor der Gerichtsmedizinerin noch nach, die ihren Koffer gepackt hatte und auf den Fußgängersteg zustrebte, der den Kurpark vom Parkplatz trennte.

„Mir ist furchtbar kalt, Franz! Ich muss jetzt dringend wo hinein, mich aufwärmen. Wo könnten wir denn hin?“ Gasperlmaier deutete in Richtung Café Lewandofsky, das nur wenige Schritte quer durch den Kurpark entfernt war. „Dort, ins Café, du kennst es ja schon.“ Während er sich im Schlepptau der Frau Doktor auf den Weg machte, sah er aus dem Augenwinkel noch, wie der Leichenwagen vor dem Toilettenhäuschen anhielt. Kein schöner Fasching diesmal.

„Folgender Plan“, sagte die Frau Doktor, während sie aus ihrer silberfarbenen Steppjacke schlüpfte. „Wir müssen zuerst herausfinden, ob der Tote eine Familie hatte. Wenn ja, müssen wir sofort dorthin, da muss die Zeugenbefragung bei den Trommelweibern warten. Wenn es eine Frau, oder eine Freundin, gibt, weiß die eh schon Bescheid. In Zeiten von Facebook und WhatsApp kommt die Polizei immer zu spät, da ist die Identität eines Opfers längst öffentlich bekannt, sobald wir bei den Angehörigen auftauchen.“

„Ich ruf schnell den Friedrich an“, bot Gasperlmaier an. „Der kennt einen jeden, und er weiß jeden Tratsch.“ Die Frau Doktor nickte. Während Gasperlmaier dem Freizeichen lauschte, dachte er wieder einmal darüber nach, warum er selbst so wenige Leute kannte, der Friedrich dagegen praktisch alle. „Rufst du wegen eurem Toten an, gell, Gasperlmaier? Wie kann ich dir denn helfen?“ Natürlich war auch der Friedrich schon informiert. Die Neuigkeit musste sich wie ein Lauffeuer verbreitet haben. Gasperlmaier trug seine Frage vor, und der Friedrich konnte tatsächlich mit einer ausführlichen Antwort aufwarten. „Der Sagleitner Kurt, der hat zwei uneheliche Kinder. Das erste ist die kleine Sabrina, die ist drei Jahre alt, und die hat er mit der Stoiber Gitti, weißt eh, die immer bei der Musikkapelle mitmarschiert ist, als Marketenderin.“ „Und ist er mit der zusammen?“, fragte Gasperlmaier, um die Sache etwas abzukürzen. Die Frau Doktor, so merkte er, telefonierte ebenfalls. Und die Kellnerin stellte zwei Tassen Kaffee vor sie hin. Er erinnerte sich gar nicht daran, Kaffee bestellt zu haben. Aber wahrscheinlich war es angesichts dessen, was er heute schon alles getrunken und gegessen hatte, ohnehin die vernünftigste Wahl. „Und jetzt ist er mit der Schneeberger Lizzi zusammen, der hat er auch schon ein Kind angehängt. Das ist die Leonie. Ein süßes Mäderl. Aber die Lizzi, die ist auseinandergegangen wie ein Germteig, seit sie das Kind hat. Und war so eine Fesche! Und jetzt gibt's zwei Halbwaisen. Na, wer weiß, als Vater und Ehemann ... ob der Sagleitner da wirklich zu gebrauchen gewesen wäre ..." Gasperlmaier wurde die Berichterstattung des Friedrich etwas zu ausufernd, er bedankte sich mehrmals, während der Friedrich sich in seinen Ausführungen zu den beiden Müttern der Kinder gar nicht stören ließ. „Ich muss jetzt auflegen, dank dir schön!", sagte Gasperlmaier noch und brach das Gespräch ab. Die Frau Doktor schien ihres längst beendet zu haben und trommelte ungeduldig mit den Fingern auf die Tischplatte.

„Gibt's denn nun eine Familie?" Gasperlmaier nickte und setzte die Frau Doktor über die Familienverhältnisse des Verstorbenen ins Bild. Sie wiegte den Kopf. „Ich hab's mir anders überlegt. Zur Freundin schicken wir deine Manuela." Was sollte denn das heißen, seine Manuela? Er arbeitete zwar schon geraume Zeit mit der Frau Gruppeninspektor Reitmair zusammen, aber das hieß ja noch lange nicht, dass sie „seine Manuela" war. „Also ...", hob er zu einer Erklärung an, doch die Frau Doktor fiel ihm umgehend ins Wort. „Und wir machen uns doch auf in die Höhle des Löwen. Zu den Trommelweibern. Jetzt." Die Frau Doktor, fand Gasperlmaier, hatte sich erstaunlich rasch wieder erholt, ihre Wangen glühten. „Trink schnell deinen Kaffee, und dann los!“ So gnadenlos hetzen musste sie ihn aber nicht. Oder dachte sie, dass es auf jede Minute ankam, weil die Trommelweiber gerade damit beschäftigt waren, beim Mittagessen ihre gesamten Erinnerungen an den Vormittag mit Bier und Schnaps wegzuspülen? Er verbrannte sich beim ersten Schluck fast die Lippen und ließ den Kaffee dann ganz stehen, denn die Frau Doktor war schon in ihre Jacke geschlüpft. „Fünf achtzig wären das dann, Gasperlmaier!“ Die Marie, die Kellnerin, stellte sich ihm in den Weg, als er soeben daran war, nach der Türschnalle zu greifen. „Ach so!“, murmelte er, fühlte sich ertappt und angelte nach seiner Brieftasche. „Dass die Polizei jetzt auch schon anfängt, die Zeche zu prellen!“, lachte die Marie. „Jaja, bei dem müssen Sie aufpassen!“, grinste die Frau Doktor, bevor sie die Tür aufstieß und in die klare Winterluft hinaustrat. Das war jetzt schon das dritte Mal an diesem Vormittag, dass Gasperlmaier das Gefühl hatte, dass sich die Frau Doktor über ihn lustig machte. Was hatte sie nur?

Ein Schwall Zigarettenrauch quoll Gasperlmaier entgegen, als er die Tür zur Gaststube aufstieß. Der Nichtraucherschutz war heute beim Kirchenwirt offenbar bedeutungslos. „Puh!“ Die Frau Doktor wedelte mit ihrer Hand vor dem Gesicht. „Da stinkt's ja gewaltig. Sollten wir eigentlich gleich eine Anzeige aufnehmen, was, Gasperlmaier?“ Der nickte, ihm war aber bewusst, dass nicht einmal die Frau Doktor das ernst meinte. Er versuchte sich einen Überblick zu verschaffen. Die Gaststube war überfüllt, die Trommelweiber drängten sich teilweise zu acht oder neunt an einem Sechsertisch. Auf manchen der Tische wurden schon Schnitzel und Schweinsbraten verzehrt, während sich zwei Kellnerinnen abmühten, mit ihren Tabletts auch die übrigen Tische zu erreichen. Nur wenige schauten auf, als Gasperlmaier und die Frau Doktor eintraten, die neben den Kellnerinnen die einzige Frau im Raum zu sein schien. Hie und da wurde mit zusammengesteckten Köpfen geflüstert, andere waren still am Essen und Trinken, direkt ihnen gegenüber, an einem Tisch, der etwas erhöht auf einer Empore stand, ließ man jedoch laut die Bierkrüge aneinanderkrachen. „Auf den Kurt!“, rief einer, die anderen am Tisch stimmten mit ein, schließlich erhoben sich die Trommelweiber an allen Tischen und prosteten „Auf den Kurt!“ einander zu.

Die Frau Doktor schälte sich aus ihrer Jacke. „Und wie packen wir das Ganze jetzt an?“, fragte sie, etwas ratlos in die Runde blickend. Gasperlmaier sondierte die Lage und stellte fest, dass es keinen einzigen unbesetzten Stuhl gab. „Wir brauchen einen anderen Raum.“ Er musste sich nahe ans Ohr der Frau Doktor beugen, damit die ihn im Stimmengewirr überhaupt verstehen konnte. Da steuerte auch schon der Weissensteiner Wilfried, der an dem erhöhten Tisch gesessen war, auf sie zu und schüttelte der Frau Doktor die Hand. „Da muss es doch irgendwo ein Büro geben, oder so was?“, brüllte die Frau Doktor Gasperlmaier ins Ohr. Er nickte und zog sie am Arm nach links hinüber, zwischen den Tischen hindurch, zum Kücheneingang. Den Kirchenwirt, den Ernst Sonnleitner, den kannte Gasperlmaier flüchtig, leider aber von einigen eher unangenehmen Begegnungen her – zwei- oder dreimal hatte der Ernst Gasperlmaier bereits seinen Führerschein abgeben müssen, weil er in angetrunkenem Zustand Auto gefahren war. Der Ernst, erinnerte sich Gasperlmaier, fiel, sobald er alkoholisiert war, immer gleich durch seinen Fahrstil auf. Nicht, dass er rücksichtslos durch die Gegend gebrettert wäre, nein, ganz im Gegenteil – wenn er sich betrunken ans Steuer setzte, chauffierte der Ernst sein recht auffälliges Auto, einen riesigen, roten Mercedes Kombi älteren Baujahrs, immer im ersten Gang durch das Ausseerland. Und so war er ihm jeweils in Schrittgeschwindigkeit ins Netz gegangen und hatte wenig Verständnis dafür gezeigt, dass man auch dann seinen Führerschein abgeben musste, wenn man mit allergrößter Umsicht betrunken sein Fahrzeug lenkte.

Gasperlmaier packte den Ernst am Oberarm, als er ihn in der Küche vorfand, wo es laut zuging. „Wir brauchen dein Büro, für ein paar Zeugenbefragungen!", rief Gasperlmaier durch den Lärm und deutete auf die Frau Doktor und den Wilfried, die ihm in die Küche gefolgt waren. Der Ernst säbelte weiter an einem riesigen Schweinsbraten herum und warf eine Scheibe nach der anderen auf bereitgestellte Teller. Ihm, so fand Gasperlmaier, wäre der Braten zu fett gewesen, und vor allem fehlte ihm die knusprige Kruste. Aber im Wirtshaus auf einen erstklassigen Schweinsbraten zu hoffen, hatte er ohnehin schon fast aufgegeben. „Ich hab jetzt keine Zeit!", schrie der Ernst, nachdem er Gasperlmaier einen missbilligenden Blick zugeworfen hatte. Der zuckte kurz zusammen, als der Ernst sein Küchenmesser auf ihn richtete. „Geht's durch die Gaststube Richtung Klo nach hinten, neben der Stiege, da ist mein Büro. Ist aber nicht aufgeräumt, sag ich gleich!" Damit wandte er sich wieder seinem Braten zu. Gasperlmaier verspürte nun doch etwas Gusto, obwohl er vor nicht allzu langer Zeit ein Paar Würstel verdrückt hatte.

„Na, hier sieht's aber ordentlich aus!", meinte die Frau Doktor mit einem Anflug von Ironie, als sie das Zimmer betraten. Alle Oberflächen waren mit Stapeln von Papier, Broschüren, leeren Kartons und sonstigem

Krimskrams bedeckt, zumindest drei Stühle standen im Zimmer, die halbwegs sauber aussahen. Aber, so stellte Gasperlmaier erleichtert fest, wenigstens still und rauchfrei war es hier. Der Wilfried allerdings zog, gleich nachdem er sich gesetzt hatte, eine Zigarettenpackung aus der Brusttasche seines Hemds und machte Anstalten, sich eine anzuzünden. „Ich wäre Ihnen sehr dankbar, wenn Sie hier nicht rauchen würden!", kam es etwas scharf von der Frau Doktor, die sich ebenfalls einen Stuhl geschnappt hatte und, auf den dritten zeigend, Gasperlmaier einlud, sich zu setzen. Der Wilfried zuckte mit den Schultern und steckte sein Packerl wieder ein.

„Sie sind also der Chef von diesen Trommelweibern?", fragte die Frau Doktor, obwohl sie das natürlich längst wusste. Der Wilfried nickte. „Obertrommelweib, bitte, wenn's geht. Und so etwas", seufzte er, „ist mir noch nie passiert! Nie hat es das gegeben, dass ein Trommelweib umgebracht worden ist! Nicht einmal den Fasching kann man mehr genießen!" Der Wilfried, so stellte Gasperlmaier fest, war natürlich nicht mehr nüchtern, zum einen sprach er bereits ein wenig undeutlich, zum anderen viel zu laut für seinen Geschmack, und außerdem schien er das Gleichgewicht von Oberkörper und Kopf nicht mehr ganz unter Kontrolle zu haben.

„Fangen wir gleich mit Ihnen an!", meinte die Frau Doktor und schlug die Beine übereinander. „Was genau haben Sie gemacht während des Aufenthalts der Trommelweiber vor und in der Bank, bis zu dem Zeitpunkt, an dem die Leiche aufgefunden worden ist?" Der Wilfried zuckte wiederum mit den Schultern. „Er weiß es eh!" Er nickte zu Gasperlmaier hinüber. „Ich bin mit ihm in der Bank gestanden. Damit er inkognito seine Würstel essen kann." „Ja, aber doch nicht die ganze Zeit“, widersprach Gasperlmaier. „Da war noch die Bankangestellte, die saubere, die schwarzhaarige!“, grinste der Wilfried. „Die kann’s bezeugen! Die war fast so fesch wie Sie, Frau Kommissar!“ Die Frau Doktor schien wenig beeindruckt. „Chefinspektor, wenn schon. Waren Sie während dieses Aufenthalts auch einmal beim Klo, bei dieser öffentlichen Toilette?“ Der Wilfried schüttelte den Kopf. „Am Klo schon, aber in der Bank. Ich weiß, wo da das Angestelltenklo ist.“ Die Frau Doktor seufzte. „Und kann das jemand bestätigen, dass Sie sich die gesamte Zeit in der Bank oder davor aufgehalten haben? Dass Sie nicht in der Nähe des Tatorts waren?“ Der Wilfried fuhr auf. „Verdächtigen Sie am Ende mich? Da hört sich ja alles auf!“ Sehr laut war der Wilfried plötzlich geworden. „Sie brauchen hier gar nicht emotional zu werden!“, fuhr ihn die Frau Doktor, etwas zu scharf, wie Gasperlmaier fand, an. „Das sind Routinefragen, die wird jeder von Ihnen im Detail beantworten müssen. Eine weitere habe ich noch: Lag der Tote mit irgendjemandem im Streit, hat es Auseinandersetzungen, Feindschaften gegeben? Womöglich Raufereien?“

Der Wilfried zuckte mit den Schultern. „Nicht, dass ich wüsste. Ein gar angenehmer Mensch war er halt nicht, der Sagleitner. Ich erinnere mich, dass er auf dem Fußballplatz gern einmal Streit angefangen hat, Stänkereien gegen die Gastmannschaft und solche Sachen. Und dass da auch reichlich Alkohol im Spiel war, meistens. Aber Koch ist er ein guter, da gibt’s nichts!“ „Und unter den Trommelweibern?“, fragte die Frau Doktor nach. Der Wilfried seufzte und rieb seine Hände aneinander. „Ehrlich gesagt, er ist einer von denen, die ich fast nur im Fasching sehe, so haben wir miteinander wenig Kontakt.“

„Danke“, sagte die Frau Doktor. „Und jetzt geht ihr beide bitte in die Gaststube zurück und holt mir ein paar von denen her, die auf diesem Klo waren! Wenn sie sich überhaupt noch an etwas erinnern.“ Auf dem Weg in die Gaststube überlegte Gasperlmaier, wen er selbst während seines Besuchs auf der öffentlichen Toilette gesehen hatte. Zwei Trommelweiber waren an den Urinalen gestanden, als er eingetreten war, zwei andere, als er das Klo wieder verlassen hatte. Und ein junger Bursch in Lederhose war auch noch da gewesen. In der Gaststube klatschte der Wilfried in die Hände, um sich Gehör zu verschaffen. „Meine Herren!“, rief er laut in die Menge hinein, die tatsächlich verstummte. „Die Frau Kommissarin will die von euch sprechen, die auf dem Klo waren.“ Gelächter erhob sich. „Brunzen waren wir heute alle schon ein paarmal!“, schrie ein rundgesichtiger, feister, junger Mann und hob dazu seinen Bierkrug. „Du gehst gleich mit!“, kommandierte der Wilfried. „Ich mein natürlich, wer am öffentlichen Klo war. Am Tatort. Wie wir vor der Sparkasse gewartet haben.“ Niemand hob die Hand, aber an den einzelnen Tischen entstanden erregte Diskussionen, teils im Flüsterton geführt. Warum, so fragte sich Gasperlmaier, gaben die Betreffenden nicht einfach zu, auf dem Klo gewesen zu sein? Was war daran ehrenrührig, wenn man nicht selber der Mörder war? Oder hatte sich unter den Trommelweibern am Ende schon herumgesprochen, wer den Kurt erstochen hatte? Wollte man die Strafe für den Täter unter sich ausmachen? Schließlich erhoben sich neben dem jungen Mann mit dem roten Gesicht drei, vier weitere und schlurften unwillig zu Gasperlmaier und dem Wilfried. Zwei von ihnen stolperten auf dem kurzen Weg und mussten von Kameraden davor bewahrt werden, der Länge nach hinzuschlagen. Das konnte ein Vergnügen werden, die zu befragen.

Mit insgesamt fünf Trommelweibern im Schlepptau kamen sie vor dem Büro des Kirchenwirts an, und Gasperlmaier nahm gleich den Ersten, den mit dem roten Gesicht, mit hinein. Der Wilfried folgte ihm durch die Tür, doch die Frau Doktor machte gleich klar, dass er bei der Vernehmung unerwünscht war. „Sie bleiben draußen und passen mir auf die Herren auf, dass die keinen Unsinn machen!", meinte sie.

Der Rotgesichtige schnaufte schwer, als er sich auf den Sessel fallen ließ, den die Frau Doktor genau dem ihren gegenüber platziert hatte. „Wie heißen S' denn?", fragte sie. „Wieso denn? Warum werd ich hier überhaupt abgeführt wie ein Verbrecher? Ich hab ja gar nichts getan!" Gasperlmaier seufzte. Es war immer das Gleiche. Anstatt einfache Fragen zu beantworten, dass man weiterkam, ergingen sich die Zeugen in völlig überflüssiger Empörung und Rechtfertigung. „Bitte beantworten Sie meine Fragen. Sonst hole ich Sie morgen nach Liezen auf meine Dienststelle, mit einer offiziellen Vorladung, und dann ist der Faschingsdienstag für Sie auch gestorben!" Der feiste junge Mann murmelte noch irgendwas, das Gasperlmaier nicht verstand, bequemte sich schließlich aber doch dazu, seinen Namen zu nennen. „Kerschbaumer Alfred heiß ich." Die Frau Doktor erfuhr dann relativ schnell, wann er geboren war und dass es sich um den Schulwart in der Volksschule handelte. Sie zog die Augenbrauen hoch. „Wie sind Sie denn dazu gekommen?" „Tischler hab ich gelernt, aber meine Bandscheiben sind hin. Da hab ich mir was anderes suchen müssen."

„Und, wie war das jetzt mit dem Klo?" Der Alfred zuckte mit den Schultern. „War ich gleich, wie wir bei der Sparkasse angekommen sind. Ich hab ja schon die ganze Zeit müssen, ganz dringend! Wegen dem Bier!" „Gibt's dafür Zeugen?" Der Alfred nickte. „Ich war ja nicht allein dort, der Lois und der Manfred, und der Zeller Peter, die sind zugleich mit mir hinüber." „Ist Ihnen irgendetwas aufgefallen? Haben Sie vielleicht das spätere Opfer gesehen?" Der Alfred schüttelte den Kopf. „Nix!" „Wo waren Sie zur Tatzeit? Also circa um elf Uhr fünfzehn?" Der Alfred zuckte mit den Schultern. „Wie ich vom Klo zurück bin, hab ich meine Würstel gegessen. Und Bier getrunken. Und einen Schnaps." Er grinste. „Danke, das war's dann auch schon!" Die Frau Doktor entließ den jungen Mann, dessen Gesicht während der Befragung noch weiter an Farbe gewonnen hatte, was Gasperlmaier gar nicht für möglich gehalten hätte.

Das Gesicht des Nächsten, der eintrat, kam Gasperlmaier bekannt vor. Wo bloß hatte er den schon gesehen? Erst, als die Frau Doktor anfing zu fragen und dabei auf die üblichen Widerstände traf, fiel es ihm wieder ein: Das war einer der beiden gewesen, die sich am Pissoir aufgehalten hatten, als er in der Toilettenkabine gewesen war. Er erinnerte sich noch an ihre derben Kommentare zu der hübschen dunkelhaarigen Bankangestellten in der kurzen Lederhose. Michael Sturm hieß der Mann. Er war hager und, so schätzte Gasperlmaier, um die fünfzig. „Da sind zwei herumgeschlichen, so komische Figuren, die haben nie ihre Maske abgenommen. Und das ist nicht normal. Ich mein, wenn man isst oder trinkt, dann muss die Larve halt weg." Die Frau Doktor drehte den Kopf zur Seite und wedelte mit der Hand vor ihrem Gesicht. „Mensch, Sie haben vielleicht eine Fahne. Sind Sie sicher, dass Sie sich noch an alles erinnern?" Der Michael Sturm nickte.

„Natürlich. Und eine von den beiden Figuren hat sich ja nachher als die Frau herausgestellt. Die Narzissenkönigin. Die hat sicher was mit dem Mord zu tun, das liegt ja auf der Hand!“ Gasperlmaier räusperte sich. „Und der zweite Komiker, das hab ich ja jetzt erst erfahren, das war ja ein Kollege von Ihnen, der Gasperlmaier aus Altaussee. Keine Ahnung, warum der da mitmarschiert ist, ein Trommelweib ist er jedenfalls nicht. Eine Sauerei, das!“ Die Frau Doktor lächelte. „Er sitzt hinter Ihnen!“ Der Michael Sturm drehte sich um. „Ah so, na ja.“ Er zuckte mit den Schultern. „Wie war das jetzt, als sie am Klo waren? War das lange, bevor das Opfer gefunden wurde?“ Der Michael nickte. „Schon. Ich hab danach noch ein Paar Würstel gegessen, und erst dann ... aber warten Sie einmal! Eine von den beiden komischen Figuren ist im Klo an mir vorbeigeschlichen, mit der Larve. Ob das seine Tochter war? Die uns am Männerklo ausspioniert hat? Eine Sauerei!“ Der Michael schlug sich auf die Schenkel.

Gasperlmaier war unsicher, ob jetzt der richtige Augenblick war, zu erwähnen, dass er selber den Sturm auf dem Klo beobachtet hatte. „Und da war auch noch so ein Kleiner, Dünner in der kurzen Lederhose. Keine Ahnung, wer der war.“ „Sie haben vergessen zu erzählen, wer der Kamerad war, mit dem Sie die Toilette aufgesucht haben“, erinnerte ihn die Frau Doktor. „Das war der Kaiser Fritz, der ist bei der Kapelle, er spielt das Tenorhorn.“ Gasperlmaier verlor das Interesse an dem Gespräch, starrte zu Boden und dachte sich, dass im Büro vom Kirchenwirt auch einmal jemand Staub saugen sollte.

Erst als die Frau Doktor den Michael Sturm hinausschickte, schrak er wieder auf. „Der, den er da erwähnt hat, der vorbeigeschlichen ist, das war ich“, gab

Gasperlmaier zu. „Ich hab's vorhin nicht sagen wollen." „Aber dass du überhaupt auf dem Klo warst, das hättest du mir schon früher erzählen können!", tadelte die Frau Doktor. „Was bist denn du für ein Zeuge?" Sie lächelte, also musste er die Kritik nicht allzu ernst nehmen. „Sie haben über die Bankangestellte geredet, die den Schnaps serviert hat." Gasperlmaier zögerte. „Sehr schön haben sie nicht von ihr gesprochen ... mehr ... ordinär. Ich meine, nicht, dass sie nicht schön ist, aber ..." Er brach seinen Satz ab. Keinesfalls wollte er den Wortlaut der Aussagen über die Bankangestellte wiederholen. „Die zwei haben also ziemlich schlüpfrig, derb über das Mädchen gesprochen?" Gasperlmaier nickte eifrig. Genau das war es. Derb und schlüpfrig. „Sexistisch auch", fügte er noch hinzu. Das hatte er mittlerweile gelernt. Respektlos über Frauen zu reden, das war sexistisch.

„Vielleicht schauen wir uns das Mädel auch einmal an. Scheint ja eine wichtige Rolle zu spielen in dieser ganzen Angelegenheit." Gasperlmaier seufzte. „Weißt du was, Franz?" Die Frau Doktor erhob sich von ihrem Sessel und klopfte etwas gedankenlos Staub von ihren Jeans. „Ich glaub einfach nicht, dass wir hier und heute noch erhellende Aussagen von der Truppe bekommen. Und wenn, dann sitzen wir um Mitternacht noch da. Die lade ich mir alle vor, ab Mittwoch früh, und hoffen wir, dass sie sich bis dahin nicht noch den letzten Rest Hirn weggesoffen haben." Gasperlmaier nickte. So etwas Ähnliches hatte er sich auch schon gedacht. Er ging der Frau Doktor voraus in die Gaststube zurück. Dort hatte sich wenig geändert, die Luft war vielleicht noch etwas stärker rauchgeschwängert als zuvor. Die leergegessenen Teller waren abgeräumt, man saß bei Bier und Schnaps. Das Stimmengewirr ließ eine Unterhaltung kaum zu, dennoch sprach der Weissensteiner Wilfried die Frau Doktor an. „Wir haben den Rest des Umzugs heute abgesagt. Wäre ja pietätlos, nicht wahr. Das sind wir unserem Kameraden schon schuldig!" Die Frau Doktor nickte. „Für die weiteren Vernehmungen halten Sie sich bitte alle ab Mittwoch bereit."

Ein sichtlich angetrunkenes Trommelweib kam von hinten auf Gasperlmaier zu und lehnte sich gegen ihn. Es war der Dicke, den Gasperlmaier schon auf dem Pissoir gesehen hatte. Kaiser hieß der, erinnerte er sich. „Hat er euch das schon erzählt, dass er uns nicht weitermarschieren lassen will, der Sauhund?" Unsicher deutete der Kaiser mit dem ausgestreckten Finger auf den Wilfried. „Setz dich wieder hin, Fritz!", zischte der. „Du bist heute schon gar zu durstig gewesen!" Der Angesprochene lachte und begann, den Refrain zum Faschingsmarsch zu intonieren. „Und an Doppelliter Bier, und an Doppelliter Bier ..." Dabei versuchte er ein paar unbeholfene Tanzschritte, taumelte aber zwischen den Tischen umher und musste immer wieder von Sitzenden gestützt werden, auf die er zu fallen drohte. „Schluss jetzt!", rief der Wilfried in den Tumult hinein, und tatsächlich hielten alle kurz inne, bis auf den Fritz, der weitersang. „Es ist einer von uns gestorben. Dem sind wir Anteilnahme schuldig, und vor allem seiner Familie!" Der Fritz wandte sich kampflustig wieder dem Wilfried zu. „Seinen Familien", nuschelte er, wobei er die Mehrzahl besonders betonte. „Hat ja viele Weiber glücklich gemacht, der Kurtl! Und er würde sich wünschen, dass wir weitermachen! Bis zum Aschermittwoch in der Früh!" Irgendjemand streckte dem Fritz ein Schnapsstamperl hin, das er in einem Zug hinunterstürzte. „Prost! Auf den Kurt!" Gasperlmaier beobachtete, dass nur an wenigen Tischen verhaltener Applaus aufkam, die Blicke richteten sich großteils auf den Wilfried, der immerhin das Obertrommelweib war und eine gewisse Autorität besaß, die der Fritz aber herauszufordern schien.

„Du gehst jetzt heim! Samt deinem Tenorhorn!“, zischte der Wilfried, worauf der Fritz auf ihn zustürzte, um ihn an der Gurgel zu packen. Noch bevor er den Wilfried erreicht hatte, stolperte er aber und fiel auf die Knie, direkt vor die Frau Doktor hin, die erschrocken zurückwich. Was kein Wunder war, denn der Fritz sah mit seinem großen Schädel, in dem blutunterlaufene Augen steckten, auch zum Fürchten aus. Außerdem stank er – nach Zigaretten, Alkohol und Schweiß.

Gasperlmaier fand, es war Zeit, einzuschreiten, er packte den Fritz am Oberarm, half ihm auf die Beine und bugsierte ihn in Richtung Ausgang. Zu seiner Überraschung leistete der Fritz wenig Widerstand, der Wilfried wich zur Seite aus, und es dauerte nicht lange, bis Gasperlmaier ihn an die frische Luft gesetzt hatte. „Ihr Sauhund!“, schimpfte der weiter. „Glaubt's nicht, dass ich weiß, wer den Kurt auf dem Gewissen hat?“ Die Frau Doktor war Gasperlmaier gefolgt und zog gerade den Reißverschluss ihrer Jacke zu. „Wer denn?“, fragte sie, so unschuldig wie möglich. „Unser Obertrommelweib, der hat einen Mordshass auf den Kurt gehabt!“, stieß der Fritz hervor, der sich an der Hausmauer abstützen musste, um nicht auf den Gehsteig hinzuschlagen. „Warum denn?“, fragte die Frau Doktor interessiert. „Wegen dem Bio-Hotel! Und weil er ihn ja selber bei seinem Hotel hinausgeschmissen hat!“ Die Frau Doktor zog die Augenbrauen hoch und suchte Augenkontakt mit Gasperlmaier. „Das ist ja interessant!“ Die Frau Doktor näherte sich dem Fritz, doch der fing plötzlich an zu würgen und beugte sich nach vor. Mit einem reaktionsschnellen Sprung brachte sie sich in Sicherheit, bevor sich der Fritz ausgiebig und geräuschvoll auf den Boden erbrach. In einem Reflex zog Gasperlmaier die Frau Doktor an sich und schob sie in den Windfang des Kirchenwirts. Sie schnappte noch nach Luft. „Das war knapp!" Gasperlmaier warf einen Blick um die Ecke. Wider Erwarten hatte sich der Fritz wieder gefangen und sich auf den Weg gemacht, wohin auch immer. Gasperlmaier sah ihn in einiger Entfernung auf dem Gehsteig dahintorkeln.

„Wie war das jetzt?" Die Frau Doktor zog die Kapuze über den Kopf, denn obwohl es zu schneien aufgehört hatte, pfiff ein kalter Wind durch die Gasse, der auch Gasperlmaier frösteln ließ. Seine warme Jacke hing ja immer noch in der Gaststube. Mitten im Zigarettenrauch, wie ihm jetzt einfiel. Ein Auslüften auf dem Balkon würde da wohl nicht reichen. „Der Tote hat ein Bio-Hotel? Und er hat früher beim Weissensteiner, bei dem Obertrommelweib, gearbeitet?" Gasperlmaier zuckte mit den Schultern. „Keine Ahnung", bekannte er wahrheitsgemäß. Wer in welchem Hotel kochte, wer wen engagierte oder mit wem eine Feindschaft pflegte, das ging an ihm in der Regel vorbei. Man musste den Friedrich fragen, in so einem Fall. „Franz, du musst ein wenig mehr unter die Leute gehen. Mehr Tratsch aufschnappen, mehr zuhören. Erst dann wirst du ein guter Ermittler, glaub mir das!" Die Frau Doktor stieß ihn scherzhaft mit der Faust vor die Brust. „Und jetzt gehen wir noch einmal da hinein. Würde mich doch interessieren, was das Obertrommelweib zu den Vorwürfen sagt."

Als Gasperlmaier im Schlepptau der Frau Doktor erneut in die Gaststube trat, kam ihnen ein Trommelweib bereits entgegen. „Einen Moment, wenn ich bitten darf!" Der Mann sprach mehr Hochdeutsch, mit einer nur leichten Dialektfärbung. Gasperlmaier kannte ihn, doch sein Name wollte ihm einfach nicht einfallen. Er schüttelte der Frau Doktor die Hand. „Bernsteiner. Doktor Karl Bernsteiner, genauer. Rechtsanwalt und Trommelweib.“ „Oh!“, sagte die Frau Doktor erstaunt. „Ja, Sie dürfen nicht glauben, dass unsere Trommelweiber nur Saufbolde sind“, erläuterte der Herr Rechtsanwalt. „Ganz im Gegenteil, alles honorige Bürger, Geschäftsleute, Wirtschaftstreibende, nicht wenige Akademiker darunter. Auch in unseren Kreisen ist es eine Ehre, Trommelweib sein zu dürfen.“ „So habe ich das noch gar nicht gesehen.“ Die Frau Doktor schien von der stattlichen Erscheinung des Herrn Doktor einigermaßen beeindruckt. Er trug unter seinem Trommelweiberkostüm sogar Anzug und Krawatte, wie Gasperlmaier auffiel. Das war ja wohl lächerlich. Der tat ja gerade so, als müsste er vom Umzug direkt ins Gericht. „Bevor Sie sich da verrennen, möchte ich Sie auf etwas aufmerksam machen“, erklärte der Herr Rechtsanwalt. „Ich denke, Sie konzentrieren Ihre Ermittlungen viel zu sehr auf unsere Gruppe.“ Er wies mit einer großen Geste auf die Gaststube hinter sich. „Bedenken Sie, wie viele Zuschauer, Einheimische wie Touristen, sich in der Nähe des angeblichen Tatorts aufgehalten haben. Ich möchte Sie sehr dringend auffordern, Ihre Ermittlung ergebnisoffen zu gestalten. Sie verstehen doch?“ Die Frau Doktor schnaubte. „Und ob ich verstehe! Sie sind es doch gerade, der versucht, meine Ermittlungen in eine bestimmte Richtung zu lenken, nämlich weg von den Trommelweibern! Es versteht sich von selbst, dass eine Ermittlung im direkten Umfeld des Opfers ansetzt! Und darüber hinaus sind wir jetzt, kaum zwei Stunden nach dem Mord, noch nicht gekommen. Was glauben Sie denn?“

Der Rechtsanwalt lächelte süffisant. „Warum so emotional, gnädige Frau? Wer im Recht ist, braucht die Stimme nicht zu erheben!“ Er hob belehrend seinen Zeigefinger. „Sie bekommen eine Vorladung. Ihre Aussage wird am Mittwoch auf dem Bezirkspolizeikommando erwartet!“ Die Frau Doktor ließ den Rechtsanwalt stehen, der ihr, so fand Gasperlmaier, ein recht überlegenes Grinsen hinterherschickte. Was dieser Auftritt wohl zu bedeuten hatte? Warum sich der Herr Rechtsanwalt so schützend vor seine Trommelweiber stellte, ohne dass es bisher wirklich einen handfesten Verdacht gab? Gasperlmaier war jetzt übrigens eingefallen, woher er den Herrn Doktor Bernsteiner kannte. Vor ein paar Jahren war er zwei-, dreimal im Polizeiposten aufgekreuzt, weil ein prominenter Schauspieler betrunken einen Autounfall verursacht hatte und sich daraufhin von ihm vertreten hatte lassen. Er hatte damals alles Mögliche angezweifelt, ob der Mann selbst gefahren war, ob der Alkomat auch funktionstüchtig gewesen war, und schließlich hatte er in den Raum gestellt, dass der Friedrich bei der Alkoholkontrolle selber betrunken gewesen sei und dieselbe daher nicht ordnungsgemäß ausgeführt habe. Der Friedrich war dadurch ganz schön in die Klemme geraten, doch hatte der Schauspieler als Zeugen nur zwei weitere, weit weniger prominente Mimen aufzubieten, die noch viel besoffener als er selbst gewesen und deshalb im Fond des Wagens mitgefahren waren. Ein unangenehmer Mensch, insgesamt, dieser Bernsteiner.

Anscheinend hatte die Frau Doktor genug von der lauten, verrauchten Gaststube. „Franz, ich warte draußen. Hol mir bitte das Obertrommelweib, diesen Weissensteiner, heraus. Ich muss draußen noch einmal kurz mit ihm reden.“ Sie verschwand durch die Tür. Gasperlmaier machte sich auf die Suche nach seiner Jacke, er wusste nicht mehr genau, wo er sie abgelegt hatte. Noch einmal würde er sich bei dem Wetter nicht ohne sie ins Freie stellen. Nach kurzem Suchen entdeckte er die Jacke unter einem Haufen auf einer Bank abgelegter Kleidungsstücke. Lieber wäre ihm seine Uniform gewesen, aber er hatte halt keine Zeit gehabt, sich nach der Episode als Trommelweib umzuziehen. Wo eigentlich hatte er sein Kostüm gelassen? Das aber hatte jetzt keine Priorität. Er ließ seinen Blick über die durchaus feuchtfröhliche Gesellschaft schweifen, die dem Todesfall anscheinend keine allzu große Bedeutung mehr beimaß. Den Wilfried konnte er nirgends entdecken. Er drängte sich zwischen den Tischen hindurch, fragte da und dort, und endlich deutete einer auf die Tür, die auf den Gang hinaus und zum Klo führte. Gott sei Dank begegnete ihm der Wilfried schon auf dem Weg zum WC.

„Die Frau Doktor möchte noch einmal mit dir sprechen!" „Was gibt's denn jetzt schon wieder? Kann denn die keine Ruhe geben?", brummte der Wilfried, der zwar Haube und Maske abgelegt hatte, aber immer noch das Trommelweiberkostüm trug. Sie traten durch einen Nebeneingang, der direkt auf die Straße hinausführte. Die Frau Doktor hatte sich schon wieder dick vermummt, der Wind war immer noch kräftig und leichter Schneefall hatte erneut eingesetzt. Ein Blick zum Himmel verriet Gasperlmaier, dass von einer Wetterbesserung keine Rede sein konnte. Gerade, als die Frau Doktor zu sprechen begann, rasselte ein schwerer Schneepflug durch die Straße und schleuderte Matsch und Schneereste gegen die geparkten Autos. Erst, als sich das Geräusch entfernte, setzte die Frau Doktor wieder an. „Warum haben Sie uns nicht gesagt, dass der Tote bei Ihnen gearbeitet hat? Bei unserem ersten Gespräch haben Sie so getan, als würden Sie ihn nicht näher kennen?" Der Wilfried hob abwehrend die Arme. „Ich hab überhaupt nicht irgendwie getan! Und dass er in meinem Hotel gearbeitet hat, das ist lang her, und wichtig ist es mir auch nicht vorgekommen." Das, so dachte Gasperlmaier bei sich, war die übliche Reaktion, wenn man Zeugen dabei ertappte, dass sie Wesentliches ungesagt gelassen hatten. „Wie lang genau ist denn das her?" Der Wilfried zuckte mit den Schultern. „So zwei, zweieinhalb Jahre." Er stocherte mit dem Schuh in einem der Schneehaufen, die am Rand des Gehsteigs zurückgeblieben waren, nachdem die Hauseigentümer geräumt hatten. „Und da erinnern Sie sich nicht mehr so genau daran?" „Ja, was glauben Sie denn?" Der Wilfried breitete nun theatralisch die Arme aus. „Wie viele Köche bei mir arbeiten! Und kommen und gehen! Das ist ja ein Riesenproblem, das mit dem Personal in der Gastronomie. Sie haben ja keine Ahnung!" „Nun gut", meinte die Frau Doktor. „Uns ist zugetragen worden, dass das Opfer, der Herr Sagleitner, im Unfrieden aus ihren Diensten geschieden ist. Dass es Streit gegeben hat und sie ihn rausgeworfen haben." „Was für ein Blödsinn!", knurrte der Wilfried. Sein Ton wurde plötzlich gemäßigter, fast versöhnlich. „Da fallen schon einmal raue Worte, in einer Hotelküche, da ist viel Stress, da geht es nicht immer reibungslos zu. Und manchmal muss man sich halt auch Luft verschaffen. Aber dass ich den Kurt hinausgeschmissen hab, das stimmt nicht. Der wollte selber gehen, mir hat er gesagt, dass er auf ein Schiff geht, damit er sich das Startkapital für ein eigenes Lokal zusammensparen kann. So war das." „Und warum haben Sie uns das nicht gleich erzählt?" Wieder zuckte er mit den Schultern. „Der

Stress ... die ganze Aufregung ... ich hab halt nicht daran gedacht", murmelte er in fast entschuldigendem Tonfall. „Und der Alkohol, nicht zu vergessen!", fügte die Frau Doktor ein wenig zu scharf hinzu, wie Gasperlmaier fand. Man konnte schließlich von einem Trommelweib nicht erwarten, den ganzen Tag bei Limonade und Mineralwasser zu verbringen. Es war ja auch anstrengend, das Marschieren und Trommeln. Das hatte er am eigenen Leib gespürt. „Brauchen Sie mich noch?" Der Wilfried rieb sich die Hände. „Kalt ist es!" „Danke", beschied ihm die Frau Doktor und wandte sich ab. Er verschwand im Kirchenwirt.

„Was halten Sie denn von dem?" Die Frau Doktor zeigte mit einem Kopfnicken zurück zum Eingang des Gasthauses. „Vom Kirchenwirt?", fragte Gasperlmaier. „Nein, natürlich nicht. Von unserem Obertrommelweib!" „Na ja", meinte Gasperlmaier. „Ich würde dem schon eher glauben als dem besoffenen Kaiser Fritz, der hat ja bloß eine Wut gehabt auf den Wilfried, weil er den Umzug abgebrochen hat." „Ich weiß nicht", meinte die Frau Doktor. „Ihr Trommelweiber seid mir eigentlich alle gleich unsympathisch. Zuerst der rotgesichtige Dicke, dann der Kaiser, zuletzt der Rechtsanwalt – alles irgendwie komische Typen." Gasperlmaier fühlte sich durch das „ihr" ein wenig angegriffen. „Ich bin eigentlich kein Trommelweib", hielt er deshalb fest. „Ich weiß schon", gab die Frau Doktor zu. „Und der Weissensteiner, der hat uns schließlich über den Drohbrief informiert, der ist ja auf unserer Seite, finde ich." Die Frau Doktor wiegte den Kopf, während sie ihr Auto aufsperrte. „Das?", fragte Gasperlmaier erstaunt. Sie hatten vor einem halb eingeschneiten Cabrio angehalten. Natürlich war das Dach zu. Dennoch fand es Gasperlmaier abenteuerlich, bei diesem Wetter mit einem Cabrio herumzukurven. Und eine wirklich taugliche Familienkutsche war es wohl auch nicht. Es hatte ja nur zwei Türen, das Verankern des Kindersitzes und das Anschnallen des Babys mussten recht umständlich sein. Tatsächlich erblickte Gasperlmaier hinter dem Fahrersitz einen rosafarbenen, etwas verschmutzten Kindersitz. „Hast du eh Winterreifen?", fragte er sicherheitshalber, als sie losfuhren. Die Frau Doktor maß ihn jedoch nur mit einem abschätzigen Lächeln. „Du glaubst also auch, dass ein Cabrio nichts für eine Mutter ist, und nichts für den Winter?" Als sie auf die Hauptstraße einbogen, schleuderte der Wagen ein wenig, die Frau Doktor fing ihn aber geschickt ab. Gasperlmaier langte instinktiv nach dem Haltegriff über der Tür. „Wieso *auch*?", fragte er nach. „Stell dich nicht so an!", erwiderte die Frau Doktor anstatt einer Antwort, und folgsam ließ Gasperlmaier den Haltegriff wieder los, obwohl er sich wohler gefühlt hätte, wenn er sich hätte festhalten können. „Ich hab's mehr als einmal gesagt bekommen, dass dieses Auto unbrauchbar für mich ist. Und ich kann's nicht mehr hören. Ich wollte es haben, und basta. Glaubst du, ich habe nicht bemerkt, wie du skeptisch den Kindersitz beäugt hast?" Gasperlmaier fühlte sich zu Unrecht beschuldigt, wollte aber kein Öl ins Feuer gießen. Er räusperte sich.

„Wohin jetzt?", fragte er. „Wir müssen zur Mutter, ich meine, zur Partnerin des Getöteten. Die Manuela war zwar schon dort, aber ich möchte unbedingt auch selber mit ihr sprechen. Wo wohnt die denn?" „Weiß ich nicht. Muss ich erst die Manuela anrufen." „Na, super!" Die Frau Doktor schien verärgert, doch es gelang ihm, die Manuela sofort zu erreichen und die Adresse zu erfragen. „Soll ich auch hinkommen?", fragte sie noch. „Ob sie auch ...“, begann Gasperlmaier. „Nicht nötig!“, fuhr ihm die Frau Doktor dazwischen. „Es ist in Obertressen, da ist die Straße zu steil, bei dem Wetter, da müssen wir über Altaussee ...“ Auch diesmal ließ sie ihn nicht einmal zu Ende reden. „Papperlapapp“, rief sie, „keine Straße ist zu steil!“ „Da hinauf“, gab Gasperlmaier nach, obwohl er sich völlig sicher war, dass das Auto der Frau Doktor die Steigung mit den engen Kurven nicht bezwingen würde können.

„Na, da ist's aber wirklich happig!“, meinte die, als sie die enge, gewundene Straße hinaufkrochen. „Wie lang geht denn das so weiter?“ „Ein paar Kurven noch“, antwortete Gasperlmaier, der zu seiner Beruhigung bemerkte, dass die Straße sowohl geräumt als auch frisch gestreut war. Oben atmete Gasperlmaier erleichtert und hörbar aus. „Na!“, tadelte ihn die Frau Doktor. „War doch ein Kinderspiel!“ „Ja, aber wenn nicht gerade geräumt ...“ Er verstummte. Es machte keinen Sinn, die Stimmung durch Widerspruch zu verschlechtern. Links wie rechts standen verstreut Häuser, und Gasperlmaier versuchte, die Hausnummern zu erkennen. War das nicht die 76 gewesen? „Ich glaub, du musst umdrehen. Das da hinten war's!“, sagte er und deutete über seine Schulter. „Nummer 76!“ Die Frau Doktor seufzte und musste noch etwa hundert Meter weiter fahren, bis sie eine Einfahrt zum Umdrehen fand. Sie hielt schließlich vor einem recht neu aussehenden, kleinen Haus mit holzvertäfelter Fassade und steilem Giebel. Das Einparken war mühsam, der Platz vor dem Haus war nicht geräumt worden. Sie mussten in den Spuren parken, die vermutlich vom Auto der Manuela stammten.

„Mit wem müssen wir da jetzt rechnen?“, fragte die Frau Doktor. Gasperlmaier versuchte sich zu erinnern.

Wie hatte die Freundin des Toten noch einmal geheißen? Irgendwas Winterliches war es gewesen. Eisgruber? Nein. Schneeberger. „Schneeberger Lizzi. Und sie hat eine Tochter, die Leonie." Gasperlmaier drückte den Klingelknopf. Nach wenigen Sekunden öffnete sich die Tür, aber die Schneeberger Lizzi konnte das nicht sein. Vor ihm stand eine attraktive, etwa fünfzigjährige Blondine mit ernstem Gesicht. „Ja bitte?" Gasperlmaier fiel ein, dass er immer noch in Zivil war. „Polizei. Chefinspektorin Doktor Kohlross, Gasperlmaier, Polizeiposten Altaussee. Wir kommen ..." „Jaja, schon gut." Die Frau winkte sie ins Haus. „Sie sind aber nicht ...?", fragte Gasperlmaier. „Nein, nein! Ich bin die Mutter. Also, die Mutter von der Lizzi, von der Freundin des ..." Sie ließ ihren Satz unvollendet und schüttelte stattdessen den Kopf. Die Frau Doktor gab ihr die Hand. „Es war aber eh schon jemand da", meinte die Mutter. „Ja, wir konnten nicht gleich kommen, und es ist ja wichtig, dass so früh wie möglich persönlich jemand vor Ort ist, in so einem Fall. Und jetzt geht's um die Details." Die Frau Doktor lächelte. „Ja, bitte!" Die Mutter, die ihren Namen nicht genannt hatte, bat sie mit ausgestrecktem Arm ins Wohnzimmer.

Sehr warm war es da drinnen, fand Gasperlmaier, der Kachelofen schien eingeheizt. Der Fernseher lief und zeigte einen Rosenmontagszug, irgendwo aus Deutschland. Laute Blasmusik erklang. Auf dem Sofa saß eine verheulte junge Frau, die nicht annähernd so attraktiv war wie ihre Mutter. Ein nicht ganz sauberes T-Shirt konnte die zahlreichen Speckrollen nicht verbergen. Zu ihren Füßen schob ein etwa einjähriges Mädchen in einem kitschigen rosa Kleidchen eine Plastikgans auf Rädern unter dem Tisch hin und her. Oder war es eine Ente? Die Lizzi drückte sich ein Papiertaschentuch unter die Augen und stand auf. Der Friedrich hatte Recht gehabt. Der war zwar, seit er selbst abgenommen hatte, äußerst kritisch, was den Leibesumfang anderer anging, aber bei der Lizzi traf zu, was er behauptet hatte. Dass sie auseinandergegangen sei wie ein Germteig. Der Hosenbund umschloss ein gewaltiges Hinterteil und einen ansehnlichen Bauch. Die Haare hingen in fettigen Strähnen bis auf die Schultern. Er kannte die Lizzi zwar nicht, aber dem Friedrich zufolge sollte sie früher recht nett anzuschauen gewesen sein. Das war sie jetzt mit Sicherheit nicht mehr.

„Grüß Gott!", schluchzte sie und reichte ihm und der Frau Doktor die Hand. „Bitte setzen Sie sich doch." Die Mutter deutete auf das zweite, freie Sofa und einen der Lizzi gegenüber stehenden Polstersessel. Sie nahm die Fernbedienung zur Hand und schaltete den Fernseher ab. „Ich hab's zur Aufheiterung eingeschaltet, Sie verstehen. Hat aber nichts genützt. Ich mach schnell noch einen Kaffee!" „Nicht nötig", meinte die Frau Doktor, doch die Mutter winkte nur ab. „Oder wollt's lieber einen Jagatee, bei dem Wetter?" Es schien Gasperlmaier, als hätte sie ihm zugeblinzelt. „Dann doch lieber einen Kaffee", kam ihm die Frau Doktor zuvor. Gasperlmaier wäre eigentlich gern auf das Angebot eingegangen, doch dazu war es nun zu spät. Was das Fernsehprogramm betraf, überraschte es Gasperlmaier nicht, dass der rheinische Karneval die junge Witwe nicht zu trösten vermochte. Lustig war, fand er, was anderes.

„Frau Schneeberger, Sie wissen ja schon das Wesentliche?", fragte die Frau Doktor, während die Leonie unter dem Tisch ihre Ente gegen Gasperlmaiers Fußspitze lenkte, der seine Beine einziehen musste, um eine Kollision zu vermeiden. Die Lizzi nickte und wischte mit dem schon recht malträtierten Taschentuch Tränen aus den Augenwinkeln und Rotz von der Nase. Ihre Pupillen waren ziemlich gerötet. „Wann haben Sie denn Ihren Lebensgefährten, den Herrn Sagleitner, zuletzt gesehen?“ „Heute früh ..., nein, eigentlich gestern am Abend. Heute ist er schon aus dem Haus, bevor ich aufgestanden bin. Ich hab ihn nur gehört, nicht gesehen.“ „Hat er in den letzten Tagen von irgendwelchen Streitigkeiten berichtet, irgendeinem Ärger, mit den Trommelweibern vielleicht?“ Die Lizzi schüttelte den Kopf. „Und was ist mit der Arbeit? Hat er da etwas erzählt, was ungewöhnlich war, nicht so lief wie sonst?“ Wieder schüttelte die Lizzi den Kopf. Ihre Mutter kam mit einem Tablett und Kaffeegeschirr aus der Küche zurück. „Sie dürfen nicht davon ausgehen, dass der Herr Sagleitner mit der Lizzi überhaupt viel geredet hat. Und wenn, dann waren es Kommandos.“ Die Mutter stellte das Tablett ab. Sie schien nicht viel von ihrem Schwiegersohn zu halten. „Herr Sagleitner“ hatte sie gesagt, und wenn er sich nicht täuschte, in ziemlich sarkastischem Tonfall. „Mama!“, konterte die Lizzi weinerlich. „Gar nicht wahr!“ Die Mutter verzichtete zwar auf eine Antwort, ihr Blick aber sagte vieles.

Die Frau Doktor probierte es nochmals. „Hat er irgendwelche Drohungen erwähnt, die jemand anderer gegenüber ihm ausgesprochen hat? Wollte vielleicht er jemandem etwas heimzahlen?“ Die Lizzi zuckte mit den Schultern, während es der Leonie nun doch gelungen war, mit ihrer Ente Gasperlmaiers Schuhspitze schmerzhaft zu überfahren. Er zuckte zusammen. „Leonie!“, rief die Lizzi tadelnd, holte ihre Tochter unter dem Tisch hervor und setzte sie sich auf den Schoß. Die Leonie schob den Daumen in den Mund und sah interessiert in die Runde. Spucke lief ihr über das Kinn. „Kaffee?“ Die Frau Doktor nickte, und die Mutter schenkte ein. „Für den Herrn Inspektor darf es doch sicherlich ein Schnapserl dazu sein?“ Noch bevor Gasperlmaier Zeit zu einer Antwort hatte, schenkte sie aus einer schlanken Flasche ein, was ihm einen missbilligenden Blick seitens der Frau Doktor eintrug.

Sie probierte es noch einmal, ohne dass die Lizzi ihre vorige Frage beantwortet hätte. „Sehen Sie das auch so wie ihre Mutter, dass der Herr Sagleitner eher verschlossen Ihnen gegenüber war, was seine Angelegenheiten betraf?“ Die Lizzi sah zuerst ihre Mutter an, die nur verächtlich zischte, danach die Frau Doktor. „Schon eher“, sagte sie. „Können Sie mir etwas über seine Arbeit erzählen, in dem Bio-Hotel?“ „Spät heimgekommen ist er, sehr oft. Und dann hat er meistens geschlafen, wenn die Leonie munter geworden ist. Und sich aufgeregt, wenn sie Lärm gemacht hat.“ „War er ein guter Koch?“ Wieder zuckte die Lizzi mit den Schultern. Aus der war schwer etwas herauszukriegen, fand Gasperlmaier.

„Ein Säufer war er, und grob war er. Schad ist nicht um ihn!“, mischte sich die Mutter ein. „Mama!“, schrie die Lizzi nun, sodass die Leonie zuerst zusammenzuckte und dann zu quengeln anfing. Sie wollte runter. Die Frau Doktor, bemerkte Gasperlmaier, bekam glänzende Augen, streckte die Arme nach der Leonie aus und nahm sie auf den Schoß. „Ich hab auch eins“, strahlte sie. „Zwei Jahre!“ Sie schaukelte die Leonie auf ihren Knien, die wieder einen Finger in den Mund steckte und drauflos sabberte. Interessanterweise beruhigte sie sich in den Armen der Frau Doktor schnell. Früher, so dachte Gasperlmaier bei sich, hätte sie das nie gemacht. Sie hatte oft sogar einen etwas angewiderten Gesichtsausdruck zur Schau gestellt, wenn sie auf Kleinkinder getroffen waren, vor allem, wenn diese rochen und Flüssigkeiten absonderten. Was praktisch immer der Fall war. Anscheinend war nun irgendwie eine Bindung zwischen den beiden Frauen hergestellt, denn die Lizzi wurde gesprächiger. „Leicht war's nicht immer mit ihm, aber er hat auch sehr lieb sein können. Sonst hätt ich mich ja nicht in ihn verliebt." Gasperlmaier beobachtete die Mutter, die eine verächtliche Grimasse zog. Dass sie die Partnerwahl ihrer Tochter missbilligte, war schwer zu übersehen. Ob sie ihren Schwiegersohn so richtig hasste und ihn vielleicht aus dem Weg räumen hatte wollen? Gasperlmaier fiel auf, dass in einem Regal ihm gegenüber ein gerahmtes Foto der Lizzi und des Kurt Sagleitner stand, er in der Lederhose, sie im Dirndl. Tatsächlich war sie auf dem Foto äußerst attraktiv, viel schlanker als jetzt, aber dennoch mit Rundungen, die im Dirndl auch entsprechend zur Geltung kamen.

„Aber die Leonie, die war sein Ein und Alles. Er hat sich stundenlang mit ihr beschäftigen können, hat sie sogar gebadet und gewickelt. Da war er ganz sanft!", verteidigte die Lizzi den Kurt, wieder mit einem Blick zu ihrer Mutter. „Er hat ja noch ein weiteres Kind. Hat er zu dem Kontakt?" Die Lizzi zischte jetzt selbst verächtlich durch die Zähne. „Die Stoiber Gitti mit ihrer dämlichen Sabrina! Das war ein Fehltritt, einmalig! Und wer weiß, ob die Sabrina überhaupt von ihm ist, nur zahlen hat er immer dürfen." Die letzten Sätze waren recht gehässig aus der Lizzi herausgebrochen. Da gab es allerhand unbewältigte Gefühle, fand Gasperlmaier. Die Lizzi hätte wohl lieber der Gitti die Augen ausgekratzt, aber ganz konnte man nie wissen, gegen wen sich die Wut einer betrogenen Frau richtete.

Die Frau Doktor setzte die kleine Leonie wieder ab, die gleich unter den Tisch krabbelte, um nach ihrer

Ente zu sehen. Und nach Gasperlmaiers Schuhspitzen, wie er gleich darauf schmerzhaft bemerkte. Kurz überlegte er, ob er nach der Ente treten sollte, doch als er die Leonie unter dem Tisch fröhlich glucksen hörte, verzichtete er darauf. „Wissen Sie eigentlich was über die Geschichte mit dem Hotel des Herrn Weissensteiner, des Obertrommelweibs?“, fragte die Frau Doktor. „Wir haben gehört, er soll von dort in Unfrieden geschieden, fristlos entlassen worden sein? Nach Streitigkeiten?“ Die Lizzi schüttelte erstaunt den Kopf. „Davon weiß ich gar nichts. Das war ja lang vor unserer Zeit. Er hat ein Angebot von dem Bio-Hotel bekommen, soweit ich weiß, und beim Weissensteiner gekündigt. Er hat die Schnitzel und die Cordon bleus nicht mehr sehen können, hat er mir einmal erzählt. Und dass beim Weissensteiner die Küche überhaupt keine Qualität hat.“ „Der Weissensteiner sagt, er wollte auf ein Schiff gehen, um sich genug Geld für ein eigenes Lokal zu sparen“, fügte die Frau Doktor hinzu. Die Lizzi schüttelte erneut den Kopf. „Davon weiß ich nichts.“ „Wohl eher, um sich vor seiner Verantwortung für zwei Kinder zu drücken!“, ätzte die Mutter. Die Lizzi wehrte sich diesmal nicht, sondern zerdrückte nur ein paar weitere Tränen, die ihr die dicken Backen hinunterrannen.

Ein bisschen was, so dachte Gasperlmaier bei sich, hatte der Kurt also doch zu Hause erzählt. Und dass er und der Weissensteiner einander nicht gerade freundschaftlich verbunden waren, das hatte die Lizzi auch gerade bestätigt. „War er denn ein guter Koch, Ihr Mann?“, fragte die Frau Doktor. Die Lizzi nickte eifrig und wies auf ein paar eingerahmte Dokumente, die über dem Sofa hingen, auf dem die Mutter Platz genommen hatte. Die Frau Doktor stand auf und musterte die Diplome. „Renommierte Köche, bei denen er da gelernt hat", nickte sie anerkennend. Die Lizzi lächelte. „Wenn er was gekonnt hat, dann kochen!" „Das war aber auch schon das Einzige!", fügte ihre Mutter trocken hinzu. Die Lizzi schniefte nur, anstatt zu widersprechen. „Da hat er sich sogar eine Haube erkocht?" Die Frau Doktor zeigte mit dem Finger auf eines der Diplome. Die Lizzi nickte und strahlte. „Ja, das war in der Südsteiermark. Und bei den Trommelweibern haben sie ihn ja nur genommen, weil er sozusagen ein Promi-Koch war. Sonst hätte er als Zugereister ..." Ihre Stimme brach, sie begann wieder zu schluchzen und griff nach einem zerknüllten, vollgerotzten Taschentuch, das vor ihr auf dem Glastisch lag. Die Frau Doktor setzte sich wieder hin und schlug die Beine übereinander.

„Ich muss Sie beide noch fragen, wo Sie sich heute Vormittag aufgehalten haben", sagte die Frau Doktor. Die beliebteste Frage bei den Angehörigen von Mordopfern, und diesmal war die Reaktion nicht anders als sonst. „Ich war natürlich da, was glauben Sie denn?", fauchte die Lizzi. „Ich komm ja nicht aus dem Haus mit der Kleinen, und bei dem Wetter!" „Wenn man zu faul ist, sich selbst und das Kind warm anzuziehen ...", giftete die Mutter. „Und Sie?", fragte die Frau Doktor nach. „Ich?", zierte sie sich. „Warum ich?" „Ich brauch das, fürs Protokoll. Ist so vorgeschrieben. Beantworten Sie jetzt bitte meine Frage?" Die Mutter rollte dramatisch die Augen. „Ja, wenn's unbedingt sein muss – ich war in meinem Geschäft, ich hab einen Kosmetikladen, mit Andenken und so. Da gibt's eine Menge Zeugen. Natürlich hab ich Nachmittag zugesperrt, wegen dem ... Vorfall." „Wo ist denn Ihr Geschäft?", fragte die Frau Doktor. „Am Kurhausplatz, Richtung Chlumetzkyplatz hinauf", antwortete die. „Wie weit vom Tatort entfernt, Gasperlmaier?" Der hatte gerade seinen Schnaps geleert. „Äh, so hundert Meter vielleicht?“ „So, so!“, wiederholte die Frau Doktor. „Hundert Meter. Da hat man doch sicher die Trommelweiber auch gehört, oder?“ „Also!“, empörte sich jetzt die Mutter, schnappte sich das Tablett mit dem Kaffeegeschirr und verschwand Richtung Küche. Die Frau Doktor hatte ihren Kaffee noch nicht angerührt.

„Ich weiß überhaupt nicht, was jetzt werden soll!“, jammerte die Lizzi. „Das Haus da ist nur gemietet. Und ich hab ja überhaupt kein Geld!“ Schluchzend schlug sie die Hände vor die Augen. Die Frau Doktor stand auf. „Lassen Sie sich Zeit, das wird schon wieder werden.“ Sie strich sich über Pullover und Oberschenkel, so, als ob sie lästige Katzenhaare loswerden wollte. Ob das so schnell wieder werden würde, dessen war sich Gasperlmaier nicht so sicher.

„Unergiebig“, sagte die Frau Doktor, als sie wieder im Auto saßen. Sie hatte zwar den Motor gestartet, damit die Heizung lief, war aber noch nicht losgefahren. Die Scheibenwischer schoben eine dünne Schneeschicht zur Seite, die sich während ihres Besuches bei der Familie Schneeberger angesammelt hatte. „Die Lizzi weiß nichts, die Mutter hat zwar den Sagleitner nicht gemocht, aber ein Motiv für einen Mord sehe ich bei ihr nicht.“ „Immerhin war sie nahe am Tatort!“, gab Gasperlmaier zu bedenken. „Trotzdem. Viele Mütter sind mit der Partnerwahl ihrer Töchter nicht einverstanden, deswegen bringt man den Schwiegersohn nicht gleich um. Da müsste schon mehr sein zwischen den beiden, ein Konflikt, von dem wir noch nichts wissen.“ Die Frau Doktor blickte versonnen zur Windschutzscheibe hinaus, und Gasperlmaier hatte plötzlich das Gefühl, als ob sie über etwas spräche, das sie selbst betraf. Gab es auch in ihrem Fall eine Mutter, die mit der Partnerwahl der Frau Doktor nicht einverstanden war? Und wer war überhaupt dieser geheimnisvolle Partner, der Vater ihres Kindes? Nicht ein Ton war ihr zu diesem Thema zu entlocken gewesen, dabei hätte es ihn brennend interessiert, zu erfahren, wie es um die Familiensituation der Frau Doktor stand.

Deswegen entschlüpfte ihm, als die Frau Doktor vorsichtig zurück auf die Straße manövrierte, ein Satz, den er gar nicht hatte sagen wollen. „Wer passt denn eigentlich auf die Sophie auf?“ Die Frau Doktor maß ihn mit einem scharfen Blick. „Wie kommst du denn jetzt darauf?“ Gasperlmaier zuckte mit den Achseln. „Nur so. Weil da drinnen eben, das kleine Kind ...“ „Eigentlich geht's dich ja nichts an“, antwortete sie, „aber meine Mama hat die Sophie bei sich. Ich hab das große Glück, dass sie gerade in Pension gegangen ist, ganz in der Nähe wohnt und sich sehr gut mit der Sophie versteht. Sonst wäre an Dienst gar nicht zu denken gewesen. Wie gesagt, ein großes Glück. Aber auch Abhängigkeit“, fügte sie etwas weniger forsch hinzu. Gasperlmaier hatte also ins Schwarze getroffen. Die Betreuung der Sophie und das Verhältnis zu ihrer Mutter machten auch der Frau Doktor Sorgen.

„Ich möchte mir jetzt gern den Arbeitsplatz des Toten anschauen, das Bio-Hotel. Kennst du den Weg?“ Gasperlmaier nickte. Er war fest entschlossen, die Frau Doktor daran zu hindern, wieder den steilen Weg nach Aussee hinunter zu nehmen, denn was bergauf gut gegangen war, konnte bergab allemal schiefgehen. „Wir können hier rechts gleich direkt nach Grundlsee fahren“, sagte er deshalb und deutete auf eine Abzweigung, an der auch ein Wegweiser seine Ansicht untermauerte. Nach mehreren Minuten umständlicher Kurverei auf einer schmalen Straße wurde die Frau Doktor doch misstrauisch. „Ich weiß nicht, ob wir da nicht doch einen Umweg gefahren sind?“ Gasperlmaier traf ein vorwurfsvoller Blick, doch er schüttelte energisch den Kopf. „Gleich sind wir unten!“

Tatsächlich hatten sie wenige Minuten später das Bio-Hotel erreicht, das auf einer Anhöhe über dem Grundlsee thronte. „Geschmacklos“, urteilte die Frau Doktor, als sie vor dem dreistöckigen, mit zahlreichen Giebelchen und Erkern geschmückten Bau hielten. „Na ja, ich find's nicht so schlecht“, gab sich Gasperlmaier widerspenstig. „Disneyland!“, konterte die Frau Doktor entschieden. Er verzichtete auf weiteren Widerspruch.

4

„Lakeview Resort" stand in großen Lettern über dem Eingangsportal, und darunter, etwas kleiner, „Bio-Wellness". „Der Parkplatz ist nicht geräumt", stellte die Frau Doktor mit einem Fingerzeig auf den tief verschneiten Platz seitlich des Haupteingangs fest. „Wird halt nicht so viel Betrieb sein, jetzt, im Winter", meinte Gasperlmaier. „Oder überhaupt", sagte die Frau Doktor. „Kommt mir irgendwie komisch vor. Die Architektur zeigt ja nicht gerade ein Bestreben nach Nachhaltigkeit, da würde man sich mehr Holz, klare Linien, vielleicht ein Passivhaus vorstellen. Da sieht mir das ‚Bio' etwas aufgesetzt aus." „Also ...", begann Gasperlmaier, besann sich aber sogleich eines Besseren. Wie kam er dazu, ein Hotel zu verteidigen, in das er noch nie einen Fuß gesetzt hatte? Sollte die Frau Doktor doch denken, was sie wollte. Sie hielt am Straßenrand. Die automatischen Türen öffneten sich lautlos, als sie auf den Eingang zuschritten. „Wenigstens geöffnet", kommentierte die Frau Doktor. Direkt vor ihnen befand sich ein breiter Rezeptionstresen aus dunklem Holz. Dahinter eine aufsehenerregend blonde Rezeptionistin, die allerdings, als sie sich ihr näherten, auch bei Gasperlmaier Zweifel an der nachhaltigen Bio-Politik des Hotels aufkommen ließ. Die Dame, so mutmaßte Gasperlmaier, hatte schon einige Schönheitskorrekturen hinter sich, was sich an straff gespannter Gesichtshaut bei faltigem Hals deutlich ablesen ließ. Aus ihrem Dekolleté ragten pralle, runde Brüste hervor, bei denen sich, so fand er, schon die Frage aufdrängte, ob die wohl natürlichen Ursprungs waren. Er wunderte sich, dass sie mit ihren etwas zu grell geschminkten Lippen ein Lächeln zustande brachte, ohne dass sich irgendwo im Gesicht ein Riss auftat.

„Einen wunderschönen guten Tag!“, säuselte sie. „Was kann ich für Sie tun?“ Die Frau Doktor hielt ihr die Polizeimarke entgegen. „Polizei. Chefinspektor Kohlross, Inspektor Gasperlmaier“, konterte sie trocken. „Sie haben einen Koch namens Kurt Sagleitner?“ Die Dame nickte. „Natürlich. Ein Haubenkoch. Erstklassig!“ Die Dame, so konnte Gasperlmaier einem Messingschild an ihrem Busen entnehmen, hieß Sylvia Scheurecker. Er hatte, ohne jeden Hintergedanken, wirklich nur das Namensschild studiert, dennoch traf ihn ein vorwurfsvoller Blick der Frau Doktor und er zuckte zurück. War aber auch anstrengend, so ein Schild ohne Brille zu entziffern, fand er.

„Sie sind ...?“, fragte die Frau Doktor. „Scheurecker. Ich bin die Direktrice. Wir sind momentan nicht voll besetzt, keine Saison ...“ Eine Direktrice also. Konnte man nicht einfach „Chefin“ sagen? Gasperlmaier fand die Frau übertrieben formell, fast hochnäsig. Wenn man sich schon „Direktrice“ nannte!

„Sie können sich ja denken, weswegen wir hier sind“, fuhr die Frau Doktor fort. Die Direktrice versuchte, die Stirn zu runzeln, was misslang. „Nein, eigentlich nicht. Wir haben selten mit der Polizei zu tun.“ „Der Herr Sagleitner ist heute Morgen ermordet aufgefunden worden. Sie haben noch nichts davon gehört?“ „Um Gottes willen!“ Die Direktrice legte eine Hand über die Brust. „Wie ist denn das passiert?“ Jetzt war es an der Frau Doktor, die Stirn zu runzeln. „Er ist während des Umzugs der Trommelweiber erstochen worden. Und wir beide ermitteln in dem Fall.“ Sie wies auf Gasperlmaier, der seine Dienstmütze abnahm und sich umsah, ob man sich hier nicht irgendwo hinsetzen konnte. „Von Ihnen hätten wir gern ein paar nähere Informationen zum Herrn Sagleitner gehabt.“ Nur an ihren unsteten

Augen und dem kurzen Atem erkannte Gasperlmaier, dass sie der Tod des Kochs nicht kaltließ. „Ich fürchte, da kann ich Ihnen auch nicht weiterhelfen. Möchten Sie vielleicht etwas trinken?“ Bevor Gasperlmaier noch Luft holen konnte, antwortete die Frau Doktor: „Danke. Ein Glas Wasser.“ „Sofort. Wenn Sie inzwischen Platz nehmen möchten?“ Sie wies auf eine Ledersitzgruppe vor einer Bücherwand zu ihrer Rechten. Um ein Glas Wasser kommen zu lassen, musste sie anscheinend telefonieren.

„Erzählen Sie mir was über den Herrn Sagleitner!“, forderte die Frau Doktor die Frau Scheurecker auf, als sie endlich alle drei vor einem Glas Wasser auf dem Ledersofa saßen. Die aber zuckte nur mit den Schultern. „Ein ausgezeichneter Koch, erstklassige Ausbildung, hat sich schon zweimal Hauben erkocht. Sonst hatte ich ja nicht viel mit ihm zu tun.“ „Hätte er heute Dienst gehabt?“ Die Direktrice nickte. Gasperlmaier warf einen Blick auf ihre dürren, aber muskulösen Waden. Da steckten viel Sport und Krafttraining, aber wenig Essen hinter dieser Figur, vermutete er. „Ja, ab fünf. Da fällt mir ein ... ich muss ja für einen Ersatz sorgen!“ Sie sah auf ihre Uhr. „Einen Moment noch, wir sind gleich fertig“, entgegnete die Frau Doktor. „Wie war er menschlich so, gab es Auseinandersetzungen, war er beliebt beim Küchenpersonal?“ Wieder zuckte die Direktrice mit den Schultern. „Beschwert hat sich niemand, wenn Sie das meinen. Streitereien gibt es in einer Küche immer, das ist ein hektischer, stressiger Arbeitsplatz.“ Irgendwie hatte Gasperlmaier das Gefühl, dass sie überhaupt nicht weiterkamen. War es denn möglich, dass die Direktrice gar nichts über ihre Angestellten wusste? „Hat er Freunde gehabt hier, Leute, mit denen er sich auch privat getroffen hat?“ „Ich glaub, mit dem Paul, unserem Entremetier, ist er öfters zum Motorradfahren unterwegs gewesen." „Ihrem was?", fragte Gasperlmaier irritiert. Die Direktrice lächelte etwas herablassend, wie er fand. „Entremetier. Das ist der Koch, der für die Beilagen verantwortlich ist. Der ist aber nur im Sommer hier, im Winter haben wir keinen Bedarf für eine so große Brigade." Gasperlmaier verzichtete darauf, nachzufragen, warum sie in der Küche eine Brigade brauchten. „Paul, und wie noch?" „Kramer. Paul Kramer. Noch jung, fünfundzwanzig. Er war letzte Saison zum ersten Mal bei uns, ich war sehr zufrieden." „Es ist nicht gerade viel los momentan." Die Frau Doktor wies auf die leere Hotelhalle. „Februar ist nicht gerade unsere stärkste Zeit, wir sind ein bisschen zu weit weg vom Skigebiet", antwortete die Direktrice und warf ihre Haare mit einem gekonnten Schwung nach hinten. Wodurch ihr faltiger Hals nur noch deutlicher ins Blickfeld geriet. Die Frau, so fiel Gasperlmaier auf, zeigte mittlerweile keinerlei Gefühlsregung mehr, obwohl sie ihr doch erst mitgeteilt hatten, dass ein Angestellter getötet worden war. Oder vergoss man als Direktrice keine Tränen wegen einem toten Koch?

„Sie müssen ihn doch besser gekannt haben, mit Ihnen muss er doch über Einkauf, über Menügestaltung, die ganze Küchenlinie gesprochen haben, Sie müssen doch intensiven Kontakt gehabt haben!" Die Frau Doktor war offenbar ungehalten darüber, dass sie in diesem Gespräch auf der Stelle traten und so gar nichts aus der Frau herausbekamen. Ein kurzer Blick traf Gasperlmaier, dann die Frau Doktor. „Ich ..." Die Frau Scheurecker machte eine Pause und legte die Hände auf die Oberschenkel. „Er hatte schon eine etwas grobe Art, nicht mein Stil. Ich hätte zum Beispiel keine Freude damit gehabt, wenn er direkt mit Gästen zu tun gehabt hätte.

Eine etwas unpassende Art von Humor und Umgangston, für ein Haus wie unseres.“ Das, so fand Gasperlmaier, passte schon eher ins Bild, das die Lizzi und ihre Mutter von dem Verblichenen gezeichnet hatten. „Wo waren Sie denn heute Morgen?“, fragte die Frau Doktor trocken. „Ich, wieso ich?“ „Reine Routine“, beruhigte die Frau Doktor. „Nur fürs Protokoll.“ Der Busen der Direktrice hob und senkte sich merklich, Gasperlmaier maß dem aber wenig Bedeutung zu. Diese Frage empörte Schuldige wie Unschuldige gleichermaßen, daraus konnte man wenig schließen. „Na, hier! Im Büro und an der Rezeption! Ich kann mir keinen Faschingsumzug leisten!“ Auch das hatte Gasperlmaier nun schon zahlreiche Male gehört. Man sei eigentlich viel zu beschäftigt und leide unter derartigem Arbeitsstress, dass es von vornherein völlig ausgeschlossen sei, dass man einen Mitmenschen ins Jenseits befördern habe können. „Zeugen?“, fragte die Frau Doktor noch. Die Direktrice schüttelte ungläubig den Kopf. „Viele! Die Rosalinde von der Rezeption, und ich hab ja dauernd telefoniert. Von hier hinten!“ Sie wies mit dem Daumen auf die Tür, die offenbar von der Rezeption in ihr Büro führte. Die Frau Doktor nickte. „Wir würden sehr gern noch mit ein paar anderen Mitarbeitern sprechen, vor allem natürlich aus der Küche.“ Die Direktrice stand auf und strich ihr Dirndl glatt. „Sehen wir einmal, wer schon da ist. Wenn ich bitten darf!“ Sie wies mit ausgestrecktem Arm auf den Lift. Offenbar befand sich der Restaurantbereich in einem der oberen Stockwerke.

In der Küche waren nur zwei Leute am Werk, eine junge, dunkelhaarige Frau und ein großer, hagerer Mann mit grauen Haaren. In zwei Kochtöpfen dampfte etwas vor sich hin. Es roch nach Suppe. Gasperlmaier sah auf die Uhr. Es war halb fünf. Für diese Uhrzeit, fand er, war in der Küche noch wenig los. Wie viele Leute hier um sechs wohl essen wollten?

„Darf ich vorstellen? Adina Bersic, unsere Souschefin.“ Sie deutete auf die junge Frau, die Gasperlmaier und der Frau Doktor mit ernster Miene zunickte. „Und das ist der Boris Kramlov, einer unserer Küchenhilfen.“ Der Angesprochene ließ heißes Wasser über einen Edelstahltopf laufen und warf Gasperlmaier einen irgendwie gehetzten Blick zu. Ein Schwarzarbeiter? Die Frau Doktor trat an die Souschefin heran. „Haben Sie einen Moment Zeit für uns?“ Die Frau war gerade damit beschäftigt, Gemüse klein zu schneiden. Sie arbeitete unglaublich schnell und zerschnipselte ihre Karotten in fast exakt gleich große Würfelchen. Dass man sich dabei nicht in die Finger schnitt. Die Frau nickte. „Danke. Wir brauchen Sie nicht mehr.“ Die Frau Doktor blickte der Direktrice in die Augen, die offenbar angenommen hatte, sie könne Zeugin des Gesprächs mit ihrer Angestellten werden. „Aber ...“, sagte sie noch, schüttelte dann den Kopf und entfernte sich. Gasperlmaier blickte ihr nach. An der Tür zur Küche zögerte sie, schaute noch einmal zurück, bemerkte, dass sie beobachtet wurde, und verschwand.

„Stört es Sie, wenn ich weiterschneide?“, fragte die Souschefin mit einem scheuen Lächeln. „Nicht, wenn Sie sich dabei nicht wehtun!“ Die Frau Doktor lächelte ebenfalls. „Sie haben schon gehört, dass Ihr Chef ermordet worden ist?“ Die Adina nickte. Auch sie, so dachte Gasperlmaier bei sich, ließ keine Anzeichen großer Trauer erkennen. „Gott sei Dank haben wir nicht viele Gäste“, sagte sie. „Sonst wär’s heute Abend schwierig geworden.“ Seltsam, dass sie zuerst an die Folgen für ihre Arbeit dachte. Die Adina musste, dem Namen nach zu urteilen, wohl aus einem der Länder

Ex-Jugoslawiens stammen, mutmaßte Gasperlmaier. Allerdings war ihr Akzent eher bayerisch, sie hatte „vui“ statt „viel“ gesagt. „Sie sind keine Ausseerin?“, fragte die Frau Doktor. „Nein. Aus Bayern, Niederbayern, genauer gesagt. Meine Eltern haben allerdings nach ihrer Flucht aus Bosnien ein paar Monate hier in der Nähe verbracht.“ Er hatte also richtig getippt.

„Was können Sie uns denn über den Herrn Sagleitner sagen?“ Genau wie die Direktrice zuckte die Adina mit den Schultern, während neben dem Berg Karotten nun ein weiterer mit Selleriewürfeln in die Höhe wuchs. „Normal halt. Nix Besonderes“, antwortete die Adina. Gasperlmaier seufzte. „War er ein angenehmer Chef, hat er Ihre Arbeit geschätzt?“ „Geschätzt? Oh mei!“, antwortete die Adina lachend. „Ich hab meine Arbeit ordentlich gemacht, er hat nicht viel sagen können. Das war nicht bei allen so.“ Sie warf einen Blick in die andere Ecke der Küche, wo der Boris damit beschäftigt war, Kochtöpfe zu polieren. „Wir haben gehört, er war ein grober Mensch, hat auch getrunken?“ Die Adina setzte ihr Messer ab. „Wissen Sie“, antwortete sie, „grobe Männer gibt's wie Sand am Meer. Das ist jetzt wirklich keine Besonderheit, über die man redet. Und getrunken? Ja, schon. Aber nicht im Dienst. Da wär er bald einmal hinausgeflogen, da kennt die Chefin nix!“ Sie nickte in Richtung der Tür, durch die die Direktrice verschwunden war.

„Erinnern Sie sich an Streitereien, Auseinandersetzungen in der letzten Zeit, auffällige Veränderungen in seinem Verhalten?“ Die Adina schüttelte den Kopf und nahm nun eine Petersilienwurzel zur Hand, um sie in Würfel zu zerteilen. Dann lachte sie auf und wies mit der Messerspitze gegen die Tür. „Höchstens mit ihr!“, lachte sie. „Mit der Frau Scheurecker? Auseinandersetzungen welcher Art?" „Geld. Es geht immer ums Geld. Wir sollen höchste Qualität liefern, aber am Budget wird immer wieder geknabbert. Ob das wirklich notwendig ist, ob wir diese teure Zutat nicht weglassen können. Solche Sachen. Und dabei soll alles bio sein." Wieder zuckte sie mit den Schultern und hackte weiter.

„Alles bio?", staunte Gasperlmaier. Die Adina nickte. „Fast alles. Und das ist auch so ein Kostenproblem. Streng genommen dürfte die Chefin auf der Speisekarte nichts als bio ausgeben, wo auch nur eine Kleinigkeit aus konventioneller Landwirtschaft dabei ist. Ein Gewürz zum Beispiel. Oder so eine Wurzen, die wir nur für Fonds verwenden." Sie hielt eine weitere Petersilienwurzel in die Höhe. „Ganz direkt gefragt: Wer hat ihn nicht gemocht, den Sagleitner?" „Ich will da jetzt keine Namen nennen, da gibt's immer Streitereien, bei dem Stress in einer Küche."

Nichts wirklich Interessantes, rekapitulierte Gasperlmaier. Außer, dass es Auseinandersetzungen ums Geld gegeben hatte, aber wo gab es die nicht? „Kümmere dich einmal um den Herrn da hinten!", sagte die Frau Doktor zu ihm. „Ich?", fragte er etwas verblüfft. Was konnte er den denn fragen? „Jetzt geh schon!", zischte ihm die Frau Doktor zu. Womöglich wollte sie mit der Adina kurz unter vier Augen reden. Er umrundete die große Herdinsel und steuerte auf den Boris zu, der gerade dabei war, einen Kochtopf mit einem etwas fleckigen Geschirrtuch abzutrocknen. Wieder dieser gehetzte Blick aus schwarzen Augen.

In dem Moment, als Gasperlmaier die Hand ausstreckte und sich vorstellen wollte, schleuderte der Boris Gasperlmaier seinen Topf entgegen. Der konnte im letzten Moment ausweichen, der Topf schepperte zu Boden und rollte auf dem Küchenfußboden weiter.

Gasperlmaier hielt verdattert inne. „Los! Hinterher!", schrie die Frau Doktor, doch noch ehe er losgelaufen war, war der Boris durch eine weitere Tür am hinteren Ende der Küche entschwunden. Gasperlmaier folgte und fand sich in einem Stiegenhaus. Er erinnerte sich, dass sie mit einem Lift zur Küche hinaufgefahren waren, und nahm die Treppe hinunter. Unten hörte er eine Tür schlagen, tatsächlich gab es da einen Ausgang. Er rannte hin und hatte Glück: Der Platz vor der Tür war schlampig geräumt, man konnte deutliche Fußspuren erkennen, der Boris selbst allerdings war nirgends mehr zu sehen. Gasperlmaier folgte den Spuren, aber noch bevor er Gelegenheit hatte, herauszufinden, wohin sie führten, hörte er ein Moped starten. Der Boris kam aus einer Garage herausgeschossen und versuchte, die Kurve zur Ausfahrt zu nehmen, doch der frisch verschneite und nicht gestreute Untergrund war viel zu glatt, das Moped rutschte weg und sein Fahrer lag im Schnee. Immer noch in seiner Küchenjacke, die vor der Kälte sicher nur unzureichend schützte. Gasperlmaier trat zu ihm hin und half ihm auf. „Hast du dir wehgetan?", fragte er. „Nix weh!", antwortete der, riss sich los und wollte sein Moped aufheben. „Nein, nein!" Gasperlmaier stellte sich ihm in den Weg. „Du fährst jetzt nicht weg. Von mir aus kannst du dein Moped wieder da hineinschieben, aber dann kommst du mit!" Er deutete auf die offene Einfahrt der Garage, aus der der Boris offensichtlich gekommen war. Um keine Missverständnisse aufkommen zu lassen, legte er seine rechte Hand an den Griff seiner Waffe und deutete mit ausgestrecktem Arm auf die Garage. „Ich nix getan!", verteidigte sich der Boris. „Das werden wir dann schon sehen!", meinte Gasperlmaier. Hoffentlich kam die Frau Doktor bald. Er konnte den Boris schließlich nicht mit Waffengewalt dazu zwingen, zurück in die Küche zu gehen. Als der Boris sein Fahrzeug wieder abgestellt hatte, kam er mit erhobenen Händen auf Gasperlmaier zu. Dem war das fast peinlich. Vor allem, als die Frau Doktor im Haupteingang des Hotels auftauchte. „Nimm die Hand von der Waffe, Franz. Er ist doch nicht bewaffnet, oder?“ Fast, als hätte er sich verbrannt, zuckte Gasperlmaiers Hand vom Griff seiner Glock. „Und Sie, Sie kommen noch einmal mit hinein!“ Der Boris nahm die Hände herunter und folgte der Frau Doktor durch den Haupteingang. Gasperlmaier war verblüfft, welche Autorität sie ausgestrahlt hatte, allein durch ihre Worte. Sein Griff zur Waffe war ihm nun mehr als unangenehm.

Unter den Augen der Direktrice steuerten sie zu dritt auf die Ledersitzgruppe im Hotelfoyer zu. Der Boris gestikulierte entschuldigend in Richtung seiner Chefin, folgte der Frau Doktor aber brav und setzte sich. Die Frau Scheurecker näherte sich. „Was war denn los? Hat er den Sagleitner umgebracht?“ „Davon kann keine Rede sein. Wir wollen nur mit ihm reden. Wenn Sie uns bitte allein lassen?“ Gasperlmaier merkte, dass die Chefin mit sich rang. Schließlich war das ihr Hotel, und sie musste sich von der Frau Doktor herumkommandieren lassen. Dann aber zog sie sich doch zurück. Gasperlmaier vermutete, sie würde versuchen, von ihrem Büro aus zu lauschen.

„Was war denn das jetzt?“, eröffnete die Frau Doktor das Gespräch. Der flackernde Blick des Boris verriet Gasperlmaier Panik. „Ich nix gemacht!“, wiederholte der Bulgare. „Das haben wir auch gar nicht behauptet. Aber warum sind Sie weggelaufen?“ Die Frau Doktor wandte sich ihm zu, lächelte charmant und schlug die Beine übereinander. Das sollte ihn wohl beruhigen, dachte Gasperlmaier. „Ich nix gemacht. Nix gestohlen!" „Wie kommen Sie darauf, dass wir meinen, Sie hätten was gestohlen?" Der Boris warf ihnen irritierte Blicke zu. Wahrscheinlich hatte er die Frage nicht genau verstanden. „Nix gestohlen!", wiederholte er. Die Frau Doktor seufzte. „Woher kommen Sie denn, Herr Kramlov?" „Ich Bulgarien, ich EU. Nix Schwarzarbeiter!" „Das habe ich ja auch nicht behauptet. Noch einmal: Warum weglaufen?" Die Frau Doktor schien eingesehen zu haben, dass sie es mit vereinfachtem Deutsch versuchen musste. „Ja, weglaufen!", wiederholte der Boris. „Warum?" „Angst!" „Wovor?" Das, so mutmaßte Gasperlmaier, war wiederum ein zu schwieriges Fragewort. Er überlegte, ob man einen bulgarischen Dolmetscher auftreiben konnte. Er selber erinnerte sich nicht, irgendwann einmal im Ausseerland einem Bulgaren begegnet zu sein. Man musste den Friedrich fragen. Als er an den dachte, fiel ihm ein, dass er und die Christine ja heute zum Faschingsbrief im Volkshaus hatten gehen wollen. Der Friedrich spielte in der Gruppe mit, die den Brief aufführte. Um zwanzig Uhr sollte es losgehen. Er sah auf seine Uhr. Ob sich das noch ausging? Es war bereits knapp vor fünf.

„Herr Kramlov, wenn wir hier keine vernünftige Aussage zustande bringen, muss ich Sie auf den Posten mitnehmen. Immerhin ist ein Kollege von Ihnen umgebracht worden, und Sie haben versucht, sich einer Befragung zu entziehen. Das sind schwerwiegende Verdachtsmomente." Die Frau Doktor erhob sich. „Gasperlmaier, wir nehmen ihn mit!" „Nix Kollege umgebracht!", versuchte sich der Boris zu verteidigen und schüttelte Gasperlmaiers Hand ab, die nach seinem Oberarm griff. „Herr Kramlov!" Die Stimme der Frau Doktor war schneidend. „Möchten Sie, dass wir Ihnen

Handschellen anlegen? Sie kommen jetzt mit!“ „Bitte!“ Der Boris verlegte sich aufs Flehen. „Chefin mich hinausschmeißt, wann ich Polizei!“ „Das hätten Sie sich früher überlegen müssen!“ Der Mann schien den Tränen nahe und blickte Gasperlmaier flehentlich an. „Wir tun Ihnen ja nichts!“, beruhigte der. „Nur zum Auto mitkommen. Polizei fahren!“ „Gasperlmaier, sprich vernünftig mit ihm. Babysprache ist auch nicht leichter zu verstehen“, mahnte die Frau Doktor. „Aber du hast doch selber ...“, begann er eine Verteidigung, dachte daran, dass sie es eilig hatten, schnappte den Boris erneut am Arm und steuerte mit ihm auf den Ausgang zu. Hinter dem Tresen der Rezeption tauchte die Frau Scheurecker auf. „Sie können mir doch nicht noch einen aus der Küche mitnehmen! Wo wir eh schon unterbesetzt sind!“, keifte sie. „Der kommt ja gleich wieder“, beruhigte Gasperlmaier. Die Frau Doktor hatte schon gestartet, als er den Boris auf den Rücksitz verfrachtete und neben ihm Platz nahm. Eng war es auf der Rückbank des Cabrios, er wusste kaum, wo er seine Knie unterbringen sollte. Der Boris, der noch ein Stück größer war als er, hing überhaupt mehr schräg in seinem Sitz.

Gasperlmaier hielt es nur schwer neben dem Boris im Auto aus. Der rang ständig die Hände und jammerte auf Bulgarisch vor sich hin, nur unterbrochen von gelegentlichen deutschen Brocken, die meistens mit „Nix“ begannen. Er habe nix gestohlen, wolle nix Polizei, sei nix Schwarzarbeiter. Das allerdings wussten sie schon alles. Und ständig redete er von irgendeinem „Bogat“. „Das heißt ‚Gott‘ auf Bulgarisch“, meldete sich die Frau Doktor vom Fahrersitz zu Wort. Gasperlmaier staunte. Woher wusste die Frau Doktor solche Sachen?

Der Boris folgte ihnen auf den Posten, ohne weiteren Widerstand zu leisten. Draußen war es stockdunkel, als sie ankamen. Hoffentlich, so dachte Gasperlmaier bei sich, würde er bald nach Hause kommen, dass er vor dem Faschingsbrief noch etwas essen konnte. Dort gab es höchstens Würstel, und nachdem er heute Morgen schon welche gegessen und keinen Appetit auf ein weiteres Paar hatte, musste er darauf hoffen, dass die Christine etwas Ordentliches gekocht hatte. Schließlich, so überlegte er, waren ja auch die beiden Kinder zu versorgen, die hungrig von der Skischule zurückkehren würden.

Auf dem Posten erwartete sie die Manuela, die gerade dabei war, für heute Schluss zu machen, und den Computer herunterfuhr. „Sie können gleich noch einmal einschalten“, unterbrach die Frau Doktor sie. „Es gibt noch ein Protokoll.“ Die Manuela seufzte, während Gasperlmaier und die Frau Doktor ihre Jacken an die Garderobe hängten. Gasperlmaier fröstelte. Im Hotel war es wärmer gewesen als hier, und die kurze Fahrt hatte nicht dazu ausgereicht, das Auto richtig aufzuwärmen. War eben doch nicht ideal für den Winter, so ein Cabrio. Der Boris dagegen hatte nichts auszuziehen, der trug immer noch nichts außer seiner Kochjacke. Die Frau Doktor zog ihm einen Stuhl zu Gasperlmaiers Schreibtisch. „Setzen!“ Das verstand der Boris. Gasperlmaier zog einen weiteren Stuhl heran und setzte sich neben die Frau Doktor. „Ist er ein Verdächtiger?“, fragte die Manuela. „Das werden wir sehen“, antwortete die Frau Doktor und schaute den Boris streng an. Der, so fand Gasperlmaier, sah aus, als würde er jeden Moment beginnen zu heulen.

„Heute Vormittag. Acht Uhr bis zwölf Uhr. Wo sind Sie gewesen?“ Der Boris hob die Arme. „In Hotel. Ich immer Hotel. Kleine Zimmer in Keller. Nix fortgehen, nur Arbeit.“ Sein Deutsch hatte sich verbessert, fand

Gasperlmaier. Die Frau Doktor zog die Augenbrauen hoch. „Sie müssen im Keller wohnen?" „Ja, Keller", nickte der Boris, der sich nun etwas zu beruhigen schien. „Aber gut Keller. Fenster, Heizung. Fernseh." Die Frau Doktor nickte. „Was haben Sie denn heute Vormittag gemacht?" „Ich Küche. Waschen Topf, waschen Messer, machen Geschirrspüler, Gläserspüler." „Kann das jemand bezeugen?", fragte die Frau Doktor. Der Boris sah sie ratlos an. „Noch jemand in der Küche, heute Morgen?" Jetzt lächelte er sogar und nickte. „Ja, viele. Adina, du kennen. Dann Leute von Frühstück. Jana, Alex, Slavko, Andi. Machen Frühstück." Die Frau Doktor seufzte. Mit dem Mord, so war Gasperlmaier nun klar, hatte der Boris nichts zu tun. Warum aber dann die Flucht? „Warum sind Sie weggelaufen?", fragte die Frau Doktor nun ganz langsam, wobei sie jedes Wort einzeln betonte. Der Boris verfiel wieder, sein Gesicht begann zu zucken. „Ich ... Angst. Polizei nix gut." Zusätzlich zu den neuerlich hochgezogenen Augenbrauen bildete sich eine tiefe senkrechte Falte auf ihrer Stirn. Der Boris schien zu begreifen, dass er sich nicht gerade freundlich der Polizei gegenüber geäußert hatte, und hielt die Handflächen abwehrend hoch. „Ich sagen, Polizei in Bulgarien nix gut. Immer schlagen mit Stock!" „Soll ich das jetzt ins Protokoll schreiben?", fragte die Manuela, doch die Frau Doktor winkte nur ärgerlich ab. „Haben Sie aus dem Hotel etwas gestohlen?" Die Reaktion des Boris war so heftig, dass selbst Gasperlmaier hochschrak. Er sprang auf, reckte die Arme zur Decke und jammerte ständig wieder von seinem „Bogat". Schließlich faltete er die Hände und sank wimmernd zu Boden. Gasperlmaier war nicht klar, ob er jetzt ein Geständnis abgelegt hatte. Die Frau Doktor sah ihm ebenso konsterniert zu. „Was gestohlen?", fragte sie schließlich. „Nur zweimal, nur zweimal!“, jammerte der Boris, worauf Gasperlmaier hellhörig wurde. „Setzen Sie sich wieder hin, und machen Sie kein solches Theater!“, kommandierte die Frau Doktor. Der Boris schob sich folgsam wieder auf seinen Sessel. „Machen wir's kurz. Was haben Sie gestohlen?“ Wieder reckte er die Arme in die Höhe. „Nicht sagen zu Frau Scheurecker, nicht sagen! Sonst schmeißt raus!“ „Ich kann Ihnen das nicht versprechen.“ „Musst versprechen!“ Der Frau Doktor schien jetzt der Geduldsfaden zu reißen. „Der geht mir auf die Nerven! Franz, steck ihn über Nacht in den Arrest!“

Verblüfft sah Gasperlmaier zur Frau Doktor auf. Sie hatten doch gar keine Arrestzelle, nicht einmal ein ordentliches Büro. Doch er musste gar nichts erklären. „Habe ich Bettwäsche genommen, und Handtuch, und eine Hendl“, heulte der Boris. Die Manuela musste kichern, während sie das Geständnis in den Computer eintippte. „Muss schicken Frau, Kind, nach Radomirtsi. Nix Geld.“ Er zuckte bedauernd mit den Schultern. Auch die Frau Doktor musste ein Lachen unterdrücken und hielt sich die Hand vor den Mund. „Sie haben ein Huhn nach Bulgarien geschickt?“, wunderte sich Gasperlmaier. Die Manuela platzte heraus. Sie schien die Vorstellung äußerst erheiternd zu finden. Der Boris aber schüttelte den Kopf. „Hab ich gegrillt, Hendl. Mit Slavko. War Spaß!“ „Zur Sache!“, mahnte die Frau Doktor. Ihr schien eine Idee gekommen zu sein. Sie setzte sich wieder hin. „Wenn Sie mir jetzt alles sagen, was Sie über den Sagleitner wissen, und über die Frau Scheurecker, dann lass ich Sie laufen, und wir schmeißen das Protokoll da weg.“ Sie deutete auf die Manuela. Gasperlmaier fragte sich, warum sie nach der Scheurecker fragte und wieso der Boris etwas über die wissen sollte.

„Sagleitner schlechte Mann“, begann der Boris sogleich mit einer wegwerfenden Handbewegung. „Immer schimpft Tschusch, immer sauft. Und hat zwei Kinder! Und fickt Scheurecker!“ Er grinste und vollführte eine ordinäre Geste mit Faust und Finger. Die Frau Doktor warf Gasperlmaier einen vielsagenden Blick zu, während die Manuela sich von ihrer Computertastatur abwandte, um besser zuhören zu können. Jetzt, so fand Gasperlmaier, wurde es interessant.

„Der Sagleitner hat was mit der Direktrice, der Frau Scheurecker?“, fragte die Frau Doktor noch einmal nach. „Hat nix!“, gab der Boris verständnislos zurück. „Fickt.“ Die Frau Doktor winkte ab. „Jaja. Aber sagen Sie, woher wissen Sie denn das?“ Der Boris zuckte mit den Schultern. „Alle wissen. In Küche alle sagen, dass fickt Scheurecker.“ „Herr Kramlov, bitte wiederholen Sie nicht immer dieses Wort. Das ist sehr ... derb.“ Gasperlmaier fragte sich, ob der Boris verstanden hatte, was sie meinte. Vor allem das Wort „derb“. Entsprechend verständnislos sah er die Frau Doktor auch an. „Kommen wir wieder zu Ihrem Diebstahl zurück“, lenkte die ab. Das Grinsen verging dem Boris. „Ich nix Diebstahl. Nur Bettzeug, eine Hendl, von Kühlraum.“ Die Frau Doktor seufzte. „Schreiben Sie das ins Protokoll. Genau so. Und das soll er unterschreiben.“ Die Manuela nickte. „Ich nix unterschreiben!“, trotzte der Boris. „Oh doch!“, konterte die Frau Doktor. „Denn wenn Sie nicht unterschreiben, rufe ich die Frau Scheurecker an. Und sage ihr, dass Sie stehlen. Und dass Sie uns erzählen, sie fickt Sagleitner.“ Gasperlmaier zuckte zusammen. So hatte er die Frau Doktor noch nie reden hören. Die war anscheinend auch selber erschrocken darüber, dass sie dieses Wort benutzt hatte, und schlug eine Hand vor den Mund.

„Wie auch immer“, meinte sie schließlich. „Gasperlmaier, du bringst den Herrn Kramlov wieder nach Grundlsee.“ Er erschrak und sah auf seine Uhr. Ob sich das zeitlich noch ausgehen würde? Die Manuela holte gerade ein Blatt aus dem Drucker und legte es dem Boris zur Unterschrift hin. „Könntest du nicht ... ich hab noch einen Termin!“ Die Manuela seufzte, nickte aber. „Fasching, was? Musst du dich noch verkleiden? Als Hühnerdieb vielleicht?“ Gasperlmaier schnaubte verärgert, hielt aber den Mund. Wenn er sich jetzt beeilte ...

Er ging zur Garderobe. „Einen Moment noch!“, rief ihn die Frau Doktor zurück. „Wir sind heute kaum einen Schritt vorwärts gekommen. Wir müssen noch besprechen, wie es weitergeht. Herr Kramlov, Sie warten draußen. Sie werden heimgefahren. Ihr könnt euch ruhig noch einmal hinsetzen.“ Widerwillig nahm Gasperlmaier wieder Platz.

„So“, atmete die Frau Doktor aus. „Da wären einmal die Trommelweiber. Sie sind alle für morgen Vormittag vorgeladen für eine Aussage. Das machen meine Kollegen in Liezen.“ Für morgen Vormittag. Aber sie hatte doch immer wieder gesagt, erst am Aschermittwoch? Das würde denen aber gar nicht passen, dachte Gasperlmaier bei sich. Morgen war ja Faschingsdienstag. Die Arbeitertrommelweiber und die Flinserl würden aufmarschieren, ein Pflichttermin für jeden Ausseer. Da konnte man die Trommelweiber doch nicht nach Liezen beordern! „Morgen ist aber Fasching, da kannst du ...“ Die Frau Doktor unterbrach ihn. „Ich kann. Das tut denen sogar gut. Können sie wenigstens nicht schon am Vormittag saufen.“ Um das Verfahren abzukürzen, entschloss sich Gasperlmaier, den Mund zu halten. Widerspruch war ohnehin zwecklos. „Drei von denen möchte ich mir persönlich vornehmen, zum einen den schwer Betrunkenen von heute Vormittag, wie heißt der?" „Kaiser Fritz!", sprang Gasperlmaier bei. „Ja. Kaiser. Und dann euer Obertrommelweib, und den komischen Rechtsanwalt, der geglaubt hat, mir drohen zu müssen." „Doktor Bernsteiner", beeilte sich Gasperlmaier. „Ja, der. Dann die Familie", fuhr die Frau Doktor fort. „Die Schwiegermutter sollten wir uns noch einmal ganz genau anschauen, sie hat Gelegenheit und möglicherweise auch ein Motiv gehabt. Die Lizzi scheidet für mich aus, die schafft es ja nicht einmal, bei Winterwetter mit ihrem Kind draußen spazieren zu gehen, wie es scheint."

„Die frühere Freundin ... wie heißt sie doch gleich?", warf die Manuela ein. „Ja. Die Gitti Stoiber. Könnte ein Motiv haben, weil sie verlassen worden ist. Kommt morgen dran. Und dann natürlich noch die ganze Brigade im Hotel, ich möchte vor allem noch einmal mit der Souschefin reden, die müsste doch auch etwas über das Verhältnis wissen, zwischen der Scheurecker und dem Sagleitner."

„Es muss doch auch Zeugen vor Ort geben", warf die Manuela ein. „Da waren sicher viele Leute unterwegs. Und Spuren, DNA." „Ja", nickte die Frau Doktor. „Da sind unsere Leute dran. Natürlich auch die Telefondaten, da informiere ich euch dann morgen früh, bis dahin haben wir das. Und jetzt – danke!"

Gerade, als Gasperlmaier im Begriff war, aufzustehen, rief die Frau Doktor „Halt!" Er sank wieder zurück. Was gab es denn noch? „Ich muss euch noch etwas zeigen, das ich in der Hotelküche gefunden habe." Sie öffnete ihre Handtasche und kramte darin herum. Gasperlmaier fiel auf, dass es diesmal eine in einem gewagten Leopardenmuster war. Passte aber gut zu ihr. Die Frau Doktor zog einen Plastikbeutel heraus, in dem eine weitere Plastikfolie steckte. „Seht euch das einmal an.“ Sie legte ihren Fund auf den Schreibtisch und strich ihn glatt. In dem Beutel, so schien es Gasperlmaier, befand sich eine Verpackungsfolie.

„‚Kurczak‘ steht da drauf“, sagte die Frau Doktor. „Ja, und?“, fragte Gasperlmaier. „Schaut euch einmal das Kleingedruckte an!“, forderte die Frau Doktor sie auf. Gasperlmaier nestelte seine Brille aus der Innentasche seiner Jacke, was aber überflüssig war, denn die Manuela las schon laut vor: „Ein Euro neunundneunzig das Kilo. Polska. Kommt also aus Polen. Und von Bio keine Rede! Seltsam ist auch, dass ein Verkaufspreis aufgeklebt ist. Das findet man ja normalerweise bei Großhandelsware nicht, wie sie in Hotels angeliefert wird.“ „Und was soll so ein Hendl im Bio-Hotel?“, fragte Gasperlmaier. „Die können das doch gar nicht verkaufen!“ „Vielleicht betrügen sie! Schaut, das kostet laut Etikett nur eins neunundneunzig pro Kilo! Da kriegst du bei uns nicht einmal ein gewöhnlich gezüchtetes Huhn drum!“ Das konnte sich Gasperlmaier nicht vorstellen. Das Huhn hatte wohl irgendein Angestellter mitgebracht, zur Selbstversorgung. „Seht ihr!“, antwortete die Frau Doktor dagegen triumphierend. „Von wegen Bio-Hotel. Die verkochen dort offenbar Billigfleisch aus Massentierhaltung, noch dazu aus Polen. Und geworben wird mit regionaler Küche!“ „‚Kurczak‘ heißt Hähnchen.“ Die Manuela hielt ihnen die Übersetzung des Begriffs auf ihrem Smartphone vor die Nase. „Woher hast du denn die Folie?“, fragte Gasperlmaier. Er misstraute den Schlussfolgerungen der Frau Doktor noch immer. „Als Kriminalistin muss man gelegentlich auch in den Mistkübeln Nachschau halten.“ Gasperlmaier ekelte sich ein wenig, als er sich vorstellte, wie die Frau Doktor die glitschige Hühnerfolie aus dem

Küchenmistkübel gefischt hatte. „Aber was könnte das mit dem Mord zu tun haben?“, fragte die Manuela. Die Frau Doktor zuckte mit den Schultern. „Das kann man jetzt noch nicht sagen. Aber da könnte es um strafrechtlich relevante Dinge gehen, um Betrug. Im Extremfall könnte sogar die Existenz des ganzen Hotels gefährdet sein. Vielleicht hat der Sagleitner auf eigene Rechnung Billigfleisch eingekauft und sich dabei ein Zubrot verdient. Und jemand ist ihm draufgekommen. Oder wollte mitschneiden, beim Gewinn.“ Abermals sah Gasperlmaier ein wenig nervös auf seine Uhr. „Können wir jetzt ...?“ Die Frau Doktor nickte. Er beeilte sich, in seine Jacke zu schlüpfen. Es war halb sieben, und um spätestens sieben sollten sie im Volkshaus sein, damit sie noch einen Sitzplatz bekamen. „Entschuldigung, ich muss ...“, verabschiedete er sich und eilte in den eiskalten winterlichen Abend hinaus.

5

„Ich hätte Spareribs gemacht!", begrüßte ihn die Christine. „Aber ob du jetzt noch Zeit hast ..." „Kruzitürken!", schimpfte Gasperlmaier. Spareribs gehörten zu seinen Lieblingsgerichten, und die Christine hielt ihn normalerweise ohnehin kurz, was das Fleisch betraf. Alle möglichen Krankheiten, so meinte sie, seien auf übermäßigen Fleisch- und Bierkonsum zurückzuführen, und da er ja auch viel zu wenig Bewegung mache, müsse er zumindest auf zwar liebgewonnene, jedoch ungesunde Gerichte verzichten, erklärte sie. „Ich kost noch", meinte er, schnappte sich ein Stück Spareribs von der Küchenanrichte und nagte es in aller Eile ab. Köstlich, auch der Krautsalat, den die Christine dazu gemacht hatte.

Gerade, als er sich die Lippen wischte, kam die Katharina in die Küche. „Hallo, Papa!", lächelte sie unschuldig. „Hunger?" Gasperlmaier schüttelte den Zeigefinger gegen seine Tochter. Wie konnte man so unschuldig tun, wo man doch erst am Vormittag einen veritablen Skandal ausgelöst hatte? „Wir sprechen uns noch!", nuschelte er mit halbvollem Mund. „Das geht einfach nicht, wie du dich aufführst. Damit ist jetzt Schluss!" Die Katharina aber grinste weiterhin unverschämt und warf ihre dunklen Haare zurück. „Es ist ja nichts passiert, außer dass die Männer jetzt alle ein bisschen was zum Nachdenken haben", gab sie zurück. „Nichts passiert!", ereiferte sich Gasperlmaier. „Und was ist mit dem Mord?" „Du glaubst ja wohl selber nicht, dass ich irgendwas damit zu tun habe!" „Aber", konterte Gasperlmaier, „wenn du nicht da gewesen wärst, dann hätten sich nicht alle auf dich konzentriert, und der Mörder hätte vielleicht gar keine Gelegenheit gehabt, um zu, dass er ..." Wieder einmal gelang es ihm in der Aufregung nicht, einen Satz ordnungsgemäß zu Ende zu führen. Die Katharina zischte nur verächtlich durch die Zähne. „Ach, so ein Blödsinn!"

„Hört jetzt auf, ihr beide!", mischte sich die Christine ein. „Höchste Zeit, dass wir gehen. Kommst du mit, Katharina?" Die Katharina schüttelte den Kopf. „Ich hab gar nicht gewusst, dass dort auch Frauen hindürfen", ätzte sie. Gasperlmaier wandte sich verärgert ab und schlüpfte in seinen Trachtenjanker. Die Christine zog ihn zur Haustür. „Und sperr ab!", rief sie der Katharina noch zu.

Tatsächlich waren freie Plätze Mangelware, sie waren doch zu spät gekommen. An einem Tisch erspähte Gasperlmaier noch einen unbesetzten Stuhl. „Ist der noch frei?", fragte er. „Aber nur einer!", bekam er zur Antwort. „Setz dich halt einmal hin", sagte er zur Christine und sah sich nach einem weiteren freien Stuhl um. In der Nähe der Bühne fand er einen und trug ihn über dem Kopf durch das Gedränge. Plötzlich gab es einen Ruck, und der Stuhl blieb irgendwo hängen. Gleich darauf sank eine Girlande vor Gasperlmaier zu Boden. „Gehört das schon zum Programm?", rief jemand aus dem Hintergrund. Gelächter folgte. Gasperlmaier nahm seinen Stuhl herunter, der sich in der Schnur, die wiederum die Girlande trug, verheddert hatte. „Räumst heute schon ab, Gasperlmaier? Aschermittwoch ist erst übermorgen!" Er blickte in ein lachendes Gesicht. Die hübsche, dunkelhaarige Bankangestellte von heute Vormittag. Sie half ihm, den Stuhl von der Girlande zu befreien. „Ich krieg das schon hin", meinte sie, als er Anstalten machte, ihr beim Aufhängen der Girlande unter die Arme zu greifen. „Trag du nur deinen Sessel zu deiner Frau!" Gasperlmaier lächelte verlegen, murmelte ein Dankeschön und sah zu, dass er zu seiner Frau kam. „Mit wem hast du denn da geflirtet?“, fragte ihn die Christine lächelnd. „Geflirtet? Blödsinn“, murmelte er. Dennoch spürte er, wie Hitze zu seinen Ohren aufstieg. Die würden gleich verräterisch leuchten. Von der Szene damals am Strand des Altausseer Sees, wo er sich ziemlich blöd vorgekommen war, hatte er der Christine nie etwas erzählt. Ob das Mädchen tatsächlich mit ihm geflirtet hatte? „Hast du schon was zu trinken bestellt?“, bemühte er sich abzulenken. „Keine Angst“, antwortete die Christine. „Dein Bier kommt gleich.“

Gasperlmaier unterhielt sich blendend. Der Friedrich saß an der Ziehharmonika und spielte so schwungvoll, wie Gasperlmaier es ihm niemals zugetraut hätte. Er hatte ja erst vor fünf, sechs Jahren begonnen, auf seinem Instrument zu lernen, und für wirklich musikalisch hatte Gasperlmaier ihn nicht gehalten.

Es waren richtig spaßige Geschichten, die manchen Altausseern letztes Jahr widerfahren waren. Und das Ganze war noch dazu in gelungene Reime und beschwingte Musik gepackt. Da hatte einer, der Hiebler Rainer, sich jahrelang auf eine Reise in die Karibik gefreut, und dann war er ohne Reisepass auf dem Flughafen in München gestanden. In halsbrecherischer Fahrt mit dem Motorrad hatte ihm sein Sohn den Pass noch rechtzeitig bringen können, heute aber war ihm der Spott der Sänger gewiss. Und dann gab es auch noch den Ladstätter Toni, der fast seine gesamte Hochzeitsnacht damit verbracht hatte, eine Maus durchs Haus zu jagen. Seine frisch angetraute Ehefrau hatte sich so vor dem Tier geängstigt, dass an die Freuden der Hochzeitsnacht gar nicht zu denken gewesen war. Gasperlmaier lachte Tränen.

Bis ihm der Kahlß Friedrich zuzwinkerte. „Da hat es auch einmal zwei Polizisten gegeben, die beinahe den Falschen sterben lassen hätten!“, begann der Moderator, und Gasperlmaier wich sämtliche Farbe aus dem Gesicht. Er ahnte, was kommen würde, und es kam. Gasperlmaier richtete seine Blicke auf das restliche Bier in seinem Glas und hatte das Gefühl, dass alle im Saal ihn anstarrten. Genüsslich zerpflückten die Sänger die Geschichte, für die weder Gasperlmaier noch die Manuela irgendetwas konnten.

Im Frühsommer war es gewesen, da hatten sie einen Anruf bekommen, dass ein Fahrzeughalter gesucht werde. Das Auto liege völlig zerschmettert in einem Waldstück, den Fahrer habe man schwer verletzt ins Krankenhaus geflogen, weitere Insassen seien nicht aufgefunden worden. Altaussee kam ins Spiel, nachdem die Kollegen recherchiert hatten, dass der Fahrzeughalter und seine Frau sich gerade in einem recht luxuriösen, nagelneuen Wellnesshotel in Altaussee aufhielten. Die Manuela und Gasperlmaier sollten herausfinden, ob die Ehefrau im Hotel war, und, wenn ja, ihr die traurige Nachricht überbringen. Die Geschichte endete damit, dass sie die Ehefrau im Wellnessbereich suchen mussten, ihr die Nachricht überbrachten, worauf sie hysterisch zu schreien begann, das Badetuch, in das sie sich gewickelt hatte, verlor und splitternackt davonlief, um ihren Mann zu suchen, den sie in der Sauna vermutete, und nicht in seinem Luxuscabrio zwischen zersplitterten Fichtenbäumen. Noch bevor sie wieder mit einem Badetuch versorgt hatte werden können, tauchte der Gesuchte aus dem Dampfbad auf und musste nun seinerseits von Gasperlmaier und der Manuela beruhigt werden. Die ganze Situation war unsagbar peinlich gewesen.

Im Nachhinein stellte sich heraus, dass die Kollegen in Oberösterreich, wo der Wagen gefunden worden war, ein falsches Kennzeichen übermittelt bekommen hatten – es war ein Ziffernsturz passiert. Und noch bevor man die Sache genau überprüft hatte, hatte man schon die Kollegen in Altaussee alarmiert. Darüber war in dem Spottlied natürlich nichts enthalten, dafür aber wurde Gasperlmaier unterstellt, dass er sich am Anblick der Nackten genussvoll geweidet habe. Was natürlich überhaupt nicht stimmte, denn das Einzige, woran er sich erinnern konnte, war, dass sie in ihren Uniformen unmäßig geschwitzt und nichts anderes gewollt hatten, als aus der Saunazone wieder hinauszukommen.

„Mach dir nichts draus!", ermutigte ihn die Christine, als der Applaus verklungen war. „Es ist ja eine Ehre, im Faschingsbrief vorzukommen. Das gelingt nicht jedem." Gasperlmaier warf ihr einen skeptischen Blick zu. „Ich hol mir jetzt ein Bier. Und einen Schnaps. Willst du auch?" „Einen Gespritzten, bitte." Gasperlmaier stapfte mit gesenktem Kopf durch die Menge, die ihn anscheinend schon wieder vergessen hatte und gespannt dem nächsten Missgeschick lauschte.

Er kippte seinen Schnaps hinunter und war gerade im Begriff, die zwei Getränke zu ihrem Tisch zurückzutragen, als ihm jemand leicht auf die Schulter tippte. „Hallo, Herr Inspektor!" Er fuhr herum. Es war die Adina Bersic, die Köchin aus dem Bio-Hotel, die sie heute Nachmittag schon befragt hatten. Gasperlmaier wunderte sich erstens, dass sie Zeit gefunden hatte, hierherzukommen, und zweitens, dass sie sich als Ortsfremde überhaupt für die Veranstaltung interessierte. „Was machen Sie denn da?", fragte er, fast ein wenig barsch. „Reden möchte ich mit Ihnen", antwortete die Adina. Unsicher hielt Gasperlmaier den Gespritzten und sein Bier in den Händen. Seine Finger wurden langsam eiskalt. „Äh ...“, begann er eine Erklärung, indem er die beiden Getränke etwas anhob. „Ich muss ... meine Frau ... vielleicht nachher? Wenn es zu Ende ist?“ Die Adina nickte und lächelte ihm zu. „Ich hab's eh nicht so eilig“, meinte sie etwas schüchtern.

„Wer war denn das?“, fragte die Christine interessiert, als er die Getränke auf dem Tisch abstellte. „Eine Köchin, eine Kollegin von dem Sagleitner, der erstochen worden ist.“ „Und was will die von dir?“ Gasperlmaier zuckte mit den Schultern. „Reden will sie mit mir. Nachher.“ „Worüber denn?“ Langsam ging ihm die Christine auf die Nerven. Sie tat gerade so, als wäre er auf ein Rendezvous mit der jungen Frau aus. „Woher soll ich denn das wissen? Vielleicht über den Mord?“, spekulierte Gasperlmaier. Gott sei Dank beendete die wieder einsetzende Musik die Unterhaltung. Und wenigstens konnte ihn jetzt niemand mehr auf sein Missgeschick ansprechen, das vor der Pause breitgetreten worden war.

An der Garderobe fanden sie die Adina nicht, als sie ihre Mäntel abholten. Um sich blickend, trat Gasperlmaier in die eiskalte Nachtluft hinaus. „Schaust halt, dass du auch dieses Jahr wieder was machst, damit du in den Faschingsbrief kommst!“ Eine Hand landete klatschend auf seiner Schulter. Es war der Fischer Erwin, ein Kamerad von der Feuerwehr, der es sich nicht verkneifen konnte, ihm zu seinem Auftritt im Faschingsbrief zu gratulieren. „Gehen wir noch was trinken?“, fragte er. Am Arm hatte der Erwin seine Frau hängen, ein schmales, recht scharfzüngiges Wesen, das Wirtshausbesuche hauptsächlich dazu gebrauchte, um über Abwesende herzuziehen. „Ja, geht's noch mit!“, flötete sie. Gasperlmaier spürte, wie ihn die Christine am Arm drückte und ihn durch ein leichtes

Kopfnicken auf die Adina hinwies, die im Schatten eines Taxis stand und offensichtlich auf Gasperlmaier wartete. „Mich freut's nicht mehr“, antwortete der einsilbig. „Geht's ihr zum Schneiderwirt?“ Der Erwin nickte. „Kommt's halt nach, wenn ihr es euch noch anders überlegt's.“ „Servus! Wir parken da hinten!“ Die Christine zog Gasperlmaier in die entgegengesetzte Richtung. „Was hast du denn?“, protestierte der. „Wir sind doch zu Fuß ...“ „Willst du jetzt mit der Köchin reden oder nicht?“, zischte die Christine. „Wenn ja, dann kannst du nicht dem Erwin nachrennen. Jetzt komm schon!“ Sie entfernten sich langsam vom Volkshaus, nur um nach wenigen Schritten wieder umzudrehen. Die Adina stand immer noch an der Wand im Schatten des Gebäudes, das Taxi war inzwischen weg.

„Das ist meine Frau“, stellte Gasperlmaier die Christine vor. „Darf sie zuhören?“ Die Adina nickte unsicher und warf ängstliche Blicke in Richtung der wenigen Zuschauer, die noch aus dem Volkshaus kamen. Niemand sah zu ihnen her, sie standen im Dunklen. „Es hat ja nichts direkt mit dem Mord zu tun, ich wollte nur ein paar Sachen sagen, die ich im Hotel ...“ Sie brach ab. Gasperlmaier dachte an die eher herbe Chefin, die Scheurecker, die sich Direktrice nannte. Ihm war schon klar, dass es der Adina lieber war, mit ihm zu reden, wenn die Scheurecker nichts davon wusste. Er nickte. „Sie wollen nicht vor Ihrer Chefin ...“, begann Gasperlmaier. „Mir wird langsam kalt“, sagte die Christine. „Können wir zum Thema kommen?“ Die Adina nickte. „Ja, es ist so: Der Sagleitner hat Geschäfte gemacht. Nicht ganz saubere.“ Gasperlmaier wartete ab, die Christine aber fragte dazwischen: „Welche?“ Die Adina stockte. „Ja, Sachen ohne Rechnung eingekauft. Und dann der Chefin verrechnet, zu einem höheren Preis. Das weiß ich sicher." Das würde die Frau Doktor freuen, dachte Gasperlmaier bei sich. Dass er selbstständig ermittelte und so interessante Ergebnisse vorzuweisen hatte. „Was denn für Sachen?", fragte er. „Na, zum Beispiel Pilze. Ein Schwammerlsucher, der im Hotel vorbeikommt, stellt ja keine Rechnung aus." „Da kann sich's aber nur um kleine Summen handeln." Was musste die Christine hier immer dreinreden? Gescheiter wäre gewesen, er hätte sie heimgeschickt. Die Adina nickte. „Das waren auch nur die Kleinigkeiten. Aber wenn dann irgend so ein schmieriger Typ mit einem Lieferwagen aufkreuzt und dir drei Kilo Trüffeln verkaufen will, dann geht es schon um größere Summen." Gasperlmaier nickte. Nun schien die Adina ein wenig lockerer und redete weiter. „Da gibt es welche, die wollen dir völlig geschmacklose Trüffeln andrehen. Und unten in der Kiste ist dann ein Stück Küchenrolle, das mit Trüffelöl getränkt ist. Damit man was riecht. Und dann gibt's natürlich auch noch andere Produkte, bei denen getrickst wird. Und der Sagleitner, der hat viele solche Geschäfte laufen gehabt. Immer wieder sind so Typen aufgetaucht, mit denen er in der Garage verhandelt hat." „Und die Scheurecker hat da mitgespielt?" Die Adina zuckte mit den Schultern. „Ich weiß nicht. Aber wenn ohne Belege eingekauft wird, da müsste ihr natürlich schon etwas auffallen. Vor allem, wenn ihr dann hohe Preise verrechnet werden." Gasperlmaier kratzte sich unter der Hutkrempe. Er hätte seine Wollmütze mitnehmen sollen, seine Ohren wurden langsam kalt. So ein Hut war für dieses Wetter nicht die optimale Kopfbedeckung. „Sagen Sie, haben Sie davon gehört, dass die Scheurecker und der Sagleitner …?" Er ließ seinen Satz unvollendet. Wieder zuckte die Adina mit den Schultern. „Geredet ist schon worden, aber geredet wird viel. Ich kann's mir schlecht vorstellen. Sie tut immer so auf vornehm, aber der Sagleitner war doch ein rechter Grobian, trotz Haubenkoch und alles. Sie war ja früher mit einem Rechtsanwalt verheiratet, Bernsteiner heißt der." Gasperlmaier wurde hellhörig. Einen Doktor Bernsteiner hatte er doch heute Morgen getroffen, einer von den Trommelweibern war das gewesen. Und der hatte großen Wert darauf gelegt, dass unter den Trommelweibern so wenig wie möglich ermittelt wurde. „Ja, danke!", sagte er.

Dann aber fiel ihm noch die Hühnerverpackung ein, die die Frau Doktor aus einem Mistkübel gefischt hatte. „Und sonst ist aber alles ganz bio bei euch? Auch die Hühner?" Die Adina zuckte zusammen. „Ja, da ...", stammelte sie. Gasperlmaier spürte, wie die Kälte in seine Zehen hineinkroch. Lange würde er es hier nicht mehr aushalten. Aber jetzt musste er am Ball bleiben. „Ja?", fragte er vorsichtig nach. „Das ist jetzt ... mache ich mich dann vielleicht selber strafbar, wenn ich das nicht ..." Gasperlmaier gestikulierte beruhigend. „Muss ja niemand erfahren. Außer meine Kollegin, die Frau Doktor Kohlross." Die Adina nickte. „Vor kurzem bin ich dem Sagleitner auf eine noch viel größere Sauerei draufgekommen. Mitten unter den frischen Hühnern waren ein paar polnische, aus Massenproduktion. Ich hab mir die Tiere genauer angeschaut. Erstens haben sie nicht wie Bio-Hühner ausgesehen, sie waren zu mager, zu klein. Und zwar alle, egal, welche Etiketten sie hatten. Die sahen alle gleich aus, die, die als Bio-Hendln verpackt waren, und die polnischen, da kenn ich mich aus." Gasperlmaier wusste jetzt nicht ganz, was er mit dieser Information anfangen sollte. „Da hat er ein paar billige Hendln gekauft und sie druntergemischt?" Die Adina schüttelte den Kopf. „Ich sag ja, es waren alles die gleichen. Da muss es jemanden geben, der polnische Billighühner nach Österreich bringt, hier umpackt und als Bio-Hendln etikettiert. Und da muss der Sagleitner irgendwie mit drinstecken. Und bei einer Lieferung sind ihnen anscheinend welche mit dem polnischen Originaletikett durchgerutscht." „Und genau so eine Verpackung hat die Frau Doktor auch gefunden!", triumphierte Gasperlmaier. Die Adina erschrak. „Aber dann ... glauben Sie mir überhaupt? Ich hab ja mit dem Ganzen nichts zu tun! Wirklich nicht!" „Könnte aber auch sein, dass Sie jetzt Ihren Kollegen ans Messer liefern, weil er tot ist. Damit Sie billiger davonkommen!" Die Christine zog eine tiefe senkrechte Falte auf ihrer Stirn. Die Adina zuckte und brach in Tränen aus. Wie konnte die Christine nur so grob sein! Eigentlich hätte er die Adina jetzt in den Arm nehmen und trösten wollen. „Nein, wirklich nicht! Ich bin nur zufällig draufgekommen!" „Und woher wissen Sie dann die ganzen Einzelheiten, mit dem Umpacken und so?" Die Christine führte sich heute auf wie die leibhaftige Inquisition, fand er. Wie konnte man so ein Mädel nur so verschrecken? Die Christine reichte der Adina ein Taschentuch, die sich damit die feuchten Augen wischte. „Internet", schluchzte sie. „Da gibt's viele Berichte über solche Geschichten. Und im deutschen Fernsehen hab ich auch etwas darüber gesehen. Da wird in ganz großem Stil betrogen. Und vielleicht ..." „... könnte das auch ein Motiv für einen Mord sein!", schloss Gasperlmaier ihren Satz.

„Ja." Gasperlmaier verschränkte die Arme und trat von einem Fuß auf den anderen, um sich zu wärmen. „Ich glaub, wir sollten jetzt alle heimgehen", meinte die Christine. „Danke, dass Sie mir das alles erzählt haben", fügte Gasperlmaier hinzu. „Wir werden ... ich werde morgen alles der Frau Doktor berichten, und wahrscheinlich müssen Sie dann noch einmal kommen, wegen dem Protokoll." Die Adina nickte. „Sie haben doch ein Auto?", fragte er noch. Die Adina nickte erneut. „Natürlich. Wie wär ich denn sonst hierhergekommen?" Sie konnte schon wieder lächeln, was Gasperlmaier beruhigte. „Gute Nacht dann!" Sie wandten sich zum Gehen, der Schnee knirschte unter ihren Sohlen. Die Christine hängte sich bei ihm ein. Gasperlmaier blickte auf seine Uhr. Spät war es geworden, eigentlich schon viel zu spät. Und morgen war auch ein langer Tag, er war in Bad Aussee zum Ordnerdienst eingeteilt worden. Denn morgen würden die Arbeitertrommelweiber aufmarschieren, und am Nachmittag stand der Flinserlumzug auf dem Programm. Für alle gab es was zu feiern, nur die Polizei musste immer auf dem Posten sein. „Gibt's morgen in der Schule auch einen Fasching?", fragte er die Christine. Die nickte. „Natürlich. Brauchst aber nicht glauben, dass das ein reines Vergnügen ist. Die Spiele und Aktivitäten vorbereiten ist mühsamer als der normale Unterricht. Und dass alle Kinder das interessiert, brauchst du auch nicht glauben." Gasperlmaier seufzte. Am besten war, wenn sie jetzt schnell ins Bett kamen.

Kurz vor dem Feuerwehrhaus torkelten ihnen ein paar Gestalten auf dem Gehsteig entgegen. Was ja an einem Abend wie diesem eigentlich nichts Besonderes war. Gasperlmaier erinnerte sich, dass ein neu eintretendes Trommelweib bei der Aufnahme einen Schwur abzulegen hatte, in dem es hieß, dass man während der drei heiligen Faschingstage – Sonntag, Montag und Dienstag – jedem Arbeitseifer abschwören und sich ausschließlich von geistigen Getränken ernähren werde. Die drei, die ihnen da entgegenkamen, schienen diesen Schwur allzu wörtlich genommen zu haben, sie konnten sich kaum aufrechthalten. Als sie sich näherten, erkannte Gasperlmaier in einem von ihnen den Kaiser Fritz, der heute Mittag schon schwer betrunken den Umzug der Trommelweiber verlassen hatte. Gasperlmaier erinnerte sich daran, dass der Fritz sein Obertrommelweib, den Weissensteiner Wilfried, beschuldigt hatte, das Mordopfer, den Sagleitner, nach einem Streit aus seinem Hotel entlassen zu haben. Außerdem hatte er auf den Gehsteig gekotzt, was ihn aber offenbar nicht daran gehindert hatte, weiterzufeiern.

„Der Gasperlmaier!" Der Fritz starrte ihn aus blutunterlaufenen Augen an. „Die Drecksau. Geht bei den Trommelweibern mit, damit uns die Polizei ausspionieren kann!" Er stürzte mit erhobenen Fäusten auf Gasperlmaier zu. „Untersteh dich!", rief die Christine und riss Gasperlmaier zur Seite, sodass der Fritz ins Leere torkelte und auf den Gehsteig hinschlug. Seine zwei Kumpane konnten sich vor Lachen kaum halten. Gasperlmaier erkannte keinen von den beiden. Unter Flüchen versuchte der Fritz wieder auf die Beine zu kommen. Gasperlmaier überlegte, ob er ihm helfen sollte, denn die Nacht war bitterkalt, am Ende würde er noch irgendwo liegen bleiben und erfrieren. Doch die Christine zog ihn rasch weiter. „Komm! Der findet schon heim!" Der Fritz schickte Gasperlmaier noch einige wütende Flüche nach, und der drehte sich um, um zu sehen, ob der Fritz wieder auf die Beine kam. Tatsächlich stand er auf dem Gehsteig und drohte ihm mit der Faust. „Keiner marschiert bei uns mit, ohne dass er aufgenommen wird! Und schon gar keine Frau! Richt das deiner Tochter aus! Das wird ..." Recht deutlich konnte man den Fritz nicht mehr verstehen, erstens weil er lallte, und zweitens, weil sie schon zu weit weg waren. So hatte Gasperlmaier das Ende des Satzes nicht mehr gehört. „Was war denn mit dem los?“, fragte die Christine, während sie die Haustür aufsperrte. Gasperlmaier setzte sie kurz über die Vorfälle des Vormittags ins Bild, soweit der Fritz daran beteiligt gewesen war.

Im Wohnzimmer brannte noch Licht. Beide Kinder saßen vor dem Fernseher, die Katharina schon halb eingeschlafen. „Müsst ihr morgen eigentlich auch in die Skischule?“, fragte Gasperlmaier. „Leider!“, maulte der Christoph. „Kinderfasching. Nervig!“ Die Katharina gähnte. „In eurem Alter“, sagte Gasperlmaier, „wären wir am Faschingsmontag nicht zu Hause vor dem Fernseher gesessen.“ „Wüsst nicht, wohin ich in diesem Kaff gehen sollte“, murmelte die Katharina schlaftrunken, während der Christoph grinste. „Wahrscheinlich hast du um diese Zeit immer schon einen Batzen Rausch herumgetragen.“ Gasperlmaier schüttelte den Kopf und trabte die Stiegen hinauf. Seltsam waren sie manchmal schon, seine Kinder. Und respektlos.

6

Gasperlmaier war noch nicht ganz wach, als er sich augenreibend hinter seinem Schreibtisch niederließ. Um sieben, hatte es geheißen, sollten er und die Manuela sich hier auf dem Posten einfinden, um die weitere Vorgangsweise mit der Frau Doktor abzusprechen. Eigentlich hätte er um acht schon in Aussee unten sein sollen, aber die Mordermittlung ging wohl vor, da mussten die Ausseer ohne ihre Hilfe zurechtkommen. Gasperlmaier fragte sich, ob die Frau Doktor bei diesem Wetter pünktlich sein würde, denn es schneite schon wieder, und das kräftig. Und auch der Wind ließ sich nicht lumpen. Er konnte es gar nicht erwarten, der Frau Doktor seine Ermittlungsergebnisse von gestern Abend mitzuteilen.

Sein Handy riss ihn aus den Gedanken. Die Frau Doktor ließ ihn per SMS wissen, dass die Straße in der Gegend von Tauplitz gesperrt sei, ein LKW war offenbar in den Graben gerutscht und werde gerade von der Feuerwehr geborgen.

Gasperlmaier seufzte und zog die heutige Zeitung zu sich heran, um nachzusehen, was über den Mord am Trommelweib Kurt Sagleitner berichtet wurde. Er hatte noch nicht einmal die Schlagzeile auf der ersten Seite gelesen, als er Getrappel und Stimmen auf der Treppe hörte. Kurz darauf trat die Manuela ins Büro, hinter ihr der Friedrich. „Was für ein Sauwetter!“, beklagte sich die Manuela. Sie zog ihre Jacke aus und schüttelte energisch den Schnee von den Schultern. „Wenn's keinen Schnee gibt“, bemerkte der Friedrich, „dann jammern alle über den Klimawandel. Und wenn's dann einen gibt, ist es auch nicht recht.“

„Was machst du denn so früh hier?“, fragte Gasperlmaier. Der Friedrich grinste, während die Manuela hinter ihrem Schreibtisch Platz nahm und den Computer hochfuhr. „Helfen muss ich euch! Damit ihr mit eurem Mord zurechtkommt!“ Gasperlmaier zischte durch die Zähne und schüttelte den Kopf. „Du brauchst doch immer die Hintergrundinformationen. Und die hab ich. Weil ich einen jeden kenn. Und den Sagleitner, zum Beispiel, den hab ich gekannt. Und ein paar andere auch noch, die mit der Sache zu tun haben könnten.“ Jetzt war es an Gasperlmaier zu triumphieren. „Ich hab gestern noch mit der Köchin vom Bio-Hotel gesprochen. Und die hat mir erzählt, dass der Sagleitner linke Geschäfte gemacht hat. Zum Beispiel mit polnischen Billighühnern.“ Die Manuela sah auf, während der Friedrich nickte. „So etwas in der Richtung hab ich mir schon gedacht. Ganz sauber ist mir der nie vorgekommen.“

„Aber warum sollte ihn dann ausgerechnet beim Umzug der Trommelweiber jemand umbringen?“, fragte die Manuela. „Vor allen Leuten?“ „Weil“, antwortete der Friedrich, einen Zeigefinger in die Höhe streckend, „man nie so leicht inkognito an ein Opfer herankommt. Im Fasching sind alle verkleidet, niemanden erkennst du, und niemand erkennt dich.“ „Und du meinst, er könnte mit jemandem in der Geflügelmafia aneinandergeraten sein?“, fragte die Manuela. „Durchaus möglich. Oder mit Tierschützern, was weiß ich?“ Gasperlmaier beschlich ein unangenehmes Gefühl. Die Katharina machte sich seit ein, zwei Jahren nicht nur für Tierrechte stark und hatte auch aufgehört, Fleisch zu essen. Immer wieder beäugte sie argwöhnisch Fleisch- und Wurstwaren, die zu Hause auf den Tisch kamen, und wollte wissen, ob das Fleisch auch von glücklichen Tieren stamme. Ob man sich da vergewissert habe. Und gestern war sie dabei gewesen, versteckt unter den Trommelweibern, in verbotener Mission. Was, wenn es ihr dabei nicht nur um die Rechte der Frauen gegangen war? Gasperlmaier lief es kalt über den Rücken hinunter. Man konnte nur hoffen, dass die Ermittlungen nicht eine Wende gegen die eigene Familie nahmen.

„Wen habt's denn schon auf eurer Liste?", fragte der Friedrich. „Gestern waren wir bei seiner Freundin, der Lizzi Schneeberger. Und ihrer Mutter." Gasperlmaier nahm zum Zählen seine Finger zu Hilfe. „Und dann in dem Bio-Hotel. Da haben wir mit der Chefin gesprochen, der Scheurecker, und mit einer Köchin ..." „Souschefin", unterbrach ihn die Manuela. Woher wusste die das überhaupt? Er hatte sich den Ausdruck nicht merken können. „Ja", fuhr er fort. „Und da war ein Küchenhelfer, Kramlov heißt der, ein Bulgare. Und der ist uns gleich abgehaut, weil er gefürchtet hat, dass wir ihm auf ein paar Diebstähle draufkommen, aus dem Hotel. Und der hat uns dann erzählt, dass die Scheurecker mit dem Sagleitner was gehabt hat."

Der Friedrich nickte. „Die Scheurecker Resl, die war immer schon eine Liebhaberin der Männer. Stark haben sie sein müssen, das Hirn war ihr nie so wichtig. Ist ja schließlich deswegen auch von ihrem Mann verlassen worden, weil sie dauernd andere erhört hat, in der Regel Jüngere." „Sylvia heißt sie, nicht Resl. Und außerdem schaut sie nicht so aus, als ob die Männer ihr reihenweise zu Füßen fallen", meinte Gasperlmaier. „Pass nur auf", ermahnte ihn die Manuela, „sonst geb ich noch einmal einen Kommentar zu euren Qualitäten als Männer ab!" „Wir haben sie immer Resl genannt. Weil früher war sie Kellnerin, da hat sie auch den Bernsteiner kennengelernt. Und Resl heißt sie, weil ihre Vorgängerin in der Weißen Traube, die hat

Resl geheißen. Und da hat man sich nicht umstellen müssen. Die hättest sehen sollen, vor zwanzig Jahren!“, schwärmte der Friedrich. „Ein Mundwerk wie ein Schwert, aber Augen! Und ...“ Er vollführte eine anzügliche Geste mit seinen Händen vor der Brust. Die Manuela räusperte sich missbilligend. „Schad, dass du nie in die Weiße Traube gegangen bist, Gasperlmaier. Dann würdest dich noch erinnern, an die Resl.“ „Und wie kommt die Dame dann ins ‚Lakeview‘ als Direktrice?“, fragte die Manuela. Der Friedrich zuckte mit den Schultern. „Geredet ist halt worden, dass der Bernsteiner dort seine Finger im Spiel hat, dass er investiert hat, oder zumindest mit den Investoren gut ist. Und da hat er wahrscheinlich seine Geschiedene installiert, damit er ihr keinen Unterhalt zahlen muss. Ist ja nicht ungeschickt.“

„Ja, den hat die Frau Doktor heute herbestellt. Den Bernsteiner, den Weissensteiner Wilfried, und den Kaiser. Die will sie sich selber vornehmen, die anderen Trommelweiber werden nach Liezen geschickt, zur Einvernahme.“ Der Friedrich verzog den Mund zu einer säuerlichen Grimasse. „Da werden die Herren aber nicht erfreut sein, Gasperlmaier. Am Faschingsdienstag nach Liezen! Das ist ja, wie wenn man zu Weihnachten nach Saudi-Arabien geschickt wird! Würd mich nicht wundern, wenn sie den einen oder anderen zwangsweise vorführen muss.“ Gasperlmaier sah auf seine Uhr und überlegte, ob sie weiter auf die Frau Doktor warten oder doch lieber ihren Dienst beim Umzug der Arbeitertrommelweiber in Bad Aussee antreten sollten. „Und den Kaiser“, fragte der Friedrich, „warum den?“ „Der hat gestern randaliert“, informierte ihn Gasperlmaier. „Weil der Umzug abgebrochen worden ist. Und heute Nacht übrigens hat er mich bedroht, und fast angegriffen. Weil ich bei den Trommelweibern mitgegangen bin, obwohl ich eigentlich nicht darf." Der Friedrich zog die Augenbrauen hoch. „Das schaut ihm ähnlich."

„Dieser Kaiser, was ist der überhaupt von Beruf?", fragte die Manuela. Gasperlmaier zuckte mit den Schultern. „Nicht einmal das weißt du, Gasperlmaier? Der ist ein Hutmacher. Gewesen zumindest. In der Kirchengasse hat er ein Geschäft gehabt. Der ist auch auf Märkte gefahren, auf Kirtage, im ganzen Land. Aber dann sind sie ihm draufgekommen, dass er auf den Kirtagen billige Hüte aus Italien verkauft hat anstatt Qualitätsware aus seiner eigenen Werkstatt. Und da hat natürlich dann kein Ausseer mehr einen Hut bei ihm gekauft, und da hat er zusperren müssen." „Und was macht er jetzt?" Die Manuela, so dachte Gasperlmaier bei sich, war in ihrer Neugier kaum zu überbieten. „Jetzt fährt er nur mehr auf den Märkten herum. Würde mich nicht wundern, wenn er jetzt noch billigere Hüte aus China verscherbelt." Der Friedrich lachte.

Erneut hörte Gasperlmaier Schritte auf der Treppe, und wenige Sekunden später stand die Frau Doktor im Büro und schüttelte ihre langen Haare aus, auf denen Schneekristalle glänzten. „Puh! Was für ein Wetter!", beklagte sie sich. „Du solltest halt", begann Gasperlmaier, „eine Haube aufsetzen. Oder einen Hut. Wenn es so schneit." „Ja. Hauptsache, du weißt alles besser. Was glaubst du, wie meine Frisur ausschaut, wenn ich mir da eine Haube drüberziehe? Wie angeklebt!" Gasperlmaier verzichtete auf eine Erwiderung, bei sich dachte er aber, dass der Schnee den Haaren der Frau Doktor wahrscheinlich auch nicht guttat. Sie trug heute ein rehbraunes Lederkostüm mit dazu passenden Stiefeln. Es hatte sogar Trachtenknöpfe, obwohl die Frau Doktor sonst Tracht eher ablehnte. Das war ihr wohl doch ein wenig zu ländlich. Im Dirndl beim Narzissenfest, so erinnerte sich Gasperlmaier, hatte sie allerdings fantastisch ausgesehen.

„So, meine Dame. Und meine Herren. Ich hab euch etwas mitgebracht. Was machen Sie eigentlich da, Herr Kahlß?", fragte sie den Friedrich. „Unterstützung. Ich habe die zwei", er zeigte auf Gasperlmaier und die Manuela, „soeben auf den neuesten Stand gebracht. Was die Hintergründe der handelnden Personen betrifft." „Aha." Die Frau Doktor sah skeptisch zwischen der Manuela und Gasperlmaier hin und her. „Und der Franz hätte das nicht gewusst?" Der Friedrich machte nur eine wegwerfende Handbewegung. Das fand Gasperlmaier ungerecht. Wenn er wenig über seine Mitmenschen im Ausseerland wusste, dann nur deswegen, weil er nicht jeden Tag stundenlang im Wirtshaus saß und sich das Maul über alle zerriss, die gerade nicht dabeisaßen und sich mit Bier vollschütteten. Das konnte man ihm ja wohl kaum zum Vorwurf machen. Der Friedrich erhob sich. „Ich muss jetzt. Wisst ihr, ich hab ja sonst auch noch was zu tun." Er zwinkerte Gasperlmaier zu, der sich aber keinen Reim auf die Geste machen konnte. „Wiedersehen, Herr Kahlß!" Die Frau Doktor schien erleichtert, dass sie unter sich sein würden. Der Friedrich ließ die Tür hinter sich ins Schloss fallen.

„Nun ja. Zu den Neuigkeiten." Die Frau Doktor setzte sich, schlug die Beine übereinander und holte einen Schnellhefter aus ihrer Handtasche. Der Rock, fand Gasperlmaier, war für den Winter ein wenig kurz geraten. Und die Absätze waren hoch, die Sohle der Stiefel glatt. Völlig ungeeignet für das Wetter. Aber das war schließlich, so sagte er sich, ihre Sache, nicht seine.

„Telefonauswertung. Wir haben bislang nur die des Opfers, für weitere Handys habe ich mangels konkreter

Anhaltspunkte noch keine Genehmigung bekommen. Ich sag es euch gleich, das wird uns nicht viel weiterbringen. Am Morgen und am Abend zuvor hat der Sagleitner mit diversen Trommelweibern telefoniert. Die werden uns heute alle noch erklären, worum es dabei ging. Ausnahmslos alle werden aussagen, es sei um nichts gegangen, oder höchstens darum, wann man sich am Montagmorgen wo trifft. Dann hat ihn mehrmals seine Lebensgefährtin angerufen, und zwar insgesamt sieben Mal, zwischen dreiundzwanzig Uhr am Sonntag und vier Uhr dreißig am Montag. Er hat nicht abgehoben." „Auch klar", kommentierte die Manuela. „Er war am Saufen, und sie wollte wissen, wo er sich herumtreibt." Warum, so fragte sich Gasperlmaier, hatte die Lizzi in der Nacht nicht geschlafen? So abgehen konnte ihr der Sagleitner doch nicht, dass sie vor lauter Sorge wach geblieben war und jede halbe Stunde angerufen hatte.

„Dann", so fuhr die Frau Doktor fort, „seine Schwiegermutter. Die hat ihn am Sonntagabend angerufen, das Gespräch hat zweieinhalb Minuten gedauert." Gasperlmaier wurde aufmerksam. Die Schwiegermutter, die mochte den Kurt nicht. Was hatte sie so lang mit ihm zu telefonieren?

„Weiters haben wir noch Leute aus dem ‚Lakeview', seine Chefin, die Adina Bersic, und zwei Firmen, die dem Hotel Gemüse und Obst liefern." „Übrigens, die Adina Bersic", meldete sich Gasperlmaier zu Wort. Endlich kam er dazu, der Frau Doktor zu erzählen, was sich gestern noch getan hatte. „Mit der hab ich noch einmal gesprochen gestern." Die Frau Doktor sah erstaunt zu ihm auf. „Alleingänge?", fragte sie und zog die Augenbrauen hoch. Gasperlmaier wehrte gestikulierend ab. „Nein, nein. Die ist zu mir gekommen! Ins Volkshaus!

Zum Faschingsbrief!" „Wo sie uns durch den Kakao gezogen haben, völlig ungerechtfertigt!", maulte die Manuela. „Was für ein Glück, dass ich nicht dabei war." Gasperlmaier winkte ab. „Jaja. Aber darum geht's jetzt nicht. Die Bersic ist ins Volkshaus gekommen und wollte mit mir reden. Keine Ahnung, wie sie herausbekommen hat, dass ich dort bin. Sie hat mir erzählt, dass der Sagleitner linke Geschäfte gemacht hat. Ohne Beleg, mit Betrügern, die unechte Pilze verkaufen, oder so." Genau hatte er sich leider nicht gemerkt, welche Vorwürfe dem Sagleitner gegenüber die Adina aufgezählt hatte. „Und außerdem hat sie bestätigt, dass es Gerüchte gibt. Wegen dem Sagleitner und der Direktrice, der Scheurecker." „Sonst noch was?" Die Frau Doktor schien ungeduldig. Er hatte sich wesentlich mehr Begeisterung angesichts seiner Enthüllungen erhofft. „Ich hab sie auch auf die Bio-Hühner angesprochen." „Du hast was?" Die Augenbrauen der Frau Doktor wanderten bis zum Anschlag hoch. „Glaubst du nicht, das solltest du lieber mir überlassen?" Gasperlmaier war jetzt einerseits verwirrt und andererseits richtiggehend sauer. Er hatte doch nichts falsch gemacht, ganz im Gegenteil! Er verlor alle Lust, weiterzuerzählen, und schwieg. „Na, erzähl weiter! Was hat sie gesagt?" „Äh ...", fuhr er stockend fort, „... dass sie das mitgekriegt hat, dass die Hühner nicht alle bio sind. Und dass da anscheinend welche umgepackt werden, von Bio- zu polnischen Massenhühnern, oder so ... nein, umgekehrt natürlich! Umgekehrt! Und dass sie selber da gar nichts davon gewusst hat, der Sagleitner aber schon. Und dass sie nicht weiß, ob die Scheurecker ..." Er brach ab. Wahrscheinlich hatte er nur Unsinn geredet und seinen Auftritt gründlich verpatzt. Die Frau Doktor jedoch nickte anerkennend. „Da hast du uns einen Schritt weitergebracht! Danke, Franz!"

Sie schenkte ihm ein Lächeln. „Trotzdem nehmen wir uns jetzt zuerst einmal die Mutter seines ersten Kindes vor. Wie heißt die gleich?" „Stoiber", antwortete Gasperlmaier. „Gitti Stoiber. Und das Kind heißt Sabrina. Drei Jahre alt." „Gut informiert", lobte die Frau Doktor. „Und wo finden wir diese Frau Stoiber jetzt?" „Wie?" Gasperlmaier war etwas irritiert. „Ja, die Frau Stoiber wird ja kaum zu Hause auf uns warten." Er kratzte sich am Kopf. „Ja ..." „Na, entweder ist sie irgendwo im Fasching unterwegs, oder in der Arbeit", half die Manuela aus. „Oder sie hat es nicht nötig zu arbeiten, mag den Fasching nicht und putzt zu Hause das Klo." Die Manuela grinste. „Wissen wir etwas über sie? Ob sie berufstätig ist und wo?" Die Frau Doktor wippte ungeduldig mit dem Bein, das sie über das andere geschlagen hatte. Gasperlmaier kramte in seiner Hosentasche. „Die Adresse hätt ich da." Die Frau Doktor seufzte, und er überlegte, ob es nicht das Gescheiteste wäre, den Friedrich zurückzuholen, um herauszufinden, wo sich die Gitti Stoiber momentan aufhielt.

Die Manuela aber war schneller. Sie hatte schon geraume Zeit auf ihrer Tastatur herumgehackt. „Also, in der Volksschule Bad Aussee gibt es eine Lehrerin, die Brigitte Stoiber heißt." Sie drehte den Bildschirm, sodass Gasperlmaier und die Frau Doktor ein Bild der Genannten sehen konnten. „Das Alter passt, und so häufig ist der Name ja auch wieder nicht. Soll ich einmal anrufen?" Die Frau Doktor nickte, während Gasperlmaier seinen Zettel ernüchtert einsteckte. Anscheinend war es jetzt nicht mehr genug, die Wohnadresse einer Person bereitzustellen, man musste auch noch wissen, wo sie sich den ganzen Tag herumtrieb. Währenddessen hatte die Manuela schon die Nummer der Volksschule gewählt. Nach einem kurzen Gespräch war klar, dass es die gesuchte Gitti Stoiber war, und dass sie in der Volksschule erwartet wurden.

Draußen hatte der Schneefall aufgehört, aber es war noch kälter geworden. Die Sonne versuchte, sich durch die grauen Wolken zu kämpfen. „Da werden wir einen Umweg fahren müssen", erläuterte Gasperlmaier, „denn durchs Zentrum können wir nicht. Da ist wegen dem Fasching alles gesperrt." „Fasching!", brummte die Frau Doktor. „Ich wollte, ich hätte einmal Fasching. Warum müsst ihr euch eigentlich dauernd abstechen oder erschlagen, kannst du mir das einmal sagen?" Gasperlmaier schwieg und langte nach dem Haltegriff, als die Frau Doktor schwungvoll auf die schneebedeckte Hauptstraße einbog.

„Servus, Gasperlmaier!" Die Buchinger Hilde, die Volksschuldirektorin, streckte ihm die Hand hin. Er erinnerte sich, dass er sie kannte. Sie war schon mehrmals bei ihnen daheim zu Gast gewesen, wenn sich die Direktorinnen der Volksschulen des Ausseerlands trafen, um verschiedene Fragen miteinander zu besprechen. Die Hilde war eine gestandene Frau, die niemals zögerte, auch den Abschiedsschnaps noch hinunterzustürzen, wenn sich die anderen Frauen schon zierten. Außerdem war sie dafür bekannt, dass sie bei jedem Wetter mindestens dreimal in der Woche auf den Loser stieg, und zwar von ganz unten. Entsprechend zäh und wettergegerbt sah sie auch aus und drückte Gasperlmaiers Hand so kräftig, dass es schmerzte.

„Ich hol euch die Gitti", sagte sie. „Wartet's da, ich muss ja derweil in ihrer Klasse bleiben. Schreckliche Geschichte, das mit dem Vater von ihrer Sabrina." Die Frau Doktor und Gasperlmaier nickten. Eilig verließ die

Hilde die Direktionskanzlei. Hier herinnen war es ruhig, doch aus den Klassenzimmern konnten sie dumpf Musik und Geschrei vernehmen. Unten kam soeben eine Klasse aus dem Schultor, alle Kinder waren kostümiert. Die Lehrerin trug ein Hexenkostüm und führte die Klasse an. Sie wandten sich in Richtung Stadtzentrum.

„Grüß Gott!“ Hinter ihnen war leise die Tür aufgegangen, und eine andere Hexe hatte die Direktion betreten. Mit Warze am Kinn und Katze auf der Schulter. Letztere allerdings war aus Stoff. „Entschuldigen Sie“, sagte die Gitti und nahm den spitzen Hexenhut ab. „Am Faschingsdienstag gehen wir immer kostümiert …“ „Ist schon gut“, antwortete die Frau Doktor. „Setzen wir uns da her. Wir haben nur ein paar Fragen.“ Die Gitti nahm nun auch die Perücke mit den struppigen, schwarzen Haaren und den Flickenumhang mit der aufgenähten Katze ab und setzte sich auf den Stuhl der Frau Doktor gegenüber. Sie hatte ein schmales Gesicht, das durch die Faschingsschminke fast nicht erkennbar war, und übertrieben rote Wangen, schwarze Augenringe und Bartstoppeln aufgemalt.

„Wie Sie sich denken können, sind wir wegen des Todes des Herrn Sagleitner hier. Sie haben ja eine Tochter mit ihm zusammen.“ Die Gitti zuckte mit den Schultern. „Schon. Aber ich hab seit mehr als einem Jahr nichts mehr mit ihm zu tun. Seit die Leonie geboren ist, wohnt er ja mit der Lizzi zusammen.“ Gasperlmaier musste an die dicke Lizzi denken und wunderte sich. Die Stoiber Gitti war, trotz ihrer Hexenschminke und der unordentlichen Frisur, die unter der Perücke zum Vorschein gekommen war, noch zehnmal attraktiver als die Lizzi. „Hat er Kontakt zu Ihrer Tochter?“ Die Gitti nickte. „Eigentlich sollte er sie jedes zweite Wochenende haben. Aber in letzter Zeit hat er oft darauf vergessen. Er ruft mich nicht einmal an, wenn er nicht kommt, um sie abzuholen. Das ist mit der Sabrina sehr schwierig für mich. Sie fragt immer nach dem Papa, und wir warten dann den ganzen Samstagvormittag, und er kommt nicht und geht nicht ans Telefon." Die Frau Doktor warf Gasperlmaier einen Blick zu. „Hat's Auseinandersetzungen gegeben?" Die Gitti sah auf. „Soll ihn vielleicht ich jetzt umgebracht haben? Was Blöderes fällt Ihnen wohl nicht ein! Er hat so schon unregelmäßig gezahlt für die Sabrina! Und jetzt krieg ich gar nichts mehr! Wissen Sie, was Wohnungen in Bad Aussee kosten?" Die Augen der Gitti blitzten. „Jetzt beruhigen Sie sich einmal, Frau Stoiber. Niemand beschuldigt Sie. Wir müssen nur den Lebenshintergrund des Getöteten ausleuchten, vielleicht können Sie ja dazu beitragen, indem Sie uns auf eine Spur bringen?" Die Gitti schüttelte energisch den Kopf. „Ich hab seit einem Jahr nicht mehr mit ihm geredet als unbedingt nötig. Und ich bin froh, dass ich ihn nicht mehr sehen muss! Trotz dem Geld! Nur, wie ich das der Sabrina beibringen soll ..." Sie legte eine Hand vor ihre Augen und begann zu schluchzen. Die Frau Doktor warf Gasperlmaier einen weiteren, warnenden Blick zu. „Es gibt Behauptungen, dass die Sabrina gar nicht vom Herrn Sagleitner ist ..." Die Gitti nahm die Hand von den Augen und schob ihr Unterkiefer kämpferisch vor. „Das kann nur diese Vogelscheuche behauptet haben, diese Lizzi! Die ist ja nicht ganz dicht! Haben Sie sich die schon einmal angeschaut, die fette Kuh?" Die Gitti schlug nun sogar mit der flachen Hand auf den Schreibtisch der Direktorin, sodass Gasperlmaier aufschrak. Mit einem solchen Gefühlsausbruch hatte er jetzt nicht gerechnet. Die Gitti war auch schon wieder still und ein wenig auf ihrem Sessel zusammengesunken.

„Eine Frage noch: Wo waren Sie gestern Vormittag?" Die Gitti zischte verächtlich durch die Zähne. „Na, wo werd ich gewesen sein? Hier natürlich, in der Schule! In meiner Klasse!"

Die Frau Doktor stand auf. „Danke, Frau Stoiber. Wir wollen Ihre Zeit nicht länger in Anspruch nehmen. Sie können gern wieder zu Ihrer Klasse zurückkehren."

„Was hältst du denn von der?" Gasperlmaier war es nicht gewohnt, von der Frau Doktor um seine Meinung gefragt zu werden. Und ob er ihr seine Gedankengänge zum Aussehen der Stoiber Gitti im Vergleich zur Lizzi Schneeberger anvertrauen sollte, musste er sich erst gründlich überlegen. Er entschloss sich zu einem „Hm!" Die Frau Doktor aber redete ohnehin gleich weiter. „Der Gefühlsausbruch, als ich sie ein bisschen provoziert habe ... Das zeigt doch, dass ein erhebliches Potential an Zorn, an Wut vorhanden ist. Dass sie dem Sagleitner alles Böse an den Hals wünscht." „Aber sie kriegt jetzt keine Alimente mehr", hielt Gasperlmaier dem entgegen. „Und erben wird sie sicher auch nichts, der hat ja nichts gehabt, der Sagleitner." Die Frau Doktor sperrte das Auto auf. „Wenn die Gefühle Amok laufen, Franz, dann denkt man an so etwas nicht."

Von ferne hörten sie die Klänge des Ausseer Faschingsmarschs. „Heute schon wieder?", fragte die Frau Doktor etwas irritiert. „Heute sind die Arbeitertrommelweiber dran. Die marschieren am Dienstag." „Und was ist da der Unterschied?", fragte die Frau Doktor. Gasperlmaier zuckte mit den Schultern. Die genauen Einzelheiten, warum es diese beiden Gruppen gab, waren ihm unbekannt, er hatte sich auch nie näher dafür interessiert. Am Montag marschierten die Markttrommelweiber, und am Dienstag die Arbeitertrommelweiber. So war es immer gewesen, zumindest, solange er sich zurückerinnern konnte.

„Möchtest du dir das nicht einmal anschauen, so als Hintergrundinformation zu dem Fall?“ Die Frau Doktor seufzte. „Du bist gut. Vierundzwanzig Stunden herum, und wir tappen, offen gesagt, immer noch im Dunklen. Keine einzige konkrete Spur. Wenn man von der polnischen Hühnermafia absieht, aber wenn da etwas dran ist, wird sich die Geschichte länger hinziehen, das hab ich im Gefühl.“ Sie ließ die Türschlösser des Audi neuerlich klicken und folgte Gasperlmaier bergab, Richtung Ortszentrum. Endlich hatte die Sonne den Kampf gewonnen und schickte erste grelle Strahlen auf den Schnee, der in der Kälte unter ihren Sohlen knirschte.

Auf dem Kurhausplatz hatte sich bereits eine beträchtliche Menschenmenge angesammelt, die Aufnahmsprüfung für neue Mitglieder bei den Trommelweibern schien in vollem Gang zu sein.

„Was ist denn da los?“, fragte die Frau Doktor. Gasperlmaier erklärte ihr, dass ein neu aufzunehmendes Trommelweib mindestens einen Viertelliter Schnaps und manchmal sogar gepfefferte und gesalzene Milch in sich hineinzuschütten hatte, bevor es aufgenommen wurde. „Igitt!“, unterbrach ihn die Frau Doktor. „Hör auf! Es reicht schon!“ „Da oben ist übrigens“, Gasperlmaier deutete auf das obere Ende des Kurhausplatzes, da wo eine schmale Gasse zum Kammerhof und dem Chlumetzkyplatz hinaufführte, „das Geschäft von der Schwiegermutter, der alten Schneeberger.“ „Dann sind wir ja gerade richtig“, freute sich die Frau Doktor. „Die Saufspiele hier interessieren mich eh nicht, und die Frau Schneeberger senior, die wollen wir ohnehin sprechen – erinnere dich, sie hat ja am Sonntagabend ein längeres Telefongespräch mit dem Sagleitner geführt." Als sie vor dem Geschäft ankamen, fanden sie die Eingangstür allerdings versperrt, das Innere des Geschäfts im Dunklen. „Wegen Brauchtumspflege geschlossen", stand auf einem weißen A4-Blatt, das innen an die Tür geklebt worden war. „Hätte ich mir denken können", meinte Gasperlmaier, „am Faschingsdienstag macht hier kaum einer ein Geschäft auf. Am Montag übrigens auch nicht." „So, so!" Die Frau Doktor legte einen Finger an die Lippen. „Aber gestern hat sie offen gehabt. Hat sie zumindest behauptet!" Gasperlmaier erinnerte sich an das Gespräch von gestern.

Mittlerweile war auf dem Platz Applaus aufgebrandet. Offenbar war es einem angehenden Trommelweib gelungen, die Aufnahmeprozedur zu überstehen. „Ich gelobe!", grölte ein hörbar angetrunkener junger Mann ins Mikrofon, gefolgt von einem lautstarken Rülpser. Lautes Gelächter der Umstehenden war die Folge. „Da drüben", warf die Frau Doktor ein, „da ist aber offen! Eine Vinothek anscheinend." Gasperlmaier folgte ihren Blicken. Und eben in dem Moment entschwand jemand durch die Eingangstür des Lokals, der ihm bekannt vorkam. „War das nicht gerade der Doktor, wie heißt er schnell noch einmal? Der uns gestern im Kirchenwirt begegnet ist?" „Bernsteiner", half die Frau Doktor aus. „Karl Bernsteiner." Gasperlmaier nickte. „Genau der. Der ist gerade da hineingegangen."

„Gut. Den wollten wir auch sprechen." Sie sah auf ihre Uhr. „Er sollte zwar in einer Stunde auf dem Posten erscheinen, aber so ist es mir fast lieber. Überraschungsmoment." Die Frau Doktor überquerte die schmale Gasse. „Was ist denn?" Gasperlmaier zögerte. In der Vinothek war er noch nie gewesen, und das, was da auf einer Tafel zu essen angeboten wurde, erregte seinen Argwohn. „Carpaccio", „Grana" und „Rucola" las er. Nur mit dem letzten Wort konnte er etwas anfangen. Ob er da drinnen wohl auch eine Leberkäsesemmel bekommen würde?

Im vorderen Raum des Lokals gab es ein paar kleine Tische und eine Theke, aber keinen Doktor Bernsteiner. Eine kurze Treppe führte in einen Nebenraum, auch der wieder mit vier oder fünf Tischen, von denen nur zwei besetzt waren. An einem saßen zwei Trommelweiber, vor sich jeweils ein Achtel Wein. Die beiden unterhielten sich lautstark über ein Skirennen vom Wochenende, bei dem offenbar der favorisierte Österreicher gestürzt war. Am anderen Tisch saß Doktor Karl Bernsteiner, und ihm gegenüber – war das nicht seine geschiedene Frau, die Sylvia Scheurecker vom „Lakeview"? Gasperlmaier ließ der Frau Doktor den Vortritt, da er ja nicht wusste, wie sie die Situation angehen würde. Sehr direkt, stellte sich schnell heraus.

„Guten Morgen! Das freut mich aber, dass wir Sie hier antreffen!" Sie strahlte übers ganze Gesicht, der Doktor Bernsteiner schien etwas überrumpelt und schüttelte ihr die ausgestreckte Hand. Dem Gesichtsausdruck der beiden konnte Gasperlmaier allerdings entnehmen, dass sie alles andere als begeistert über die Begegnung waren. Die Frau Doktor ließ den Bernsteiner und die Scheurecker gar nicht erst zu Wort kommen. „Wir dürfen doch hier Platz nehmen? Wir wollten ohnehin mit Ihnen beiden sprechen." Sie schob sich auf den recht hohen Hocker neben der Scheurecker, sodass Gasperlmaier nichts anderes übrig blieb, als sich neben den Doktor Bernsteiner zu setzen.

Endlich fand der wieder Worte. „Ich kann mich nicht erinnern, Sie an unseren Tisch gebeten zu haben", raunzte er. „Kein Problem", sagte die Frau Doktor.

„Wir gehen, und wir treffen uns in einer Stunde auf dem Posten in Altaussee. Wenn Sie jetzt mit uns sprechen, kürzen wir die ganze Prozedur erheblich ab." Der Doktor Bernsteiner ballte seine Hände auf dem Tisch und senkte den Kopf. „Ich wüsste nicht, was wir mit Ihnen zu besprechen haben", murmelte er. „Kein Problem, dafür weiß ich es ziemlich genau. Herzlichen Dank übrigens, dass Sie mir geraten haben, nicht nur im Umfeld der Trommelweiber zu ermitteln. So sind wir auf den Arbeitsplatz des Toten gestoßen, und genau dazu hätten wir einige Fragen." Gasperlmaier hoffte, dass das „wir" nicht bedeutete, dass auch er Fragen stellen musste. Die Scheurecker sah ihn ohnehin schon die ganze Zeit über den Tisch hinweg so missbilligend an.

Eine Kellnerin trat an den Tisch. „Was darf's denn sein, die Herrschaften?" Doch die Frau Doktor schickte sie mit einem Wink wieder weg. „Gleich. Wir haben noch was zu besprechen." Achselzuckend entfernte sie sich wieder.

„Noch einmal ganz von vorn. Herr Doktor Bernsteiner, wenn Sie einer Kriminalistin wie mir den Ratschlag geben, irgendwo nicht zu ermitteln, müssen Sie sich darüber im Klaren sein, dass gerade das Misstrauen weckt. Deswegen meine Frage: Haben Sie einen Verdacht gegen irgendeinen unter den Trommelweibern? Womöglich gegen einen Mandanten oder jemanden, dem Sie sonst nahestehen?" Der Doktor schüttelte entrüstet den Kopf, während die Scheurecker verächtlich durch die Zähne pfiff. „Darüber gebe ich keine Auskunft." „Was ist mit den Herren, die ich gestern schon gesprochen habe? Der Herr Kaiser hat Anschuldigungen gegen den Herrn Weissensteiner erhoben, das Obertrommelweib?" „Gehen Sie mir doch mit dem Kaiser! Der ist doch nur noch besoffen, seit er sein Geschäft zusperren hat müssen!" „Sie sind ja ein Insider, Herr Doktor. Wem trauen Sie denn, außerhalb des Kreises der Trommelweiber, eine solche Tat zu?" Der Bernsteiner entspannte sich etwas und zuckte mit den Schultern. „Was weiß denn ich? Prinzipiell kann jeder zum Mörder werden, wenn die Rahmenbedingungen entsprechend sind, das wissen Sie so gut wie ich." „Apropos", schob die Frau Doktor nach. „Wo waren Sie denn zur Tatzeit?" „Jetzt machen Sie aber einen Punkt!" Der Doktor war so laut geworden, dass die beiden Trommelweiber zu ihnen hersahen. „Sie verdächtigen doch nicht etwa mich?" Die Frau Doktor warf Gasperlmaier einen verschmitzten Blick zu. Sie schien es zu genießen, wenn es ihr gelang, ihre Opfer aus der Fassung zu bringen. „Beruhigen Sie sich, und beantworten Sie meine Frage." „Ich war vor der Sparkasse, wie alle anderen Trommelweiber. Ich habe Würstel gegessen, ein Bier und einen Schnaps getrunken. Dafür gibt es zahlreiche Zeugen." „Und nicht auch einmal die öffentliche Toilette auf der anderen Seite der Brücke benutzt?" „Nicht, dass ich mich erinnern könnte."

„Schönen Dank, Herr Doktor. Das wär's dann fürs Erste." Die Frau Doktor machte Anstalten, aufzustehen. Gasperlmaier konnte es gar nicht glauben, dass sie sich mit diesen dürftigen Auskünften zufriedengeben wollte. Im Stehen wandte sie sich noch an die Frau Scheurecker. „Ach, bevor ich's vergesse: Die polnischen Tiefkühlhühner, die Sie in Ihrem Hotel verkochen, sind die auch biologisch?" Die Angesprochene schnappte nach Luft.

„Also ... ich" Der Doktor Bernsteiner hielt der Scheurecker die offenen Handflächen entgegen. „Sag jetzt nichts. Du musst auf diese Anschuldigungen überhaupt nicht antworten." Die Frau Doktor grinste. „Aber Herr

Doktor, das war doch keine Anschuldigung. Das war eine harmlose Frage." Jetzt, so fand Gasperlmaier, wurde es spannend. Der Bernsteiner und die Scheurecker maßen einander wortlos, offensichtlich unsicher, ob sie etwas sagen sollten. Schließlich sprach der Anwalt. „Wissen Sie was, Frau Chefinspektor? Wir erwarten uns jetzt eine formelle Vorladung, falls Sie von uns beiden noch etwas wissen wollen. Und dabei soll vor einem Gespräch auch geklärt werden, ob wir uns als Zeugen zur Verfügung stellen oder ob Sie uns als Beschuldigte behandeln. Wenn das Letztere der Fall sein sollte, möchten Sie uns bitte auch die Art der Beschuldigung nennen. Und jetzt ist das Gespräch für uns beendet." Der Doktor, so fand Gasperlmaier, hatte abgehackt und mit zittriger Stimme gesprochen und zwischen seinen Sätzen immer wieder tief Luft holen müssen. Die Blicke der Scheurecker flackerten, sie schien den Tränen nahe. „Eins noch", wagte die Frau Doktor noch einen Vorstoß. „Wer ist eigentlich der Besitzer des ‚Lakeview'? Einer von Ihnen beiden? Sie beide zusammen?" Sie wandte sich an die Frau Scheurecker. „Und zu Ihnen: Wir haben bei Ihnen im Hotel noch einmal nachgefragt: Niemand wollte uns bestätigen, dass Sie zwischen zehn Uhr und zehn Uhr dreißig im Hotel gesehen worden sind. Und was die Telefonprotokolle betrifft: Selbst wenn vom Festnetzanschluss im Hotel im fraglichen Zeitraum telefoniert worden ist, ist noch lange nicht gesagt, dass Sie das Telefon benutzt haben." Sie zeigte mit dem Finger auf die beiden. „Sie haben also beide ein wackeliges Alibi – ob Sie auch ein Motiv gehabt haben, den Sagleitner aus dem Weg zu schaffen, das wird sich bald zeigen. Sehr bald!"

Die Scheurecker sprang von ihrem Sessel, schnappte sich eine glitzernde, pelzbesetzte Jacke von der Garderobe und stürmte aus dem Raum. Der Doktor Bernsteiner stand wortlos auf, bedachte ihn und die Frau Doktor noch mit einem eiskalten Blick und griff nach einem Lodenmantel, der neben ihm am Haken hing. „Das wird ein Nachspiel haben!“, zischte er. Die Frau Doktor lächelte entspannt. „Auf Wiedersehen, Herr Doktor!“, rief sie ihm nach, als er über die Treppe entschwand.

Die Frau Doktor schien prächtig gelaunt, obwohl sie, wenn man es genau betrachtete, nicht viel erfahren hatten. „So“, meinte sie jetzt und langte nach der Speisekarte. „Und jetzt genehmigen wir zwei uns den Imbiss, auf den der Herr Doktor Bernsteiner und seine Direktrice jetzt verzichten. Mmh, Carpaccio – das nehm ich. Hätt ich gar nicht gedacht, dass man bei euch in Aussee so was Anständiges zu essen bekommt.“ Diese Bemerkung fand Gasperlmaier etwas unverschämt, setzte schon zu einer Entgegnung an, verzichtete aber dann darauf, weil ihm schon die Speisenauswahl ein wenig zu schaffen machte. Was Carpaccio war, daran erinnerte er sich – es war irgendwas mit Fleisch. Wenn er doch nur die Christine fragen könnte. Die Frau Doktor um Auskunft zu ersuchen, das war ihm peinlich. Er entschied sich für einen Antipasti-Teller, denn das war ihm vertraut, so etwas machte auch die Christine zu Hause öfter. Da waren wohl Schinken und Käse drauf. Sie gaben ihre Bestellungen bei der Kellnerin auf. „Die beiden anderen Herrschaften ...?“, fragte diese. „Waren nicht mehr hungrig“, ergänzte die Frau Doktor.

„Das war aber schon mehr Spekulation, das mit den Alibis?“, wagte sich Gasperlmaier vor. „Natürlich. Aber hast du gesehen, wie verunsichert die beiden waren? Ich garantiere dir, die haben eine Leiche im Keller, oder sogar mehrere. Warum hätten sie sich sonst so aufregen sollen?“ „Vielleicht, weil sie sich zu Unrecht verdächtigt fühlen?“, gab Gasperlmaier zurück. Die Frau Doktor zischte verächtlich. „Ach was! Verdirb mir nicht meinen Erfolg!“ Die Kellnerin stellte zwei Achtel Wein und zwei Gläser Wasser vor sie hin. „Prost!“ Die Frau Doktor hob ihr Glas. Gasperlmaier schien der Wein ein wenig sauer, doch er sagte nichts, weil die Frau Doktor ihn so überschwänglich lobte. „Da sieht man, was die Steiermark so hergibt. Glaub mir!“, fuhr sie fort. „Der Fall ist so gut wie gelöst. Jetzt brauchen wir nur noch herauszufinden, wie das mit den Hühnerlieferungen vonstatten geht, dann einen Durchsuchungsbefehl, um festzustellen, was sich in der Verpackung der Bio-Hühner tatsächlich verbirgt, und dann können wir die Scheurecker festsetzen. Und die wird uns den Doktor Bernsteiner auf dem Tablett servieren, das garantiere ich dir.“ Gasperlmaier schien die Sicht der Frau Doktor allzu optimistisch. „Und wer hat jetzt den Sagleitner erstochen? Und warum?“ „Das, lieber Franz, wird sich alles klären. Das sieht ja verdammt gut aus!“ Soeben hatte die Kellnerin zwei Teller vor sie hingestellt. Jetzt erinnerte sich Gasperlmaier. Carpaccio, das war rohes Fleisch. Ein Glück, dass er sich den Antipasti-Teller ausgesucht hatte, der war üppig bestückt mit Rohschinken, Parmesan und allerlei eingelegtem Gemüse.

„Mmh! Das schmeckt!“, lobte die Frau Doktor ihr Carpaccio. „Ausgezeichnetes Olivenöl!“ Das Glas Wein, so stellte Gasperlmaier fest, war ein bisschen klein als Begleitung zum Essen, so bestellte er bei der Kellnerin noch ein Seidel Bier. Schließlich war Faschingsdienstag, und wenn man schon arbeiten musste, konnte man es sich auch ein wenig gutgehen lassen. „Bevor wir's allerdings vergessen“, warf die Frau Doktor zwischen zwei Bissen ein, „der Herr Kaiser und euer Obertrommelweib, die kommen auch noch dran. Es wird ohnehin ein Weilchen dauern, bis ich die entsprechenden Beschlüsse habe, um der Hühnermafia auf den Pelz zu rücken."

Die Frau Doktor stürzte den letzten Schluck ihres Weißweins hinunter. „Gasperlmaier, wir suchen uns den Weissensteiner, das Obertrommelweib, und den Kaiser selber, wir warten gar nicht erst, bis sie bei uns am Posten auftauchen. Und dass ich heute keinen Ausseer an seinem Arbeitsplatz antreffen werde, das glaube ich mittlerweile selber. Auf in den Fasching!" Gasperlmaier hatte keine rechte Idee, wie sie die Suche anpacken sollten. „Da können wir nur die Wirtshäuser abklappern." Allzu viele, fiel ihm ein, gab es davon ja nicht. Den Kaiser, so erinnerte er sich, den hatte er schon einmal am Würstelstand beim Dachsteinblick und ein anderes Mal im Buffet der Shell-Tankstelle in der Bahnhofstraße angetroffen, wo sich bereits früh um sieben gewisse Herrschaften auf ein Seidel Bier trafen. Wenn er dort, gleich nach Dienstbeginn, den Streifenwagen auftankte, fragte er sich manchmal, ob das ein Wirtshaus oder eine Tankstelle war – auf das Bezahlen der Tankfüllung musste man nämlich oft eine Zeit lang warten, weil die einzige Angestellte mit dem Bierzapfen beschäftigt war. „Wir müssten dann allerdings auch die Würstelstände und die Tankstellenbuffets absuchen", informierte er die Frau Doktor wahrheitsgemäß. Die seufzte. „Weißt du was, wir fangen bei dem Wirt an, wo sie gestern Mittagessen waren, die Trommelweiber. Wie heißt der noch mal?" Gasperlmaier nickte. „Der Kirchenwirt", antwortete er. Das war ihm recht. Der war nämlich mehr oder weniger gleich ums Eck.

7

Als sie die Wirtsstube betraten, bot sich ihnen ein Bild, das sich nicht wesentlich von dem gestern unterschied, mit der Ausnahme, dass keine Trommelweiber anwesend waren. Dafür waren alle Tische mit anderen Kostümierten wie Nichtkostümierten nahezu voll besetzt. Um das Rauchverbot kümmerte sich auch heute niemand, dementsprechend verqualmt war die Stube. „Puh!", schimpfte die Frau Doktor. „Hier halt ich's keine Minute aus. Schau dich um, Franz, und sag mir Bescheid!" Schon war sie wieder zur Tür hinausgeschlüpft und ließ ihn allein mit der undankbaren Aufgabe, in diesem Gewühl und Nebel den Kaiser Fritz oder den Weissensteiner zu finden.

Doch vergeblich. Keinen der beiden konnte er an einem der Tische ausmachen. „Na, Gasperlmaier? Hast deinen Mörder schon gefangen? Und wo hast denn die fesche Katz gelassen, deine Chefin? Hast du sie eh schon ordentlich gehobelt?" Er fuhr herum. Der, der das Maul so weit aufriss, den kannte er, das war doch der feiste Schulwart, den die Frau Doktor gestern schon vernommen hatte. Gasperlmaier stieg das Blut in Kopf und Ohren, derartig beleidigen konnte er sich vor aller Augen nicht lassen! Er baute sich vor dem Tisch des Schulwarts auf und holte tief Luft. Leider ließ die Idee für eine schlagfertige Antwort auf sich warten, und so beließ er es bei einem vorsichtigen „Geh, halt doch deine besoffene Goschen!" Der ganze Tisch reagierte mit brüllendem Gelächter, während die Trinker an den Nachbartischen neugierig zu ihnen herüberlugten.

In dem Moment öffnete sich die Tür, die zu den Toiletten führte, und der Kaiser Fritz betrat die Gaststube. Gasperlmaier ließ den Schulwart und seine Saufkumpane links liegen, steuerte auf den Fritz zu und packte ihn am Arm. „Die Frau Doktor will mit dir sprechen. Jetzt. Draußen.“ „Lass meinen Arm aus!“, wehrte sich der Fritz und riss sich los. „Ich geh nirgendwo hin. Wenn mich deine Frau Doktor was fragen will, dann soll sie zu mir kommen!“ Er machte Anstalten, sich an einen Tisch zu setzen, an dem man beiseite rückte, um ihm Platz zu machen. Gasperlmaier hatte die Nase voll. „Entweder du kommst mit, oder ich fordere Verstärkung an und lass dich in Handschellen abführen!“, zischte er dem Kaiser zu. Der kratzte sich etwas verblüfft am Hinterkopf, maß Gasperlmaier, so, als ob er sich unsicher wäre, wie ernst er zu nehmen war, und folgte ihm schließlich. „In Gottes Namen, dann bring mich halt zu ihr. Aber viel Zeit hab ich nicht!“ Das konnte sich Gasperlmaier denken. Schließlich wirkte der Fritz noch relativ nüchtern, es gab also noch einiges zu tun, bis er den Zustand von gestern Nacht erreicht hatte. Gasperlmaier öffnete die Wirtshaustür und atmete tief ein.

„Was wollen S’ denn?“, fragte der Kaiser die Frau Doktor unwirsch, die bereits von einem Fuß auf den anderen trat und sich die Hände rieb. „Zuerst einmal ins Warme, und zwar in einen rauchfreien Raum“, flüsterte sie. „Gehen wir halt wieder ins Büro vom Kirchenwirt“, schlug Gasperlmaier vor. „Gute Idee!“ „Ich hab’s aber eilig“, vergaß der Fritz nicht zu betonen.

Im Büro des Kirchenwirts herrschte das gleiche Chaos wie am Vortag, wenigstens waren die Stühle, die sie gestern benutzt hatten, frei von neuem Unrat geblieben. „Herr Kaiser“, begann die Frau Doktor. „Zuerst einmal: Wo haben Sie sich gestern aufgehalten, als der Kurt Sagleitner erstochen wurde?“ Der Fritz hob die Arme zum Himmel. „Wo werd ich gewesen sein?

Bei den Trommelweibern. Wir haben gerade Aufstellung genommen vor der Sparkasse, zum Wegmarschieren, ich hab mein Tenorhorn umgehängt, und in dem Moment geht der Tumult drüben los."

„Sie waren auch auf der öffentlichen Toilette, wo der Mord geschehen ist?" Der Fritz nickte. „Sowieso. Mehrmals." Die Frau Doktor zog die Augenbrauen hoch. „Wie darf ich das verstehen?" Der Fritz grinste unverschämt. „Weißt, Fräulein Inspektor, ich hab als Junger einmal ein Blasenentzündung gehabt. Furchtbar, sag ich dir. Das ist, wie wenn man Nadeln brunzt." Die Frau Doktor zuckte zusammen. „Und seither hab ich ein wenig eine schwache Blase. Da muss ich leider öfters. Ist schlimm, aber nicht zu ändern." Die Frau Doktor drückte den Rücken durch, um größer zu wirken. Zwischen ihren Augenbrauen war eine steile senkrechte Falte aufgezogen. „Erstens, Herr Kaiser, sprechen Sie mich bitte nicht mit ‚Du' an. Zweitens, Sie können mich ‚Frau Chefinspektor' oder meinetwegen auch ‚Frau Kohlross' nennen, das ist mir wurscht, aber keinesfalls Fräulein. Und drittens langweilen Sie mich hier nicht mit Krankengeschichten, sondern antworten Sie auf meine Fragen. Sonst können Sie gern den Rest des Tages im Arrest in Liezen verbringen und morgen auf meine Fragen antworten, wenn Sie nüchtern sind!" Sehr laut war die Frau Doktor geworden, und es schien Gasperlmaier, als wäre es ihr tatsächlich gelungen, den Kaiser einzuschüchtern. Der schaute jetzt etwas verdutzt drein.

„Also noch einmal", versuchte es die Frau Doktor. „Wie lange vor dem Mord waren Sie auf der Toilette? Sie haben ja durch den Aufruhr vor dem Klo sicher mitbekommen, wann der Tote gefunden wurde?" Der Fritz zuckte mit den Schultern. „Ein paar Minuten. So genau weiß ich das nicht. Ich hab ja schon ein bisschen was getrunken ...“ „Nur fürs Protokoll: Sie waren alkoholisiert?“, schnitt ihm die Frau Doktor das Wort ab. Der Fritz nickte und wirkte fast erleichtert. Anscheinend glaubte er, dass ihn das weniger verdächtig machte.

„Was anderes“, fuhr die Frau Doktor fort. „Sie haben behauptet, der Tote sei im Streit von seinem früheren Arbeitgeber, dem Herrn Weissensteiner, geschieden? Sie erinnern sich – Sie haben gestern davon gesprochen, kurz bevor Sie mir vor die Füße gekotzt haben!“ Der Ton der Frau Doktor war mehr als scharf, anklagend geradezu. Wieder zuckte der Fritz mit den Schultern. „Ja, was man halt so hört. Ich war ja selber nicht dabei. Aber geredet ist worden.“ „Geredet!“, wiederholte die Frau Doktor spöttisch. „Und wer hat geredet? Und was genau? Wir sind hier in einer Mordermittlung, mein lieber Herr Kaiser. Da können Sie mir nicht mit Stammtischgetratsche kommen!“ Der Befragte wirkte nun geradezu kleinlaut. „Ich weiß das ja auch nicht mehr so genau! Das ist ja schon zwei Jahre her! Keine Ahnung, von wem ich das habe. Jedenfalls ist hinter dem Rücken vom Obertrommelweib so geredet worden.“ Die Frau Doktor schnaubte. „Und auf haltloses Gerede bauen Sie eine Anschuldigung gegen den Herrn Weissensteiner auf? Vor der Öffentlichkeit, und vor der Polizei?“ Jetzt tat der Kaiser Gasperlmaier fast schon leid. Er schien den Tränen nahe. Warum musste die Frau Doktor auch gar so hart mit ihm ins Gericht gehen? Er war doch schließlich kein Mörder, sondern nur ein vom Pech verfolgter Hutmacher.

Die Frau Doktor, so dachte Gasperlmaier bei sich, hatte so etwas Lauerndes im Blick. „Ich denke“, sagte sie und lehnte sich zurück, während ihr übergeschlagener Fuß wippte, „Sie sollten sich einmal an ein ganz bestimmtes Fußballspiel erinnern. Gegen den SV Stainach-Grimming." Der Kaiser bekam große Augen. Gasperlmaier aber hatte keinen Ahnung, worauf sie hinauswollte. „Und deswegen, wegen diesem Vorfall, haben Sie einen Mordshass auf den Sagleitner. Und jetzt haben Sie eine günstige Gelegenheit genutzt." Gasperlmaier hatte keine Ahnung, wovon sie redete. Die Frau Doktor schuldete ihm jedenfalls eine Erklärung, soviel war sicher. Der Fritz starrte die Frau Doktor mit offenem Mund an. „Und ich denke deswegen, dass möglicherweise Sie den Sagleitner auf dem Gewissen haben." Der Oberkörper des Kaiser Fritz schnellte nach vor. „Das, das ..." „Warum sind Sie denn plötzlich so verwirrt?", lächelte die Frau Doktor. „Ich sage Ihnen, wie es gewesen sein könnte: Sie schleichen dem Sagleitner aufs Klo nach, weil Sie auf eine Gelegenheit aus sind, ihn abzustechen. Zum Glück ist niemand auf der Toilette – außer Ihrem Opfer. Oder Sie warten, bis es so weit ist. Dann stechen Sie den Sagleitner hinterrücks ab, Larve übers Gesicht, hinaus aus dem Klo, das Messer schnell in die Traun geworfen, und bis der Sagleitner aus dem Klo heraußen ist, dort zusammenbricht und gefunden wird, haben Sie längst Ihr Tenorhorn umgehängt und blasen den Faschingsmarsch!"

Dem Fritz, so fürchtete Gasperlmaier, quollen gleich die Augen aus dem Kopf heraus, und er war rot angelaufen. Nein, nicht rot. Sogar blau. Er sagte kein Wort, zuerst blubberte er leise, dann ächzte er, sank auf seinem Stuhl nach vorn und begann zu röcheln. Noch ehe Gasperlmaier oder die Frau Doktor reagieren konnten, schlug er mit dem Kopf auf der Schreibtischplatte auf, rutschte aus seinem Sessel und fiel zu Boden.

Die Frau Doktor war blass geworden. „Schnell, Franz, einen Notarzt!" Gasperlmaier fingerte sein Handy aus der Brusttasche. Wie immer, wenn es eilig war, ging alles langsamer als sonst. Seine zittrigen Finger fanden die richtigen Tasten zunächst nicht, und erst, als die Frau Doktor den schwergewichtigen Kaiser in die stabile Seitenlage gebracht hatte, war die Verbindung hergestellt. „Atmung?“, fragte der Sanitäter am Telefon, nachdem Gasperlmaier die wichtigsten Daten durchgegeben hatte. Die Frau Doktor nickte, sie hatte mitgehört. „Ja“, antwortete Gasperlmaier. „Sie sind schon auf dem Weg!“, hörte er noch, dann legte er auf. „Was ist mit ihm?“, fragte Gasperlmaier die Frau Doktor, die neben dem Fritz auf dem Boden kniete. „Flache Atmung, schwacher Puls. Nicht ansprechbar.“ Die Frau Doktor überstreckte den Kopf des Fritz und sah nach, ob sich etwas in seinem Mund befand. Bei Bewusstlosen, so wusste Gasperlmaier, musste man ja immer darauf achten, dass sie nicht an ihrem eigenen Erbrochenen erstickten.

Es dauerte tatsächlich nur eine Minute, bis von der Straße her das Martinshorn des Rettungswagens zu hören war. Danach ging alles ganz schnell, das Büro füllte sich mit Menschen in roten Anzügen und medizinischem Gerät, sodass Gasperlmaier beschloss, sich zurückzuziehen und die Profis ihre Arbeit tun zu lassen. Vor der Bürotür, im Vorhaus des Kirchenwirts, hatten sich bereits Schaulustige angesammelt. „Sag schon, Gasperlmaier, habt's ihr wieder einen Mord? Hat der Fritz deine Chefin erwürgt?“ Gelächter wurde laut. Gasperlmaier beließ es bei einer wegwerfenden Handbewegung und ging an die frische Luft. Aber auch dort draußen, um die Rotkreuzwagen herum, hatten sich Neugierige angesammelt, die Gasperlmaier unverhohlen musterten.

Doch gleich nach ihm kam die Frau Doktor aus dem Gasthaus. „Wir fahren“, teilte sie ihm atemlos mit.

„Hier können wir nichts mehr tun. Er ist immer noch bewusstlos. Sie haben ihm einen Tropf angehängt." Sie war, fand Gasperlmaier, etwas blass um die Nase und hetzte vor ihm in Richtung Parkplatz, weg von den Menschen bei den Rettungsautos. Beim Auto angekommen, sperrte sie auf, ließ sich auf den Sitz sinken, lehnte den Kopf zurück und schloss die Augen. Gasperlmaier setzte sich neben sie, schwieg und sah den Schneeflocken zu, die vom Himmel tanzten und sich sanft auf der Scheibe niederließen. Im Wagen war es kalt, doch die Frau Doktor machte keine Anstalten, den Motor zu starten. „So etwas ist mir noch nie passiert", sagte sie schließlich, mit immer noch geschlossenen Augen. „Dir?" Sie öffnete die Augen und legte Gasperlmaier ihre Hand auf den Unterarm. Der war über die plötzliche vertraute Geste so überrascht, dass er einen sehr ausgedehnten Moment lang gar nicht reagierte. Bis die Frau Doktor seinen Arm drückte. „Redest nicht mehr mit mir? Weil ich den Kaiser so hart angefasst habe?" Sie drückte seinen Unterarm leicht, fast zärtlich, was ihn noch mehr verwirrte. „Doch!", verteidigte er sich. „Ich rede schon. Und solche Sachen haben wir schon öfter gehabt. Dass wir wohin gerufen werden, wo einer einen Herzinfarkt gehabt hat, oder einen Schlaganfall." „Echt?", fragte die Frau Doktor nach. „Erzähl!" Ihre Fingernägel waren graublau lackiert, sie hatte schöne, lange Finger. Doch jetzt nahm sie ihre Hand wieder weg, was ihn einigermaßen erleichterte. „Na ja, wenn einer auf dem Berg zusammenbricht oder im Altausseer See ertrinkt, da sind wir schon oft geholt worden. Aber dass ich direkt dabei bin, wie einer ..." Er brach ab.

Die Frau Doktor seufzte. „Ich mach mir ja auch Vorwürfe. Und noch dazu weißt du nicht einmal, warum ich dem Kaiser den Mord auf den Kopf zugesagt habe.

Meine Leute in Liezen haben da nämlich was ausgegraben. Lies einmal!“ Sie griff nach einem Schnellhefter, den sie in ihrer Handtasche mit sich getragen hatte. Und Gasperlmaier las, während seine Augen immer größer wurden. „Das ist ja allerhand!“, meinte er, sobald er erfasst hatte, worum es ging. Jetzt war er im Bilde und brauchte gar nicht erst nachzufragen. Die Frau Doktor lächelte. „Kann man wohl sagen.“

Der Schnellhefter enthielt Kopien eines Akts, der etwa zwei Jahre alt war. Es ging dabei um eine Schlägerei nach einem Fußballspiel zwischen dem FC Ausseerland und dem SV Stainach-Grimming. Der Kaiser Fritz war natürlich ein Fan des FC und war in eine heftige handgreifliche Auseinandersetzung mit dem Kurt Sagleitner geraten, der augenscheinlich den Gastverein unterstützt hatte. In deren Verlauf hatten die beiden einander erhebliche Verletzungen zugefügt, der Sagleitner hatte sogar ein Messer gezogen, das aber Gott sei Dank unbenützt geblieben war. Die Sache war später auch noch Gegenstand einer Gerichtsverhandlung gewesen, der Kaiser war mit einer Geldstrafe davongekommen, während der Sagleitner, des Messers wegen, drei Monate bedingter Haft ausgefasst hatte.

„Verstehst du jetzt, warum er so heftig reagiert hat? Er war sich sicher, dass wir ihm nicht draufkommen, aber er war es, der den Sagleitner erstochen hat. Solche Geschichten köcheln oft lange auf kleiner Flamme in einem. Und dann muss er noch hinnehmen, dass sein Widersacher bei den Trommelweibern aufgenommen wurde, weil er ein Promikoch ist – da sind ihm die Sicherungen durchgebrannt.“ „Aber der Drohbrief!“, gab Gasperlmaier zu bedenken. „Der Kaiser würde doch nicht zuerst einen Drohbrief schreiben, damit er praktisch die Aufmerksamkeit auf sich lenkt. So kompliziert denkt doch der gar nicht." Die Frau Doktor zuckte mit den Schultern. „Wer weiß?"

„Und was machen wir jetzt?", fragte Gasperlmaier. „Jetzt müssen wir warten, bis der Mann wieder vernehmungsfähig ist, einstweilen lasse ich alle Einzelheiten von meinen Mitarbeitern recherchieren. Wir nehmen auch eine DNA-Probe vom Kaiser, wäre doch gelacht, wenn wir nicht irgendwo am Opfer seine Spuren finden würden. Und dann ist die Sache gelaufen."

Gasperlmaier sah auf seine Uhr. Es war kurz vor eins. „Um zwei marschieren die Flinserl auf. Möchtest du dir das anschauen?" „Die Flinserl? Was ist das?" „Das ist eine Gruppe mit richtig prächtigen Kostümen. Die sind mit so Glitzerzeugs bestickt und ganz alt. Die Kinder müssen Sprüche aufsagen, und dann bekommen sie von den Flinserln Nüsse. Ein uralter Brauch." „Sicher schön, aber wir müssen noch einmal zum ‚Lakeview'. Die Sache mit den falschen Bio-Hühnern ist zwar nicht ganz mein Ressort, aber noch können wir nicht gänzlich ausschließen, dass der Täter – oder die Täterin – aus diesem Umfeld kommt. „Wolltest du nicht auch noch den Weissensteiner ...", erinnerte Gasperlmaier an die ursprüngliche Tagesplanung. „Der kann warten", entschied die Frau Doktor. Musste der Wilfried halt, wenn er sich auf den Posten bequemte, mit der Manuela vorliebnehmen.

Endlich startete sie den Motor. Gasperlmaier hatte schon eiskalte Zehen bekommen. Mittlerweile waren die Straßen schnee- und eisfrei, es schneite nur mehr ganz leicht, und man hatte Salz gestreut. Es dauerte nur wenige Minuten, bis sie beim „Lakeview" angekommen waren. Sogar der Parkplatz war diesmal geräumt, allerdings von einem LKW, der äußerst ungünstig parkte, fast zur Gänze blockiert.

„Sieh mal, Franz, der Laster hat eine polnische Nummer. Und auch eine polnische Aufschrift auf der Bordwand. Glaube ich zumindest." Der weiße LKW war anscheinend ein Kühltransporter, und in großen Lettern stand auf der Bordwand: „drób, owoce & warzywa". Darunter: „Import – Export". Und sowohl eine polnische Post- als auch Internetadresse. Gasperlmaier wurde stutzig. „Ob das ..." „... die Hühnerlieferanten sind?", vollendete die Frau Doktor seinen Satz. „Jetzt wird's spannend." Sie parkte direkt hinter dem Heck des LKW, der sich schwertun würde, wegzufahren, ohne dass sie den Weg freigab. Etwas skeptisch kratzte sich Gasperlmaier am Kopf. Was, wenn die Polen vor ihnen zu fliehen versuchten? Dann war das Cabrio Schrott. Dennoch schwieg er und folgte der Frau Doktor zum Hoteleingang.

Drinnen mussten sie an der Rezeption erst klingeln, denn in der Hotelhalle war weit und breit niemand zu sehen. Außer einem älteren Mann, der auf dem Ledersofa vor der Bücherwand saß und einen dicken Bildband vor sich auf dem Tisch aufgeschlagen hatte.

Die Frau Doktor trommelte schon ungeduldig mit den Fingern, als ein etwas verschlafen wirkendes Mädchen auftauchte. „Wir brauchen die Frau Scheurecker, die Direktrice, dringend!" Das Mädchen reagierte der Frau Doktor zu langsam, sie glotzte sie nur ratlos aus ihrem runden Gesicht an. Überhaupt war alles an ihr ein bisschen zu rund, fand Gasperlmaier. „Könnten Sie sich zu einer Antwort bequemen? Kriminalpolizei!" Die Frau Doktor hielt ihr die Dienstmarke vor die Nase. „Ja, die Frau Direktor", stammelte sie, „die ist nicht im Haus. Die ist beim Flinserlumzug." Sie wies mit ausgestrecktem Zeigefinger auf eine Vitrine nahe der Bücherwand. „Da ist normalerweise ihr Kostüm drin."

Gasperlmaier trat an die Vitrine heran. Sie enthielt ein männliches Flinserlkostüm und einen leeren Kleiderständer, auf dem offenbar das Kostüm gehangen war, das die Scheurecker gerade ausführte. Dahinter hingen einige großformatige Fotografien, auf denen auch das Frauenkostüm zu sehen war. Wer es trug, war allerdings nicht zu erkennen, denn die Ausseer Flinserl trugen in der Regel einen Gesichtsschleier. Die Frau Doktor erwies sich als wenig vertraut mit den Ausseer Gebräuchen, als sie fragte: „Und was macht die Frau Scheurecker da?“ Das Mädchen schüttelte ungläubig den Kopf. „Na, als Flinserl gehen natürlich. Und die treffen sich vor dem Umzug in der ‚Blauen Traube‘. Das Kostüm aus dem Kasten ist über hundert Jahre alt. Die Familie von unserer Direktorin … “ Die Frau Doktor winkte ab und pfiff durch die Zähne, während Gasperlmaier wieder zu ihr hintrat. „Da hätten wir uns einen Weg sparen können. Warum hast du das nicht gewusst, Franz?“ Gasperlmaier fühlte sich zu Unrecht angegriffen, diesmal aber fiel ihm überraschend schnell ein, wie er die Frau Doktor ablenken konnte. Sie waren ja schließlich nicht nur wegen der Scheurecker hier. „Was ist jetzt mit dem Laster?“, flüsterte er ihr zu.

„Oh Gott“, antwortete sie, „auf den hab ich fast vergessen. Sagen Sie, ist die Küche jetzt bemannt? Haben Sie Mittagsgäste?“ Das Mädchen nickte. „Sie haben hoffentlich nichts dagegen, dass wir uns ein bisschen umschauen? Sonst müssen wir noch einen Durchsuchungsbefehl …“ Das Mädchen war blass geworden und nickte. Manchmal, so dachte Gasperlmaier bei sich, waren eben Uniform und Dienstmarke doch noch respekteinflößend. Zumindest bei manchen.

„Gasperlmaier, wir fangen bei dem LKW an.“ Sie schritten zur Eingangstür. Als sie draußen waren, drehte sich Gasperlmaier noch einmal um, das Mädchen war allerdings vom Tresen der Rezeption bereits verschwunden. Wahrscheinlich versuchte sie jetzt, die Scheurecker davon in Kenntnis zu setzen, dass die Polizei im Hotel herumschnüffelte.

Die Frau Doktor steuerte auf die Fahrertür des LKW zu und öffnete sie. Gasperlmaier sah sich unsicher um. „Dürfen wir, ich meine, sollten wir nicht ..."
„Die Polizei, Franz, darf alles. Vor allem, wenn Gefahr im Verzug ist." Die Frau Doktor kletterte in den LKW, während er vor der Motorhaube stehen blieb, um die Umgebung im Auge zu behalten. Irgendwie beschlich ihn ein mulmiges Gefühl. War es nicht seltsam, dass die Polen mit ihrem LKW direkt vors Hotel fuhren? Wenn doch gar nicht bekannt werden sollte, dass man hier Lebensmittel aus Polen bezog. Da hätte man doch einen neutralen Wagen, oder einen mit unverfänglicher österreichischer Aufschrift benutzen müssen. Plötzlich klopfte es und er fuhr herum. Doch es war nur die Frau Doktor, die von innen gegen die Windschutzscheibe geklopft hatte und nun ein Pornomagazin dagegen hielt, auf dessen Titelbild eine nackte Frau mit sehr großen Brüsten abgebildet war. Sie grinste, doch Gasperlmaier wandte seine Blicke ab. Was sollte das? Glaubte sie vielleicht, er habe das nötig? Und vor allem, was hatte ein Pornomagazin mit ihren Ermittlungen zu tun? Die polnischen LKW-Fahrer konnten sich schließlich ansehen, was sie wollten, ob sie nun gefälschte Bio-Hühner auslieferten oder nicht.

Die Frau Doktor kam wieder aus dem LKW geklettert. „Außer den Sexheftln hauptsächlich Frachtpapiere, das meiste auf Polnisch. Ich werd nicht recht schlau daraus. Aber ich hab auch was Hochinteressantes gefunden!" Sie hielt ihm ihr Handy entgegen, mit dem sie offenbar Papiere aus dem LKW fotografiert hatte. „Ich ... äh, ... ohne Brille“, stammelte Gasperlmaier, während er in den Innereien seiner Jacke nach einer Lesebrille tastete. „Lass, Franz. Es handelt sich um Listen. Listen, auf denen die Abnehmer dieser Firma verzeichnet sind. Und da steht auch das ‚Lakeview‘ drauf – neben ein paar anderen Adressen, die mich sehr überrascht haben. Da gibt es offenbar einige hochrangige Betriebe, die unter regionaler Küche auch die mit polnischem Industriefleisch verstehen.“

„Und jetzt?“, fragte Gasperlmaier. „Jetzt suchen wir den Fahrer, der hier dazugehört. Und den quetschen wir aus. Vielleicht ergibt sich ja doch noch eine zweite Spur, neben dem Kaiser.“ Eigentlich hatte er gedacht, die Sache sei mit dem Zusammenbruch des Kaiser Fritz erledigt, doch anscheinend hatte es sich die Frau Doktor anders überlegt. Er folgte ihr zu dem Nebeneingang, aus dem gestern der Küchenhelfer geflüchtet war. Wie man von dort in die Küche kam, wussten sie ja bereits.

In der Küche war heute definitiv mehr los als gestern, fünf, sechs Leute standen um die Herde oder hasteten zwischen Backrohren und Anrichten hin und her. Im Hintergrund erblickte Gasperlmaier den Boris Kramlov, der gerade einen Zehn-Liter-Topf auf die Spüle wuchtete und mit einer Brause abspritzte. Er sah ängstlich zu ihnen herüber. Die Adina Bersic, die hier jetzt eigentlich das Kommando hätte führen sollen, war nirgends zu sehen.

Die Frau Doktor trat an eine junge Frau heran, die gerade Fische filetierte. Wegen des Lärms konnte Gasperlmaier nicht verstehen, was die beiden miteinander tuschelten, dennoch beunruhigte ihn, dass die Köchin vor dem Gesicht der Frau Doktor mit dem langen, spitzen Fischmesser herumfuchtelte. Schließlich zeigte sie mit der Spitze des Messers auf eine Tür im Hintergrund, die Frau Doktor nickte und die Köchin wandte sich wieder ihren Fischen zu. Als er der Frau Doktor folgte, sah er sich kurz an, was von den Fischen übrig blieb, nachdem die Frau Kopf, Flossen und Gräten entfernt hatte. Viel war es nicht. Kein Wunder, dass Fisch oft so teuer war.

„Komm endlich!“ Die Frau Doktor winkte ihm energisch zu. Hinter der Tür befand sich ein Gang, in dem außer Gitterwagen mit leeren Kisten und Paletten nicht viel zu sehen war. Gasperlmaier inspizierte die erste Tür zur Linken, die aus Metall war und eine Art Bullauge in Augenhöhe aufwies. Sie war versperrt, doch durch das Bullauge konnte er sehen, dass sich drinnen, aufgestapelt in Regalen, eingeschweißtes Tiefkühlfleisch befand. „Kühlraum“, merkte er an, während die Frau Doktor schon die Tür gegenüber prüfte. „Aufenthaltsraum“, kommentierte sie. Gasperlmaier nahm einen überquellenden Aschenbecher und ein paar leere Pizzakartons mit Tomatenflecken wahr. Seltsam, dass in einem Bio-Hotel das Personal Fertigpizza essen musste. Als sie die Tür wieder schlossen, hörten sie lautes Poltern, es klang metallisch. So, als sei irgendwo ein Topf zu Boden gefallen. Klirren folgte. „Da!“, rief die Frau Doktor und zeigte auf eine Tür am Ende des Ganges. Sie stürzte hin, riss sie auf und hielt inne. Gasperlmaier hätte sie fast in den Raum hineingerempelt. Vor ihnen lag eine weitere Küche, fast quadratisch, mit einer großen, metallisch glänzenden Herdinsel in der Mitte.

„Machen Sie jetzt keinen Blödsinn!“, schrie die Frau Doktor. Gasperlmaier sah ihr über die Schulter, und da, in dem Raum, war die Adina Bersic. Leider aber nicht alleine, sie war eingezwängt zwischen zwei Männern, die sie an den Oberarmen festhielten. Rund um die drei lagen Töpfe und Besteck auf dem Boden, die Adina blutete an der Unterlippe. Wahrscheinlich hatte einer der beiden sie geschlagen. Erst jetzt sah Gasperlmaier, was die Frau Doktor zu ihrem Aufschrei bewogen hatte: Der eine der beiden Männer, ein bulliger Kerl mit geschorenem Schädel, hielt ein Messer in der Hand, dessen Spitze auf Adinas Bauch zeigte. „Du stopp!“, brüllte er. „Du bleib!“ Es war offensichtlich, dass er die Frau Doktor und Gasperlmaier meinte. „Sonst Frau kaputt!“ Er drückte mit der Messerspitze leicht gegen Adinas Bauch, die aufschrie. Der andere Mann, ein untersetzter Typ mit Schnauzer, der fast einen Kopf kleiner war als der andere, versuchte, ihr mit der Hand den Mund zuzuhalten. Die Adina wand sich und stöhnte. Es war klar, dass die beiden die Besatzung des polnischen LKW waren. Nur – was wollten sie von der Bersic?

„Lassen Sie die Frau los!“, beschwor die Frau Doktor die beiden, während Gasperlmaier leise und unauffällig nach seiner Dienstwaffe griff. Er hatte noch nie in seiner Karriere bei einem Einsatz schießen müssen, und sein letztes Schießtraining war schon mehr als ein Jahr her. Ob er hier der Frau Doktor eine große Hilfe sein würde? Sie machte einen Schritt auf die drei zu. Die Adina starrte sie aus großen Augen an und versuchte, sich dem Griff der beiden zu entwinden, natürlich ohne Erfolg. „Du stopp! Ich stech ab!“, drohte der Große neuerlich. „Schon gut!“, beschwichtigte die Frau Doktor und wich einen Schritt zurück. „Sehen Sie? Wir kommen Ihnen nicht näher. Bitte beruhigen Sie sich. Bis jetzt ist ja noch nichts geschehen. Was wollen Sie eigentlich?“ Die Frau Doktor sprach betont langsam, wohl in der Hoffnung, dass die beiden sie verstehen würden. Gasperlmaier hatte da wenig Hoffnung. Er trat ebenfalls einen Schritt zurück, zog aber seine Waffe und verbarg sie hinter dem Rücken der Frau Doktor.

Die Adina hielt nun still, starrte sie aber immer noch mit schreckgeweiteten Augen an. Die beiden schienen auch nicht zu wissen, was sie tun sollten. Der Größere hielt immer noch die Messerspitze gegen den Bauch der Adina, während der Kleinere Mühe hatte, ihr den Mund zuzuhalten. Er schien zu schwitzen, und seine Blicke sprangen zwischen seinem Partner und der Frau Doktor unsicher hin und her. „Wir nur wollen unser Geld!", rief er schließlich. Sein Deutsch schien besser als das seines Kompagnon. „Dann wir gehen. Wir weg." „Was für Geld?", fragte die Frau Doktor. „Schuldet euch die Adina Geld? Warum?" Die beiden schienen noch verwirrter als zuvor. „Adina, wer ist?", stieß der Kleinere hervor und verstärkte noch einmal den Druck auf Adinas Mund, die inzwischen rot angelaufen war. Gasperlmaier war der Meinung, dass dringend etwas unternommen werden musste, um diese unerträgliche Situation zu beenden. Er begann vor Aufregung zu zittern. Die beiden waren ja verrückt. Sie wussten ja nicht einmal, wen sie bedrohten. „Kurt!", brüllte der Große. „Kurt Geld!" „Der Herr Sagleitner?", antwortete die Frau Doktor, „der wird Ihnen kein Geld mehr geben. Der ist tot!" „Du nicht auch erzählen blede Schmäh!", stammelte der Kleinere, dem seine Angst nun deutlich ins Gesicht geschrieben stand. Die Adina hatte sie also schon über das Ableben des Kurt Sagleitner informiert. Vielleicht war es das gewesen, was die beiden derartig aus der Fassung gebracht hatte.

Gasperlmaier konnte den Anblick der Messerspitze, die sich jeden Augenblick in Adinas Bauch zu bohren drohte, wenn der Kerl die Nerven verlor, nicht mehr ertragen. Er hob seine Waffe, zielte auf die Decke über den beiden Angreifern und schoss. Es gab einen ohrenbetäubenden Knall, der ihn selbst am meisten überraschte. „Nein!“, schrie die Frau Doktor, während ein Regen von Glassplittern und Verputz auf die drei vor ihnen niederging. Irgendetwas klirrte zu Boden. Die Frau Doktor stürzte auf die Gruppe zu, erwischte den Größeren im Sprung und riss ihn nieder, sodass sie auf ihm und vor der Adina und dem Kleineren zu liegen kam. Der hob sofort beide Arme. „Nicht schieß, nicht schieß!“, flehte er, während sich die Adina blitzschnell bückte und das Messer an sich nahm. Drohend hielt sie es mit ausgestrecktem Arm vor sich. „Handschellen!“, rief die Frau Doktor, kniete sich auf den Rücken des Größeren und streckte die Hand nach Gasperlmaier aus. Glücklicherweise gelang es ihm, ihr das gewünschte Utensil ohne weitere Verzögerung zu reichen.

„Umdrehen!“, herrschte Gasperlmaier den Kleineren an. „Hände hinter den Rücken!“ Der war so eingeschüchtert, dass er Gasperlmaiers Anordnungen widerspruchslos Folge leistete. Er griff nach den Kabelbindern, die er für solche Fälle immer mit sich trug, und zog kräftig zu. Der Mann begann zu jammern. „Das hättest du dir früher überlegen müssen!“, beschied ihm Gasperlmaier und zog einen zweiten Kabelbinder zu. Sicher war sicher.

Die Frau Doktor stand auf und nahm vorsichtig der Adina das Messer aus der Hand. „Alles in Ordnung“, schnaufte sie. „Wir haben die Situation unter Kontrolle. Sie können Ihnen nichts mehr tun.“ So ganz konnte Gasperlmaier die Ansicht der Frau Doktor nicht teilen. Die Adina und die beiden Angreifer waren von Staub und Mauerresten bedeckt, auch Glasscherben glitzerten im Haar der Adina. Offenbar hatte er genau getroffen: Direkt über Adinas Kopf klaffte ein Loch in der Decke, die beiden Enden einer zerschossenen Neonröhre baumelten über ihnen, die Glassplitter waren auf sie heruntergeprasselt. Die Frau Doktor legte das Messer beiseite. Weit außer Reichweite der beiden Polen. „Was ist dir denn da eingefallen?“, herrschte sie Gasperlmaier an. „Das war doch keine Situation für einen Schusswaffengebrauch! Das hätten wir locker auch so hinbekommen. Die zwei waren reif zum Pflücken!“ Gasperlmaier fiel auf, dass er immer noch seine Waffe in der Hand hielt. Plötzlich musste er an die rauchenden Colts denken, die man in Westernfilmen immer nach einer Auseinandersetzung mit Schusswaffen sah. Sein erster Schuss im Dienst, und es schien, als habe er es gründlich versemmelt. Die Frau Doktor war wütend. Aber andererseits – die Adina war gerettet, die Attentäter dingfest gemacht. Wo war also das Problem?

Die Frau Doktor atmete immer noch schwer. „Du legst dich auch gleich auf den Boden! Marsch!“, bedeutete sie dem zweiten Täter, der mit dem Rücken zu ihnen an die Küchenanrichte gelehnt dastand. Widerstandslos ging er auf die Knie und ließ sich ächzend neben seinem Partner auf den Boden fallen. Beide schwiegen.

„So!“, sagte die Frau Doktor. „Gasperlmaier, du passt mir auf die zwei auf, und ruf uns Verstärkung, die müssen sie abholen und nach Liezen in die Zentrale bringen. Aber lass die Pistole stecken.“ Sie warf ihm einen warnenden Blick zu. „Und wir beide setzen uns jetzt erst einmal hin.“

Während sich Gasperlmaier hinter den beiden aufbaute und über Funk einen Streifenwagen anforderte, umrundeten die Frau Doktor und die Adina die große Kochinsel in der Mitte des Raumes und setzten sich an einen kleinen Tisch gegenüber. Die Frau Doktor kramte in ihrer Handtasche und reichte der Adina eine Haarbürste. „Schauen wir einmal, dass wir das Gröbste herausbekommen." Die Adina hatte inzwischen zu schluchzen begonnen, führte aber die Bürste folgsam durch ihr dunkles Haar. Mauerbrösel und kleine Glassplitter fielen auf ihre Schultern, von wo sie die Frau Doktor vorsichtig wegputzte.

„Was ist denn hier eigentlich passiert?" Die Adina schluchzte, und die Frau Doktor reichte ihr ein Taschentuch. „Geht's, oder sollen wir später reden?" „Geht schon", antwortete die Adina, nachdem sie sich ausgiebig geschnäuzt hatte. „Die zwei sind plötzlich hier aufgetaucht. Das ist unsere Seminarküche. Ich hab da einen Kochkurs vorbereiten wollen. Ich hab keine Ahnung, wie sie mich da gefunden haben. Und die zwei schreien herum ‚Wo ist Kurt?', schon ziemlich aggressiv. Und ich sage ihnen, der ist tot, ermordet." „Wie haben die beiden darauf reagiert?", fragte die Frau Doktor. „Ich weiß nicht", sagte die Adina. „Ich glaub, überrascht. Vielleicht sogar überrumpelt. Dann hat aber er", sie zeigte über die Kücheninsel hinweg dorthin, wo sie die Angreifer vermutete, „gleich auf mich eingebrüllt. Dann wollen sie ihr Geld eben von mir. Ich soll ihnen das Geld geben, das ihnen der Sagleitner schuldet. Und dann sind Sie schon gekommen. Wo der so schnell das Messer herhat, ich hab keine Ahnung!"

„Könnte diese Forderung mit den schmutzigen Geschäften des Herrn Sagleitner zusammenhängen? Haben Sie die zwei Männer schon einmal gesehen?" Die Adina zuckte mit den Schultern. „Von seinen Geschäften weiß ich wenig, genauer gesagt, nichts. Und die zwei hab ich noch nie gesehen." „Sie sind mit einem polnischen LKW gekommen. Haben Sie vielleicht so einen schon hier gesehen? Oder andere Polen?“ Die Adina schüttelte den Kopf. „Na, dann lassen wir das hier einstweilen.“ Die Frau Doktor blickte auf ihre Uhr. „Wann hast du gesagt, Franz, beginnt der Aufmarsch eurer Flinserl?“ „Um zwei“, antwortete er. „Aber das dauert sowieso, da müssen wir nicht ganz pünktlich dort sein.“

Die Frau Doktor wandte sich wieder an die Adina. „Kommen Sie allein zurecht? Wir müssen nämlich wieder nach Aussee hinunter, Ihre Chefin ist ja angeblich bei dem Flinserlumzug mit dabei, und mit der hätten wir allzu gern ein Wörtchen geredet. Nicht zuletzt wegen dieser Szene hier!“ Sie umfasste die ganze Sauerei in der Küche mit einer Armbewegung. Die Adina nickte und tupfte mit einem Taschentuch die Tränen unter ihren Augen weg. „Geht schon. Die Frau Scheurecker war ganz vernarrt in ihr Flinserlkostüm, jede Woche hat sie es selber abgestaubt, und das Licht in der Vitrine hat man praktisch nie aufdrehen dürfen, damit der Stoff nicht ausbleicht. Außerdem hat sie es immer selber repariert, wenn was zu machen war. Und sie war schon unglaublich stolz darauf, dass sie in das Kostüm mit ihren knapp fünfzig noch hineinpasst. Die Leute waren früher ja viel kleiner und dünner.“ „Was ist eigentlich mit dem Männerkostüm, das noch in der Vitrine hängt?“, fragte Gasperlmaier. „Das hat ihr Vater getragen, aber ihrem Exmann passt’s nicht, der ist ja viel größer und dicker. Und sonst hat sie keinen passenden Mann gefunden, dem sie es erlaubt hätte zu tragen.“ Die Adina lächelte, während einer der beiden Polen zu fluchen begann. Es klang wütend, Gott sei Dank konnte Gasperlmaier kein Wort verstehen.

In diesem Moment hörten sie von draußen das Folgetonhorn eines Einsatzwagens. „Auf, meine Herren!“, ordnete die Frau Doktor an. „Es geht nach Liezen, in den Arrest. Da bleiben Sie dann, bis Sie zum Verhör vorgeführt werden." Gasperlmaier sah den beiden zu, wie sie sich mühsam vom Boden aufrappelten. Mit am Rücken gefesselten Händen war das wohl nicht so einfach. Sie zappelten und wanden sich. Der Kleinere bekam einfach den Oberkörper nicht vom Boden und hatte schon einen ganz roten Kopf. Gasperlmaier griff ihm ein wenig unter die Arme. „Muss weg mit LKW, muss Polen!", beschwerte er sich. Gasperlmaier zuckte nur mit den Schultern. „Das wird ein paar Monate dauern, fürchte ich, bis die Herren wieder nach Polen reisen können." Die Frau Doktor grinste. „Abmarsch! Franz, du sicherst. Darfst ihnen ruhig noch einmal deine Waffe zeigen, damit sie auf keine dummen Gedanken kommen." Der Größere drehte sich um, als Gasperlmaier seine Waffe zog, um sichernd hinter ihnen her zu marschieren. Seine Augen waren blutunterlaufen. Er stieß etwas hervor, was nur eine Drohung sein konnte. Er hoffte, der Pole würde sich nicht an sein Gesicht erinnern, sobald er freikam. Vor dem Hoteleingang wartete bereits die Besatzung eines Streifenwagens auf sie. „Die beiden Herren dürfen sich bei uns ausruhen", erklärte die Frau Doktor. „Und den LKW lasst ihr mir bitte abholen und untersuchen. Er steht wahrscheinlich in Zusammenhang mit dem Mord an Kurt Sagleitner, ebenso wie die beiden Herren." Der Pole mit Schnauzer riss die Augen auf. „Nix Mord, nix Mord!", beteuerte er, bevor er im Fond des Streifenwagens verschwand und die begleitende Polizistin die Tür hinter ihm zuwarf.

Wenig später waren Gasperlmaier und die Frau Doktor bereits auf dem Weg nach Bad Aussee. „Auf wen tippst du jetzt, Franz: Die Polen oder der Kaiser?" Ihm waren die beiden nicht wie Profis erschienen. Der Große hatte zwar brutal ausgesehen, es aber sehr schnell mit der Angst zu tun bekommen, als er und die Frau Doktor aufgetaucht waren. „Na ja“, meinte er. „Der Kaiser hat sich schon sehr verdächtig gemacht …“ Die Frau Doktor nickte. „Find ich auch. Ich hoffe, wir können den Fall mit den Hühnern bald dem Betrug übergeben. Und sobald der Herr Kaiser wieder vernehmungsfähig ist, haben wir hoffentlich auch schon ein paar Spuren, die wir ihm zuordnen können.“

Sie kamen an einer Polizeisperre an, kurz vor der Traunbrücke in Bad Aussee. Der Grill Peter hielt sie zunächst auf, erkannte aber schnell, wer in dem Wagen saß, und winkte sie durch. Nur hundert Meter hinter der Sperre wurde die Menschenmenge aber so dicht, dass die Frau Doktor an den Straßenrand fuhr und dort hielt. Mehr oder weniger direkt vor der Ampel, die aber heute nur gelb blinkte. Gasperlmaier zeigte auf das Blinklicht. „Ob das hier so günstig ist?“, fragte er vorsichtig. Die Frau Doktor hatte jedoch schon abgesperrt und sich auf den Weg Richtung Kurhausplatz gemacht. „Die Polizei darf alles!“, lächelte sie.

Kurz nachdem sie sich durch die Engstelle der Grundlseer Straße gekämpft hatten, sahen sie schon die ersten Flinserlkostüme. Die Sonne hatte sich endgültig durchgesetzt, und die paillettenbestickten Kostüme glitzerten in den flach einfallenden Strahlen um die Wette. Der Zug hatte sich bereits aufgelöst, und die Flinserl standen einzeln oder in kleinen Grüppchen beisammen, hörten den Kindern zu, die ihr Sprüche aufsagten, und warfen Nüsse in die Menge. Wo sollten sie nach der Scheurecker suchen? Und vor allem, wie? Die Flinserl trugen nämlich einen Gesichtsschleier, der nur zwei schmale Augenschlitze und ein kleines Loch für den Mund frei ließ und ebenfalls mit Pailletten bestickt war.

„So was!“, staunte die Frau Doktor. „Habt ihr hier auch schon die Burka eingeführt, oder wie?“ Gasperlmaier winkte ab. „Das tragen alle, auch die Männer. Und jeder kann's wegtun, wenn er will. Oder sie.“ Das war bei den muslimischen Frauen eine gänzlich andere Geschichte, fand er. Die wurden von ihren vorsintflutlich denkenden Ehegatten ja wohl dazu genötigt, sich zu verhüllen.

Tatsächlich gestaltete sich die Suche nach der Frau Scheurecker schwierig. „Such einfach nach einem Frauenkostüm etwa in ihrer Größe“, riet die Frau Doktor. „Schlank, nicht allzu groß.“ Auch das schien nicht einfach, denn nahezu alle Frauenkostüme entsprachen diesen Vorgaben. Nur ein männliches Flinserl konnte er vor der Volksbank stehen sehen, das sicher einen Meter neunzig groß war und einen dicken Kugelbauch vor sich hertrug. Das war aber eindeutig die Ausnahme. „Wir trennen uns!“, schlug die Frau Doktor vor. Gasperlmaier nickte. Etwas ratlos irrte er auf dem Kurhausplatz umher, unsicher, ob er die weiblichen Flinserl mit Gesichtsschleier ansprechen sollte. Nein, dachte er bei sich, zuerst sehen wir uns einmal die an, die ihr Gesicht zeigen, und fragen sie nach der Scheurecker. Allerdings erwies es sich als nicht einfach, die Vermummten von ihrer eigentlichen Tätigkeit, dem Anhören von Flinserlsprüchen, abzulenken.

Er machte sich gerade an ein Flinserlpärchen heran, das allerdings, so musste er zu seinem Leidwesen feststellen, den drei oder vier versammelten Kindern den verlangten Spruch erst vorsagen musste:

Da Raffla scheißt in's Butterfass.
*Sapramen*t, *wia rump'lt das!*
Und hätt' er dann no weiter g'schissn,
dann hätt's das ganze Fassl z'rissn.

Das war einer der gröberen Sprüche. Dennoch hatte er ihn, wie alle anderen, in der Schule aufzusagen gelernt. Die Kinder ihm gegenüber konnten den Spruch aber nicht einmal wiederholen, man musste ihn ihnen zeilenweise vorsprechen.

Endlich waren sie fertig und bekamen eine Handvoll Nüsse zugeworfen, nachdem sie zum Abschluss laut „Nuss, Nuss!" gebrüllt hatten. Wenigstens das hatte man ihnen nicht vorsagen müssen. Ob gerade dieser etwas ordinäre Spruch unbedingt im Gedächtnis der Kinder haften bleiben sollte, das fragte er sich allerdings auch selber. Endlich konnte er die beiden ansprechen.

„Die Frau Scheurecker, vom ‚Lakeview', habt ihr die gesehen? Ist die beim Umzug dabei?" „Ja, Gasperlmaier!", rief der männliche Part des Duos aus. „Bist heute auch unter die Narren gegangen? Wenn'st was von uns willst, bitten wir aber schon um einen Spruch, oder?" Er wandte sich seiner Partnerin zu. Jetzt erkannte Gasperlmaier die beiden. Der eine war der Apotheker Laimgruber, und die andere seine Apothekenhelferin, die ihm seit seiner Scheidung vor ein paar Jahren nicht nur in der Apotheke zur Seite stand. „Also, was ist?", forderte der Apotheker Gasperlmaier noch einmal auf. „Hörst, das ist eine polizeiliche Ermittlung! Lasst's mich mit diesem Blödsinn in Ruhe!", grollte er. „Wie du willst", konterte der Apotheker. „Dann halt keine Informationen." Gasperlmaier beugte sich vor und flüsterte rasch: *„Na, na, das tuat da Peta nit, im kalten Wasser steht er nit, im warmen will er a nit steh'n, ja Peta, das is' gar nit schen!"* Er wischte sich mit dem Ärmel über die schweißnasse Stirn, während die Apothekenhelferin verschämt kicherte. Sandra hieß sie, glaubte er, und gut zwanzig Jahre jünger als der Apotheker war sie gewiss. Was die geschiedene Frau wohl dazu sagen würde, wenn sie wüsste, dass ihre Nachfolgerin auch ihr Flinserlkostüm geerbt hatte? „Nuss, Nuss!“, fügte er leise noch hinzu. „Brav, Gasperlmaier. Da hast ein paar Nüsse!“ Eine der hoch geworfenen Walnüsse traf ihn schmerzhaft am Ohr. „Was ist jetzt mit der Scheurecker?“, fragte er. „Gesehen hab ich sie schon, aber zuletzt in der ‚Blauen Traube‘, vor dem Abmarsch.“ „Fix noch einmal!“, fluchte Gasperlmaier und wandte sich ab. Reine Zeitverschwendung war das gewesen.

Er würde jetzt einfach den gesamten Kurhausplatz abklappern und jedem Flinserl, das ein Frauenkostüm und einen Schleier trug, denselben lüften. Sie hatten ja schließlich nicht ewig Zeit. Im selben Moment bekam er einen leichten Schlag auf den Kopf. Hinter ihm stand ein Zacherl mit einer an einen Stock gebundenen Saublase. Sie sah zwar aus wie ein Luftballon, aber er wusste, dass es sich dabei tatsächlich um die Harnblase einer Sau handelte.

Der Zacherl wies auf die Nüsse in Gasperlmaiers Hand und versetzte ihm neuerlich einen Schlag, sodass seine Dienstmütze verrutschte. „Gibst sie her, die Nuss!“, schrie der Zacherl. Gasperlmaier hatte ganz darauf vergessen, dass die Zacherl mit den Saublasen aufmerksam darüber wachten, dass nur Kinder die Nüsse aufhoben – Erwachsenen war das streng verboten. Er nickte und warf die Nüsse ein paar in der Nähe stehenden Kindern zu.

Gasperlmaier sah sich nach der Frau Doktor um. Vielleicht war sie ja schon fündig geworden. Doch er konnte sie nirgends entdecken. Er beschloss, ein paar Stufen zur Volksbank hinaufzusteigen, um sich einen besseren Überblick zu verschaffen, als ihn eine Pless beinahe umrempelte und ihn ein Schneeball am Ohr traf. „Sauerei!“, fluchte er, als ihm der Schnee vom Ohr in den Kragen hineinrutschte. War das kalt! Einige Buben stürmten, die Pless verfolgend, an ihm vorbei, einer von ihnen hatte wohl den Schneeball geworfen, der eigentlich der Pless gegolten hatte. Das war eine weiß gekleidete Gestalt mit einem Bienenkorb über dem Kopf, die den Winter symbolisierte. Dieser sollte mit der Jagd auf die Pless ausgetrieben werden, und Gasperlmaier war leider mitten in das Schlachtengetümmel geraten. Er hatte gerade Jacke und Hemd geöffnet, um den Schnee herauszuholen, als die Frau Doktor wieder auftauchte. „Ist dir heiß, Franz?", fragte sie mit einem Lächeln. „Ah, was!", schimpfte er. „Schneeball!"

„Die Scheurecker schon gesichtet?", fragte sie. Er schüttelte den Kopf. „Nix. Und die, die ich gefragt hab, haben sie seit dem Aufbruch aus der ‚Blauen Traube' nicht gesehen." „Ärgerlich", meinte die Frau Doktor. Gasperlmaier merkte, dass seine Zehen bereits eiskalt waren, die Sonne hatte zwar die Luft ein wenig aufgewärmt, der Schnee auf dem Boden aber knirschte immer noch vor Kälte, vor allem im Schatten, wo sie jetzt standen. Automatisch dachte er an einen Glühwein oder einen Punsch, und bei dem Gedanken und dem Blick auf den Verkaufsstand vor der Post merkte er, dass er nicht nur Durst, sondern auch Hunger hatte. „Ich kauf mir jetzt einen Faschingskrapfen", kündigte er an. „Und einen Glühwein!" Die Frau Doktor warf ihm einen skeptischen Blick zu. „Haben wir dafür Zeit?" Gasperlmaier nickte. „Wir haben eh heute noch keine richtige Pause gehabt, weil das in der Vinothek zählt nicht, da haben wir ja den Bernsteiner und die Scheurecker befragt." Er strebte dem Verkaufsstand zu, die Frau Doktor folgte ihm etwas zögerlich. „Ich würde nicht so schnell aufgeben", sagte sie. „Zwei Krapfen und zwei Glühwein", bestellte Gasperlmaier. „Du hast mich doch gar nicht gefragt ...“, warf die Frau Doktor ein. „Wird dir guttun“, meinte er nur achselzuckend. „Und wenn du ihn nicht magst, trink ich eben zwei.“ „Schon gut“, gab sie nach.

Die Krapfen schmeckten wirklich hervorragend, und der Glühwein wärmte gleich bis in die Zehen hinein. Er hatte für sich noch einen Schuss dazu bestellt, also war auch noch ein Stamperl Schnaps in den heißen Wein geschüttet worden. „Die verdünnen den Wein vorher eh“, erklärte er der Frau Doktor. „Dass er dann wirkt, musst du wieder ein bisschen Alkohol hinzufügen.“

Irgendwie unruhig blickte die Frau Doktor wieder zu den Flinserln hinüber, die sich nun bereits zum Flinserltanz vor dem Kurhauscafé gesammelt hatten. Die Klänge der Geigenmusik waren bis zu ihnen herüber zu hören. „Eigentlich“, so murmelte Gasperlmaier zwischen zwei Bissen, „ist eh alles erledigt. Die Hühnergeschichte gehört dem Betrug, und den Kaiser können wir uns erst morgen vornehmen.“ In Gedanken war er schon beim morgigen Heringsschmaus, den es traditionell am Aschermittwoch zum Beginn der Fastenzeit gab. Dieses Jahr wollte die Christine selber auftischen, weil eben die Kinder wieder einmal zu Hause waren.

„Bis auf die Tatsache, dass wir die Frau Scheurecker immer noch nicht gefunden haben. Und sie nicht mit der Geschichte in ihrem Hotel konfrontieren konnten. Und ich finde, wir haben uns nicht einmal besonders bemüht.“ Gasperlmaier hatte seinen Krapfen gegessen und seinen Glühwein ausgetrunken. Der Becher der Frau Doktor war noch zu zwei Dritteln gefüllt, deswegen bestellte er sich, der Abwechslung halber, einen Punsch und eine Leberkäsesemmel. Die Frau Doktor maß ihn mit argwöhnischen Blicken. „Ich wollte eigentlich hinüber zu den Flinserln, vielleicht finden wir die Scheurecker doch noch!" Gasperlmaier nickte mit vollem Mund. „Wir können eh gehen!" Um seine Einsatzbereitschaft zu demonstrieren, schritt er, mit dem Punsch in der Linken und der Leberkäsesemmel in der Rechten, auf die Gruppe der tanzenden Flinserl zu. Er ließ seine Blicke prüfend in die Runde gleiten, doch nirgends eine Frau Scheurecker. Entweder war sie schon in einem Lokal in der Nähe eingekehrt, oder sie war gar schon ins Hotel zurück. Eine Weile noch sah er dem bunten Treiben zu, während sich die Frau Doktor schon wieder ein wenig von ihm entfernt hatte. Als er fertig war mit seiner Semmel, folgte er ihr. „Wir sollten vielleicht in die Lokale schauen, oder im Hotel anrufen, vielleicht ist sie schon wieder zurück." Die Frau Doktor nickte. „Wohin?" Gasperlmaier zeigte mit dem Finger auf das Kurhauscafé Lewandofsky. Sie mussten feststellen, dass sogar im Garten einige Tische aufgestellt und besetzt waren, obwohl sich die Sonne gerade anschickte, hinter den Bergen zu verschwinden.

Drinnen war es laut und bummvoll, die Kellnerinnen hetzten geschäftig zwischen Küche und Tischen hin und her. „Aus dem Weg, Gasperlmaier!" Die Anni balancierte gerade ein Tablett mit Apfelstrudel an ihm vorbei. Es gab zwar mehrere Flinserl unter den Gästen, doch die Frau Scheurecker konnte er nirgends erblicken. Dafür aber den Doktor Bernsteiner. Den konnte man zumindest fragen, wo seine Exfrau abgeblieben war, nachdem er sich ja zu Mittag noch so gut mit ihr unterhalten hatte. Gasperlmaier drängte sich durch die Menge, die Frau Doktor im Schlepptau.

Kaum hatte der Doktor Bernsteiner Gasperlmaier erblickt, wandte er seine Blicke auch schon wieder ab und stierte auf die Tischplatte und in sein Seidel Bier.

Wenn Gasperlmaier sich nicht täuschte, schwankte der Oberkörper des Herrn Rechtsanwalt schon ein wenig, so, als sei das vor ihm stehende Seidel nicht das erste, das er heute zu sich nahm. Gasperlmaier beugte sich zu ihm hinunter. „Wir suchen die Frau Scheurecker. Haben Sie sie gesehen?“ Wortlos schaute der Bernsteiner zu ihm auf. Der hatte, da war sich Gasperlmaier nun sicher, schon ausgiebig getankt und blieb ihm eine Antwort schuldig. Die Frau Doktor drängte sich an Gasperlmaier vorbei und fand noch einen schmalen Platz auf der Sitzbank neben dem Bernsteiner. „Herr Doktor“, begann sie, „seit unserem letzten Gespräch ist einiges vorgefallen im ‚Lakeview‘, das aufklärungsbedürftig ist. Genauer gesagt, eine Angestellte ist von zwei Lieferanten bedroht worden, und zwar massiv. Wir haben beide verhaftet. Und nun hätten wir schon gerne ein paar Erklärungen zu diesem Vorfall, von Ihrer Direktrice, das werden Sie doch verstehen?“ „Schleicht's euch!“, brummte der Herr Doktor, hob sein Bierglas an und schüttete den darin verbliebenen Rest Gasperlmaier auf die Hose. Genau in den Schritt. „Himmelherrgottsakrament!“, fluchte der und packte in einer ersten Gefühlsaufwallung den Doktor Bernsteiner am Kragen, um ihn kräftig durchzuschütteln. Doch die Frau Doktor fiel ihm in den Arm. „Nicht, Franz! Lass das!“

Der Doktor sank wieder auf seine Sitzbank zurück und wirkte teilnahmslos, während Gasperlmaier fluchend an seiner Hose herumwischte, natürlich vergeblich. Peinlich war das. Jeder würde glauben, er hätte in die Hose gemacht. Was ja im Fasching gelegentlich tatsächlich vorkam, wenn auch nicht bei ihm.

„Ich muss nach Hause, umziehen!“, jammerte er, während die Frau Doktor den Bernsteiner immer noch mit Fragen löcherte, auf die er keine Antworten gab.

„Komm, Franz!“, sagte sie schließlich und stand auf. „Ich muss mich wirklich umziehen“, versuchte er es wieder. „Dazu haben wir keine Zeit. Ich hab ihm zumindest die Handynummer seiner Verflossenen herauslocken können.“ Zielbewusst strebte sie dem Ausgang zu, Gasperlmaier blieb nichts anderes übrig, als ihr zu folgen. Draußen wurde ihm an den nassen Stellen natürlich sofort kalt, was sehr unangenehm war. „Den verklag ich!“, schimpfte er. „Der muss dafür zahlen!“ „Jetzt mach nicht so ein Theater wegen so einer Kleinigkeit“, versuchte ihn die Frau Doktor zu beruhigen. „Kleinigkeit!“, brauste er auf, doch die Frau Doktor legte den Finger an die Lippen. Sie hatte die Nummer der Scheurecker bereits eingetippt und lauschte aufmerksam dem Freizeichen. Es meldete sich nur die Automatenstimme, die ihnen verriet, dass der Teilnehmer nicht zu sprechen war.

„Die bleibt wie vom Erdboden verschluckt“, meinte die Frau Doktor. „Aber für eine Fahndung ist es definitiv zu früh, sie ist ja noch keine vier Stunden verschwunden.“ „Wahrscheinlich hat sie jemand aus dem Hotel angerufen, wegen der Polen, und sie hat gedacht, dass sie da was unternehmen muss ... und da ist sie vielleicht gleich wieder ins Hotel zurück, noch vor dem Umzug“, gab Gasperlmaier zu bedenken. Plötzlich fiel ihm ein, dass das Auto der Frau Doktor ja eigentlich mitten auf der Straße parkte, die schon längst wieder für den Verkehr freigegeben war, seit sich die Flinserl in die Lokale um den Kurhausplatz zurückgezogen hatten.

„Vielleicht sollten wir einmal zum Auto ...“, schlug er zaghaft vor. Immer noch in der Hoffnung, die Frau Doktor würde so gnädig sein, ihn zuerst nach Hause zu chauffieren, damit er seine Hose wechseln konnte. So wollte er sich nämlich weder im „Hotel Lakeview“ noch anderswo in der Öffentlichkeit präsentieren. Das war unter der Würde eines Postenkommandanten, fand er.

Doch die Frau Doktor kannte keine Gnade. „Du hast Recht. Wahrscheinlich ist sie zurück ins ‚Lakeview'. Um die Adina Bersic auszuquetschen. Komm!" Schnellen Schrittes bog sie in die Grundlseer Straße ein. Seufzend folgte ihr Gasperlmaier.

„Und wegen meiner Hose?", fragte er nach, als die Frau Doktor gewendet hatte und mit weit überhöhter Geschwindigkeit nach Grundlsee hinaufbrauste. „Bis wir im Hotel sind, ist sie eh wieder trocken", beschied sie ihm. Damit schien das Thema für sie erledigt. „Da pickt ein Zettel unter dem Wischer." Gasperlmaier fühlte sich verpflichtet, darauf aufmerksam zu machen. „Was? Haben die mir ein Organmandat aufgebrummt, die Trottel? Na, egal. Das klären wir später." Gasperlmaier war jetzt endgültig verschnupft. Wenn ein Polizist einem Cabrio, das mitten auf der Straße stand, nur ein Organmandat verpasste, so fand er das ausgesprochen großzügig. Er selbst hätte so ein Fahrzeug abschleppen lassen, und zwar zügig. Es war ja nirgendwo als Einsatzfahrzeug gekennzeichnet.

Als sie vor dem „Lakeview" ankamen, zog die Frau Doktor den inzwischen völlig durchnässten Zettel unter dem Scheibenwischer hervor und warf ihn achtlos in den Schnee. „So!", sagte sie. Gasperlmaier betrachtete den aufgeweichten Fetzen. Ob sie sich das so einfach leisten konnte? Wenn sie nicht bezahlte, würde ihr eine Anzeige ins Haus flattern. Aber seine Sache war das ja nicht.

Im Hotel trafen sie wieder auf die rundliche, etwas langsame Rezeptionistin, die in ein Gespräch mit zwei Gästen in Langlaufkleidung vertieft war. „No", sagte sie gerade. „There is no track with floodlight. You can only hope for the moon." So schlaftrunken sie wirkte, Englisch konnte sie anscheinend. Gasperlmaier hatte zwar nicht alles verstanden, doch es schien klar, dass sie den beiden davon abriet, jetzt in der einsetzenden Dämmerung langlaufen zu gehen. „Entschuldigung", drängte sich die Frau Doktor vor. „Wir suchen immer noch die Frau Scheurecker. Ist sie inzwischen hier aufgetaucht?"

Die Dame, die sie ein wenig unsanft beiseite geschoben hatte, begann, sich lautstark zu beschweren. „But this is ... this is incredible!" „Police. Emergency", beschied ihr die Frau Doktor und hielt ihnen ihre Marke unter die Nase. „Don't panic, we don't shoot immediately", fügte sie noch hinzu. Die Dame schnappte nach Luft, sodass die Rezeptionistin zu Wort kommen konnte. „Ich hab sie nicht gesehen, seit Sie da waren. Soll ich in ihrem Apartment anrufen?" „Tun Sie das!", nickte die Frau Doktor. In ihrer bekannt bedächtigen Art hob sie ab und wählte eine Nummer. Nach wenigen Sekunden zuckte sie mit den Schultern. „Tut mir leid, sie meldet sich nicht." Gasperlmaier wurde das Gefühl nicht los, dass ihm die englisch sprechende Dame in den Schritt starrte. Er nahm seine Dienstmütze vom Kopf und bedeckte damit die bierfeuchte Region seiner Uniformhose.

Die Frau Doktor wandte sich von der Rezeption ab. „Tja, Franz. Jetzt bin ich ein bisschen am Ende meiner Weisheit. Der Kaiser im Krankenhaus, die Polen im Arrest, der Bernsteiner besoffen, und die Aussagen der Trommelweiber, die hab ich mir noch nicht anschauen können, die liegen in Liezen. Sieht so aus, als würden wir für heute Schluss machen. Oder schauen wir noch ins Krankenhaus, wie es dem Kaiser geht? Vielleicht kann er schon mit uns sprechen?" „Bitte!", flehte Gasperlmaier und lüpfte seine Dienstmütze ein wenig, um die Frau Doktor erneut auf sein Problem aufmerksam zu machen. „Die Hose!“ Die Frau Doktor seufzte. „Was soll’s. Du hast ohnehin schon genügend Überstunden geschoben, fahren wir halt zu dir nach Hause. Und dort legen wir dich wieder trocken.“ Sie grinste etwas unverschämt, wie Gasperlmaier fand. Es war nicht das erste Mal, dass er in den letzten Tagen das Gefühl hatte, sie mache sich über ihn lustig.

„Der Doktor Bernsteiner, der war besoffen und hat mir Bier auf die Hose geschüttet“, erklärte er, während er das beschmutzte Kleidungsstück auszog. Die Christine nahm es gleich entgegen und stopfte es in die Waschmaschine. „Und warum?“, fragte sie. Gasperlmaier seufzte. „Das ist eine lange Geschichte. Und das meiste davon ist Dienstgeheimnis.“ Die Christine prustete in die vorgehaltene Hand. „Das glaubst du doch selber nicht!“ Manchmal war es Gasperlmaier einfach zu mühsam und zu aufwendig, der Christine die Hintergründe eines Vorfalls genauer zu erklären. Vor allem, weil er sie schon öfter dabei ertappt hatte, dass sie ihm gar nicht richtig zuhörte, wenn er weiter ausholen musste.

Er kletterte die Stiege hinauf und zog sich im Schlafzimmer eine Pyjamahose an. Heute würde er sowieso nicht mehr aus dem Haus gehen, außer vielleicht, um einen Korb Brennholz zu holen. Und die Pyjamahose war einfach das Bequemste, was gerade zur Verfügung stand.

Die Kinder saßen schon am Tisch, als er hinunterkam. „Papa hat sich schon in die Lounge Pants geschmissen“, grinste der Christoph. „In die was?“, fragte Gasperlmaier etwas irritiert nach. „Lounge Pants“, wiederholte der Christoph. „Kein Mensch sagt heute noch Pyjamahose.“ Er reichte Gasperlmaier sein Tablet, auf dem er „lounge pants“ als Suchbegriff eingegeben hatte. Tatsächlich waren auf den Bildern genau solche Pyjamahosen zu sehen, wie er sie gerne am Abend trug. Allerdings waren unter den Bildern auch solche, auf denen gut gebaute Unterhosenmodels durchsichtige, schwarze Unterhosen trugen, die nichts der Fantasie überließen. Gasperlmaier reichte das Tablet so zurück, dass die Katharina keinen Blick auf die Bilder werfen konnte. Lounge Pants also. „Die sind aber teilweise sehr gut ausgestattet, die Herren!“, bemerkte die Christine, die hinter dem Christoph aufgetaucht war und sehr wohl einen Blick auf den Bildschirm hatte werfen können. „Geh, Mama!“, sagte der nur und wurde ein bisschen rot im Gesicht. Hastig wischte er auf dem Tablet herum, um die Bilder zum Verschwinden zu bringen. Über Dinge, die mit Sex zu tun hatten, redete der Christoph nicht gerne mit ihnen, da tat er immer recht verschämt. Und die roten Ohren hatte er wohl von ihm geerbt.

Die Christine hatte Lasagne gemacht. „Mmh!“, freute sich Gasperlmaier. „Ist aber vegetarisch“, bremste ihn die Katharina. „Weil wir gestern eh so viel Fleisch gegessen haben. Beziehungsweise ihr. Ich hab ja nur den Krautsalat gehabt.“ Gasperlmaiers Mundwinkel sanken. Erstens hatte er gestern von den Spareribs bestenfalls eine Kostprobe abbekommen, und zweitens war eine Lasagne ohne Fleisch doch nur das halbe Vergnügen. Und das am Faschingsdienstag, der ja eigentlich ein halber Feiertag war. Da war der gesamte Fasching wohl schon gelaufen für ihn. Nach vorsichtigem Kosten musste er allerdings feststellen, dass das Gericht gar nicht so schlecht schmeckte. Mit Lob allerdings wollte er sich zurückhalten – es konnte gefährlich sein, vegetarische Gerichte allzu überschwänglich zu loben. Sonst kamen sie am Ende jeden Tag auf den Tisch.

„Habt's euren Mörder schon?“, fragte der Christoph mit halbvollem Mund. Gasperlmaier schüttelte den Kopf. „Aber vielversprechende Spuren. Morgen bringt uns die Frau Doktor die Aussagen aller Trommelweiber mit, und die Ergebnisse der DNA-Tests. Dann sind wir hoffentlich ein Stück weiter. Wenn's da Spuren vom Kaiser Fritz gibt, dann ist er geliefert." Im selben Moment fiel ihm ein, dass er wieder einmal viel zu redselig gewesen war und Interna verraten hatte, die er lieber für sich hätte behalten sollen. „Das dürft ihr aber niemandem sagen. Und nix mit Facebook oder WhatsApp und wie das Zeug alles heißt! Davon darf nichts nach außen dringen!"

Die Katharina holte ihr Handy hervor. „Nicht beim Essen", ermahnte sie die Christine. „Aber das wird den Papa sicherlich interessieren. Es wird nämlich schon eine Menge geschrieben auf Facebook, über die Verhaftung vom Kaiser. Ihr sollt ihn so schwer gefoltert haben, dass er mit einem Notarztwagen hat abgeholt werden müssen." Gasperlmaier wischte sich den Mund mit einer Serviette. Es war nicht auszuhalten. Seit es dieses Internet gab, waren zehnmal mehr blöde Gerüchte im Umlauf als vorher. Und damals hatte es schon gereicht. Die Katharina hielt ihm ihr Handy hin. „Da, schau!" Ohne Brille aber ging gar nichts. Die Christine erbarmte sich seiner und gab ihm die Brille, die sie fast immer in ihrem Haar stecken hatte. Tatsächlich wurden er und die Frau Doktor in verschiedenen Kommentaren beschuldigt, den Kaiser geschlagen, getreten und an den Haaren gerissen zu haben. Woher die das alles so genau wissen wollten? Auch gegen ihn gerichtete Beschimpfungen gab es, von denen „Sautrottel" noch eine der harmloseren war. Daneben Kommentare, die die Vorgangsweise der Polizei verteidigten, und wiederum solche, die den Kaiser wüst beschimpften. Gasperlmaier seufzte und reichte das Handy zurück. „Du solltest mit Anzeigen vorgehen gegen die, die dich da beschimpfen", schlug die Katharina vor. „Sonst lernen die Leute nie was dazu." „Anzeigen", schnaufte Gasperlmaier und schenkte sich noch ein Glas Bier ein. „Als wenn das was helfen würde!“ „Du bist ja nur zu bequem dazu!“, entgegnete der Christoph. „Das sagt ausgerechnet einer, der ein Bier trinken geht, während er seine Kindergruppe auf dem Zauberteppich allein auf- und abfahren lässt“, fügte die Christine hinzu. „Was?“, ereiferte sich Gasperlmaier. „Bist du jetzt vollkommen übergeschnappt, oder was? Hast du noch nie etwas von Aufsichtspflicht gehört?“ Die Katharina kicherte. „Bei dem Wort ‚Pflicht‘, Papa, da kriegt der Christoph einen Ausschlag!“ „Ja, und bei dem Wort ‚Emanze‘ auch!“, erwiderte der. „Schluss jetzt!“, befahl die Christine. „Alle miteinander! Und dieses Wort, Christoph, das will ich hier nie wieder hören! Falls du’s nicht weißt, es ist ein von Männern geprägtes Schimpfwort gegenüber Frauen, die ihre Rechte einfordern. Und wenn du so willst, bin ich gerne eine Emanze!“ Sie stach wütend auf die verbliebene Lasagne ein und teilte den Rest in vier gleich große Stückchen.

Anstatt sich erholen zu können nach einem solch schweren Tag, wurde man zu Hause noch von Streitereien genervt. Das musste nicht sein, fand er, vor allem, wo es doch Fasching war und man fröhlich sein sollte. Hoffentlich gab es wenigstens etwas Gescheites im Fernsehen.

„Na, dann!“, sagte er, als alle aufgegessen hatten. „Was habt ihr denn heute noch vor?“ Die Katharina zuckte mit den Schultern. „Weiß ich noch nicht. Muss erst mit meinen Freundinnen schreiben.“ Der Christoph schnappte sich Gasperlmaiers Bierflasche und trank den Rest aus. Gasperlmaier fehlte die Energie, sich über diese Unart zu beschweren. „Vielleicht noch ins Salzhaus“, meinte er. Das war eine Disco unten in Bad Aussee. Mit Pizzeria und Bar und so weiter. Gasperlmaier hatte sich dort nur bei gelegentlichen Einsätzen aufgehalten, manchmal gab es dort Raufereien, und auch Drogen konnte man bekommen. Begeistert war er nicht, dass sich seine Kinder da herumtrieben, aber was sollte man machen. Sie waren schließlich volljährig.

Plötzlich hörte er gedämpft sein Handy klingeln. Wo hatte er es gelassen? „Sicher im Bad!", meinte die Christine. „Bei der Waschmaschine. Er beeilte sich und kam noch rechtzeitig, um den Anruf der Frau Doktor anzunehmen. Hoffentlich wollte die nicht noch etwas von ihm. Er hatte keine Lust, heute noch einmal in seine Uniform zu schlüpfen.

„Hallo, Franz. Schon im Pyjama?" Er sah an sich hinunter. Wie war das bloß möglich? Er entschloss sich zu lügen. „Nein, nein!" „Ich war noch im Krankenhaus. Dem Kaiser geht's wieder ganz gut, es war nur ein Kreislaufzusammenbruch. Der Arzt meint, er hat einfach den Fasching nicht vertragen. Zu viel gegessen, zu viel gesoffen, zu viel geraucht. Morgen ist er wieder auf dem Damm und vernehmungsfähig. Ich hab einen Beamten in seinem Zimmer postieren lassen." Gasperlmaier war etwas erleichtert, fühlte sich aber doch verpflichtet, auf die üblen Gerüchte im Internet hinzuweisen. „Die Katharina hat mir da was gezeigt, da gibt es so Geschichten im Internet ..." „Auf den Punkt, Franz, ich komm gleich zu Hause an!" „Ja, da behaupten Leute, wir hätten den Kaiser gefoltert, geschlagen und so ..." „Na, die werden sich wundern. Die werd ich mir vornehmen, sobald Zeit dazu ist. Beweise sichern, Franz. Screenshots und so weiter. Du weißt schon." Eigentlich wusste er gar nicht. Aber dass man darunter einen abfotografierten Bildschirm verstand, das hatte er schon gehört. Nur das Hinauf- und Herunterladen dieser Fotos, und das Übertragen von einem zum anderen Handy und schließlich zu einem Computer, das war ihm alles ein Rätsel, damit kannte er sich nicht aus. Musste er auch nicht, fand er, damit sollten sich die Jüngeren beschäftigen.

„Noch was, Franz: Du musst mir einen Bericht schreiben. Du weißt ja – Schusswaffengebrauch. Über jeden abgegebenen Schuss im Dienst brauchen wir ein Protokoll." Gasperlmaier war erschüttert. Einen Bericht sollte er schreiben? Worüber denn? Dass er vor lauter Aufregung eine Kugel in die Deckenbeleuchtung gepfeffert hatte? Das konnte ja heiter werden. Hoffentlich würde ihm die Christine dabei helfen. „Wenn du schaust, dass du ihn morgen fertig hast? Tschüss!" Die Frau Doktor legte auf.

Morgen? Wo sollte er denn bis morgen so einen Bericht herbekommen? Und er hatte sich doch auf einen gemütlichen Fernsehabend eingestellt.

Die Christine hatte gerade den Geschirrspüler fertig eingeräumt, von den Kindern war nichts mehr zu hören und zu sehen. „Du", begann er vorsichtig, „ich muss heute noch einen Bericht schreiben." „So?", sagte die Christine. „Worüber denn? Das ist doch sonst nie so eilig?" „Ich hab", gestand er, „heute geschossen. Mit meiner Dienstwaffe." „Um Gottes willen!" Die Christine schien erschüttert. „Hast du jemanden getroffen? Warum denn eigentlich?" Er fuchtelte mit den offenen Handflächen vor sich herum. „Nicht, was du denkst. Nur in die Decke. Und dann ist der ganze Verputz heruntergekommen, und die Glasscherben." Er merkte selber, dass er gerade dabei war, wieder Dienstinterna auszuplaudern. Aber wenn ihm die Christine dafür bei dem Bericht half, dann war es wenigstens für etwas gut.

Es dauerte nur wenige Minuten, bis die Christine trotz seiner bruchstückhaften Informationen vollständig ins Bild gesetzt war. „Da kannst du, finde ich", sagte sie, „schon Gefahr im Verzug geltend machen. Immerhin ist die Frau ja mit dem Messer bedroht worden, und durch deinen Schuss ist der Einsatz zu einem glücklichen Abschluss gekommen." „Ja, aber", meinte Gasperlmaier, „ich hätte ja nicht schießen müssen, die Frau Doktor hat auch gemeint, ich hab überreagiert. Meinst du, das soll ich in meinen Bericht hineinschreiben?" „Ach was!" Die Christine vollführte eine wegwerfende Handbewegung. „Gar nichts schreibst du hinein. Du musst nur betonen, dass der Pole gedroht hat, die Bersic umzubringen, dass er das Messer gegen ihren Bauch gerichtet hat und zustechen wollte, als ihr euch genähert habt."

„Ob du mir vielleicht dabei hilfst?" Gasperlmaier versuchte, möglichst charmant aufzutreten. „Beim Formulieren?" Die Christine seufzte. „Setzen wir uns halt hin. Und danach schauen wir uns noch irgendeine Faschingssendung an." Gasperlmaier atmete auf. Nicht ohne daran zu denken, dass er die Christine noch zu strengstem Stillschweigen verpflichten musste. Niemand durfte erfahren, dass er den Bericht nicht selber geschrieben hatte. Und das nächste Mal würde er es sich gründlich überlegen, bevor er noch einmal einen Schuss abfeuerte.

9

Ganz auf der Höhe war er heute nicht, das musste er sich eingestehen. Die Christine hatte gestern zur Feier des Tages noch eine Flasche Sekt aufgemacht, und zusammen mit dem Bier vom Abendessen, dem Glühwein und dem Punsch untertags ... da war eine ganze Menge an Alkohol zusammengekommen. Gasperlmaier hatte einen irgendwie pelzigen Geschmack im Mund, und in seinen Eingeweiden rumorte es. Hoffentlich würden sich nicht auch noch unangenehme Blähungen einstellen.

„Guten Morgen!" Die Manuela schien ihm unverschämt gut gelaunt. „Was gibt's Neues, ist der Fall schon abgeschlossen?" Gasperlmaier schüttelte den Kopf. „Den Kaiser müssen wir heute noch vernehmen, es gibt ja noch kein Geständnis." „Bin ich froh, dass der Fasching vorbei ist, endlich kehrt wieder Ruhe ein." Die Manuela hängte ihre Daunenjacke an den Kleiderhaken hinter ihrem Schreibtisch. „Und schau dir das Wetter an! Als ob es sich freuen tät, dass der Krawall und die Sauferei endlich vorbei sind!" Tatsächlich hatte sich das Wetter erheblich gebessert, der Schneefall hatte aufgehört, der Himmel zeigte sein strahlendstes Blau, und die Schneepflüge hatten den Asphalt vom Schnee befreit und diesen zu meterhohen Wänden längs der Straßen aufgehäuft. Fast ein Meter Schnee, so schätzte Gasperlmaier, hatte heute Morgen in seinem Garten gelegen. Was die Sauferei betraf, so war sich Gasperlmaier sicher, war allerdings noch der Heringsschmaus am Abend abzuwarten. Heute musste er sich aber beherrschen. „Habt ihr gestern die Scheurecker noch gefunden? Sollten wir da nicht noch einmal hin, wegen der Sache mit den beiden Polen?" Gasperlmaier nickte. Die

Angelegenheit hatte er fast verdrängt, tatsächlich war es ihnen gestern nicht mehr gelungen, einen Kontakt zur Frau Scheurecker herzustellen. „Vielleicht rufen wir gleich einmal an? In einem Hotel werden sie ja jetzt schon auf sein." Die Manuela hatte schon den Hörer in der Hand, doch Gasperlmaier schüttelte den Kopf. „Die Direktorin muss ja schließlich kein Frühstück machen", wandte er ein. „Und wenn sie gestern länger fort war ..." „Ach was!" Die Manuela ignorierte seine Einwände und hatte die Nummer schon eingetippt. „Polizei Altaussee hier, Gruppeninspektorin Manuela Reitmair", sagte sie. „Ob ich wohl die Frau Scheurecker sprechen könnte?" Danach hörte sie ein paar Sekunden aufmerksam zu, unterbrochen von dem einen oder anderen „Hm!", und legte auf. „Sie ist noch nicht da. Wahrscheinlich schläft sie noch, meint die Dame an der Rezeption. Gestern Abend hat sie sie nicht mehr gesehen."

Gasperlmaier nickte. Das Gescheiteste war wohl, sie warteten die Ankunft der Frau Doktor ab. Im selben Moment klopfte jemand unsanft an die Tür, sodass er regelrecht aufschrak. Ohne dass er Zeit gehabt hätte, auf das Klopfen zu reagieren, flog die Tür auf. „Eine Sauerei ist das! Eine Riesensauerei!" In der Tür stand die Höllriegel Hannerl, eine weitum bekannte Pflanzenkundige und Kräuterhexe, die in den schneefreien Monaten regelmäßig Touristen über die Bergwiesen im Ausseerland führte und ihnen auch allerhand Salate aus dem, was auf den Wiesen zu finden war, kredenzte. Gasperlmaier stand auf. „Komm her, Hannerl, und setz dich zu mir. Was ist denn geschehen?" Er lotste sie zum Besucherstuhl gegenüber seinem Schreibtisch. „Du schaust ja ganz verdattert aus!" Die Hannerl ließ sich zwar nieder, brachte aber im Moment nichts hervor außer einem energischen Kopfschütteln. Gasperlmaier überlief es plötzlich siedend heiß. Hatte die Alte am Ende die vermisste Frau Scheurecker gefunden? Ermordet? Erfroren? „Red schon, Hannerl!", herrschte er sie etwas schroff an. Die alte Frau sah überrascht zu ihm auf, schien sich aber beruhigt zu haben. „Meinen Garten müsst's euch anschauen, das ist vielleicht eine Sauerei, sag ich euch, so was hab ich mein Lebtag nicht gesehen!" „Haben Sie vielleicht eine Leiche im Garten?", mischte sich die Manuela ein. Die Hannerl warf ihr einen misstrauischen Blick zu. „Das grad nicht", meinte sie. „Aber weit gefehlt hat's sicher nicht. Den Zaun müsst's euch anschauen! Den hab ich grad erst vor vier, fünf Jahren richten lassen! Und jetzt ist er komplett hin! Wer zahlt mir denn das, ha? Zahlst du mir das vielleicht, Gasperlmaier, ha?" Sie stieß mit der krallenbewehrten Spitze ihres Gehstocks nach Gasperlmaier, der instinktiv auswich. „Jetzt reg dich einmal nicht so auf und erzähl uns, was da passiert ist." „Nix da!", weigerte sich die Hannerl. „Da müsst's ihr zu mir mitgehen, das müsst's ihr euch anschauen! Da muss die Spurensicherung her, damit ihr die erwischt! Ist ja auch noch alles voller Blut!" Die Manuela und Gasperlmaier sprangen auf. Blut? Da war allerdings Eile angesagt. Wer konnte wissen, was da passiert war! Und ob die Hannerl nicht vielleicht noch etwas viel Schlimmeres übersehen hatte, das da auf ihrem Grundstück geschehen war. Schnell schnappten sie sich Dienstmützen und Jacken. „Magst bei uns im Streifenwagen mitfahren, Hannerl?", fragte Gasperlmaier. „Geht schneller." Die Hannerl nickte, zufrieden damit, dass man ihr Anliegen nun endlich ernst zu nehmen schien.

„Und dann einfach das Moped liegen lassen!", schimpfte sie vom Rücksitz aus. Gasperlmaier schwieg, er konnte sich auf die bruchstückhaften Aussagen der

Hannerl keinen Reim machen. Ein Moped? Was hatte ein Moped mit der ganzen Geschichte zu tun?

Als sie vor dem Haus der Hannerl ankamen, fanden sie deren Angaben zunächst bestätigt. Der Zaun war auf einer Länge von vielleicht drei Metern eingedrückt, einige Zaunlatten zersplittert. Dahinter fanden sich vielfältige Spuren im tiefen Schnee. Gasperlmaier besah sich zunächst alles vom Gehsteig aus. „Sollen wir ...?" „Ich glaub nicht, dass das was für die Spurensicherung ist", antwortete die Manuela. „Da ist wahrscheinlich ein Besoffener mit seinem Moped durch den Zaun gekracht." Gasperlmaier sah sich um, ob auf der Straße oder dem Gehsteig irgendwo Spuren des Fahrzeugs zurückgeblieben waren, doch da hatten Schneepflug und Streugerät ganze Arbeit geleistet. „Also los!", ermutigte ihn die Manuela und stieg über die zerborstenen Latten in den tiefen Schnee dahinter. Gasperlmaier folgte ihr. Schon nach den ersten Schritten spürte er, wie es eiskalt von oben her in seine Schuhe eindrang. „Dass ihr mir den auch einsperrt!", rief ihnen vom Gehsteig aus die Hannerl nach.

Das Moped musste mit hoher Geschwindigkeit gegen die Bretter gekracht und danach durch die Luft gewirbelt worden sein, denn die Spuren begannen erst zwei, drei Meter nach dem Zaun. Dort lag auch das schwarze Moped, ein älteres Fabrikat der Firma Puch, das bereits Kultstatus unter Oldtimerfreunden erlangt hatte. „Gibst halt gleich die Nummer durch", meinte Gasperlmaier. „Fehlanzeige!", antwortete die Manuela. „Keine Nummerntafel." „Zefix!", fluchte Gasperlmaier. Das erschwerte die Suche nach dem Fahrer natürlich erheblich. Hinter dem Moped war deutlich der Abdruck des Verunglückten sichtbar, der hier gelandet sein musste. „Wenn du da in den Tiefschnee fällst", meinte Gasperlmaier, „tust du dir nicht einmal weh. Und die Besoffenen haben anscheinend sowieso immer einen Schutzengel." „Igitt!" Die Manuela prallte zurück. Gasperlmaier hielt Nachschau. Tief in den Schnee eingesunken entdeckte er eine Pfütze Erbrochenes und wandte sich ab. „Ist eh gefroren", meinte er beruhigend zu Manuela. „Stinkt ja nicht einmal mehr." Genauer ansehen allerdings wollte er sich die Sauerei auch nicht. Er musste schließlich nicht wissen, was der Mopedfahrer am Abend des Faschingsdienstags alles konsumiert hatte. „Was ist jetzt mit dem Blut?", rief er der Hannerl zu, die immer noch auf dem Gehsteig stand und sie aufmerksam beobachtete. „Ja, dort!", rief sie und zeigte auf die Gartentür, die direkt an der Hausmauer lag und von einer Seitenstraße zum Haus führte. Tatsächlich wiesen die Fußstapfen in diese Richtung. Gasperlmaier besah sich einen der Fußabdrücke genauer. Groß erschienen sie ihm. Es musste ein erwachsener Mann sein, der hier gestürzt war. Ob er mit einem Moped ohne Kennzeichen unterwegs gewesen war oder ob er das Kennzeichen abmontiert und mitgenommen hatte, würde sich herausstellen. Allerdings wahrscheinlich erst nach stundenlanger Recherchearbeit. Dabei hatten sie heute weiß Gott Besseres zu tun, nämlich den Mörder des Kurt Sagleitner zu überführen. „Ich seh kein Blut!" Die Manuela nahm ratlos die Gartentür in Augenschein. Inzwischen war die Hannerl draußen aufgetaucht und zeigte triumphierend auf eine Stelle in der Nähe der Klingel an der Gartentür. „Da!" Gasperlmaier näherte sich. Hatte sie nicht gesagt, alles sei voller Blut? Wohl nur, um sie schnell herzulocken, dachte Gasperlmaier bei sich. „Ist das nicht eher Rost?" „Also!", empörte sich die Hannerl, als auf der Straße ein Auto hupte und anhielt. Gasperlmaier sah auf. Es war das Cabrio der Frau Doktor. „Was treibt ihr denn da, am frühen Morgen?“, fragte sie, offensichtlich gut gelaunt. Sie trug heute eine lila Daunenjacke mit einem ebenso lila gefärbten Pelzrand an der Kapuze. Gasperlmaier fiel auf, dass überaus modische, ebenfalls lilafarbene Ohrgehänge von ihren Ohrläppchen baumelten. Vom lila Nagellack ganz zu schweigen. „Anzeige aufnehmen“, brummte er. „Da ist einer mit dem Moped in den Garten gefahren. Und es gibt anscheinend auch Blutspuren.“ Die Manuela hockte sich hin, um den Fleck genauer in Augenschein zu nehmen. „Könnt schon Blut sein“, meinte sie. „Aber wenn, dann sicher älter.“ „Ja, glaubt's ihr vielleicht, ich bin deppert?“, meldete sich die Hannerl zu Wort. „Gestern war das noch nicht da!“ Sie wies auf den vermeintlichen Blutfleck. „Der Herr Postenkommandant wird das alles aufnehmen“, mischte sich die Frau Doktor ein, „und ein Protokoll verfassen. Sie brauchen dann nur mehr zum Unterschreiben auf den Posten kommen. Dann wird die Versicherung ihren Zaun schon zahlen. Und das Moped lassen wir auch wegschaffen, dafür wird der Fahrzeughalter aufkommen.“ Die Hannerl schien besänftigt. „Endlich wer, der sich wirklich kümmert“, murmelte sie noch. Hatte die Frau Doktor ihr eben erklärt, dass er ein Protokoll schreiben werde? Wegen ein paar zersplitterter Zaunlatten? Das war ja lächerlich! Wenigstens, so fiel ihm ein, hatte er heute seinen Bericht über den Schusswaffengebrauch dabei, den hauptsächlich die Christine formuliert hatte. Und erst danach hatte es den Sekt gegeben.

Wenige Minuten später saßen sie alle zusammen wieder auf dem Posten, wo es schön warm war. Der Schnee in Gasperlmaiers Schuhen war längst geschmolzen und hatte ihm feuchte Socken beschert. Die Frau

Doktor seufzte. „Wir haben am Opfer leider keine ausreichend klaren DNA-Spuren sichern können. Genauer gesagt – außer der eigenen war überhaupt keine DNA zu isolieren. Ebenso ungünstig liegen die Faserspuren – die Trommelweiberkostüme sind alle aus dem gleichen oder zumindest ähnlichen Stoffen – unmöglich zu sagen, ob da Fasern eines fremden Kostüms drauf sind. Und wenn, könnten wir kaum feststellen, von welchem. Ebenso wenig haben wir am Kostüm des Kaiser Fritz fremde DNA gefunden. Sein Mobiltelefon hat der Kaiser gestern anscheinend daheim liegen gelassen, es war immer am selben Zugangspunkt eingeloggt, und es sind keine Gespräche geführt worden. Wir brauchen also ein Geständnis. Oder wir finden noch Zeugen, wenn alle wieder nüchtern sind." „Könnten wir dem Kaiser nicht eine Falle stellen?", fragte die Manuela. „Ich meine, wir könnten einfach behaupten, wir hätten Spuren von ihm am Opfer gefunden, ohne dass wir genauer sagen, welche." „Daran hab ich auch schon gedacht", meinte die Frau Doktor. „Ist übrigens die Frau Scheurecker schon wieder aufgetaucht?", fragte sie. „Und was ist mit deinem Bericht über den Schusswaffengebrauch?" Gasperlmaier grinste und griff in seine schmale, etwas abgegriffene Aktentasche. Er zog zwei glatte, dicht beschriebene A4-Bögen aus einer Klarsichthülle und reichte sie der Frau Doktor. „Alles fertig!" Sie zog die Augenbrauen hoch. „Und alles selber geschrieben?" „Äh ... natürlich!" Er nickte eifrig und merkte im selben Moment, dass sie ihn bereits durchschaut hatte. Er versuchte abzulenken. „Die Scheurecker haben wir heute noch nicht erreicht." Die Frau Doktor sah auf die Uhr. „Jetzt müsste sie aber schon auf sein. Es ist gleich halb neun. Da kann sie nicht mehr schlafen, auch, wenn sie gestern länger gefeiert hat." Sie tippte die Handynummer der Scheurecker ein, die sie dem Doktor Bernsteiner gestern entlockt hatte. „Nichts!“, sagte sie, nachdem sie einige Sekunden gelauscht hatte. „Dann rufen wir sie eben im Hotel an. Übrigens, ich hab da was für euch!“ Die Frau Doktor langte in ihre Handtasche und warf ein paar Folder des Bio-Hotels „Lakeview“ auf Gasperlmaiers Schreibtisch, während sie gleichzeitig nach der Telefonnummer suchte. Gasperlmaier nahm einen Folder zur Hand und öffnete ihn.

Da wurde hauptsächlich für alles geworben, was im Hotel bio war. Zumindest angeblich. Von den Betten über das Duschbad bis zum Isoliermaterial in den Wänden, vom Tee und Kaffee bis zu den Schnäpsen. Alles bio. Auf einem Foto sah man glückliche, rostrote Hühner, die auf einer spinatgrünen Wiese Körner aufpickten, die ihnen eine barfüßige Schönheitskönigin im Dirndl hinstreute. Gasperlmaier musste an die polnischen Hühner aus Massenbetrieben denken, die diese Versprechen einzulösen hatten, weil der Sagleitner ein bisschen mehr Profit aus seinem Küchenchefdasein schlagen wollte. Ob die Scheurecker da mit im Boot war? Wo sie doch angeblich auch seine Geliebte gewesen sein soll? Überall, so dachte Gasperlmaier beim Betrachten des Werbefolders, wurde man heutzutage getäuscht, betrogen, hinters Licht geführt und über den Tisch gezogen. Wenn man nicht aufpasste. Und wenn es da nicht Leute wie sie gäbe, die das alles aufdeckten.

„Franz!“, rief die Frau Doktor energisch. Offenbar hatte er, in Gedanken versunken, nicht auf ihre Ansprache reagiert. „Sie ist noch nicht im Hotel aufgetaucht. Ich habe die Rezeptionistin zu ihrem Apartment geschickt, zum Nachsehen. Wir fahren gleich hin.“ „Ist recht“, murmelte Gasperlmaier und suchte nach seiner Dienstmütze. „Frau Reitmair, Sie halten hier die Stellung", ordnete die Frau Doktor an. „Sie können ja ein wenig herumtelefonieren, ob jemand die Scheurecker gesehen hat. Obwohl ich da keine große Hoffnung habe. Die Faschingsnarren werden heute wohl noch nicht aus den Federn gekommen sein." „Okay!" Die Manuela lachte.

„Ist das nicht ein fantastischer Tag!", schwärmte die Frau Doktor, als sie schon entlang der Traun auf dem Weg nach Grundlsee waren. Während sie große, runde Sonnenbrillen trug, musste Gasperlmaier im gleißenden Licht seine Augen beschatten und ständig zwinkern. An eine Sonnenbrille hatte er heute nicht gedacht. Er hätte nicht einmal gewusst, wo er sie hätte suchen sollen, so lang hatte er schon keine mehr gebraucht.

„Schon aufgetaucht?", fragte die Frau Doktor, nachdem sie fast im Laufschritt an die Rezeption gestürmt war. Dort tat diesmal ein junger Mann Dienst, der Gasperlmaier noch nicht begegnet war. Er trug eine sehr moderne Frisur mit kurz geschorenen Haaren an den Seiten und einer gewagten Tolle über der Stirn. „Nein", antwortete er kopfschüttelnd. „Zeigen Sie mir ihr Apartment!" Der junge Mann wies höflich auf den Lift und fuhr mit ihnen in den dritten Stock. Er trug eine sehr eng geschnittene lederne Kniebundhose, und Gasperlmaier schien es, als hätte sich die Frau Doktor in die Betrachtung seines Hinterns regelrecht vertieft. Etwas schuldbewusst musste er sich eingestehen, dass er es bei ansehnlichen Frauen oft nicht anders hielt. Nur, bei der Frau Doktor schien ihm das halt doch etwas ganz anderes zu sein.

An der Tür des Apartments gab es keine Klingel. Die Frau Doktor klopfte zunächst vorsichtig, dann immer kräftiger. „Frau Scheurecker!", rief sie schließlich und schlug die Faust gegen die Tür. „Aufmachen! Polizei!“ Gasperlmaier hielt ihr Verhalten für einigermaßen übertrieben. Auch er selber hätte um diese Zeit gern noch geschlafen, wenn er den Faschingsdienstag durchgemacht hatte. Was ja, in Bezug auf die Scheurecker, nicht ausgeschlossen werden konnte. „Können Sie aufschließen? Ich habe den Verdacht, dass da etwas nicht stimmt.“ Der junge Mann nickte, sah aber etwas unglücklich dabei aus. „Wenn das die Chefin erfährt ...“, meinte er mit einem an die Frau Doktor gerichteten fragenden Blick. „Aufsperren!“, kommandierte die, und er zuckte mit den Schultern, holte einen Schlüsselbund umständlich aus der etwas zu engen Tasche der Lederhose und steckte den Schlüssel ins Schloss. Unmittelbar nachdem er die Tür geöffnet hatte, drängte sich die Frau Doktor an ihm vorbei in das Apartment, Gasperlmaier folgte. Von einem geräumigen Vorraum gingen vier Türen weg. Die geradeaus war offen, sie führte ins Wohnzimmer, Gasperlmaier konnte eine Sitzgarnitur aus hellem Leder und einen großen Fernseher erkennen. Die Frau Doktor klopfte an die Tür links davon, riss sie gleich danach auf und stand in einem Schlafzimmer, in dem das Bett frisch gemacht und unberührt war. Gasperlmaier öffnete die beiden Türen zur Rechten, sie führten ins Bad und die Toilette, beide Räume blitzblank, aufgeräumt und leer. Wahrscheinlich, so dachte er bei sich, ließ sich die Scheurecker hier auch vom Zimmerpersonal des Hotels saubermachen. Das Wohnzimmer sah ebenfalls sauber, aufgeräumt und ziemlich unbewohnt aus, rechts gab es eine Küchenzeile aus hellem Naturholz. Keine Frau Scheurecker.

„Hat sie noch eine andere Wohnung?“, fragte die Frau Doktor, doch der junge Mann zuckte mit den Schultern. „Ich bin noch nicht lang hier, ich kenn sie nicht besonders gut." „Aber, sie ist doch von hier aus aufgebrochen", gab Gasperlmaier zu bedenken. „Sie hat doch hier im Hotel ihr Flinserlkostüm aus der Vitrine genommen und ..." „Zurück zum Foyer", kommandierte die Frau Doktor. „Sehen wir nach, ob das Kostüm wieder da ist!" „Vielleicht", gab Gasperlmaier zu bedenken, „schauen wir einmal hier. Wenn sie es ausgezogen hat, muss es ja wahrscheinlich gereinigt werden, und ..." „Schon klar!" Die Frau Doktor stürmte ins Schlafzimmer und riss die Schranktüren auf. Gasperlmaier wunderte sich über die vorbildliche Ordnung in den Schränken, die Kleidungsstücke waren sogar nach Farben sortiert. „Nicht schlecht", staunte die Frau Doktor. „Aber kein Faschingskostüm." Gasperlmaier öffnete einige Schubladen, bekam feinste Unterwäsche zu Gesicht und sagte sich gleichzeitig, dass eine so ordentliche Frau wie die Scheurecker ein verschwitztes Kostüm wohl kaum zur frisch gewaschenen Unterwäsche legen würde. Sicherheitshalber kniete er sich hin und warf einen Blick unter das Bett. Nicht einmal dort gab es Spuren von Staub, und schon gar keine schmutzige Wäsche und erst recht kein Flinserlkostüm. Er richtete sich ächzend wieder auf. „Schauen wir noch in die Vitrine", entschied die Frau Doktor.

Doch auch dort war das Kostüm nicht aufzufinden. Die Frau Doktor stützte die Arme in die Hüften und seufzte. „Weg. Verschwunden. Wir rufen jetzt den Doktor Bernsteiner an, mit dem hat sie schließlich gestern zu Mittag gegessen. Vielleicht weiß er ja, wo sie übernachtet hat. Möglicherweise sogar bei ihm – manche Leute vertragen sich ja nach der Scheidung besser als vorher." Gasperlmaier erinnerte sich an die Begegnung mit dem Doktor Bernsteiner von gestern Nachmittag, als der ihm sein Bier auf die Hose geschüttet hatte. So betrunken, wie der war, hatte die pedantische Frau Scheurecker den Abend wohl nicht mit ihm verbracht, dachte er bei sich.

„Den erwische ich auch nicht!“, beklagte sich die Frau Doktor nach zwei vergeblichen Versuchen, den Herrn Doktor am Handy zu erreichen. „Was machen wir?“, erkundigte sich Gasperlmaier. „Die Manuela auf sie ansetzen“, meinte die Frau Doktor, „und zum Kaiser Fritz ins Krankenhaus fahren. Vielleicht können wir ihn gleich mitnehmen. Leute, die gesundheitlich nicht auf der Höhe sind, können in einem Verhör oft wenig Widerstand leisten.“ Gasperlmaier sorgte sich, dass der Fritz beim Verhör abermals zusammenbrechen könnte. Es hatte ja gestern schon böse Vorwürfe gegen ihn und die Frau Doktor, ihre Verhörmethoden betreffend, gegeben.

„Was ist denn da drinnen?“, fragte die Frau Doktor und zeigte auf einen Korb, der auf dem Rezeptionstresen stand. „Post“, antwortete der junge Mann. „Für die Chefin. Und die Angestellten.“ „Darf ich einmal? Sie wartete das zögerliche Kopfnicken des jungen Mannes gar nicht erst ab und griff sich einen Stapel Briefe. „Werbeagentur ... Bewerbung als Fitnesstrainerin ... Kosmetikerin ...“ Plötzlich hielt sie ein Kuvert in die Höhe. „Wie kommt das denn hier herein?“ Der junge Mann zuckte mit den Schultern. „Mit der Post?“ „Keine Briefmarke! Kein Stempel!“, erklärte die Frau Doktor und zeigte ihnen beide Seiten des Kuverts. Es war von Hand ordentlich beschriftet, weder genaue Adresse noch Postleitzahl fehlten. Nur war es offensichtlich nicht von der Post zugestellt worden. „Wir machen es auf“, entschied die Frau Doktor. „Die Frau Scheurecker ist jetzt, wie lange? Fast zwanzig Stunden verschwunden. Gefahr im Verzug.“ Sie steckte einen langen, spitzen, lilafarbenen Fingernagel unter die Lasche des Kuverts und schnitt es auf, als habe sie einen Brieföffner verwendet. Wozu Fingernägel gut sein konnten, wunderte sich Gasperlmaier, und versteckte die seinen, die etwas abgekaut waren, instinktiv in seinen Hemdärmeln. Die Frau Doktor entfaltete das Blatt, das sie dem Kuvert entnommen hatte, und warf einen kurzen Blick darauf. Dann hielt sie es Gasperlmaier vor die Nase. „Da haben wir den Salat!“, sagte sie. Auf dem Blatt waren Buchstaben aufgeklebt. Nicht viele. „DU KOMST AUCH NOCH DRANN!“, stand drauf. „Wann ist denn das gekommen?“, herrschte die Frau Doktor den Rezeptionisten an, der zurückzuckte und den Kopf schüttelte. „Weiß ich doch nicht!“ „Wo kommt die Post hinein? Wer holt sie da heraus?“ Der Rezeptionist, so dachte Gasperlmaier bei sich, fürchtete sich wohl ein wenig vor der Frau Doktor. „Meistens ist ja wer an der Rezeption, der Briefträger bringt dann alles persönlich her.“ „Und legt es auf die Theke?“ „Ja, sicher.“ „Und hierher kann jeder kommen und was hinlegen?“ „Sicher!“

Gasperlmaier erinnerte sich daran, dass sie selber vor kurzem hierhergekommen waren und die Rezeption unbesetzt gefunden hatten. Die Frau Doktor erschien ihm zittrig und nervös, als sie ihr Handy hervorholte. „Ja, wir müssen nach ihr fahnden. Es gibt eine Drohung. Eine Morddrohung“, sagte sie. In Gasperlmaiers Magen bildete sich ein Knoten, er konnte es deutlich spüren. Wenn die Frau Doktor schon so unruhig war ...

Als sie das „Lakeview“ verließen, standen sie zu allem Überfluss der Maggy Schablinger von der Schillingzeitung gegenüber, die ihm ein Aufnahmegerät unter die Nase hielt. „Das Mörderhotel, Gasperlmaier?“, keuchte sie atemlos. Die Frau Doktor stellte sich zwischen ihn und sie. „Es gibt keinen Kommentar zum Tötungsdelikt. Sie müssen auf eine Pressekonferenz warten." „Müssen Sie jetzt den Gasperlmaier vor mir beschützen?", meinte die Schablinger süffisant. „Kann sich der nicht selber wehren?" Ihm wurde die Situation zu dumm, er trat aus dem Schatten der Frau Doktor heraus. „Kann mich schon selber wehren", meinte er. „Aber ich gebe Ihnen auch keinen Kommentar!" Er straffte sich, um seine Bereitschaft zum Widerstand deutlich zu machen. „Der Koch dieses Hotels ist ermordet worden. Beim Ausseer Fasching. Die Direktorin verschwunden. Beim Ausseer Fasching. Und Sie wollen mir dazu keinen Kommentar abgeben? Da muss ich eben spekulieren!" Die Maggy hielt das Aufnahmegerät provokant der Frau Doktor vor die Nase. „Dass Sie sich halt nicht verspekulieren", meinte die, allerdings schien sie Gasperlmaier ein wenig verunsichert. Als sie an der Schablinger vorbei wollte, trat die ihr nochmals in den Weg.

„Es gibt Vorwürfe, dass ein Zeuge bei einem Verhör von Ihnen misshandelt wurde? Er liegt jetzt im Krankenhaus!" Der Ton der Schablinger war anklagend. Die Frau Doktor hob schon die rechte Hand mit dem hochgestreckten Zeigefinger, um ihr zu entgegen, doch dann atmete sie aus und ließ die Hand wieder sinken. „Ach was, Sie können mich gern haben!" Diesmal ließ die Schablinger sie passieren. „Ich muss mich halt dann an das Hotelpersonal halten!", rief sie ihnen noch nach. „Halten Sie!", zischte die Frau Doktor.

Als sie im Cabrio saßen, merkte Gasperlmaier, dass die Frau Doktor vor Wut zitterte. Sie klammerte sich ans Lenkrad. „Manchmal", sagte sie, „wird mir das alles zu viel, Gasperlmaier. Dann komm ich nach Hause, und dann muss ich die liebevolle, entspannte Mutter spielen. Ich kann das nicht, Franz!" Sie sank über dem Lenkrad zusammen und ihm schien, als träten ihr Tränen in die Augen, die sie vor ihm zu verbergen versuchte. Er hatte keine Ahnung, was man in so einer Situation tat. Oder sagte. „Kopf hoch“, oder irgendwas ähnlich Abgeschmacktes? Was war passend? Die Frau Doktor sah ihn an. Tatsächlich glänzten Tränen in ihren Augen. „Äh ...“, sagte er. „Gut, dass du jetzt nicht irgendeinen Blödsinn gesagt hast, Franz.“ Sie lächelte, streckte eine Hand nach ihm aus und strich ihm sanft über eine Wange. Er fühlte sich sehr seltsam. Unruhig. Er hoffte, dass die Situation bald vorübergehen würde.

Die Frau Doktor startete den Wagen. „Manchmal ist es gut, wenn Männer einfach nur da sind und den Mund halten“, sagte sie zur Windschutzscheibe hinaus und gab Gas.

10

„Wie gehen wir jetzt vor beim Kaiser?“ Die Frau Doktor schien sich wieder gefangen zu haben. „Na ja“, meinte Gasperlmaier, „das mit dem Bluff hat ja gar nicht so schlecht geklungen.“ Sie nickte. „Glaub ich auch. Er war ja gestern praktisch schon reif für ein Geständnis. Die Frage ist, ob ich ihn auch schon mit dem Drohbrief konfrontieren soll. Da könnte man ihn in einen Hinterhalt locken.“ Sie betraten das Krankenhaus und fragten an der Pförtnerloge nach dem Zimmer, in dem der Fritz Kaiser lag. Wenig später kamen sie mit dem Lift im zweiten Stockwerk an und suchten nach dem Zimmer 232. Noch bevor sie sich orientieren hatten können, sah Gasperlmaier den Kaiser auf sie zurollen. Im Rollstuhl. Natürlich schob er nicht selber an, sondern wurde von einer kräftig gebauten Krankenschwester geschoben. Erbärmlich sah er aus, mit seinem Krankenhausnachthemd, den zerzausten Haaren und dem Infusionsschlauch, der an seinem Arm befestigt war. „Da ist er“, wies Gasperlmaier die Frau Doktor auf den Fritz hin.
„Entschuldigen Sie!“ Die Frau Doktor trat dem Rollstuhl in den Weg. „Wir möchten mit dem Herrn sprechen. Kriminalpolizei.“ Die Frau Doktor hielt der Schwester ihren Ausweis unter die Nase. „Nichts da. Der Patient muss zum Ultraschall!“, meinte diese streng. „Da hab ich was dagegen!“ Die Frau Doktor wich keinen Zentimeter zurück. Der Fritz sah unsicher zwischen Gasperlmaier und der Frau Doktor hin und her, blieb aber stumm.
„Es dauert auch nicht lang!“ „Bei uns auch nicht!“ Die Schwester schob resolut an und hätte die Frau Doktor glatt umgefahren, wäre die nicht ausgewichen. „Der hat jetzt einen Termin. Und später geht es nicht, der Ultraschall ist total ausgelastet. Die Polizei muss halt

ein wenig warten." Anscheinend hatte die Frau Doktor der Schwester nichts mehr entgegenzusetzen, und so entschwand der Kaiser Fritz um eine Ecke des Ganges. Gasperlmaier meinte, der habe ihm noch kurz zugelächelt. „So leicht lassen wir uns nicht abschütteln!", entschied die Frau Doktor und bog ebenfalls um die Gangecke. „Notfalls warten wir." In diesem Moment läutete ihr Handy, und sie hielt es im Gehen an ihr Ohr. Nach wenigen Schritten stockte sie und blieb schließlich ganz stehen. „Ist nicht wahr", hauchte sie in ihr Handy. „Wo?"

Es gehörte nicht viel Fantasie dazu, mitzubekommen, dass die Scheurecker offenbar gefunden worden war. Und dem Ton nach zu urteilen, den die Frau Doktor anschlug, war sie wohl nicht in der besten Verfassung. Die Scheurecker, natürlich. „Findet der Gasperlmaier dorthin?", fragte sie noch, nickte mehrmals bestätigend und steckte ihr Handy wieder ein. Sie war um die Nase blass geworden, fand Gasperlmaier. „Die Frau Scheurecker ist tot. Man hat sie gefunden. In einer Almhütte. In der Nähe von der Blaa-Alm. Wir müssen hin. Der Kaiser muss warten." Gasperlmaier nickte. Die Scheurecker konnte der Kaiser ja wohl kaum auf dem Gewissen haben, denn er hatte den Abend und die vergangene Nacht im Krankenhaus verbracht. Aber wer konnte es auf die Scheurecker abgesehen haben?

Ganz so schnell ging es allerdings nicht, denn auf der Straße zur Blaa-Alm steckten sie bald hinter dem Skibus fest, der die Skifahrer zu den Liften brachte, die auf den Loser und den Sandling führten. „Verdammt!", schimpfte die Frau Doktor und zog immer wieder nach links, um zu sehen, ob es eine Überholmöglichkeit gab. „Das kannst du vergessen", meinte Gasperlmaier, der ihren Fahrstil mit Argwohn verfolgte. „Da kommst du nirgends vorbei."

Endlich hatten sie ihr Ziel erreicht, eine Stelle, die die Langläufer benutzten, um vom Parkplatz in die Loipe einzusteigen. „Von hier aus müssen wir zu Fuß gehen", erklärte Gasperlmaier. „Wie? Durch den Tiefschnee?" Die Frau Doktor sah etwas ratlos an ihren Stiefeln hinunter, die für dieses Vorhaben kaum geeignet schienen. Dazu waren sie zu spitz und hatten zu hohe Absätze. „Wird schon gehen", meinte Gasperlmaier. „Wir halten uns an die Loipe. Da ist der Schnee etwas fester." Tatsächlich kamen sie ganz gut voran, obwohl die Frau Doktor unausgesetzt fluchte, weil sie immer wieder im weichen Schnee einbrach. Nach wenigen hundert Metern tauchte links vor ihnen eine Almhütte auf, vor der sich bereits zahlreiche Menschen aufhielten. Und zwei Motorschlitten. „Gasperlmaier!", rief die Frau Doktor anklagend, „warum hast du mir nicht so was besorgt?" Sie stemmte die Arme in die Hüften. Er hatte tatsächlich nicht daran gedacht. Und schließlich waren es ja nur ein paar hundert Meter gewesen. „Das hätte", meinte er wahrheitsgemäß, „wahrscheinlich länger gedauert, als zu Fuß herzugehen." Dennoch schien die Frau Doktor verschnupft. „Wie auch immer", grollte sie und stapfte auf den Tatort zu. Plötzlich schien sie es eilig zu haben, er konnte kaum folgen. Vor der Hütte trafen sie auf die Leute von der Tatortgruppe, die schon an der Arbeit waren. „Grüß dich!" Eine kleine, sehr zierliche Frau schüttelte der Frau Doktor die Hand. „Grüß dich, Kathi. Was wisst ihr schon?" „Ich möchte der Medizinerin nicht vorgreifen. Aber meiner Meinung nach hat sich die nicht erhängt. Beziehungsweise, sie ist auch nicht erhängt worden. Die war schon tot, als sie hier aufgehängt worden ist. Schaut's euch das selber an. Wir haben sie extra für euch oben gelassen."

Das, so dachte Gasperlmaier bei sich, wäre nicht nötig gewesen. Er zog ordentlich aufgebahrte Leichen mit gefalteten Händen denjenigen vor, die sozusagen noch im Rohzustand unmittelbar nach ihrer Auffindung standen. Aber hier vor den Frauen wollte er sich keine Blöße geben und trat mutig hinter der Frau Doktor ins Halbdunkel der Hütte. Obwohl er wusste, was ihn erwartete, zuckte er zurück, als er im schräg einfallenden Sonnenlicht die Leiche der Frau Scheurecker in ihrem Flinserlkostüm sah. Sie pendelte langsam in einem leichten Luftzug, und immer wieder glitzerten einzelne Pailletten in verschiedensten Farben auf. Dahinter stapelten sich Heuballen, die Luft war voller feinem Staub, der sich vom Heu gelöst hatte und im Sonnenlicht tanzte. Ein gespenstischer Anblick. Wenigstens hatte der Mörder ihr den Gesichtsschleier gelassen, sodass einzig an den Waden und den Unterarmen etwas gebräunte, nackte Haut zu sehen war, selbst die Hände waren von paillettenbesetzten Handschuhen bedeckt. Gasperlmaier lief es kalt über den Rücken, obwohl es eigentlich nichts Grauenhaftes zu sehen gab. „Gefroren!“ Er zuckte zusammen. Hinter ihm war die Kathi, die Leiterin der Tatortgruppe, in die Hütte getreten. „Wie?“ Gasperlmaier wandte sich um. Sein Atem stand in dichten Wölkchen im Raum. „Die Leiche. Stocksteif gefroren. Sollen wir sie runterholen?“ Die Frau Doktor nickte. „Komm, Franz!“ Er war nicht unglücklich darüber, dass sie wieder ins Sonnenlicht hinaustraten. So, als ob nichts geschehen wäre, zogen Langläufer ihre Kreise auf der Loipe, die dicht an der Hütte vorbeiführte. Einer schimpfte sogar darüber, dass die vielen Leute und die beiden Motorschlitten die Spur zerstörten.

Draußen trafen sie auf die Manuela, die sich gerade mit dem Kahlß Friedrich unterhielt, der in knallgelber Langlaufmontur neben ihr stand. Im Hintergrund, so fiel Gasperlmaier auf, hielt sich des Friedrich neue Flamme, die zu ihrem blonden Haar einen pinkfarbenen Langlaufanzug trug. „Was machst du denn da?“, fragte Gasperlmaier. „Siehst ja. Sport. Ich muss schließlich dafür sorgen, dass mir der Staat möglichst lang eine Pension zahlt. Immerhin hab ich mich mehr als dreißig Jahre für ihn geschunden.“ Geschunden, so fand Gasperlmaier, hatte sich der Friedrich sicherlich nicht, ganz im Gegenteil, er hatte immer darauf geachtet, dass das Arbeitstempo gemächlich blieb und ausreichend Pausen eingehalten wurden. „Da drüben“, sagte die Manuela, „sitzen die zwei, die sie gefunden haben.“ „Franz!“ Die Frau Doktor winkte ihn zu sich und steuerte auf die beiden Langläufer zu, die in Decken gewickelt auf der Sitzbank eines der Motorschlitten Platz genommen hatten. „Sie haben die Leiche gefunden?“, begann die Frau Doktor. „Wie sind Sie denn darauf gekommen, in die Hütte zu gehen?“ Das Paar war etwa Mitte fünfzig, beide ein wenig übergewichtig, fand Gasperlmaier, was in den hautengen Langlaufdressen erst richtig zur Geltung kam. Beide hatten dennoch ziemlich faltige Gesichter, was darauf schließen ließ, dass sie sich häufig in der Sonne aufhielten. Die Frau war kräftig geschminkt, im Sonnenlicht schien aber ein wenig von der Schminke bereits am Zerlaufen zu sein, ihr Gesicht glänzte fettig. Der Mann ergriff das Wort.

„Wir setzen uns immer vor die Hütte, wenn die Sonne scheint. Da ist es ja wunderbar, wenn man einmal eine Pause braucht.“ Gasperlmaier erkannte am Akzent deutlich den Wiener. „Sind Sie auf Urlaub?“ Die Frau lächelte. „Würde ich nicht sagen. Wir sind sozusagen schon richtige Altausseer geworden.“ Davon, so fand Gasperlmaier, war sie, zumindest sprachlich, meilenweit entfernt. „Sie haben also vor der Hütte gerastet. Was hat Sie denn dazu bewogen, Nachschau zu halten?" „Na ja, wir haben ja hier, wie gesagt, schon öfter gerastet. Und normalerweise war die Tür zu, mit einem Keil im Schloss, sodass sie nicht aufging", erklärte der Mann. „Aber heute ist sie einen Spalt offen gestanden, der Keil lag auf dem Boden, und sie hat gelegentlich im Wind geschlagen. Da hab ich mir gedacht, machst du sie zu und steckst den Keil wieder hinein. Und dabei hab ich dann ... hab ich dann ... schrecklich!" „Er hat so gezittert, dass ich die Polizei hab rufen müssen", fügte die Frau hinzu. „Und dann dauert das so lang! Und wir müssen hier mit der Toten warten!" Ihr Mann zog einen Flachmann aus seiner Brusttasche, nahm einen kräftigen Schluck und hielt ihn seiner Frau hin. „Ist fast leer. Auf den Schreck hin ..." Er lächelte entschuldigend.

„Ist Ihnen irgendetwas aufgefallen? Spuren? Sind Sie Leuten begegnet?" „Es waren schon einige unterwegs auf der Loipe", erklärte der Mann. „Aber es war ja noch früh. Frisch gezogene Spur. Und über Nacht hat es ja geschneit. Da war sonst nichts, nur unsere Spur. Jetzt natürlich ..." Er deutete auf das völlig zerwühlte Areal vor der Hütte. Da, so dachte Gasperlmaier bei sich, konnte keiner mehr eine Spur des Mörders finden. Hoffentlich hatte die Tatortgruppe bei ihrer Ankunft darauf geachtet, zuerst alle Spuren zu sichern.

„Bei der Fahrt hierher? Auffällige Fahrzeuge, die Ihnen entgegengekommen sind? Vielleicht mit hoher Geschwindigkeit?" Beide schüttelten den Kopf. Die Frau Doktor seufzte. „Ich denke, wir können Ihnen ersparen, hier noch länger zu warten. Wenn Sie der Frau Reitmair bitte Ihre Personalien hinterlassen, damit wir mit Ihnen noch einmal Kontakt aufnehmen können?" Das Paar gab stumm sein Einverständnis. „Wir drehen jetzt noch ein paar Runden. Ist das in Ordnung?“ Die Frau Doktor nickte, zog aber ihre Augenbrauen hoch. Dass man nach einem Leichenfund so mir nichts, dir nichts einfach weiter langlaufen wollte? Und womöglich noch mehrmals am Fundort der Leiche vorbeimusste? Die Leute, fand Gasperlmaier, waren ganz schön abgebrüht. Einen Schnaps allerdings hätte auch er gut gebrauchen können, und er blickte sehnsüchtig zur Blaa-Alm hinüber, wo der Schornstein rauchte und der Kachelofen gewiss schon gemütlich warm war. Außerdem hatte er kalte Zehen. Sollte man nicht zur Blaa-Alm hinüber, mögliche Zeugen befragen?

„Gasperlmaier, fällt dir was auf?“ Die Frau Doktor nahm ihre Sonnenbrille ab und putzte sie mit dem Zipfel ihres Schals. „Beide Toten haben im ‚Lakeview‘ gearbeitet. Und beide hatten mit den unsauberen Geschäften mit den polnischen Hühnern zu tun. Gestern wird die Adina Bersic von zwei Polen angegriffen, die nach dem Sagleitner suchen. Und im gleichen Augenblick verschwindet die Scheurecker. Und heute finden wir sie tot auf. Was sagt uns das?“ „Dass die beiden Fälle zusammenhängen?“ „Wahrscheinlich. Fragt sich nur, wie der Kaiser jetzt ins Bild passt.“

Gasperlmaier hatte eine Idee, wie es gelingen konnte, die Frau Doktor in die Blaa-Alm zu lotsen. „In der Blaa-Alm“, sagte er, „müsste man doch erfahren können, wer jeden Morgen die Loipenspur zieht. Und den könnten wir fragen, ob ihm irgendwas aufgefallen ist.“ „Ausgezeichnet, Franz. Ich muss nur noch die Kathi informieren. Kathi!“ Gasperlmaier war zusammengezuckt, weil die Frau Doktor so laut gerufen hatte. Er kannte sich mit ihr nicht immer ganz aus. Bei seiner Frau war es einfach, nannte sie ihn Franz, dann stimmte irgendetwas nicht, nannte sie in Gasperlmaier, war alles in Ordnung. Und wenn sie „mein Gasperl“ oder „mein Franzl“ sagte, dann war sie ihm besonders gewogen. Die Frau Doktor wechselte zwischen „Franz“ und „Gasperlmaier“, ohne dass er bis jetzt in der Lage gewesen wäre, Bedeutungsnuancen wahrzunehmen. „Wir suchen uns den Pistenraupenfahrer!“, rief die Frau Doktor der Kathi zu. Die nickte.

Auf dem Weg zum Auto stellte er fest, dass der Schnee inzwischen um einiges weicher geworden war, vor allem, wo sie in der Sonne marschieren mussten. Die Frau Doktor brach immer wieder tief ein und fluchte. „Weißt du was, Franz? Ich glaub, es geht schneller, wenn ich mich bei dir einhängen kann.“ Sie fasste nach seinem Arm und drängte sich dicht an ihn. Gasperlmaier konnte ihr Parfüm deutlich riechen. Wieder war ihm etwas sonderbar zumute, als er den Körper der Frau Doktor so nahe an sich spürte. Gott sei Dank war es nicht mehr allzu weit bis zum Auto.

„Da ist aber Fahrverbot“, merkte er an, als sie am Parkplatz, der den Gästen der Blaa-Alm vorbehalten war, vorbeifuhren und direkt auf das Almgasthaus zusteuerten. „Nicht für die Polizei“, entgegnete die Frau Doktor. Dennoch fand er es ein wenig provokant, dass sie die Lücke direkt vor dem Eingang wählte. Da konnten, so fand er, nicht einmal die Fußgänger und Langläufer leicht vorbei. „Was schaust denn so?“ Die Frau Doktor hatte gemerkt, dass er mit ihrer Parkplatzwahl nicht ganz einverstanden war, doch er hielt den Mund. Bis ihm einfiel, dass die Frau Doktor womöglich gleich im Stehen und ohne was zu bestellen nach dem Fahrer des Spurgerätes fragen würde. Er beeilte sich, ihr zuvorzukommen, und öffnete die Tür zur Gaststube. Entschlossen steuerte er auf den Stammtisch zu. „Grüß dich, Hilde“, murmelte er und nahm seine Dienstmütze ab. Tatsächlich war es hier herinnen wohlig warm, seine Ohren und seine Zehen würden es ihm danken, wenn sie sich hier eine Zeit lang aufhalten durften. „Wir sollten was trinken!“ Er drehte sich zur Frau Doktor um, die an der Bar stehen geblieben war. „Was Warmes! Draußen ist es saukalt!“ Sie schien noch unentschlossen, folgte ihm aber dann doch an den Tisch. Ihre Nase und ihre Wangen waren leuchtend rot. Hübsch sah das aus.

Die Hilde trat an ihren Tisch. „Seid's ihr wegen der Toten da? In der Almhütte?“ Sie deutete mit einem Kopfnicken die Richtung an, in der besagte Almhütte lag. „Sie wissen schon davon?“, konterte die Frau Doktor mit einer Gegenfrage. Die Hilde nickte. „Natürlich! Die Langläufer kommen ja auch hier vorbei, und ein paar sind schon eingekehrt.“ Ein weiteres Kopfnicken wies auf zwei Langläuferinnen, die es sich an einem Ecktisch bequem gemacht hatten. „Und so was spricht sich ja schnell herum.“ „So, so!“, wiederholte die Frau Doktor. „Spricht sich das schnell herum.“ „Wisst's ihr schon, wer es ist?“, fragte die Hilde. Gasperlmaier räusperte sich. „Ja, also ...“ Die Frau Doktor trat ihm unter dem Tisch mit ihrem Absatz auf die Zehen, sodass er zusammenzuckte. „Bis jetzt noch nicht“, meinte sie. Gerade waren seine Zehen ein wenig warm geworden, jetzt pochte der Schmerz in ihnen. „Was darf ich euch denn bringen?“, fragte die Hilde. Bevor die Frau Doktor noch Zeit hatte, zu reagieren, sagte Gasperlmaier: „Ein kleines Gulasch. Und ein Seidel Bier. Nein, bringst mir eine Halbe.“ Die Frau Doktor sollte ruhig ihren Fußtritt büßen. Sie sah ihn verwundert an. „Ich dachte, du wolltest etwas Warmes?“ „Das Gulasch ist eh warm. Und hervorragend. Hast du heute schon gefrühstückt?“

Sie schüttelte den Kopf. „Aber ein Gulasch? So früh?“ „Unser Gulasch ist weitum berühmt!“, entgegnete die Hilde. „Einen Tee, bitte. Und vielleicht haben Sie eine Eierspeise?“ Die Hilde nickte. „Mit Speck?“ Die Frau Doktor schüttelte den Kopf. „Ohne Speck.“ Als die Hilde hinter der Schank verschwand, um die Bestellung auszuführen, meinte die Frau Doktor: „Auf einen längeren Aufenthalt habe ich mich hier aber nicht eingestellt. Wir wollten doch nur nach dem Fahrer fragen, der ...“ Ausnahmsweise unterbrach Gasperlmaier sie. „Dauert ja nicht lang. Und man kriegt aus den Leuten viel mehr heraus, wenn man sich Zeit lässt.“

Wenig später kamen die Getränke, und die Frau Doktor rührte versonnen in ihrem Tee. „Meine Vorgesetzten werden über die zweite Leiche gar nicht begeistert sein“, meinte sie. „Wer ist schon über eine Leiche begeistert?“, fragte Gasperlmaier kopfschüttelnd. „So meine ich das nicht. Es wird Fragen geben, ob wir auch schnell und sorgfältig genug ermittelt haben. Und mir ist es dann total unangenehm, wenn ich darauf verweise, dass ich abends wieder nach Hause muss. Weil doch die Sophie auf mich wartet.“ „Dann sollen sie halt mehr Leute schicken!“ Gasperlmaier fand es eine Zumutung, wenn man junge Mütter unter Druck setzte, sobald sie sich nicht die Nächte mit der Arbeit um die Ohren schlugen. „Möchtest du vielleicht lieber wieder den Oberst Resch in Altaussee haben?“ Die Frau Doktor schien ein wenig verschnupft. Händeringend wehrte er ab. „So hab ich das doch nicht gemeint! Natürlich nicht!“ Der Oberst Resch hatte im Ausseerland in einem Mordfall ermittelt, als die Frau Doktor in Karenz gewesen war. Es war eine äußerst unerfreuliche Episode gewesen, an die Gasperlmaier nur ungern zurückdachte.

Gerade, als das Gulasch und die Eierspeise serviert wurden, ging die Tür auf und die Frau Doktor Wurm trat ein. Sie war die für das Ausseerland momentan zuständige Gerichtsmedizinerin. „Ah!“, meinte sie erfreut. „Können wir unsere Besprechung heute im Warmen abhalten? Sogar im Sitzen? Das wird meine Bandscheiben freuen!“ Sie stützte demonstrativ mit der linken Hand ihre Wirbelsäule, während sie ihm und der Frau Doktor die Hand reichte. „Und das Gulasch riecht ja ganz hervorragend! Für mich auch eins, bitte!“ „Ist recht“, antwortete die Hilde. „Auch ein Bier dazu?“ „Ein Seidel. Und einen Obstler. Zum Aufwärmen.“ Gasperlmaier beobachtete die Frau Doktor genau. Ein klein wenig rümpfte sie die Nase, als die Frau Doktor Wurm den Schnaps bestellte. „So!“, sagte die und ließ sich auf die Bank neben Gasperlmaier plumpsen. „Stocksteif gefroren, die Gute! Und so ein schönes Kostüm!“ Gerichtsmediziner, so dachte Gasperlmaier bei sich, verfügten oft schon über einen recht schrägen Humor. „Aber aufgehängt hat sich die nicht, das kann ich euch gleich sagen.“ „Pst!“ Die Frau Doktor hielt einen Finger vor den Mund. „Die Wände hören mit. Wir sollten das vielleicht leiser besprechen.“ Gasperlmaier seinerseits war sehr dafür, mit der Besprechung der Todesart der Frau Scheurecker zu warten, bis er sein Gulasch gegessen hatte. Er nahm einen großen Schluck Bier. Die Frau Doktor Wurm nickte und fuhr im Flüsterton fort. „Der Mörder wollte womöglich einen Suizid vortäuschen, hat sie aber zuvor erdrosselt. Und zwar mit einem etwa zwei Zentimeter starken Kunststoffband. Könnte zum Beispiel so ein Lanyard gewesen sein, ich habe Kunststofffaserreste in der Strangulationsfurche gefunden.“ „Ein was?“, fragte Gasperlmaier, nachdem er ein in Gulaschsaft getränktes Semmelstück hinuntergeschluckt hatte. Was nicht gerade einfach war, wenn von Strangulation und Erdrosseln die Rede war. „Ein Lanyard. So ein Schlüsselband, zum Beispiel. Wird oft für Werbezwecke eingesetzt, oder bei Kongressen hängt man sein Namensschild daran." Jetzt war er im Bilde.

So ein Schlüsselband war vor ein paar Wochen in der Volksschule in Altaussee die Ursache einer schweren Verletzung gewesen. Ein Bub aus der vierten Klasse war mit einem solchen umgehängten Band in vollem Lauf an einer Türschnalle hängen geblieben und hatte sich dabei selbst fast, na ja, stranguliert. Es hatte eine Menge Ärger für die Christine und die betroffene Lehrerin gegeben. Gott sei Dank hatten beide nachweisen können, dass sie das Umhängen solcher Bänder sowohl schriftlich als auch mündlich verboten hatten, und dass davon auch die Eltern unterrichtet gewesen waren. Aber dass man dieses Ding Lanyard nannte, davon hatte er noch nie etwas gehört.

„Muss aber ein totaler Amateur gewesen sein." Das Gulasch der Frau Doktor Wurm kam, und sie nahm sich Zeit, einen Löffel davon zu kosten, bevor sie weitersprach. „Wunderbar! Köstlich! Und es wärmt!" So, als ob sie noch zusätzlicher Wärmezufuhr bedurfte, kippte sie ihren Schnaps hinunter. „Das hätte ein Medizinstudent im ersten Semester gemerkt, dass das Erhängen nicht die Todesursache war. Umso kläglicher scheint mir der Versuch, es als Selbstmord darzustellen." „Todeszeitpunkt?", fragte die Frau Doktor. „Schwierig", nuschelte die Frau Doktor Wurm mit halbvollem Mund. „Bei einer gefrorenen Leiche! Da müsst ich erst die Kerntemperatur ..." „Ungefähr!", unterbrach die Frau Doktor sie ungeduldig. „Also, sie ist sicher schon mehr als drei Stunden tot. Wahrscheinlich sogar einiges mehr. Denn sonst wäre sie nicht so stocksteif ... aber lassen wir das." Sie nahm einen weiteren Löffel Gulasch. „Allerdings", fuhr sie fort, „doch nicht mehr als zwölf Stunden. Das kann man ganz deutlich ..." „Schon gut!" Auch die Frau Doktor, so schien es, wollte keine näheren Einzelheiten mehr wissen.

Die Hilde trat mit drei weiteren Schnäpsen an ihren Tisch. „Aufs Haus. Auf den Schock hinauf werdet ihr sicher ein bisschen was brauchen können." „Für mich nicht, danke!" Die Frau Doktor winkte ab, doch Gasperlmaier war sich sicher, dass sich für den dritten Schnaps ein Abnehmer finden würde. Oder eine Abnehmerin. „Sonst noch was?" Die Gerichtsmedizinerin nahm den zweiten Schnaps zur Hand und prostete Gasperlmaier zu, bevor sie die Hälfte davon hinunterstürzte. „Mir ist schon was aufgefallen, aber das ist wohl eher Sache eurer Spurensicherung. Am Rücken des Kostüms waren Pailletten beschädigt und auch abgerissen. Der Täter scheint sie also von hinten attackiert zu haben, was auch logisch ist. Würde mich sehr wundern, wenn ihr da nicht Spuren von Fremdfasern findet." Die Frau Doktor nickte. „Immerhin etwas." Gasperlmaier wischte sich mit der Serviette über den Mund. Köstlich war das Gulasch gewesen, vollmundig und ein wenig scharf. Schmeckte nach mehr. Er hätte sich doch gleich eine große Portion kommen lassen sollen. „Eigentlich", sagte er, „sind wir ja wegen etwas ganz anderem gekommen. Du weißt schon, wegen der Loipenspur." „Ach ja!" Die Frau Doktor schlug sich gegen die Stirn. „Hilde", rief Gasperlmaier, „zahlen! Und eine Frage hätten wir noch."

„Darf's noch was sein?", fragte die Hilde. Gasperlmaier schüttelte den Kopf. „Aber fragen wollen wir dich noch was. Wer zieht denn in der Früh immer die Loipenspur? Der muss nämlich als Erster heute früh an der Hütte da drüben vorbeigekommen sein." „Das macht immer der Seyrkammer Lois", sagte sie. „Der arbeitet vorn bei den Loserliften, und bevor er sich in der Früh in sein Lifthüttel setzt, macht er uns immer die Loipe. Fast jeden Tag. Und wenn's so viel geschneit hat wie heute Nacht, dann ist er auf jeden Fall gefahren." Die Frau Doktor nickte. „Du weißt, wo wir diesen Seyrkammer finden, Gasperlmaier?" Der nickte ebenso. „Kein Problem." Die Frau Doktor bezahlte ihren Tee und die Eierspeise. Eigentlich hatte Gasperlmaier auf eine Einladung gehofft, denn schließlich waren sie dienstlich hier und die Frau Doktor hätte ruhig seine Zeche auf ihr Spesenkonto buchen können. Natürlich konnte er das selber auch, theoretisch. Nur gab es da allerhand Formulare, die meisten davon mittlerweile online, und da dauerte es oft eine Stunde oder mehr, bis er ein kleines Gulasch und ein Bier untergebracht hatte. Da verzichtete er lieber darauf.

„Ich lass mir", sagte die Frau Doktor, „auf jeden Fall die beiden Polen kommen. Und den Kaiser vernehmen wir noch einmal, aber wir haben wenig gegen ihn in der Hand, zumal er ja für diesen Mord hier nicht in Frage kommt. Außerdem – beide Mordfälle sind im Umfeld dieser Hühnergeschichte passiert. Ich schau, dass ich für das ‚Lakeview' einen Durchsuchungsbefehl bekomme." Gasperlmaier war einverstanden. Er fühlte sich nach dem Gulasch, dem Bier und dem Schnaps wohlig warm und geborgen, ihm war es eigentlich egal, wie es weitergehen würde.

Den Seyrkammer Lois trafen sie an der Talstation der Loserlifte nicht an. Der sei oben, bei der Vierersesselbahn zum Loserfenster, im Einsatz, hieß es. Ob man ihn ans Telefon holen solle? Die Frau Doktor winkte ab. „Ich muss persönlich mit ihm sprechen. Holen Sie ihn halt herunter, und schicken Sie ihn einfach auf den Polizeiposten." Der Mann nickte durch das Schalterfenster. „Schauen wir einmal", meinte er.

„Jetzt zum Kaiser, und dann die beiden Polen. Einen Dolmetscher werden wir brauchen, Gasperlmaier. Das Deutsch von den beiden ist mir nicht recht zuverlässig erschienen." Plötzlich nahm Gasperlmaier die Katharina wahr, die gerade mit einer Schar Kinder auf Snowboards auf die Talstation zusteuerte. „So!", rief sie ihnen zu, indem sie über die Schulter blickte. „Halt! Stop everyone!" Das wäre kaum nötig gewesen, die meisten von ihnen lagen oder saßen ohnehin schon im Schnee. Gasperlmaier eilte auf sie zu. Er musste sie wenigstens begrüßen, wenn er schon einmal hier vorbeikam. Im gleichen Moment fiel ihm ein, dass er auf dem Parkplatz der Liftstationen schon öfters Autos mit polnischen Kennzeichen stehen gesehen hatte, und er hatte, was selten genug vorkam, eine Eingebung. „Grüß dich, Katharina. Sag, habt ihr da auch einen polnischen Skilehrer vielleicht? Oder wenigstens einen, der Polnisch kann?" „Servus, Papa. Ja, da gibt's einen. Den Andrzej. Warum?" Er erklärte ihr kurz, worum es ging. Die Katharina versprach, ihm zumindest die Telefonnummer des besagten Andrzej zukommen zu lassen. „Ich hab jetzt keine Zeit. Die Kids wollen vor der Mittagspause noch einmal die Loserstraße herunterfahren." Sie winkte ihm zum Abschied zu und wies ihre Gruppe in die Liftschlange ein.

„Wir haben vielleicht einen Polen", informierte er die Frau Doktor. „Da gibt's einen Skilehrer, Andrzej. Ich krieg seine Telefonnummer." „Sehr gut!" Die Frau Doktor schien ehrlich erfreut. „Sie bringen uns die Polen auf den Posten. Und die Protokolle über ihre bisherigen Vernehmungen hab ich schon per Mail angefordert. Viel haben sie aber nicht gesagt. Und im LKW hat man auch nichts Auffälliges gefunden, außer halt, was wir schon wissen: dass sie an das ‚Lakeview' Hühner geliefert haben, angeblich Bio-Ware, in Wirklichkeit aber billige Massenzucht aus Polen." Gasperlmaier schüttelte abfällig den Kopf. Gott sei Dank hatte er im ‚Lakeview' noch nie ein Huhn gegessen. Ihre Hendln kamen von der Cousine der Christine, die züchtete Hühner, die ihr ganzes Leben auf der Wiese oder in einem geräumigen Stall verbrachten.

11

Das Zimmer 232 im Krankenhaus fanden sie rasch. Der Kaiser Fritz lag in einem der Betten, zeigte eine gesunde Gesichtsfarbe und las gerade in der Schillingzeitung. Dennoch zuckte er zusammen, als er Gasperlmaier und die Frau Doktor eintreten sah. „Lasst's ihr mir noch immer keine Ruhe?", klagte er. Die Frau Doktor schüttelte den Kopf. „Wir gehen den ganzen gestrigen Vormittag bis zum Mord noch einmal minutiös durch. Vergessen Sie nicht, Sie hatten Motiv und Gelegenheit, den Sagleitner zu erstechen – und wenn Sie's getan haben, werden wir das herausfinden."

Der Fritz hielt ihnen die Zeitung entgegen. „Aber da in der Zeitung, da steht's doch, dass ich gar nichts damit zu tun habe!" Er hielt ihnen die Titelseite der Schillingzeitung entgegen. „Maskierter Mörder schlägt beim Faschingsumzug zu!", stand da in großen Lettern. Links unten gab es eine kleinere Überschrift, auf die der Fritz mit dem Finger hinwies. „Killer der polnischen Putenmafia?" Die Frau Doktor lachte auf. „Herr Kaiser, ermittelt wird nicht von Journalisten, sondern von uns. Wenn die Sensationspresse Gerüchte in Umlauf bringt, ist das das eine – Fakten sind das andere!" Die Maggy, fand Gasperlmaier, hatte nicht einmal mitgekriegt, dass es um Hühner und nicht um Truthähne ging. Gasperlmaier nahm die Zeitung zur Hand, als sich die Frau Doktor einen Stuhl ans Bett des Kaiser Fritz zog, und besah sich den Artikel. Von einem „eiskalten Killer" war da die Rede, der sich in der „Idylle des Ausseer Faschings" an sein Opfer herangemacht und es hinterrücks erstochen habe. Die Maggy wollte genau wissen, dass dahinter die Machenschaften des Opfers in Zusammenhang mit der polnischen Fleischmafia standen. „Antibiotikafleisch auf der Almhütte?" lautete eine weitere Zwischenüberschrift, die die Maggy in den Artikel eingefügt hatte. Obwohl natürlich die ganze Geschichte weder mit Almhütten noch mit Medikamenten zu tun hatte. Eine reißerische Schlagzeile war der Maggy halt allemal wichtiger als die Tatsachen.

Es gab sogar ein Foto des Sagleitner Kurt, wie er vor dem öffentlichen Klo lag. Nein, das konnte nicht sein! Erstens war das Gebäude hinter ihm ganz sicher nicht die öffentliche Toilette im Kurpark, und zweitens trug der auf dem Boden liegende ein Kostüm der Arbeitertrommelweiber, und der Kurt war ja bei den Markttrommelweibern mitmarschiert. Die Kostüme unterschieden sich zwar nur in Kleinigkeiten, aber für jeden Ausseer war der Unterschied sofort augenfällig. So trugen zum Beispiel die Markttrommelweiber in der Regel bunte Schürzen, oft in rosa oder hellblau, während die Arbeitertrommelweiber grundsätzlich nur in weiß erschienen. Da hatte man sich nicht einmal die Mühe gemacht, ein richtiges Foto zu verwenden. Gasperlmaier tippte der Frau Doktor auf die Schulter, um sie auf den Fehler aufmerksam zu machen, den eigentlich der Fritz sofort hätte entdecken müssen. „Franz, stör jetzt nicht. Ich red mit dem Herrn Kaiser!" Von dem Gespräch, so fiel ihm jetzt auf, hatte er rein gar nichts mitbekommen, so vertieft war er in das Studium der Zeitung gewesen.

„Wie oft soll ich's denn noch sagen!", jammerte der Fritz. „Natürlich war ich auf dem Klo, so wie jedes zweite von den anderen Trommelweibern auch." „Aber nicht jeder", wiederholte die Frau Doktor, „hat mit dem Sagleitner eine Auseinandersetzung vor Gericht gehabt. Und nicht jeder ist zusammengebrochen, als wir ihn mit der Anschuldigung konfrontiert haben, den

Sagleitner ermordet zu haben!“ Der Ton der Frau Doktor war laut und anklagend geworden, und es schien Gasperlmaier, als wäre der Fritz schon wieder ein wenig rot im Gesicht angelaufen. Der Fritz deutete auf die Zeitung. „Und? Habt’s ihr die Polen auch schon so in die Mangel genommen wie mich? Oder werden die Ausländer wieder einmal bevorzugt?“ Die Frau Doktor hob den Zeigefinger. „Herr Kaiser, wenn Sie jetzt unterstellen, wir bevorzugen oder benachteiligen irgendwen, dann überschreiten Sie eine Grenze! Das macht Sie nur noch verdächtiger!“ „Ihr geht’s doch immer nur auf die Kleinen los! Und gegen die Mafia, da traut ihr euch nicht!“ Jetzt war der Fritz schon hochrot im Gesicht geworden. Gasperlmaier zog die Frau Doktor sanft am Oberarm. Das machte ja keinen Sinn. Sie hatten zu wenig gegen den Fritz in der Hand, und wenn sie so weitermachte, würde er am Ende noch einmal zusammenbrechen, damit war ihnen auch nicht geholfen. Selbst wenn jetzt eine Schwester käme, würde die sofort sehen, dass sich ihr Patient allzu sehr aufgeregt hatte, und würde sie hinausschmeißen. Die Frau Doktor warf ihm einen Blick zu, der etwas Unsicherheit verriet, gleichzeitig atmete sie heftig. Ihm schien, als investierte sie ein wenig zu viele Gefühle in dieses Verhör. Das war nicht gut. Sie sah auf ihren Arm hinunter, versuchte aber nicht, sich aus Gasperlmaiers Griff zu befreien. Der allerdings ließ sofort los, als er ihren Blick bemerkte.

In viel sanfterem Ton als zuvor sprach sie den Fritz erneut an, der sich die Bettdecke bis zum Hals hinaufgezogen hatte. So, als wolle er sich in seiner Bettwäsche verstecken. „Erklären Sie mir wenigstens noch, warum Sie sich so aufgeregt haben, gestern, bei dem Gespräch beim Kirchenwirt.“ „Sie möchte ich sehen“, konterte der Fritz, „wenn man Ihnen einen Mord in die Schuhe schieben will! Da regen Sie sich vielleicht auch auf!“ Die Frau Doktor legte die Hand ans Kinn, wippte mit der Schuhspitze und schwieg. Sie schien zu überlegen. „Herr Kaiser“, sagte sie dann, „lesen Sie eigentlich die Schillingzeitung?“ „Sowieso!“, antwortete der. „Hat den besten Sport. Warum?“ Wieder ließ sich die Frau Doktor Zeit. „Und warum haben wir bei Ihnen im Altpapier eine Zeitung gefunden, aus der jemand Buchstaben ausgeschnitten hat?“ Der Fritz sah sie verständnislos an. „Warum sollte ich denn aus der Zeitung was ausschneiden? Ich bin schließlich kein so ein Fanatiker wie der Hiebler Toni, der sich jeden Artikel über den FC ausschneidet und in ein Album klebt.“ Gasperlmaier war jetzt klar, dass die Frau Doktor auf den Drohbrief anspielte. Bis jetzt allerdings hatte sich der Kaiser nicht verraten. Wenn er hier etwas vorspielte, dann aber gut. „Und Sie haben nicht etwa dem Weissensteiner ein Briefchen in den Postkasten gesteckt? Am Samstag?“ Der Fritz schüttelte den Kopf. „Keine Ahnung, wovon sie reden. Ich schreib nie Briefe. Und das Altpapier haben wir in einem Container, wo alle ihres hineinschmeißen. Das könnte jeder aus unserem Haus gewesen sein.“

Die Frau Doktor erhob sich. „Jetzt werden Sie erst einmal gesund“, meinte sie versöhnlich. „Aber verlassen Sie Aussee nicht, bleiben Sie erreichbar. Wir werden sicher noch einmal mit Ihnen reden müssen. Wenn nicht mehrmals.“ Als sie aus dem Krankenzimmer draußen waren, entwich der Brust der Frau Doktor ein tiefer Seufzer. „Gasperlmaier, der Fall wird verworrener. Jetzt bin ich gespannt, ob die Polen schon angekommen sind, und ob wir einen Durchsuchungsbefehl fürs ‚Lakeview‘ bekommen haben. Sie tippte und wischte ein wenig auf ihrem Handy herum, während Gasperlmaier einen Blick ins Krankenhauscafé warf. Da standen und saßen allerhand Gestalten in Morgenmänteln und Pyjamas herum, die Dinge in sich hineinstopften oder -gossen, die ihrer Gesundheit nicht zuträglich waren. Dass so etwas erlaubt war. „Glaubst du, dass er den Drohbrief geschrieben hat?", fragte Gasperlmaier. Die Frau Doktor zog eine Grimasse. „Wenn, dann ist er ein sehr geschickter Schauspieler. Dafür halte ich ihn aber nicht. Ich hab drauf spekuliert, dass er uns ein bisschen Täterwissen verrät. Was er aber nicht getan hat." Haben wir wirklich so eine zerschnittene Zeitung gefunden?", fragte er noch. „Quatsch! Ich wollte ihn aufs Glatteis führen."

„So!", sagte die Frau Doktor, bevor sie ihr Handy wieder einsteckte. „Polen unterwegs, die hab ich gleich ins ‚Lakeview' umdirigiert, denn dort beginnt in Kürze die Haussuchung. Es bewegt sich was, Gasperlmaier!" Als sie im Auto saßen, dudelte erneut das Handy der Frau Doktor. Es meldete sich jemand über die Autolautsprecher. „Renate, eine gute Nachricht. Wir haben vermutlich die Tatwaffe gefunden!" „Yesss!", rief die Frau Doktor und trat kräftig aufs Gas. Gasperlmaier fasste nach dem Haltegriff über der rechten Tür. „Und?", fragte sie. „Wir haben noch sicherheitshalber ein Stück traunabwärts suchen lassen, und bei der Mercedesbrücke ist es im Schotter gelegen. Ein Messer." „Mercedesbrücke?", fragte sie zurück. „Ja, da ist so eine Brücke in Form eines Mercedessterns, da, wo die beiden Flüsse aufeinandertreffen." Gasperlmaier nickte. Natürlich war ihm die Stelle ein Begriff.

„Jetzt hoffe ich halt inständig", sagte die Frau Doktor, als sie vor dem „Lakeview" aus dem Auto stiegen, „dass man auf dem Messer noch Spuren sichern kann.

Dann sind wir ein gutes Stück weiter." Gasperlmaier hatte seine Zweifel, schwieg aber. Ob man an einem Messer, das mehr als zwei Tage lang in der eiskalten Traun gelegen hatte, noch Spuren finden würde? Gasperlmaiers Handy piepte, um den Eingang einer Kurznachricht zu melden. „Es ist die Nummer von dem polnischen Skilehrer", erklärte er. „Na, dann ruf ihn gleich an. Er wird hier gebraucht!" Zu Gasperlmaiers Glück meldete sich der Andrzej direkt. Er sprach gut Deutsch, hatte aber einen starken Akzent. Er könne nicht weg, erklärte er Gasperlmaier, seine Kursgruppe erwarte ihn nach der Mittagspause wieder. „Erklären Sie das Ihrem Chef!", meinte Gasperlmaier, vielleicht ein wenig zu barsch. „Wir brauchen Sie hier dringend!" Der Andrzej versprach, sein Möglichstes zu tun. Er klang sympathisch. „Wissen Sie, wo das ‚Lakeview' ist?", fragte Gasperlmaier noch. „Jaja", antwortete der. „Habe oft Gäste, die wohnen dort." Er legte auf. Inzwischen waren sie vor dem Eingang angekommen, wo drei Polizeiautos parkten. An der Rezeption trafen sie auf die Besatzungen der Wagen, die sich um einen Grundrissplan des Hotels drängten, der auf der Rezeptionstheke ausgebreitet lag. Die Manuela, Gasperlmaiers Kollegin aus Altaussee, löste sich aus der Gruppe. „Hallo, Frau Doktor. Wir sind gerade dabei, uns aufzuteilen. Wollen Sie auch?" Die Frau Doktor nickte. „Der Franz und ich machen das Apartment der Scheurecker. Da waren wir schon drin, da kennen wir uns aus." „Okay!", meinte die Manuela. Eben tauchte die Rezeptionistin aus dem Büro hinter dem Tresen auf. „Geben Sie bitte der Frau Chefinspektor den Schlüssel zum Apartment der Frau Scheurecker?" Die junge Frau nickte, griff unter den Tresen und brachte einen Schlüsselbund zum Vorschein, an dem ein Metallschild mit der Aufschrift „Direktion“ hing. Die Frau Doktor nahm ihn in Empfang und winkte Gasperlmaier gleich zum Lift.

„Wonach suchen wir eigentlich?“, fragte Gasperlmaier, als sie in den zweiten Stock hinauffuhren. Die Frau Doktor zuckte mit den Schultern. „Weiß ich auch nicht so genau. Natürlich zuallererst Geschäftsunterlagen. Also alles, was aus Papier ist.“ „Geld auch?“, fragte er. „Schon möglich. Wenn es krumme Geschäfte gibt, braucht man dafür auch Bargeld.“ Die Lifttüren öffneten sich, und sie betraten das Apartment, das sich im gleichen Zustand präsentierte wie vor wenigen Stunden, als sie hier schon einmal flüchtig Nachschau gehalten hatten. „Fang du im Bad an!“ Die Frau Doktor wies auf die offen stehende Tür. „Im Bad?“, wunderte sich Gasperlmaier. Die Frau Doktor nickte. „Wenn es sich um etwas Illegales handelt, versteckt man es meist da, wo es niemand vermutet. Unterlagen über dubiose Geschäfte werden selten in Aktenordnern oder Schreibtischschubladen verwahrt. Und, Handschuhe nicht vergessen!“ Sie lächelte, ein wenig so, als mache sie sich über seine Unwissenheit lustig.

Er wandte sich ab und betrat das Bad. Die graublauen Bodenfliesen waren so blitzblank, dass er Sorge hatte, seine Schuhe könnten schmutzige Abdrücke hinterlassen. Es gab eine Dusche, die nur durch eine Glaswand vom Rest des Raums getrennt war und den gleichen Boden hatte wie der Rest des Bades. Sehr schick. Gasperlmaier bemerkte rechts von sich, gegenüber dem Waschtisch, ein schmales Fenster auf Hüfthöhe, das ins Schlafzimmer führte. Man konnte also vom Bett aus dabei zusehen, wenn jemand aus der Dusche trat. Oder hineinwollte, je nachdem. Das erschien ihm einigermaßen seltsam. Wer wollte schon beim Duschen von einem anderen Zimmer aus beobachtet werden?

Eigenartiger Geschmack. Aber er war ja nicht hier, um den Architektur-Geschmack der Frau Scheurecker zu beurteilen. Über dem rechteckigen Waschtisch gab es ein Bord, auf dem allerlei Utensilien in bunten Fläschchen standen, die Frauen eben so benutzten. Da konnte sich wohl nichts Verdächtiges verstecken. In den Kästchen unter dem Waschtisch schon eher. Er ging in die Hocke und öffnete die Türen der Reihe nach. Handtücher, Medikamente, Verbandszeug, Waschlappen. Nichts Ungewöhnliches. Er besah sich die Medikamente genauer. „Dormicum" stand auf einer Packung. Das schien ihm ein Schlafmittel zu sein, „dorm" hatte, seiner Erinnerung nach, irgendwas mit schlafen zu tun. Daneben gab es die üblichen Medikamente wie Aspirin, Halswehtabletten und so weiter, die man fast überall finden konnte. Plötzlich hatte Gasperlmaier eine Packung Kondome in der Hand und fragte sich, ob es nötig war, die Frau Doktor über diesen Fund zu informieren. Er öffnete die Packung und zählte nach. Zwölf Stück sollten laut Aufschrift enthalten sein, zehn zählte Gasperlmaier. Er entschloss sich, das Schlafmittel und die Kondome einmal auf den Waschtisch zu legen.

Im Fach daneben lagen Handtücher, sehr weich, in mehreren Schattierungen von gelb. Die waren sogar geordnet, das kräftigste Gelb ganz oben, das blasseste ganz unten. Hinter den Handtüchern konnte er nichts ertasten. Plötzlich tauchte die Frau Doktor im Türrahmen auf. „Und?", fragte sie. Er zeigte auf die beiden Packungen auf dem Waschtisch. „Aha!", meinte die Frau Doktor. „Dormicum ist ein ziemlich starkes Schlafmittel. Und nicht ganz unproblematisch, kann zu Abhängigkeit führen." Sie öffnete die Packung und zog einen Streifen heraus. „Nur mehr zwei Tabletten, acht hat sie schon genommen." Sie verschloss die Packung wieder. „Und was haben wir da?“ Sie nahm die Kondome zur Hand. „Zwei fehlen!“, informierte Gasperlmaier sie und richtete sich unter Stöhnen wieder auf. Seine Knie schmerzten. „So genau kontrolliert?“ Die Frau Doktor grinste und hielt ihm ein Kondom mehr oder weniger direkt vor die Nase. „Schon ein Indiz, dass sie Affären nicht abgeneigt war. Und jetzt ist nicht nur sie tot, sondern auch einer der möglichen Sexpartner!“ Gasperlmaier war etwas unwohl, und er verließ das Badezimmer. „Hast du eigentlich schon was?“, fragte er. Die Frau Doktor schüttelte den Kopf. „Nichts Relevantes. Unterlagen zu ihrer Autoversicherung, ein paar Röntgenbilder. Ich geh jetzt in die Küche, du machst das Schlafzimmer.“ Offensichtlich, schlussfolgerte Gasperlmaier, hatte sie im Schreibtisch und den Regalen nachgesehen. Wo sie doch vorhin erst behauptet hatte, da könne man sowieso nichts Relevantes finden. Nun gut.

Aber warum musste er ins Schlafzimmer? Glaubte die Frau Doktor vielleicht, ihm machte es Spaß, in der Unterwäsche einer Verstorbenen herumzuwühlen? Aber was blieb ihm anderes übrig, als sich in sein Schicksal zu fügen. Missmutig öffnete er die Schranktüren und durchsuchte systematisch Innentaschen von Kleidungsstücken, Hosentaschen und so weiter. Obwohl Frauen ja eigentlich da nie was hineinsteckten. Wo waren eigentlich die Handtaschen? Sein Blick fiel auf eine Kommode neben dem Bett. Dort vielleicht? Tatsächlich. Er öffnete die Türen und da standen, auf zwei Borden fein säuberlich aufgereiht, Taschen in allen Farben und Formen. Gasperlmaier nahm eine nach der anderen zur Hand. Leider waren alle sorgfältig ausgeräumt und sogar innen gereinigt. Als er eine recht voluminöse Tasche aus hellbraunem Leder umdrehte, fiel allerdings ein Zettel heraus, anscheinend ein Kassenbeleg. Er stellte die Tasche ab und entfaltete den Beleg. Es handelte sich um eine Hotelrechnung. Eine Nacht hatte sie in Admont verbracht, im Hotel Spirodom, und das erst am 22. Jänner. Was für einen Grund konnte es geben, für eine Nacht nach Admont zu fahren? Noch dazu mitten im Winter? Gewiss, es war eine schöne Gegend, aber ... er musste an die Kondome denken. War es eine Rechnung für ein Doppelzimmer? Tatsächlich. Der Beleg musste jedenfalls zur Seite gelegt werden. Samt der Tasche, aus der er gefallen war.

Etwas motivierter setzte er seine Suche nun fort und gelangte schließlich auch an die Schubladen mit Unterwäsche, die ihm ja bereits oberflächlich bekannt waren. Auch hier herrschte Ordnung: Farblich sortiert lagen Büstenhalter, Höschen, Strumpfhalter und allerlei anderes Zeug feinsäuberlich getrennt in ihren Schubladen. Gasperlmaier wühlte mit den Fingern zum Grund und an die hinteren Ränder der Schubladen. Es roch nach Parfüm. Plötzlich spürte er Karton unter seinen Fingern. Es war wohl kaum anzunehmen, dass die Frau Scheurecker Unterwäsche aus Pappe getragen hatte, sofern es so etwas überhaupt gab. Er zog seinen Fund vorsichtig aus der Schublade und hatte einen kleinen goldenen Karton mit dem Aufdruck einer bekannten Wäschemarke in der Hand. Wohl doch nur wieder Wäsche. Er hob den Deckel ab, doch in der Schachtel fanden sich weder Höschen noch Büstenhalter oder sonstige Spitzenware. Sie war voller Geld. Lauter Hunderter. „Renate!", rief er. „Ich hab was!" Fast stieß er mit der Frau Doktor im Flur zusammen und hielt ihr, freudig erregt, seinen Fund unter die Nase. Die Frau Doktor grinste. „Schau, schau! Bargeld hat zwar kein Mascherl, aber immerhin – wer große Summen davon zu Hause aufhebt, hat meist einen guten Grund dafür, die Scheinchen keinem Bankkonto anzuvertrauen. Und wonach haben unsere beiden Polen gesucht? Nach Geld! Jetzt wird's spannend!" „Sollten wir nicht einmal nachzählen?", fragte Gasperlmaier. Die Frau Doktor nickte und winkte ihn zum Esstisch, von dem aus man durch ein bis zum Boden reichendes Fenster einen fantastischen Ausblick auf den Grundlsee hatte. Gasperlmaier hatte zwar schon einmal ein Bündel Geld gefunden, das in einer Toilette versteckt gewesen war, aber so viele Scheine gezählt hatte er noch nie. Es wurde ihm fast ein wenig schwindelig, als er Schein um Schein durch seine Finger gleiten ließ. „Einundzwanzigtausend Euro!", stellte die Frau Doktor schließlich fest, stapelte die Scheine wieder ordentlich, steckte sie zurück in den Karton, verschloss ihn und ließ ihn in einen Plastiksack gleiten, der für die Aufnahme von Beweisstücken vorgesehen war.

„Für mich ist es jetzt ziemlich klar, dass die Scheurecker und der Sagleitner Schwarzgeschäfte betrieben haben. Wahrscheinlich waren sie auch zusammen in diesem Hotel in Admont, aber das kriegen wir schnell heraus, denen schicken wir Fotos der beiden. Und wahrscheinlich gab's mehr als das Hühnergeschäft – die einundzwanzigtausend Euro sind mir dafür fast ein bisschen viel. Schauen wir mal. Aber jetzt zu unseren Polen. Hoffentlich ist unser Dolmetscher schon da." Sie stand auf.

„Du, Renate!" Als sie an der Rezeption eintrafen, kam aus dem Büro dahinter ein Beamter in Zivil gelaufen. Dunkle, lockige Haare hatte der, und es war Gasperlmaier, als hätte er ihn schon einmal irgendwo gesehen. „Wir haben da was, glaube ich. Ich hab mir die Abrechnungen und die Unterlagen fürs Finanzamt angeschaut.

Und da fällt auf, zumindest für das abgelaufene Jahr, dass da etwas nicht stimmen kann. Vereinfacht gesagt, geht es um die Wellness-Leistungen: Massagen, Klangschalentherapie, Ayurveda, und wie der ganze Klimbim so heißt. Es sind deutlich weniger solche Leistungen abgerechnet worden, als laut Dienstplänen stattgefunden haben. Ist zwar nur eine Momentaufnahme, aber ich wollt's dir gleich sagen." Der junge Mann schien etwas außer Atem und warf der Frau Doktor Blicke zu, die Gasperlmaier nicht recht zu deuten wusste. Sonderbar, mindestens. „Danke, Robert. Wir haben, denke ich, etwas gefunden, was da gut dazu passt." Auch die Frau Doktor klang, so dachte Gasperlmaier bei sich, ein wenig seltsam. Tiefer und etwas zittrig. Ob der junge Mann ... Er wusste ja noch immer nicht, wer der Vater von der kleinen Sophie war, die die Frau Doktor vor etwa zweieinhalb Jahren bekommen hatte. Und ihr war nie etwas über die Lippen gekommen, das auf die Identität des Vaters hätte schließen lassen. Wenn man nur wüsste, welche Haare die Sophie hatte. Wenn sie dunkel und lockig waren, dann ... „Gasperlmaier!" Offenbar hatte er schon mehrmals überhört, dass die Frau Doktor ihn angeredet hatte. Wenn er in Gedanken war, dann konnte ihm so etwas schon einmal passieren. „Schläfst du im Stehen?", fragte sie ihn amüsiert. „Äh, nein", antwortete er. „Ich habe nachgedacht!"

Gott sei Dank öffnete sich in diesem Moment die Hoteltür, und ein junger Mann im roten Skianzug der Skischule Altaussee betrat die Halle. Er hatte langes, zu einem Pferdeschwanz gebundenes Haar, ein kantiges, gebräuntes Gesicht und trug ein strahlendes Lächeln vor sich her. Das musste der Andrzej sein, der kam ihnen gerade richtig und hinderte die Frau Doktor daran, ihn zu fragen, worüber er gerade nachgedacht hatte.

„Du musst sein Gasperlmaier! Vater von wunderschener Tochter Katharina!“ Er kam auf Gasperlmaier zu, packte seine Hand und schüttelte sie kräftig. So kräftig, dass er Gasperlmaier fast aus dem Gleichgewicht gebracht hätte. Der musste Muskeln unter seiner Skijacke haben, von denen er nur träumen konnte. Hoffentlich ließ sich die Katharina nicht allzu sehr vom strahlenden Lächeln des Polen beeindrucken. „Und wer ist First-Class-Lady an Seite?“, fragte er. „Vorsicht!“, wollte Gasperlmaier rufen, als er auch der Frau Doktor die Hand hinstreckte, doch der Handschlag verlief reibungslos, fast sanft, wie er verwundert feststellte. Die Frau Doktor lächelte. „Chefinspektor Doktor Kohlross. Guten Tag, Andrzej“, flötete sie, und ihre Stimme klang fast so wie zuvor, als sie mit dem Robert gesprochen hatte. Normalerweise wies sie so schmeichlerische Anreden zurück, und für ihn hatte sie noch nie zu solchen Tönen gegriffen. Na ja. Wer verstand schon die Frauen?

„Andrzej, Sie sind zwar kein beeideter Dolmetsch, sodass es vor Gericht keine Gültigkeit hat, was Sie uns heute übersetzen. Dennoch würde ich Sie um Genauigkeit bitten, um größte Sorgfalt. Es kann sein, dass uns mit Ihren Landsleuten zwei ganz große Fische ins Netz gegangen sind.“ Andrzej ließ die Mundwinkel hängen und schüttelte den Kopf. „Ist so schade, dass Polen immer dastehen als Diebe, Betrüger. Dabei gibt doch ganz andere! Wie mich! Viele!“ Er strahlte wieder mit der Wintersonne um die Wette und klopfte sich auf die Brust. Die Frau Doktor hob ihre Augenbrauen ganz leicht, sodass Gasperlmaier Hoffnung hatte, sie werde das kindische Getue des Skilehrers doch bald durchschauen.

„Einen Moment noch!“ Die Frau Doktor verschwand hinter der Rezeption, kam aber gleich wieder zurück.

„Die beiden sind in den Personalaufenthaltsraum gebracht worden, gleich hier hinten.“ Sie deutete auf eine Tür neben der Bücherwand, die mit Holz verkleidet und kaum als Eingang zu erkennen war. Dahinter öffnete sich ein Gang mit mehreren Türen, Toiletten, eine Besenkammer und, gleich links, der Aufenthaltsraum für Personal. Drinnen erwartete sie eine uniformierte Beamtin und die zwei Polen, die ihr gegenüber auf einer einfachen Holzbank saßen und mit Handschellen an die Armlehnen gefesselt waren.

Die Frau Doktor schnappte sich zwei Stühle und forderte den Andrzej auf, sich auf einen davon zu setzen. Gasperlmaier musste sich einen dritten selbst hinzustellen. „So, meine Herren. Ihre Namen, bitte. Der Herr hier neben mir wird übersetzen, er ist Pole.“ Was folgte, war eine nur für die Namensnennung viel zu lange, bald auch erregte Unterhaltung auf Polnisch. Andrzej erblasste sichtlich. „Sie sagen, sie haben ihre Namen schon so oft gesagt, bei den Einvernahmen. Und sie haben schlimme Worte zu mir gesagt, ich kann gar nicht …“ „Jaja!“, unterbrach ihn die Frau Doktor. „Sagen Sie ihnen Folgendes: Wenn sie mit uns zusammenarbeiten, kommen sie nur kurz ins Gefängnis. Wenn nicht, dann lang.“ Andrzej übersetzte. Nach wenigen Sekunden fingen beide Polen wiederum lautstark zu schimpfen an, redeten durcheinander und ließen Andrzej nicht mehr zu Wort kommen. „Jetzt“, meinte der etwas verschüchtert, „sie haben auch Frau Doktor … nicht schene Worte gesagt.“

„So hat das keinen Sinn“, entschied die Frau Doktor. „Wir schicken einen raus. Frau Kollegin, schließen Sie bei dem da auf und begleiten Sie ihn nach draußen. Passen Sie mir aber gut auf ihn auf!“ Die Kollegin nickte, erhob sich und schloss die Handschellen auf. Der

Mann, den sie hinausführte, war der Größere, Kräftigere von beiden. Der mit dem geschorenen Schädel. Er zischte seinem Kompagnon noch etwas zu, bevor er hinausgeführt wurde. Es war der, der die Adina Bersic mit einem Messer bedroht hatte. „Er gesagt hat, dass Wojciech soll Maul halten. Er selber heißt, ich glaube, Kamil." Andrzej deutete mit dem Kopf nach dem Mann, der soeben durch die Tür verschwunden war.

„So!", sagte die Frau Doktor. „Bitte erklären Sie ihm, dass er nichts zu befürchten hat, wenn er uns die Wahrheit sagt." Andrzej übersetzte, und Satz für Satz ging es weiter, ohne dass der an die Bank gefesselte Wojciech sie unterbrach. „Bis jetzt haben wir ihm nicht viel vorzuwerfen. Es war der andere, der Kamil, der die Frau Bersic bedroht hat. Fragen Sie ihn, ob er die Frau Bersic geschlagen hat. Sie hatte eine Verletzung an der Unterlippe." Der Wojciech schüttelte energisch den Kopf, als Andrzej übersetzte. „Kamil!", sagte er immer wieder leise mit ängstlichen Blicken in Richtung Tür. Da schien also der Kamil, schloss Gasperlmaier, der Kopf des Duos zu sein, und der Wojciech der Helfer. Es dauerte nur wenige Minuten, bis sie mithilfe der Übersetzung Andrzejs Folgendes wussten: Der Sagleitner schuldete den beiden Geld für mehrere noch nicht bezahlte Lieferungen. Die Übergabe war für letzte Woche geplant gewesen, doch der Sagleitner hatte sie hingehalten und die Zahlung inklusive Bonus für diese Woche versprochen. Sie hatten gedacht, die Adina Bersic habe gewusst, wo sich der Sagleitner aufhielt, deswegen habe der Kamil beschlossen, sie ein wenig unter Druck zu setzen.

„Als Täter kommen die beiden wohl nicht in Frage", sagte die Frau Doktor zu Gasperlmaier. „Sie haben anscheinend wirklich nicht gewusst, dass der Sagleitner schon tot ist. Fragen Sie ihn, wo sie die Hühner umgepackt haben und wer noch dabei ist, also wer das organisiert hat." Der Wojciech antwortete stockend, unterbrochen immer wieder durch ängstliche Blicke zur Tür. „Er will eine Zusicherung haben, dass Sie Kamil nichts sagen. Dass er mit uns geredet hat", erklärte Andrzej. Die Frau Doktor nickte. „Okay!", sagte sie zu dem Polen. „Kamil erfährt nichts." Sie deutete mit dem Finger zur Tür und legte ihn dann auf ihre Lippen. „Also", erklärte der Andrzej schließlich, „Hühner werden irgendwo in Gegend von Linz umgepackt, in eine alte Fabrik. Die Adresse Sie können nachschauen in Navi in LKW, er weiß nicht." Die Frau Doktor nickte. „Warum Hühner werden frisch eingepackt, er weiß auch nicht. Er glaubt, weil Folie muss haben deutsche Schrift für Supermarkt in Österreich. Er sagt, er nichts getan hat, was verboten. Er nur hat LKW ein- und ausgeladen." Während der Andrzej erklärte, nickte der Pole eifrig, so, als könne er alles verstehen, was gesagt wurde. Die Frau Doktor runzelte die Stirn. „Kennt er noch Namen? Da muss es ja einen Chef dieser Operation geben, jemanden, der das alles organisiert." Diesmal schüttelte der Wojciech aber heftig den Kopf, als der Andrzej übersetzte. Der tat es ihm gleich. „Er niemanden kennt. Keine Namen. Kein Chef, nichts. In Linz, es gab einen, den sie nannten ‚Österreicher'. Der hat Kommando gehabt, hat verteilt Listen, wohin Ware soll gehen."

„Fragen Sie ihn noch, ob er die Frau Scheurecker gekannt hat. Die war hier Direktorin." Wojciech nickte. „Direktor von Hotel", sagte er mehrmals in Richtung der Frau Doktor. „Von wem haben sie üblicherweise ihr Geld bekommen?" Der Pole beantwortete die Frage der Frau Doktor direkt. „Koch, Kurt!", sagte er. Sie stand auf. „Gut! Gasperlmaier, bring bitte den Herrn

Wojciech hinaus und hol uns den Kamil herein." Gasperlmaier musste zuerst seine Kollegin samt dem Kamil hereinbitten, denn die hatte die Schlüssel für die Handschellen. Der Kamil warf seinem Kompagnon wütende Blicke zu, wohl in der Annahme, dass er geredet hatte. Es hatte ja auch lange genug gedauert.

Nachdem der Platzwechsel vollzogen war, stellte die Frau Doktor die gleichen Fragen wie zuvor. Zuerst schwieg der Kamil, später spuckte er Schimpfwörter gegen die Frau Doktor, das konnte man auch ohne Übersetzung ganz leicht erraten. Der Andrzej hatte ein wenig rote Ohren bekommen. „Soll ich das auch ...?", fragte er. Die Frau Doktor schüttelte den Kopf. Schließlich wandte der Kamil sich an den Andrzej und sagte ein paar Sätze auf Polnisch, danach schlug er die Beine übereinander, lehnte sich zurück und zog den Finger über die geschlossenen Lippen, wohl zum Zeichen dafür, dass er nichts mehr sagen würde.

Gasperlmaier fiel auf, dass der Andrzej zitterte. „Kommt mit mir einmal hinaus", sagte die Frau Doktor. Sie ging auf Kamil zu, hob sein Handgelenk an und überprüfte, ob er auch sicher an die Banklehne gekettet war. Er warf ihr zwar hasserfüllte Blicke zu, wagte aber nicht, Widerstand zu leisten.

Draußen saß der Wojciech auf dem Boden, zusammengesunken wie ein Häufchen Elend, angekettet an einen Heizkörper in dem schmalen Gang. Sie traten durch die Holztür wieder ins Foyer des Hotels hinaus.

„Er hat gedroht!", stieß der Andrzej hervor. „Mir und meine ganze Familie!" Er zitterte noch heftiger als zuvor und schien jetzt gar nicht mehr zum Flirten aufgelegt. „Herr Andrzej, herzlichen Dank für Ihre Hilfe. Und Sie brauchen gar keine Angst zu haben, denn der Kamil wird nie erfahren, wer Sie sind und wo er

Sie finden kann." „Na ja", meinte Gasperlmaier. „Die Jacke von der Skischule ... da braucht er nur im Internet nachschauen." Die Frau Doktor warf ihm einen bösen Blick zu. Und er begriff, dass es keine gute Idee gewesen war, dem Andrzej noch mehr Angst einzujagen. Da hatte er einmal eine spontane Eingebung, hatte sogar Recht und hatte doch wieder was falsch gemacht. Der Andrzej, beruhigte er sich, wäre sicher auch von selber draufgekommen, dass er anhand seiner Skischulkleidung leicht aufzufinden sein würde.

„Andrzej, bitte beruhigen Sie sich. Solche Typen wie dieser Kamil mögen zwar furchterregend aussehen, aber er ist nur ein kleines Rädchen im Getriebe, ein Fahrer, mehr nicht. Es wäre völlig unsinnig für ihn, sich auf einen Rachefeldzug gegen Sie zu begeben, wenn er wieder herauskommt, viel zu aufwendig. Also: Keine Sorgen!" Die Frau Doktor tätschelte dem Andrzej die Schulter. „Wenn Sie meinen ..." „Ja, meine ich", wiederholte die Frau Doktor. „Und jetzt gehen Sie zurück zu Ihrer Skischulgruppe! Und keine Sorge!" Schulterzuckend machte sich der Andrzej auf den Weg. An der Tür drehte er sich noch einmal um, lächelte der Frau Doktor zu und fragte, „Sie wollen auch lernen Skifahren einmal? Bei mir?" „Kann ich schon!", antwortete sie. Achselzuckend verschwand der Andrzej durch die Eingangstür.

Kaum war er draußen, zischte die Frau Doktor Gasperlmaier zu: „War das jetzt nötig?" Sie schien richtiggehend verärgert. Gasperlmaier versuchte sich zu rechtfertigen. „Aber das hat doch auch ihm klar sein müssen, dass ..." „Ja, aber du brauchst doch nicht einen verschrecken, der uns freiwillig und unentgeltlich unter die Arme greift! Was glaubst du denn, was der jetzt von uns denkt! Und von der Polizei überhaupt!"

Es war wohl das Gescheiteste, wenn er jetzt den Mund hielt, denn aus Erfahrung wusste er, dass er im Streit Frauen generell, der Frau Doktor aber im Besonderen, ohnehin unterlegen war. Also schwieg er und starrte haarscharf an ihr vorbei zur Rezeption, wo soeben ein ziemlich auffälliges Pärchen mit der Rezeptionistin sprach. Der Mann trug einen dunkelgrauen Anzug, der silbrig schimmerte, und hatte einen Ledermantel über den Arm geworfen, sie trug eine kurze Pelzjacke, einen schwarzen Minirock, wild gemusterte Strümpfe und goldene Stiefeletten. Seiner Meinung nach konnten das nur Russen sein, sonst kleidete sich niemand so auffällig und gleichzeitig geschmacklos. Oder gehörten die beiden etwa gar zur polnischen Hühnermafia?

„Glaubst du, du kannst das Problem mit Schweigen lösen, oder wie?“ Die Frau Doktor stellte sich direkt in sein Blickfeld. Ja, genau das hatte er gedacht. Ein „Ja!“, so überlegte er, würde allerdings wohl als Provokation aufgefasst werden, und so entschloss er sich zu einem „Hm.“ „Wir gehen!“, entschied die Frau Doktor. „Und dann nehmen wir eure Flinserl auseinander, einen nach dem anderen! Irgendwer muss die Scheurecker schließlich gestern noch gesehen haben. Und von jedem und jeder Einzelnen werde ich das Alibi haarklein überprüfen lassen. Das gibt's ja nicht, dass mir hier wegen dem Fasching alle so ein Theater machen!“ Sie hatte sich, so fand Gasperlmaier, in einen Zornesausbruch hineingeredet, und jetzt erst recht war es vernünftig, eisern zu schweigen. Vor allem, wo sie ohnehin keine Stellungnahme seinerseits mehr forderte. Wütend stapfte sie Richtung Ausgang, als plötzlich Gasperlmaiers Handy dudelte.

„Gasperlmaier, kannst du einmal schnell daheim vorbeikommen?“ Die Christine war es. Die war schon zu Hause? Wie spät war es denn? Tatsächlich. Halb zwei. Die gesamte Mittagszeit über hatte man mit diesen beiden Polen verschwendet. Sein Magen meldete sich, trotz des kleinen Gulaschs, das ihn am Vormittag so hervorragend gewärmt hatte. Er hatte Mühe, mit der Frau Doktor Schritt zu halten. „Warum denn? Die Frau Doktor will jetzt gerade alle Flinserl ...“ „Ich glaub aber, es ist für eure Ermittlungen wichtig. Und es dauert auch nicht lang.“ „Ja, ich werd ihr ... ich werd die Renate ... also, bis gleich!“ Er legte auf, denn mit beiden Frauen zugleich zu reden, das war ihm auf jeden Fall zu viel. Er ließ sich neben die Frau Doktor in die Lederpolster des Cabriolets fallen. Sie schien sich ebenfalls entschlossen zu haben zu schweigen, und zeigte ihm ihr finsteres Profil. Wegen so einer Kleinigkeit, das war ja wirklich lächerlich. Wie immer schien ihre Laune auch Auswirkungen auf ihren Fahrstil zu haben, der Audi schlitterte wild über den notdürftig gestreuten Parkplatz des ‚Lakeview‘, während sie beschleunigte. Und wie immer in solchen Situationen suchte Gasperlmaier sein Heil im Haltegriff und in beiden Füßen, die er fest gegen die Bodenplatte stemmte.

„Die Christine meint, sie hätte was Wichtiges für uns“, versuchte er sein Glück, sobald sie auf die geräumte Hauptstraße gelangt waren. „Was denn?“, höhnte die Frau Doktor. „Vielleicht ein warmes Mittagessen? Das Gulasch muss dir doch bis zum Abend reichen!“ Das sah Gasperlmaier völlig anders, er wollte jetzt aber seinen Standpunkt lieber für sich behalten. „Sie hat was herausgefunden, wegen unseren Morden. Sie wollt's aber am Telefon nicht sagen.“ Bis zur Ortstafel von Bad Aussee schwieg die Frau Doktor. „Wenn deine Frau sagt, es könnte wichtig sein, dann will ich es auch sehen. Auf sie kann man sich, denke ich, verlassen“, knurrte sie. Und das „sie“ hatte sie besonders betont, so, als wolle sie hervorheben, dass man sich eben auf andere Leute weniger bis gar nicht verlassen konnte. Hoffentlich würde sie sich beruhigen, bis sie bei ihm zu Hause in Altaussee angekommen waren.

Tatsächlich hellte sich das Gesicht der Frau Doktor auf, als die Christine die Tür öffnete. Leider, so stellte Gasperlmaier fest, duftete es im Haus nicht nach Essen. Gekocht war also nicht worden. Sein Magen knurrte. „Kommt's schnell mit zum Computer“, sagte die Christine. „Ich hab da was entdeckt, das ich euch zeigen will.“ Sie führte sie zu ihrem Laptop, der in der Küche auf dem Esstisch lag. Es stand auch nichts auf dem Herd, wie Gasperlmaier mit einem raschen Blick feststellte. „Wenn wir uns alle auf die Bank setzen, geht's schon“, erklärte sie. Er sah, dass sie eine Facebook-Seite geöffnet hatte. „Da gibt es eine Menge Fotos vom Faschingsmontag, und zwar auch vom Umzug der Trommelweiber“, erklärte sie und klickte so schnell durch eine ganze Reihe von Bildern, dass Gasperlmaier kaum Einzelheiten wahrnehmen konnte. „Eine gewisse ‚Saraha‘ hat sie hochgeladen. Ich kenn die nicht einmal. Aber da!“ Die Christine hörte auf zu klicken und deutete auf ein Foto. Gasperlmaier musste sich ganz nahe an sie drücken, was ihm jetzt nicht direkt unangenehm war. Gasperlmaier verstand nicht ganz. Man sah die Gruppe der Trommelweiber von vorne, wie sie über die Postbrücke marschierten. Er selber war auf dem Foto nicht zu sehen, da er ja weiter hinten marschiert war, voran waren die Musiker gegangen. Den Kaiser Fritz mit seinem Tenorhorn, den konnte man deutlich sehen. Und auch erkennen, weil er die meisten anderen Trommelweiber sowohl an Leibesfülle als auch an Körpergröße übertraf. Ans

Brückengeländer gelehnt standen einige Kinder. „Das ist der Lämmerer Maxi, da auf dem Foto. Der da am Brückengeländer lehnt.“ „Ja und?“, fragte Gasperlmaier. „Ja, ich weiß zufällig, wer die Lehrerin von dem ist. Das ist die Gitti Stoiber, die Ex-Lebensgefährtin von eurem Toten, dem Sagleitner. Gasperlmaier verstand immer noch nicht, worauf die Christine hinauswollte. Die Frau Doktor hatte wieder einmal schneller gedacht als er. „Und es könnte sein, dass die Gitti Stoiber mit ihrer ganzen Klasse beim Fasching war, anstatt in der Schule.“ „Davon hat sie uns aber nichts erzählt!“, entrüstete sich Gasperlmaier. „Du solltest dich allmählich daran gewöhnen, dass die Leute lügen wie gedruckt, wenn sie es mit der Polizei zu tun kriegen“, entgegnete die Frau Doktor. „Da sind noch mehr Kinder. Kennen Sie die auch?“ Die Christine schüttelte den Kopf. „Ich nicht.“ Sie hob triumphierend den linken Zeigefinger, während sie mit der rechten Hand die Maus schnappte und auf die Kommentare unter dem Foto klickte. „Vanessa und Samir gefallen die Trommelweiber“, hatte eine gewisse „traut“ kommentiert. „Und“, erklärte die Christine, „ich hab mir das Klassenfoto dieser Klasse angeschaut, die haben das nämlich dankenswerterweise im Internet. Und in der Klasse vom Lämmerer Maxi gibt es tatsächlich eine Vanessa und einen Samir!“ Die Christine strahlte übers ganze Gesicht. „Was nahezu lückenlos beweist, dass die Stoiber Gitti mit ihrer Klasse einen Lehrausgang zu den Trommelweibern unternommen hat – und somit am Tatort war!“

Gasperlmaier lehnte sich zurück und schüttelte ungläubig den Kopf. „Das kann's ja wohl nicht geben, dass eine Lehrerin mit der ganzen Klasse einen Ausflug macht und dann so nebenbei ihren Ex-Geliebten absticht! Noch dazu am Männerklo!“ Die Frau Doktor wiegte den Kopf abschätzend hin und her. „Geben, lieber Franz, tut es alles. Und es wär ein perfektes Alibi. Da gibt es mindestens zehn Kinder, die Stein und Bein schwören werden, dass sie immer bei ihrer Lehrerin waren. Weil sie eben das Gefühl haben, sie sei immer da gewesen. Dass sie vielleicht ein paar Minuten gedankenverloren den Trommelweibern zugesehen haben, das verblasst in ihrer Erinnerung so, dass es gar nicht mehr wahrnehmbar ist.“ „Und was machen wir jetzt?“, fragte er. „Na, wir fahren sofort zu der hin, ist doch klar.“ „Aber“, so gab Gasperlmaier zu bedenken, „wir haben uns doch jetzt auf die polnische Hühnermafia konzentriert. Und sollten wir nicht lieber den ‚Österreicher‘ suchen?“ „Den Österreicher?“, fragte die Christine. Die Frau Doktor winkte ab. „Interna. Darüber sollte gar nicht gesprochen werden. Bitte behalten Sie das alles für sich, was wir hier geredet haben. Und äußern Sie sich auch nicht zu den Fotos.“ „Selbstverständlich“, antwortete die Christine. „Vielleicht braucht ihr noch die Nummer von der Volksschuldirektorin? Die könnte euch sagen, ob die drei Kinder am Montagvormittag als fehlend eingetragen worden sind. Das würde bedeuten, dass sie Schule geschwänzt haben …“ Die Frau Doktor nickte. „Super, ja.“ „Wollt ihr vielleicht noch eine Kleinigkeit zu essen, bevor …“ Gasperlmaier nickte eifrig. „Eine Kleinigkeit, ja!“

„Ich hätte eine Mousse gemacht, von Räuchersaiblingen. Die hab ich gestern nach der Schule schnell beim Fischer geholt. Und wir haben sowieso zu viel davon.“ Gasperlmaier lief das Wasser im Mund zusammen. Räucherfischmousse gehörte zu seinen Lieblingsgerichten, was die kalte Küche anging. Die Christine stellte ihnen ein paar Salzstangerl hin, dazu ein Schüsserl Räucherfischmousse sowie ein paar Tomaten und

Paprikaschoten. Die Frau Doktor zierte sich ein wenig. „Eigentlich sollten wir so schnell wie möglich ...“, meinte sie. „In fünf Minuten sind wir so weit“, beruhigte Gasperlmaier. „Auf die kommt es auch nicht an. Die Stoiber läuft uns schon nicht davon. „Möglicherweise ist sie uns schon davongelaufen“, nörgelte die Frau Doktor. Gasperlmaier hätte allzu gern ein Schlückchen Bier zu seinem Fisch gehabt, wollte aber keinen zusätzlichen Ärger riskieren. „Wow, das schmeckt aber wirklich ... fantastisch!“ Die Miene der Frau Doktor hellte sich auf. Gutes Essen war eben doch irgendwie stimmungsfördernd, fand Gasperlmaier. Der Start in den Nachmittag würde entspannt ausfallen.

Im Auto überkam ihn dann aber doch so etwas wie ein Völlegefühl. Vielleicht hatte er die beiden Salzstangerl zu hastig hinuntergewürgt. Sie saßen ihm wie ein Klotz im Magen. Vorsichtig rülpste er hinter vorgehaltener Hand. „Warum riecht's hier bloß so nach Fisch?“, machte sich die Frau Doktor Gedanken. „Wohin jetzt, Gasperlmaier? Wo wohnt denn jetzt die Frau Stoiber?“ Gasperlmaier schoss das Blut in die Ohren. Er hatte nämlich keine Ahnung, wo die Gitti wohnte, zuletzt hatten sie ja mit ihr in der Volksschule gesprochen. Er tastete mit fahrigen Fingern nach seinem Handy. „Ich ruf schnell den Friedrich an!“ Glücklicherweise meldete sich der nach wenigen Sekunden, und er erfuhr, dass die Gitti praktisch eine Nachbarin von ihm war, sie wohnte nur ein paar Häuser weiter traunabwärts. „Was wollt's denn von ihr?“, fragte der Friedrich. „Na, wir müssen sie noch was fragen. Wegen ihrem Alibi und so.“ Er riskierte einen Seitenblick zur Frau Doktor, die aber nicht auf seine Indiskretion zu reagieren schien. Er legte auf, als er bemerkte, dass sie eigentlich schon am Haus der Gitti vorbeigefahren sein mussten. „Wir müssten dann umdrehen, eigentlich“, stotterte er. „Wir sind gerade vorbeigefahren. Es ist nicht weit.“ Die Frau Doktor seufzte und lenkte den Audi ziemlich schwungvoll in eine Hauseinfahrt, um zu wenden. Gasperlmaier bemühte sich um Fassung, um nicht weiter unangenehm aufzufallen. „Dort ist es! Nummer 44!“, erklärte er.

Der Audi hielt vor einem unauffälligen, nicht allzu großen Einfamilienhaus, das vielleicht aus den Fünfzigern stammte. Die Einfahrt war sauber freigeschaufelt, die Holzverkleidung des Hauses war großteils ergraut und mit Flechten bewachsen, an manchen Ecken hatten sich auch Bretter gelöst und standen ein wenig von der Wand ab. Die grüne Haustür konnte ebenfalls einen neuen Anstrich vertragen. Vor der Tür standen ein Kleinwagen und eine aufgestellte Rodel. Gasperlmaier befühlte den Sitzbezug. Der war trocken, also war das Gerät heute wohl noch nicht benutzt worden. Im offenen Holzschuppen, der frei im Garten stand, war ein Motorrad abgestellt. Gasperlmaier zeigte darauf. „Ob die Gitti Motorrad fährt? Womöglich mitten im Winter?“ Die Frau Doktor zuckte mit den Schultern und legte ihren Finger auf die Türklingel. Melodiöses Gedudel schallte aus dem Vorzimmer zu ihnen heraus, doch niemand öffnete. „Kann mir nicht vorstellen, dass niemand zu Hause ist“, meinte Gasperlmaier. „Schlittenfahren sind sie anscheinend nicht gegangen“, fügte er mit einem Fingerzeig auf die Rodel hinzu. Die Frau Doktor versuchte es noch einmal lange und ausdauernd, doch aus dem Inneren des Hauses drang kein Laut. Gerade, als sich die Frau Doktor vom Eingang abwandte, hörte man eine Tür schlagen. Gleich darauf rief jemand, „ich komm ja schon! Was ist denn los?“ Es dauerte nicht lange, bis es im Türschloss knirschte und die Haustür einen Spalt weit geöffnet wurde. „Ja? Oh Gott, Sie sind das! Was gibt es denn?“ Sie öffnete die Tür ganz. Die Gitti sah so aus, als wäre sie soeben aus dem Bett gestiegen und hätte sich nur notdürftig angezogen, tatsächlich war sie jetzt gerade erst dabei, den Gürtel ihrer Hose zu schließen. Die Haare fielen ihr wirr über die Schultern, sodass sich ihre Frisur nicht gar so sehr von der unterschied, die sie gestern als Hexe am Faschingsdienstag getragen hatte. Alles in allem sah sie aus, als wäre sie gerade erst aufgestanden. Die Frau Doktor schien zu ähnlichen Schlussfolgerungen gelangt zu sein, denn als sie ins Vorzimmer trat, fragte sie etwas süffisant: „Stören wir?“ Die Gitti schüttelte den Kopf. „Was ist denn los? Ist was mit der Sabrina?“ „Ist die nicht zu Hause?“, wollte die Frau Doktor wissen. Die Gitti schüttelte den Kopf und fuhr sich mit einer Hand durch die Haare. „Nein. Am Mittwoch bleibt sie immer nachmittags auch noch im Kindergarten. Da hab ich normalerweise ... ja, ist aber heute ausgefallen.“ Gasperlmaier fiel auf, dass die Gitti nervöse Blicke die Stiege hinauf warf, als sie ihr ins Wohnzimmer folgten. Außerdem entging ihm nicht, dass an der Garderobe ein Paar Winterstiefel stand, in einer Größe, die unmöglich der Gitti passen konnte. Da war also noch jemand im Haus. Wohl der Motorradfahrer. Er beschloss, vorerst einmal Stillschweigen über seine Beobachtung zu bewahren.

Die Gitti bot ihnen Platz auf einem etwas abgewetzten grünen Ledersofa an. Gasperlmaier sah sich unauffällig um. Wirklich aufgeräumt war es im Wohnzimmer nicht. Altpapier, Zeitschriften, benutzte Servietten und anderer Krimskrams zierten den Tisch, und auch auf dem Boden lag allerhand Zeug herum, hauptsächlich

Spielzeug. Man musste direkt aufpassen, nirgends draufzutreten. „Entschuldigung", lächelte die Gitti, „aber gestern war Faschingsdienstag, und ich hab ja heute wirklich nicht mit Besuch ..." „Schon gut", winkte die Frau Doktor ab. „Wir haben allerdings eine bedeutsame Entdeckung gemacht." Sie machte eine Pause. „Die nahelegt, dass sie zum Tatzeitpunkt am Tatort waren. Womöglich mit ihrer ganzen Schulklasse." Die Gitti rang nach Luft und lief rot an. Tränen traten ihr in die Augen. „Aber ich war's nicht! Ich schwöre!" Sie begann zu schluchzen. Die Frau Doktor warf Gasperlmaier einen verwunderten Blick zu und zog die Augenbrauen hoch. Ziemlich hoch. „Warum haben Sie uns darüber nicht gleich informiert? Gestern, als wir Sie in der Volksschule befragt haben?" Die Gitti schüttelte den Kopf. „Wie hätte denn das ausgeschaut! Wenn ich zugegeben hätte, dass ich in der Stadt war, direkt, wo der Kurt umgebracht worden ist! Ich bin ja dann sofort mit den Kindern wieder weg, damit sie das alles nicht mitansehen müssen! Und ich hab dort auch gar nicht mitgekriegt, dass es ausgerechnet den Kurt erwischt hat! Ehrlich nicht!" Sie suchte nach etwas auf dem Tisch. Die Frau Doktor reichte ihr ein Taschentuch. „Danke." Die Gitti wischte sich die Augen. „Das wirft kein gutes Licht auf Sie, dass Sie uns nicht gleich die Wahrheit gesagt haben. So, wie es jetzt aussieht, haben Sie Motiv und Gelegenheit gehabt, den Kurt Sagleitner zu erstechen." Die Gitti starrte sie fassungslos an. „Ich? Aber ich war doch mit der Schulklasse ..." Sie begann wieder zu schluchzen. Aus der, so dachte Gasperlmaier bei sich, würden sie nicht viel Interessantes herausbekommen. Außer, sie brachten so viel Geduld auf, dass sich ihr Tränenvorrat irgendwann einmal erschöpfte. Die Frau Doktor wippte mit dem übergeschlagenen

Bein. „Sie könnten sich die Kinder zunutze gemacht haben. Niemand kann allen Ernstes annehmen, dass eine Lehrerin ihre ganze Klasse mitschleppt, wenn sie einen Mord plant. Noch dazu auf der Herrentoilette." Die Gitti stierte mit offenem Mund zwischen ihnen beiden durch. „Sind Sie komplett wahnsinnig geworden? Ich hab niemanden umgebracht! Und schon gar nicht den Kurt! Das ist ja Irrsinn! Bitte gehen Sie jetzt. Ich muss dann die Sabrina abholen."

„Warum haben Sie eigentlich mit Ihrer Klasse diesen Ausgang unternommen? Haben Sie gewusst, dass der Kurt Sagleitner bei den Trommelweibern mitmarschieren wird?" Die Reaktion der Gitti, fand Gasperlmaier, wirkte verdächtig. Sie nahm einen Salzstreuer aus Keramik vom Tisch und wischte mit den Fingern hektisch darauf herum, so, als ob sie ihn auf der Stelle unbedingt putzen musste. „Wie? Wieso?", fragte sie irritiert. „Soll ich meine Frage wiederholen?" Die Frau Doktor legte ihr Kinn in die aufgestützte Hand, um der Gitti näher zu kommen. „Ich ... ich mach das jedes Jahr. Die Kinder ... man soll ja ... wegen dem Brauchtum, nicht wahr?" „Und dieser Ausgang ist auch von der Direktion genehmigt worden?", fragte die Frau Doktor nach. „Also ... wir nehmen das nicht so genau. Das ist im Fasching quasi ... selbstverständlich." Die Gitti stellte den Salzstreuer wieder auf den Tisch, kippte ihn aber während des Loslassens mit einer fahrigen Bewegung um, sodass sich ein wenig Salz auf den Tisch ergoss. Sie machte Anstalten, aufzustehen. „Sitzen bleiben, bitte!", ordnete die Frau Doktor an. Die Gitti schien nun so verunsichert, dass Gasperlmaier gespannt darauf wartete, wie lange es noch dauern würde, bis sie sich endlich zu einem Geständnis entschloss. Das, dessen war er sich sicher, der Maggy Schablinger von der Schillingzeitung wieder ausreichend Gelegenheit geben würde, auf die Lehrer loszugehen. Das gehörte ja zu ihren Spezialitäten. „Haben Sie jetzt gewusst, dass der Sagleitner bei den Trommelweibern mitmarschieren wird, oder nicht?“, insistierte die Frau Doktor. Die Gitti nickte. „Also, das weiß doch, quasi, jeder, wer da ...“

Plötzlich knarrten über ihnen Fußbodenbretter. Die Frau Doktor sah zur Decke. „Haben Sie Besuch?“ Sie wies mit dem Finger nach oben. Nun schob die Gitti trotzig das Kinn nach vor. „Geht Sie das etwas an?“ Gasperlmaier konnte sich jetzt die etwas derangierte Erscheinung der Gitti erklären, als sie aufgemacht hatte. Sie war tatsächlich direkt aus dem Bett gekommen. Und dort war sie nicht alleine gewesen. Schon aufregend, dachte er bei sich, dass es manche Ausseer sogar während der Mittagspause nicht lassen konnten ...

„Möchten Sie den Herrn nicht herunterbitten?“, fragte die Frau Doktor mit einem etwas süffisanten Lächeln. Die Gitti warf ihr einen missbilligenden Blick zu, bevor sie aufstand, hinaus ins Vorzimmer ging und die Treppe hinauf rief. „Paul! Komm runter! Sie haben dich schon gehört!“ Wenig später stand ein junger Mann vor ihnen, der verlegen lächelte, sich seine wenigen Haare offenbar vor seinem Auftritt noch gekämmt hatte und deutlich kleiner war als die Gitti. „Paul. Paul Kramer“, stellte er sich vor und schüttelte der Frau Doktor und Gasperlmaier die Hand. Paul Kramer? Diesen Namen hatte er in den letzten Tagen doch schon einmal gehört. Wo und wann war das nur gewesen? Der Paul setzte sich ihnen gegenüber in einen Ledersessel, während die Gitti mit verschränkten Armen stehen blieb. „Darf ich fragen, in welchem Verhältnis Sie zueinander stehen?“, fragte die Frau Doktor schärfer, als es nötig gewesen wäre. Der Paul kratzte sich am Kopf. „Also, ich, äh, wir ...“

„Sie sind zusammen, wenn ich das richtig deute. Sie waren zusammen oben, im Schlafzimmer, als wir geläutet haben, um einmal ganz deutlich zu werden?" Der Paul wand sich. „Also ... Sie wissen ja ... Die Sabrina schläft in letzter Zeit so schlecht ... und ich hab auch nicht immer Zeit ..." „Schon in Ordnung", grinste die Frau Doktor. „Ihr Privatleben geht uns ja nichts an. Wo waren Sie denn eigentlich am Faschingsmontag, vormittags? Und wenn wir schon dabei sind: Wo waren Sie heute früh?" „Ja, am Montag", entgegnete der Paul gedehnt und legte einen Finger an die Lippen, so, als müsse er angestrengt nachdenken. „Ja, wissen Sie, ich bin ja momentan in Bad Mitterndorf beschäftigt, in der Grimmingtherme. Erstklassige Anlage übrigens, müssen Sie einmal probieren." Die Gitti schnäuzte sich lautstark. Auf dem Tisch hatte sich bereits eine ansehnliche Sammlung benutzter Taschentücher angehäuft. Anstatt die paar Salzkörner wegzuwischen, hätte die Gitti, fand Gasperlmaier, die ruhig einmal wegräumen können. War ja auch unhygienisch. „Und Sie waren im Dienst am Montag, nehme ich an?" „Nein, nein!", entgegnete der Paul Kramer. „Am Montag, da habe ich frei. Und weil ja Faschingsmontag war, da ziehe ich immer mit ein paar Freunden so von Lokal zu Lokal ..." „Sagen Sie", brauste die Frau Doktor auf, „wollen Sie mich an der Nase herumführen? Wie lange wird denn das dauern, bis Sie mir endlich erklären, wo Sie den Montagmorgen verbracht haben?" Ihre Fußspitze wippte energisch.

Plötzlich fiel Gasperlmaier ein, wo er den Namen Paul Kramer schon einmal gehört hatte: Von dem hatte doch die Scheurecker erzählt, als sie gleich am Montag im „Lakeview" gewesen waren. Dass der irgendwas mit dem Sagleitner zu tun hatte, daran erinnerte er sich noch. Und dass er irgendwas Französisches war, in dem Hotel. Also, dass seine Arbeit eine französische Bezeichnung hatte. Irgendwas mit Ente war es gewesen. Wie sollte er seinen Gedankenblitz bloß der Frau Doktor vermitteln? Vorsichtig tippte er ihr auf die Schulter. „Es wär was Wichtiges", meinte er, als sie sich mit einem etwas unwirschen Gesichtsausdruck ihm zuwandte. „Ja?" „Besser draußen!" Er wusste ja nicht, ob es der Verhörtaktik der Frau Doktor ins Konzept passte, wenn er jetzt mit seiner Information herausplatzte. Immer noch unwillig erhob sie sich. „Wenn, dann aber schnell", ließ sie ihn wissen.

Gasperlmaier trat in die klirrend kalte Luft vor der Haustür. „Der Kramer", flüsterte er, „der hat im Lakeview gearbeitet! Das hat uns doch die Scheurecker erzählt!" Er deutete auf das Motorrad in der Garage. „Und wie ich an das Motorrad gedacht habe, ist mir eingefallen, dass sie gesagt hat, dass er und der Sagleitner sich näher gekannt haben. Dass sie miteinander Motorrad fahren gegangen sind!" Die Miene der Frau Doktor hellte sich auf. „Gut gemacht, Franz! Als was war der schnell noch mal im ‚Lakeview' beschäftigt? Ich erinner mich nicht mehr." Da hatte sie ihn auf dem falschen Fuß erwischt. Es war ihm zwar ein wenig peinlich, zuzugeben, dass er sich nicht mehr an das schwierige Wort erinnerte, aber vielleicht hatte die Frau Doktor es sich gemerkt. „Es hat französisch geklungen. Und ja, jetzt kommt's mir wieder: Er macht die Knödel, hat sie gesagt!" „Entremetier! Der Beilagenkoch!" Die Frau Doktor klopfte ihm auf die Schulter. „Gute Idee, dass du das nicht vor den beiden gesagt hast. Jetzt lassen wir ihn noch ein bisschen dunsten!" Sie öffnete die Haustür und trat vor ihm ins dunkle Vorzimmer.

Als sie wieder ins Wohnzimmer kamen, hatte sich die Gitti erstens frisiert, sie hatte ihre Haare mit einem

Gummiband zu einem Pferdeschwanz zusammengebunden, und zweitens hatte sie die Taschentuchsammlung und den Salzstreuer vom Tisch entfernt. „So!" Die Frau Doktor nahm mit einem Lächeln wieder auf ihrem Stuhl, der Gitti gegenüber, Platz. Der Paul Kramer hatte sich neben sie auf das Sofa gesetzt und den Arm um ihre Schulter gelegt. Trotzig blickte er ihnen entgegen. „Haben Sie sich jetzt schon überlegt, wo Sie am Montag zur Tatzeit waren?" Der Paul zuckte mit den Schultern. „Ja, eh, hier in Aussee", sagte er. „Und wo genau? Am Vormittag?" „Ja ..." Der Paul zögerte. „Zuerst am Meranplatz, auf ein Weißbier und Weißwürste. In der Senf-Manufaktur. Dann ..." Er kratzte sich am Kopf. Gasperlmaier fürchtete um die wenigen ihm verbliebenen Haare. „Ich kann mich nicht mehr so genau erinnern. Irgendwann auch im Kurhauscafé, und ..." Hilflos zuckte er wieder mit den Achseln. „Betrunken?", fragte die Frau Doktor mit einem, wie Gasperlmaier fand, triumphierenden Lächeln. Der Paul nickte. „Haben Sie beide sich an diesem Vormittag irgendwann getroffen?" Der Paul und die Gitti sahen sich etwas unsicher an, daraufhin schüttelten beide den Kopf. Die Frau Doktor zog die Mundwinkel nach unten. „Sagen Sie, haben Sie den Sagleitner eigentlich gekannt?" „Ja ..." Der Paul ließ sich wieder einmal Zeit mit der Antwort. „Gekannt ... ist vielleicht zu viel gesagt ... ich weiß nicht ..." Die Frau Doktor, so fand Gasperlmaier, zeigte jetzt ihren lauernden Blick. Wie lange würde sie noch zuwarten, bevor sie ihn mit dem konfrontierte, was er ihnen bisher verschwiegen hatte? „Kommen wir zur letzten Nacht", meinte sie stattdessen. „Wo waren Sie?" Wieder verständigten sich die beiden durch Blicke, die aber diesmal weniger zögerlich waren. „Wo soll ich schon gewesen sein? Ich hab Dienst gehabt, bis um halb elf. Danach bin ich hierhergefahren. Die Gitti hat schon geschlafen." Die Gitti nickte. „Ich hab dich aber gehört. So um elf." „Und heute Morgen?" „Wir haben hier zusammen gefrühstückt. Dann hat die Gitti die Sabrina in den Kindergarten gebracht und ist in die Schule." „Sie haben heute auch frei?" „Nein ... aber", der Paul blickte auf seine Uhr, „ich muss bald fahren. Ab fünf habe ich Dienst. Heringsschmaus, Sie wissen schon." Gasperlmaier fiel ein, dass es einen solchen heute Abend auch bei ihm zu Hause geben sollte. Er sah ebenfalls auf die Uhr. Kein Grund zur Unruhe, es war noch genügend Zeit.

Die Frau Doktor beugte sich vor. „Und was Sie uns bisher verschwiegen haben, wir aber wissen: Sie haben im ‚Lakeview' gearbeitet und den Sagleitner gut gekannt. Sie haben sogar Motorradausflüge mit ihm unternommen. Warum haben Sie uns davon nichts erzählt?" Die beiden saßen etwas verdattert da. Dass sie das alles wussten, dachte Gasperlmaier bei sich, das hätten sie sich aber auch denken können. Ausgesprochen ungeschickt, die Strategie, die sich die beiden da zurechtgelegt hatten. Je länger das Verhör dauerte, desto sicherer war sich Gasperlmaier, dass die zwei beim Tod des Sagleitner ihre Finger im Spiel gehabt hatten. „Ja, ich habe nicht gedacht, dass das wichtig ist ...", verteidigte sich der Kramer. Die Frau Doktor lachte nur höhnisch. „Nicht wichtig! Dass ich nicht lache! Ich sage Ihnen, was Sie getan haben: Sie haben sich vermutlich als Trommelweib verkleidet!" Sie deutete auf den Paul, der abwehrend die Hände hob und den Kopf schüttelte. „Und dann haben Sie den Sagleitner abgestochen, und wahrscheinlich haben Sie ihr", die Frau Doktor zeigte mit ausgestrecktem Finger auf die Gitti, „das Messer gegeben, damit sie es beseitigt." Die Gitti schüttelte energisch den Kopf, ebenso wie der Paul. „So ein Blödsinn!“, entfuhr es dem. „Ich war gar nicht in der Nähe der Sparkasse, da können Sie jeden fragen!“ Die Gitti musste ein neues Taschentuch hervorholen, weil ihr schon wieder Tränen in die Augen getreten waren. „Sie sind so gemein“, schnaufte sie. „Warum hätten wir das denn tun sollen?“ „Das kennt man doch!“, gab die Frau Doktor zurück. „Klassische Dreiecksbeziehung, Eifersucht. Der Sagleitner wollte Sie, der da auch.“ Sie deutete auf den Paul. „Was glauben Sie, wie viele solche Fälle wir schon in unseren Akten haben!“

„Wir waren's aber nicht!“, stöhnte der Paul und stand auf. „Vielleicht war's er allein“, mischte sich Gasperlmaier ein. „Und sie weiß gar nichts davon.“ Die Frau Doktor wandte sich ihm zu, überrascht, dass er sich in die Befragung einmischte. Der Gitti blieb der Mund offen stehen, sie starrte den Paul an. Sie, so schien ihm, konnte sich das durchaus vorstellen, wenn er ihren Gesichtsausdruck richtig deutete. „Oder Sie waren es“, fügte die Frau Doktor mit einem Nicken in Richtung der Gitti hinzu, „und er weiß nichts davon!“ Der Paul trat kopfschüttelnd ans Fenster. „Ich sag jetzt überhaupt nichts mehr“, meinte er. „Das ist ja ... grotesk. Ich kenn mich schon überhaupt nicht mehr aus, wer wann was getan haben soll. Ich will einen Anwalt.“ Die Frau Doktor stand auf. „Sagen Sie uns noch, wen wir fragen sollen? Ich meine, wegen ihres Alibis für den Montagmorgen.“ Der Kramer nickte. „Aber sonst sag ich nichts!“ Er nahm seine Finger zu Hilfe und zählte ein paar Namen auf. Die Frau Doktor nickte. „Ich möchte Sie beide morgen auf dem Posten sehen!“, sagte sie noch. „Da nehmen wir dann alles zu Protokoll.“ Kurz bevor sie das Zimmer verließ, drehte sie sich noch einmal um. „Ach, Sie lesen doch sicher die Kleine Zeitung?“, fragte sie. Die Gitti nickte. „Ja, warum?“ „Und Sie sind sich sicher, dass wir in Ihrem Altpapier keine zerschnittenen Exemplare davon finden? Aus denen Buchstaben ausgeschnitten worden sind?“ Sie lächelte hintergründig. Der Paul mischte sich ein. „Sie meinen wegen dem Drohbrief? Aber das war doch die Schillingzeitung, nicht?“ Gasperlmaier durchfuhr es wie ein Blitz. Jetzt hatten sie den Drohbriefschreiber. Nur er hatte wissen können, dass die Buchstaben aus der Schillingzeitung waren. Und hatte sich verraten. So einfach war es gewesen.

Die Frau Doktor trat auf den Paul zu. „Woher wissen Sie das?“ Sie packte ihn am Oberarm. „Na, von den Trommelweibern. Das wird doch schon seit gestern, nein, seit vorgestern herumerzählt! Dass der Weissensteiner einen solchen Drohbrief geschickt bekommen hat!“ Jetzt war es an der Frau Doktor, verdutzt dazustehen. „Verdammt!“, schimpfte sie. „Was für ein Tratschweib! Sie entschuldigen uns!“ Sie stürmte zur Tür hinaus. Gasperlmaier folgte ihr, nachdem er sich verabschiedet hatte.

„Wie soll man denn da ermitteln!“, schimpfte sie vor der Haustür vor sich hin. „Wenn ganz Aussee schon über Täterwissen verfügt! Was für ein Idiot, dieser Weissensteiner!“ Sie sperrte das Auto auf. „Trotzdem, nicht schlecht, Franz, nicht schlecht!“, sagte sie, etwas ruhiger. „Ich hätte mich ehrlich nicht mehr daran erinnert, dass der Name Kramer schon einmal gefallen war. Und die Idee, die beiden damit zu konfrontieren, dass es der jeweils andere allein getan haben könnte – spitze! Hast du gesehen, wie die Stoiber darauf reagiert hat? Sie hat den Mund gar nicht mehr zugekriegt!“ Die Frau Doktor lehnte sich gegen ihn und drückte, fast zärtlich, seinen Unterarm. Einerseits tat ihm ihr Lob wohl, in den letzten Tagen hatte ihre gelegentlich schnippische Art doch ordentlich an seinem Selbstbewusstsein gezehrt. Andererseits bescherte ihm die plötzliche körperliche Nähe wie meistens ein gleichzeitig wohliges wie unbehagliches Gefühl. Er konnte das Parfüm der Frau Doktor deutlich riechen. Hoffentlich würde sie ihn nicht auch noch küssen, was, wenn sie jemand beobachtete?

Und genau das tat auch jemand: Plötzlich stand der Friedrich vor ihnen und grinste. „Na, erfolgreich gewesen? Waren sie's oder waren sie's nicht?“ Die Frau Doktor wandte sich ihm zu. „Woher wollen Sie wissen, dass sich da im Haus mehrere Personen aufhalten?“ Der Friedrich trat von einem Fuß auf den anderen und rieb sich die Hände, obwohl sie in Lederhandschuhen steckten. „Das Auto gehört der Gitti Stoiber, und das Motorradl da drin“, er nickte in Richtung Garage, „das gehört dem Kramer Pauli. Den kennt ein jeder, denn er ist der einzige Verrückte, der auch mitten im Winter mit seiner Maschine durch die Gegend fährt. Da gehört jetzt wirklich nicht viel detektivischer Spürsinn dazu.“ Er zeigte auf das Kennzeichen des Motorrads. „BA - PAUL1“ stand da. „Da hat dir der Kollege Kahlß aber wieder einiges voraus!“, grinste die Frau Doktor. „Das hätte dir schon auch auffallen können.“ „Wieso mir?“, brauste Gasperlmaier auf. „Du hast es doch auch gesehen!“ „Ja, auch wieder wahr. Sollen wir uns jetzt darüber streiten?“ Gasperlmaier war immer noch verschnupft, behielt seinen Ärger aber für sich. Wie kam er denn dazu, jedes Motorrad im Ausseerland einzeln zu kennen? Er hatte schließlich sonst auch noch was zu tun, während der Friedrich es sich als Pensionist gut gehen lassen konnte. Der hatte leicht hinter seinen Nachbarn hinterherspionieren!

„Kommt's mit auf einen Tee? Mir ist schon kalt, und ihr könntet auch einen gebrauchen. Der Gasperlmaier hat schon eine brennrote Nase!" Die Frau Doktor schüttelte den Kopf. „Wir suchen uns jetzt den Bernsteiner, der hat uns noch einiges zu erklären." „Der kann auch warten", meinte der Friedrich. „Wir können uns ja ein bisschen über den Fall unterhalten. Vielleicht kann ich euch auch noch ein paar Tipps geben!" „Na gut. Ganz kurz!" Die Frau Doktor folgte dem Friedrich, der sich schon auf den Weg gemacht hatte. Gasperlmaier war es gar nicht recht, dass der Friedrich versuchte, sich so sehr in den Vordergrund zu spielen. Ein richtiger Klugscheißer war er geworden, seit er in Pension war. Davor hatte er sich über jede zusätzliche, seiner Meinung nach unnötige Arbeit gar nicht lautstark genug beschweren können.

„Ah!" Der Friedrich entledigte sich seiner Handschuhe und rieb sich die Hände, als sie das Vorzimmer seines Hauses betraten. „Schön, dass du da bist, Haserl!", tönte es aus der Küche. Gasperlmaier grinste, während er seinen Reißverschluss aufzog. „Haserl?", wiederholte er. „Wer wird denn das sein? Wird da jemand anderer erwartet?" Der Friedrich hängte seinen Schladminger an einen Haken in der Garderobe. „Nein, nein. Du hast schon richtig gehört. Ich werde von einem liebenden Weib erwartet. Da sind so Kosewörter sehr gebräuchlich. Weißt du das am Ende nicht?" Gasperlmaier wurde aus dem Friedrich nicht schlau. Nicht nur, dass er ganz schön abgespeckt hatte, seit er in Pension war, nein, er hatte sich noch dazu eine Lebensgefährtin zugelegt und ließ sich von ihr bereitwillig „Haserl" nennen. Und dann war er auch noch schlagfertig geworden. Was für ermutigende Auswirkungen es haben konnte, wenn man nicht mehr der täglichen Herausforderung des Polizeidienstes unterworfen war. Unglaublich.

Als sie die Stube betraten, wurde der Friedrich sogar umarmt und abgeküsst. Gasperlmaier kannte seine neue Flamme, die Heidi Hierzegger, natürlich, sie war Inhaberin eines Trachtengeschäfts mit Tradition mitten in Bad Aussee. Er fand allerdings, dass sie für ihr Alter viel zu auffällig geschminkt war. Man musste sich wundern, dass der Friedrich nun nicht die ganze Farbe im Gesicht trug, die sie sich zuvor aufgetragen hatte.

Die Heidi schüttelte ihm und der Frau Doktor die Hand. „Machst uns einen Tee, Schatzerl?“, gurrte der Friedrich, worauf die Heidi lächelnd in der Küche verschwand und der Friedrich ihnen Platz an seinem großen, quadratischen Stubentisch anbot. „Wie weit seid's denn?“, fragte er, ohne sich lang mit einer Einleitung aufzuhalten. Gasperlmaier sah zur Frau Doktor, die wiederum suchte seine Blicke und zögerte. „Ich weiß nicht recht, inwieweit ... schließlich sind Sie ja jetzt Privatmann.“ „Aber völlig untadelig, wie ich betonen möchte, und noch dazu im Herzen immer noch Polizist!“ Der Friedrich legte sogar eine Hand aufs Herz, um seine Worte zu unterstreichen. Gasperlmaier fand das ein wenig übertrieben. „Da ihr bei der Stoiber Gitti wart“, fuhr der Friedrich fort, „werdet ihr sie wohl irgendwas gefragt haben, und sie ist möglicherweise in die Sache verwickelt. Und dass sie sich das Bett mit einem Motorradkameraden von ihrem Ex teilt, der jetzt leider tot ist, macht sie auch nicht weniger verdächtig.“ Die Frau Doktor riss die Augen auf. „Woher wissen Sie das alles?“ „Ich bitt' Sie!“, antwortete der Friedrich. „Wir sind ja fast Nachbarn. Da kriegst du schon mit, wenn eine alleinstehende Frau eben nicht mehr allein dasteht, weil nahezu täglich einer aus und ein geht. Und was ich noch weiß: Wenn der Sagleitner gekommen ist, um die Sabrina abzuholen, da hat es regelmäßig Streit gegeben. Entweder ist er zu spät gekommen oder zu früh, oder er hat ihr nicht haarklein erzählt, was er am Wochenende mit dem Kind vorhat. Oder sie hat ihm vorgeworfen, dass er im Auto raucht, neben dem Kind trinkt, und so weiter. Wie man hört, soll sich auch der Kramer gelegentlich in diese Auseinandersetzungen eingemischt haben. Auf Seiten der Gitti." Gasperlmaier staunte. Der Friedrich, so schien ihm, verfügte über geradezu enzyklopädisches Wissen über seine Nachbarn.

„So, meine Lieben!" Die Heidi brachte ein Tablett mit Teetassen und allem, was man sonst zum Teetrinken brauchte. Dabei strahlte sie übers ganze Gesicht. Der Friedrich stand auf, verschwand kurz in der Küche und kehrte mit einer Rumflasche zurück. „Bei der Kälte!", meinte er. „Da brauchen die beiden ein wenig Treibstoff, nicht wahr, Gasperlmaier?" Er zwinkerte ihm zu. Gasperlmaier leistete keinen Widerstand, als ihm der Friedrich einen kräftigen Schuss in die Teetasse goss. Die Frau Doktor allerdings hielt die Hand über die ihre. „Ich bleib beim Tee", sagte sie. „Erstens muss ich noch fahren, und zweitens wartet zu Hause auf mich ein anspruchsvolles Kleinkind. Da bleib ich besser nüchtern." „Wie Sie meinen!" Der Friedrich zuckte mit den Schultern und füllte auch seine Tasse mit Rum auf. Die Heidi hatte genug Platz dafür gelassen. „Schatzerl, gehst du vielleicht ein bisserl hinauf, ins Schlafzimmer? Die Herrschaften möchten mit mir nämlich Polizeiinterna zum gegenständlichen Fall besprechen. Weißt eh, die Sylvia." Das Lächeln im Gesicht der Heidi gefror. „Die arme Sylvia!" Beinahe schluchzte sie. „Sie wird uns so fehlen! Eine so herzensgute Person. Und was sie alles für das Ausseerland getan hat … Ein entsetzlicher Verlust!“ Kopfschüttelnd verließ sie die Stube, nicht ohne dem Friedrich noch eine Kusshand zuzuwerfen. Die beiden, so schien Gasperlmaier, waren emotional ins Teenageralter zurückgefallen, so, wie sie sich aufführten. Und ob die Scheurecker mit ihren polnischen Gummihühnern wirklich so viel für das Ausseerland geleistet hatte, das durfte bezweifelt werden.

Ein paar Minuten später hatte die Frau Doktor den Friedrich mit den Eckdaten ihres Falls vertraut gemacht, während der sich und Gasperlmaier mit jeweils einer zweiten Tasse Tee mit Rum versorgt hatte. In Gasperlmaiers Innerem breitete sich von den Zehenspitzen bis zum Kopf wohlige Wärme aus. Müde war er, und er konnte den Ausführungen der Frau Doktor nur mühsam folgen. Der Friedrich wiegte den Kopf hin und her, nachdem sie geendet hatte. „Die Stoiber Gitti und der Paul, die scheinen mir nicht das Format für einen so ausgeklügelten Plan zu haben. Ihr müsst bedenken, wenn sie es war, dann hat sie eure Gedanken vorausberechnet: dass ihr nämlich niemals eine Lehrerin des Mordes verdächtigen werdet, die mit ihrer ganzen Schulklasse unterwegs ist. Das wäre zudem ein äußerst riskanter Plan gewesen.“ Die Frau Doktor nickte. „Außerdem – wie hätte sie sicher sein können, dass sie das richtige Trommelweib erwischt? Die sind ja alle maskiert!“ „Vielleicht“, mischte sich Gasperlmaier ein, „hat der Mörder ja gar nicht den Richtigen erwischt. Vielleicht war es ja eh ein Irrtum. Wegen der Masken.“ Die Frau Doktor legte ihr Kinn auf den abgespreizten Daumen und sah ihn mit zusammengekniffenen Augen an. „Was sagst du da? Aber das ist ja gar nicht unmöglich. Nicht einmal unwahrscheinlich. Siebzig Leute im gleichen Kostüm. Da wäre es ja …“ Der Friedrich unterbrach sie. „Wenn ihr aber jetzt anfangt, bei jedem Trommelweib zu überlegen, ob es nicht das eigentliche Opfer hätte sein sollen, dann werdet ihr nie fertig. Das macht keinen Sinn.“ „Dennoch!“ Die Frau Doktor legte Daumen und Zeigefinger ans Kinn. „Wir sollten diesen Aspekt doch nicht gänzlich außer Acht lassen!“

Der Friedrich nahm noch einen Schluck Tee. „Braucht ihr noch was, Haserl?“, kam es, für Gasperlmaiers Ohren ein wenig schrill, aus dem ersten Stock. „Passt schon, Schatzerl!“ Die Stimme des Friedrich klang liebevoll, fast fürsorglich. „Was halten Sie vom Kaiser?“, fragte die Frau Doktor. Der Friedrich vollführte eine wegwerfende Handbewegung. „Mein Gott, der ist halt ein Radaubruder. Aber dass er einen absticht ... glaube ich nicht. Wissen Sie, wenn einer durch fünfzig Lebensjahre gekommen ist und immer nur die Fäuste hat sprechen lassen, wenn die Worte nicht ausgereicht haben, dann fängt er nicht mehr an, mit einem Messer herumzustechen.“ „Dann also doch die Hühnermafia.“

Die Frau Doktor hatte sich ebenfalls Tee nachgeschenkt, aber auf den Rum verzichtet. Gasperlmaier war so warm, so wohl, dass ihm die Augen zufielen. Rasch riss er sie wieder auf, setzte sich gerade hin und kreiste ein wenig mit den Schultern, um die Schläfrigkeit zu vertreiben. Die Frau Doktor maß ihn mit abschätzigen Blicken. Wahrscheinlich war es ihr nicht recht gewesen, dass er auch noch eine zweite Tasse mit reichlich Rum zu sich genommen hatte. Der Friedrich zuckte mit den Schultern. „Wenn es um viel Geld geht, dann ist meistens Gewalt nicht weit. Sagt mir zumindest meine Erfahrung. Aber da bleibt euch eigentlich nur der Bernsteiner. Der hat ja beim ‚Lakeview‘ seine Finger im Spiel, sagt man. Außerdem hat er ein ziemlich nahes Verhältnis zu seiner geschiedenen Frau unterhalten. Auch seltsam." Die Frau Doktor nickte. „Da könnte es auch Hintermänner geben, von denen wir noch gar nichts wissen. Oder Hinterfrauen. Vor allem wissen wir noch nicht, wen die beiden Polen mit dem ‚Österreicher' meinen. Vielleicht sollten wir ihnen einmal Fotos vom Bernsteiner zeigen." Der Friedrich nickte. „Und ich würd mir auch den Paul Kramer noch einmal vornehmen – wer weiß, vielleicht hat der ja mit dem Sagleitner unter einer Decke gesteckt, wirtschaftlich gesehen. Und der Gitti nur Theater vorgespielt, wenn er ihre Partei ergriffen hat wegen der Sabrina. Und wie es halt so geht, mit nicht rechtens erworbenem Gut – da kommt es schnell einmal zu Zank und Auseinandersetzungen. Und da schreckt man dann auch vor Gewalt nicht zurück." „Er hat auch kein Alibi", mischte Gasperlmaier sich ein. „Und am Montag am Vormittag, da war er in Bad Aussee. Auf einer Lokaltour, wegen dem Fasching. Muss aber nicht stimmen." Der Friedrich nickte. „Also, der Kramer und der Bernsteiner, die kommen beide in Frage, wenn's was mit der Hühnermafia zu tun hat. Der Kaiser hat damit sicher nichts am Hut – auf den würde ich mich nicht mehr konzentrieren." Die Frau Doktor stand auf und reichte dem Friedrich die Hand. „Danke, Herr Kahlß. Für die Informationen, für Ihre Einschätzung, und nicht zuletzt für den hervorragenden Tee. Den Sie und der Franz ja nicht wirklich geschmeckt haben können ..." Sie deutete ein wenig spöttisch auf die Rumflasche.

Der Friedrich räusperte sich. „Setzen Sie sich, bitte, noch einmal hin. Ich habe die Heidi auch noch aus einem anderen Grund hinaufgeschickt." Er deutete zur Decke. „Da gibt es nämlich noch eine Kleinigkeit, wegen der ich mit euch reden muss." Er seufzte. Gasperlmaier wurde hellhörig. „Es ist wegen dem Moped“, sagte der Friedrich. „Da ist mir am Faschingsdienstag eine Kleinigkeit passiert ...“ Die Frau Doktor machte große Augen. „Haben Sie etwa den Zaun von der ... wie hieß sie doch gleich?“ „Höllriegel“, sprang Gasperlmaier bei. „Höllriegel Hannerl.“ „Haben Sie ihren Zaun flachgelegt?“ Der Friedrich nickte schuldbewusst. „Wie es halt so geht, an einem Faschingsdienstag ... Wenn ihr die Sache nicht weiter verfolgen würdet ...“ Er ließ den Satz ausklingen. „Hast du dir denn gar nicht wehgetan?“, fragte Gasperlmaier erstaunt. Der Friedrich winkte ab. „War ja so viel Schnee.“ Die Frau Doktor schüttelte den Kopf. „Also, Herr Kahlß! Sie hätten sich den Hals brechen können! Und als ehemaliger Polizist in dem Zustand zu fahren ...“ Der Friedrich senkte schuldbewusst den Kopf. „Ja, eh. Und ich geh auch zu ihr hin und richt ihr den Zaun, wenn der Schnee wieder weg ist.“

Die Frau Doktor stand auf. „Na, dann richten Sie Ihrer Heidi bitte noch schöne Grüße aus!“ Der Friedrich nickte. „Ich werd ihr jetzt ohnehin gleich Gesellschaft leisten da oben!“ Er zwinkerte Gasperlmaier verschwörerisch zu. Der aber wollte gar nicht wissen, was Schatzerl und Haserl für den Rest des Nachmittags zu tun gedachten. Das war ja geradezu peinlich, auch noch so deutlich darauf hinzuweisen. Und das vor der Frau Doktor.

In der kalten Luft draußen wurde Gasperlmaier bewusst, dass er vom Rum im Tee regelrecht benebelt war. Da hatte der Friedrich wohl doch einen etwas zu ausgiebigen Schuss in die Teetassen gegossen. Gott sei Dank musste er nicht fahren, das hätte noch gefehlt. „Das ist ja eine saubere Geschichte!“, meinte die Frau Doktor. „Und wirst du jetzt die Ermittlungen tatsächlich einstellen?“ Er zuckte mit den Schultern. „Wenn der Friedrich eh alles wieder richtet …“

„Na ja, mir soll's egal sein. So, Gasperlmaier. Weißt du, was wir jetzt machen, wenn wir den Bernsteiner erwischen? Wir konfrontieren ihn einfach einmal mit einer Theorie. Wir sagen, also ich sage, wir hätten in den Unterlagen, die wir im ‚Lakeview‘ beschlagnahmt haben, Beweise dafür gefunden, dass er hinter den Gesellschaften steht, denen das ‚Lakeview‘ formell gehört. Dass diese Investoren, oder zumindest einige davon, nur Strohmänner sind, hinter denen er selbst sich versteckt.“

Während sie nach Aussee hinunterfuhren, meldete sich das Telefon der Frau Doktor über die Autolautsprecher. „Renate, wir haben den Polen ein Foto dieses Bernsteiner gezeigt. Sie bestätigen, dass er der ‚Österreicher‘ ist, der da auf dem Hinterhof in Linz das Umpacken überwacht hat.“ Die Frau Doktor hieb auf das Lenkrad, dass Gasperlmaier hochschrak, der schon wieder beinahe eingenickt war. Es wurde Zeit, dass dieser Arbeitstag ein Ende fand. Wenn ihn nicht alles täuschte, war schon wieder dieser Robert am Telefon gewesen, der der Frau Doktor anscheinend nicht gleichgültig war.

„Das wird super – wir lassen ihn ein wenig dunsten, und dann konfrontieren wir ihn damit – und dann nehme ich ihn gleich mit!", jauchzte die Frau Doktor. „Wenn der Bernsteiner hinter den Betrügereien steckt, muss er ja noch nicht der Mörder sein", gab Gasperlmaier zu bedenken. „Jetzt verdirb mir doch nicht die Stimmung!" Die Frau Doktor boxte ihn unsanft gegen den Oberarm. „Aua!", rief Gasperlmaier. Irgendwie musste sie einen empfindlichen Punkt getroffen haben, denn der Schmerz durchzuckte ihn bis ins Kleinhirn hinein. „Sei nicht so wehleidig! Und mach dich auf etwas gefasst. Den werden wir nach allen Regeln der Kunst vorführen, den Herrn Doktor!" Sie kicherte, etwas kindisch, wie er fand.

„Der Herr Doktor hat noch einen Termin!" Die Vorzimmerdame des Doktor Bernsteiner maß Gasperlmaier mit einer Miene, als sei er irgendein lästiges Insekt, das am besten mit Gift besprüht werden sollte. Alles an ihr war lang – der schlanke, fast magere Körper, die Beine, die Absätze ihrer schwarzen Pumps, das auf dem Kopf aufgetürmte Haar – alles strebte, so fand Gasperlmaier, irgendwie ins Hochformat. Fast gotisch, sozusagen. Sie schob ihre Brille die Nase hinunter, um ihn und die Frau Doktor genauer in Augenschein nehmen zu können. „Worum geht's denn?" „Darum!" Die Frau Doktor hielt ihr ihre Polizeimarke so nahe vor die Nase, dass sie gewiss keine Brille brauchte, um sie zu erkennen. Sie zuckte mit den Schultern und sah gelangweilt auf ihren Bildschirm. „Der Herr Doktor hat heute wichtige Gäste beim Heringsschmaus im Hotel Kaiser Franz", näselte sie. „Und momentan hält er sich mit seinen Gästen im Kurhauscafé auf. Ich glaube nicht, dass er dabei gestört werden will!" Sie schob die Brille hoch, widmete sich wieder konzentriert ihrem Bildschirm und ignorierte die Frau Doktor und Gasperlmaier völlig. So etwas Arrogantes war Gasperlmaier selten begegnet. Das konnte keine Ausseerin sein, die musste von auswärts kommen. Anscheinend, so dachte er gehässig, hatte der Herr Doktor eine Vorliebe für ausgehungerte Frauen, denn die Scheurecker war ja auch klapperdürr gewesen. War er so geizig, dass er den Damen nichts zu essen kaufen wollte? Zugleich musste er an seinen eigenen Heringsschmaus denken. Es wurde bereits dämmrig draußen. Lange durften sie sich nicht mehr Zeit lassen, er hoffte, die Frau Doktor würde mit dem Bernsteiner schnell zu einem Ende kommen und ihn gleich nach Liezen mitnehmen. Am besten wäre es freilich, sie würden ihn gar nicht mehr antreffen und gleich Schluss machen.

Im Kurhauscafé war es voll. Es dampfte förmlich. Leute im Skidress mischten sich mit Anzugträgern und Frauen im Dirndl. Auf den ersten Blick war der Doktor Bernsteiner nirgends zu sehen. Auch nicht auf den zweiten. An einem Tisch mit mehreren Herren in Trachtenanzügen erspähte Gasperlmaier den Bürgermeister. Das konnte der Tisch des Bernsteiner sein, womöglich hatte er auch den Bürgermeister zum Heringsschmaus eingeladen. Gasperlmaier bedeutete der Frau Doktor, ihm zu folgen. „Servus, Leo“, sagte Gasperlmaier mit schon etwas schwerer Zunge. Er musste sich zusammenreißen. Heiß war es hier herinnen, viel zu heiß. Der Leo grüßte ihn mit einem Nicken. „Wir suchen den Doktor Bernsteiner. Hast du den vielleicht gesehen?“ Der Leo nickte. „Was wollt ihr denn von dem? Wir haben's nämlich eigentlich schon ein wenig eilig. Wir müssen zum Heringsschmaus im ...“ „Jaja!“, unterbrach Gasperlmaier ihn. „Wo ist er denn?“ „Der ist gerade hinaus, gell, Mausi?“ Er wandte sich seiner Frau zu. Die, so fand Gasperlmaier, hatte bereits deutlich gerötete Wangen. Sie lächelte Gasperlmaier an.

„Magst dich nicht ein wenig hersetzen zu uns, Gasperlmaier?“ Sie schien es nicht eilig zu haben. Eine fesche Frau war sie schon, die Manzenreiterin. Und die kurzen, rotgefärbten Haare, die sie seit einiger Zeit trug, machten was her. Die Frau Doktor zog Gasperlmaier am Oberarm. Sie war hinter ihm gestanden und konnte im Lärm des überfüllten Cafés kaum etwas verstanden haben. „Hör auf zu flirten!“, ermahnte sie ihn. „Wo ist jetzt der Bernsteiner?“ Gasperlmaier gab die Frage an den Leo weiter. „Der ist grad raus. Vielleicht aufs Klo, oder eine rauchen.“ „Du gehst aufs Klo, ich hinaus!“, kommandierte die Frau Doktor.

Gasperlmaier begab sich die Stiege hinunter. Hier war es wenigstens etwas ruhiger. Und weniger heiß. Auf dem Treppenabsatz konnte er sich im Spiegel bewundern. Hochrot, so kam es ihm vor, war sein Kopf. Wahrscheinlich von der Hitze. Vielleicht auch vom Rum. Auf dem Klo begegnete er einem Lederhosenträger, der am Pissoir stand und den Faschingsmarsch vor sich hin summte. Der, so schlussfolgerte er, hatte sich wohl im Datum geirrt oder wollte noch nicht wahrhaben, dass es mit dem Fasching endgültig vorbei war. Der Doktor Bernsteiner jedenfalls war es nicht. Eine der Kabinen war versperrt, aus dem Inneren erschallten eindeutige Geräusche, die Gasperlmaier peinlich waren. Er hasste es, zumindest akustischer Zeuge der Entleerungen Fremder werden zu müssen, was ihm umgekehrt auch selber beim Aufsuchen öffentlicher Toiletten immer Probleme bereitete. Zu seiner Erleichterung hatte er kürzlich gelesen, dass er mit diesem Problem nicht allein war. In Schweden, so hatte es in diesem Artikel geheißen, konnten bis zu zehn Prozent der Bevölkerung nur dann, wenn sie ein Klo für sich allein hatten. Dennoch, es half nichts. Er musste sich vergewissern, ob es der Doktor Bernsteiner war, der sich in dieser Kabine aufhielt. Also klopfte er zaghaft. „Doktor Bernsteiner?" Keine Antwort. Noch einmal, diesmal lauter. „Doktor Bernsteiner?" „Geh, bitte, schleich dich!", antwortete ihm eine Frauenstimme. Gasperlmaier fuhr zusammen. Hatte er sich etwa aufs Damenklo verirrt? Nein, da hinter ihm waren ja die Urinale. Und die gab es wohl in einem Damenklo nicht. Obwohl ... wissen konnte man es nicht. Vielleicht ... „Ich hab so dringend müssen, und bei den Damen war schon eine Schlange. Gehen S' bitte weg!", klagte die Frau aus der Kabine. Er sah zu, dass er aus der Toilette hinauskam. Eine Dame in Not in Verlegenheit zu bringen, das war das Letzte, was er wollte.

Oben im Café erwartete ihn die Frau Doktor. „Wo warst du denn? Ich bin inzwischen einmal rund ums Kurhaus gegangen! Er ist nirgends zu finden. Was ist mit dem Klo?" Gasperlmaier schüttelte den Kopf. „Herr Bürgermeister, wo ist denn der Herr Doktor Bernsteiner gesessen?" Der Leo deutete auf einen Platz, ungefähr ihm gegenüber, der mittlerweile schon wieder von einem Neuankömmling eingenommen worden war. Neben ihm saß eine stark geschminkte Blonde in einem sicherlich sehr teuren Kleid, das entfernt an ein Dirndl erinnerte. Aber wirklich nur entfernt. „Sagen Sie, hat der Herr Doktor Bernsteiner einen Anruf erhalten, bevor er das Café verlassen hat?" Die Blonde nickte. Ihre Antwort konnte Gasperlmaier nicht verstehen, er kam im Gedränge nicht nahe genug heran. Die Frau Doktor allerdings zog ihn ohnehin bereits am Oberarm mit sich aus dem Lokal hinaus.

Endlich draußen. Endlich kühl. Gasperlmaier entspannte sich. „Er hat einen Anruf erhalten", sagte die Frau Doktor. „Und dann ist er weg. Und niemand weiß, wohin! Weißt du, was das heißt, Franz?" Er schüttelte den Kopf. Darüber hätte er ein Weilchen nachdenken müssen, in seinem Zustand. „Die Sekretärin hat ihn angerufen! Und ihn gewarnt! Der ist über alle Berge!" Die Frau Doktor holte ihr Handy aus der Handtasche. „Eine Fahndung, bitte!" Nach einiger Wartezeit gab sie Namen und Aussehen des Gesuchten durch. „Was für ein Auto fährt denn der?", fragte sie Gasperlmaier. Der aber zuckte nur mit den Schultern. Woher sollte er denn das wissen? Sollte sie doch lieber gleich mit dem Friedrich ermitteln gehen. Der hätte sicherlich auch noch gewusst, welchen Wagen der Doktor Bernsteiner vor seinem jetzigen gefahren hatte. „Dann müsst ihr das halt selber herausfinden. Sollte ja kein Problem sein", fügte sie noch hinzu. „Jetzt gehen wir noch einmal in sein Büro", schnaubte die Frau Doktor. „Der langen Dunklen, der erzähl ich was!"

Die aber schien völlig ungerührt, als die Frau Doktor in ihr Büro stürmte. „Ihr Chef ist weg! Er hat sich aus dem Staub gemacht! Und Sie haben ihn gewarnt!" Die lange Dunkle schob die Brille an die Nasenspitze und schlug die Beine übereinander. „Ich habe den Herrn Doktor lediglich darüber informiert, dass Sie mit ihm zu sprechen wünschen!", näselte sie arrogant. „Was er mit dieser Information anfängt, ist seine Angelegenheit." Sie blickte auf ihre Uhr. „Und überdies habe ich jetzt Feierabend!" Sie erhob sich zu ihrer ganzen, wirklich beeindruckenden Größe und machte Anstalten, das Büro zu verlassen. Überdies! Wie man sich nur so geschwollen ausdrücken konnte. Gasperlmaier spürte Zorn in sich aufwallen. Er war knapp davor, der Dame in weit weniger gewandten Worten seine Meinung zu sagen, als ihn die Frau Doktor am Oberarm wieder aus dem Büro zog. Das wurde langsam zur Gewohnheit, das Am-Arm-gezogen-Werden.

Draußen war es jetzt bereits vollständig dunkel geworden. „Wenn ich den Bernsteiner heute noch nach Liezen zugestellt kriege", sagte die Frau Doktor, „dann wird es ein langer Abend. Vielleicht sogar eine lange Nacht." Sie seufzte. Gasperlmaier sah auf die Uhr. Seiner Meinung nach ja nicht schlecht, dass sie den Bernsteiner heute nicht mehr aufgetrieben hatten. So kam er nun rechtzeitig nach Hause. Wieder einmal ein Essen zu viert, mit den Kindern. Nein, zu fünft. Er hatte vergessen, dass seine Mutter auch dabei sein würde. Die konnte sich spitze Bemerkungen selten verkneifen, wenn sie der Meinung war, dass er zu viel trank. Aber, immerhin, heute war ja Aschermittwoch. So etwas wie ein Feiertag, zumindest der Abend. Und in praktisch jedem Gasthaus wurde ja auch üppig geschlemmt, da durfte man ruhig einmal über die Stränge schlagen.

Gerade, als er sich von der Frau Doktor verabschieden wollte, klingelte ihr Handy. Zuerst hörte sie lange zu, nickte ein paarmal und sagte nicht viel mehr als „Ja, ja!" Schließlich aber begann sie die Augen zu rollen, sagte mehrmals „Muss das wirklich sein?" oder „Geht das nicht anders?" Gasperlmaier beschlich ein unangenehmes Gefühl. Was war passiert?

Schließlich legte die Frau Doktor auf, schrie „Verdammt!", und trat wütend mit ihrer Stiefelspitze gegen den linken Vorderreifen ihres Cabrios. Wenn sie auf ihr Auto losging, dessen war er sich sicher, war irgendetwas gewaltig schiefgelaufen. Hoffentlich betraf es nicht auch ihn. „Gasperlmaier, schreib den gemütlichen Abend zu Hause ab. Wir müssen zusammen zum Schneiderwirt. Dort wartet die Schablinger auf uns. Ja, die Schablinger von der Schillingzeitung. Wir haben ein Problem."

Und auf der Fahrt nach Altaussee erklärte sie ihm, was das Problem war. Die Schablinger hatte für die morgige Ausgabe der Schillingzeitung eine große Story geplant, in der sie ihn und die Frau Doktor beschuldigen wollte, den Kaiser Fritz so grob misshandelt zu haben, dass er einen Herzinfarkt erlitten hatte. Und das Gerücht über diese Story war bis zum Innenminister gelangt, und der hatte seine Untergebenen zusammengestaucht, und so war das Zusammenstauchen immer weitergegangen, bis schließlich der zuständige Staatsanwalt zusammengestaucht worden war, der seinerseits nichts Besseres zu tun gehabt hatte, als sofort die Frau Doktor anzurufen, um sie zusammenzustauchen. Und die hatte niemanden mehr, auf den sie ihren Frust abladen konnte, außer ihm. Und er rechnete es ihr hoch an, dass sie das nicht tat. „Der Staatsanwalt meint, dass es nur eine Möglichkeit gibt, diese Geschichte wieder geradezubiegen. Wir müssen uns heute noch mit der Schablinger treffen, ihr alle Informationen zur Verfügung stellen, die nicht gerade topsecret sind, und sie äußerst pfleglich behandeln. Und uns bei ihr entschuldigen." Sie stieß einen Wutschrei aus, sodass Gasperlmaier erschrocken zusammenfuhr. So war das also. „Einschleimen also?", fragte er sicherheitshalber nach. Die Frau Doktor nickte. „Sie wartet schon auf uns." Gasperlmaier fingerte sein Handy hervor. Wie sollte er das seiner Christine erklären? Aber Dienst war eben Dienst. Das konnte in einer Polizistenlaufbahn schon einmal passieren, dass man unverhofft Nachtdienst schieben musste.

Die Christine war nicht begeistert. „Weißt du, allein mit deiner Mama, das ist auch kein Honiglecken. Und die Kinder verziehen sich nach höchstens einer Viertelstunde wieder, und ich hab sie dann am Hals." „Setzt du sie halt vor den Fernseher, und machst ihr einen

Irish Coffee!“ Er wusste, dass sie einem solchen Angebot selten widerstehen konnte, danach allerdings gerne vor dem Fernseher einschlief. Die Frau Doktor musste ebenfalls längere Verhandlungen führen, um sicherzustellen, dass die kleine Sophie die Nacht über betreut wurde. „Ohne meine Mutter könnte ich mir die Kugel geben“, lächelte sie, als sie schließlich auf den Eingang des Schneiderwirts zustrebten. Fast romantisch sah es aus, wie das Licht aus den Fenstern im frisch gefallenen Schnee reflektiert wurde. Ein romantischer Abend, dessen war sich Gasperlmaier sicher, würde es aber mit der Schablinger nicht werden.

Zu Gasperlmaiers Verdruss hatte es sich die Schablinger an einem Tisch im Raucherstübchen bequem gemacht, das bereits gut gefüllt und entsprechend vernebelt war. Auch das noch. Die Frau Doktor aber schien entschlossen, den Abend schnell und professionell über die Bühne zu bringen, schritt auf die Schablinger zu und schüttelte ihr kräftig die Hand. Am Gesicht der Maggy, so fand Gasperlmaier, konnte man unschwer sehen, was das Rauchen anrichtete. Zahlreiche feine Fältchen durchzogen das knochige Gesicht, dabei konnte die doch noch nicht so alt sein. Zumindest, wenn man in Rechnung stellte, wie sie sich kleidete. Allerlei Rüschchen, Spitzchen, Bänder und Schnallen verunstalteten ihr schwarzes Top, und die dunkelgrauen Jeans sahen nicht viel besser aus. Die waren allerdings an den Knien auch noch aufgerissen. „Einen schönen guten Abend, ihr zwei. Servus, Gasperlmaier!“ Sie zog ihn an sich heran, so, als wolle sie ihn küssen. Während sie in der Linken eine brennende Zigarette hielt. Er wich zurück, was die Maggy allerdings zu ärgern schien. „Ich dachte, das sollte so eine Art Versöhnungsgespräch werden?“, murrte sie.

„Jaja!", nickte Gasperlmaier und schob sich auf die Bank, um allzu intensivem Körperkontakt mit der Schablinger auszuweichen. Die Frau Doktor nahm links von ihm Platz, sodass er nun zwischen den beiden Frauen saß, am Kopf der Tafel sozusagen. Die Schablinger grinste unentwegt, ließ aus ihrer Zigarette Rauchkringel aufsteigen und widmete sich ihrem Gespritzten. Sie schien aufgeräumt. Irgendwie hatte Gasperlmaier das Gefühl, als betrachtete sie ihn und die Frau Doktor als Geiseln. „Wollen wir was essen? Ich lade euch ein!" Die Frau Doktor zog überrascht die Brauen hoch, nahm aber die Speisekarte entgegen, die die Jasmin ihr reichte. Gasperlmaier wurde etwas freier um Herz und Magen, als die Jasmin ihm ein Lächeln schenkte. „'N Bier, Gasperlmaier?" Er nickte. Die Jasmin war, obwohl sie aus dem hintersten und tiefsten Sachsen stammte, seine Lieblingskellnerin. Sie las Stammgästen jeden Wunsch von den Augen ab, und so etwas wie schlechte Laune kannte sie nicht. Auch das etwas herbe, herrische Gehaben, das sonst im Salzkammergut beim Personal in der Gastronomie nicht selten anzutreffen war, fehlte ihr völlig. Fast hätte Gasperlmaier Lust bekommen, einmal nach Sachsen zu reisen, um herauszufinden, ob dort alle so waren wie die Jasmin.

Er warf ebenfalls einen Blick in die Speisekarte, als ihm ein eingelegter Zettel in die Hände flatterte. Einen Heringsschmausteller sollte es geben. Der würde zwar nicht ganz halten können, was die Christine zu Hause auf den Tisch brachte, aber immerhin. Er konnte ja die Reste von daheim morgen essen. „Dass das aber gleich klar ist", begann die Frau Doktor und erhob ihren Zeigefinger gegen die Schablinger. „Sie werden von uns keinerlei Zugeständnisse bekommen, was die angebliche Misshandlung des Herrn Kaiser betrifft. Wir haben ihn lediglich befragt. Dass er sich dabei in die Enge getrieben gefühlt hat und zusammengebrochen ist, hat mit Misshandlung nicht einmal am Rande etwas zu tun!“ Die Frau Doktor war so laut geworden, dass sie bereits Blicke von anderen Tischen erntete. Die Maggy versuchte sich in beruhigenden Gesten mit den Handflächen. „Da habe ich andere Informationen. Davon muss allerdings überhaupt nicht mehr die Rede sein. Ich bin an zuverlässigen Informationen interessiert. Und wenn ich die von euch nicht bekomme, dann bin ich eben gezwungen, auf weniger gut informierte Quellen zurückzugreifen.“ Die Jasmin stellte ein Bier vor Gasperlmaier hin. Gut gezapft war es, mit einer wunderbaren Schaumkrone. Er freute sich auf den ersten Schluck, den er ganz bewusst noch etwas hinauszögern wollte. Er zwinkerte der Jasmin zu und machte ihr durch unauffällige Gesten klar, dass sie ihm und der Schablinger einen großen Obstler bringen solle. Man würde ja sehen, wer hier als Sieger vom Tisch ging. Wenn er schon auf seinen Heringsschmaus verzichten musste, dann wollte er auch wenigstens etwas davon haben. Die Jasmin stellte die zwei Obstler vor ihn und die Schablinger hin. Gasperlmaier hob sein Glas und prostete ihr zu. „Auf einen schönen Abend! Und auf die Versöhnung!“ Die Schablinger konnte nicht anders, als auch ihr Schnapsglas zur Hand zu nehmen. „Prost! Und auf ex!“, rief Gasperlmaier und stürzte den Schnaps mit Todesverachtung hinunter. Das Zeug brannte ganz ordentlich. Aber die Schablinger, diese dürre Krähe, die würde gewiss nicht so viel vertragen wie er selbst. Sie sollte es bitter büßen, ihn von seinem verdienten Heringsschmaus abgehalten zu haben. Die Frau Doktor klopfte ihm unter dem Tisch gegen den

Oberschenkel und sandte ihm einen warnenden Blick zu, doch er war sich sicher, dass er wusste, was er tat.

Die Jasmin stellte drei Teller vor sie hin, und Gasperlmaier musste zugeben, dass ihm angesichts der Köstlichkeiten das Wasser im Munde zusammenlief. Matjesfilets gab es da, einen Heringkäse, ein wenig Lachs mit Oberskren, und eine Räucherfischmousse, die zumindest hoffentlich aus der Region war. Hering und Lachs, dessen war er sich einigermaßen sicher, konnte man im Ausseerland nämlich nicht fangen. „Also!", eröffnete die Schablinger mit vollem Mund und sah ihn und die Frau Doktor erwartungsvoll an. Die Frau Doktor räusperte sich. „Ich denke", sagte sie, „dass Sie gerne einmal darüber schreiben können, dass nicht alles, was im ‚Lakeview' auf den Tisch kommt, Bio-Ware ist." „Hab ich ja schon!", entgegnete die Schablinger kauend. „Ja, aber erstens handelt es sich, soweit wir bisher wissen, um Hühnerfleisch, und zweitens geht es nicht um Antibiotika, worüber Sie geschrieben haben." Die Schablinger vollführte eine wegwerfende Handbewegung mit der Gabel in der Hand. Gasperlmaier zuckte zurück, denn sie kam mit ihrem Besteck seinem Gesicht gefährlich nahe. „Das ist doch Jacke wie Hose", erklärte sie. Die Miene der Frau Doktor verdüsterte sich, obwohl sie gerade von der Räucherfischmousse gekostet hatte. „So kommen wir nicht weiter! Wenn Sie jegliche Sachinformation, die ich Ihnen anbiete, als uninteressant bewerten und sich Ihren Käse selber zusammenschmieren ..." Jetzt trat Gasperlmaier der Frau Doktor vorsichtig auf den Fuß, die innehielt und ihn erstaunt musterte. „Gut, der Räucherfisch, gell?", sagte er. Die Frau Doktor atmete aus, sie schien verstanden zu haben, worum es ihm ging. Sie durften die Schablinger heute Abend nicht reizen, sie mussten sie ... irgendwie anders in den Griff kriegen. Er merkte, dass das Glas der Schablinger leer war, und blinzelte der Jasmin zu, die gerade an der Schank stand. Sie lächelte und nickte. Kurze Zeit später stand ein neuer Gespritzter vor der Schablinger, zusätzlich zwei weitere Schnäpse, diesmal allerdings nur kleine. Man musste behutsam vorgehen, damit sie nicht Lunte roch.

„Überlegen wir mal", sagte die Frau Doktor. Die Maggy war ganz Ohr und nippte an ihrem zweiten Schnaps. „Es geht also um Betrug mit angeblichen Bio-Hühnern, die aus Massenhaltung stammen und umgepackt werden. Wo die herkommen, wissen wir noch nicht. Dann gibt es die Bedrohung einer Angestellten des ‚Lakeview', und schließlich natürlich die beiden Morde an der Chefin und am Chefkoch. Ich denke, es wird kein Geheimnis bleiben, dass die beiden in den Hühnerbetrug verwickelt waren." „Der Name der Angestellten? Wer hat sie bedroht?" Die Maggy, so merkte Gasperlmaier, hatte bereits einen leichten Zungenschlag. Sie hatte sogar, fiel ihm auf, vergessen aufzunehmen, was die Frau Doktor ihr erzählte. Woran würde sie sich morgen noch erinnern? Hoffentlich nicht an viel. Er probierte seinen Räucherlachs und spülte mit einem Schluck Bier nach. Nicht schlecht. „Das sind", so fuhr die Frau Doktor fort, „laufende Ermittlungen. Was wir noch wissen, ist, dass in diese Betrugsaffäre auch Österreicher verwickelt sind." „Die Hühner kommen also aus dem Ausland?", folgerte die Maggy. Die Frau Doktor nickte. „Sind es vielleicht so Chlorhühner aus Amerika?" Die Maggy hatte inzwischen ihren Schnaps ausgetrunken und lallte. Gasperlmaier musste aufs Klo. Dabei wollte er auch noch etwas anderes erledigen. Er fand die Jasmin hinter der Schank. „Wenn ich jetzt ein Bier bestell, Jasmin, dann bringst mir einen sauren Radler." Zwar hasste Gasperlmaier dieses Gemisch, das aus halb Bier und halb Sodawasser bestand und nach praktisch nichts schmeckte, aber heute musste es, einem höheren Zweck geschuldet, halt einmal sein. Die Jasmin zog eine betrübte Miene. „Geht's dr nischt güt, Gasperlmaier?", sächselte sie. „Hast du gestern im Karneval 'n bisschen zü tief ins Glos geschaut?" Sie zwinkerte ihm verschwörerisch zu. „Nein, nein", beeilte er sich zu erklären. „Es ist nur ... die ist von der Schillingzeitung. Und wir möchten ihr heute einmal kräftig einschenken!" Die Jasmin nickte „Alles klohr!", und er verzog sich auf die Toilette. Als er zum Tisch zurückkam, stand der Radler bereits da. Man sah es an der mangelhaften Schaumkrone und an der hellen Farbe, dass es kein Bier war, aber der Maggy würde das nicht auffallen. Unauffällig schob die Jasmin zwei weitere Schnäpse vor sie hin. „Aufs Haus!", sagte sie. „Man hat nischt immer so bromminende Gäschde!" Die Maggy kicherte hinter vorgehaltener Hand. „Prost!" Gasperlmaier hob sein Glas und stellte beim Kosten fest, dass die Jasmin wohl ein wenig Wasser in seinen Schnaps gemischt hatte. Gut so. Die Frau Doktor war gerade weiter am Erzählen. „Was die Scheurecker betrifft, hat sich jemand Mühe gegeben, einen Selbstmord vorzutäuschen. Das ist aber misslungen." „Spuren?", fragte die Maggy. Sie hatte, so stellte Gasperlmaier fest, bereits glasige Augen bekommen, stürzte ihren Schnaps hinunter und nippte an ihrem dritten oder vierten Gespritzten. Er konnte sich sicher sein, dass die Jasmin zumindest zwei Drittel Wein hineingefüllt hatte. Lange würde es die Schablinger nicht mehr machen.

„Aber", so sagte die Frau Doktor, „wir verfolgen auch noch eine ganz andere Spur!" Gasperlmaier horchte auf.

Von welcher Spur war hier die Rede? „Es gibt eine ehemalige Geliebte des Sagleitner, von der wir wissen, dass sie in Unfrieden voneinander geschieden sind. Sie und der Sagleitner, meine ich." Wen konnte sie bloß meinen? „Diese Frau ist schon mehrfach wegen Gewaltdelikten vorbestraft, außerdem ist sie ..." Sie machte eine Pause, so, als müsse sie überlegen, „schon mehrmals in Behandlung gewesen. Wegen ihrer Neigung zu Gewalt." Die Maggy schien interessiert. „Sie meinen, sie war in der Psychiatrie? Eine wahnsinnige Mörderin? Cool!" Das Wort „Psychiatrie" hatte die Maggy nicht mehr richtig aussprechen können, dafür hatte sie beim Versuch, es zu tun, ein wenig Spucke versprüht. Die Frau Doktor nahm ihre Serviette zur Hand, um sich das Gesicht abzuwischen. Etwas angeekelt warf sie ihm einen Blick zu. Hatte sie ganz leicht gezwinkert? „Na ja", fuhr die Frau Doktor fort, „und da wir wissen, dass die beiden Mordopfer ein Verhältnis miteinander unterhalten haben, könnte es ja sein, dass diese besagte Frau Wind davon bekommen hat. Das ganze Hotel hat ja schließlich darüber geredet, nicht? Und möglicherweise hat sie auch ..." „Ihre Nebenbuhlerin um die Ecke gebracht!" Die Schablinger grinste. Gasperlmaier war bewusst, dass die Frau Doktor der Reporterin ein Märchen aufgetischt hatte. Die sollte offenbar aufs Glatteis geführt werden. In zweierlei Hinsicht – durch Alkohol und Fehlinformationen.

Die Teller waren geleert, und die Schablinger bestellte sich einen weiteren Gespritzten. Offenbar gehörte sie zu den Trinkern, die immer mehr Durst bekamen, je mehr sie getrunken hatten. Als Gasperlmaier sich wieder einmal erhob, um Wasser zu lassen, wurde ihm bewusst, dass auch er nicht mehr auf sicheren Beinen stand, trotz Radler und gewässertem Schnaps.

Als er sich wieder setzte, kam die Jasmin mit der Speisekarte an den Tisch. „Darf's noch ein Nachtisch sein?“ Die Frau Doktor nickte. Seit sie ein Baby hatte, war Gasperlmaier aufgefallen, dass sie öfter einmal auch gerne und reichlich aß, vorher hatte sie es meistens bei einem Salat und einem Mineralwasser bewenden lassen. „Einen Mohr im Hemd“, bestellte die Frau Doktor. „Mohr im Hemd!“, wiederholte die Schablinger, haltlos kichernd. Sie hielt sich die Hand vor den Mund. „Mohr im Hemd!“, wiederholte sie noch einmal. Die Frau Doktor sah Gasperlmaier vielsagend an. „Haben Sie gewusst, dass man ‚Mohr‘ überhaupt nicht mehr schreiben darf? Genauso wie ‚Neger‘ oder ‚Schwarzer‘?“ Die Maggy mochte gar nicht mehr aufhören zu kichern. „Wie sollen wir ihn denn dann nennen, den Mohr im Helms?“, lallte die Maggy. Die Jasmin stellte zwei weitere Obstler vor sie und Gasperlmaier. Die Maggy grinste ihn an. „Schaffsu das noch, Gasperlmaier? Du bist doch gar nicht so kräftig gebaut, meine ich. Was schaffsu eintlich?“ Sie stürzte den Schnaps hinunter. Er musste, so befahl sich Gasperlmaier, gute Miene zum bösen Spiel machen und Heiterkeit vortäuschen, damit die Maggy nicht auf falsche Gedanken kam. Also bemühte er sich, lauthals zu lachen, und tat es ihr gleich. Diesmal war es fast nur noch Wasser. Die Jasmin passte auf ihn auf. „Prost!“, rief die Maggy und hob ihr Weinglas, während die Jasmin die Nachspeise brachte. „Da war ich einmal in einer Stranbar“, lallte die Maggy wieder, die jetzt schon beide Ellenbogen auf die Tischplatte gestützt hatte, „da hat sich mein Freund einn Neger bestellt.“ Sie kicherte. Man merkte, dass ihr der Kopf schon zu schwer wurde. Der pendelte fast haltlos auf ihren Schultern. „Also, er hat nich Neger gesag, verstehsu?“ Die Jasmin näherte sich mit zwei

Schnapsgläsern, doch die Frau Doktor schickte sie mit einer Handbewegung wieder weg. Gasperlmaier erntete einen warnenden Blick. Die Maggy hatte genug, hieß das wohl. Sie sollten es nicht zu weit treiben. Die Maggy schwadronierte weiter. „Er hat gesag, ein Weissenbier mit Cola, hat er gesag. Weil der Kellner, der war ein Neger, verstehssu?" Gasperlmaier konnte nur mit Mühe folgen. „Ein Schwarzer, der Kellner. Da hat er natürlich nicht gesagg, er will 'n Neger, verstehssu? Sagt der Neger, ‚Einen Neger also?', sagt der." Irgendwie hatte Gasperlmaier den Faden verloren.

„Papa!", kam es plötzlich von hinten. Er wandte sich um. Vor ihm stand die Katharina. „Das ist ja ein starkes Stück", sagte sie vorwurfsvoll. „Der Mama erzählst du, du bist im Dienst, und stattdessen lässt du dich hier volllaufen!" Sie stützte angriffslustig die Hände in die Hüften. „Was machst du überhaupt hier?", fragte Gasperlmaier. Die Katharina ging doch sonst nie zum Schneiderwirt, das war doch kein Lokal, wo sich die Jugend traf. Zumindest nicht die Clique, zu der die Katharina gehörte. „Lenk nicht ab!", antwortete sie streng. „Was ist denn eigentlich mit der da?" Die Maggy hatte ihren Kopf auf die Tischplatte sinken lassen und war anscheinend eingeschlafen. Nun griff die Frau Doktor ein. „Katharina, es ist wirklich nicht so, wie es aussieht." Die grinste. „Das sagt der Papa öfters." „Wir werden jetzt hier auch nichts erklären. Du fragst am besten morgen deinen Vater, warum wir hier waren. Und jetzt lass uns allein!" Die Frau Doktor hatte den letzten Satz ziemlich energisch gezischt, und tatsächlich verzog sich die Katharina, allerdings unter Kopfschütteln. Was musste die ausgerechnet jetzt hier auftauchen.

Gasperlmaier führte die letzte Gabel seines eigenen Mohren zum Mund. Insgesamt hatte auch er genug, trotz der Hilfe der Jasmin. Man durfte die zwei großen Tee mit Rum, die er beim Friedrich getrunken hatte, nicht vergessen. „Was machen wir jetzt mit ihr?“, fragte die Frau Doktor etwas ratlos. Die Maggy rührte sich nicht mehr. „Zuerst zahlen!“, meinte Gasperlmaier. „Das wird hoffentlich das Innenministerium übernehmen, wenn schon der Herr Innenminister persönlich sich die Mühe macht, alle unter sich zusammenzustauchen.“ Die Frau Doktor nickte. „Davon gehe ich aus.“ Sie ging zur Schank, um zu bezahlen. Währenddessen klopfte Gasperlmaier der Maggy auf ihren Unterarm. Näher wollte er ihr nicht kommen, denn er erinnerte sich noch mit Schaudern daran, dass sie einmal ein Mordstheater veranstaltet hatte, als er ihr zu nahe gekommen war, nachdem sie versucht hatte, sich unerlaubt einem Tatort zu nähern. „Frau Schablinger“, flüsterte er. „Aufwachen!“ Doch die Maggy grunzte nur unwillig. Die Frau Doktor kam mit Jacke und Mütze zurück. „Wir müssen sie zunächst einmal hier rausschaffen. Draußen, in der Kälte, wird sie schon zu Bewusstsein kommen.“

„Ja, wie ...“ Gasperlmaier war entschlossen, die Maggy nur auf Anweisung der Frau Doktor hin zu berühren. „Ja, ziehen wir sie einmal von der Bank“, schlug die Frau Doktor vor, „und dann legen wir ihre Arme um unsere Schultern.“ Tatsächlich schafften sie es auf diese Weise, die Maggy vor die Haustür zu bekommen. Gasperlmaier musste sie um die Mitte festhalten, während ihr die Frau Doktor ihre Jacke anzog, denn die Maggy stöhnte nur noch und war zu koordiniertem Handeln nicht mehr in der Lage. Die Jacke stank penetrant nach Zigarettenrauch. „Setzen wir sie einmal hin“, schlug Gasperlmaier vor. Vor der Haustür stand eine Holzbank, die sogar vom Schnee befreit worden war. Als sie die Maggy darauf abluden, wurde sie wach. „Kalt isses“, stammelte sie. „Ich will in mein Zimmer. Hier isses so kalt!“ Sie zitterte. Gasperlmaier fragte sich, ob sie sie nicht lieber ins Krankenhaus schaffen sollten. Aber dann würde es Fragen geben. Man würde wissen wollen, warum sich die Journalistin in Begleitung zweier Polizeibeamter bis zur Alkoholvergiftung betrinken hatte können. Er wollte abwarten, was die Frau Doktor dachte. „Wo ist denn ihr Zimmer?“, fragte die. „Inn Hotel!“, antwortete die Maggy. „Welches Hotel?“ Die Maggy zeigte vage nach links. „Da gleich ummie Ecke. Das große. Mit Holz. Weiß nichmehr, wies heißt.“ Die Augen fielen ihr zu, der Kopf schlenkerte nach vorne und sie drohte von der Bank zu fallen. Schnell griff Gasperlmaier nach ihr, um den Fall aufzuhalten, und geriet mit seiner Hand in die Nähe ihres Busens. Hoffentlich würde sich die Maggy daran morgen nicht erinnern. „He!“, rief sie allerdings. „Das muss die Villa Kirnberger sein. Das einzige größere Haus in der Nähe“, entschied Gasperlmaier. Hoffentlich würde man an der Rezeption noch jemanden antreffen. Er sah auf die Uhr. Es war erst halb elf, Gott sei Dank. Da würde wahrscheinlich sogar noch das Restaurant geöffnet sein. „Können Sie gehen?“, fragte die Frau Doktor. Die Maggy öffnete die Augen und nickte. „Na dann!“ Die Frau Doktor gab Gasperlmaier ein Zeichen, dass er die Maggy an einer Schulter anheben sollte.

Wenige Minuten später standen sie an der Rezeption der Villa Kirnberger. Die Maggy schien einigermaßen wach und konnte sogar stehen, ohne dass man sie stützte. Sie musste sich allerdings gegen die Rezeptionstheke lehnen und schwankte beträchtlich. Hoffentlich, so dachte Gasperlmaier bei sich, würde sie nicht auf die Theke kotzen. Das hätte gerade noch gefehlt. Gerade kam die Mares, die Kellnerin, aus der Gaststube. „Geh, Mares!“, hielt Gasperlmaier sie auf. „Hat die Dame ein Zimmer bei euch?“ Er deutete auf die Maggy. Die Mares warf einen skeptischen Blick auf die Maggy Schablinger und musterte sie von oben bis unten. „Wie sie das Zimmer genommen hat, hat sie aber noch anders ausgeschaut“, meinte sie trocken, trat hinter die Rezeption und händigte ihnen einen Schlüssel aus. „Zimmer 12. Aber schaut’s mir, dass die nirgends hinspeibt! Und die Rettung ruf ich auch nicht. Ich hab was anderes auch noch zu tun!“ Und schon war sie verschwunden. Da war sie wieder, die herbe und herrische Art, die der Jasmin so völlig fehlte. Ein Glück, dass er seinen Stammtisch beim Schneiderwirt hatte. Und hoffentlich wurde die Jasmin dort auch gut bezahlt, damit sie ihnen ja recht lange erhalten blieb.

Die Stiege war zu eng, als dass sie zu dritt nebeneinander hätten hinaufsteigen können. „Du gehst vor, ich hinten!“, kommandierte die Frau Doktor. Doch so ging es nicht, die Maggy tappte hilflos mit den Händen auf den Treppenstufen herum. „Nimm ihre Hand und häng sie dir in den Gürtel!“ Die Frau Doktor wusste für alles eine Lösung. Gasperlmaier musste die Hand der Maggy allerdings festhalten, denn aus eigener Kraft konnte sich die gar nicht festhalten. Ganz wohl war ihm nicht dabei, dass die Maggy praktisch ihre Hand in seiner Hose hatte, wenn auch nur hinten.

Es dauerte ein Weilchen, bis sie die Maggy im Bett hatten. „Gescheiter ist, du gehst“, sagte die Frau Doktor. „Jetzt zieh ich sie nämlich aus.“ Die Maggy stöhnte nur, und Gasperlmaier war heilfroh, dass er sich davonmachen durfte. Wenige Minuten später, als er schon zu frieren begann, gesellte sich die Frau Doktor vor der Hoteltür zu ihm. „Ihr Puls geht regelmäßig. Ich hab sie in die Seitenlage gebracht, damit sie nicht ersticken kann. Ich glaub, wir können sie alleine lassen. Sie wird den Rausch schon überstehen." Sie konnten nur hoffen, so dachte er bei sich, dass die Maggy morgen einen gewaltigen Filmriss haben würde und sich an gar nichts mehr erinnerte, nicht an die Geschichte über die angebliche Misshandlung des Kaiser Fritz, die sie eigentlich schon geschrieben hatte, noch an den Blödsinn über die unbekannte Frau, den ihr die Frau Doktor verzapft hatte. Und hoffentlich schon gar nicht daran, dass sie von ihm in Zusammenarbeit mit der Frau Doktor und der Jasmin ordentlich abgefüllt und danach in ihrem Bett abgelegt worden war.

Die Frau Doktor hielt ihm ihr Handy vors Gesicht, auf dessen Bildschirm eine Nachricht angezeigt war. „Ich ... keine Brille", entschuldigte er sich. „Sie haben den Doktor Bernreiter erwischt", erklärte sie. „Gleich hinter dem Pötschenpass ist er bei einer Kontrolle ins Netz gegangen. Aber den werde ich mir morgen vornehmen. Heute geht's nur mehr ins Bett!" Sie gähnte hinter vorgehaltener Hand. „Und dir empfehle ich das Gleiche!" Sie lächelte, winkte ihm zu und stieg in ihr Cabrio. Als sie mit röhrendem Auspuff abgezogen war, erinnerte sich Gasperlmaier daran, dass sie ihm eigentlich auch anbieten hätte können, ihn nach Hause zu fahren. Er machte sich auf den, zugegebenermaßen kurzen, Weg.

„Die Katharina meint, ihr habt es recht gemütlich gehabt!" Die Christine empfing ihn etwas unwirsch. Das war ja wirklich die Höhe, dass ihn seine eigene Tochter bei seiner Frau anschwärzte. „Das wär jetzt ein bisschen umständlich zu erklären", wich er aus. „Aber wir haben mit der Schablinger von der Schillingzeitung reden müssen, wegen dem Innenminister, und jetzt haben wir sie noch zu Bett gebracht." Die Christine riss die Augen auf. „Was erzählst du denn da für einen Unsinn?" Es war immer dasselbe. Wenn er sich daran versuchte, einen komplizierten Sachverhalt stark zusammengefasst darzustellen, kam meist etwas heraus, das gar niemand verstand oder ihn sogar in ein schlechtes Licht rückte. „Ich geb's auf", meinte er resigniert. „Ich erklär heute gar nichts mehr!" „Auch nicht, warum du nach Schnaps und Zigaretten stinkst?" Die Christine konnte es einfach nicht lassen, herumzumeckern. „Deine Mutter ist übrigens auch noch da. Sie hat, wie du mir empfohlen hast, einen Irish Coffee bekommen. Dann ist sie eingeschlafen, und später, als sie wieder munter geworden ist, hat sie gemeint, es sei viel zu kalt zum Heimgehen, und wenn du kommst, sollst du sie heimfahren. Während der Wartezeit hat sie die Nachrichtensendung im Fernsehen kommentiert."

Gasperlmaier seufzte. Seine Mutter hatte die Angewohnheit, bereits nach dem ersten Satz einer Meldung in den Nachrichten ausführlich ihren eigenen Standpunkt zum jeweiligen Problem darzulegen. Konnte denn nicht nach diesem fürchterlichen Tag endlich Ruhe einkehren? Musste er sich jetzt noch mit Tochter, Ehefrau und Mutter auseinandersetzen und ihnen jede Bewegung des heutigen Tages erklären und sich dafür rechtfertigen? Am liebsten wäre er jetzt einfach bewusstlos umgekippt, so wie die Maggy vorhin. Aber jetzt musste er sich noch darum kümmern, wie die Mama nach Hause kam. Als er ins Wohnzimmer trat, saß sie putzmunter auf dem Sofa. „Dass du auch endlich einmal heimfindest!", war die recht unfreundliche Begrüßung. „Mama, es war etwas Dienstliches. Kannst mir glauben, ich wär auch lieber zum Heringsschmaus zu Hause gewesen!" „Stattdessen hast du es dir mit zwei Damen beim Wirten gemütlich gemacht!" Der Ton blieb vorwurfsvoll, doch Gasperlmaier fehlte jede Energie für ein Streitgespräch mit seiner Mutter, die sowieso immer Recht behalten musste. „Willst du jetzt heim, oder nicht?", fragte er entnervt. „Bleibt mir ja nichts anderes übrig! Ihr habt ja kein Bett frei!" War das auch wieder als versteckter Vorwurf zu werten? Gasperlmaier erinnerte sich, dass die Mutter einmal ein paar Monate bei ihnen gewohnt hatte, weil ihr Haus nach einem Brand hatte renoviert werden müssen. Als sie wieder ausziehen musste, hatte es doch ein paar Unstimmigkeiten gegeben.

„Stinken tust du. Nach Zigaretten. Hast wieder zum Rauchen angefangen?" Gasperlmaier seufzte. Nicht nur, dass er noch Auto fahren musste, obwohl er sicherlich mehr als die erlaubten 0,5 Promille im Blut hatte, ging jetzt das Gejammer noch weiter. Man hatte es manchmal wirklich nicht leicht im Leben.

13

„Meine Herrschaften, es hat eine neuerliche Wendung in unserem Fall gegeben!“ Die Frau Doktor schien aufgeräumt, und auch Gasperlmaier war einigermaßen ausgeschlafen. Es hatte ausnahmsweise keinen nächtlichen Alarm gegeben, und nur die Manuela hatte gemerkt, dass er eine halbe Stunde verspätet zum Dienst erschienen war, doch sie hatte den Mund gehalten. Was guttat nach den verschiedenen Vorwürfen, denen er sich gestern Abend ausgesetzt gesehen hatte – von drei Frauen seiner Familie, aus drei verschiedenen Generationen. „Es gibt Ergebnisse der Spurensicherung, und das Wichtigste möchte ich euch nicht vorenthalten: Wir haben Fingerabdrücke und DNA-Spuren von unserem altbekannten Herrn Fritz Kaiser auf der Mordwaffe gefunden!“ „Bist du fertig!“, war die Manuela erstaunt. „Und ich hab gedacht, der ist aus der Schusslinie? Wegen der Polen und dem Bernsteiner?“

Die Frau Doktor lächelte und wuchtete ihre nicht gerade zierliche Handtasche auf Gasperlmaiers Schreibtisch. „Der Bernsteiner wird gerade von der Wirtschaftspolizei verhört. Samt unseren beiden Polen. Um die brauchen wir uns vorerst einmal nicht kümmern – denn der Bernsteiner und die beiden Polen waren ja nicht am Tatort. Zumindest nicht da, wo unser erstes Opfer ermordet wurde. Der Kaiser dagegen schon. Auf, meine Herrschaften, wir schreiten zu einer Verhaftung!“

Die Frau Doktor deutete auf den Streifenwagen, als sie vor der Haustür standen. „Ich möchte den Kerl nicht in meinem Cabrio haben. Außerdem wird es ein wenig knapp zu viert.“ Also nahm Gasperlmaier auf dem Fahrersitz seines Skoda Platz. Es war, genau wie gestern, ein wunderschöner, aber klirrend kalter Wintertag. Ideal zum Skifahren. Es war ja immer das Gleiche. Am Wochenende, wenn er selber Zeit gehabt hätte, da würde das Wetter natürlich wieder umschlagen und man würde sich auf der Loserabfahrt durch Schneetreiben und Nebelbänke kämpfen müssen.

„Ist der schon heraußen, oder müssen wir ins Krankenhaus?“ Die Frau Doktor kramte ein paar Zettel aus ihrer Handtasche und sah sie durch. „Meinen Informationen zufolge ist er gestern Abend entlassen worden.“

Der Kaiser Fritz wohnte in einem etwas heruntergekommenen Mehrparteienhaus direkt am Traunufer in Bad Aussee. „Vorsicht!“, mahnte die Frau Doktor. „Wir können nicht wissen, wie er reagiert, wenn wir noch einmal auftauchen. Wahrscheinlich wird er sich der Tatsache bewusst sein, dass er Fingerabdrücke hinterlassen hat. Wenn er auch hoffentlich nicht weiß, dass wir die Tatwaffe haben, das sollte ja noch nicht durchgesickert sein.“ Gasperlmaier legte seine Hand an die Waffe, als sie vor die Eingangstür traten. Im zweiten Stock, auf Nummer 13, da stand der Name Kaiser auf dem Türschild. 13, das würde heute keine Glückszahl sein. Gerade kam ein Schulkind durch die Haustür, und die Frau Doktor bedeutete ihnen, ohne anzuläuten direkt ins Vorhaus zu treten. Der Bub starrte sie grußlos an. „Ein bisschen spät dran heute, wie?“, meinte die Manuela mit einem Blick auf die Uhr. „Hab verschlafen“, grummelte der Bub vor sich hin.

Im zweiten Stock gab es insgesamt sechs Türen, die alle in Wohnungen führten. Die erste rechts war Nummer 11, es musste also die dritte sein. Der Gang sah ein wenig ungepflegt aus, an manchen Stellen war die Wandfarbe abgeblättert, vereinzelt gab es sogar Löcher im Putz, und die metallenen Türstöcke hätten auch einmal einen neuen Anstrich vertragen.

Die Frau Doktor bedeutete ihnen, links und rechts von der Tür Aufstellung zu nehmen. Dann drückte sie auf die Klingel. Die Glocke schrillte unangenehm laut, so ähnlich wie Gasperlmaiers eigene zu Hause. Nichts rührte sich. „Der ist bestimmt noch nicht auf", meinte die Manuela. Sie konnte Recht haben. Gestern war ja Aschermittwoch gewesen. Nach dem Heringsschmaus schliefen die, die es sich leisten konnten, sicherlich gerne länger. Aber der Kaiser, so erinnerte er sich, war ja erst gestern aus dem Krankenhaus entlassen worden. Die Frau Doktor drückte noch einmal auf den Klingelknopf, diesmal etwas ausdauernder. Die Tür gegenüber, die Nummer 14, ging auf und eine alte Frau lugte durch den Türspalt. „Polizei? Was wollt's denn von dem Kaiser?" Die Frau Doktor drehte sich um. „Nichts. Nichts, was Sie betrifft. Und Sie gehen jetzt bitte wieder in Ihre Wohnung zurück und schließen die Tür." „Aber der ist sicher daheim, der hat doch gar keine Arbeit!"

„Jetzt gehen S' schon rein!", herrschte Gasperlmaier die Frau an. Als er seine Hand erneut an die Waffe legte, stieß die einen spitzen Schrei aus und ließ die Tür ins Schloss fallen. Die Frau Doktor schüttelte den Kopf. „Das wär jetzt aber nicht unbedingt notwendig gewesen!" Er zuckte mit den Schultern. Schließlich hatte sie selbst ja zur Vorsicht gemahnt. Hätte er sich vielleicht auf eine längere Debatte mit der Frau einlassen sollen?

Die Frau Doktor klingelte ein drittes Mal. Zudem klopfte sie kräftig gegen die Tür. „Aufmachen! Polizei!" Das, so fand Gasperlmaier, klang schon einigermaßen bedrohlich. „Pst!", machte die Frau Doktor und legte einen Finger an die Lippen. Aus der Wohnung konnte man Geräusche hören. Da knarrte eine Tür. Schritte, langsam und schlurfend. „Bin ja schon da!", meldete sich eine heisere Stimme. „Wer ist denn da?“ In dem Moment, als sich die Tür einen Spalt öffnete, stieß die Frau Doktor sie ganz auf, das Türblatt knallte dem Kaiser Fritz ins Gesicht und er stürzte rücklings in den Vorraum. „Öha!“, gelang es dem Fritz noch zu rufen, bevor er hart auf dem Boden aufschlug. Die Frau Doktor war bereits über ihm, als Gasperlmaier die Schwelle überschritt. Der Fritz lag vor ihm auf dem Boden und blutete aus einer Wunde an der Stirn. Auch am Kinn war er aufgeschürft. „Au weh!“, jammerte der Fritz und versuchte sich aufzurappeln. „Oje!“, bedauerte die Manuela. „Das sieht böse aus!“ Der Fritz griff sich an den Hinterkopf und zog eine blutige Hand wieder hervor. Das hatten sie ja prima hingekriegt.

„Sie sind verhaftet, Herr Kaiser!“, rief die Frau Doktor. „Sie stehen im Verdacht, den Kurt Sagleitner während des Aufmarschs der Trommelweiber am Montag erstochen zu haben. Heben Sie die Hände über den Kopf und stehen Sie langsam auf!“ Das, so vermutete Gasperlmaier, würde der Fritz nicht so ohne Weiteres hinbekommen, war es doch schon für einen gesunden, einigermaßen gelenkigen Menschen nicht einfach, mit über dem Kopf erhobenen Händen vom Boden aufzustehen. Die Manuela warf Gasperlmaier einen Blick zu. Er nickte. Gemeinsam griffen sie dem Kaiser Fritz unter die Arme und hievten ihn auf die Beine. Gegenüber öffnete sich wieder die Tür. „Jessas, der schaut aus! Was habt's denn mit dem gemacht?“ Jetzt hatte Gasperlmaier aber genug. „Schauen S', dass Sie in Ihre Wohnung kommen! Das ist ein Polizeieinsatz! Ein gefährlicher!“ Die Tür schloss sich so schnell, wie sie aufgegangen war. Nicht nur der Fritz, auch Gasperlmaier atmete schwer. Die Frau Doktor trat hinter ihn und ließ die Handschellen klicken. „Abführen!“, sagte sie.

Ob sie den Fritz in dem Zustand ins Auto bekommen konnten, und ob sie das überhaupt probieren sollten? Die Manuela schien gleicher Meinung. „Frau Doktor, wir sollten vielleicht zuerst einmal seine Wunden ..." Die Frau Doktor nickte. Auch sie war einigermaßen aufgeregt, Gasperlmaier konnte es an ihren geröteten Wangen erkennen. Der Fritz schnaufte nur und schwieg. Die Manuela und Gasperlmaier verfrachteten ihn in sein Wohnzimmer und ließen ihn vorsichtig auf das Sofa niedersinken. Nicht, dass er sich noch einmal verletzte. „Ich schau im Bad nach Verbandszeug." Die Frau Doktor war einverstanden, die Manuela verschwand. Gasperlmaier sah sich um. Wirklich gemütlich war das Wohnzimmer des Kaiser Fritz nicht. Jede nur denkbare waagrechte Fläche war mit Altpapier, Pizzakartons und leeren Flaschen vollgestellt. Dementsprechend roch es auch. Die Frau Doktor ging zur Balkontür und öffnete sie. „Puh!" Ein Schwall frischer, eiskalter Luft ergoss sich ins Zimmer.

„Da schaut's aus!", kam die Stimme der Manuela aus dem Bad. Der Fritz schien es mit dem Zusammenräumen und Putzen nicht so genau zu nehmen. Eigentlich konnte er einem leidtun. Früher ein angesehener Hutmacher – daher auch die Mitgliedschaft bei den Markttrommelweibern –, und wie tief war er jetzt gesunken? Die Manuela kam mit ein paar Papiertaschentüchern zurück. „Sonst hab ich leider nichts gefunden." Vorsichtig begann sie, die Wunden des Fritz abzutupfen. „Aua!", zuckte der immer wieder zusammen. Gott sei Dank, so dachte Gasperlmaier bei sich, war die Schablinger wahrscheinlich noch dabei, ihren Rausch auszuschlafen, und würde den Fritz so nicht zu Gesicht bekommen. Das heute sah nämlich schon eher nach Polizeibrutalität aus, obwohl es ein reiner Unglücksfall gewesen war. Aber wenn er und die Manuela die Version der Frau Doktor bestätigten, dann würde es nur heißen, eine Krähe hacke der anderen kein Auge aus. Und die Nachbarin, der würden sie einschärfen müssen, dass sie über die Vorfälle heute niemandem was erzählte.

„Herr Kaiser“, begann die Frau Doktor, „Sie können sich sicher denken, warum ich Sie verhaftet habe?“ Der Fritz schüttelte den Kopf. „Wollen Sie uns die ganze Geschichte noch einmal erzählen? Was am Montag passiert ist?“ Der Fritz starrte sie ausdruckslos aus blutunterlaufenen Augen an. Der musste gestern Abend, gleich nach seiner Entlassung aus dem Krankenhaus, wieder ganz schön getankt haben. Die Frau Doktor seufzte. Gasperlmaier stand auf. „Ich bring ihm ein Glas Wasser.“ Der Fritz trank gierig, als er ihm das Glas an die Lippen hielt. Ein wenig davon verschüttete Gasperlmaier. Es war ja nicht so einfach, jemandem zu trinken zu geben, dessen Hände auf dem Rücken gefesselt waren.

„Um die ganze Sache abzukürzen, Herr Kaiser: Wir haben die Mordwaffe sichergestellt. Und sie eindeutig als die Waffe identifiziert, mit der Kurt Sagleitner ermordet worden ist. Auf der Waffe haben wir natürlich Spuren des Opfers gefunden, aber auch Ihre. Fällt Ihnen dazu vielleicht jetzt etwas ein?“ Der Fritz schien zu überlegen. Dann nickte er. Die Frau Doktor atmete hörbar auf. Jetzt kam wohl ein Geständnis. Und wenn sie Glück hatten, dann war die ganze Affäre heute Mittag schon vorbei, und Gasperlmaier konnte sich wieder seinem gewohnten Dienst widmen. Was ihm allerdings den Fasching auch nicht zurückbrachte.

„Ich hab sie in der Hand gehabt. Und dann weggeschmissen“, sagte der Fritz. Die Frau Doktor beugte sich vor. „Was soll denn das heißen, in der Hand gehabt? Sie haben den Sagleitner umgebracht!“ Der Fritz schüttelte den Kopf. „Nur in der Hand gehabt. Ein anderer hat es verloren. Ich hab das Messer dann aufgeklaubt. Da hab ich ja noch nicht gewusst, dass damit einer erstochen worden ist! Es war ja ein wunderschönes Stück, geschnitzt, und mit Silber sogar.“ „Das glauben Sie ja wohl selber nicht!“, zischte die Frau Doktor. „Franz, mach die Balkontür zu!“ Obwohl die Frau Doktor einen recht unwirschen Ton an den Tag gelegt hatte, tat er, wie ihm geheißen. „Das Messer“, fuhr der Fritz fort, „das hat einer verloren. Und ich hab es aufgehoben und gleich gesehen, das ist ein gutes. Natürlich wollte ich es zuerst zurückgeben. Aber dann habe ich es lieber eingesteckt. Ein so schönes Messer ...“

„Herr Kaiser!“ Die Frau Doktor wurde sichtlich ungeduldig. „Das erzählt uns ja jeder zweite Beschuldigte. Der große Unbekannte, der die Mordwaffe verloren haben muss. So ein Schwachsinn! Das glaubt Ihnen kein Richter und kein Staatsanwalt. Es sind doch Ihre Spuren dran! Nur Ihre und die des Opfers! Wenn Sie gestehen, wird Ihnen das strafmildernd ausgelegt. Da sparen Sie sich ein paar Jahre Gefängnis!“ Der Fritz zuckte mit den Schultern. „Mir ist es egal, wie lange Sie mich einsperren. Schauen Sie sich doch um!“ Er umfasste den Raum mit einer großen Geste. „Schlimmer kann es eh nicht mehr werden.“ Die Frau Doktor durchbohrte den Fritz förmlich mit ihren Blicken. „Haben Sie Blut an dem Messer gesehen?“ „Nicht auf den ersten Blick“, sagte er. „Aber dann, später, als ich es noch einmal herausgeholt habe. Da war ja auch Blut an meinem Kostüm, und an der Hosentasche. Da hab ich gleich gewusst, das ist das Messer, mit dem einer den Sagleitner abgestochen hat.“ Die Frau Doktor schüttelte den Kopf. „Eine schöne Geschichte haben Sie sich da ausgedacht. Sie könnten Märchenonkel im Fernsehen werden!“

Gasperlmaier war sich da nicht so sicher. Der Fritz, so dachte er bei sich, der konnte sich verkatert, wie er war, eine solche Geschichte nicht innerhalb von ein paar Minuten zusammengereimt haben. Für ihn klang es durchaus glaubwürdig, was er da erzählte. Und da war ja auch noch der Drohbrief, den er dem Fritz nicht zutraute. Und der zweite an die Scheurecker, den konnte der Fritz gar nicht verfasst und abgeliefert haben.

„Wie auch immer.“ Die Frau Doktor stand auf. „Ich werde Sie jetzt nach Liezen bringen lassen, aufs Bezirkspolizeikommando. Und dann werden wir Sie dem Haftrichter vorführen, und der wird vermutlich bis zum Prozessbeginn Untersuchungshaft verhängen.“ Der Fritz zuckte nur mit den Schultern. „Kopfweh hab ich. Und aufs Klo müsst ich noch“, meinte er nur. „Haben Sie Tabletten?“ „Im Badezimmer. Im Schränkchen über dem Waschbecken.“ Die Manuela verschwand. Die Frau Doktor trat zum Sofa. „Aufstehen! Und machen Sie mir ja keinen Blödsinn. Die Klotür bleibt offen! Gasperlmaier, du stellst dich davor.“ Sie trat hinter den Fritz und schloss die Handschellen auf. Der stöhnte und rieb sich die Handgelenke. Das hatte gerade noch gefehlt, dass er den Fritz beim Wasserlassen überwachen musste. Wo er doch selber schon seine Blase spürte. Die Manuela kam mit einem verschmierten Becher und einem Streifen Tabletten aus dem Badezimmer zurück. „Die da?“ Der Fritz nickte, drückte eine heraus und spülte mit einem Schluck Wasser nach.

Schließlich hatten sie auch den Toilettengang hinter sich gebracht, der Fritz hatte es ordentlich plätschern lassen. Bei der Gelegenheit stellte Gasperlmaier fest, dass das Klo des Fritz überhaupt kein Fenster hatte, durch das er sich davonmachen hätte können. Die Frau Doktor schloss die Handschellen wieder zu.

„Ja, Gasperlmaier, Frau Reitmair. Das war's dann wohl. Zumindest fürs Erste." Auf dem Gang verfolgte, wie nicht anders zu erwarten, die Nachbarin den Abtransport des Kaiser Fritz. „Wo bringt's denn den hin?", fragte sie neugierig, erhielt aber keine Antwort. „Aber zurückbringen braucht's den Häfenbruder dann nicht mehr!", rief sie ihnen noch nach, als sie schon die Stiegen in den ersten Stock erreicht hatten.

Vor dem Haus wartete nicht nur ein Streifenwagen mit eingeschaltetem Blaulicht, sondern auch eine ganz ansehnliche Schar Schaulustiger. „Den Kaiser haben's verhaftet!", schrie einer. „Hat er das Trommelweib umgebracht, ha?" Seine Frage blieb ebenso unbeantwortet. Als sich der Wagen mit dem Kaiser Fritz in Bewegung setzte, war auch die Frau Doktor plötzlich verschwunden, ohne sich noch einmal verabschiedet zu haben. Gasperlmaier wischte sich den Schweiß von der Stirn. „Es gibt nichts mehr zu sehen!" Mit ein paar Handbewegungen versuchte die Manuela, die Menge zu verscheuchen, die am Schauplatz der Verhaftung immer noch auf weitere Ereignisse zu warten schien. Die Leute bewegten sich keinen Millimeter. „Gehen wir", schlug Gasperlmaier vor. Die Manuela nickte.

„Was ist jetzt eigentlich mit dem Mord an der Scheurecker?", fragte die Manuela auf der Fahrt nach Altaussee. „Den kann der Kaiser doch gar nicht begangen haben. Die Frau Chefinspektor hat so getan, als wäre der Fall abgeschlossen." Gasperlmaier zuckte mit den Schultern. „Sie hat ja auch noch den Bernsteiner verhaften lassen. Wahrscheinlich wird der die Scheurecker umgebracht haben." „Geh! Das glaubst du doch selber nicht! Wo er doch mit ihr die lukrativen Geschäfte im ‚Lakeview' betrieben hat." „Gerade deswegen!", insistierte Gasperlmaier. „Die haben sich wahrscheinlich über den Profit in die Haare gekriegt, das kennt man ja. Wenn es um die Gewinne aus Verbrechen geht, da kennen die keine Gnade. Mir hat da einmal einer eine Geschichte erzählt, von ein paar Förstern in Finnland ..." „Jaja!", unterbrach ihn die Manuela. Wenn sie seine Geschichte nicht hören wollte – auch gut. Würde man eben den Rest des Tages Dienst nach Vorschrift machen, ein paar Berichte schreiben, vielleicht sogar ein paar Akten abheften, die schon lange darauf gewartet hatten. Und er könnte auch einmal seine Dienstwaffe reinigen, fiel ihm ein. Immerhin hatte er sie vorgestern zum ersten Mal in seinem Leben im Einsatz verwendet. Und, weil die Sonne gar so schön schien, könnte man auch eine Skistreife auf dem Loser ins Auge fassen. Wo doch so viele Skifahrer unterwegs waren, die auf geradezu gemeingefährliche Weise sämtliche Pistenregeln missachteten. Und Skidiebe gab es schließlich auch noch. Ja, das war eine gute Idee.

Doch bevor sie noch Bad Aussee auf der Altausseer Straße verlassen hatten, klingelte Gasperlmaiers Handy. Zunächst wollte er es einfach läuten lassen und später auf dem Posten nachsehen, was es gegeben hatte. Doch die Manuela griff ihm, ohne lang zu fragen, einfach in die Brusttasche und holte es heraus. Vor Schreck hätte er beinahe den Wagen verrissen und gegen den Randstein gelenkt. „Herrschaft!", fluchte er, als die Manuela schon abhob. „Ja? Gruppeninspektorin Reitmair am Apparat Gasperlmaier? Was gibt's?" Der Mann, der am Telefon war, schrie so laut, dass die Manuela das Telefon ein Stück von ihrem Ohr weghielt und Gasperlmaier jedes Wort verstehen konnte. „Ihr müsst's sofort kommen!", schrie er. „In die Volksschule! Da hat mich einer aus dem Fenster stoßen wollen!" „Dreh einmal um", flüsterte die Manuela ihm zu. „Sagen Sie mir Ihren Namen?" „Der Kerschbaumer Alfred bin ich, der Gasperlmaier kennt mich eh!" Gasperlmaier konnte sich nicht an einen Kerschbaumer erinnern. Der Mann schien völlig durchgedreht. „Sind Sie der Volksschuldirektor?", fragte die Manuela. „Nein, der Schulwart! Kommt's ihr jetzt endlich?" „Herr Kerschbaumer, wir sind schon unterwegs. Ich schlage vor, Sie begeben sich zum Direktor. Oder der Direktorin, je nachdem. Und berichten dort. Und dann sehen Sie zu, dass die Kinder nicht gefährdet sind. Ist der Täter noch im Haus?" „Das weiß ich doch nicht!" Die Manuela legte auf. „Fahr!", trieb sie Gasperlmaier an. „Da sind womöglich Kinder in Gefahr!" Gasperlmaier schaltete Blaulicht und Folgetonhorn ein. Bei der Einmündung in die Ischler Straße wollte er links an einem Kleinwagen vorbei, dessen Fahrer aber offensichtlich blind und taub war und gleichzeitig mit ihnen nach links abbog. „Sakra!", schimpfte Gasperlmaier. Um Haaresbreite hätte sie der Kleinwagen gerammt. Mit immer noch pochendem Herzen stieg Gasperlmaier vor der Volksschule aus. Schön langsam wurden ihm solche Einsatzfahrten zu viel. Er war halt doch nicht mehr der Jüngste.

Kaum hatten sie ihr Fahrzeug abgestellt, tauchten überall an den Fensterscheiben neugierige Kindergesichter auf. Den Lehrerinnen war es offenbar nicht gelungen, ihre Schützlinge angesichts des Polizeieinsatzes in Zaum zu halten, und sie waren von ihren Plätzen an die Fenster geschossen.

Am Eingang erwartete sie der Schulwart. Jetzt erinnerte sich Gasperlmaier, wer das war: Der Alfred Kerschbaumer war eines der Trommelweiber, die sie im Gefolge des Mordes am Kurt Sagleitner vernommen hatten, beim Kirchenwirt unten. Er war einer derjenigen gewesen, die kurz vor dem Mord das öffentliche Pissoir aufgesucht hatten. Schon am Montag war Gasperlmaier aufgefallen, dass der Kerschbaumer einen hochroten Schädel gehabt und unmäßig geschwitzt hatte. Heute, so fand er, war es noch ärger. Der feiste junge Mann leuchtete geradezu, so, als ob ihm jeden Moment der Schädel platzen wollte. Die Manuela schien seine Ansicht zu teilen. „Grüß Gott, Herr Kerschbaumer. Jetzt beruhigen Sie sich doch erst einmal. Es ist ja nichts passiert, nehme ich an, seit Sie uns gerufen haben?" Der Alfred schnaufte heftig. „Nichts passiert!", stieß er atemlos hervor. „Nichts passiert! Um ein Haar wäre ich tot gewesen! Da!" Er deutete auf eine Stelle rechts vor dem Hauseingang. „Da tät ich jetzt liegen, wenn ich mich nicht so gewehrt hätte! Da würd ich in meinem Blut liegen!" Über ihnen waren einige Fenster aufgegangen, und ein paar neugierige Kinderköpfe kamen zum Vorschein. „Fenster zu!", hörten sie die energische Stimme einer Lehrerin. „Und alle auf ihre Plätze! Sofort!" Die Köpfe verschwanden.

„Wir gehen jetzt einmal hinauf", sagte Gasperlmaier. „Und dann erzählst du uns im Büro, was eigentlich passiert ist." „Wir sollten", mischte sich die Manuela ein, „vorher einmal das Gebäude sichern. Vielleicht ist ja der Täter noch hier." Sie sah Gasperlmaier fragend an. „Ein Trommelweib war's!", schrie der Alfred nun. „Ein Trommelweib! Kommen S', ich zeig's Ihnen!" Er ging voraus und deutete ihnen aufgeregt mit dem Finger, ihm zu folgen. „Ein Trommelweib?" Gasperlmaier war erstaunt. „Bist du dir da sicher? Der Fasching ist ja schon vorbei!" „Ob ich mir sicher bin? Was glaubst du denn?" Der Alfred gab sich empört.

Bereits auf der Treppe in den ersten Stock kam ihnen die Buchinger Hilde entgegen, die Direktorin der Volksschule. „Grüß euch. Ich hab schon überall nachgeschaut. Kein Trommelweib. Nirgends. Nicht in den Klassen, nicht in den Nebenräumen, nicht in der Besenkammer." Sie sah den Alfred etwas skeptisch an. „Gehen wir in mein Büro?" Gasperlmaier nickte. Wenn die Hilde sagte, sie habe kein Trommelweib gefunden, dann konnte man sich darauf verlassen. Und so, wie sie gebaut war, hätten sie ohnehin nur mehr die Reste des Angreifers aufsammeln können, nachdem die Hilde ihn erwischt hatte. Oder sie.

Im Büro stellte die Hilde erst einmal einen Schnaps vor den Alfred hin. „So. Trink den. Und dann erzähl der Polizei, was passiert ist. Du auch einen, Gasperlmaier?" Nach einem kurzen Seitenblick zur Manuela nickte er. Die Frau Doktor war ja nicht da. „Dann nehm ich mir auch einen. Auf den Schreck. Sie auch, Frau Inspektor?" Die Manuela schüttelte den Kopf. „Nein, danke. Nicht so früh am Tag." War das ein versteckter Vorwurf? Der Alfred stürzte den Schnaps hinunter, noch bevor jemand „Prost" hätte sagen können. „Zum Wohl, Gasperlmaier!", sagte die Hilde und nippte an ihrem Stamperl. „So, Alfred. Und jetzt erzähl einmal schön der Reihe nach", ermunterte ihn die Hilde. Sein Schädel, fand Gasperlmaier, hatte kaum an Farbe verloren und leuchtete immer noch in einem beängstigenden Rotton. „Also, ich war gerade beim Fensterputzen", berichtete der Alfred. „Was selten genug vorkommt!", warf die Hilde lächelnd ein. „Ja, wenn diese Gfraster auch alles anschmieren!“, ereiferte sich der Alfred. „Eines der Fenster im Gang ist mit einem Lackstift verunstaltet worden. Da war ...“, die Hilde hielt inne, „... eine etwas obszöne Zeichnung drauf.“ In der Volksschule schon! Gasperlmaier war entsetzt. In dem Alter hatte er noch ans Christkind und den Osterhasen geglaubt. Was war bloß mit den Kindern heutzutage los?

„Und da“, fuhr der Alfred stockend fort, „packt mich plötzlich einer um die Mitte. Ich hab ihn zuerst gar nicht kommen gehört. Und schiebt mich auf die Fensterbank. Mir war klar, der will mich hinunterschmeißen! Aus dem zweiten Stock!“ „Hat er irgendwas gesagt? Ist Ihnen was bekannt vorgekommen an ihm?“, unterbrach Gasperlmaier. Der Alfred schüttelte den Kopf. „Und ich hab mich nirgends halten können, da hängt mein Kopf schon über dem Abgrund, der war so stark!“ Der Alfred rang nach Atem. Selbst die Erinnerung schien ihn zu überfordern. „Und in dem Moment hat es geläutet, und hinter uns hat jemand eine Tür aufgerissen. Da hat er von mir abgelassen und war plötzlich weg. Ich wär trotzdem fast hinuntergestürzt, hab mich gerade noch halten können, am Fensterflügel.“ „Und der Mann hat ein Trommelweiberkostüm getragen?“, fragte die Manuela nach. Der Alfred nickte. „Samt Maske und Haube. Sogar mit weißen Handschuhen. Ich hab wirklich gar nichts gesehen von ihm.“ „Schuhe? Hose?“, fragte die Manuela. „Er hat mich ja beim Fenster hinausgedrückt! Wie hätte ich denn da seine Schuhe sehen sollen?“ Gasperlmaier nickte. Eine mysteriöse Geschichte, das. Und wieder war ein Trommelweib in die Affäre verwickelt. Ob sie das als Mordanschlag werten sollten? „Bist du dir sicher“, fragte er deshalb, „dass dir der Kerl nicht nur einen Schreck einjagen wollte?“ Der Kerschbaumer schüttelte entrüstet den Kopf. „Der wollt mich umbringen! Ich bin ja eh fast gestorben!“ Die Manuela grinste. „Vor Angst?“ „Das ist eine Unverschämtheit!“, regte sich der Kerschbaumer auf. „Dass ihr mich nicht ernst nehmt! Man hört ja eh so einiges von euch!“ „So? Was denn?“ Die Manuela hatte sich drohend vor dem Kerschbaumer aufgebaut. Deeskalation, hatte Gasperlmaier gelernt, war hier angesagt. Wie ging das schnell noch einmal?

„Setz dich wieder hin, Manuela“, versuchte er es, möglichst ruhig. „Wir nehmen dich natürlich Alfred, Ernst.“ Die Hilde kicherte hinter vorgehaltener Hand. Dass er jetzt die beiden Vornamen verwechselt hatte, war sicherlich kein genialer Schachzug gewesen. Auch der Alfred starrte ihn verblüfft an. Gott sei Dank gelang es der Manuela, rechtzeitig das Thema zu wechseln. „Kann da jeder herein, jederzeit?“, fragte sie. Die Hilde zuckte mit den Schultern und drehte ihren Kugelschreiber zwischen den Fingern. „Natürlich. Schon allein, weil sie ein Fluchtweg ist, muss die Haustür immer offen bleiben. Ich hab aber, ehrlich gesagt, schon länger überlegt, ob wir so die Sicherheit der Kinder gewährleisten können. Es ist nicht nur einmal vorgekommen, dass ein Elternteil, der kein Sorgerecht mehr hat, direkt vor dem Klassenzimmer auf das Kind wartet. Und einmal ist uns sogar ein gewalttätiger Vater hereingekommen, gegen den es eine aufrechte Wegweisung gegeben hat. Er hätte sich dem Kind nicht einmal nähern dürfen. Und wer den Kopf hinhalten muss, wenn etwas passiert, das bin natürlich ich.“ Gasperlmaier nickte. So weit war es jetzt schon gekommen. Dass die Direktorin überlegen musste, ob man nicht die Kinder in der Schule einsperren sollte, damit sie sicher waren.

Gasperlmaier überlegte. „Könnten wir vielleicht noch einmal mit der Frau Stoiber sprechen? Wir waren gestern erst bei ihr, und da haben sich ... da hat sich ... also, da sind wir auf neue Erkenntnisse ...“ Die Hilde nickte. „Ich kann mir aber nicht vorstellen, dass sie etwas mit dem Attentat auf den Herrn Kerschbaumer zu tun hat“, sagte sie dann kopfschüttelnd und stand auf. „Alfred, du gehst jetzt am besten heim und ruhst dich etwas aus. Du schaust mir, ehrlich gesagt, etwas mitgenommen aus.“ Das konnte Gasperlmaier nur unterstreichen. Der Alfred war immer noch hochrot im Gesicht, und sein Hemd war voller Schweißflecken, nicht nur unter den Achseln. „Könnt ich vorher vielleicht noch einen kleinen ...“ Er hob sein Schnapsstamperl hoch. Die Hilde zwinkerte ihm zu. „Gell, der schmeckt dir! Das ist ein Zirbener, den mach ich selber! Ich sammle auch die Zapfen eigenhändig. So einen guten Zirbenen kriegst du nicht so schnell noch einmal! Du auch noch einen, Gasperlmaier?“ Er hätte zwar gerne noch einen Schluck gekostet, vor allem jetzt, wo er wusste, wo der Schnaps herkam, aber immerhin war er im Dienst, und die Manuela ... Die schaute ohnehin schon so komisch. „Nein, danke“, sagte er deshalb.

Als der Alfred gegangen und die Hilde ihm gefolgt war, um die Gitti Stoiber aus ihrer Klasse zu holen, nutzte Gasperlmaier die Gelegenheit, mit der Manuela unter vier Augen zu sprechen. „Glaubst du, wir sollten die Frau Doktor anrufen? Immerhin war es wieder ein Trommelweib ...“ Die Manuela schüttelte den Kopf. „Eine Bagatelle war das, der wollte den Kerschbaumer nur erschrecken, und der bildet sich gleich einen Mordanschlag ein. Das ist doch eine feige Nuss, wie sie im Buche steht! Da ermitteln wir nicht einmal!“ Gasperlmaier wiegte seinen Kopf hin und her. Konnte sein, dass die Manuela Recht hatte. Konnte aber auch sein, dass sie völlig danebenlag und der Mörder ein drittes Mal zugeschlagen hatte. Obwohl zwei Verdächtige ja schon in Haft saßen. Vier, wenn man die beiden Polen auch hinzuzählte, die die Adina Bersic angegriffen hatten.

Die Gitti Stoiber trat ins Büro der Direktorin, mit geröteten Wangen und tränenumflorten Augen. Zum ersten Mal bekam Gasperlmaier sie ordentlich frisiert und gekleidet zu Gesicht, und er musste sich eingestehen, die Gitti war eine durchaus ansehnliche Erscheinung. Ein bisschen viel glitzernder Schmuck baumelte an ihren Ohren und drängte sich über ihrem hochgeschlossenen Pullover, aber sonst ... Nur, warum war sie schon wieder am Heulen?

„Was wollen S' denn von mir?", fragte sie verschüchtert. „Wenn Sie sich vielleicht einmal hinsetzen?" Gasperlmaier zeigte auf den verwaisten Stuhl der Direktorin. Als sie sich niederließ, begann die Gitti bereits zu schluchzen, ohne dass sie ihr erst irgendeinen Vorwurf hätten machen müssen. „Ich halt das nicht mehr aus!", heulte sie. „Dauernd kommen Sie und stellen mir alle möglichen Fragen, und den Paul belästigen Sie, und die Kinder wollen dauernd wissen, warum ich zur Polizei muss, und ob ich ... und dann die Sabrina! Ich halt das nicht mehr aus!" Gasperlmaier fühlte sich angesichts weiblicher Gefühlsausbrüche nie so richtig wohl, und er warf der Manuela einen auffordernden Blick zu. Sie sollte etwas unternehmen, um die Gitti zu trösten, aber die Manuela zuckte nur mit den Schultern. Anscheinend lag ihr das genauso wenig wie ihm. Schließlich fasste sich Gasperlmaier ein Herz, rückte an die Gitti heran, legte ihr vorsichtig eine Hand auf den Unterarm und hielt ihr ein Taschentuch unter die Nase. „Jetzt putzen Sie sich halt einmal die Nase. Und regen Sie sich nicht so auf. Ist ja nichts passiert!" „Nichts passiert!", heulte die Gitti. „Natürlich ist was passiert! Der Vater von der Sabrina ist umgebracht worden! Und jetzt noch das Theater mit dem Schulwart! Was wollen Sie denn da von mir?" Gasperlmaier rückte wieder ein Stück von der Gitti ab, die die Arme heftig durch die Luft warf und auch ein wenig Tränenflüssigkeit und Rotz in der Gegend verspritzte. Schon war es mit der gepflegten Frisur wieder nicht so weit her, fand Gasperlmaier.

„Ihr Freund, der Paul Kramer, der könnte den Anschlag auf den Schulwart verübt haben. In einem Trommelweiber-Kostüm. Weil er Sie erpresst hat, zum Beispiel. Weil er gesehen hat, wie Sie den Sagleitner erstochen haben. Nur so eine Idee, wie es gewesen sein könnte." Die Manuela hatte ganz ruhig und sachlich gesprochen, doch die Reaktion der Gitti war nicht vorhersehbar gewesen. Sie schnappte nach Luft, begann immer flacher und gleichzeitig immer schneller zu atmen. Sie starrte Gasperlmaier ausdruckslos an, verdrehte die Augen und sank zu Boden.

Na, das hatten sie ja prima hingekriegt. Die zweite Verdächtige, die ihnen bei einer Befragung besinnungslos zusammenbrach. Gasperlmaier musste an die Maggy Schablinger denken, die hoffentlich noch mit sich selbst beschäftigt war und ihnen momentan zumindest keine Schwierigkeiten bereiten würde. Aber vor der Frau Doktor mussten sie diesen unangenehmen Vorfall unbedingt geheim halten. Die Manuela war zum Waschbecken gesprungen, hatte ein Glas mit kaltem Wasser gefüllt und strich der Gitti mit nassen Fingern über Stirn, Wangen und Hals. Nach wenigen Sekunden öffnete die wieder ihre Augen. „Da, aufs Sofa!", riet Gasperlmaier. „Und nicht aufregen!" Er nahm die

Gitti an den Fußgelenken, die Manuela griff ihr unter die Achseln, und gemeinsam hievten sie die Gitti auf das Sofa, das in der Direktion glücklicherweise bereitstand. Die Gitti atmete immer noch schnappartig, sie schien kaum Luft zu bekommen. „Sollen wir die Rettung holen?", fragte er. Die Gitti schüttelte den Kopf. „Geht schon wieder." „Aber in die Klasse zurück können Sie jetzt nicht", meinte die Manuela. „Sie müssen sich zumindest ausrasten. Oder gleich heimgehen, das wäre besser." Zuerst, so dachte Gasperlmaier bei sich, konfrontierte sie die ohnehin schon weinerliche Gitti mit einer saftigen Anschuldigung, und dann war sie ganz Fürsorge, die Manuela. Und zudem hatte sie ihm gegenüber behauptet, der Kerschbaumer sei ein Angsthase und man brauche gar nicht zu ermitteln. So ging's ja auch nicht, fand er.

„Gasperlmaier, du musst in die Klasse gehen. Wo ist die denn?" „Im ersten Stock, die 2C", flüsterte die Gitti. „Und du sagst der Frau Direktor, dass es der Gitti nicht gut geht, und dass sie kommen soll. Die Kinder werden sich schon nicht gleich gegenseitig umbringen, wenn sie ein paar Minuten allein sind." Er fragte sich, warum die Manuela ihn herumkommandierte. Andererseits war ihm alles andere lieber, als mit der labilen Gitti allein in einem Zimmer zu sein, wer konnte wissen, was der wieder einfiel. Also machte er sich auf den Weg zur 2C. Als er die Tür öffnete, sah die Hilde zu ihm auf. Die Kinder waren friedlich mit irgendwelchen Arbeitsblättern beschäftigt. „Wenn du schnell kommen könntest?", sagte Gasperlmaier leise. Die Hilde stand auf, und plötzlich sah Gasperlmaier dreiundzwanzig interessierte Augenpaare auf sich gerichtet. Er zog sich schnell auf den Gang zurück. Die Hilde kam ihm nach und schloss die Klassentür. „Was ist denn?“ „Der Gitti ... ihr geht es nicht so gut.“ „Hat sie was angestellt?“, wollte die Hilde wissen. Drinnen im Klassenraum wurde es langsam lauter. „Nein, nein!“, bemühte sich Gasperlmaier zu beschwichtigen. „Sie hat sich halt aufgeregt, weil ihr das alles zu viel ...“ „Ich geh schnell runter, Gasperlmaier, aber du musst mir auf die Kinder aufpassen, nur ein paar Minuten. Weil alleine können wir sie nicht lassen. Da fällt gleich einmal einer aus dem Fenster, weißt du!“ Sie öffnete die Tür und schob ihn ins Klassenzimmer, bevor er noch Zeit hatte zu reagieren.

Gerade, als er eintrat, flog ein Papierflieger aus der hintersten Reihe nach vorn, doch schlagartig wurde es ruhig, als er an den Lehrertisch trat. Er räusperte sich. „Wer war das?“, fragte er, um einen strengen Ton bemüht. Es meldete sich zwar niemand, doch alle Augen richteten sich auf einen rotblonden Buben in der letzten Reihe, der versuchte, sich möglichst tief hinter sein Pult zu ducken. In der ersten Reihe zeigte ein Mädchen auf, dessen Haare bis über die Hüften reichten. „Ja?“ „Ich muss aufs Klo!“ „Ja, dann ... darf man das? Während der Stunde?“ Die Hilde hatte gesagt, man dürfe die Kinder nicht allein lassen. Aber durfte die Kleine allein aufs Klo? Bevor noch hier in der Klasse was passierte, war es wohl gescheiter, er ließ sie gehen. „Jaja.“ Er deutete zur Tür.

„Verhaften Sie jetzt den Pauli?“, kam es aus der letzten Reihe. „Wieso ... verhaften?“ Gasperlmaier wusste nicht, was der Nachbar des Papierfliegerwerfers meinte. „Na, wegen dem Papierflieger?“ „Ach, nein!“ Gasperlmaier winkte ab. Schon schossen wieder mehrere Hände in die Höhe. Ein Bub, der nahe dem Fenster saß, konnte sich nicht beherrschen und rief heraus: „Verhaftest du jetzt unsere Lehrerin? Und wird sie eingesperrt? Und gefoltert?“ Eine blühende Fantasie hatten manche Kinder. Und wahrscheinlich zu viele Filme gesehen, die für sie nicht geeignet waren. „Was fällt dir denn ein!“ Gasperlmaier schüttelte den Kopf. „Sie hat ja nichts angestellt. Und gefoltert wird bei uns schon gar niemand!“ Wieder schossen Hände in die Höhe. Jetzt kam aber wer dran, der aufgezeigt hatte. „Ja?“ Ein sehr kleines Mädchen mit schwarzen Haaren aus der ersten Reihe piepste: „Aber ich hab eine Folterkammer gesehen! Auf einer Burg, da waren wir im Urlaub!“ „Jaja“, antwortete Gasperlmaier. „Das ist aber lange her! Jahrhunderte!“ „Was ist ein Jahrhundert?“ „Na, da sind halt ...“ Zwei Buben waren aufgesprungen und ans Fenster gelaufen. Er erinnerte sich an die Warnung der Hilde. „Weg vom Fenster!“, rief er, doch die beiden blieben völlig unbeeindruckt. „Ist das dein Polizeiauto da unten? Hast du auch eine Sirene?“

„Aua!“, schrie ein Bub gegenüber der Tür. Im selben Moment begann er, auf seinen Sitznachbarn einzuschlagen. Gasperlmaier ging zwischen die beiden Streithähne. „Der hat mich mit dem Bleistiftspitz gestochen! Den kannst du gleich mitnehmen!“, zeterte einer der beiden. „Die zwei streiten immer. Die ganze Zeit. Wir halten das schon gar nicht mehr aus“, beschwerte sich ein Mädchen aus der Reihe dahinter. „Mich hat er schon an den Haaren gezogen!“, schrie eine von gegenüber. „Das sag ich meiner Mama!“ „Ruhig jetzt! Alle!“, brüllte Gasperlmaier. Erschrockene Stille kehrte urplötzlich ein. „Entschuldigung“, murmelte Gasperlmaier. Wie war es denn möglich, dass er sich von ein paar neugierigen Kindern in wenigen Minuten so aus der Fassung bringen ließ, dass er herumbrüllte? Die Kleine aus der ersten Reihe zeigte wieder auf. „Musst du auch aufs Klo?“ „Nein“, sie schüttelte den Kopf, dass die Haare flogen, „aber ich möchte einmal die Polizeikappe aufsetzen!“ Gasperlmaier lächelte. Er nahm seine Kappe vom Kopf und reichte sie der Kleinen. „Und ich will im Polizeiauto mitfahren!“, rief einer. „Kann man eure Handschellen einmal ausprobieren?“, ein anderer. Dem Mädchen rutschte seine Kappe natürlich über die Augen. Schon begann ihm die Situation wieder zu entgleiten, als sich die Tür öffnete und die Hilde eintrat. Sie warf einen Blick auf das Mädchen unter der Polizeikappe. „Das war vielleicht keine so gute Idee“, flüsterte sie Gasperlmaier zu. Mit den Fingern vollführte sie Krabbelbewegungen. Gasperlmaier erstarrte. Er nahm seine Mütze wieder an sich. „Die würde ich heute aber nicht mehr aufsetzen“, sagte die Hilde. „Wir haben erst kürzlich wieder Läuse gehabt. Und ich weiß nicht, ob ...“ Sie führte den Satz nicht zu Ende. Gasperlmaier sah zu, dass er aus dem Klassenzimmer kam. Angeekelt hielt er seine Dienstmütze mit zwei Fingerspitzen möglichst weit entfernt von seinem Körper.

Auf dem Gang kam ihm die Manuela entgegen. „Was ist denn los?“ „Ja, Läuse! Vielleicht“, antwortete er. „Igitt! Komm mir ja nicht zu nahe!“ Die Manuela hob abwehrend beide Hände. „Was ist jetzt mit der Stoiber?“, fragte er, um von sich abzulenken. „Die Direktorin hat sie nach Hause geschickt. Sie hat sich allerdings schon ein bisschen erholt gehabt. Aber was sagst du, die Reaktion war ja wohl eindeutig, oder?“ Er zuckte mit den Schultern. Vielleicht war die Gitti wirklich so sensibel, dass es sie völlig aus der Bahn warf, wenn sie mehrmals von der Polizei befragt wurde. Und immerhin war der Vater ihres Kindes tot, da musste man schon Verständnis dafür haben, wenn ... „Oder hat sie dich am Ende eingekocht? Du nimmst ihr die Szene doch wohl nicht ab! Was ihr Männer leicht an der Nase herumzuführen seid ...“ „Glaubst du wirklich, dass ...?“ Er konnte sich nicht vorstellen, dass ihnen die Gitti das Ganze nur vorgespielt hatte. Da waren immerhin echte Tränen und viel Rotz gewesen, das konnte man doch nicht so einfach herbeitheatern, oder?

14

Im Fenster der Fahrertür steckte ein kleines Kärtchen. Gasperlmaier zog es heraus und wollte es schon wegwerfen. Wahrscheinlich wieder so eine Karte, die einem versprach, dass Bestpreise gezahlt werden würden, wenn man sein Auto einem ganz bestimmten Gebrauchtwagenhändler überließ. Aber, halt. Dafür war es zu klein, und nicht einmal rechteckig. Es war, stellte er fest, ein Preisschild. Aber warum sollte jemand ein Preisschild an seinen Wagen stecken? Lesen konnte er nicht, was darauf stand, die Schrift war zu klein. „Schau einmal“, sagte er zur Manuela, „was da an meinem Fenster gesteckt ist!“ Sie trat neben ihn und er zeigte ihr das Kärtchen. „Ein Preisschild. Sechzehn neunzig.“ „Was soll ich damit? Findest du es nicht komisch, dass so etwas an meiner Seitenscheibe steckt?“, fragte Gasperlmaier. Die Manuela atmete lautstark aus. „Allerdings. Es ist ein Loch drin, aber ausgerissen. So, als ob es mit einem Band an irgendwas befestigt gewesen wäre“, sagte sie und drehte das Schildchen mehrmals in ihren Händen. „‚Salzhimmel-Erlebniswelt‘ steht da drauf“, fügte sie hinzu. „Und es ist nicht nass oder dreckig. Das kann nicht auf dem Boden gelegen haben. Das hat wer mit Absicht da hinterlassen, sag ich dir. Aber warum nur?“ Gasperlmaier zuckte mit den Schultern. „Wo kann man denn das kaufen? Gibt’s einen solchen Shop da irgendwo?“ Er nickte. „Schon. Beim Salzbergwerk. Aber …“ Plötzlich fiel ihm ein, wo er kürzlich erst Salzmühlen und alle möglichen Salzprodukte in einer Auslage gesehen hatte. Das war doch im Geschäft der Schneebergerin gewesen! Und die war doch die Mutter von der Lebensgefährtin des Sagleitner Kurt! Er erklärte der Manuela, was ihm eingefallen war. „Und die Mutter“, erinnerte er sich, „die hat sich ganz abfällig über den Sagleitner geäußert! Und sie hat ihr Geschäft nur hundert Meter vom Tatort entfernt!" Die Manuela bedachte ihn mit einem skeptischen Blick. „Und da willst du mir jetzt einen Zusammenhang mit dem Mord konstruieren? Aus dem kleinen Papierschnipsel? Ich weiß nicht." Sie machte Anstalten, den Zettel wegzuwerfen. „Nicht!", protestierte Gasperlmaier. „Das ist ein Beweisstück!" „Na, dann sichere es einmal ordnungsgemäß!" Die Manuela drückte ihm das Schildchen in die Hand und begab sich zur Beifahrertür.

„Ich möchte jetzt aber doch einmal zur Schneebergerin ins Geschäft schauen", insistierte Gasperlmaier, als sie losfuhren. „Auch wenn's noch so unsinnig klingt." Irgendwie hatte er gegen die Schneebergerin seit Beginn der Ermittlungen einen Verdacht gehegt, und jetzt, da sie so unmittelbar auf eine Spur stießen, die dorthin führte, wollte er ihr auch folgen. „Könnte aber auch sein", meinte die Manuela, „dass der, der den Kerschbaumer angegriffen hat, auch den Zettel dahin gesteckt hat. Gerade, dass wir dort suchen!" „Und wer sollte das gewesen sein?", fragte Gasperlmaier? Es war hoch an der Zeit, dass er sich gegen die Manuela einmal durchsetzte, vor allem jetzt, wo er endlich einmal das Gefühl hatte, auf der richtigen Spur zu sein. Wie leicht konnte sich die Schneebergerin aus ihrem Geschäft kurz fortgeschlichen haben, verkleidet als Trommelweib, um den ungeliebten Schwiegersohn loszuwerden! Und außerdem, erinnerte er sich, hatte sie auch mit dem Sagleitner telefoniert, am Tag vor seinem Ableben. Gut, er musste zugeben – was der Alfred Kerschbaumer in diesem Stück für eine Rolle spielte, das war ihm zum jetzigen Zeitpunkt völlig unklar.

Vor dem Geschäft mussten sie im Halteverbot parken. Da, so mutmaßte Gasperlmaier, würde jetzt ein

LKW oder ein Bus nicht durchkommen, der etwa vom Chlumetzkyplatz herunterwollte. Aber erstens würden sie nicht lange brauchen, und zweitens waren sie ja in der Nähe des Wagens.

„Die Frau Chef ist nicht da!“ Eine junge Verkäuferin mit sehr bunten Haaren empfing sie kaugummikauend. Wenn er hier, so dachte Gasperlmaier bei sich, der Chef wäre, oder die Chefin, dann würde es das nicht geben. Dass Kunden von jemandem empfangen wurden, dessen Zähne gerade einen Gummi zermahlten. „Dann warten wir. Wo ist sie denn?“ Die Verkäuferin zuckte bloß mit den Schultern, würdigte sie aber keiner Antwort. Aufgeklebte Wimpern hatte sie auch, mutmaßte Gasperlmaier, denn echt konnten diese Riesendinger nicht sein. Wie man damit überhaupt noch die Augen offen halten konnte. Gasperlmaier betrachtete die verschiedenen Sorten Salz, die in den Regalen feilgeboten wurden. Sie trugen genau die Preisschilder, von denen er eines am Auto entdeckt hatte. Es gab auch Salz aus Frankreich. Was das hier zu suchen hatte? Hatten sie nicht selber genug? „Fleur de Sel“ stand auf der Verpackung. Am Ende war das gar kein Salz, sondern etwas Kosmetisches. Für Damen. „Was ist denn jetzt mit Ihrer Chefin? Wir haben nicht ewig Zeit!“ Die Manuela wurde ungeduldig, doch die Verkäuferin, die es sich jetzt hinter der Registrierkasse bequem gemacht hatte, dachte nicht einmal daran zu reagieren. Sie zuckte nur mit den Schultern und mahlte weiter an ihrem Gummi. Gasperlmaier hatte den Verdacht, dass sie womöglich gar keinen Kaugummi mehr im Mund hatte, sondern nur noch aus reiner Gewohnheit mit leeren Backen kaute. Solche Leute waren ihm schon begegnet. Ein Trauerspiel, was die Sucht aus einem Menschen machen konnte. In diesem Moment ertönte die melodiöse

Türklingel erneut, und die Frau Schneeberger senior trat ins Geschäft. Sie lächelte Gasperlmaier entgegen, als wäre ihr lang erwarteter Geliebter endlich zurückgekehrt. „Ja grüß Sie Gott, Herr Inspektor! Was verschafft mir denn die Ehre?" Das war nun ein gänzlich anderer Empfang, als er erwartet hatte. Gasperlmaiers Vorbehalte gegen die Schneebergerin schmolzen dahin wie Schnee in der Frühjahrssonne. Sie trug ein Dirndl, natürlich ein Ausseer Dirndl, und trotz der winterlichen Kälte ließ sie es nicht an einem beachtlichen Ausschnitt fehlen, von dessen Anblick Gasperlmaier sich loszureißen zwang. „Mögen S' einen Kaffee? Und die Frau Inspektor vielleicht auch?" Er schüttelte energisch den Kopf, fand aber im Moment nicht die richtigen Worte, um zu erklären, warum sie vorbeigekommen waren.

„Wir hätten da eine Frage", half die Manuela aus. „Es ist soeben ein Anschlag verübt worden, auf ... ja, das behalten wir vorläufig für uns, nicht, Gasperlmaier?" „Jaja. Natürlich!", beeilte er sich, wenigstens einen kleinen Beitrag zur Vernehmung zu leisten. „Und nach diesem Anschlag", fuhr die Manuela fort, „haben wir am Tatort etwas gefunden, das uns auf Ihr Geschäft verweist." „Und was wäre das?" Die Frau Schneeberger blieb die Liebenswürdigkeit in Person. „Geh, Vanessa, hol uns bitte einen Kaffee. Drei Kaffee, genauer gesagt. Milch und Zucker?" Gasperlmaier nickte überrumpelt. Die Vanessa setzte sich lässig, langsam und mit mürrischem Gesichtsausdruck in Bewegung. Lange, so dachte Gasperlmaier bei sich, würde die ihren Arbeitsplatz nicht mehr haben, wenn sie so weitermachte. „Das behalten wir vorläufig auch für uns", sagte die Manuela. „Ja, was soll ich dazu sagen?" Die Schneebergerin hob die Arme. „Wenn Sie mir überhaupt nichts sagen, worum es hier eigentlich geht, was wollen Sie dann von mir wissen?“ Das leuchtete Gasperlmaier ein. Er hob an, zu sprechen, um der Frau Schneeberger zu erklären, wo es ein Attentat auf wen gegeben hatte, als ihn die Manuela schon unterbrach, bevor er überhaupt noch hatte Luft holen können. „Wenn wir uns hier vielleicht ein bisschen umsehen könnten?“ Die Schneeberger zuckte mit den Schultern. „Wenn es unbedingt sein muss. Ich hab nichts zu verbergen. Aber habt ihr überhaupt so einen, wie heißt das schnell noch einmal? Dass ihr das dürft?“ „Einen Durchsuchungsbefehl. Nein, den haben wir nicht. Aber wir können natürlich auch eine große Geschichte daraus machen, mit Richter, Blaulicht, und so weiter. Das wäre dann etwas weniger unauffällig.“ Jetzt reichte es Gasperlmaier aber. Er war hier schließlich der Postenkommandant, und die Manuela verzapfte hier Weisheiten, die sie wahrscheinlich aus Fernsehkrimis hatte. „Bitte, Frau Schneeberger“, sagte er. „Es ist wirklich nichts, gar nichts. Ich habe nur so ein Gefühl gehabt, dass ... der Vollständigkeit halber ... gegen Sie ist wirklich nichts, gar nichts ...“ Gott sei Dank erlöste ihn die Vanessa davon, seinen Satz zu Ende führen zu müssen, indem sie den Kaffee neben ihm auf ein Stehtischchen stellte. „Jetzt trinken Sie erstmal einen Kaffee, dann sehen wir schon weiter!“, beruhigte ihn die Frau Schneeberger. Mit dem Telefongespräch mit dem Sagleitner musste er sie auch noch konfrontieren. Aber das konnte man noch ein wenig aufschieben.

Die Manuela musterte inzwischen bereits interessiert die Regale, während er Zucker in seinen Kaffee streute und Milch hineingoss. Aua, der war heiß. „Was ist denn da dahinter?“, fragte die Manuela und zeigte auf eine weiße Tür im hinteren Raum des Geschäfts. „Da geht’s bloß ins Stiegenhaus“, antwortete die Schneeberger. „Das ist normalerweise zugesperrt." „Würden Sie uns aufsperren?" Plötzlich meldete sich überraschend die Vanessa zu Wort. „Es ist eh offen. Ich hab vorhin ein paar Artikel aus dem Lager geholt." So viel Eigeninitiative hätte Gasperlmaier der Vanessa gar nicht zugetraut. Die Manuela öffnete die Tür, stutzte und bückte sich zu Boden. Jetzt musste er doch einmal nachschauen, fand Gasperlmaier. Die Manuela aber hielt ihn zurück. „Nicht berühren!", rief sie, noch bevor er überhaupt sehen konnte, was da auf dem Boden lag. Die Manuela hatte sich schon Handschuhe übergezogen und einen Plastikbeutel aus einer ihrer Taschen geholt. Triumphierend drehte sie sich zu Gasperlmaier um und hielt ihm den Beutel vor die Nase. „Und was haben wir da, direkt vor der Tür? Einen weißen Handschuh!" Das konnte Gasperlmaier sehen. Aber was hatte ein weißer Handschuh mit ihrer Suche zu tun? Was suchten sie eigentlich?

„Und wer trägt weiße Handschuhe?", fragte die Manuela, nachdem weder die Schneebergerin noch Gasperlmaier irgendeine Reaktion zeigten. Jetzt fiel es ihm wie Schuppen von den Augen. Natürlich! Trommelweiber trugen weiße Handschuhe! Die Schneebergerin hatte den Anschlag auf den Alfred Kerschbaumer verübt, und danach musste sie den Handschuh des Kostüms hier im Stiegenhaus verloren haben. Nur, warum hatte sie das getan? Am besten, er fragte ganz einfach. „Haben Sie den Schulwart überfallen und ihn fast aus dem Fenster gestoßen? Und warum?" Die Schneebergerin legte eine Hand auf ihre Brust. „Was fällt Ihnen denn ein? Was denn für einen Schulwart? Und ich hab auch noch nie jemanden aus dem Fenster gestoßen! Außer einem Blumenstock, aber das ist schon Jahre her. Ist eh nichts passiert." Sie lächelte sogar über ihren Scherz.

Die Manuela hielt noch immer den Beutel mit dem Handschuh in die Höhe. „Wo ist denn der Lagerraum, aus dem die Vanessa angeblich Ware geholt hat?" „Wieso angeblich?", begehrte die Verkäuferin auf. Sie hatte es sich wieder hinter der Kasse bequem gemacht. In diesem Moment betrat ein Pärchen das Geschäft, beide offensichtlich in Langlaufkleidung. „Guten Tag!", sagte die Frau. Der Akzent verriet, dass es sich um Gäste aus Deutschland handeln musste. Die Schneebergerin blieb professionell freundlich und schenkte den beiden Kunden ein strahlendes Lächeln. „Die Vanessa wird sich gleich um Sie kümmern. Vanessa?" Ohne ihr gelangweiltes Gesicht abzulegen, erhob die sich von ihrem Sitzplatz. Die Schneeberger schob ihn und die Manuela sanft in Richtung Tür zum Stiegenhaus. „Bitte entschuldigen Sie mich einen Moment!" Die beiden warfen zwar interessierte Blicke in seine und Manuelas Richtung, doch die Schneeberger hatte sie in null Komma nichts zur Tür hinausgedrängt. Um nicht wieder das Nachsehen gegenüber der Manuela zu haben, stieß Gasperlmaier ein wenig forsch hervor: „Na, was ist jetzt mit dem Lagerraum?" Die Schneeberger nickte. „Jaja! Nur nichts überstürzen! Nur die Treppe hinunter, gleich links." Sie überreichte Gasperlmaier sogar einen Schlüssel. „Ist natürlich abgesperrt. Ich muss mich um meine Kunden kümmern." Sie verschwand mit einem Lächeln auf den Lippen. Gasperlmaier starrte den Schlüssel verblüfft an. „Am Ende", meinte er, „hat die wirklich nichts zu verbergen. Wenn sie uns so ohne Weiteres den Schlüssel ..." „Ach was! Die hat nicht mehr auskönnen! Und es gibt ja so Frauen, denen ist das Lächeln ins Gesicht gebrannt. Die können gar nicht anders." Gasperlmaier zuckte mit den Schultern. Er hatte da andere Erfahrungen, denn die Schneeberger hatte bei seinem ersten Besuch in der Wohnung ihrer Tochter eine ganz andere Seite von sich gezeigt. Von Dauerlächeln war da keine Spur gewesen, als sie über den Sagleitner hergezogen war.

Der Lagerraum war schnell gefunden, und Gasperlmaier steckte den Schlüssel ins Schloss. Zu seiner Überraschung war nicht abgesperrt. Er zog die Tür auf. Eng war es in dem Raum, denn er war gänzlich mit Regalen vollgestellt, zwischen denen nur schmale Durchgänge frei gelassen worden waren. Gasperlmaier seufzte. Wie sollten sie hier etwas finden, von dem sie gar nicht genau wussten, was es eigentlich war?

Doch eine intensive Suche blieb ihnen erspart: Nicht weit von der Tür entfernt lag auf einem Stapel Kartons ein Plastiksack, der irgendwie nicht hierher in dieses penibel aufgeräumte Lager zu passen schien. Er sah gebraucht und fleckig aus und stammte von einer Drogeriemarktkette. Gasperlmaier nahm ihn zur Hand und sah hinein. Und da drinnen war ein Trommelweiberkostüm. Vorsichtig fasste Gasperlmaier nach dem Rock und zog ihn hervor. Haube, Schürze, Larve und ein Handschuh. „Aha!“, rief die Manuela. „Überführt!“ Gasperlmaier stopfte alles wieder zurück und gab den Sack an die Manuela weiter. Er musste über den Fund erst einmal nachdenken. Wen hatten sie jetzt eigentlich überführt? Und wofür? Wenn das Kostüm der Schneebergerin gehörte, was wahrscheinlich war, wozu hatte sie es benutzt? Um den Sagleitner inkognito umzubringen? Um den Schulwart anzugreifen? Womöglich beides? Die ganze Sache verwirrte ihn ein wenig. „Am besten“, sagte er, „wäre es, jetzt die Frau Doktor anzurufen.“ Ihm wurde das nämlich alles ein wenig zu viel. Vor allem, ob sie das überhaupt durften, hier wild herumermitteln, ohne ihren Vorgesetzten

Bericht zu erstatten. Das würde er jetzt umgehend tun. „Zuerst", machte ihm die Manuela einen Strich durch die Rechnung, „interviewen wir einmal die Frau Schneeberger ganz genau. Nicht den Überraschungseffekt außer Acht lassen!", mahnte sie mit erhobenem Zeigefinger. „Übrigens", meinte die Manuela, während sie die Treppe hinaufstiegen, „der Drohbrief, so mit dem Unterton der religiösen Eiferin, der würde doch auch gut zu einer Frau im Alter von der Schneeberger passen, oder?" Gasperlmaier zuckte die Schultern. Mit religiösen Eiferern hatte er noch nie zu tun gehabt, und hier im Ausseerland waren sie sicher weniger zahlreich als anderswo. Das, fand er, war weit hergeholt.

Gasperlmaier drückte den Plastiksack an sich. Was mussten sie eigentlich die Schneebergerin jetzt fragen? Zuerst einmal, ob es ihr eigenes Kostüm war, dachte er. Und dann ... ja.

„Unten war die Tür offen", fiel Gasperlmaier als Erstes ein, als sie den Verkaufsraum wieder betraten. Die Schneeberger war gerade mit zwei neuen Kunden, zwei jungen Asiatinnen, beschäftigt und lobte ihr Angebot in den allerhöchsten Tönen. Die Mädchen kreischten gelegentlich vor Vergnügen und fanden alles „wonderful". Die Schneeberger zeigte keinerlei Reaktion, als Gasperlmaier seinen Fund in die Höhe hielt. „Wir müssen noch einmal reden", sagte er. Die Schneebergerin blickte zwischen ihren Kundinnen, ihm und der Vanessa hin und her. „Vanessa!" Ihre Stimme klang schneidend. „Kümmer dich bitte um die beiden Damen. Please excuse me for a moment", fügte sie, an die Kundinnen gewandt, hinzu. „Gehen wir in mein Büro", beschied sie Gasperlmaier. Hinter der Kasse öffnete sich eine schmale Tür zu einem ebenso schmalen Raum, in dem außer ein paar Regalen, einem Schreibtisch und zwei Stühlen nichts, aber auch wirklich nichts Platz hatte. Die Schneeberger bot ihnen Platz an. „Ich steh lieber“, meinte Gasperlmaier ob der drangvollen Enge im Raum. Die Manuela dagegen setzte sich gegenüber der Schneebergerin hin. „Ich sag’s Ihnen, das Mädel macht mich noch fertig“, jammerte sie. „Wenn sie nicht die Tochter meiner besten Freundin wär!“ „Wir haben was in Ihrem Lagerkeller gefunden, das uns sehr interessiert“, eröffnete die Manuela. „Gasperlmaier, zeig’s ihr!“ Er stellte den Sack auf den Schreibtisch. Als die Schneeberger danach greifen wollte, zuckte er zusammen, so scharf hatte die Manuela „Nicht berühren!“ gerufen. Die Manuela streifte Handschuhe über und holte den Rock und die Larve aus dem Sack. „Was sagen Sie zu unserem Fund?“ Die Schneeberger aber zuckte nur mit den Schultern. „Wo haben Sie das her?“ „Aus Ihrem Lagerkeller“, antwortete die Manuela.

Gasperlmaier fand es an der Zeit, das Wort zu übernehmen. „Wie kommt das in Ihren Keller? Gehört es Ihnen?“, fragte er. Immer noch verging der Schneebergerin das Lächeln nicht. „Ich hab keine Ahnung, wie das in meinen Keller kommt. Und es gehört nicht mir. Sie sollten wissen, Herr Inspektor, dass in Aussee nur Männer als Trommelweiber verkleidet gehen.“ Sie schlug die Beine übereinander und lehnte sich zurück. Die war, so dachte Gasperlmaier bei sich, tatsächlich ganz entspannt. Oder sie war eine hervorragende Schauspielerin. Gasperlmaier wollte sie mit seinem Verdacht konfrontieren. Dazu musste er seine Theorie erst einmal darlegen, was ihm, das wusste er jetzt schon, schwerfallen würde. Er räusperte sich.

„Sie könnten“, begann er, „Folgendes getan haben: Sie besorgen sich so ein Kostüm. Dieses hier. Wird ja nicht allzu schwer sein, in Aussee so was zu bekommen. Fast jeder kennt einen, der nicht mehr geht, oder es gerade nicht braucht, weil er, zum Beispiel, krank ist. Oder auf Skiurlaub." Er merkte schon, er holte zu weit aus. Die Schneeberger runzelte die Stirn, ebenso die Manuela. Er musste präziser werden. „Und dann verkleiden Sie sich als Trommelweib, bei Ihnen unten im Keller. Der Vanessa", er zeigte mit dem Finger zur Tür, um klarzumachen, wer gemeint war, „erzählen Sie, Sie hätten was zu erledigen. Was ja auch stimmt. Und dann gehen Sie hinüber, stechen den Kurt Sagleitner ab, weil Sie der Meinung sind, dass er Ihrer Tochter überhaupt nicht guttut. Dass er total der Falsche ist für sie. Vielleicht hat er Ihre Tochter, die Lizzi, sogar geschlagen. Oder Sie sind ihm draufgekommen, dass er die Lizzi mit einer anderen betrogen hat." Er atmete tief durch. So viel auf einmal zu reden, das war seine Sache nicht. Das hatte er schon lang nicht mehr gemacht. Die Schneebergerin sah etwas belustigt aus. Die Manuela hob gerade an, etwas zu sagen, aber er versuchte, sie mit einer Handbewegung zum Schweigen zu bringen. Was überraschenderweise sogar gelang. „Und dann sind Sie zurückgekommen, haben sich umgezogen, und in weniger als fünf Minuten sind Sie wieder lächelnd im Geschäft gestanden." Er wischte sich den Schweiß von der Stirn. Die Schneeberger blieb stumm. „Und die Vanessa", knüpfte die Manuela an, „wenn wir die genau befragen, ob Sie wirklich den ganzen Montagmorgen, ohne Unterbrechung, im Geschäft waren, was wird die sagen? Natürlich waren Sie das nicht. Denn jeder muss einmal aufs Klo. Nicht nur Sie, auch die Vanessa. Und wie ich die einschätze, macht die auch gelegentlich Rauchpausen, nicht?" Da hatte die Manuela Recht. Daran hatte er gar nicht gedacht. Aber jetzt fiel ihm etwas Wichtiges ein, das außerdem noch zu klären war. „Wo waren Sie denn in der Nacht von Faschingsdienstag auf Mittwoch?“ „Wieso wollen Sie das wissen?“ „Das ist der Zeitpunkt, zu dem die Sylvia Scheurecker ermordet wurde.“ Jetzt würde sich herausstellen, ob sie ein brauchbares Alibi hatte. „Wenn Sie’s unbedingt wissen wollen: Am Dienstag war ich beim Faschingsbrief im Kurhaussaal. War eh fad. Deswegen sind wir nachher noch was trinken gegangen. Zuerst beim Lewandofsky, im Kurhauscafé, später noch in der Bar vom Hotel Kaiser Franz. Um halb eins bin ich nach Hause gekommen. Und ich hab jemanden mit nach Hause genommen, aber ich glaub, das geht Sie gar nichts an, da muss ich echt erst einen Anwalt fragen, ob ich Ihnen das sagen muss. Und wir haben eine Menge Spaß gehabt, er wird sich sicher daran erinnern!“ Gasperlmaier spürte, wie Hitze und damit wohl auch Farbe zu seinen Ohren emporstiegen. Einzelheiten über das Sexualleben der Schneeberger war nicht das, was er sich zu hören gewünscht hatte. „Und außerdem“, schloss sie, „brauche ich gar kein Alibi. Sie brauchen Beweise!“ Jetzt war es an Gasperlmaier, die Stirn in Falten zu ziehen und sich am Kopf zu kratzen. Die Schneeberger war jedoch noch nicht fertig. „Ich weiß nicht recht, ob ich zu diesem Blödsinn, den Sie da von sich geben, überhaupt noch etwas sagen soll. Vielleicht wäre es gescheiter, ich würde mir einen Rechtsanwalt besorgen. Nicht dass Sie glauben, ich fürcht mich. Aber bei solchen Anschuldigungen … am Ende stecken Sie mich noch in Untersuchungshaft, oder Sie führen mich in Handschellen aus meinem Geschäft ab … da kann ich sowieso zusperren, und wenn sich zehnmal herausstellt, dass ich’s nicht war!“ Die Schneeberger hatte sich in Rage geredet und war immer lauter geworden. Von draußen hörte man die Türklingel und ein mehrstimmiges „Bye-bye!“, vermutlich von den beiden Asiatinnen. Die Tür öffnete sich einen Spalt und der bunte Kopf der Vanessa erschien. „Frau Chefin, kann ich jetzt auf Pause?“ „Wart noch ein paar Minuten!“, herrschte die Schneeberger sie an, und der Kopf verschwand. Die war wirklich schwer zu knacken, Gasperlmaier spürte deutlich, dass sie ihn in die Defensive getrieben hatte, er wusste nicht recht, wie er weiter verfahren sollte. Gott sei Dank fiel ihm das Telefongespräch ein. „Sie haben am Sonntagabend mit dem Sagleitner telefoniert. Zweieinhalb Minuten“, hielt er ihr vor. „Um was ist es dabei gegangen?“, fügte die Manuela hinzu. Die Schneeberger zuckte mit den Schultern. „Ich hab ihm zum zehnten Mal gesagt, dass er die Finger von der Lizzi lassen soll. Die ist ja komplett depressiv geworden, seit sie mit dem zusammen ist! Und Sie haben doch gesehen, wie sie ausschaut. Das kommt alles von diesem Trottel! Und außerdem hat er sie noch betrogen, mit seiner Chefin, das weiß doch ganz Aussee!“ Sie hatte so laut gesprochen, dass man sicher jedes Wort auch im Geschäft draußen verstehen konnte. Plötzlich bekam sie wässrige Augen. „Und ich bin noch dazu schuld, dass sie ihn kennengelernt hat. Weil doch die Sylvia, die Scheurecker, eine meiner besten Freundinnen ist. Und da sind wir einmal essen gegangen, ins ‚Lakeview‘, die Lizzi und ich. Und da hat sie ...“ Sie hielt inne, schluchzte auf und holte ein Taschentuch aus ihrem Ausschnitt. „Dabei bin ich mir sicher“, heulte sie, „dass er damals schon die Sylvia gevögelt hat, das Arschloch, das blöde!“ Sie hielt sich die Hand vor den Mund. Gasperlmaier und die Manuela starrten sie an. Ein heftiger Gefühlsausbruch war das. Sehr verdächtig, fand Gasperlmaier. Die Manuela atmete hörbar durch.

„Ja, also!“, sagte sie. „Wissen Sie, auch wenn Sie das Kostüm gewaschen und ausgekocht haben, wir können immer noch Spuren daran finden. Und somit feststellen, ob Sie es getragen haben.“ Kein schlechter Schachzug. Er holte Luft. Die Schneeberger schwieg, putzte sich die Nase und verschränkte die Arme vor der Brust. Die war, so dachte Gasperlmaier bei sich, ein härterer Brocken, als er sich das vorgestellt hatte. Die Frau Doktor musste her, und zwar dringend.

„Das Kostüm nehmen wir selbstverständlich mit!“ „Wenn Sie meinen.“ Die Schneeberger stand auf, und Gasperlmaier musste die Tür zum Verkaufslokal öffnen, weil weder sie noch die Manuela an ihm vorbeigekonnt hätten. Als er die Vanessa, kaugummikauend, aber diesmal mit interessiertem, wachem Blick hinter der Kasse sitzen sah, fiel ihm noch etwas Wichtiges ein. „Mit der Vanessa müssen wir auch einmal reden!“ Die Schneeberger begab sich an einen der Körbe, die im Lokal aufgestellt waren, und begann, die darin befindlichen Waren energisch neu zu arrangieren. „Wenn Sie meinen.“ „Komm einmal mit hinaus“, sagte Gasperlmaier. Die Vanessa stand auf, nahm eine Daunenjacke vom Haken hinter sich und folgte ihnen auf den Gehsteig hinaus. Gasperlmaier trat ein paar Schritte zur Seite, sodass sie von drinnen nicht gesehen werden konnten. Hilfesuchend sah er die Manuela an. Er fand, er hatte drinnen schon genug geredet. Nun sollte sie einmal ihr Vernehmungsgeschick beweisen.

Die Vanessa zündete sich zunächst eine Zigarette an und blies den Rauch ungeniert in Gasperlmaiers Richtung. Dabei schaffte sie es, gleichzeitig weiter an ihrem Kaugummi zu kauen und nach wie vor gelangweilt dreinzuschauen. Als sie auch noch Anstalten machte, sich einen Kopfhörer ins Ohr zu stecken, der an einem Kabel aus ihrem T-Shirt baumelte, reichte es Gasperlmaier. „Nein, Musik gehört wird jetzt nicht! Wenn du schon unbedingt rauchen musst!“ „Das ist nämlich superschädlich!“, kam ihm die Vanessa, in sarkastischem Tonfall, zuvor. „So, jetzt aber Schluss mit lustig“, mahnte die Manuela, schnappte die Vanessa an den Schultern und drehte sie zu sich herum. „Erstens: Hast du die Tür zum Lagerraum versperrt oder nicht?“ Die Vanessa war so überrascht, dass sie zunächst einmal mit offenem Mund dastand. Gasperlmaier konnte den abgelutschten Kaugummi deutlich sehen. Doch sie hatte sich schnell wieder gefangen, zog an ihrer Zigarette und zuckte mit den Achseln. „Normalerweise sperr ich zu. Kann sein, dass man's einmal vergisst, oder?“ Schnippisch klang das. Mit diesem Früchtchen, dachte Gasperlmaier bei sich, sollte man eigentlich ganz anders umspringen. „Es kann also sein, dass du offen gelassen hast?“ Die Vanessa nickte, vermied dabei aber den Blickkontakt mit ihm oder der Manuela. „War der Plastiksack mit dem Kostüm schon da, als du im Lager warst?“ Wieder Achselzucken. „Kann sein, kann aber auch nicht sein.“ „Du weißt es also nicht?“ „Nein!“, blaffte die Vanessa die Manuela an. „Was kümmert mich ein doofer Plastiksack! Und überhaupt, warum soll ich mit Bullen reden?“

Jetzt allerdings platzte Gasperlmaier der Kragen. „Was glaubst denn du eigentlich, wer du bist? Glaubst du, wir stehen hier in der Kälte herum, damit wir uns von einem Rotzlöffel wie dir beleidigen lassen? Wir ermitteln wegen einem Mord! Einem Mord! Und du hast gefälligst unsere Fragen zu beantworten, und sonst gar nichts! Sonst nehmen wir dich mit und stecken dich in unsere finsterste Zelle! Bei Wasser und Brot! Und ohne Schminkzeug!“ Er atmete schwer. So schlagfertig war er sonst selten, diese Schimpfkaskade war einfach der aufgestauten Wut über Zeugen geschuldet, die nichts als dumm herumredeten, anstatt einfache Fragen ebenso einfach und sachlich zu beantworten. Nicht nur die Vanessa war starr vor Schreck, sondern auch die Manuela und ein Pärchen, das soeben aus dem Lokal gegenüber herauskam.

„Werden wir hier gerade Zeugen eines Polizeiübergriffs?", fragte der junge Mann mit geschniegelter Frisur und offensichtlich teurer Daunenjacke. „Geht's weiter, schleicht's euch!", donnerte Gasperlmaier, der sich immer noch nicht beruhigt hatte. Da platzte einem einmal der Kragen, und da kam gleich so ein Klugscheißer daher, der von gar nichts eine Ahnung hatte, und wollte mitreden. Kopfschüttelnd entfernte sich das Pärchen, nicht ohne sich noch ein paarmal nach ihnen umzudrehen.

Die Vanessa aber hatte sich von dem Schock schneller erholt als er selbst. „Ihr habt's ja gar keine Zelle!", meinte sie schnippisch. „Aber zur Vernehmung vorladen können wir dich schon", beeilte sich die Manuela, sachlich und trocken hinzuzufügen. „Bist du bereit, ein paar einfache Fragen eindeutig und klar zu beantworten?" Das hatte Wirkung gezeigt. Die Vanessa nickte, warf ihren Zigarettenstummel zu Boden und trat mit dem Absatz drauf.

„Also, über dieses Kostüm weißt du nichts? Hast du die Frau Schneeberger jemals als Trommelweib verkleidet gesehen?" „Nein, weiß ich nichts. Und ja, die Frau Schneeberger war einmal als Trommelweib verkleidet. Voriges Jahr, im Fasching. Aber nur im Geschäft herinnen, sie ist mit dem Kostüm nicht hinausgegangen. Nur für die Kunden." Die Manuela warf Gasperlmaier einen vielsagenden Blick zu. Wie gesprächig die Kleine plötzlich geworden war. „Jetzt denken wir einmal ganz konzentriert an den Montag dieser Woche, an den Vormittag. Hast du da Dienst gehabt?“ Die Vanessa nickte. „Bist du den ganzen Vormittag im Geschäft gewesen?“ Sie schüttelte den Kopf. „Wie die Trommelweiber gekommen sind, bin ich für zehn Minuten hinaus, zum Zuschauen. Die Chefin hat's erlaubt.“ „Und wo waren da die Trommelweiber?“ „In der Ischler Straße, beim Café.“ „Und du bist wieder hinein, bevor sie über die Traun zur Sparkasse sind?“ Die Vanessa nickte. „Und jetzt die Chefin: Ist sie danach noch einmal weg? Nachdem du wieder ins Geschäft bist?“ „Ich ... ich glaub schon“, war die unsichere Antwort. „Ich glaub, ich war ein-, zweimal noch allein im Geschäft. Doch, einmal ganz sicher. Da haben nämlich Kunden warten müssen, weil ich allein war. Jetzt weiß ich's genau.“ „So, das war's!“, sagte die Manuela. „Das hätten wir gleich von Anfang an schneller und angenehmer haben können. Merk dir's fürs nächste Mal.“ Sie lächelte der Vanessa zu. „Nein, danke“, meinte die und verschwand im Geschäft.

„Jetzt aber!“, sagte Gasperlmaier und fischte sein Handy aus der Jackentasche. „Jetzt ruf ich die Frau Doktor an. Die muss sich das auch alles einmal anschauen.“ Sie meldete sich bereits nach dem zweiten Läuten. „Ja?“ „Ja, wir haben da etwas herausgefunden. Also, eigentlich hat es in der Volksschule einen Anschlag gegeben. Auf den Schulwart.“ „Was?“, rief sie, so laut, dass er das Handy unwillkürlich etwas weiter vom Ohr weghielt. „Und das erfahre ich erst jetzt? Wie lange ist das her? Wie viele Tote? Ist das Sondereinsatzkommando schon vor Ort?“ „Nein, nein!“ Gasperlmaier schüttelte den Kopf, obwohl ihm bewusst war, dass sie diese Geste nicht sehen konnte. „Jemand wollte den

Schulwart beim Fenster hinausstoßen. Ein Trommelweib. Aber es ist ihm eh nichts passiert." „Der Schulwart ist ein Trommelweib? Jetzt kenn ich mich überhaupt nicht mehr aus." „Ja, vielleicht ist es gescheiter, du kommst noch einmal her zu uns. Da gibt es nämlich noch ein paar Sachen ..." „Ich bin ohnehin schon auf dem Weg zum Auto, ich wollte gerade nach Aussee fahren. Und ich sag's dir gleich, ich bin stinksauer! Der Doktor Bernsteiner ist nämlich schon wieder heraußen!" „Ja, dann ... bis gleich! Wir sind auf dem Posten!" Da wollte er sie gewiss nicht länger aufhalten, wenn sie eh schon auf dem Weg zu ihnen war.

„Besonders informativ waren deine Erklärungen nicht." Die Manuela grinste. Was hatte die zu grinsen? Er brummte vor sich hin und setzte sich hinters Steuer. Die Manuela war ihm manchmal einfach zu vorlaut. Er hätte das als junger Polizist einmal zu seinem Vorgesetzten sagen sollen, da hätte es gleich ein paar Schichten Verkehrskontrolle am Wochenende auf der Bundesstraße gesetzt. Bei Regen und Schnee. Wie sollte er ihr bloß Respekt beibringen? Am besten, er fragte die Christine. Als Lehrerin musste sie schließlich wissen, wie man mit Untergebenen umging, ohne dass sie den Respekt vor einem verloren.

Vielleicht, so dachte er bei sich, musste man sie ködern. Verwöhnen. Vor allem bei Frauen musste das ja wirken. „Magst vielleicht eine Leberkäsesemmel? Beim Maislinger?", fragte er die Manuela deshalb. „Ich weiß nicht", antwortete die. „Leberkäse ist so fett!" „Aber Bier nicht!", triumphierte Gasperlmaier. „Das hat dafür so viele Kohlehydrate", beschwerte sich die Manuela. „Dann halt nicht!" „Nein, nein! Ich mag eh eins!" Da sollte man sich auskennen. Mit dem Friedrich war es niemals so ein Gschiss gewesen, man hatte sich praktisch blind verstanden. Gasperlmaier parkte den Streifenwagen gegenüber der Bäckerei und sah auf die Uhr. Wenn die Frau Doktor gerade am Wegfahren gewesen war, dann hatten sie noch eine gute halbe Stunde Zeit – wenn sie in keinen Stau geriet oder einem Streufahrzeug hinterherfahren musste.

„Grüß euch!“ In der Bäckerei stand gerade der Friedrich und nahm ein Leberkäseweckerl in Empfang. „Bio!“, strahlte er und hielt es Gasperlmaier entgegen. „Und ein Bio-Bier haben sie seit neuestem auch da. Ich setz mich da hinten hin, kommt's ihr auch?“ Gasperlmaier nickte. Es sprach ja nichts dagegen, dass man sich kurz hinsetzte. Ob er sich allerdings mit einem mehligen Bio-Weckerl anfreunden konnte? Seiner Meinung nach war das eine Verschwendung des köstlichen Leberkäses. Er bedurfte der Umhüllung durch eine zartknusprige, weiche und luftige Semmel. Alles, was sonst noch dazu kam, war unnötiger Schnickschnack. Er bestellte sich also seine Semmel. „Und auch so ein Bio-Bier.“ Man konnte es ja einmal probieren. Die Manuela hatte sich ein Vollkornweckerl mit Salat ausgesucht. Zumindest waren die grünen Blätter alles, was man von der Einlage sah. Dabei hatte sie doch auch Leberkäse gewollt. Er kam sich irgendwie verraten vor.

„Wir waren“, so erzählte er dem Friedrich, „vorhin in der Volksschule.“ Die Manuela bedachte ihn mit einem besorgten Blick. „Dem Friedrich“, erklärte Gasperlmaier, „dem kann ich alles erzählen. Der ist quasi immer noch Polizist. Einmal Polizist, immer Polizist.“ Der Friedrich nickte. „Hast du gewusst, dass man als Beamter eigentlich nicht in Pension geht? Sondern nur in den Ruhestand? Der Staat kann mich jederzeit wieder in den Dienst stellen, wenn ihm danach ist.“ Die Manuela nickte und kaute. Da schien doch noch Käse und Schinken in ihrem Weckerl zu sein. Gasperlmaier biss in seine Semmel. Da konnte nichts mithalten. Er hatte recht daran getan, sich nicht beirren zu lassen.

„Also, da wollte einer, der als Trommelweib verkleidet war, den Kerschbaumer, den Schulwart, aus dem Fenster stoßen. Im zweiten Stock." Der Friedrich lachte auf. „Den Kerschbaumer? Den alten Angsthasen? Ob sich der da nicht etwas eingebildet hat? Wahrscheinlich wollt ihm einer einen Streich spielen." Gasperlmaier nickte und nahm einen Schluck Bier. Schmeckte nicht schlecht, aber etwas bitterer, als er es gewohnt war. „Und dann haben wir das Trommelweiberkostüm im Lagerraum von der Schneebergerin gefunden, stell dir vor!" „Das ist nicht ganz korrekt", mischte sich die Manuela ein. „Wir wissen nicht mit Sicherheit, ob es das gleiche Kostüm war. Eine genaue Beschreibung hat uns der Kerschbaumer nicht gegeben, und vorgelegt haben wir es ihm zur Identifizierung auch noch nicht." „Na ja", sagte Gasperlmaier, „welches Kostüm sollte es denn sonst sein?" Da war es schon wieder, das vorlaute, respektlose Verhalten. „Darf ich fragen, wie ihr überhaupt dazu kommt, bei der Schneebergerin im Lager nachzuschauen?", fragte der Friedrich. „Vor der Volksschule, da ist an unserem Auto ein Zettel gesteckt", erklärte Gasperlmaier. „Und das war ein Preiszettel aus dem Geschäft von der Schneebergerin." Der Friedrich schüttelte den Kopf. „Da hat euch aber jemand ganz schön verladen!", grinste er. „Das liegt doch auf der Hand, dass euch da wer in das Geschäft locken wollte mit diesem Hinweis! Und du bist glatt darauf hereingefallen." Gasperlmaier trank sein Bier aus. Der Friedrich hatte vermutlich Recht. Aber hätten sie die Spur nicht verfolgen sollen? „Vielleicht finden sich ja auf dem fraglichen Kostüm tatsächlich Spuren. Von einem Mordopfer, und vielleicht auch von der Person, die es getragen hat. Und vielleicht war der Preiszettel auf dem Auto ja auch so eine Art anonymer Hinweis." Da hatte die Manuela auch wieder Recht. Aber warum, verdammt noch einmal, sollte sich jemand all diese Mühe machen? Und vor allem, wer? Sie auf eine falsche Spur zu locken, um die Schneeberger in Verdacht zu bringen? „Aber das", so schlussfolgerte Gasperlmaier, „kann nur der Mörder getan haben. Um von sich abzulenken." Der Friedrich nickte. Gasperlmaier erzählte ihm noch von dem Gespräch mit der Schneeberger und auch davon, dass sie mit der Scheurecker befreundet gewesen war und von deren Verhältnis mit ihrem quasi-Schwiegersohn gewusst hatte. Der Friedrich grinste. „Die zwei sind schon seit Jahrzehnten dicke Freundinnen. Und weißt du, was man sich von ihnen erzählt?" „Was denn?", fragte die Manuela neugierig mit vollem Mund. „Dass sich die zwei auch gerne einmal einen Mann geteilt haben. Tät mich nicht wundern, wenn die alte Schneeberger auch mitgemacht hat, mit dem Sagleitner." Der Manuela blieb der Mund offen stehen. „Dann hätte sie ja, das wäre ja dann ..." „Eifersucht!", ergänzte Gasperlmaier, der ausnahmsweise einmal als Erster die richtigen Worte fand. „Und die ist ein starkes Motiv!", fügte der Friedrich hinzu.

Die Leberkäsesemmel hatte ihm Gusto auf eine zweite gemacht. Besser war es, er zog sich auf den Posten zurück, bevor ihn der Appetit übermannte und dann womöglich die Frau Doktor auf sie warten musste. „Komm, Manuela, wir gehen!", entschied er daher. „Ich muss auch." Der Friedrich erhob sich ebenfalls von seinem Platz auf der Bank. „Ich geh heute Nachmittag wieder langlaufen. Fitness, sage ich dir, Gasperlmaier, Fitness!" Gasperlmaier konnte es schon nicht mehr hören. Wenn das so weiterging, würde der Friedrich am Ende noch zum Marathonläufer mutieren.

Vor der Tür des Polizeipostens stieß er fast mit einem alten Herrn zusammen, der sich gerade wieder anschickte zu gehen. „Ah! Treffe ich hier doch noch jemanden an. Das ist aber erfreulich! Gestatten, Doktor Dorsch!“ Verblüfft schüttelte Gasperlmaier ihm die Hand. Der Doktor Dorsch war eine graue Eminenz im Ausseerland, obwohl er aus Wien stammte. Man wusste gar nicht, wie umfangreich sein Immobilienbesitz war und wie viele Firmen er in und außerhalb der Steiermark besaß. Persönlich war Gasperlmaier ihm noch nie begegnet, und er war überrascht, dass der Mann tatsächlich Dorsch hieß. Er hatte das immer für einen Spitznamen gehalten. Vielleicht, weil der Alte auch über ein Fischgesicht verfügte.

Gasperlmaier räusperte sich und schloss die Tür auf. „Was kann ich denn für Sie tun, Herr Doktor?“, fragte er und bot ihm mit einer Handbewegung Platz gegenüber seinem Schreibtisch an. Mit einem Ächzen setzte sich der alte Herr. Er war makellos in Trachtenanzug, Weste und Krawatte gekleidet und trug darüber einen sicherlich teuren Lodenmantel. Seinen Ausseerhut legte er auf Gasperlmaiers Schreibtisch ab. „Ja“, näselte der Herr Doktor, „ihr habt's mir ja meinen guten Freund, den Doktor Bernsteiner, den habt's ihr mir verhaftet. Das kann sich doch nur um einen Irrtum handeln? Ein bedauerliches Missverständnis?“ Gasperlmaier war einerseits vom dominanten Auftreten des Herrn Doktor Dorsch eingeschüchtert, andererseits aber auch von seinem wienerischen Näseln gewaltig genervt. „Ja, die Frau Doktor Kohlross, die Frau Chefinspektor, hat einen einigermaßen begründeten Verdacht ...“ „Geh,

geh, geh!“, erwiderte der Herr Doktor und wedelte Gasperlmaier mit dem Griff seines Spazierstocks vor dem Gesicht herum. „Einen Verdacht gegen den Doktor Bernsteiner! Was soll er denn angestellt haben?“ Inständig hoffte Gasperlmaier, dass die Frau Doktor ehestmöglich eintreffen würde, um das Gespräch mit dem Herrn Doktor weiterzuführen. Er fühlte sich dem nicht gewachsen. „Ja, da wär einmal die Sache mit den Bio-Hühnern, den angeblichen“, zählte Gasperlmaier an einem Finger auf. „Dann ...“ Doch schon wieder unterbrach ihn der Doktor Dorsch. „Papperlapapp! Wenn der Bernsteiner sagt, es sind Bio-Hühner, dann sind es auch Bio-Hühner! Ein Mann, ein Wort! Der Bernsteiner, ich kenn ihn schon seit fünfzig Jahren, der ist über jeden Verdacht erhaben. Und außerdem, das Glumpert mit dem Bio, das wird sowieso überbewertet! Schauen Sie mich an – achtzig Jahre! Kerngesund! Und ich hab kein Bio gebraucht dazu!“

„Ja, was ...“ Gasperlmaier war jetzt etwas verwirrt. Was wollte der Herr Doktor eigentlich von ihm? Darüber hatte er ja noch kein Wort gesagt! Denn wenn er den Bernsteiner entlasten wollte, da musste er mit jemand anderem reden. Er, der kleine Postenkommandant, war da sicher die falsche Ansprechperson. Und außerdem hatte ihn der Herr Doktor noch nicht einmal so lange zu Wort kommen lassen, dass er ihm erklären hätte können, dass der Bernsteiner ohnehin schon wieder auf freiem Fuß war. „Und ich rat Ihnen dringend, junger Mann“, diesmal kam ihm die Stahlspitze des Spazierstocks beängstigend nahe, „dass Sie sich mäßigen! Sie suchen da an der völlig falschen Stelle! Suchen S' unter Ihren Radaubrüdern und Saufbolden, unter den besoffenen Autofahrern. Die kennen Sie sicher eh alle!“ Die Manuela versuchte einen Entlastungsangriff. „Dürfen wir dem Herrn Doktor vielleicht einen Schnaps anbieten? Wegen der großen Kälte draußen?“ „Einen Schnaps habt’s? Einen guten?“ Der alte Herr war hellhörig geworden. „Was habt’s denn für einen?“ „Einen selber gebrannten. Von meinem Bruder. Der ist ein Weinbauer in der Südsteiermark, und er macht einen hervorragenden Trebernschnaps! Darf ich?“ Sie stellte sich mit Flasche und Stamperl vor den Herrn Doktor Dorsch hin und schenkte ihm ein, ja, was für ein Lächeln sollte das sein? Verführerisch? Und vor allem, was log denn die Manuela da zusammen? In der Flasche war wohl ein Selbstgebrannter, aber der war vom Hubert, dem Mann von der Schwester von der Christine. Doch der Doktor Dorsch lächelte. „Na dann, junge Frau, schenken S’ einmal ein!“ Das, so dachte Gasperlmaier bei sich, würde böse enden. Der Doktor war sicherlich ein Kenner, der einen Obstler von einem Trebernschnaps wohl zu unterscheiden wusste. Doch weit gefehlt. „Ganz ausgezeichnet!“, lobte der Dorsch den Schnaps. „Ganz famos! So, jetzt muss ich aber wieder gehen. Ich hoffe, Sie beide haben mich verstanden!“ „Aber sicher, Herr Doktor!“ Die Manuela lächelte süßlich. „Sie sind ein gescheites Mädel. Also, lassen S’ mir den Bernsteiner in Ruh! Sie wollen doch sicher noch ein paar Sterne auf Ihre Uniform haben, nicht? Sogar die Frauen wollen heut hoch hinaus! Sogar bei der Polizei! Und da tät’s gar nicht gut, wenn Sie mich gar so verärgern. Obwohl, der Schnaps ...“ Er nahm das Kinn der Manuela zwischen zwei Finger und hob es etwas an. „Fesch, fesch!“ Die Manuela wich zurück. „Aber Herr Doktor ...“, säuselte sie. Gasperlmaier erhob sich, um den Doktor Dorsch hinauszubegleiten. „Und Ihnen!“ Unvermittelt stach er mit der Stockspitze nach Gasperlmaier, der erschreckt zurückwich. „Ihnen sag ich: Sie haben doch noch ein paar Jahr bis zur Pension, oder?“ Gasperlmaier nickte. Er kam sich vor wie ein dummer Schulbub vor dem strengen Auge des Schulinspektors. „Ihnen sag ich: Geben S’ a Ruh! Dann können S’ die paar Jahr auch noch in Frieden absitzen.“ Gasperlmaier atmete aus. Hoffentlich war der Spuk bald vorüber. „Wär ja noch schöner!“, räsonierte der Doktor weiter. „Da investiert man und investiert man. Was glauben Sie, wie vielen Leuten wir hier Arbeit verschafft haben, der Bernsteiner und ich! Was glauben Sie! Und da kommt so einer daher!“, wieder bewegte sich die Stockspitze vor Gasperlmaiers Brust. „Und glaubt, er kann da Ehrenmänner verdächtigen. Und selber sitzt er auf einem Beamtenposten! Also, aufpassen, meine Herrschaften!“ Sekunden später fiel die Tür hinter ihm ins Schloss.

15

„Was war jetzt das? Ich glaub, ich hab eine Erscheinung gehabt!“, flüsterte die Manuela. Nur wenige Sekunden später öffnete sich die Tür. „Wer war denn das, dem ich da auf der Stiege begegnet bin?“ Die Frau Doktor, fand Gasperlmaier, sah zauberhaft aus mit der grauen Mütze, unter der ihre kastanienbraunen Haare hervorlugten. Leider nahm sie sie ab und rieb sich die Ohren. „Huh! Kalt!“ Ja, wenn man kälteempfindlich war, dann war vielleicht ein Cabrio doch nicht unbedingt die erste Wahl, dachte Gasperlmaier bei sich. „Eine Begegnung der dritten Art“, erklärte die Manuela. „Ein gewisser Doktor Dorsch, der versucht hat, uns zu beeinflussen. Wir sollen nicht mehr gegen den Bernsteiner ermitteln. Der sei über jeden Verdacht erhaben, meint er.“ „Er hat uns, mehr oder weniger, sogar gedroht“, fügte Gasperlmaier hinzu. „Der hat mir gerade noch gefehlt!“, schimpfte die Frau Doktor. „Der Bernsteiner ist, wie ich dir ja schon erzählt habe, bereits wieder heraußen.“ „Und warum?“, erkundigte sich die Manuela. „Keine ausreichenden Verdachtsmomente.“ „Die Umpackerei sei erfolgt, sagt er, wegen EU-Vorschriften. Die Kennzeichnung habe nicht den EU-Richtlinien entsprochen und sei zudem auf Polnisch gewesen, man habe quasi umpacken müssen. Und falls da Hühner hineingeraten seien, die nicht bio sind, sagt er, dann sei das ohne sein Wissen geschehen, da sollen wir uns an die Betriebe in Polen wenden, beziehungsweise an die polnische Polizei. Wie eine Verpackung eines polnischen Huhns in das ‚Lakeview‘ gelangt sein könnte, davon hat er keine Ahnung. Seines Wissens seien an das Hotel nur österreichische Bio-Hühner geliefert worden.“ „Der hat sich also“, folgerte Gasperlmaier, „herausgewunden. Man kann ihm nichts nachweisen." „Genau." Die Frau Doktor nickte. „Und Haftgrund gibt es demnach auch keinen. Keine Fluchtgefahr, keine Tatbegehungsgefahr, keine Verdunkelungsgefahr?" „Aber Verdunkelung ..." „Ich weiß schon", unterbrach die Frau Doktor die Manuela. „Verdunkelungsgefahr, meinen Sie, weil er in Freiheit Beweise für seine Manipulationen beseitigen kann, weil er sich absprechen kann mit seinen Mitwissern." Die Manuela nickte. „Die Haftrichterin sieht das anders. Habe ich schon erwähnt, dass sie eine Studienkollegin vom Doktor Bernsteiner ist? Sie haben sogar im gleichen Studentenheim gewohnt und waren gemeinsam in der Studentenvertretung tätig. Sonst noch was, was ihr wissen wollt?" So war das also. Als Jurist brauchte man nur mit den richtigen Leuten zusammen gewesen zu sein, vor dreißig Jahren oder so, und dann hatte man Verbindungen geknüpft, die einem das ganze Leben lang von Nutzen waren. Ihm selber, so überlegte Gasperlmaier, fehlten derlei Beziehungen völlig. Wenn man vom lokalen Autohändler absah, den Gasperlmaier einmal trotz deutlich wahrnehmbarer Fahne hatte weiterfahren lassen und der ihm daraufhin einen recht ansehnlichen Rabatt beim Kauf eines Gebrauchtwagens aus seinem Lager gewährt hatte.

„Was ist denn eigentlich mit dem Schwarzgeld, den einundzwanzigtausend Euro?", fragte Gasperlmaier. „Hat der Bernsteiner dazu nichts gesagt?" Die Frau Doktor zuckte mit den Schultern. „Davon weiß er nichts, sagt er. Wenn da Geld war, dann hat es die Scheurecker hinterzogen." „Da macht er es sich leicht", antwortete die Manuela. „Denn die kann sich nicht mehr wehren." „Und wem", fiel Gasperlmaier noch ein, „gehört denn jetzt eigentlich das ‚Lakeview'?" „Das musst du die Wirtschaftspolizei fragen", erklärte die Frau Doktor.

„Und wenn die es dir sagen, verstehst du's wahrscheinlich nicht. Da steckt ein Konglomerat an Investmentgesellschaften dahinter, da blickst du nicht durch. Der Bernsteiner scheint darin eine Schlüsselfigur zu sein, aber mehr weiß ich derzeit nicht." „Na, wenn dieser Doktor Dorsch sich so für den Bernsteiner einsetzt, dann wird der wohl auch was damit zu tun haben", meinte die Manuela.

„Und was ist mit dem Kaiser?", fragte Gasperlmaier. „Der sitzt, genauso wie die Polen. Die werden übrigens demnächst angeklagt, zumindest einmal wegen dem Angriff auf die Adina Bersic. Und der Kaiser – werden wir sehen, ob die Spur auf dem Messer für eine Anklage ausreicht. Besser wär natürlich ein Geständnis. Aber den Gefallen hat er uns bisher noch nicht getan. Und es bleibt natürlich auch noch der Mord an der Scheurecker. Da müssen wir jetzt weiterarbeiten." „Ja", fügte Gasperlmaier hinzu, „und da wollten wir gestern noch den Seyrkammer befragen, du weißt schon, der, der die Loipe spurt, auf der Blaa-Alm. Weil der doch ziemlich als Erster gestern früh bei der Hütte vorbeigekommen sein muss, wo wir die Scheurecker ... Und dann ist uns allerhand dazwischengekommen." Die Frau Doktor streckte den Zeigefinger in die Höhe. „Genau! Gut, dass du mich daran erinnerst. Wo finden wir den Kerl?" „Bei den Loserliften, dort arbeitet der. Aber gestern war er ganz oben, bei der Bergstation, und deswegen ..." „Wir fahren gleich!", unterbrach ihn die Frau Doktor. „Und bis wir dort sind, findest du uns heraus, wo sich der Typ heute aufhält. Er wird ja nicht jeden Tag ganz oben am Gipfel aufpassen, dass die Skifahrer ihre Liftbügel auch wieder loslassen." Gasperlmaier hätte der Frau Doktor gerne noch erklärt, dass der Loserlift erstens nicht bis zum Gipfel führte, denn der war kahl und felsig, und dass es sich zweitens um eine moderne Vierersesselbahn und nicht um einen altmodischen Schlepplift handelte, doch sie war schon im Begriff, ihre Sachen zusammenzusuchen und den Posten zu verlassen.

Die Auskunft, die Gasperlmaier von den Loser-Bergbahnen erhielt, war ernüchternd. Der Lois saß auch heute wieder bei der Bergstation. „Das wird wieder nichts“, meinte er. „Er ist auch heute oben, beim Loserfenster. Wir können höchstens telefonisch ...“ „Ich will aber unbedingt persönlich mit ihm sprechen. Er könnte ein wichtiger Zeuge sein. Kommt man da nicht irgendwie hin, zu diesem Loserfenster?“ „Schon!“, meinte Gasperlmaier. „Aber zu Fuß ist es ein wenig mühsam. Wir müssten nämlich zur Zweiersesselbahn ...“ Wieder unterbrach ihn die Frau Doktor. Sie wirkte heute ungeduldig, im Ganzen etwas unrund. Wahrscheinlich deswegen, weil sich trotz tagelanger Ermittlungen zumindest im Fall Scheurecker ein Ergebnis noch nicht einmal am Horizont abzeichnete. „Können wir uns nicht Skier ausborgen? Die Bergbahnen müssten doch ein paar Reserveski haben, mit denen wären wir zumindest schneller wieder herunten!“ „Ja, aber“, wandte Gasperlmaier ein, „wir haben ja keine Schuhe, und keine Skianzüge, und ...“ „Papperlapapp!“, fuhr ihm die Frau Doktor ins Wort. „Das werden uns alles die Bergbahnen zur Verfügung stellen. Wenn's polizeilich erforderlich ist!“

Die Frau Doktor parkte ihren Audi im Halteverbot direkt unterhalb der Liftkasse. Sonst wäre ohnehin kein Parkplatz zu finden gewesen, zumindest nicht in der Nähe der Sesselbahnen. Und tatsächlich schaffte sie es, in Windeseile zumindest Schuhe und Skier zu beschaffen, und weniger als eine Viertelstunde später saß Gasperlmaier neben ihr im Lift. Kleidung allerdings hatte sich keine gefunden, und so saß er da in seiner Uniform, mit einer etwas seltsamen blau-rot gestreiften Mütze auf dem Kopf, und die Frau Doktor hatte ihre Jeans und ihre Daunenjacke anbehalten. Für sie hatte sich allerdings als Kopfbedeckung ein schicker, lilafarbener Helm gefunden, sogar mit Visier. Gasperlmaier fror ein wenig, vor allem an den Beinen, denn es fehlte die warme Skiunterhose. Die Uniformhose war doch ein wenig dünn. Und auch ohne Skibrille musste er auskommen. Die Skischuhe drückten ein wenig, und außerdem hatten sie nicht ganz einwandfrei gerochen, als er in sie hineingeschlüpft war. Ob diese Expedition unbedingt hatte stattfinden müssen, das fragte er sich schon.

„Wunderbar!", rief die Frau Doktor, als sie aus dem Schatten in den Sonnenschein emporgetragen wurden, als der Altausseer See und der Ort unter ihnen sichtbar wurden. Auch Gasperlmaier fror nun weniger. „Ihr habt es hier schon wunderbar!", freute sich die Frau Doktor. „Im Sommer den See, und im Winter kann man Skifahren. Und alles das, ohne dass man lange Wegstrecken in Kauf nehmen muss. Fantastisch!" Noch fantastischer allerdings, fand Gasperlmaier, wäre es gewesen, wenn man eine einigermaßen vernünftige Ausrüstung an den Beinen und ordentliche Kleidung gehabt hätte. Er traute den Skiern an seinen Füßen nicht ganz, und die Haube juckte schon. Plötzlich fielen ihm wieder die beiden Drohbriefe ein. „Ob der Drohbrief an die Scheurecker, ob der vom gleichen Täter stammt, wissen wir das schon?", fragte er. „Wenn nämlich ... dann kommt ja der Kaiser überhaupt nicht in Frage!" Die Frau Doktor stieß ihm ihre Schulter gegen den Oberarm. „Jetzt vertu mir nicht die Laune! Natürlich haben wir darüber nachgedacht. Aber die Fingerabdrücke am Messer, die wiegen halt schwerer. Das sind Fakten, alles, was wir über die Drohbriefe wissen, nur Vermutungen." Er hatte das Gefühl, als wolle sie sich der Realität nicht stellen. Und wenn, dann widerwillig.

„Da oben jetzt", sagte er, „da hätten wir zu Fuß lange gebraucht. Da geht nämlich ein Skiweg hinüber zur alten Zweiersesselbahn. Die ist ein wenig langsam." Er ließ sich hinter der Frau Doktor vom Sessel gleiten und beobachtete, wie sie sich auf den Skiern anstellte. Schließlich kam sie nicht aus den Bergen, wer konnte wissen, ob sie die Abfahrt überhaupt bewältigen würde? In entspannter Haltung meisterte sie den Skiweg, der allerdings auch keinerlei Herausforderung darstellte. Der Zweierlift war wirklich langsam, und so dauerte es eine weitere Viertelstunde, bevor sie sich der Bergstation näherten. „Da oben sitzt er, der Lois", deutete Gasperlmaier zum Fenster der Bergstation, in dem schemenhaft ein Gesicht zu erkennen war.

„Servus, Lois!" „Servus, Gasperlmaier. Was hast denn da für eine komische Haube auf dem Kopf!" Der Lois fand die unzweckmäßige Kopfbedeckung anscheinend lustig. „Die Frau Doktor Kohlross", sagte er, „ist heraufgekommen, weil wir dich befragen müssen. Wegen gestern in der Früh, wegen der Loipe. Du fährst doch immer mit dem Spurgerät." Die Frau Doktor übernahm, als er eine Pause machte. „Und gestern früh, Sie haben es sicher schon gehört, ist eine Leiche in einer Hütte direkt an der Loipe gefunden worden." Der Lois nickte. „Ich weiß schon. Die Scheurecker. Aber ich hab die Loipenspur gestern nicht gezogen." „Nicht?" Die Frau Doktor sah Gasperlmaier entsetzt an. „Dann sind wir also umsonst hier heraufgefahren?" Gasperlmaier zuckte mit den Schultern. Er hatte ja ohnehin gemeint, man könne das auch telefonisch erledigen. Aber die

Frau Doktor hatte ja unbedingt den Lois kennenlernen wollen. Jetzt hatten sie den Salat. Andererseits, sie waren in der Sonne den Berg heraufgefahren – es gab Schlimmeres. „Ja, wer denn dann?"

„Keine Ahnung", sagte der Lois. „Himmelherrgottsakrament!", fluchte er plötzlich und hieb mit dem Handballen auf den roten Stopp-Knopf auf dem Armaturenpult vor sich. Der Lift blieb ruckartig stehen, und der Lois schoss aus dem Maschinenraum hinaus. Draußen, so stellte Gasperlmaier fest, war ein Skifahrer beim Aussteigen aus dem Lift zu Sturz gekommen. Der Lois half ihm gerade auf. „Fast hätte ich den übersehen!", meinte er, als er wieder hereinkam und das Signal nach unten gab, dass man wieder anfahren konnte. „Weil ich mit euch getratscht habe! Da muss man aufmerksam sein! Hochkonzentriert!", schimpfte er, mehr mit sich selbst als mit Gasperlmaier und der Frau Doktor.

„Warum sind Sie denn gestern nicht gefahren?", fragte die Frau Doktor. „Wir haben unten bei der Sechsersesselbahn ein Problem gehabt, mit einer Seilklemme. Also so eine, die den Sessel am Tragseil festklemmt. Und das haben wir bis neun Uhr, bis zum Aufsperren, hinkriegen müssen. Da hab ich keine Zeit gehabt, dass ich die Spur zieh. Ich hab keine Ahnung, wer sich da drum gekümmert hat. Ist denn eine Spur gezogen worden?" Gasperlmaier nickte. „Dann schauen wir, dass wir wieder nach unten kommen!", sagte er. Er war schon gespannt auf die Skikünste der Frau Doktor.

„So, dann packen wir's!", sagte sie und stieß sich mit ihren Stöcken ab. „Wird eh Zeit, dass ich wieder einmal auf die Skier komm." Und weg war sie. Vor lauter Überraschung über ihre gekonnten Schwünge vergaß er, auf seine eigene Fahrt zu achten, und hätte sich fast in einem Schneehaufen verhaspelt. Wer hätte gedacht, dass die Frau Doktor eine so gute Skifahrerin war! Schon war sie seinen Blicken entschwunden. An einer Geländekante kurz vor der Loserhütte hielt er an und sah um sich. Keine Frau Doktor. War sie schon weitergefahren? Musste wohl so sein, denn gestürzte Skifahrer hatte er keine gesehen. Erst bei der Stellenkogelhütte, nach dem langen Flachstück, hielt er wieder an. „Na, Gasperlmaier? Schon außer Atem? Wir wollten uns doch beeilen?“ Die Frau Doktor lächelte. Oder lachte sie ihn aus? Dass er ein wenig schnaufen musste, konnte er nicht leugnen. Er war halt auch selten dazu gekommen, etwas für seine Fitness zu tun in den letzten Monaten. „Geht's schon wieder?“ Die Frau Doktor wartete seine Antwort nicht ab und stürzte sich schwungvoll in den Steilhang. Er folgte ihr, zwang sich zu langen, ökonomischen Schwüngen und musste nach dem Steilhang feststellen, dass erstens seine Oberschenkel brannten und zweitens die Frau Doktor nicht auf ihn gewartet hatte. Erst im Büro der Loserlifte, wo sie ihre Schuhe abgestellt hatten, traf er wieder auf sie. „War wunderbar, Franz! Schade, dass wir nicht noch einmal fahren können.“ Gasperlmaier nickte und schälte seine Füße aus den Skischuhen. Er mochte es nicht sonderlich, beim Skifahren so gehetzt zu werden. Mit den Kindern war es das Gleiche gewesen. Jahrelang war er ihnen vorausgefahren, und kaum konnten sie richtig Skifahren, wollten sie nicht mehr auf ihre Eltern warten.

„Wir müssen jetzt schauen, dass wir den Chef hier erwischen. Sonst finden wir am Ende überhaupt nie heraus, wer mit dem Spurgerät gefahren ist gestern Morgen. „Das ist der Waldi!“, sagte Gasperlmaier. Fast hätte er vergessen, die blau-rot gestreifte Mütze wieder vom Kopf zu nehmen. Obwohl sie juckte. „Waldi?“, fragte die Frau Doktor erstaunt zurück. „Na ja, Waldemar heißt er. Hinterleitner. Er kann ja auch nichts dafür. Alle nennen ihn Waldi.“ „Und wo ist der?“ Gasperlmaier zuckte mit den Schultern. „Eigentlich müsste der hier sein, im Büro.“ „Fragen wir bei der Hauptkassa!“

Von dort wurden sie wieder zurück ins Büro geschickt, und tatsächlich saß der Waldi vor seinem Schreibtisch und starrte auf den Bildschirm, als sie eintraten. Er stand auf und schüttelte ihnen die Hand. „War nur kurz weg. Und, erfolgreich gewesen? Wie gefällt Ihnen denn die Abfahrt, Frau Doktor?“ „Super!“, sagte die. „Landschaftlich wunderschön, tolle Aussicht, und bestens präparierte Piste. Mein Kompliment. Nur zum Einkehren hatten wir keine Zeit.“ „Das lässt sich nachholen“, sagte der Waldi, zog eine Schublade an seinem Schreibtisch auf und holte zwei Zettel heraus. „Gutscheine für den Jagdhof. Können Sie aber auch in jeder anderen Hütte hier im Skigebiet einlösen.“ „Unsere Spesenabteilung wird sich freuen!“ Die Frau Doktor ließ die beiden Gutscheine in ihrer Handtasche verschwinden. Hoffentlich, so dachte Gasperlmaier bei sich, würde auch er etwas davon abbekommen. Höchste Zeit für einen kleinen Imbiss wäre es ja gewesen.

„Wir müssen unbedingt wissen, wer gestern früh das Pistengerät gefahren hat, das die Loipenspur auf der Blaa-Alm zieht“, erklärte die Frau Doktor. „Der Herr Seyrkammer, der es eigentlich tun hätte sollen, war es nicht. Der hat den Lift repariert. Sagt er.“ Der Waldi nickte und trat an eine große Wandtafel heran, die offensichtlich Dienstpläne zeigte. Er tippte mit dem Finger auf eine Stelle unter der Überschrift „Mittwoch“. „Eingetragen ist er aber. Natürlich haben wir gestern eine Betriebsstörung gehabt. Aber in den Dienstplänen ist das nicht verzeichnet. War denn überhaupt frisch gespurt gestern?" Gasperlmaier nickte. „In der Nacht hat es ja viel geschneit. Und als wir hingekommen sind, waren die einzigen Spuren die des Pistengeräts, das die Loipenspur zieht." „Und wir denken, der Fahrer wäre ein wichtiger Zeuge für uns, vielleicht hat er was gesehen. Fußspuren zum Beispiel. Oder vielleicht sogar den Mörder. Oder zumindest Licht in der Hütte, irgendsowas." Der Waldi nickte. „Da muss ich ein bisschen herumtelefonieren." Die Frau Doktor und Gasperlmaier nahmen auf den Besucherstühlen Platz, während der Waldi sein Festnetztelefon an sich zog und eine um die andere Nummer wählte. Die gewünschte Auskunft, so schien es, ließ allerdings auf sich warten, denn er schüttelte mehrmals den Kopf.

„Niemand hat eine Ahnung", sagte er schließlich. „Anscheinend ist überhaupt keiner gefahren!" „Wie viele Schlüssel gibt es denn?", fragte die Frau Doktor. „Eigentlich nur einen", antwortete der Waldi. „Und der hängt hier am Schlüsselbrett. Normalerweise. Jetzt steckt er wahrscheinlich im Zündschloss des Pistengeräts. Nehme ich an." „Jetzt wird's schwierig!", meinte die Frau Doktor. „Der Schlüssel könnte also auch an diesem Morgen einfach gesteckt sein? Sodass jeder mit dem Gerät losfahren kann?" Der Waldi schüttelte den Kopf. „So einfach ist das nicht. Wir haben schon ein Fahrtenbuch, wo man sich eintragen muss, mit den genauen Fahrzeiten. Das liegt im Pistengerät." „Also!", sagte die Frau Doktor und schnappte ihre Handtasche.

Das gesuchte Pistengerät stand auf der anderen Straßenseite, direkt neben dem Einstiegspunkt zur Loipe, die nach hinten zur Blaa-Alm führte. Darin fanden sich zwar sowohl Schlüssel als auch Fahrtenbuch, aber kein Eintrag für den Mittwoch. „Ja sag einmal, was habt's ihr denn da für einen Sauhaufen beieinander!" Die Frau Doktor schien entrüstet. In diesem Moment läutete das Telefon des Waldi. „Aha! Und warum erfahre ich das erst jetzt? Das darf ja eigentlich gar nicht sein, der arbeitet ja nicht einmal bei uns! Das war ja, gewissermaßen, eine Schwarzfahrt dann!" Er legte auf. „Wegen dieser Betriebsstörung, da waren alle unsere Leute schwer beschäftigt. Und da hat eine meiner Mitarbeiterinnen den Weissensteiner Wilfried angerufen. Genauer gesagt, ist es seine Cousine, die Miriam." „Das Obertrommelweib?", staunte die Frau Doktor. „Jaja!", nickte der Waldi. „Weil erstens ist er früher für uns gefahren, und zweitens hat er selber so ein Spurgerät, für die Loipe bei seinem Hotel, und er kennt sich mit so was aus. Und anscheinend ruft die Miriam immer ..." „Danke, Herr Hinterleitner", unterbrach die Frau Doktor ihn. „Wir wissen, was wir wissen müssen. Und jetzt suchen wir uns schnell den Herrn Weissensteiner und sind gespannt, was er uns zu erzählen hat!"

Als sie zum Auto kamen, stand die Maggy Schablinger davor und schien, trotz eines dicken, schwarzen Daunenmantels, erbärmlich zu frieren. Oje, dachte Gasperlmaier bei sich, das würde Ärger geben. Großen Ärger. Er erinnerte sich an den gestrigen Abend, als er, planvoll und mit Bedacht, die Maggy so richtig abgefüllt hatte. Dass die überhaupt schon wieder auf den Beinen war! Doch die Maggy lächelte. „Guten Morgen, Franz, guten Morgen, Frau Doktor. Schon so früh unterwegs?" Gasperlmaier sah verblüfft auf seine Uhr. Erstens war es schon zwei vorbei, und zweitens – warum nannte die ihn Franz? „Das war doch ein wunderbarer Abend gestern! Und nochmals vielen Dank dafür, dass du mir das Du-Wort angeboten hast, Gasperlmaier. Und küssen kannst du auch nicht schlecht!" War bei der Maggy eine Sicherung durchgebrannt? Halluzinierte die? Offenbar hatte sie an den Abend gestern eine völlig andere Erinnerung als er selbst. „Also, ich ...“ „Du kannst ruhig Maggy zu mir sagen. Alle meine Freunde sagen Maggy.“ Gasperlmaier kratzte sich am Kopf, während die Frau Doktor, sichtlich amüsiert, aber wortlos, einfach neben ihm stand. „Ja, Frau Schablinger, wir müssen ...“ Endlich zückte sie ihren Autoschlüssel und ließ die Türschlösser des Audi klicken. „Einen Moment noch, bitte ... der Fritz Kaiser, der von Ihnen erneut misshandelt worden ist, ist überführt? Und der Doktor Bernsteiner, den sie voreilig verhaftet haben, ist wieder frei? Weil er unschuldig ist?“ Gasperlmaier war besorgt. Die Maggy war schon wieder mit frischen Informationen gefüttert worden und wollte keine Ruhe geben. „Und einer Lehrerin in der Volksschule sollen Sie so hart zugesetzt haben, dass sie einen Kreislaufkollaps erlitten hat.“ Die Frau Doktor stieg ein, doch die Maggy ließ Gasperlmaier nicht los. „Sag doch was, Franz, du musst doch zu diesen Vorwürfen etwas zu sagen haben!“ Er riss sich los und hoffte inständig, dass die Maggy nicht auch noch daraus eine Attacke konstruieren würde. „Das wird noch Folgen haben!“, rief sie, als er die Tür zuschlug.

„War ja anscheinend nicht recht erfolgreich, deine Aktion gestern!“ Die Frau Doktor schien verstimmt, als sie in die Straße Richtung Altaussee einbog. Was sollte denn das heißen – seine Aktion? Sie hatte ihn ja geradezu verdonnert, zu diesem Abend mit der Schablinger. Von sich aus hätte er sich doch niemals mit der zusammengesetzt. Und jetzt waren sie auch noch per Franz und Maggy. Wie konnte er das nur wieder ungeschehen machen? „Es ...ich ...“, begann er, doch die Frau Doktor winkte ab. „Viel schlimmer ist, dass da jemand geplaudert hat. Entweder jemand von uns lässt sich zahlen dafür, dass er Informationen an die Presse weitergibt, oder die hat tatsächlich heute schon die Volksschule belagert. Oder sie verlässt sich auf Gerüchte. So oder so, die wird uns wieder unterkommen. Und womöglich noch Schwierigkeiten machen."

Weit war es nicht zum Hotel des Weissensteiner Wilfried. In der Eingangshalle hatte Gasperlmaier schon das Gefühl, dass hier ein wenig verstaubter Charme herrschte. Nicht, dass es schmutzig gewesen wäre, aber altmodisch war das alles, die ganzen Schnörkel an den Möbeln und die Lampen, die aussahen, als hätte man sie aus einer Almhütte gestohlen. Man merkte, dass der Alte hier viel zu lange das Ruder in der Hand gehabt und dem Wilfried offenbar nicht erlaubt hatte, irgendwas zu ändern. Dass es dafür allerdings höchste Zeit war, das konnte man an jeder Einzelheit erkennen. Vor allem, so dachte Gasperlmaier bei sich, wenn man den alten Kasten hier mit dem „Lakeview" verglich.

„Der Herr Chef ist aber nicht da", antwortete ihnen die Rezeptionistin, die sie erst herbeiklingeln hatten müssen, etwas schnippisch auf ihre Frage nach dem Weissensteiner. „Wo ist er denn?" Die junge Frau, die ein etwas teigiges, rundes Gesicht und kurze, blonde Haare hatte, zuckte mit den Schultern. „Mir hat er nicht gesagt, wohin er geht. Dass er länger weg ist und dass er wahrscheinlich heute nicht mehr kommt, hat er gesagt. Und wenn, dann spät." Die Frau Doktor runzelte die Stirn. „Und wann genau haben Sie mit ihm gesprochen?" Die junge Frau legte einen Finger an die Lippen. „Muss so um ... ja, vielleicht halb zehn? So genau weiß ich's nicht mehr. Ja, halb zehn. Frühstück war schon fast vorbei, da haben sie gerade abgeräumt. Also, dann mehr gegen zehn." „Kann man ihn anrufen? Sie haben sicher eine Handynummer, oder?" „Natürlich. Aber ich weiß nicht, ob ich die weitergeben ..." „Natürlich dürfen Sie das! Hier geht's um eine Mordermittlung!" Die Rezeptionistin schien etwas eingeschüchtert, öffnete eine Schublade hinter ihrem Tresen und drückte der Frau Doktor eine Visitenkarte in die Hand. Die tippte die Nummer gleich ein und wartete. Vergeblich. „Da meldet sich niemand. Nur die Mailbox." Sie legte wieder auf.

Gasperlmaier war so, als habe er in der Schublade irgendetwas erspäht, das für sie interessant sein könnte. Doch die Lade war schon wieder zu, und viel Zeit zum Überlegen ließ ihm die Frau Doktor nicht. „Dürfen wir uns ein wenig im Büro umsehen? Nur, damit wir vielleicht einen Hinweis finden, wo er sich aufhält?" Die Rezeptionistin schien unsicher. „Wenn er davon erfährt ..." „Wie heißen S' denn?", fragte Gasperlmaier. „Ursula. Aber alle nennen mich Uschi." Sie lächelte. Gasperlmaier war gerührt. Dass es solche Namen überhaupt noch gab. In seiner Jugend hatte es viele Uschis gegeben, und einige davon hatten durchaus auch sein Herz berührt, wenn ihnen seine stille Verehrung auch höchstwahrscheinlich entgangen war. „Wir erzählen's auch bestimmt niemandem. Und wir hinterlassen keine Spuren." Die Uschi schien beruhigt. „Na ja, dann ..." Sie zeigte auf eine Tür in ihrem Rücken. Das Büro war, ebenso wie das Hotel, mit recht altertümlichen Möbeln bestückt, aber sauber aufgeräumt. Der Weissensteiner, so stellten sie fest, hatte einen großformatigen Kalender als Schreibunterlage auf seinem Schreibtisch liegen. Da war zwar allerhand Gekritzel zu sehen, vor allem, was die Faschingstage betraf. Am Mittwoch gab es noch eine Eintragung wegen eines Heringsschmauses am Abend. Für heute war nichts eingetragen.

„Warum eigentlich bemühen wir uns so, dass wir den Weissensteiner finden?“, fragte Gasperlmaier. „Er ist ja doch bloß ein Zeuge, und das auch nur möglicherweise. Für die Morde kommt er doch überhaupt nicht in Frage?“ Die Frau Doktor wandte sich ihm zu und stemmte die Arme in die Hüften. „Das sehe ich aber ganz anders! Immerhin war er bei beiden Morden am Tatort, oder zumindest in der Nähe davon. Genügend Gelegenheit hätte er wohl gehabt – und zwar in beiden Fällen. Und auch den Anschlag auf den Schulwart könnte er verübt haben. Wir haben ihn ja noch nicht zu einem Alibi für die Tatzeit befragen können.“ Gasperlmaier fand die Verdächtigungen der Frau Doktor ziemlich absurd und weit hergeholt. „Aber, warum sollte denn der die beiden Morde begangen haben? Und den Schulwart angreifen? Dafür hat er ja überhaupt kein Motiv!“, entgegnete er. Die Frau Doktor wiegte den Kopf hin und her. „Wenn wir ihn erst einmal haben, werden wir schon draufkommen, ob er ein Motiv hat. Und euch auf die Spur der Frau Schneeberger zu locken und dort ein Trommelweiberkostüm zu platzieren, das hätte euer Obertrommelweib wohl auch leicht fertiggebracht.“ Gasperlmaier schüttelte den Kopf. Da ließ man den Chef der Bande, den Doktor Bernsteiner, einfach laufen, und dann musste man natürlich willkürlich herumstochern und sogar Ehrenmänner wie den Weissensteiner Wilfried verdächtigen, bloß weil man gegen die Großen nicht ankonnte, die sich ja, wie es schien, sogar des persönlichen Schutzes des Doktor Dorsch erfreuen durften. Unschlüssig sah er der Frau Doktor zu, wie sie Schubladen aufzog und Regale inspizierte. Ob sie da nicht doch ein wenig über ihre Kompetenzen hinausging?

Plötzlich sah Gasperlmaier am Boden unter dem Schreibtisch des Weissensteiner etwas glitzern. Er bückte sich und hob den Gegenstand auf. Was das wohl war? Eine winzige glänzende Scheibe, purpurrot, mit einem Loch in der Mitte. Und da waren noch mehr, weiter hinten. Zwei, drei in Silber und eine in Blau. Gasperlmaier barg sie in seiner Hand. An was erinnerten ihn diese Dinger bloß? Er hielt sie der Frau Doktor auf seiner geöffneten Handfläche hin. „Da, unter dem Schreibtisch, da waren die." „Das sind Pailletten. Damit bestickt man Kleider, Textilien." Gasperlmaier fiel es wie Schuppen von den Augen. „Dann könnten das Teile von einem Flinserlkostüm sein!" Die Frau Doktor verstand nicht gleich. „Flinserl?" „Ja, die Frau Scheurecker, die hat doch ein Flinserlkostüm getragen, als sie verschwunden ist. Das ist über und über mit solchen ... Dingern bestickt! Und wie wir sie tot aufgefunden haben, hat sie es immer noch angehabt! War es da nicht beschädigt?" Er war jetzt ganz aufgeregt. Ob das wirklich etwas zu bedeuten hatte? Ob der Weissensteiner mit dem Mord an der Scheurecker was zu tun hatte?

„Da gibt's ja jede Menge solcher Kostüme. Nicht auszuschließen, dass halt hier jemand zu Besuch war, im Fasching, in einem solchen Kostüm." Jetzt plötzlich, wo er eine Entdeckung gemacht hatte, wollte sie wieder nichts wissen von einem Verdacht gegen den Weissensteiner. „Aber du hast Recht. Wir dürfen diese Indizien nicht außer Acht lassen." Sie zog einen Plastikbeutel aus ihrer Handtasche und hielt ihn Gasperlmaier hin. Der ließ die Pailletten vorsichtig hineingleiten." „Schade nur, dass du sie mit den Fingern angefasst hast. Da werden wir nicht mehr viel andere Spuren finden. Auf jeden Fall müssen wir jetzt diesen Weissensteiner auftreiben. Schnell!"

Draußen an der Rezeption wandten sie sich noch einmal an die Rezeptionistin. „Wo hält er sich denn gewöhnlich auf an so einem Wochentag? Wenn er nicht im Hotel ist?“ Die Uschi zuckte mit den Schultern. „Keine Ahnung!“ Das, so wusste Gasperlmaier mittlerweile, war eine Floskel, die vor allem junge Menschen gern und oft an unpassenden Stellen in ihre Rede einflochten. Die Uschi redete auch gleich weiter. „Manchmal besucht er Lieferanten, und es gibt natürlich auch Sachen wie den Fremdenverkehrsverband, die Gemeinde, die Wirtschaftskammer und so. Wo ein Hotelier halt hinmuss.“ Die Frau Doktor wechselte einen schnellen Blick mit Gasperlmaier. „Das hilft uns nicht viel weiter. Wir probieren es eben noch einmal auf seinem Handy. Auf Wiedersehen!“

„Halt!“, rief Gasperlmaier. Die Frau Doktor hatte ja auf etwas Wichtiges vergessen. Da waren ja noch die Pailletten. Sie drehte sich stirnrunzelnd zu ihm um. „Wir haben da was gefunden“, begann er, doch die Frau Doktor unterbrach ihn. „Waren bei Ihnen sogenannte Flinserl im Haus? Zum Beispiel im Büro vom Chef?“ Die Uschi schüttelte den Kopf. „Nicht, dass ich wüsste.“ „Kommen diese ... Gestalten gelegentlich, oder überhaupt normalerweise, in ihr Hotel? Ich meine, ist es vielleicht so eine Art Treffpunkt, trinken sie vielleicht an der Bar?“ Wieder schüttelte die Uschi den Kopf. „Höchstens die Trommelweiber, die kehren schon bei uns ein. Der Chef ist ja das Obertrommelweib, müssen Sie wissen.“ „Ist uns bekannt. Sie haben also am Faschingsdienstag oder gestern kein Flinserl hier gesehen? Waren Sie ständig im Dienst?“ „Nur tagsüber“, antwortete die Uschi. Wir haben einen Nachtportier, und am Tag wechseln wir uns ab. Ich hab die letzten vier Tage jeweils von elf bis einundzwanzig Uhr gearbeitet.“ „Dann hätten Sie ein Flinserl wohl gesehen, das hier hereingekommen ist?“, fragte die Frau Doktor. „Sicher!“ Die Uschi nickte.

Plötzlich fiel Gasperlmaier ein, was in der Schublade gewesen sein könnte, das seine Aufmerksamkeit erregt hatte. „Einen Moment. Darf ich noch einmal in die Schublade ...“ Er zeigte über den Tresen hinweg auf die Stelle, die er meinte. Die Uschi öffnete achselzuckend. Gasperlmaier ging um den Tresen herum, um besser in die Lade sehen zu können. Und da war es. So ein Schlüsselband. Hatte die Frau Doktor Wurm nicht gemeint, so eines wäre die Mordwaffe gewesen, mit der die Scheurecker erwürgt worden war? „Schau einmal!“ Er holte das Band heraus. Es war grün, mit weißen Buchstaben. „Hotel Weissensteiner“ stand darauf. Die Frau Doktor machte große Augen. „Gibt's da noch mehr davon?“, fragte sie. „Natürlich, ich glaube, der Chef hat zweihundert davon bestellt. Das sind so Werbemittel für die Gäste.“ „Wir nehmen es mit!“ Sie hielt die Hand auf.

„Das lassen wir überprüfen“, erklärte die Frau Doktor, als sie wieder im Auto saßen. „Wenn es schon nicht die Mordwaffe ist, werden wir zumindest feststellen, ob es das gleiche Material ist.“ Zuerst die Pailletten, und jetzt noch diese Schlüsselbänder. Das waren schon zwei interessante Indizien, die nicht gerade für die Unschuld des Weissensteiner sprachen. Dennoch konnte er sich nicht mit der Vorstellung anfreunden, dass das Obertrommelweib ein Mörder sein könnte.

Irgendwie fand Gasperlmaier die Cabriositze unbequem. Man lag fast in ihnen drin, und Überblick hatte man auch wenig. Er konnte auf so ein unpraktisches Fahrzeug gerne verzichten. Er überlegte, ob sich auch etwas Entlastendes für den Wilfried finden ließe. „Vielleicht“, begann er, „hat der Wilfried am Faschingsdienstag auch nur mit einem Flinserl getanzt. Da gibt's

ja den berühmten Flinserltanz, nicht. Und da könnte ..."
„Das ist aber schon sehr theoretisch!", unterbrach ihn die Frau Doktor. „Wir fahren jetzt auf den Posten, und dort telefonieren wir alle Orte ab, an denen sich der Weissensteiner heute Vormittag aufgehalten haben kann. Soweit das möglich ist."

Doch alles Telefonieren blieb ergebnislos. Weder an den Orten, die die Uschi genannt hatte, war der Weissensteiner gesehen worden, noch war er ins Hotel zurückgekehrt. Die Uschi war telefonisch noch einmal nach Lokalen befragt worden, die der Weissensteiner gerne aufsuchte, doch auch dort hatte ihn den ganzen Tag niemand gesehen. „Wenn er wieder ins Hotel kommt, möchte er uns sofort anrufen!", hatte die Frau Doktor der Uschi eingeschärft. Auch das Handy des Wilfried blieb tot, obwohl sie es zumindest alle zehn Minuten versuchte. „Und eine Frau oder eine Freundin hat der nicht, der Weissensteiner?", fragte die Frau Doktor schließlich, als es draußen bereits dämmerte.
„Nicht, dass ich wüsste", meinte Gasperlmaier. „Aber da fragen wir am besten den Friedrich. Und außerdem, ich krieg schön langsam einen Hunger." Die Leberkäsesemmel, das war ja schon Stunden her, und seitdem hatte er nichts mehr in den Magen bekommen. Eine vernünftige Mahlzeit musste bald her, ob sie jetzt des Weissensteiner habhaft wurden oder nicht.

Gasperlmaier rief den Friedrich an. „Ich war", so sagte der, „eigentlich schon auf dem Sprung zum Schneiderwirt. Mein Schatzerl ist schon den ganzen Nachmittag in ihrem Geschäft, wegen der Herbstkollektion, und heute Abend hat sie auch noch ihr Personal zum Essen eingeladen. Da bin ich auf mich allein gestellt." So genau hatte es Gasperlmaier gar nicht wissen wollen. Jetzt musste er nur noch die Frau Doktor davon überzeugen, dass es eine gute Idee war, die Besprechung mit dem Friedrich beim Schneiderwirt abzuhalten.

Gasperlmaier sah auf die Uhr. „Du brauchst was zu essen“, meinte er. „Wir können nicht Überstunden schieben bis zum Zusammenbruch, und du isst nichts.“ Die Frau Doktor maß ihn mit einem zweifelnden Blick. „Aber nur, wenn es schnell geht“, sagte sie. Gasperlmaier nickte. „Wir werden überhaupt keine Zeit verlieren“, erklärte er, „denn ich habe den Friedrich zu einer Besprechung zum Schneiderwirt hinbestellt. Wenn uns jemand sagen kann, wo sich der Weissensteiner aufhält, dann der Friedrich.“ „Na gut“, nickte die Frau Doktor schließlich. Gänzlich einverstanden war sie mit seiner Idee nicht, das merkte man ihr an.

Der Friedrich saß schon am Tisch, als sie eintrafen. Gott sei Dank war es diesmal, im Gegensatz zu gestern, einer im Nichtraucherbereich. Er suchte auf der Karte nach einem Gericht mit Salat. Immerhin hatte er zu Mittag nur Leberkäse gegessen, und neben der Frau Doktor wollte er nicht als unmäßiger Fresser dastehen. Das Schnitzel war mit Salat. Und noch besser, es gab auch ein Putenschnitzel. Das war doch gesünder als Schweinefleisch. Also bestellte er bei der Jasmin ein Putenschnitzel. „Mit Pommes?“, fragte die. Bevor er noch zum Überlegen gekommen war, hatte er schon genickt. Es musste der verführerische Duft der Pommes frites vom Nebentisch gewesen sein, der ihn diese Entscheidung intuitiv hatte treffen lassen. „Das nehm ich auch“, sagte die Frau Doktor. „Aber nur mit Salat!“ Er überlegte, wie er die Bestellung der Pommes frites rechtfertigen konnte. „Mir bringst bitte ein Gulasch. Und ein Bier. Du auch eins, Gasperlmaier?“ Wieder nickte er. Immerhin war praktisch Feierabend. Draußen war es dunkel und kalt, man hatte sich, so fand er, ein Bier durchaus verdient. Oder auch zwei.

„Prost!“ Der Friedrich stieß kräftig mit ihm an. Die Frau Doktor hatte sich einen Johannisbeersaft kommen lassen. „Das Problem ist“, sagte sie, „dass der Weissensteiner unauffindbar ist. Und wir brauchen ihn dringend als Zeugen. Weil er gestern Morgen die Spur auf der Blaa-Alm gezogen hat und dort eventuell was gesehen hat. Zumindest war er der Erste, der an diesem Morgen an der Hütte vorbeigekommen ist, wo wir die Scheurecker gefunden haben. Und jetzt ist er weg!“ Der Friedrich nahm noch einen kräftigen Schluck. „Der Weissensteiner ist nicht verheiratet und war es auch noch nie. Der hat mit seinem Vater in einem alten Haus an der Traun gelebt, praktisch neben mir, bis der Alte gestorben ist. Seither hat er meistens in einem Apartment in seinem Hotel gewohnt. Und von Frauen, so scheint mir, hat er nie viel gehalten.“

„Ist er schwul?“, fragte die Frau Doktor. Der Friedrich lachte laut auf, während Gasperlmaier seine Blicke immer wieder in Richtung Küche lenkte. Er hatte Hunger, und es duftete schon so verführerisch. „Wissen Sie“, sagte der Friedrich, „das ist ein schwieriges Thema. Mag schon sein, dass dem Wilfried Männer lieber waren als Frauen. Aber wenn, dann ist das nie jemandem aufgefallen, und nie hat jemand darüber geredet. Und dass er mit einem anderen Mann zusammen gewesen wäre, davon habe ich auch nie und nirgends was gehört.“ „Also gehen wir davon aus, dass er einfach allein gelebt hat. Solo und ohne Partner.“ Gasperlmaier fand da wirklich nichts Ungewöhnliches dabei. Musste man gleich schwul sein, weil man allein lebte, oder etwa mit seinen Eltern oder seinen Geschwistern zusammen? Er kannte viele, bei denen das so war. „Natürlich hat es schon eine gewisse Pikanterie", fügte die Frau Doktor hinzu, „dass er sich ausgerechnet einen Verein aussucht, der nur Männer aufnimmt, die in Frauenkleidern durch den Ort marschieren. Da kommt man dann doch auf gewisse Gedanken ..." Gasperlmaier war nahe daran, entrüstet zu widersprechen, doch der Friedrich lachte nur. „Bei uns in Aussee", meinte er, „ist das völlig anders. Da wäre noch nie einer auf die Idee gekommen, dass Trommelweiber schwul sind. Sein könnten."

Die Jasmin stellte die Schnitzel auf den Tisch. Sie waren goldbraun und wellig, genau, wie es sich gehörte. Ebenso wie die Pommes frites. Fast peinlich war Gasperlmaier, dass es so viele waren. Da hatte ihm die Jasmin wohl einen besonderen Gefallen tun wollen. „Möchtest du ein paar?", fragte er die Frau Doktor und deutete auf den Haufen Pommes. „Warum nicht?" Sie stach ihre Gabel mitten in den Haufen und holte sich ein paar auf ihren Teller. Gasperlmaier war überrascht. Früher hätte sie das nicht getan, doch jetzt war es ihm nur recht. Brauchte er selbst kein so schlechtes Gewissen haben. „Wie auch immer", sagte die Frau Doktor nach dem ersten Bissen. „Wir brauchen eine Einschätzung: Wo könnte sich der Weissensteiner aufhalten? Hat er Vorlieben für bestimmte Lokale, geht er in die Sauna, fährt er in eine Therme, geht er Scheibenschießen, oder was sonst?"

„Wenn Sie mich so fragen", sagte der Friedrich, „Eisschießen tut er gern. Ich war selber schon mit ihm auf der Blaa-Alm, jeden Winter ein paarmal." „Das machen wir aber dann telefonisch", sagte die Frau Doktor. „Da fahren wir nicht extra hin." Gasperlmaier war erleichtert. Schön langsam wäre ihm doch ein Ende des Arbeitstages recht gewesen. „Ruf an, Gasperlmaier!" Er starrte auf sein halb verzehrtes Schnitzel. Das würde kalt werden. Aber immerhin schmeckten auch kalte Schnitzel. Gut, dass er kein Gulasch genommen hatte.

Auf der Blaa-Alm, so stellte sich schnell heraus, war der Wilfried nicht. Er hatte, so die Auskunft der Wirtin, sich schon zwei-, dreimal in dieser Saison beim Eisschießen blicken lassen, heute aber war er nicht dabei. „Glaubt ihr denn, dass der Weissensteiner etwas mit den Morden zu tun haben könnte?", erkundigte sich der Friedrich. Die Frau Doktor zuckte mit den Schultern und reagierte mit einer Gegenfrage: „Der Weissensteiner, hat der eigentlich etwas gegen den Kerschbaumer? Sie wissen schon, der Schulwart, der heute von einem Vermummten angegriffen worden ist?" „Wirklich gute Freunde waren die nie", sagte der Friedrich. „Jasmin, bringst mir noch ein Bier? Der Weissensteiner hat nämlich keine Freude damit gehabt, dass ein Schulwart bei den Markttrommelweibern aufgenommen worden ist. Der war ihm anscheinend nicht bürgerlich genug. Aber da hat er sich bei seinen Mittrommelweibern nicht durchsetzen können." „Aber deswegen", gab Gasperlmaier zu bedenken, „schmeißt man doch niemanden aus dem Fenster!" Die Frau Doktor nickte. „Glaub ich auch. Vor allem sollten wir uns davor hüten, einfach anzunehmen, dass die Attacke auf den Kerschbaumer etwas mit den Mordfällen zu tun hat. Das kann auch ein Trittbrettfahrer sein, der versucht, die Trommelweiber in Misskredit zu bringen." „Und was gegen den Kerschbaumer hat", fügte Gasperlmaier hinzu. Plötzlich fielen ihm die Pailletten ein. „Du, Friedrich", sagte er. „Wir haben unterm Schreibtisch des Weissensteiner so Dinger gefunden, wie heißen die gleich?" Ein fragender Blick traf die Frau Doktor. „Pailletten. Von einem Faschingskostüm möglicherweise." „Flinserl", präzisierte Gasperlmaier. „Und ihr glaubt", meinte der

Friedrich, „dass der Weissensteiner in seinem Büro die Scheurecker erwürgt und ihr dabei das Kostüm zerrissen hat?“ „Na ja, so direkt ...“ „Immerhin“, sagte die Frau Doktor, „ist es eine Spur, die verfolgt werden muss. Der Weissensteiner wird uns erklären können, wie die Pailletten unter seinen Schreibtisch gekommen sind.“ Sie warf einen Blick auf ihre Armbanduhr. „Wie auch immer“, sagte sie. „Bei Nacht nach dem Weissensteiner zu suchen, bringt uns nichts. Da fallen nur Überstunden an, die ich schlecht rechtfertigen kann. Und schließlich muss ich mich wenigstens hie und da auch um die Sophie kümmern, nicht. Wir machen für heute Schluss. Wenn er bis morgen nicht auftaucht, lass ich ihn zur Fahndung ausschreiben.“ Sie stand auf. „Und vielleicht krieg ich sogar einen Durchsuchungsbefehl. Wegen der Pailletten.“ Sie schüttelte Gasperlmaier und dem Friedrich die Hand. „Macht's gut!“ Schon war sie draußen.

Gasperlmaier trank sein Bier aus. „Geh, Jasmin!“, rief der Friedrich und hob sein leeres Glas. Die nickte, und wenig später standen zwei frisch gezapfte Halbe Bier vor dem Friedrich und Gasperlmaier. Dabei hatte er aber wirklich nach Hause gehen wollen. Er hatte ja schon den gestrigen Abend im Wirtshaus verbracht.

„Da habt ihr einen ganz schön komplizierten Fall beieinander, Gasperlmaier. Würd mich nicht wundern, wenn der Weissensteiner auch schon tot ist. Zuerst der Sagleitner, dann verschwindet die Scheurecker. Genau dort, wo sie gefunden wird, hat sich der Weissensteiner aufgehalten, wie wir jetzt wissen. Und jetzt ist auch der weg. Da fängt man schon zum Denken an!“ Gasperlmaier schüttelte ungläubig den Kopf. „Du brauchst“, sagte er, „nicht unbedingt noch mehr Leichen herbeireden, als wir ohnehin schon haben.“ Er nahm einen langen Zug von seinem Bier, setzte das Glas wieder ab und schwieg. Unter Männern brauchte man wenigstens nicht ständig zu reden. Man konnte auch zusammensitzen und sich anschweigen. Mit dem Friedrich hatte das eigentlich immer ganz gut geklappt. Jahrzehntelang. Doch jetzt schien der Friedrich zum Reden aufgelegt. „Habt ihr euch eigentlich schon Gedanken darüber gemacht, was der Grund für den Angriff auf den Kerschbaumer gewesen sein könnte?“ Gasperlmaier zuckte mit den Schultern. Seltsamerweise verspürte er immer noch Hunger. Irgendwie musste Schweinefleisch doch sättigender sein als so ein Truthahn. Ein bisschen trocken war das Fleisch außerdem gewesen. „Ich weiß eigentlich wenig über den Kerschbaumer“, gestand Gasperlmaier. „Genauer gesagt, gar nichts.“ „Jaja, der Kerschbaumer“, sagte der Friedrich. „Ein Tischler ist er gewesen, aber getaugt hat er als Tischler nicht viel. In einer Fensterfabrik unten in Liezen hat er gearbeitet, weißt eh, Fließband. Das hat mit Tischlerei nichts mehr zu tun. Und dann dauernd krank, dauernd auf Kur, ich weiß gar nicht, woher der die vielen Ärzte genommen hat, die ihn dauernd auf Kur geschickt haben.“ Eine Kur, so dachte Gasperlmaier bei sich, das wäre für ihn auch einmal was. Drei Wochen kein Dienst, keine Mutter, die einem in alles dreinredete, keine aufsässigen Kinder, die alles besser wussten. Aber leider, auch drei Wochen keine Christine und vor allem drei Wochen keine Küche der Christine. „Kennst du eigentlich seine Mutter, die alte Kerschbaumerin?“, fragte der Friedrich. Gasperlmaier schüttelte den Kopf. „Bringst uns noch zwei Obstler?“, bestellte der Friedrich, als die Jasmin an ihnen vorüberwischte. Gasperlmaier versuchte, mit Handbewegungen abzuwehren, doch es war schon zu spät, er musste sich wohl in sein Schicksal ergeben. Heute würde es auch später werden. „Die alte Kerschbaumerin", so erzählte der Friedrich, „die war ja nie verheiratet. Und zwei Kinder hat sie, und nie hat sie jemandem gesagt, von wem die sind, stell dir vor!" „Wer ist denn das andere?", fragte Gasperlmaier. „Die kennst nicht? Die Moni Kerschbaumer? Da hast aber was verpasst, Gasperlmaier! Die Moni!" Der Friedrich vollführte etwas anstößige Gesten vor seiner Brust, um wesentliche Merkmale der Moni anzudeuten. „Und die Alte, die soll ja auch einmal eine Augenweide gewesen sein! Die ganzen alten Säcke waren hinter der her. Und zweimal hat es eben geschnackelt. Aber niemals, hör zu, niemals ist was an die Öffentlichkeit gedrungen, wer die Väter sind. Nur gemunkelt ist immer worden, dass wer zahlt für die Kinder, denn sonst hätt sich die alte Kerschbaumerin ihr Haus gar nicht leisten können, droben, am Ischlberg. Die hat ja selber nie gearbeitet. Zumindest nicht wirklich, ausgeholfen hat sie halt in der Saison, als Kellnerin. Ich sag dir, wenn wir herausfinden täten, wer der Vater vom Alfred und von der Moni ist, da hätten wir vielleicht einen Hinweis." Gasperlmaier fielen fast schon die Augen zu, als die Jasmin den Schnaps vor ihn hinstellte. Aber der Friedrich redete heute wie aufgezogen. „Prost, Gasperlmaier! Ich glaub ja nicht, dass die beiden den gleichen Vater haben. Da brauchst dir ja nur den Alfred und die Moni anschauen! Nicht einmal eine Spur von einer Ähnlichkeit. Da musst du dich ja wundern, dass die die gleiche Mutter haben!" Das Handy des Friedrich gab eine Melodie von sich. Es klang irgendwie romantisch, wie ein Motiv aus einem Liebesfilm. „Oh, das ist mein Schatzerl!" Er beeilte sich, das Handy aus seiner Hosentasche zu fingern.

Der Friedrich verfiel plötzlich in einen ganz anderen Ton, als er leise mit seiner Heidi sprach. „Ja, Schatzerl", flüsterte er in den Hörer, und: „Na, das ist ja ganz was anderes! Da komm ich natürlich sofort!" Er lächelte, als er auflegte. „Sie kommt jetzt schon heim. Das Essen haben sie verschieben müssen, der Wirt hat geschlossen. Rohrbruch." Eilig stand der Friedrich auf. „Tut mir leid, Gasperlmaier. Ein anderes Mal. Jasmin!" Fast hektisch steckte der Friedrich der Jasmin ein paar Scheine und Münzen in die Hand. Anscheinend konnte es ihm gar nicht schnell genug gehen, sein Schatzerl zu Hause in die Arme zu nehmen. Wenn man es recht bedachte, kam Gasperlmaier das sogar gelegen. Auch er würde halbwegs rechtzeitig zu Hause eintreffen und den Abend im Kreise der Familie verbringen. „Jasmin, zahlen!", rief er und stürzte den Rest seines Biers hinunter.

„Heute schon wieder im Wirtshaus gegessen?" Die Christine schien ihm ein wenig verdrossen. „Dabei hat heute die Katharina gekocht. Die würd sich so freuen, wenn du noch ein paar Nudeln isst!" Gasperlmaier riskierte einen Blick auf den Herd. „Was ist denn das für eine Soße?", fragte er skeptisch. „Tomatensoße mit Zucchini und Auberginen. Und die Nudeln sind Vollkorn, deswegen sind sie so braun." Gasperlmaier verkniff sich die Bemerkung, dass das beinahe das Gleiche war wie die Gemüselasagne, die es kürzlich erst gegeben hatte.

„Hallo, Papa!" Die Katharina trat hinter ihn und hielt ihm die Augen zu. „Was glaubst du, was ich gekocht habe?" „Die Mama hat's mir schon verraten." „Ach geh!" Die Katharina verschränkte die Arme und schmollte. „Aber kosten musst du es schon. Es ist auch voll gesund!" Sie trat an den Herd, um die Soße aufzuwärmen. Wenige Minuten später saß Gasperlmaier am Tisch. Die Katharina rieb ihm liebevoll etwas Parmesan über seine Nudeln. „Wir haben's ja vegan gegessen, aber so schmeckt es dir wahrscheinlich besser." Irgendwie sah das Gericht graugrün und unappetitlich aus, aber das durfte er sich nicht anmerken lassen. Schließlich wollte er die Katharina nicht verärgern. Er steckte tapfer die Gabel in die Nudeln und drehte. Das schmeckte aber gar nicht schlecht. Überrascht sah er auf. „Gut!", murmelte er mit vollem Mund. Die Katharina strahlte, während sich die Christine neben ihm niederließ. „Wie war's denn heute?" Er zuckte mit den Schultern. „Ich war sogar mit den Skiern auf dem Loser unterwegs", fiel ihm ein. Das war wenigstens etwas, das er bedenkenlos erzählen durfte. „Die Frau Doktor hat einen Zeugen vernehmen wollen. Und der war ausgerechnet beim Sessellift ganz oben beim Loserfenster im Dienst. Hat aber eh nichts gebracht."

Die Katharina zog eine steile Falte auf ihrer Stirn. „Ja, und diesen Scheiß-Kapitalisten, den Bernsteiner, den habt ihr schon wieder ausgelassen. Den Mafioso! Der seine Hotelgäste vergiften will mit den Antibiotika-Hühnern aus Polen!" Gasperlmaier hatte den Mund voll und konnte nicht gleich antworten, stattdessen fuchtelte er mit der Gabel in der Luft herum.

„Wenn's keine Beweise gibt!", rechtfertigte er sich schließlich. „Puh!" Die Katharina ließ ihn deutlich merken, dass sie das für eine billige Ausrede hielt. „Diese Typen haben doch Verbindungen bis ganz nach oben. Und da kriegt ihr eine auf den Deckel, wenn ihr ihn nicht auslasst!" Er schüttelte zwar energisch den Kopf, aber in Wirklichkeit musste er der Katharina Recht geben. Etwa so war die Sache ja wohl tatsächlich abgelaufen. Er aber entschloss sich, dazu keine Stellungnahme mehr abzugeben. „Und dann haben die eine ganze Organisation an der Hand, die jederzeit Beweise verschwinden lassen kann. Da gibt's ein paar Filme, Papa, da wird das alles ganz genau erklärt. Das musst du dir unbedingt einmal anschauen, am besten gleich heute. Da siehst du dann das ganze Tierleid in diesen Agrarfabriken!" Plötzlich fühlte sich Gasperlmaier so voll, dass er sich sicher war, alles würde wieder nach oben kommen, wenn er sich auch nur eine einzige Minute eines Films über Massentierhaltung ansehen musste. Obwohl die Nudeln, zugegebenermaßen, gut geschmeckt hatten. Keinesfalls durfte jetzt das Gespräch darauf kommen, was er heute beim Schneiderwirt gegessen hatte, sonst würde ihm ein Horrorfilm über Putenfarmen wohl nicht erspart bleiben. „Fantastisch, die Nudeln. Man könnte wirklich öfter einmal auf Fleisch verzichten." Die Katharina strahlte. Das Ablenkungsmanöver schien gelungen.

Er nahm sein Handy aus der Hosentasche und schaltete es ab. Die Frau Doktor konnte ihn zwar auch übers Festnetz erreichen, aber immerhin machte er nach außen hin deutlich, dass er nicht mehr zu erreichen sein wollte. Heute musste es einmal einen gemütlichen Abend auf dem Sofa geben, sonst klappte er noch zusammen.

16

Gasperlmaier erwachte, als sich der Wecker der Christine einschaltete. Gott sei Dank. Endlich einmal ohne Störung durchgeschlafen. Kein Alarm, keine Vermisstenmeldung, keine Leiche, die darauf wartete, von ihm und der Frau Doktor inspiziert zu werden. Er konnte sich sogar noch einmal im Bett herumdrehen und liegen bleiben, bis die Christine aus der Dusche kam. Draußen war es ohnehin noch stockdunkel. Er sah auf die Uhr. Halb sieben. Eine halbe Stunde würde er sich noch gönnen. Er nickte wieder ein. Wach wurde er erst wieder, als ihn die Christine von unten rief. „Frühstück!" Schlaftrunken torkelte er die Stiege hinunter. Immerhin. Wenigstens einmal bis sieben im Bett. An einem Arbeitstag. Er war gespannt, ob der Weissensteiner inzwischen wieder aufgetaucht war. Fast hätte er schon die Frau Doktor angerufen, aber so groß war seine Neugier nun auch wieder nicht. Aber zumindest sein Handy wollte er einschalten.

Zwei entgangene Anrufe? Einer von der Frau Doktor und einer aus dem „Lakeview"? Was bahnte sich denn da schon wieder an? Schnell schaltete er das Gerät auf lautlos und widmete sich dem Frühstück. Gerochen hatte er den Kaffee ja schon von oben. Und es gab sogar frische Semmeln. Woher die Christine die wohl hatte? „Musst du heute nicht in den Dienst?", fragte sie zwischen zwei Bissen, mehr in die Zeitung hinein als an ihn gewandt. Die Christine war es gewohnt, sich am Morgen als Erstes über das aktuelle Zeitgeschehen zu informieren. Gasperlmaier hielt das für überflüssig, denn was konnte man mit den Volksschulkindern schon groß über das Zeitgeschehen reden? „Du würdest dich wundern, was die Kinder alles fragen!", hatte ihm die Christine einmal widersprochen. Was ihn betraf, war eine Zeitung gut genug, die ein paar Tage abgelegen hatte. Nur was dann noch interessant war, fand er, lohnte das Lesen.

„Ihr steht's auch drin!“, informierte ihn die Christine. „Gib her! Lass lesen!“ Er streckte die Hand nach der Zeitung aus. „Faschingsmorde in Aussee“, lautete die Schlagzeile. Und sonst eigentlich nur trockene Fakten. Die Polizei verfolge einige heiße Spuren, die Ermittlungen kämen gut voran, hieß es da. Ein Verdächtiger sitze in Haft, der aber nur für einen der Morde in Frage komme. Ein bekannter Rechtsanwalt sei zwar im Zusammenhang mit den Ermittlungen kurzzeitig festgenommen worden, man ermittle gegen ihn aber derzeit ausschließlich wegen eines Lebensmittelskandals in einem Bio-Hotel. Mehr, so fand Gasperlmaier, hätte er selber zu Hause auch nicht erzählen dürfen. Die Schillingzeitung, dessen war er sich sicher, würde heute wohl mit ganz anderen Schlagzeilen aufwarten. Er wollte darüber lieber gar nichts wissen.

Die Neugier plagte ihn schon arg, als er sich duschte und anzog. Und als er sein Handy wieder zur Hand nahm, da waren es bereits sechs entgangene Anrufe. Vier von der Frau Doktor und zwei vom „Lakeview“. Seufzend entschloss er sich, die Frau Doktor zurückzurufen. „Wird aber auch Zeit“, schimpfte sie, „dass du dich endlich meldest!“ Er hatte sie, dachte Gasperlmaier bei sich, auch schon freundlicher erlebt. Man konnte an den Nebengeräuschen deutlich hören, dass sie aus ihrem Auto telefonierte. In so einem Cabrio war es halt schon arg laut, dachte Gasperlmaier. „Der Weissensteiner ist bis jetzt nicht wieder aufgetaucht. Wir haben ihn schon zur Fahndung ausgeschrieben.“ „Ich bin eh gleich auf dem Posten!“, antwortete Gasperlmaier, um sich nicht Untätigkeit vorwerfen lassen zu müssen. „Nein, du kannst gleich zum ‚Lakeview' fahren. Die Adina Bersic ist nämlich heute Morgen nicht zum Dienst erschienen. Die neue Geschäftsführerin hat sie auch telefonisch nicht erreicht. Und in ihrem Apartment im ‚Lakeview' ist sie auch nicht, das haben unsere Leute bereits geöffnet, weil sie auf ihr Klopfen nicht reagiert hat." Gasperlmaier seufzte. Jetzt hatten sie die zweite Verschwundene am Hals. „Aber könnte es nicht sein, dass sie einen, ja, dass sie die Nacht auswärts verbracht hat, und dass sie verschlafen hat?" Man musste ja nicht immer gleich das Schlimmste annehmen. Verschwundene junge Frauen tauchten in der Regel innerhalb weniger Tage wieder auf. „Kann sein, aber darauf können wir in diesem Fall nicht bauen. Ich hab auch den Bernsteiner bereits wieder suchen lassen, der muss uns Rede und Antwort stehen. Wahrscheinlich steckt der hinter dem Verschwinden der beiden. Wer weiß, was da noch alles auf uns zukommt!" Die Frau Doktor schien aufgeregt, regelrecht hektisch, sie schrie mehr ins Telefon, als dass sie redete. „Ich komm schon!"

Draußen war es nach wie vor eiskalt, nur gab es heute keinen Sonnenschein, die Wolken hingen tief, es war regelrecht düster. Wenn da nur nicht schon wieder Schneefall im Anmarsch war. Im Wetterbericht hatte er nichts davon gelesen, aber ihm war, als lösten sich bereits vereinzelte kleine Flocken aus den Nebelschwaden. Als er seinen Dienstwagen aus der Garage fuhr, hatte es tatsächlich bereits leicht zu schneien begonnen. Die Manuela sprang auf den Beifahrersitz. „Weißt du", sagte sie, „ich kann mir gut vorstellen, dass unser Mörder die beiden entführt hat. Den Weissensteiner und die Bersic. Aber warum nur? Vielleicht hat er die Scheurecker zunächst auch nur entführt, weil er etwas aus ihr herauspressen wollte? Und dann hat er sie umgebracht, weil sie nicht geredet hat. Hoffentlich ist es noch nicht zu spät für die zwei!" Die Manuela, fand Gasperlmaier, redete heute früh einfach zu viel. Das waren doch alles wilde Spekulationen. Spätestens heute Mittag würden sie alle beide gefunden haben, und alles würde sich aufklären. Vielleicht würden sie dann auch schon mehr über den Mord an der Scheurecker wissen.

Als sie beim „Lakeview" ankamen, schneite es bereits kräftig. Die Zufahrt war von einer feinen Schicht frischen Pulverschnees bedeckt. Das Funkgerät begann zu rauschen. „Da haben wir einen Unfall, an der Zufahrt zum Alpengarten. Rettung schon unterwegs. Habt ihr freie Kapazitäten?" Die Manuela stöhnte. „Ich muss ...", sagte Gasperlmaier. „Schon klar", sagte sie. „Ich fahr allein."

An der Rezeption stand die etwas behäbige, junge Frau, die sie auch beim letzten Besuch begrüßt hatte. Heute schien sie gestresst, tiefe Sorgenfalten zogen sich von der Nasenwurzel über die Stirn. „Ich weiß überhaupt nicht mehr, was ich machen soll", jammerte sie. „Ich hab jetzt die Geschäftsführung übernehmen müssen, und wir haben keine Direktorin, keinen Küchenchef, und jetzt kann ich auch unsere Souschefin nicht finden!" Sie war kurz davor, in Tränen auszubrechen. „Darf ich Sie um Ihren Namen fragen?" „Mayr. Rosalinde Mayr." „Jetzt beruhigen Sie sich erst einmal, Frau Mayr." Da hatten sich, fand Gasperlmaier, die Eltern wenigstens etwas gedacht. Mayr gab es ja viele, da musste schon ein etwas außergewöhnlicher Vorname her, damit man unterscheidbar blieb. Die Rosalinde gefiel ihm eigentlich ganz gut, rundlich, aber kräftig, im Moment halt etwas hilflos. Zum Frisieren hatte sie heute anscheinend auch nicht genug Zeit gehabt, denn aus dem Haarknoten auf ihrem Hinterkopf hingen einige wirre Strähnen heraus. „Wann haben Sie denn die Frau Bersic zum letzten Mal gesehen?" „Gestern, gestern nach Küchenschluss. Muss so ungefähr ... um halb zehn gewesen sein. Sie war die Letzte in der Küche. Sie wollte gleich hinaufgehen, sie sei furchtbar müde, hat sie gesagt." „Kein Wunder, wenn sie jetzt die ganze Verantwortung für den Küchenbetrieb hat. Oder gibt es schon einen neuen Chefkoch?" Die Rosalinde schüttelte den Kopf. „Und wann haben Sie sie heute Morgen erwartet?" „Ja, sie hat Frühstücksdienst gehabt, um sechs Uhr dreißig sollte sie da sein." Die Frau Doktor sah auf die Uhr. Es war gerade zehn geworden, stellte Gasperlmaier fest. „Können Sie uns zeigen, wo die Frau Bersic wohnt?" „Ich kann hier nicht weg. Alena! Kommst du mal?" Aus dem Büro hinter der Rezeption kam eine etwa vierzigjährige drahtige Frau mit dunklen Haaren. „Kannst du den Herrschaften bitte das Apartment von der Adina zeigen?" Die Dunkelhaarige nickte und deutete mit einer Handbewegung zum Lift. Dort drückte sie auf die Taste für das oberste Geschoß. „Personalwohnung in Dachgeschoß!", sagte sie mit deutlichem Akzent. „Ich auch Bosnien, wie Adina, aber Adina mehr bayerisch." Ihr Gesicht drückte Missfallen aus. „Was machen Sie hier im Hotel?", fragte die Frau Doktor. „Was macht arme Ausländer schon? Putzen!" Die Frau schien Gasperlmaier wenig begeistert davon, dass sie sie jetzt hier herumführen musste. „Personal wohnt in Etage mit niedrige Decke", verwies sie auf die Dachschräge im Gang des obersten Stockwerks.

Die Tür zum Apartment der Adina stand offen. Das Türschloss war beschädigt, regelrecht aus der Tür herausgerissen. „Wer das bezahlt?“ Die Alena deutete auf das kaputte Schloss. Auch das Furnier der Tür war kaputtgegangen. „Wer das bezahlt?“, wiederholte sie. „Darüber machen Sie sich einmal keine Sorgen“, sagte die Frau Doktor. „Sie können wieder gehen. Danke.“ Gasperlmaier war inzwischen schon in das Apartment getreten. Aus dem winzigen Vorraum führte eine Tür in ein Bad mit WC und Dusche, die andere in ein Zimmer, das offenbar gleichzeitig als Wohn- und Schlafzimmer, aber auch als Küche diente. Links ein großes Bett, rechts in einer Nische neben der Tür eine kleine Küche, und vor ihm der Esstisch. Ganz hinten bei der Balkontür gab es noch ein kleines Sofa und einen Fernseher auf einem Bord an der Wand. Links zog sich die Dachschräge tief herunter, bis fast auf die Höhe des Betthaupts. Gasperlmaier schaute sich um. Das Zimmer sah sehr bewohnt aus. „Na, dann wollen wir einmal!“ Die Frau Doktor hielt ihm ein paar Handschuhe hin. Er wusste nicht recht, wo er beginnen sollte. Die Schubladen mit den Kleidern, die sollte diesmal jedenfalls die Frau Doktor durchsuchen. Er war nicht scharf darauf, in Damenwäsche herumzustöbern. Das hatte er bereits im Apartment der Scheurecker getan.

Auf dem Esstisch stand eine benutzte Teetasse, mit einem Rest Tee darin. Daneben ein Teller mit ein paar Keksbröseln. Offenbar hatte die Adina nach Dienstschluss gestern noch Tee und Kekse konsumiert. Oder heute zum Frühstück. Gasperlmaier befühlte die Tasse. Kalt. Der Fernseher war auf Stand-by, auf dem Bord darunter eine aufgeschlagene Fernsehzeitschrift. Mit der Seite von gestern nach oben. Davor ein Paar Schlapfen.

Rosa, mit ziemlich hohem Absatz. Er wandte sich der Küche zu. Teller und Tassen im Spülbecken, offenbar war die Adina nicht dazu gekommen, abzuwaschen. Kein Wunder, bei den Dienstzeiten, die sie hatte.

„Fällt dir was auf?", fragte die Frau Doktor. Er schüttelte den Kopf. „Die Handtasche fehlt. Jede Frau hat eine Handtasche. Und die ist nicht irgendwo hinten unten in einem Regalfach versteckt, sondern die steht herum. Weil man ständig etwas daraus braucht. Die Adina ist geplant aus dem Apartment raus, samt ihrer Handtasche. Es liegt auch kein Mantel herum, keine Winterschuhe. Sie hat sich also angezogen, ihre Tasche genommen und ist gegangen." „Aber wann?", fragte Gasperlmaier. Die Frau Doktor deutete auf das Bett. „Sieht das aus, als ob heute Nacht jemand darin geschlafen hätte?" Gasperlmaier schüttelte den Kopf. „Aber wenn sie es sorgfältig aufgebettet hat?", meinte er. „Nein", sagte die Frau Doktor. „Wenn sie um sechs Uhr dreißig Dienst hat, dann macht sie nicht noch das Bett nach dem Aufstehen. Oder sieht es aus, als würde hier jemand besonders Sorgfältiger wohnen?" Sie umfasste den ganzen Wohnraum mit einer Handbewegung. Gasperlmaier musste ihr Recht geben. Da lag allerhand Zeug herum, das ihm noch gar nicht aufgefallen war. Eine Strumpfhose hing über dem Heizkörper, unter dem Tisch lag ein leerer Plastiksack, und der Küchenschrank über der Abwasch stand offen. Nein, eine Pedantin war die Adina Bersic nicht.

Die Frau Doktor legte einen Finger an die Lippen. „Wo ist diese Frau gestern Abend hingegangen? Oder gestern Nacht. Und vor allem: Mit wem? Und warum?" Gasperlmaier zuckte mit den Schultern. „Wenn wir ihre Handydaten hätten ..." „Vergiss es! Bloß, weil eine junge Frau ein paar Stunden abgängig ist. Da krieg ich doch niemals eine Genehmigung!“ Gasperlmaier überlegte. Was sollten sie denn jetzt tun? Die Frau Doktor schien ebenso zu denken. „Gehen wir zur Rezeption zurück“, entschied sie.

Die Rosalinde war gerade mit einem älteren Paar beschäftigt, die abreisen wollten. „Was macht denn die Polizei hier bei Ihnen im Haus?“ Die Dame starrte Gasperlmaier entrüstet an, so, als wäre er ein lästiges Insekt, eine Art Ungeziefer, mit dem das Hotel infiziert sei. „Aber Irmgard!“, versuchte sie ihr Mann zu besänftigen, der gerade dabei war, einen Kreditkartenbeleg zu unterschreiben, „das geht uns ja nun wirklich nichts an.“ „Unsere Küchenchefin ist verschwunden“, erklärte die Rosalinde errötend. „Die Nette? Die gestern den hervorragenden Rostbraten serviert hat? Aber geh!“ Der Herr trat auf Gasperlmaier zu und schüttelte ihm die Hand. „Guten Tag, Herr Kommissar! Dass Sie mir die Dame nur ja schnell wiederfinden, die kocht ganz herrlich!“ „Gustav!“, herrschte die Dame ihn an. Ihr Doppelkinn zitterte. „Ich möchte gehen.“ Der alte Herr nickte nur und wandte sich dem Ausgang zu. „Auf Wiedersehen, die Damen! Und der Herr!“ Gasperlmaier konnte hören, dass die Irmgard ihrem Gustav noch ein paar Unfreundlichkeiten zuzischte, bevor sie durch die Eingangstür verschwanden.

„Hat die Adina Bersic hier Verwandte, Freunde, Bekannte, bei denen sie sich aufhalten könnte?“ Die Rosalinde schüttelte den Kopf. „Ich kenn sie ja eigentlich kaum. Wir sind ein paarmal zusammen in der Bar gesessen, sonst haben wir ja nicht viel Zeit, dass wir uns kennenlernen, hier im Hotel. Jeder hat andere Dienstzeiten, und dazwischen ... da zieht sich jeder gerne zurück.“ „Und von Freunden, Beziehungen ... wissen Sie nichts?“ Wieder schüttelte die Rosalinde den Kopf. Ihr

Haarknoten, so stellte Gasperlmaier fest, hatte sich inzwischen beinahe ganz aufgelöst. Aber es gab ja keine Chefin mehr, die sie dafür zur Rede stellen und zum Frisieren schicken konnte.

Gasperlmaiers Handy läutete. Es war die Manuela. „Du, Gasperlmaier“, sagte sie, „ich bin da bei dem Unfall beim Alpengarten. Da ist einer von der Straße abgekommen und einen Abhang in den Wald hinuntergestürzt. Und rate mal, auf wen das Auto zugelassen ist!“ Er hasste Ratespiele wie dieses. „Auf wen denn, sag schon!“ „Es gehört dem Weissensteiner Wilfried, eurem Obertrommelweib. Den suchen wir doch schon seit gestern.“ Gasperlmaier durchfuhr es wie ein Stromstoß, der ihn hellwach machte. „Weiter, weiter!“, drängte er die Manuela. Die Frau Doktor war ihm inzwischen ganz nahe gekommen, um mithören zu können. Eine Haarsträhne streifte seine Wange, und ihm wurde noch wärmer. „Es war jemand im Wagen, die Feuerwehr hat ihn geborgen und er liegt jetzt im Rettungswagen. Schaut zwar schlimm aus, dürfte aber nicht lebensbedrohlich sein, sagt der Notarzt. Ob es der Weissensteiner ist, das habe ich noch nicht überprüfen können. Die Feuerwehr muss zuerst das Wrack auf die Straße heraufziehen, ich komm da nicht dran!“

Die Frau Doktor entriss Gasperlmaier das Handy. „Sagen Sie, Frau Reitmair, ist da am Ende noch jemand in dem Auto drin? Eine Frau vielleicht?“ „Glaub ich nicht, zumindest hat noch niemand etwas davon gesagt. Scheint leer zu sein.“ „Danke, wir kommen!“ Die Frau Doktor hastete auf den Ausgang zu. „Auf Wiedersehen!“ Gasperlmaier war froh, diesmal selber fahren zu können. Wenn die Frau Doktor in Eile war, und das noch dazu bei Schneefall, dann saß er nicht gerne auf ihrem Beifahrersitz. Bis ihm einfiel, dass die Manuela ja mit ihrem Streifenwagen zur Unfallstelle gefahren war. „Wieso Frau? Ich hab gedacht, der hat nie was mit Frauen gehabt? Der war vielleicht sogar schwul!" Gasperlmaier konnte sich keinen Reim auf die Frage der Frau Doktor machen. „Und was ist mit der Bersic?", rief sie ihm beim Einsteigen zu. „Was, wenn er sie entführt hat?"

Der Schneefall hatte zugenommen, die Straße war rutschig. Wahrscheinlich war dem Weissensteiner auch der Schnee zum Verhängnis geworden. Was der wohl beim Alpengarten gewollt hatte? Und wieso kam die Frau Doktor auf die absurde Idee, dass der Wilfried die Adina Bersic entführt haben konnte? Die hatte doch mit der ganzen Sache überhaupt nichts zu tun, zumindest nicht mit den Morden. Vielleicht aber, so überlegte er, mit der Hühnermafia. Aber mit der wiederum hatte doch der Weissensteiner gar nichts, rein gar nichts zu tun.

Die Straße hinauf auf den Ischlberg war tatsächlich bereits schneeglatt. Hoffentlich blieben sie nicht hängen. In der Kehre kurz vor dem Alpengarten geriet der Audi ins Rutschen, Gasperlmaier entfuhr ein ängstlicher Schrei, doch die Frau Doktor hatte den Wagen gleich wieder unter Kontrolle. „Nicht gleich Theater machen, Franz. Wir sind ganz auf der sicheren Seite!" Er atmete auf. Gleich nach der Kehre sah er die Einsatzkräfte. Knapp konnten sie sich an Feuerwehr und Rettung vorbeidrücken, auf dem kleinen Parkplatz dahinter hielt die Frau Doktor an, direkt neben dem Einsatzwagen der Manuela. Als Gasperlmaier aus dem Auto geklettert war, sah er erst, dass vor dem Feuerwehrauto das Wrack eines weißen Mercedes stand. Er war übel zugerichtet. Die Frau Doktor schüttelte den Feuerwehrmännern die Hand. „Guten Tag. War da noch jemand im Auto?" Einer der Feuerwehrleute nickte. „Schauen Sie: Da liegt eine Handtasche im Fond auf dem Boden. Dem Weissensteiner gehört die sicher nicht!" „Kann man die Tür aufmachen? Ich muss so schnell wie möglich an die Handtasche heran!" Die Feuerwehrleute sahen einander betreten an. „Wir wollten eigentlich gerade ..." „Aufmachen!", sagte die Frau Doktor nur. In einem Ton, der keinen Widerspruch duldete. Achselzuckend holten die Männer ihr Bergewerkzeug aus dem Feuerwehrauto, und wenige Minuten später war die völlig demolierte hintere Tür aufgebrochen. „Brauchen Sie uns noch?" Die Frau Doktor schüttelte den Kopf. Gasperlmaier fror. Irgendwo musste er seine Handschuhe liegen gelassen haben. Die Manuela beugte sich ins Wageninnere, holte die Handtasche heraus und übergab sie der Frau Doktor. Sie war mittelgroß und dunkelbraun. Die Frau Doktor zog den Reißverschluss auf und kramte mit behandschuhten Fingern in der Tasche. „Verdammt!", jammerte sie. „Hier, im Stehen, im Schnee – ich seh nix!" Sie klappte die Tasche wieder zu. „Schauen wir zuerst einmal nach dem Weissensteiner!" Sie trug die Handtasche zu ihrem Auto und legte sie auf den Fahrersitz. Gasperlmaier näherte sich dem Rettungsfahrzeug. Schwerverletzten zu begegnen, bei denen es womöglich fehlende Gliedmaßen und literweise ausgetretenes Blut in Augenschein zu nehmen galt, war seine Sache nicht. „Wie geht's ihm denn?", fragte er einen Sanitäter, der sichtlich gelangweilt und frierend am Rettungswagen lehnte. „Ich bin nur der Zivi. Aber er schnauft noch." Gasperlmaier trat näher. Im Rettungswagen sah er einen Mann auf einer Trage liegen, über ihm ein Gestell mit einer Infusion. Fuß war dem Weissensteiner offensichtlich keiner abgetrennt worden, denn beide Schuhsohlen ragten unter der Decke hervor. Einer der Füße allerdings schien ihm unnatürlich verdreht. Er wandte sich wieder ab. „Kohlross, Bezirkspolizeikommando!", meldete sich die Frau Doktor hinter ihm. „Kann ich mit dem Verletzten sprechen? Es ist wichtig. Es war offensichtlich noch jemand im Auto." Der Arzt, der über den Weissensteiner gebeugt gewesen war, wandte sich ihnen zu und schüttelte den Kopf. „Bewusstlos. Schädel-Hirn-Trauma. Mehr kann ich Ihnen noch gar nicht sagen. Im günstigsten Fall eine Gehirnerschütterung, im ungünstigsten ist er in zwanzig Minuten tot." Gasperlmaier lief es kalt über den Rücken. „Ich ruf jetzt die Tatortgruppe", entschied die Frau Doktor. „Die müssen sich das Auto genauer anschauen. Ich muss wissen, ob die Besitzerin der Handtasche in dem Auto mit drin war, beim Unfall." Sie entfernte sich mit ihrem Telefon am Ohr. Gasperlmaier fühlte sich überflüssig und kehrte zu seinem Streifenwagen zurück. Dort stand bereits die Manuela und rieb sich frierend die Hände. „Eine Handtasche", sagte sie. „Am Ende die von der Bersic?" Gasperlmaier zuckte mit den Schultern. „Was weiß ich?" Er wollte immer noch nicht wahrhaben, dass die Frau Doktor den Weissensteiner verdächtigte, die Adina Bersic entführt zu haben. „Wenn eine Frau bei ihm war, wo ist die dann?", fragte er. „Irgendwo im Wald vielleicht? Im Alpengarten? Oder auf dem Berg?" Er zeigte nach oben. „Vielleicht weggelaufen, im Schock? Wir sollten nach Fußspuren suchen, bevor der Schnee alles zudeckt!" Das hatte ihm gerade noch gefehlt, hier in der Kälte durch das steile Gelände zu irren, auf der Suche nach einer Frau, die es nicht gab.

„Gasperlmaier!" Die Frau Doktor hatte ihre Autotür geöffnet und winkte nach ihm. „Steig mal ein!" Die Scheiben des Audi waren beschlagen. Warum hatte ihn die Frau Doktor gebeten, einzusteigen? „Was haben wir da?“, fragte die Frau Doktor und hielt ihm ein Handy entgegen. Ein modernes, das praktisch nur aus einem Bildschirm bestand. Gasperlmaier konnte mit so etwas nicht umgehen, sein altes Klapphandy versah tadellos seinen Dienst, und wenn ihm seine Kinder vorschwärmten, mit einem Smartphone könne man auch Musik hören, im Internet surfen und Stadtpläne ansehen, entgegnete er ihnen, dass er ein Handy zum Telefonieren brauche und zu sonst nichts. „Ich hab's noch nicht in Betrieb nehmen können. Aber es ist das Handy der Adina Bersic! Wir müssen sie sofort suchen lassen!“ „Woher wissen wir das?“, fragte Gasperlmaier. Die Frau Doktor holte eine Geldbörse aus der Handtasche und zog eine Bankomatkarte heraus. „Was lesen wir auf dieser Karte?“ „Ja, ich hab jetzt keine Brille ...“ „Die Karte gehört der Adina Bersic. Und der verdammte Weissensteiner ist bewusstlos! Wir müssen wissen, wo die Bersic ist! Wenn sie mit dem Weissensteiner im Auto war, ist sie möglicherweise verletzt und irrt hier irgendwo herum! Die erfriert uns noch! Und weil sie kein Handy dabei hat, können wir sie auch nicht orten!“

Sie stieg aus, Gasperlmaier folgte ihr. „Ich ruf Verstärkung. Fahr du mit der Manuela einmal die Straßen in der Umgebung ab, klingelt bei den Häusern! Ihr nach oben, ich nach unten!“ Gasperlmaier nickte. Aber ob sie ohne Schneeketten hier noch viel ausrichten würden ... Die Manuela kam ihm zuvor und schwang sich in den Fahrersitz. „Haben wir gute Winterreifen?“, fragte sie. Gasperlmaier seufzte. „Hinauf. Wenn's geht.“ Die Manuela stieß rückwärts aus dem Parkplatz heraus. Schon beim Anfahren drehten die Vorderräder ein wenig durch, doch langsam kam der Wagen in Fahrt. Zuerst ging es geradeaus, dann kamen links und rechts ein paar Häuser. Die Straße wurde flacher, links zweigte eine weitere steil abwärts ab. „Da fährst du nicht hinunter“, meinte Gasperlmaier. „Da kommen wir nie mehr herauf.“ Nach einer scharfen Rechtskurve schien die Straße zwischen zwei weiteren Häusern zu enden. „Da geht's schon weiter“, meinte die Manuela. „Aber nur mehr eine Forststraße. Kein Asphalt.“ Sie wies auf das Straßenschild, das nicht Autorisierten verbot, hier weiterzufahren. „Wir probieren's!“ Ohne sein Einverständnis abzuwarten, fuhr die Manuela an und in die glatte, weiße Fläche vor ihnen ein. Unter ihnen knirschte es. „Schotter. Gibt eine gute Traktion.“ Die Manuela beschleunigte. Was dadurch erleichtert wurde, dass es nun kaum noch bergauf ging. Wenige hundert Meter später waren sie am Waldrand angekommen. „Wenn sie hier vorbeigekommen ist“, meinte Gasperlmaier, „dann finden wir am Waldrand Spuren. Wo es noch nicht so viel geschneit hat.“ Sie stiegen aus. Mit zu Boden gerichteten Blicken suchte er den Waldboden ab, die Manuela war in die andere Richtung gegangen. Die Spur eines Hasen fand er zwar, menschliche Abdrücke aber nicht. Auch die Manuela kam kopfschüttelnd zurück. „Das ganze Gebiet können wir nie absuchen“, meinte sie. Er nickte zustimmend. „Fragen wir noch bei den Häusern.“ Umdrehen, so stellten sie fest, war nicht möglich. Bis zum letzten Haus musste die Manuela rückwärts den Berg hinunterrollen. Der Wagen schwankte und schlingerte.

Wenige Minuten später hatten sie in einige erschreckte Gesichter geblickt, die wenig erfreut darüber waren, dass zwei Uniformierte vor der Tür standen. Doch von einer fremden Frau, die hier vorbeigekommen sein sollte, wusste niemand etwas. Als sie wieder zum Alpengarten zurückkehrten, waren Rettung und

Feuerwehr bereits abgefahren. Auch vom Audi der Frau Doktor war keine Spur mehr zu sehen, nur das Wrack stand noch einsam da und wurde langsam eingeschneit. Auf dem Parkplatz beim ehemaligen Tannenwirt an der Pötschenstraße waren bereits mehrere Busse mit den Suchmannschaften eingetroffen. Die Suche nach der Adina Bersic konnte beginnen. Aber wo sollte man suchen? „Bleib einmal stehen", verlangte Gasperlmaier. „Ich muss mir den Einsatzleiter suchen, dem müssen wir sagen, wo wir schon waren."

Er fand eine dunkelhaarige Polizistin mit Pferdeschwanz, die zwei Sterne auf den Schulterklappen trug. „Entschuldigung, Frau Oberleutnant, leiten Sie den Einsatz hier?" Die Frau nickte und reichte ihm die Hand. „Gruber. Bernadette Gruber. Sie sind ...?" „Gasperlmaier. Bezirksinspektor. Wir haben schon nach der Vermissten gesucht. Leider nichts gefunden." Er erklärte noch, wo genau sie gewesen waren und welche Häuser sie aufgesucht hatten. Die Frau Oberleutnant hörte interessiert zu und schüttelte ihm zum Abschied noch einmal die Hand. „Hoffentlich finden wir sie bald." Gasperlmaier nickte. „Leider haben wir noch nicht feststellen können, ob sie selber auch in dem Mercedes war, oder nur ihre Handtasche." Es war höchste Zeit, fand Gasperlmaier, dass der Weissensteiner aufwachte und sie ihn endlich befragen konnten. Sonst sah er schwarz für die Adina.

„Fahren wir auf den Posten", schlug er der Manuela vor, als sie wieder im Auto saßen. „Hier können wir nichts mehr machen." „Sollten wir nicht herausfinden, was die Frau Chefinspektor macht?", wandte die Manuela ein. „Ah ja!" Fast hätte Gasperlmaier auf die Frau Doktor vergessen. Leider aber meldete sie sich auf ihrem Handy nicht, obwohl er es mehrmals versuchte.

Ob sie noch immer auf der Suche nach der Adina Bersic war? Wenn sie sich nicht bald meldete, würde er sich Sorgen machen müssen.

Der Schneefall hatte aufgehört, als sie von der Pötschenstraße Richtung Altaussee abzweigten. Hier war die Straße nur mehr salznass. Gasperlmaier versuchte, in seinem Kopf die Einzelteile des Puzzles, das der Fall ihnen bot, zusammenzusetzen. Den Sagleitner hatte, wie es schien, der Kaiser Fritz erstochen, wenn er es auch nach wie vor hartnäckig leugnete. Für den Mord an der Scheurecker kam er nicht in Frage, da war er in Haft gewesen. Aber der Weissensteiner war mit einem Pistengerät an genau der Stelle gewesen, wo man die Leiche der Scheurecker gefunden hatte. Und er war auch beim ersten Mord am Tatort gewesen. Das, so fand Gasperlmaier, war schon ziemlich handfest. Vor allem, wo man jetzt die Handtasche einer Vermissten in seinem Auto gefunden hatte. Und da waren schließlich noch die Drohbriefe. Die konnte der Weissensteiner geschrieben haben, dem traute er das eher zu als dem Kaiser. Und schließlich, so fiel ihm ein, war der Weissensteiner es gewesen, der mit dem ersten Drohbrief beim Friedrich aufgetaucht war. Nur, was konnte der für einen Grund haben, zwei Leute umzubringen? Und eine zu entführen, und womöglich auch noch den Schulwart anzugreifen? Mit der Hühnermafia hatte der Weissensteiner garantiert nichts zu tun, und der Schulwart auch nicht. Was, wenn es hier gar keinen Zusammenhang gab? Sie waren vor dem Posten angelangt. Die Frau Doktor hatte immer noch nicht zurückgerufen. Und er bekam langsam Hunger.

17

„Gasperlmaier, ich bin im Krankenhaus. Sofort zu mir! Wir können mit dem Weissensteiner sprechen. Es ist nicht so schlimm, wie es zunächst ausgeschaut hat." „Aber …" Gasperlmaier setzte zu einem Widerspruch an, denn Krankenhäuser waren ihm zutiefst zuwider, schon allein der Geruch verursachte ihm heftiges Unwohlsein. Die Frau Doktor aber erstickte jeden Widerspruch im Keim. „Ich hoffe, er hat uns was Bedeutendes zu sagen. Vor allem, was den Verbleib der Adina Bersic betrifft. Da will ich einen Zeugen dabeihaben. Dich." Sie legte auf. Das war, so dachte er bei sich, wohl eindeutig. Irgendwie ja auch eine Ehre. „Ich muss ins Krankenhaus. Den Weissensteiner befragen. Wird nichts aus der Jause." Die Manuela zuckte mit den Schultern. Sie hatte bereits eine Plastikdose auf ihren Schreibtisch gestellt, die irgendein undefinierbares Gemisch aus Körnern und Obst enthielt. Es sah nicht appetitlich aus und roch auch nicht gut. Also setzte sich Gasperlmaier in den Streifenwagen und machte sich, zunächst gemächlich, auf den Weg. Erst als ihm einfiel, dass die Adina Bersic irgendwo in der Kälte womöglich verletzt herumirrte oder, noch schlimmer, irgendwo eingesperrt auf Befreiung harrte, schaltete er das Blaulicht ein und drückte auf die Tube. Viel war, wegen des Verkehrs und des Schneematschs auf den Straßen, ohnehin nicht herauszuholen.

Die Frau Doktor erwartete ihn bereits im Foyer des Krankenhauses. „Komm!", sagte sie nur. Sie fuhren mit dem Lift in den zweiten Stock und durcheilten mehrere Korridore. Die Frau Doktor wusste offenbar genau, wohin. Der Weissensteiner Wilfried lag alleine in einem Zweibettzimmer. Eine Krankenschwester, die gerade eine Infusion auf einen Ständer hängte, bedeutete ihnen mit vor den Mund gelegtem Finger, sich leise zu verhalten. „Nur kurz!", flüsterte sie. „Schwere Gehirnerschütterung." Die Frau Doktor maß sie mit einem skeptischen Blick. „Wir werden sehen, ob es schnell geht." Sie zog sich einen Stuhl an das Krankenbett, die Schwester verließ vor sich hin murmelnd das Zimmer. Irgendwas schien ihr am Ton der Frau Doktor nicht gepasst zu haben, doch Gasperlmaier hatte sie nicht verstehen können.

Der Weissensteiner sah elendiglich aus. Nicht nur, dass er einen Kopfverband trug, der auch ein Ohr bedeckte, er hatte zudem ein blaues Auge und aufgeschürfte Lippen. Geschwollen war er um den Mund, sodass er aussah wie ein Schimpanse. Ein Arm steckte bis fast zum Schultergelenk in einem Gipsverband. Ebenso wie sein linkes Bein.

„Herr Weissensteiner", begann die Frau Doktor, „wo ist die Adina Bersic?" Der Wilfried versuchte den Kopf zu schütteln, aber es kam nur zu einer schmerzverzerrten Grimasse. „Wo ist die Frau Bersic?", wiederholte die Frau Doktor, diesmal schon mit deutlich drohendem Unterton. „Weiß ich nicht", hauchte der Wilfried. Die Frau Doktor seufzte. „Herr Weissensteiner, in Ihrem Auto war die Handtasche der Frau Bersic. Samt Handy und Bankomatkarte. War sie beim Unfall im Wagen?" „Nein", flüsterte der Weissensteiner. „Herr Weissensteiner, aus dieser Geschichte kommen Sie nicht mehr heraus. Wo ist die Frau Bersic? Sie müssen mit der Wahrheit herausrücken, oder wollen Sie noch ein Leben auf dem Gewissen haben?" „In Sicherheit", sagte der Weissensteiner und schloss die Augen. Gasperlmaier sah der Frau Doktor an, dass sie den Wilfried am liebsten so lange geschüttelt hätte, bis die Wahrheit aus ihm herauspurzelte. Er trat an das Bett und sah dem Wilfried in die blutunterlaufenen Augen. „Es ist vorbei, Wilfried“, sagte er leise. „Es ist nichts mehr zu retten. Du musst uns jetzt die Wahrheit sagen.“ Noch bevor der Wilfried antworten konnte, hatte er einen Geistesblitz. Bei einem der Häuser, über dem Alpengarten oben, da hatte ein Name an der Klingel gestanden. Irgendein Name, der mit dem Fall was zu tun hatte. Eine mürrische alte Frau hatte dort die Tür geöffnet. Was für ein Name war das nur gewesen? Der Wilfried schien eingeschlafen zu sein, er antwortete nicht. Verdammt noch einmal, warum hatte er nicht gleich darauf reagiert? Und nachgefragt. Irgendwas mit Obst hatte es zu tun, mit der Obstschüssel von der Manuela. Nein! Kirschen waren es gewesen! Der Name war Kerschbaumer gewesen! Er räusperte sich.

„Mir ist da was eingefallen ...“ „Ja?“ Die Frau Doktor wandte sich ihm zu. „Oberhalb vom Alpengarten, da haben wir ja an ein paar Türen geläutet“, erklärte er. „Und?“ „Da ist an einer Tür, ich bin mir fast sicher, dass da ‚Kerschbaumer‘ an der Tür gestanden ist, aber ich weiß jetzt auch nicht ...“ „Komm!“, rief die Frau Doktor. Im Eiltempo ging es durch die Korridore, die Stiegen hinunter. „Auf den Lift warten wir nicht! Du fährst! Aber mit Blaulicht, wenn ich bitten darf!“ Gasperlmaier begann zu schwitzen. Gott sei Dank war es nicht weit bis zum Alpengarten. „Aber ich weiß nicht, ob das der gleiche Kerschbaumer ...“ „Egal!“ Die Frau Doktor kämpfte mit dem widerspenstigen Sicherheitsgurt des Streifenwagens. „Es ist der einzige Zusammenhang. Kerschbaumer – Trommelweib – Tatort. Beide waren sie am Tatort. Attacke auf den Kerschbaumer. Unfall auf der Fahrt vom oder zum Kerschbaumer. Das wären mir zu viele Zufälle! Und der Weissensteiner ... du hast ja gesehen. Der ist uns glatt weggedämmert. Da ist es gescheiter, wir kümmern uns gleich um die andere Spur."

Es dauerte nur fünf Minuten und sie standen wieder vor dem Haus. Ein etwas vernachlässigtes Bauernhaus war es, mit einem Stadel dahinter und einer eher neu wirkenden, klotzigen Garage daneben. Gasperlmaier hatte sich nicht getäuscht. An der Tür stand tatsächlich der Name Kerschbaumer.

„Waffe!", ordnete die Frau Doktor an. „Ist das nicht vielleicht ein bisschen ..." „Dann halt dich zumindest bereit. Ich klingle jetzt!" Die Frau Doktor drückte den Finger auf den Klingelknopf und trat einen Schritt zurück. Drinnen ging Licht an, schlurfende Schritte näherten sich. „Was ist denn jetzt schon wieder, ich komm ja schon." Das musste die alte Kerschbaumerin sein. Die Tür öffnete sich. Eine Augenweide, fand Gasperlmaier, mochte die Kerschbaumerin einmal gewesen sein, jetzt war sie alles andere als das. Ungepflegte, wirre Haare, tiefe Ringe unter den Augen, stark gerötete Wangen. Gasperlmaier legte eine Hand an seine Waffe. „Polizei!", rief die Frau Doktor. Die Kerschbaumerin sah verblüfft an ihr vorbei und musterte Gasperlmaier. „Er war ja eh schon einmal ..." „Ist was, Mama?" Eine weibliche Stimme von drinnen. Die Frau Doktor zog nun doch ihre Waffe. „Wir haben Grund zur Annahme, dass sich ein Entführungsopfer bei Ihnen im Haus befindet. Ich schaue mich jetzt um. Wer ist noch im Haus?" Hinter der Kerschbaumerin tauchte eine junge Frau auf. Das musste die Moni sein, die Schwester vom Alfred. Der Friedrich hatte nicht übertrieben, was ihre am meisten hervorstechenden körperlichen Merkmale betraf. „Wer ist noch im Haus?", wiederholte die Frau Doktor. Die Moni begann zu schreien. „Hilfe!", schrie sie. „Hilfe, die schießt!“ Die Frau Doktor stand immer noch, mit der Waffe im Anschlag, vor der Tür. Gasperlmaier wurde es nun zu bunt. Hier musste Ordnung gemacht werden. Er trat auf die Kerschbaumerin zu. „Wir gehen jetzt in die Küche“, sagte er. „Und du hörst auf zu schreien. Los!“ Er versetzte der Kerschbaumerin einen leichten Stoß, die taumelte, sich aber wieder fing. Die Moni klappte den Mund zu. „Wo ist die Küche?“ Die Kerschbaumerin streckte den Arm nach links. „Marsch!“, kommandierte Gasperlmaier.

Wenig später saßen die zwei Frauen auf der Küchenbank. Die Frau Doktor steckte ihre Waffe wieder ein. „Wir lassen die Hände schön auf der Tischplatte!“, befahl sie. „Wo ist die Frau, die der Weissensteiner in seinem Auto gehabt hat? Wo ist der Alfred, Ihr Sohn?“

Die Kerschbaumerin begann zu schluchzen und stützte den Kopf in die Hände. „Ich hab ja das alles nicht wollen!“, heulte sie. „Da kommt der plötzlich mit der Frau an! Wir müssen sie verstecken, hat er gesagt. Wenn ich ...“ Sie stockte. „Was wenn?“, herrschte die Frau Doktor sie an. Die konnte, so dachte Gasperlmaier bei sich, richtig ungemütlich werden, wenn die Situation brenzlig wurde. „Wenn ich das Geld will, dann muss ich sie verstecken.“ Die Moni saß starr neben ihrer Mutter und sagte kein Wort. „Sie zeigen uns jetzt, wo die Frau Bersic ist.“ „Ich weiß nichts von einer Frau Bersic“, motzte die Moni. Jetzt riss der Frau Doktor endgültig der Geduldsfaden. „Wenn Sie mir nicht sofort sagen, wo Sie die Frau Bersic hier in dem Haus versteckt haben, dann vergess ich mich! Dann können Sie sich warm anziehen, wenn Sie vor dem Richter stehen! Jede Minute, die vergeht, bevor ich die Frau Bersic wohlbehalten sehe, die werden Sie in Jahren absitzen. Das schwöre ich Ihnen!“ So brüllen hatte Gasperlmaier die Frau Doktor noch nie gehört. Wenig hätte gefehlt, und er selbst hätte Angst vor ihr bekommen. „Im Stadel“, heulte die Alte, „im Stadel sitzt sie.“ „Gasperlmaier!“ Die Frau Doktor deutete in Richtung Haustür. „Ich telefonier inzwischen Verstärkung herbei. Die Damen werden die Nacht in unserem Gewahrsam verbringen, soviel ist sicher.“ Während Gasperlmaier nach draußen ging, wo ihm ein heftiger Windstoß die Mütze vom Kopf wehte, fiel ihm ein, dass die Frauen noch nicht darauf geantwortet hatten, wo sich der Alfred befand. Der war wohl noch in der Schule, mutmaßte er. Und die Mütze ... das war doch die, vor der ihn die Volksschuldirektorin gewarnt hatte, wegen der Läuse. Er hatte gar nicht mehr daran gedacht. Er ließ sie liegen, vielleicht brachte die Kälte die Läuse um.

Das Stadeltor ließ sich schwer bewegen, es hing ein wenig schief in den Angeln, doch schon beim ersten Versuch hörte er drinnen jemanden stöhnen. Er verdoppelte seine Anstrengungen und schlüpfte durch den schmalen Spalt in den dämmrigen Raum. Ihm gegenüber lehnte die Adina Bersic an einem Heuballen. Ihr Mund war mit Klebeband zugeklebt, die Hände hatte sie hinter dem Rücken. „Ist schon vorbei“, beruhigte Gasperlmaier sie. „Ist schon vorbei!“ Er zog vorsichtig das Klebeband von ihrem Mund. Im gleichen Moment begann die Adina zu schluchzen. Rasch riss er auch noch das Band von ihren Fußgelenken, zog sie in die Höhe und befreite ihre Handgelenke. Die Adina atmete stoßweise, schlotterte am ganzen Körper und umarmte ihn. Ihre nasse Wange ruhte an seiner, und er konnte nicht anders, als seine Arme fest um sie zu schließen und sie hin und her zu wiegen. Die Adina war kalt, furchtbar kalt. Sie musste sofort ins Warme, ins Haus, und sie mussten auch einen

Rettungswagen holen, die Adina gehörte ins Krankenhaus. Diese Wahnsinnigen hätten sie hier glatt erfrieren lassen. „Wir müssen ins Warme", flüsterte er. „Alles ist gut. Wir haben schon alle erwischt." Dessen war er sich zwar nicht so sicher, aber die Adina musste erst einmal beruhigt werden. Er legte ihr den Arm um die Schulter und führte sie zum Haus. Kurz vor der Haustür begann sie sich zu sträuben. „Ist er da drinnen?", fragte sie. „Nein, nein!", beruhigte Gasperlmaier sie. „Da sind nur die zwei Frauen drinnen. Die Frau Doktor hat sie unter Kontrolle." Gasperlmaier führte die Adina nicht in die Küche, sondern wählte eine andere Tür. Sie führte in ein nicht sehr heimeliges, aber warmes Wohnzimmer. Er platzierte sie auf einem abgewetzten Sofa ganz nahe am Heizkörper. Es fand sich auch eine Decke, die er über die Adina breiten konnte. „Nicht weggehen", flüsterte sie, als er sich auf den Weg in die Küche machte. „Bin gleich wieder da", sagte er leise.

„Ich hab sie gefunden. Sie sitzt im Wohnzimmer. Sie war gefesselt im Stadel. Und geknebelt!" „Na, wunderbar. Die Damen werden gleich abgeholt!", sagte die Frau Doktor. „Und jetzt werden wir sie sicherheitshalber auch fesseln. Wie das Opfer. Ich trau den beiden Weibern nicht. Gasperlmaier, Kabelbinder!" „Ich brauch für die Adina einen Tee", meinte Gasperlmaier. „Die ist völlig unterkühlt!" Die Frau Doktor wies auf eine Ecke der Küchenanrichte. „Dort steht der Wasserkocher. Dann aber fesseln!" Er beeilte sich, um wieder zur Adina zu kommen. Die alte Kerschbaumerin heulte immer noch und ließ sich widerstandslos die Handgelenke fixieren. Die Moni fuhr auf, als er ihre Unterarme berührte. „Greif mich nicht an!" Aber schließlich gab sie ihren Widerstand doch auf. Gasperlmaier kehrte zur Adina Bersic zurück. Die lag immer noch zitternd unter ihrer Decke. Gasperlmaier setzte sich zu ihr und griff nach ihrer Hand. Die war eiskalt, doch die Adina klammerte sich förmlich an ihm fest, als wollte sie nie wieder loslassen.

„Was ist denn überhaupt passiert?", fragte er. Die Adina schüttelte den Kopf. Sie sprach langsam und stockend. „Ich hab eigentlich keine Ahnung. Der Herr Weissensteiner hat mich angerufen. Er sucht eine Küchenchefin, hat er gesagt. Und er habe gehört, dass ich gut sei. Natürlich bin ich zu ihm hingefahren, er hat ein gutes Angebot gemacht. Ein wirklich gutes." „Aber", wandte Gasperlmaier ein, „ist Ihnen das nicht verdächtig vorgekommen? Dass einer so spät am Abend ..." „In der Gastronomie ist man da nicht so", antwortete die Adina. „Und dann, wie ich dort war, in seinem Büro, da hat er ..." Sie hielt inne und begann wieder zu schluchzen. Gasperlmaier saß einfach so da und hielt ihre Hand, obwohl er das Gefühl hatte, die würde gleich einschlafen. Er überlegte, ob er die Adina vielleicht streicheln sollte, wie man es bei einem kleinen Kind machte. In diesem Moment kam die Frau Doktor mit dem Tee herein. Sie hatte ihn in eine Tasse mit Weihnachtsmannmotiv gefüllt. Aber das, mutmaßte Gasperlmaier, würde der Adina jetzt wohl gleichgültig sein. „Frau Bersic, wie geht es Ihnen?", fragte sie. „Geht schon", antwortete die Adina und setzte sich auf. Um nach der Teetasse zu greifen, ließ sie Gasperlmaiers Hand los. Inzwischen, dessen war er sich sicher, war die Hand der Adina etwas wärmer geworden. Sie zitterte auch nicht mehr so. „Wir lassen Sie ins Krankenhaus bringen", erklärte die Frau Doktor. „Sie sind unterkühlt, und Sie müssen untersucht werden." Die Adina winkte ab. „Nicht nötig, mir geht's schon wieder besser." „Keine Widerrede. Allein wegen der Beweissicherung." Sie ließ Gasperlmaier mit der Adina wieder allein.

„Und da hat er mir plötzlich etwas vor die Nase gehalten, und ich war sofort wie weggetreten. Aufgewacht bin ich erst wieder in seinem Auto, da waren meine Hände schon gefesselt. Er hat die ganze Zeit vor sich hin geschimpft, dass ich nicht glauben brauche, dass ich an sein Geld herankomme. Dabei hat er mir doch ein Angebot gemacht!" Gasperlmaier konnte sich ebenfalls keinen Reim auf das Verhalten des Weissensteiner machen. Was konnte er von der Adina gewollt haben?

Draußen hielt ein Rettungswagen mit Folgetonhorn. „Kommen Sie", sagte Gasperlmaier. „Gehen wir hinaus. Es wird sicherlich nicht lange dauern im Krankenhaus." Als sie aufstand, schien die Adina schon wieder etwas gefasster. „Da muss noch irgendwo meine Jacke ...", meinte sie. „Ich such sie und bring sie mit", beruhigte sie Gasperlmaier. An der Haustür reichte ihr ein Sanitäter eine Decke, die sie um ihren Körper schlang. Kurz danach war die Adina weg. Gasperlmaier kehrte in die Küche zurück.

„Wie viel Geld hat er Ihnen denn versprochen?", fragte die Frau Doktor gerade. „Hunderttausend. Aber er wollte nur in Raten zahlen. Dabei hat der Alte doch viel mehr Geld gehabt! Und allein das Hotel ist ja schon zehnmal so viel wert. Das gehört alles dem Alfred!" „Dem Alfred, dem Alfred!", äffte die Moni ihre Mutter nach. „Was kann ich denn dafür, dass der sich nichts aus Frauen macht?" Gasperlmaier hatte keine Ahnung, wovon hier die Rede war. Die Frau Doktor würde ihm erklären müssen, um was für Geld es hier ging.

Die Verstärkung, die die beiden Frauen nach Liezen zum Verhör bringen sollte, war eingetroffen. „Und wer füttert mir die Katzen?“, jammerte die alte Kerschbaumerin. „Na ja“, meinte die Frau Doktor, „vorläufig haben wir den Alfred ja noch nicht verhaftet. Und wie es scheint, war er an diesem Kidnapping ja auch nicht beteiligt. Vielleicht wird er das übernehmen, bis Sie wieder heraußen sind?“ Die alte Kerschbaumerin schüttelte nur den Kopf, ohne zu antworten, während sie nach draußen geführt wurde.

„Jetzt“, sagte die Frau Doktor, „fahren wir noch einmal in die Volksschule. Zum Alfred Kerschbaumer. Ob der was weiß von dieser ganzen Geschichte?“ „Ich“, sagte Gasperlmaier, „versteh nur noch Bahnhof. Warum hat der Weissensteiner die Bersic entführt? Und um was für Geld geht es da?“ „Das muss jetzt ein wenig warten“, sagte sie. Gasperlmaier lenkte den Wagen vorsichtig über die rutschige Fahrbahn zu Tal. „Nur so viel: Der Kerschbaumer Alfred scheint ein uneheliches Kind vom alten Weissensteiner zu sein. Also quasi ein Halbbruder vom Weissensteiner. Und die alte Kerschbaumerin hat sein Leben lang sozusagen Schweigegeld vom Alten bekommen. Wird nicht viel mehr gewesen sein als die Alimente, die sie sowieso bekommen hätte müssen, aber er hat es halt lieber heimlich gezahlt. Damit nichts von der Geschichte an die Öffentlichkeit dringt. Und jetzt, wo der Alte tot ist, ist die Geldquelle versiegt. Und die Kerschbaumers, die wollten anscheinend was vom Erbe. Was nahelegt, dass der Weissensteiner auch den Alfred angegriffen hat. Kein Halbbruder, keine Erbstreitigkeiten. So hat er sich das vorgestellt.“ Gasperlmaier begann ein Licht aufzugehen. „Aber was ist dann mit der Scheurecker? Und mit dem Sagleitner?“ Die Frau Doktor zuckte mit den Schultern. „Vielleicht doch eine Sache, die mit der Hühnermafia zu tun hat und völlig unabhängig von dem Fall Weissensteiner-Kerschbaumer ist. Ich blick da noch nicht ganz durch.“ Das ging ihm ganz genauso. Vielleicht konnte der Alfred Licht in die Sache bringen. „Übrigens“, fiel ihr plötzlich ein, „die Kleidung von der Bersic, die muss in die Kriminaltechnik. Da finden wir sicher Spuren vom Weissensteiner, vielleicht auch von den beiden Frauen.“ Gasperlmaier wies mit dem Daumen nach hinten. „Ich hab da ihre Jacke, ich hab ihr eigentlich versprochen ...“ „Die auch!“, unterbrach ihn die Frau Doktor und griff zum Handy.

18

Der Kerschbaumer stand gerade auf einer Leiter im Gang der Volksschule und tauschte Neonröhren aus. „Kommen Sie einmal da runter!“, rief die Frau Doktor. „Grüß Sie“, antwortete der Alfred. „Haben Sie jetzt den erwischt, der mich umbringen wollte?“ Anscheinend hatte er noch gar nichts von der Verhaftung der Mutter und der Schwester gehört. Sonst hätte er wohl Besseres zu tun gehabt, als Neonröhren zu wechseln. „Herr Kerschbaumer, machen wir's kurz: Wir haben Ihre Mutter und Ihre Schwester verhaftet. Sie waren an einer Entführung beteiligt.“ „Was? Das glauben Sie doch selber nicht!“ Der Alfred litt an und für sich schon unter einem hochroten Schädel. Wahrscheinlich Bluthochdruck. Aber jetzt schienen ihm fast die Augen aus dem Kopf zu platzen. „Setzen wir uns doch wo hin.“ Gasperlmaier öffnete die Tür der nächstbesten Klasse. Sie war leer. „Hier herein!“ Gasperlmaier setzte sich auf einen der winzigen Schülersessel, die Frau Doktor dirigierte den Alfred zum Lehrerpult. Sie selbst blieb stehen. „Wieso“, schnaufte der Alfred, „sollten meine Mutter und die Moni jemanden entführen? Die Mama hat ja nicht einmal einen Führerschein!“ Er atmete so heftig, dass er eine Pause einlegen musste. „Die Sache ist die, dass der Wilfried Weissensteiner, Ihr Obertrommelweib, jemanden entführt und bei Ihrer Mutter versteckt hat. Haben Sie davon gewusst?“ Der Alfred reagierte nur mit abwehrenden Gesten, anscheinend fehlte ihm Luft zum Sprechen. Gasperlmaier fürchtete, er könne jeden Moment umkippen. Das wäre ein bisschen zu viel des Guten gewesen – nachdem schon der Kaiser Fritz und die Gitti Stoiber bei Verhören in den letzten Tagen zusammengebrochen waren. So schlimm war die Frau Doktor nun auch wieder nicht. „Ich … ich weiß davon gar nichts. Gar nichts! Wo sind sie denn jetzt? Und wen haben sie entführt? Ich meine, wen hat der Weissensteiner …"

„Herr Kerschbaumer, hat Ihnen Ihre Mutter jemals verraten, wer Ihr Vater ist?" Der schüttelte den Kopf. Gasperlmaier legte die Hand vor die Augen. Der Kerschbaumer war mittlerweile mehr blau als rot, und er wollte nicht mitansehen müssen, wie der mit einem Herzinfarkt zu Boden ging. Obwohl er beim Heraufgehen im Stiegenhaus einen Defibrillator an der Wand hängen gesehen hatte. Wozu man den in der Volksschule wohl brauchte? Wahrscheinlich ausschließlich wegen dem Schulwart. „Die Mama", stieß der Kerschbaumer hervor, „die hat nie was drüber gesagt. Ein schlechter Mensch ist er gewesen, ein ganz schlechter. Und dass ich so einen gar nicht kennenlernen brauche. Das hat sie gesagt." „Und weiter nachgefragt haben Sie nicht?" Der Kerschbaumer zuckte mit den Schultern. „Wenn Sie zehnmal, hundertmal fragen, und jedes Mal regt sich die Mutter furchtbar auf und gibt die gleiche Antwort, dann hören Sie irgendwann auf mit dem Fragen", sagte er. Sein Atem ging jetzt etwas regelmäßiger. „Herr Kerschbaumer, wir vermuten, dass der verstorbene Herr Weissensteiner senior Ihr Vater ist. Und dass der Wilfried Weissensteiner Sie angegriffen hat, um Sie um Ihr Erbe zu bringen. Immerhin hat er ein Hotel von seinem Vater geerbt. Der dann auch der Ihre wäre." „Der Weissensteiner? Hotel? Was …?"

Gasperlmaier ging zu einem Fenster und öffnete es. Ein eiskalter Luftstrom ergoss sich in den Raum, doch er hatte das Gefühl, dass der Kerschbaumer genau das jetzt brauchte. Er schnappte nur so nach Luft. Die Frau Doktor füllte einen Plastikbecher, der neben dem Waschbecken stand, mit Wasser und reichte ihn dem Kerschbaumer. Der trank gierig. „Vermutlich hat Ihre Mutter heimlich Geld vom alten Weissensteiner bekommen, all die Jahre. Bis er gestorben ist. Und den jungen Weissensteiner dürfte sie, na, sagen wir es mal so, ein wenig unter Druck gesetzt haben wegen des Erbes. Und was jetzt kommt, ist eine reine Vermutung: Der Weissensteiner junior hat sich gedacht, wenn sie schon Geld will, dann soll sie auch mit drin hängen in der ganzen Sache. Und mir helfen. Bei der Entführung. Vielleicht hat er ihr dafür einen Anteil am Erbe in Aussicht gestellt. Oder halt ein paar tausend Euro Schwarzgeld, was weiß ich." Der Kerschbaumer schüttelte den Kopf. „Ich hab mit dem allen nichts zu tun!" Er streckte abwehrend die Handflächen nach vorn. „Ich bin ein Tischler gewesen, und jetzt bin ich Schulwart. Und von dem Geld lebe ich mehr schlecht als recht. So ist das. Und was die Moni und die Mama treiben, davon habe ich keine Ahnung. Gar keine! Und wenn der alte Weissensteiner wirklich mein Vater war, dann kann ich auf das Geld oder auf das Hotel verzichten." Die Frau Doktor legte einen Finger vor die Lippen und zog die Augenbrauen hoch. Gasperlmaier jedoch glaubte dem Alfred seine Geschichte. Wäre der hier seelenruhig auf der Leiter herumgekraxelt, wenn er etwas von der Entführung geahnt hätte?

Die Frau Doktor räusperte sich. „Sagt Ihnen der Name Adina Bersic etwas?", fragte sie. „Ist das die, die entführt worden ist?" Blöd, so dachte Gasperlmaier bei sich, war der Kerschbaumer nicht. Er hatte richtig kombiniert. Dennoch schüttelte er den Kopf. „Ist das eine Putzfrau oder so? Vielleicht beim Weissensteiner?" Das, so fand Gasperlmaier, war wieder einmal typisch. Hörte der Kerschbaumer einen slawischen Namen, dachte er an nichts anderes als Reinigungspersonal. Dabei war er, nüchtern betrachtet, nichts viel Besseres. Die Frau Doktor schüttelte ebenfalls den Kopf. „Tut nichts zur Sache. Ich wollte nur wissen, ob der Name bei Ihnen irgendeine Erinnerung auslöst. Gut, Herr Kerschbaumer, wir gehen jetzt. Sie halten sich zu unserer Verfügung, falls wir noch etwas von Ihnen wissen wollen." Gasperlmaier stand auf, der Kerschbaumer nickte, schien aber zu erschöpft, um sich seinerseits aus dem Lehrersessel zu bemühen.

Gasperlmaier sah auf die Uhr. Mittag war lange vorbei. Zu essen hatte es nichts gegeben. Ob sich vor dem Besuch beim Weissensteiner im Krankenhaus noch ein kurzer Imbiss ausging? Die Frau Doktor zerstörte seine Hoffnungen. „Jetzt wünsche ich mir nur, dass der Weissensteiner vernehmungsfähig ist. Und dass er nicht gut genug beieinander ist, um aus seinem Krankenzimmer zu flüchten." Gasperlmaier schnallte sich an. „Aber dann wissen wir immer noch nicht", gab er zu bedenken, „wer den Sagleitner und die Scheurecker umgebracht hat." „Wer weiß!", antwortete die Frau Doktor kryptisch.

„Wie lange wird denn das noch dauern?" Die Frau Doktor steckte zum vierten oder fünften Mal ihren Kopf ins Schwesternzimmer. „Wir werden hier behandelt wie lästige Besucher außerhalb der Besuchszeit. Ich verlange jetzt endgültig, einen Arzt zu sprechen, der uns erklärt, ob der Herr Weissensteiner vernommen werden kann oder nicht. Wir haben ja unsere Zeit nicht gestohlen!" Die angesprochene Krankenschwester rollte die Augen. „Und wir sind hier nicht das Servicepersonal der Polizei. Bei uns geht Patientenwohl vor!" Die Frau Doktor verschränkte die Arme. So durfte man ihr nicht kommen. „Und ich sage: Gefahr im Verzug. Der Patient ist des Mordes verdächtig. Im Notfall werde ich ohne …"

„Gibt's Probleme?" Eine Ärztin war hinter Gasperlmaier aufgetaucht. Eine sehr kleine, dafür aber ausnehmend hübsche. Das Auffallendste waren ihre wallenden, kastanienbraunen Haare und ihre lange, leicht gekrümmte Nase. Gasperlmaier gefielen Frauen mit großen Nasen, er wusste selbst nicht, warum. Die Frau Doktor wandte sich ihr zu. „Kohlross. Bezirkspolizeikommando. Wir möchten den Patienten Weissensteiner sprechen. Dringend. Mordverdacht." „Kommen Sie mit." Während sie den Gang hinuntergingen, holte die Ärztin ein Tablet aus ihrer Umhängetasche und wischte darauf herum. „So … Gehirnerschütterung … Fraktur … also, eine unmittelbare Gefährdung des Patienten sehe ich durch eine Befragung nicht. Wenn Sie an ihm während des Gesprächs irgendeine Veränderung bemerken – Bewusstseinstrübung, Kreislaufprobleme –, dann drücken Sie einfach den roten Knopf. Okay?" Die Frau Doktor nickte. Die Ärztin schenkte Gasperlmaier noch ein verbindliches Lächeln, als sie die Tür zum Krankenzimmer des Weissensteiner öffnete. Der saß halb aufrecht in seinem Bett und musterte sie skeptisch.

„Nimm dir auch einen Sessel", sagte die Frau Doktor. „Das wird länger dauern." Sie nahm zur Rechten des Weissensteiner Platz, Gasperlmaier wählte demzufolge seinen Platz auf der linken Seite.

„So, Herr Weissensteiner", begann die Frau Doktor, lehnte sich zurück und schlug die Beine übereinander. „Dass Sie von hier aus direkt in die Untersuchungshaft wandern, ist Ihnen ja wohl klar. Jetzt können Sie Ihre Situation nur mehr verbessern – indem Sie ein rückhaltloses Geständnis ablegen." Doch der Weissensteiner gab sich bockig. „Nichts gesteh ich, gar nichts! Die blöde Gurke ist freiwillig mitgefahren! Ich hab nur mit ihr reden wollen. Gar nichts hab ich ihr getan!" „So. Und woher dann die Klebebänder über Mund und Gelenken? Und das Betäubungsmittel? Warum haben wir sie im Stadel bei den Kerschbaumers gefunden?"

Der Weissensteiner wandte sich ab. „Ich hab Kopfweh", jammerte er. „Mein Mitleid hält sich in engen Grenzen", höhnte die Frau Doktor. Der Wilfried drehte sich vollends zur Seite und schloss die Augen. „Wir haben Zeit", erklärte die Frau Doktor. „Wenn es sein muss, bleibt Tag und Nacht hier jemand von uns sitzen. Und wie gesagt, für die Entführung wandern Sie sowieso hinter Gitter." Der Weissensteiner starrte immer noch zum Fenster hinaus und reagierte nicht. „Wollen Sie nicht wenigstens dazu eine Erklärung abgeben, dass wir die Frau Bersic gefesselt und geknebelt vorgefunden haben? Wenn Sie kooperieren, wirkt sich das auch auf das Strafmaß aus." Die Frau Doktor warf Gasperlmaier einen müden, genervten Blick zu. Er wusste nicht recht, ob er auch etwas sagen sollte. Langsam drehte sich der Weissensteiner wieder um. „Was weiß ich denn, warum die Weiber das gemacht haben? Ich hab damit nichts zu tun!" Plötzlich grinste er. Die Frau Doktor seufzte. „Das ist doch lächerlich, Herr Weissensteiner. Wir werden jede Menge Spuren von Ihnen finden, im Stadel, an den Klebebändern, an der Kleidung der Adina Bersic. Da kommen Sie nicht mehr heraus." „Ich war's aber nicht!", beharrte der Wilfried.

Gasperlmaier hatte eine Idee. „Jetzt hast du endlich das Hotel, Wilfried, jetzt bist du endlich der Chef und kannst machen, was du willst, und dann drehst du durch!"

Damit schien er beim Wilfried einen Nerv getroffen zu haben. Er richtete sich auf und starrte sie an. „Wisst ihr, wie ich mir für dieses Hotel den Arsch aufgerissen habe? Fünfundzwanzig Jahre lang habe ich mich vom Alten tyrannisieren lassen, und jetzt soll ich es teilen? Jetzt soll ich alles hergeben und womöglich verkaufen, weil ich die anderen nicht auszahlen kann?" Trotz seiner Kopfschmerzen hatte er die Sätze förmlich herausgeschrien, und Speichel sammelte sich auf seiner Unterlippe. „Nie im Leben hätte ich das gemacht! Und deswegen müssen sie alle weg, alle! Auch die Kerschbaumerin, die verlogene! Aber es ist eh alles danebengegangen. Am liebsten würde ich die Bude anzünden, damit sie sie nicht kriegen!" Erschöpft sank er auf seinen Polster zurück. Alles, was er da erzählt hatte, hatte Gasperlmaier nicht kapiert. Warum alle? Wer waren denn alle?

„Noch einmal ganz von vorn, Herr Weissensteiner. Wie gesagt, wenn Sie sich kooperativ verhalten, kann das nur zu Ihren Gunsten ausschlagen. Wie war das also mit dem Kerschbaumer? Warum haben Sie ihn in der Volksschule angegriffen, als Trommelweib maskiert?" Der Weissensteiner vollführte eine wegwerfende Geste. „Der Kerschbaumer", spuckte er verächtlich hervor, „der ist ja eine Null, der rotgesichtige Schulwart. Der hat ja keine Ahnung von allem. Dem hat ja nicht einmal die alte Kerschbaumerin erzählt, worum es eigentlich geht." Die Frau Doktor warf Gasperlmaier einen Blick zu. Ein Aha-Blick war das, mutmaßte Gasperlmaier. Wieso aber hatte sie zunächst gesagt, man solle noch einmal ganz von vorn anfangen? Ganz vorn, das war doch beim Sagleitner? „Hast du den Sagleitner erstochen?", fragte er deshalb einfach. Der Weissensteiner nickte. Die Frau Doktor schlug die Hand vor den

Mund. „Aber der Sagleitner, der kann doch nicht auch ... Ihr Bruder gewesen sein!“, rief sie. „Aber was! Der doch nicht! Das war ein Irrtum! Ein blöder Irrtum! Natürlich wollte ich den Alfred erstechen! Den, der mir mein Erbe streitig macht! Aber ich hab die zwei Trottel verwechselt, weil die beiden ganz ähnliche Larven aufgehabt haben.“ Gasperlmaier war entsetzt. Der Sagleitner, der hatte also gar nichts mit der ganzen Sache zu tun gehabt. Außer, dass durch den Mord an ihm natürlich die Geschichte mit der Hühnermafia aufgeflogen war.

„Erzählen Sie uns bitte, wie Sie genau vorgegangen sind. Bei dem Mord an Kurt Sagleitner.“ Jetzt waren beim Wilfried offenbar alle Dämme gebrochen. Er richtete sich im Bett auf. Fast schien es Gasperlmaier, als schliche sich ein feines Grinsen auf seine zerschundenen Lippen. „Ich hab abgewartet, bis er aufs Klo gegangen ist. Zusammen mit ein paar anderen. Da hab ich natürlich noch den Richtigen im Blickfeld gehabt, den Alfred. Und wo viele Leute sind, im Tumult, alle verkleidet, da hab ich mir gedacht, fällt das gar nicht auf. Und nach ein, zwei Minuten, wo ich mir gedacht hab, sie sind fertig, da bin ich selber hin zum Klo. Einer ist mir gleich entgegengekommen, da denk ich mir, das ist der Koch, der Sagleitner. Also muss der Kerschbaumer noch drinnen sein. Ich bin hinein, und zu meinem Glück ist er noch am Pissoir gestanden, als Letzter. In Wirklichkeit war's der Sagleitner, nicht. Und er macht sich die Hose zu, ich stech ihn einmal in die Brust und bin sofort wieder draußen. Das Messer hab ich auf der Brücke leider verloren. Anscheinend hat's aber einer gefunden, den habt ihr eh verhaftet.“ Er grinste. „Der Sagleitner“, warf die Frau Doktor ein, „der ist aber doch größer und dünner gewesen als der Kerschbaumer, nicht? Wie haben Sie denn die beiden verwechseln können?“ Der Wilfried zuckte mit den Schultern. „Was weiß denn ich? Aber dann war’s eben schon zu spät. Nach zehn, zwölf Schnäpsen, da ...“ Er hielt inne und grinste Gasperlmaier wieder zu. Der gelangte schön langsam zur Auffassung, dass der Weissensteiner den Verstand verloren haben musste.

„Bei der Scheurecker war’s noch leichter!“ „Die Scheurecker?“, stieß die Frau Doktor hervor. „Was hat denn die mit Ihren Erbstreitigkeiten zu tun gehabt?“ „Der Alte hat herumgevögelt wie ... wie ... Ich weiß nicht wie! Und der alten Scheurecker hat er auch ein Kind gemacht! Und nicht nur der!“ Wieder hatte der Wilfried zu schreien begonnen und fuchtelte dazu noch wild mit den Händen in der Luft herum. „Und was ist mit der Adina Bersic? Wieso haben Sie die entführt?“ Gasperlmaier wunderte, dass die Frau Doktor immer noch nicht begriffen hatte. Natürlich hielt der Weissensteiner auch die Adina Bersic für ein Kind seines Vaters. Das war ja klar. „Die Bersics, die haben zwei, drei Monate hier gewohnt. Nach der Flucht aus Bosnien. Und mein Vater hat nichts Besseres zu tun gehabt, als die Bersic auch zu vögeln und ihr ein Kind zu machen!“

Gasperlmaier atmete tief durch. Jetzt, so dachte er bei sich, fehlten eigentlich nur noch die Einzelheiten. Ob sie die heute oder morgen aus dem Wilfried herausquetschten, war im Grunde egal. Die Frau Doktor dachte jedoch nicht daran, aufzugeben.

„Herr Weissensteiner“, sagte sie sanft und beugte sich über sein Bett vor. „Erklären Sie uns doch einmal, wie Sie gerade jetzt draufkommen, dass Ihr Vater mehrere uneheliche Kinder gezeugt hat. Haben Sie das nicht schon früher gewusst?“

Der Wilfried schüttelte den Kopf. „Erst beim Aufräumen in seiner Wohnung bin ich darauf gestoßen.

Da hat er ein paar Fotos aufgehoben. Und hinten drauf hat er gekritzelt: die Geburtsdaten, die Namen, und wann die Fotos aufgenommen worden sind. Da hab ich ja noch nicht viel kapiert, denn die Bersic hab ich gar nicht gekannt, die Scheurecker und den Alfred natürlich schon. Und ich frag mich, warum hebt er von denen Kinderfotos auf? Natürlich ist mir da schon ein Verdacht gekommen, ich bin ja nicht blöd. Und dann kommt die alte Kerschbaumer zu mir, verstehen Sie, und behauptet, dass der Alfred ein Kind von meinem Vater ist. Dass er ihr die ganzen Jahre Geld gezahlt hat, dass das aber noch lange nicht ausreicht für den Erbteil vom Alfred. Und da hab ich natürlich geschaltet. Da hab ich gewusst, dass die anderen beiden auch Kinder von meinem Vater sind. Und versteht ihr, ich rackere mich ab! Jahrzehntelang! Und warte darauf, dass mir der Alte endlich das Hotel überschreibt!“ Schon wieder hatte er sich in Wut geredet und atmete heftig. Gasperlmaier fragte sich, ob der alte Weissensteiner nicht ein Testament hinterlassen hatte, in dem alle seine Kinder bedacht wurden. Und außerdem, warum hatte der Wilfried alle seine Geschwister ermorden wollen, wenn doch ohnehin nur die Kerschbaumerin etwas gewusst hatte? „Aber ...“, begann er, um seine Bedenken zu formulieren, doch die Frau Doktor brachte ihn mit einer kurzen Geste zum Schweigen. Sie wollte wohl den Wilfried einfach einmal weiterreden lassen.

„Und die Scheurecker“, fuhr der Wilfried fort, „bei der hab ich es ganz leicht gehabt.“ „Ja?“, fragte die Frau Doktor interessiert. „Die hab ich einfach zu mir ins Hotel eingeladen. Beim Flinserltanz. Ich hab ihr zugeflüstert, dass ich mit ihr reden will. Wegen was Geschäftlichem. Dass ich eine Partnerin brauche, dass mein Hotel Kapital braucht. Und geldgierig, wie die Scheurecker war, ist sie sofort darauf eingestiegen. Ich hab ihr natürlich auch ein gutes Flascherl Champagner versprochen. Weil getrunken hat sie ja auch gern. Was gut und teuer war." Er grinste. Die Tür zum Krankenzimmer wurde aufgerissen. „Abendessen!", rief eine Schwester und trug schwungvoll ein Tablett zum Krankenbett. Die Frau Doktor trat ihr entgegen und hielt ihr ihren Ausweis vor die Nase. „Raus! Polizei!", zischte sie. Die Schwester schien so überrumpelt, dass sie nicht einmal Worte fand und kopfschüttelnd umdrehte. Es hatte nach Fleischlaibchen mit Kartoffelpüree ausgesehen. Gasperlmaier blickte dem Tablett sehnsüchtig nach. Der Geruch der Fleischlaibchen hing noch immer im Zimmer. So grob, fand er, hätte die Frau Doktor nicht sein müssen. Aber das machte wohl der Stress.

„Zuerst hab ich ihr den Champagner eingeschenkt", redete der Weissensteiner weiter, „die war ja eh schon halb hinüber, die hat nicht mehr viel gebraucht. Und dann hab ich mein Schlüsselband genommen." Wieder grinste der Wilfried. Fast irre erschien Gasperlmaier dieses Grinsen, auch wegen der verschwollenen und speichelnassen Lippen. Womöglich war der Weissensteiner wirklich wahnsinnig geworden. Am Ende würden sie ihn noch in eine Anstalt für geistig abnorme Rechtsbrecher stecken, und er würde nie mehr herauskommen. Die Adina Bersic, überlegte Gasperlmaier, und der Kerschbaumer Alfred, die würden jetzt das Hotel erben. Ob das gut ging?

„Wie kam die Leiche in die Almhütte?", fragte die Frau Doktor. „Da ist mir ein Zufall zu Hilfe gekommen", erklärte der Wilfried, sichtlich gut gelaunt. „Sie haben mich angerufen, ob ich die Loipenspur ziehen kann. Weil da irgendein Problem mit dem Lift war, und es hat keiner Zeit gehabt. Und ich hab gleich zugesagt, weil es war Gott sei Dank noch stockfinster. Um halb sieben circa. Und ich hab die ganze Nacht ja nichts geschlafen, weil ich noch die Leiche in meiner Wohnung gehabt hab. Einstweilen einmal in einen Teppich gewickelt, aber ehrlich, ich hab keinen Plan gehabt. Und dann dieses Glück. Ich hab sie in mein Auto verfrachtet, und beim Loser hinten, da kannst du gleich neben dem Pistengerät mit dem Auto stehen bleiben. Und die Angestellten, alle drüben beim Lift. Und sonst kein Mensch auf dem Parkplatz. Weil geräumt haben die ja schon um fünf Uhr früh, da war alles frei. Und ich lad die Scheurecker in das Spurgerät, bleib bei der Hütte stehen, verfrachte sie hinein und häng sie hübsch auf. Eiskalt war sie schon. Dann bin ich noch einmal eine Runde mit dem Spurgerät gefahren, damit auch alle Fußspuren zugedeckt sind. Genial, was?“ Gasperlmaier konnte es nicht fassen, aber die Frau Doktor nickte.

„Und der Kerschbaumer?“, fragte sie. Der Wilfried nickte. „Um ein Haar hätte ich den aus dem Fenster hinausgeschoben, um ein Haar! Aber den hätt ich schon noch erwischt! Und das mit dem Kostüm hab ich doch genial gemacht, wie ich’s der alten Schneeberger untergeschoben hab? Die hat den Sagleitner ja gehasst, das hat doch gut gepasst! Und, seid’s drauf reingefallen?“ Jetzt kicherte der Wilfried sogar. „Nicht ganz“, wehrte sich Gasperlmaier, „wir sind ...“ „Psst!“, brachte ihn die Frau Doktor wiederum zum Schweigen. Gasperlmaier war jetzt ein wenig eingeschnappt, aber vielleicht war das auch Teil der Verhörtaktik. Dass man dem Irren nicht widersprechen durfte, wenn er gerade im Reden war, oder so. Wahrscheinlich hatte sie Recht.

„Und die Bersic!" Der Wilfried dozierte jetzt mit in die Luft gestrecktem Zeigefinger. „Die hab ich einfach zu mir gelockt, indem ich ihr ein Angebot gemacht habe. Ich such eine neue Küchenchefin, hab ich ihr erklärt. Und sie soll sofort vorbeischauen, weil es eilt. Und dann – mit einem Wattebausch mit Chloroform betäubt, und schon ist sie dagelegen."

„Warum haben Sie die nicht auch gleich umgebracht?" Der Wilfried zuckte mit den Schultern. „Vielleicht hätte man mit ihr noch reden können. Die hätte vielleicht verzichtet, auf das Erbe. Und wie sie dann so dagelegen ist, da hab ich mir gedacht, da hab ich einfach nicht so leicht ... Sie ist mir nicht so auf die Nerven gegangen wie die Scheurecker. Sie hat mir ja fast leidgetan, wie sie so dagelegen ist ..."

„Was ich nicht ganz verstehe, Herr Weissensteiner: Warum haben Sie denn die Frau Bersic gerade bei der Kerschbaumer versteckt?" Wieder grinste der Wilfried. „Genial, was? Ich hab sie angerufen. Und ihr gesagt, dass sie Geld bekommt. Aber, sie muss was tun für mich. Sie muss jemanden verstecken. Und je mehr sie mir hilft, desto mehr kriegt sie, hab ich ihr gesagt. Weil dann hätte sie nichts mehr gegen mich in der Hand gehabt. Wie hätte sie denn zur Polizei, oder zum Gericht gehen sollen, wenn sie selber an einer Entführung beteiligt ist, und wenn sie von mir Geld nimmt? Ha?" Gasperlmaier schien es, als erwarte der Wilfried Bestätigung von ihnen. Er entschloss sich zu einem vorsichtigen Nicken. Der Wilfried aber starrte ihn immer noch so wild an, als würde er sich provoziert fühlen. „Wirklich genial", stimmte er deswegen zu. Der Wilfried kicherte. Genial, dessen war sich Gasperlmaier sicher, war der Plan allerdings nicht gewesen. Was hätten sie denn mit der Adina Bersic gemacht? Wollten sie die auch umbringen?

Und der Wilfried musste doch überall so viele Spuren hinterlassen haben, dass in wenigen Tagen ohnehin alles ans Licht gekommen wäre. Doch das alles schien ihn im Moment überhaupt nicht zu beschäftigen.

„Eins verstehe ich nicht ganz, Herr Weissensteiner“, knüpfte die Frau Doktor wieder an, „mussten Sie denn nicht damit rechnen, dass Ihr Vater ein Testament hinterlassen hat? Zum Beispiel bei seinem Notar? Wenn ein Mann ein Hotel besitzt, und ein Haus, und vielleicht noch einiges andere ...“ Gasperlmaier war zufrieden. Gott sei Dank war sie auch von selbst darauf gekommen. Der Wilfried aber winkte ab. „Der Alte? Und ein Testament?“ Gasperlmaier zuckte zusammen, denn der Wilfried hatte zu schreien begonnen. „So weit, hat er gesagt, ist er noch lange nicht! Nur ein halbes Jahr vor seinem Tod, als ich ihn darauf angesprochen hab. Das müssen Sie sich einmal vorstellen! Mit achtzig Jahren! Grinst mich der an, und sagt, so weit ist er noch lange nicht! Und fragt mich noch, ob ich's vielleicht nicht mehr erwarten kann, dass er in die Grube fährt und alles mir gehört! Lacht mich aus!“ Der Wilfried hatte sich im Bett aufgesetzt und war sichtlich in Rage. Gasperlmaier schielte schon nach dem roten Knopf, denn ihm schien auch, als wäre der Wilfried im Gesicht schon rot angelaufen.

Die Frau Doktor warf Gasperlmaier wiederum einen Blick zu, der diesmal fast siegessicher wirkte. Sie stand auf. „Ja, Herr Weissensteiner. Solange Sie hier im Krankenhaus sind, wird ständig ein Beamter bei Ihnen im Zimmer sein. Dann geht's ab in die Untersuchungshaft. Vorläufig, bis ich weitere Beamte hier habe, wird Gasperlmaier das übernehmen.“ Die Frau Doktor wirkte erschöpft. Sie nickte ihm zu und verließ ohne ein weiteres Wort das Krankenzimmer.

Gasperlmaier war mit dem Weissensteiner alleine. Wohl war ihm dabei nicht. Er sah zum Fenster hinaus, um den Blicken des Wilfried nicht begegnen zu müssen. „Gell, da schaust du!", sprach der ihn aber an. „Und ich hab euch sogar zwei Drohbriefe geschickt! Weißt du, mit ein paar Rechtschreibfehlern. Und in so einem Ton, dass ihr glaubt, die kommen von einer alten Betschwester, die nicht mehr ganz richtig im Kopf ist." Er tippte sich an die Stirn. „Oder sogar von den islamischen Terroristen! Und mit euch zusammen bin ich auf dem Polizeiposten gesessen, damit wir uns überlegen, wie wir die Trommelweiber vor einem Anschlag schützen! Und ich hab gewusst, wenn du mitgehst, dann kann ich machen, was ich will." Wieder kicherte der Weissensteiner wie irre. Aber er hatte ja Recht. Er selbst hatte sich Polizeiaufsicht zum Umzug geholt, und dann hatte er ungestört den Sagleitner erstochen. Wer hätte je auf ihn als den Täter kommen können? Gasperlmaiers Magen begann sich zusammenzuziehen, wenn er nur daran dachte, mit welcher Häme die Schillingzeitung wieder über ihn herfallen würde. Und jetzt musste er auch noch allein mit dem Mörder hier in einem Krankenzimmer hocken. Aber der Wilfried war noch nicht fertig. „Und den Drohbrief gegen die Scheurecker, den hab ich erst hinterlegt, wie ich sie schon umgebracht gehabt hab. Damit ich euch wieder auf eine falsche Fährte locke!" Er hieb mit der flachen Hand auf die Bettdecke. „Und wenn's mich nicht mit dem Auto in den Wald hinuntergeschleudert hätt, wär auch alles gut gegangen!"

Plötzlich aber griff sich der Weissensteiner an den Kopf, sank nach hinten auf seinen Polster und begann zu stöhnen. Gasperlmaier schoss hoch, suchte nach dem roten Knopf, brauchte eine Weile, bis er ihn am

Kabel baumelnd über dem Kopfende des Bettes fand, und drückte. Nichts tat sich. Er eilte auf den Gang. „Schwester!“, schrie er. „Schnell!“

„Schreien Sie nicht so herum, ich komm ja schon.“ Ohne besondere Eile an den Tag zu legen, näherte sich eine Krankenschwester. Gasperlmaier folgte ihr wieder ins Krankenzimmer. „Draußen bleiben!“, herrschte sie ihn an. Doch er schüttelte den Kopf. „Er muss bewacht werden. Angeordnet!“ Er blieb in der Nähe der Tür stehen, während die Krankenschwester den Wilfried ansprach und auf die Wangen tätschelte. Die Tür öffnete sich neuerlich, und die hübsche Ärztin von vorhin kam herein. Die mit der großen Nase. Sie hielt dem Wilfried ein Stethoskop auf die Brust. „Geht schon wieder“, sagte sie. „War wohl nur eine Kreislaufschwäche. Wir hängen ihn an eine Infusion. Und zum EKG bringen wir ihn später.“ Dann wandte sie sich zu Gasperlmaier um. „Haben Sie ihm zu hart zugesetzt? Mit einem Schwerverletzten muss man etwas behutsamer umgehen!“ Ihre schwarzen Augen blitzten vorwurfsvoll. „Behutsam!“, höhnte Gasperlmaier. „Er hat zwei Leute umgebracht! Und einen fast! Und eine entführt!“ Die Ärztin schlug die Hände vor den Mund. „Echt! Nein! Ein Mörder? Kommen Sie! Erzählen Sie“, flüsterte sie und fasste Gasperlmaier am Arm. Der machte sich los. „Ich muss auf ihn aufpassen. Damit er ...“ Die Ärztin lächelte, während die Krankenschwester ihre Arbeit beendete und aus dem Zimmer verschwand. „Haben Sie denn keine Angst, so allein ... mit einem Mörder?“ Sie war seinem Ohr ganz nahe gekommen, um ihm die letzten Worte leise zuflüstern zu können. „Routine“, antwortete er. „Reine Routine!“ Dabei klopfte er auf das Holster seiner Glock, um der jungen Ärztin klarzumachen, dass er in jedem Moment zum Äußersten bereit war. „Halten Sie die Stellung", raunte sie ihm noch zu, „ich muss!" Als sie die Tür öffnete, rannte sie fast einem baumlangen, jungen Polizisten in die Arme, der gerade ins Zimmer wollte. Auch er bekam ein Lächeln samt Augenaufschlag geschenkt und grinste dämlich. „Armbruster. Ich soll auf den Mörder aufpassen." Gasperlmaier war sich nicht sicher, ob er dem jungen, unerfahrenen Beamten diese Aufgabe anvertrauen sollte.

„Gasperlmaier!" Die Frau Doktor tauchte hinter dem Polizisten auf und enthob ihn einer Entscheidung. Der junge Armbruster ging ins Zimmer und schloss die Tür hinter sich. „Glaubst du ihm die ganze Geschichte?", fragte Gasperlmaier. „So etwas kann man nicht erfinden. Und einiges deutet darauf hin, dass er Täterwissen hat. Also Einzelheiten, die nur der Täter wissen kann. Auch die Spuren, die wir bisher haben, denk an die Pailletten auf dem Boden in seinem Büro. Und wenn wir alle DNA-Spuren ausgewertet haben, werden wir auch verifizieren können, ob das Trommelweiberkostüm im Lager der Schneeberger ihres ist. Und dann haben wir noch seinen Schlüsselbund mit dem Lanyard dran. Also, ich glaube, wir haben den Täter. Und zwar für alle Morde und Anschläge." „Aber", wandte Gasperlmaier ein, „das war doch ein Blödsinn, was er uns erzählt hat. Der Alte muss doch ein Testament hinterlassen haben, der hat seinen Sohn sicher nur an der Nase herumgeführt. Und die Mutter von der Adina, die hat sicher auch gewusst, dass ..." Die Frau Doktor unterbrach Gasperlmaier. „Wenn du einmal in einem solchen paranoiden Denken gefangen bist, kommst du nicht mehr heraus. Glaub mir, da dringen solche kritischen Gedanken gar nicht mehr an die Oberfläche durch. Was glaubst du, wie es sonst möglich wäre, dass Menschen überhaupt

Verbrechen begehen? Den meisten müsste doch völlig klar sein, dass sie nie damit davonkommen."

Gasperlmaier nickte. So konnte man das natürlich auch sehen. Es war überhaupt ein Kreuz mit der Wirklichkeit. Wer konnte wissen, ob sie tatsächlich so war, wie man sie wahrnahm? Niemand. Man selber am allerwenigsten.

„Und jetzt?", fragte er. Es hatte ja keinen Sinn, philosophischen Gedanken nachzuhängen. Viel besser war es, sich zu überlegen, wo der Abschluss des Falls mit einem zünftigen Essen gefeiert werden konnte. „Jetzt gehen wir zur Adina Bersic. Die liegt ja auch hier im Krankenhaus. Und hören uns ihre Story an."

Die Adina lag im Bett und las. Einen Kriminalroman. Als sie Gasperlmaier und die Frau Doktor sah, legte sie ihr Buch weg und lächelte. „Guten Abend!" „Ich sehe, es geht Ihnen schon wieder gut?" „Ich wollte nach Hause, aber die wollen mich eine Nacht hierbehalten. Hab ich mich nicht wahnsinnig dagegen gewehrt." Gasperlmaier und die Frau Doktor zogen zwei Stühle zum Bett und setzten sich. Auf dem Fensterbrett stand ein Teller mit zwei Fleischlaibchen, einem Berg Kartoffelpüree und schön braun gebratenen Zwiebeln. Der Duft hing noch in der Luft. Gasperlmaier warf dem Teller sehnsüchtige Blicke zu, die nicht unbemerkt blieben. „Es ist sogar noch warm. Wollen Sie? Ich hab keinen Hunger." „Sie müssen aber ...", wehrte sich Gasperlmaier schwach. „Ach was!", sagte die Adina. „Ich bin eh ein wenig zu fett." Gasperlmaier zuckte mit den Schultern und griff nach dem Teller. Er würde höchstens die Hälfte davon essen, um nicht unangenehm aufzufallen.

„Können Sie über die Vorfälle heute sprechen?", fragte die Frau Doktor. Die Adina nickte. „Als mich der

Weissensteiner angerufen hat, war es zwar schon ein wenig spät, aber ich hab keinen Verdacht geschöpft." Danach erzählte sie noch einmal, was Gasperlmaier schon wusste. Sie war betäubt und gefesselt worden und erst im Auto des Weissensteiner wieder aufgewacht. Und dann in den Stadel bei den Kerschbaumers eingesperrt worden. „War da noch jemand beteiligt? Am Einsperren?", fragte die Frau Doktor. Die Adina schüttelte den Kopf. „Ich hab ja gar nicht gewusst, wo ich bin. Gedacht hab ich mir, ich bin in irgendeinem Schuppen, der dem Weissensteiner gehört natürlich. Schreien hab ich ja nicht können. Und dann weiß ich nichts mehr, außer dass es finster geworden ist und sehr kalt. Und dann ist der Herr Inspektor gekommen und hat mich befreit." Sie lächelte Gasperlmaier zu. Der hielt mit vollem Mund inne und stellte den Teller beiseite. Jetzt hatte er doch eineinhalb Fleischlaibchen gegessen. Für ein Krankenhaus waren sie gar nicht so schlecht.

„Frau Bersic", fragte die Frau Doktor, „verschweigen Sie uns etwas Wichtiges? Könnte es sein, dass es einen bestimmten Grund hatte, warum Sie sich ausgerechnet im Ausseerland Arbeit gesucht haben?" Die Adina errötete, schlug den Blick zu Boden und nickte schließlich. „Erzählen Sie", sagte die Frau Doktor einfach.

Die Adina seufzte. „Meine Mutter hat mir zum fünfundzwanzigsten Geburtstag ein Sparbuch in die Hand gedrückt. Da waren knapp elftausend Euro drauf. Sie hat mir nicht erklärt, woher das Geld kommt, nur geweint. Meine Mutter ist jetzt knapp über fünfzig. Ich bin das älteste Kind, ich habe noch einen Bruder, der ist achtzehn, und eine Schwester, die ist erst fünfzehn. Wir sind alle in Bayern geboren, genauer gesagt, in Untergriesbach, nicht weit von der Donau und der Grenze zu Österreich. Mein Vater ist dort Fleischhauer, und meine Mama hat zuerst in der Metzgerei geputzt und ist jetzt im Verkauf. Und wie sie aus Bosnien geflohen sind, waren sie ein paar Monate in Bad Aussee. Fragen Sie mich nicht, wie die Eltern dort hingekommen sind. Und gearbeitet haben sie schwarz. Der Papa hat Schnee geschaufelt, und die Mama hat geputzt. Und raten Sie einmal, wo sie geputzt hat?" „Beim Weissensteiner", sagte die Frau Doktor. Die Adina nickte. „Und in den letzten Jahren, da hat sie mir gegenüber manchmal so eigenartige Bemerkungen gemacht, dass die Österreicher solche Schweine sind. Und dass es so schlimm war hier in Bad Aussee. Ich hab dann schon bald bemerkt, dass sich ihre Abneigung auf eine ganz bestimmte Person konzentriert, nicht auf alle Österreicher." Sie lächelte. „Sie hat ihn nie beim Namen genannt."

„Hat er Ihre Mutter vergewaltigt?", fragte die Frau Doktor. „Das weiß ich nicht, wie gesagt, sie redet nicht darüber. Aber sie hat ihn gehasst. Obwohl er ihr Geld geschickt hat. Die Mama hat alles auf ein Sparbuch gelegt, für mich. Keinen Euro ausgegeben."

„Und warum sind Sie ausgerechnet nach Aussee?", wiederholte die Frau Doktor ihre Frage. Die Adina sah ihr in die Augen. „Ich wollte den kennenlernen, der vermutlich mein Vater war. Und ich wollte ihm auch heimzahlen, was er meiner Mama angetan hat. Irgendwie. Das gebe ich ganz ehrlich zu. Aber wie ich nach Aussee gekommen bin, hat es eine ganze Zeit lang gedauert, bis ich draufgekommen bin, um welches Hotel es geht, und um welchen Mann. Es hat ja nur ein paar Hinweise gegeben, und meine Eltern hab ich nicht fragen können. Und wie ich mir dann sicher war, dass es der alte Weissensteiner gewesen sein muss, da war er schon im Krankenhaus. Und ein paar Wochen später ist er gestorben." Sie ließ sich in ihren Polster zurückfallen. Eine schlimme Geschichte. Gasperlmaier lagen die Fleischlaibchen schwer im Magen. Wenn man damit leben musste, so einen Vater gehabt zu haben.

Die Adina hob ihren Kopf. „Aber wenn es jetzt alle wissen, dass er mein Vater ist, wie ist das dann mit dem Hotel? Und dem Haus? Wenn der Erbe dann womöglich ein Mörder ist?" Die Frau Doktor lächelte. „Durchaus möglich, dass Sie etwas erben. Allerdings gibt es einen weiteren illegitimen Sohn des Weissensteiner. Er heißt Alfred Kerschbaumer. Ist Tischler und Schulwart. Kennen Sie den?" Die Adina schüttelte den Kopf. „Und da gibt es noch das zweite Mordopfer, die Sylvia Scheurecker. Wenn wir den Aussagen des Wilfried Weissensteiner Glauben schenken dürfen, dann war auch sie eine Halbschwester von Ihnen." Die Adina machte große Augen. „Meine Chefin? Meine Schwester? Mit der hab ich aber gar nichts gemeinsam gehabt!", wunderte sie sich. „Und was ist mit dem Sagleitner?", fragte sie. Die Frau Doktor nickte. „Der Mordanschlag hat eigentlich Ihrem Bruder, dem Alfred Kerschbaumer, gegolten. Wegen des Trommelweiberkostüms hat der Täter die beiden verwechselt." Sie zuckte mit den Schultern. „Durch diesen Mord sind natürlich auch die ganzen Betrügereien aufgeflogen. Hinter denen stecken, soweit wir jetzt wissen, neben den beiden Mordopfern auch der geschiedene Mann der Frau Scheurecker, der Doktor Bernsteiner." Die Blicke der Adina verfinsterten sich. „Der ist auch ein wirkliches Schwein!", stieß sie hervor. „Ich habe schon seine Blicke gehasst. Und dauernd hat er seine Finger irgendwo gehabt, wenn man in seine Nähe gekommen ist. Und eindeutige Angebote gemacht. Wenn ich es in seinem Imperium zu etwas bringen will, hat er gesagt. ‚Imperium' hat er seine

Hotelbeteiligungen genannt. Und wenn ich es zu etwas bringen will, dann wäre es durchaus günstig, seine Nähe zu suchen. Und Kontakt mit ihm zu halten." Sie zischte verächtlich durch die Zähne.

„Haben Sie etwas mitbekommen, von den Manipulationen?" Die Adina seufzte. „Wissen Sie, ganz ohne Schwarzgeld und so Sachen, das werden Sie in der Gastronomie nirgends finden. Das ist einfach so, und damit lernt man zu leben. Ich hab mir selber die Finger nie schmutzig gemacht. Aber manchmal muss man halt auch wegschauen und weghören, sonst wird man gar nicht mehr fertig mit dem Anzeigen von Kollegen. Und dann ist es gescheiter, man sucht sich gleich was anderes. Zum Beispiel bei der Polizei." Sie lächelte. Gasperlmaier fühlte sich geschmeichelt, weil sie Polizisten anscheinend für unbestechlich hielt. Was ihn und die Frau Doktor betraf, hätte er dafür auch die Hand ins Feuer gelegt. Aber man hörte natürlich auch andere Geschichten.

„Was werden Sie denn jetzt machen, mit dem Hotel?", fragte die Frau Doktor. Die Adina schüttelte den Kopf. „Keine Ahnung. Eigentlich möchte ich lieber weg aus Aussee, die ganzen Erinnerungen ... Wenn ich tatsächlich was erbe, dann wäre das vielleicht auch ein Startkapital für ein eigenes Restaurant ... mal sehen. Ich denk nicht gern darüber nach, wie ich Geld ausgebe, das ich noch gar nicht habe." Das schien Gasperlmaier ein vernünftiger Standpunkt. Sie verabschiedeten sich von der Adina. „Gute Besserung! Und schauen Sie gelegentlich einmal auf dem Posten vorbei. Zumindest, bevor Sie aus Aussee weggehen", sagte Gasperlmaier. Die Adina zog ihn zu sich hinunter und drückte ihm einen festen, feuchten Kuss auf die stoppelige Wange. „Mein Lebensretter! Das werde ich Ihnen nie vergessen!“ Sie roch gut, trotz Krankenhaus. Er fühlte Hitze zu seinen Ohren aufsteigen. Besser, sie kamen schnell hinaus, denn in der Kälte der Abenddämmerung würde sich die verräterische Röte nicht so leicht über sein Gesicht ausbreiten können. Er wollte schon nach seiner Dienstmütze greifen, um sein Gesicht ein wenig zu beschatten ... aber die, so fiel ihm ein, lag immer noch irgendwo auf dem Hof der alten Kerschbaumerin, wenn sie der Wind nicht fortgetragen hatte.

Die Frau Doktor hatte ihren Audi noch an der Pötschenstraße stehen, unterhalb des Alpengartens. Gasperlmaier parkte unmittelbar neben ihrem Cabrio ein. „Ja, Gasperlmaier“, sagte die Frau Doktor auf dem Parkplatz. „Dann hätten wir's wieder einmal geschafft. Freitag haben wir, und am Montag ist der erste Mord passiert. Vier Tage. Nicht schlecht, oder?“ Er nickte. Die Geschichte war wirklich kompliziert gewesen, und zeitweise hatten sie sich im Kreis bewegt, oder waren ganz auf der Stelle getreten. Vier Tage waren wirklich nicht schlecht. „Was ist denn mit dem Kaiser? Lässt du den jetzt frei?“ „Ja, und zwar gleich!“, kündigte die Frau Doktor an. „Hat sich ja herausgestellt, dass uns der arme Kerl von Anfang an die reine Wahrheit gesagt hat. Die natürlich, das muss man schon anmerken, recht unglaubwürdig war.“ Er nickte und konnte sich nicht recht entschließen, in seinen Wagen einzusteigen.

„Übrigens, Gasperlmaier“, sagte die Frau Doktor, vor der offenen Autotür stehend. „Es war die letzten Tage nicht einfach für mich. Du hast es wahrscheinlich eh gemerkt, dass ich nicht so ...“ Er nickte. „Ich hab halt momentan echt viel Stress, und ein schlechtes Gewissen wegen der Sophie ... und deshalb möchte ich mich entschuldigen, wenn ich oft ein bisschen ruppig war.“ Gasperlmaier war das peinlich. „Ach geh!“, winkte er ab. „Du musst dich doch nicht …“ Sie ging die wenigen Schritte um ihr Auto herum, legte ihm die Arme um die Schultern und drückte ihm ebenfalls einen warmen, weichen Kuss auf die Wange. Die andere. „Danke für alles“, sagte sie. „Und hoffen wir, dass wir uns das nächste Mal zu einem angenehmeren Anlass wiedersehen! Vielleicht heirate ich ja!“ Sie winkte ihm neckisch zu und verschwand im Auto.

Gasperlmaier blieb versonnen im Schnee stehen und starrte auf die Rücklichter des sich entfernenden Cabrios. Heiraten wollte sie? Wen denn? Und eigentlich, so fiel ihm ein, hatte er sie ja zum Abschluss des Falles zum Essen einladen wollen. Aber diese ganze Küsserei hatte ihn etwas konfus gemacht, und so hatte er darauf vergessen.

19

„Was gibt's denn?" Zeit wurde es, dass er wieder einmal rechtzeitig zum Abendessen zu Hause war. Er steckte den Kopf durch die Küchentür. Der Christoph und die Katharina standen am Herd und fuhrwerkten mit den Kochtöpfen herum. Es roch ein wenig eigenartig. Die Katharina wandte sich zu ihm um. „Heute gibt's einmal was Veganes! Und zwar Couscous mit Karfiol und gebratenem Gemüse!" Was hieß denn hier, einmal! Wenn er sich recht erinnerte, war es das dritte Mal in dieser Woche! Und das einzige Ordentliche, das es diese Woche gegeben hätte, das hatte er verpasst. Das waren die Spareribs und der Heringsschmaus gewesen.

Gasperlmaier bemühte sich, seine Gesichtszüge zu kontrollieren. Das Mädchen musste nicht gleich sehen, dass er wenig Lust auf Gemüse mit Gemüse hatte. Wenn sie sich doch sichtlich bemühte. Würde das jetzt Alltag werden, sobald die Katharina den Kochlöffel schwang? „Ich hab's mir gleich gedacht, dass der Papa sauer sein wird. Kannst aber eh ins Wirtshaus gehen, Papa, vielleicht geh ich mit!" Die Katharina schlug Christoph mit der Pfanne, die sie gerade in der Hand hielt, auf den Hintern. „Fleisch, Fleisch, Fleisch!", ärgerte sie sich. „Und niemand denkt an das Klima, und an die Massentierhaltung, und ..." „Ist schon recht", beeilte sich Gasperlmaier einzulenken. „Passt schon." Für seinen harten Tag schienen sich die Kinder ohnehin nicht zu interessieren. Und für die Lösung ihres Falles schon gar nicht.

Die Christine fand er an ihrer Nähmaschine vor. Was sie vor sich auf dem Schoß hatte, sah verdammt nach einem Trommelweiberkostüm aus. Davon hatte Gasperlmaier inzwischen allerdings mehr als genug. Wenn es nach ihm ging, konnten ihm sämtliche Trommelweiber, ob Alt- oder Bad Aussee, ob Arbeiter oder Bürger, in Hinkunft gestohlen bleiben. Er würde sich, allein schon der üblen Erinnerungen wegen, keinesfalls mehr in ein solches Kostüm hineinstecken lassen. Nicht einmal, wenn es die Frau Doktor von ihm verlangte. „Was machst du denn da?", fragte er dennoch. „Nix!", sagte die Christine, legte die Stoffbahnen beiseite und stand auf. „Habt ihr euren Mörder jetzt?", erkundigte sie sich und drückte ihm einen Kuss auf die Wange. In so kurzer Zeit war Gasperlmaier schon lange nicht mehr von drei Frauen geküsst worden. „Wonach riechst du denn?", fragte sie misstrauisch und schnupperte an seiner Wange. „Mein Parfüm ist das nicht!" „Ja, äh", sagte er, „ich hab halt, hat sie gedacht, einer, der Adina Bersic, das Leben gerettet, meint sie ..." Die Neugier gewann bei der Christine die Oberhand. „Jetzt erzähl schon! Habt ihr wen verhaftet?" Und er erzählte. Lange und ausführlich.

Als der Christine klar wurde, dass der Wilfried Weissensteiner der Mörder war, schlug sie die Hand vor den Mund. „Also, das hätt ich jetzt wirklich nicht gedacht!", rief sie. „Der ist doch eigentlich ein ganz umgänglicher Mensch." Gasperlmaier nickte. „Schon. Aber er hat sich halt für den Alten abgeschuftet, und nie das Hotel überschrieben bekommen. Und wie er jetzt herausgefunden hat, dass er es mit drei Geschwistern teilen soll, von denen er bis jetzt nichts gewusst hat, da sind ihm halt die Sicherungen durchgebrannt."

„Essen!", rief die Katharina aus der Küche. „Ich nehm mir", sagte Gasperlmaier, „wenigstens ein Bier, wenn ich schon ... das Gemüse, und so ..." Die Christine nickte. „Hast dir ja auch verdient, nicht?"

Die Katharina legte ihm eine ordentliche Schaufel des Gemüsebreis vor, den sie fabriziert hatte. „Na ja", sagte der Christoph. „Ich kann mir ja nachher noch einen Burger holen.“ „Du bist so ein ...“, fuhr die Katharina auf. „Ruhe, Kinder. Und ich finde es schön, dass ihr uns was zu essen gemacht habt. Das kann man nicht von allen Kindern erwarten. Und jetzt Mahlzeit!“ Vorsichtig stocherte Gasperlmaier auf seinem Teller herum, um herauszufinden, was da alles verarbeitet worden war. Ein großer Fan von Karfiol war er nicht. Von Broccoli noch viel weniger. „Das Grüne ... was ist das?“, erkundigte er sich. „Zucchini!“, erklärte die Katharina. Er merkte ihr an, dass sie aufkeimenden Zorn unterdrücken musste, und nahm einen Schluck Bier. Er würde das jetzt essen und dabei den Mund halten, schwor er sich. „Ein Stück Brot hätt ich gern dazu?“ Die Katharina nickte. „Ist schon okay. Wenn du mir nachher nur ehrlich sagst, wie es geschmeckt hat.“ Ehrlich sollte er auch noch sein? Genügten Komplimente nicht? Scharf war das Zeug, ziemlich scharf. Man schmeckte sonst eigentlich nicht viel. Mit Bier und Brot ging es halbwegs. „Scharf ist es!“, sagte er nun auch. Ihm wurde warm, und er öffnete seinen Kragen. Wahrscheinlich war er schon wieder bis über beide Ohren rot.

Irgendwie, fand er, herrschte während des Essens eine etwas bedrückende Stille. Sonst war es niemals so ruhig. „Wie lange bleibt ihr eigentlich noch da?“, fragte er. Die Katharina warf ihm einen vernichtenden Blick zu. „Ich weiß schon“, zischte sie. „Du fragst ja nur, weil du Angst hast, dass ich jetzt öfter koche!“ Das war ungerecht, fand Gasperlmaier, er hatte nur gefragt, damit halt jemand am Tisch irgendetwas sagte. Keinesfalls war das so gemeint gewesen, wie die Katharina es verstanden hatte. Im Gegenteil, er freute sich, wenn wieder einmal alle vier am Tisch saßen. Nun mussten Wogen geglättet werden. „Also, ich find’s echt nicht schlecht!“, sagte er. „Kann ich noch einen Schöpfer haben?“ Er hielt der Katharina seinen Teller hin. Da musste er jetzt durch.

Nach der zweiten Portion war Gasperlmaier endgültig satt. Mehr als das. Man durfte ja auch die Portion Fleischlaibchen, die er im Krankenhaus verdrückt hatte, nicht unberücksichtigt lassen. Er machte sich noch ein Bier auf und zog sich auf das Sofa vor den Fernseher zurück. Von dort würde er nicht mehr weichen, bis es Zeit war, ins Bett zu gehen. „Ich näh noch ein bisschen“, sagte die Christine. „Was wird denn das eigentlich?“, fragte er. Die Christine stemmte die Hände in die Hüften. „Eigentlich wollte ich nächstes Jahr bei den Altausseer Trommelweibern mitmachen. Wie du weißt, sind das alles Frauen. Weil ihr Männer zu faul dazu seid“, sagte sie. „Dafür wäre das Kostüm gewesen.“ Gasperlmaier seufzte. „Wieso wäre?“, fragte er. „Na ja“, lächelte die Christine. „Die Trommelweiber in Bad Aussee sind ja jetzt führerlos, praktisch. Da muss sowieso ein neuer Wind wehen. Wir übernehmen!“ Gasperlmaier seufzte noch etwas tiefer als zuvor und schenkte sich ein Glas Bier ein.

Danksagung

Dank gebührt vor allem meiner Frau Ulrike, die als unbestechliche und kritische Erstleserin auch diesmal auf unnötige Längen im Text hingewiesen hat – die nach wie vor enthalten sind. Entschuldigung. Gasperlmaier ist halt oft ein wenig langsam, und das schlägt sich auch in der Handlungsführung nieder.

Weiters gebührt Dank meiner Lektorin, Dorothea Zanon, die mein Manuskript mit Umsicht, Detailgenauigkeit und viel Einfühlungsvermögen überarbeitet hat. Zudem hat sie wesentlich mehr Ahnung als ich von den Vorschriften, die im Deutschen die Groß- und Kleinschreibung sowie Zeichensetzung regeln. Dafür gebührt ihr nicht nur Dank, sondern auch höchster Respekt.

Ebenso bedanke ich mich bei allen Mitarbeiter/innen des Haymon Verlags, die am Zustandekommen dieses Buches mitgewirkt haben, namentlich Sandra Gründhammer, die das Projekt geleitet hat, Linda Müller, die dafür sorgt, dass auch Lesungen daraus organisiert werden, sowie Christophe Koroknai (Marketing) und Gerlinde Tamerl (Presse), denen die oft mühsame Aufgabe zufällt, das Ding auch zu vermarkten und öffentlich anzupreisen.

Last but not least danke ich auch meinem Verleger Markus Hatzer – ohne ihn wären die Haymon Krimis niemals das geworden, was sie heute sind.

Ganz besonderer und spezieller Dank gebührt Georg Hasibeder, der mich mehr als sechs Jahre hindurch bei Haymon als Lektor und Programmleiter betreut hat und dem ich Vieles verdanke, auf das wir alle heute mit Stolz zurückblicken können. Auch dieses Buch hat er als Erstlektor betreut, und ich verdanke ihm wichtige Impulse für die Überarbeitung des Manuskripts.

Herbert Dutzler
Letzter Applaus
Ein Altaussee-Krimi
392 Seiten, € 12.95
HAYMON taschenbuch 207
ISBN 978-3-7099-7820-7

Der Gasperlmaier hat alle Hände voll zu tun: In Bad Aussee erhitzt eine neue Billigtrachten-Kette die einheimischen Gemüter ausgerechnet wenige Tage vor dem Narzissenfest. Dann wird plötzlich die Narzissenkönigin tot aufgefunden. Besteht ein Zusammenhang zwischen ihrem Tod und der Geschäftseröffnung? Franz Gasperlmaiers fünfter Fall überzeugt mit einem durch und durch liebenswürdigen Ermittler, authentischem Ausseer Flair, einer großen Portion Humor und einer noch größeren Portion Spannung!

„spitzzüngig, urig und amüsant"
Thomas Raab